O Dia em que Você Chegou

NANA PAUVOLIH

O Dia em que Você Chegou

valentina

Rio de Janeiro, 2020
1ª Edição

Copyright © 2020 by Nana Pauvolih

CAPA
Marcela Nogueira

FOTOS DE CAPA E 4ª CAPA
Unsplash

DIAGRAMAÇÃO
Kátia Regina Silva | editoriârte

Impresso no Brasil
Printed in Brazil
2020

CIP-BRASIL. CATALOGAÇÃO NA PUBLICAÇÃO
CÂMARA BRASILEIRA DO LIVRO, SP, BRASIL
MARIA ALICE FERREIRA – BIBLIOTECÁRIA – CRB-8/7964

Pauvolih, Nana

O dia em que você chegou/Nana Pauvolih. – 1. ed. – Rio de Janeiro: Editora Valentina, 2020.

408p.
ISBN 978-65-88490-03-7

1. Ficção brasileira. I. Título.

20-47537 CDD: B869.3

1. Ficção: Literatura brasileira   B869.3

Todos os livros da Editora Valentina estão em conformidade com o novo Acordo Ortográfico da Língua Portuguesa.

Todos os direitos desta edição reservados à

Editora Valentina
Rua Santa Clara 50/1107 – Copacabana
Rio de Janeiro – 22041-012
Tel/Fax: (21) 3208-8777
www.editoravalentina.com.br

Agradecimentos

O Dia em que Você Chegou foi um conto que fiz especialmente para comemorar o Dia dos Namorados. Os leitores gostaram tanto que me cobraram um livro, mas, como deixo a história flertar primeiro comigo, demorei quatro anos para finalmente sentir Valentim e Angelina no âmago e escrever toda a trajetória deles. Agora está aqui, prontinha para vocês.

Gostaria de agradecer a colaboração de pessoas muito queridas, que fizeram tudo ficar ainda mais especial.

Rosilene Rocha, Sirlene Dias, Patricia da Silva e Joycilene Santos foram as minhas primeiras leitoras, acompanhando cada capítulo, vivendo emoções comigo. A elas dedico toda minha gratidão e meu carinho, por cada momento, cada sugestão e também por vivenciarem os sentimentos comigo. O que temos é mais que parceria, é amizade.

Agradeço muito também a duas mulheres incríveis que eu já conhecia através das mídias sociais como nanetes, mas que a partir deste livro se tornaram ainda mais especiais para mim. Ambas têm artrite reumatoide (AR) e me orientaram muito na construção de Angelina, contando suas histórias, dividindo seus cotidianos com a doença e suas experiências. Gisele Ramos de Almeida e Sinara Marques Schossler, vocês foram exemplos para a personagem, e espero que sejam para muitas outras pessoas que enfrentam doenças autoimunes.

Elas provam que todos nós podemos e devemos ser felizes, que algumas vezes precisamos nos adaptar perante os percalços do caminho, mas isso não significa deixar os sonhos de lado ou desistir. Obrigada por confiarem em mim e por tornarem este livro ainda mais emocionante.

Os nomes das minhas queridas aparecem na história como forma de agradecimento.

Não posso deixar de citar também outra leitora, Andrea Jaguaribe, que me apresentou uma reumatologista excelente, a doutora Francine. Prontamente ela me ajudou sobre diversos tratamentos e tirou algumas dúvidas.

Mulheres lindas da minha vida, serei eternamente grata a vocês. Um beijo enorme em cada uma.

Um beijo nas minhas agentes Luciana Villas-Boas e Anna Luiza Cardoso, assim como em toda a equipe da Editora Valentina, que acreditou na história e fez este livro chegar até aqui, tão lindo e tratado com tanto carinho!

Esta história é para você que está pronto para começar a leitura e conhecer Angelina e Valentim. Aprecie, viva, sinta. Eles querem te contar muita coisa. E falar de amor, como sempre.

PRÓLOGO

Angelina Porto

Três anos antes

Olhei para o relógio de pulso pela milésima vez, conferindo que já era quase meia-noite. Peguei o celular, pensei em mandar nova mensagem, mas ela apenas se juntaria às outras três não lidas. Assim como às duas ligações não atendidas.

A ansiedade e a preocupação já me deixavam angustiada. Dizia a mim mesma que talvez Adriano tivesse ficado preso no trabalho ou sido chamado para uma reunião de emergência. Eu sabia como ele se esforçava para ser um dos melhores advogados do escritório. Entretanto, eu só me enganava.

Levantei-me do sofá com dificuldade, com a ajuda das muletas e me equilibrando nelas. As pontadas de dor pelo corpo, principalmente nos quadris, eram fortíssimas, e precisei respirar fundo até darem uma trégua. Sentia-me trêmula e rígida ao mesmo tempo. Os punhos e os joelhos inchados não ajudavam. Era como se eu tivesse levado uma surra.

Consegui dar alguns passos até a minúscula cozinha. Era sempre uma dificuldade me mover pelo espaço apertado com as muletas, precisando entrar de lado ao passar pela porta. Mas aquela angústia havia deixado a minha boca muito seca, e eu necessitava beber água.

Odiava o que os medicamentos faziam comigo. Tinha acabado de sair de uma crise violenta, abusando de corticosteroides e analgésicos, e os efeitos colaterais eram devastadores. Eu não via a hora de parar com ambos os medicamentos e ficar mais tranquila, sem taquicardia, tremores, confusão mental... Às vezes, *não sabia* o que era pior, as dores atrozes ou os efeitos do tratamento.

Queria me deitar, aliviar a rigidez muscular e o latejamento nas articulações, mas a apreensão com Adriano não deixava.

Depois de tomar dois copos grandes de água, voltei para a sala e *já* estava quase perto do sofá quando a porta se abriu e ele surgiu, largando as chaves sobre o aparador. Olhou para mim, e vi nele uma coisa que fazia o meu coração vacilar cada vez mais: irritação. Além de algo parecido com desprezo. Fiquei imobilizada, a dor se tornando outra, bem mais profunda.

— Oi — cumprimentou-me, tirando o paletó.

Evitou olhar para mim, como se houvesse coisas melhores para ver. Fiquei abalada, confusa, com medo. Eu sentia que ele estava se afastando dia após dia, como se o homem sorridente e apaixonado que insistira para que eu fosse morar com ele tivesse desaparecido. Em seu lugar estava outro, impaciente, frio. Quase sempre incomodado com a minha presença.

— Estava preocupada — consegui falar baixinho.

— Muito trabalho.

Deu de ombros, como se isso justificasse chegar a uma hora daquelas em casa, numa sexta-feira. Dirigiu-se para o corredor, ignorando-me completamente.

Não passou despercebido que não me cumprimentou como o homem que dividia a vida e a casa comigo. Não me beijou, mal me olhou. Também não perguntou como eu estava, como tinha sido o meu dia...

Permaneci no mesmo lugar, enquanto o via desaparecer no quarto.

Respirei fundo e lutei com as lágrimas que teimavam em inundar os meus olhos. Estava cansada de chorar. Podia contar a minha vida mais pelos choros do que pelos sorrisos. Esses eram raros e intercalados, a cada dia mais fortuitos.

Não soube o que fazer. Voltar para o sofá, fingir que estava tudo bem, que Adriano andava estressado, sobrecarregado, e logo tudo melhoraria. Ou ir para o quarto, deitar-me e tentar dormir. Fugir do que eu não queria ver ou acreditar.

Fui até o nosso quarto. Ele estava lá, bonito, tirando a camisa, abrindo o fecho da calça, já sem sapatos e meias. Não havia emoção ao passar os olhos castanhos por mim, enquanto eu me aproximava da cama, sem condições de ficar mais um minuto em pé. Sentei-me, contendo um gemido de dor, perdendo o ar por alguns segundos.

Adriano fez menção de ir para o banheiro, mas tomei coragem e fui direto ao assunto:

O Dia em que Você Chegou

— Você quer se separar?

Virou-se devagar e me encarou. Moreno, tinha cabelos encaracolados que tentava comportar, corpo magro e esguio, mas atlético. Era vaidoso, vestia-se bem com ternos elegantes, gostava de estar sempre perfumado e bem barbeado.

— Do que você está falando, Angelina?

— De nós.

Suspirou, tentando conter a irritação.

— Estou exausto. Tudo que eu quero é um pouco de paz. É possível?

— Quase todos os dias você chega tarde em casa, Adriano. Irritado e cansado.

— Muito trabalho.

— Fiquei aflita e...

— Eu estou bem. Vou tomar um banho. Ou tem algo mais a dizer?

Seu tom frio e impaciente me machucava muito. Das outras vezes, eu tentava acreditar nas suas desculpas, mas isso só me deixava mais e mais infeliz. Todo o carinho que um dia demonstrara parecia ter sumido, escorrendo para um lugar distante, sem volta. E eu odiava me sentir posta de lado ou um fardo pesado.

O medo quase me paralisava. Já tinha tido uma cota mais do que suficiente de perdas e sofrimentos na vida. Enfrentar outro seria difícil, mas eu nunca fora covarde. Antes de tudo, era muito lúcida e realista. Por isso falei:

— Tenho muito a dizer.

— Depois.

Deu-me as costas e marchou firme para o banheiro, onde bateu a porta. Ouvi o barulho do chuveiro. Senti-me completamente só, abandonada.

Deixei as muletas encostadas na parede e me arrastei pela cama, engolindo os gemidos de dor, as punhaladas nos membros. Recostei-me nos travesseiros, tentando encontrar uma posição menos dolorida.

Pensei na minha amiga Lila, com quem eu morava antes de me mudar para o apartamento do Adriano, quase oito meses atrás. Eu já conversara com ela sobre a minha situação ali, e Lila me oferecera um teto, caso as coisas não se resolvessem. Talvez eu devesse pensar melhor a respeito.

Observei a porta fechada do banheiro, tentando reorganizar as minhas emoções e ser forte. A sensação era de que o meu sonho de ser feliz estava se esvaindo. E eu odiaria ser um estorvo na vida de alguém. Principalmente na do Adriano.

Lembrei-me de quando o conheci, um ano antes, por intermédio da Rafaela. Ela era minha fisioterapeuta e ele, seu irmão. Um dia, foi buscá-la na clínica, e a Rafa nos apresentou. E nos encantamos um pelo outro. Conversamos como se já fôssemos amigos de longa data, com gostos em comum. E, em momento algum, ele se importou com o fato de eu ter artrite reumatoide e usar muletas. O que me fascinou.

De início, achei que não daria em nada. Mas Adriano apareceu mais vezes, contou-me que era recém-formado em Direito e tinha começado a trabalhar num escritório de renome. Passou a me contar tudo sobre a sua vida, os seus projetos e sonhos. Convidou-me para sair. Cercou-me de carinho e atenção, além de muitos elogios.

Eu ainda tentei me precaver. Tinha tido experiências ruins com ex-namorados devido ao meu problema, homens que se interessavam por mim e acabavam se afastando ao ver que as minhas pernas eram inseguras e frágeis. Rapidamente perdiam o interesse. Mas não Adriano. Nada daquilo importara, senão quem eu era. E o que sentíamos um pelo outro.

Acreditei. E sonhei. Quanto mais nos conhecíamos, mais queríamos a companhia um do outro. Assim me deixei levar, cheia de esperanças e apaixonada. Pela primeira vez, confiando que eu não precisaria viver sozinha nem infeliz. Que alguém me amava do jeito que eu era.

Em tudo nos demos bem. Adriano era paciente. Até na cama a química era boa. E decidimos começar uma nova vida juntos, no apartamento dele. Ambos com vinte e três anos, e carreiras em ascensão. Ele como advogado e eu como tradutora exclusiva de uma grande editora. E, no começo, tudo foi maravilhoso. Até a realidade chegar com força.

Quando a minha doença estava em remissão, eu levava uma vida quase normal. Tinha os meus limites, claro. Movia as pernas, conseguia senti-las, mas precisava usar muletas para me locomover. Nada que um cuidado maior não resolvesse. O problema não se resumiu ao que eu podia fazer, mas ao que me impedia.

Adriano fez amizades no trabalho. Chegava animado falando dos colegas, queria sair, aproveitar a vida. De início, ele me convidava, mas aos poucos pareceu ficar envergonhado. De algum modo, eu incomodava. Eu não podia ir para a pista de dança com ele, nem a um passeio em que precisasse caminhar um pouco mais. Eu não rebolava, dançava ou era *solta* como as suas amigas. E, numa das crises que me deixou de cama, tudo se precipitou.

Eu não conseguia esquecer a sua expressão quando me viu na cadeira de rodas pela primeira vez. Eu estava fraca, sofrendo demais, sem forças para as muletas. Adriano teve medo de que eu nunca mais deixasse a cadeira. E me senti como se tivesse me tornado uma espécie de aberração.

Tudo isso não aconteceu de uma hora para outra, claro. Eu simplesmente sentia que ele me via como alguém inferior e que eu não estava à altura do que ele poderia ter. Eu o limitava. Não o fazia sentir orgulho de mim. E a nossa brincadeira de casal feliz começou a perder a graça.

O Dia em que Você Chegou

Consegui sair da crise, mas as coisas só desandaram mais. Éramos como estranhos, sem interesses em comum, apenas dividindo o mesmo teto. Que, por sinal, ele usava cada vez menos, como se ficar na rua até tarde em outras companhias fosse infinitamente melhor.

A porta do banheiro se abriu e ele saiu apenas com uma toalha enrolada nos quadris. Ignorou-me ao procurar um short na gaveta do guarda-roupa, como se eu nem estivesse ali. Era mais uma punhalada; por isso, criando coragem, fui bem direta novamente:

— Adriano, você quer se separar?

Virou-se para mim com o semblante fechado, segurando o short. Bem sério e calado. Não havia qualquer espécie de carinho no rosto dele.

Contive a emoção. Jurei a mim mesma que falaria com tranquilidade, que não demonstraria como ele estava me machucando. Segurei o seu olhar e, quando vi que *não* diria nada, insisti:

— Prefiro que seja sincero comigo. Eu estou tentando *há dias* conversar com você.

— Que bobagem. Não há o que conversar.

— Como não? Onde você esteve hoje? Por que chegou tão tarde?

— Foi uma semana cansativa. Só parei no bar com o pessoal, antes de voltar pra casa. — Deu de ombros e veio até a cama, onde se sentou. Olhou-me, ainda de cara amarrada. — Tem algum problema nisso?!?

— Não atendeu o meu telefonema nem respondeu as mensagens.

Suspirou, como se eu estivesse enchendo o saco dele.

— Eu não vi, nem toquei no celular.

O pior de tudo era a sua frieza, a sua falta de carinho comigo. Não me calei, como fizera algumas vezes ao notar que o irritava.

— Não se importou em ver ou me avisar, Adriano. Por que você não me diz a verdade?

Passou o olhar pelo meu rosto, pelos meus cabelos. Algo o suavizou um pouco.

— Você tá tão bonita... — murmurou.

Era o primeiro elogio que me fazia em semanas, e aquilo me desestabilizou, deixando-me mais fragilizada e querendo me agarrar a algum fiapo de esperança.

Não tive tempo de pensar muito. Adriano avançou e me segurou pela nuca, beijando a minha boca. Emoções intensas e confusas me envolveram, eu quis acreditar que tudo se resolveria, que estávamos apenas atravessando um período difícil e de adaptação. Beijei-o de volta.

Minha boca estava amarga e seca, e até isso me deixou um pouco envergonhada. Tentei salivar, permitir um contato mais molhado, mas acabei percebendo que ele se incomodou e descolou os lábios. Talvez sentisse o gosto dos tantos remédios que me dopavam. Com delicadeza, ajudou-me a deitar.

Não reclamei da dor que percorria o meu corpo, da falta de posição. Respirei fundo, toquei-o, segurei-o contra mim enquanto me resvalava para baixo e ele vinha por cima, beijando o meu ombro, afastando a roupa do caminho.

Eu ainda não estava totalmente recuperada da última crise. Minhas articulações continuavam inchadas. Ignorei o desconforto, lembrando-me de que não fazíamos amor havia mais de duas semanas.

Beijei o seu pescoço, acariciei os seus cabelos, gostei do seu cheiro. Senti saudades dos seus carinhos, de dormir recostada nele, de ter a sua atenção, o seu sorriso, o seu afago. De me sentir querida. Quase que com desespero, tentei reconquistar tudo naquele momento.

Adriano gemeu enquanto me despia e lambia o meu mamilo, a mão já entre as minhas pernas, tentando me excitar. Senti o formigamento do prazer querendo surgir ansioso, mas sendo contido pelas picadas de dor em pontos diferentes do meu corpo. Os quadris incomodavam cada vez mais naquela posição, e eu procurei não me mexer muito para não piorar.

Fui carinhosa, terna, puxei-o para mim. Tirei a sua toalha, gostei de ver o seu prazer quando segurei o seu membro entre os dedos e o acariciei. Passamos a masturbar um ao outro, e ele ficou excitado rapidamente, a respiração arfante.

Eu demorei muito mais. Envergonhada, percebi que estava seca na vagina, provavelmente por conta do estresse, da dor e dos medicamentos fortes, que mexiam com a minha libido. Meu corpo ainda estava frio, mas a minha alma aquecia, queria mais, afligia-se com as possibilidades ruins que poderiam se apresentar.

Adriano encheu a mão de saliva e me molhou por baixo. Abri as pernas o máximo possível com os quadris enrijecidos, e foi o suficiente para que montasse em mim e se ajeitasse, olhando-me com desejo, passando a cabeça do membro pela minha abertura.

Abracei-o, trazendo-o para mim. Beijei o seu queixo, recebi o seu olhar e, quando ele tentou me penetrar, senti como se algo me forçasse além do meu limite. Eu ainda estava ressecada. Lutei para relaxar, mas o meu corpo parecia ter as suas próprias respostas.

Acabou sendo uma penetração dolorosa. Adriano passou mais saliva e investiu pra valer, até entrar e poder se mover. Observou-me. E fingi estar tudo bem.

Travei os dentes e mal respirava. Cada estocada era um roçar nos meus quadris com as cartilagens perdidas, como se esfregasse osso contra osso. Tudo em mim parecia inflamado, duro, dos tornozelos aos joelhos, quadris, cotovelos e punhos. Cada pequeno movimento era uma agonia diferente a se irradiar.

Minha vontade era parar, fugir, empurrá-lo de cima de mim. Contive as lágrimas, apertei os lábios, guardei para mim as palavras que o afastariam definitivamente. Afinal, que homem iria querer uma mulher que não conseguia transar? Que estava sempre com dores?

Isso iria passar. Eu só precisava me concentrar, não me mexer, não demonstrar. Manter as mãos nas suas costas doía e me enfraquecia. Até que virou uma tortura, por mais que eu me esforçasse em tornar tudo melhor.

Adriano parou de repente, o rosto ficou vermelho e algo ruim brilhou no seu olhar. A voz saiu baixa e rascante:

— Você não quer, né?

— Quero — menti, pois o medo de fracassar e decepcioná-lo era pior do que o meu sofrimento.

— Que merda, Angelina! Eu queria trepar com uma mulher de verdade! Você parece uma boneca!

Foi como levar um soco. Fiquei sem reação, chocada.

Adriano também pareceu surpreso com o desabafo e as palavras raivosas. Saiu de cima de mim e se sentou na cama, passando a mão pelos cabelos, fugindo do meu olhar.

Minha visão desfocou com as lágrimas. Meu peito ardeu em busca de ar, mas até isso me pareceu errado. Respirar. O que eu estava fazendo ali?

Por fim, olhou para mim, arrependido, mas ainda com irritação:

— Desculpe. Eu não quis dizer isso. É que você mal se mexe! Se não queria transar, por que não disse?

Pisquei, numa luta inglória contra a humilhação e o tormento. Envergonhada e arrasada, consegui sussurrar:

— Eu quero, mas... a dor...

— Só vive com dor, porra!

— Mas...

— Você faz eu me sentir um insensível, um bruto egoísta... só que está cada vez mais difícil lidar com isso! Quero vida! Quero transar, sair, rir e não ficar falando em doença! Não olhar pra uma doente toda vez que venho pra casa!

Adriano se levantou, nervoso, calando-se quando achou que tinha ido longe demais. Respirou fundo, olhando-me entre arrependido e furioso.

Tateei a roupa, cobri o corpo. Tentei me sentar, mas tudo doía. Travei os dentes; finalmente consegui ir para a ponta da cama e colocar os pés para fora. Cada parte em mim ardia. Mas o pior era como eu me sentia por dentro.

Era como chegar à beira de um precipício. Eu balançava, ainda meio dopada, sem poder enxergar totalmente a realidade. Tentava voltar, me amparar, encontrar outro caminho. Mesmo sabendo que chegara na linha final.

Comecei a me vestir lentamente. Adriano buscou apaziguar tudo:

— Me desculpe, Angelina. Eu não quis dizer nada disso. A culpa não é sua. É que...

— Eu entendo.

— Estou tentando.

— Não precisa tentar. Eu sei que acabou, que não estamos felizes. Só quero que seja sincero comigo, que me fale a verdade.

Agora vestida e buscando mais forças, olhei-o com firmeza. Foi ali que ele relaxou e parou de fingir. Olhando bem nos meus olhos, despejou sem pena:

— Não estou feliz. Sou jovem, saudável, quero sair, viajar, me divertir. Gosto de me exercitar... E fica difícil com alguém como você, Angelina. Na verdade, impossível.

Não me movi. Melhor, não reagi. Nem fiz drama. Isso o encorajou ainda mais:

— Conheci uma pessoa no trabalho. Como eu. Os mesmos gostos e... que pode me acompanhar. Estou lutando contra isso, mas... acho que não amo mais você. Só não sabia como dizer, principalmente devido à sua situação. Mas, depois de tudo isso, não tem mais jeito.

Uma pessoa no trabalho. Como eu.

Não uma aleijada como você. Foi só o que faltou dizer, para ser mais claro.

Segurei as minhas muletas e me levantei. A dor estava por toda parte, mas no meu peito era pior. Abria, rasgava, esvaziava. Sonhos e desejos eram despejados juntos. E eu não sabia quando finalmente conseguiria lidar com ela, aprender que a minha vida deveria voltar a ser como antes. Solitária, vazia. Sem ilusões.

Olhei-o. O homem que me fizera rir e ter esperanças, que me fizera acreditar que tudo daria certo. Por ele deixara o meu lar com a minha amiga querida e me mudara com todos os meus sonhos e expectativas, pronta para uma vida nova. Tão tola! Tão ingênua!

— Angelina, eu nunca quis magoar você. Eu realmente te amei, eu tentei. É que tudo isso é demais pra mim, entende? Se eu puder te...

— Fica tranquilo, eu estou bem — interrompi a enrolação.

— Mas você...

— Vou ligar pra Lila. Depois volto pra buscar as minhas coisas.

Adriano passou a mão pelos cabelos, culpado, ansioso. Ainda nu.

Olhei-o pela última vez. Travei o choro, pois teria tempo de sobra para ele.

Por anos eu me conformei em não me casar, não ter filhos, não viver o amor na sua plenitude. Minha vida e minha história não permitiam. Até eu conhecer o Gustavo e me decepcionar. Até eu conhecer o Adriano e deixar que tomasse conta da minha vida, acreditando realmente que eu teria uma chance. Pura ilusão.

Minha situação só piorava. E, por mais boa vontade e bons sentimentos que alguém tivesse no início, na realidade não conseguia segurar a barra. A animação e o amor viravam irritação e pena. Eu passava de mulher a estorvo, a atraso de vida. E a prova estava ali, bem à minha frente. Dita com toda a clareza do mundo.

— Angelina...

— Está tudo bem. — O cansaço parecia prestes a me quebrar em duas, mas dei alguns passos em direção à porta. — Fica tranquilo.

Adriano se calou.

Não olhei para trás enquanto fui pegar o meu celular na sala e ligar para a Lila. Mas senti o olhar dele me seguindo. E podia jurar que estava aliviado.

Finalmente eu o deixaria *viver*.

Angelina

1

Dias atuais

Eu nunca, nunca mesmo, saía para me divertir nos fins de semana.

Meu apartamento era como um refúgio, e eu passava grande parte do meu tempo ali, organizando as minhas coisas, traduzindo, assistindo a um filme, ouvindo música ou lendo. É claro que, de vez em quando, eu precisava sair de casa, mas isso vinha se tornando cada vez mais raro. Quase sempre o meu mundo se resumia àquele apê que eu dividia com duas amigas.

Eu gostaria de ser uma pessoa mais expansiva, até mesmo mais corajosa. Mas sempre fui tímida, inibida, reservada. E havia dez anos, desde que uma artrite reumatoide muito grave me acometera, que eu acabara me isolando ainda mais. O fato de não ter meus pais vivos também contribuíra. Sem falar na depressão.

Naquela noite, eu estava dentro da segurança do meu quarto, aos vinte e seis anos, uma mulher adulta, francamente indecisa sobre sair ou não com as minhas companheiras de apartamento. Meu desejo era continuar ali, mas a minha melhor amiga, Lila, fizera aniversário naquela semana e dera uma festa na casa do namorado. E agora ela me cobrava uma comemoração particular naquele sábado, num restaurante que adorava.

Lila sabia que eu não gostava de sair, e então recorria a táticas, como chantagem emocional, para me tirar de casa. Eu não era um bicho do mato, mas a minha doença me limitava bastante. Quando eu estava bem, conseguia até sair de muletas. Era o máximo que as minhas pernas permitiam. Mas, às vezes, eu sentia dores fortes e precisava da cadeira de rodas, ou, em momentos de crise, ficar deitada. Felizmente, agora, a doença se encontrava em remissão.

Fechei o romance que estava no meu colo e coloquei-o na mesa de cabeceira, ao lado da caixinha de som, que tocava uma das músicas que eu adorava. Fiquei surpresa quando Lila irrompeu de repente no quarto, toda animada:

— E aí, Angelina, vamos?

Ela ainda não havia se arrumado, mas estava maquiada, e os cabelos, geralmente cacheados, caíam lisos e sedosos após chegar do salão.

Olhei-a sem querer magoá-la. Preferia ficar em casa para assistir à estreia de uma série que passaria na televisão. Ou terminar a leitura do romance, quieta no meu quarto. Mas eu adorava Lila, ela era a minha amiga de uma vida inteira, praticamente uma irmã. Tentei ser razoável:

— Tenho mesmo que ir?

— Claro que sim! E hoje você não escapa. Está bem e sem dor. Vamos nessa, Angelina! Deixa de preguiça!

Suspirei, pensando em recusar, mas conhecendo a insistência dela... Não sossegaria até me tirar dali. Acabei concordando.

— Está bem. A que horas sairemos?

— Que tal às oito? Manu vai chegar do trabalho daqui a pouco. — Lila sorriu. — Você vai gostar. O restaurante é maravilhoso e fica em Icaraí, pertinho do mar. Sem falar que hoje é Dia dos Namorados. Isso te diz alguma coisa?

Sorri, sem entender.

— Diz que o seu namorado da Marinha está viajando e por isso você quer nos arrastar pra farra! — comentei. — Não tenho namorado, Lila!

— Mas quem sabe não arruma um? Lembra daquela moça que veio aqui uma vez com os meus amigos, que disse jogar búzios? Ela falou que o amor entraria na sua vida no Dia dos Namorados!

— E você acreditou? — Achei graça, lembrando-me da mulher que tinha feito questão de segurar a minha mão, prevendo coisas que não levei a sério.

— Claro! O pessoal diz que ela não falha. — Piscou para mim enquanto se levantava. — Vamos pôr à prova? Que tal? Vai escolher um vestido bem bonito que hoje eu quero te ver brilhando. E vou caprichar na sua maquiagem!

— Tá, pode deixar, sua mandona! — Balancei a cabeça, rindo.

Ela riu também, beijou a minha bochecha e saiu apressada.

Com a ajuda das muletas, levantei-me. O apartamento não era enorme, mas tinha três quartos confortáveis, o que permitia que cada uma de nós ocupasse o seu próprio espaço. Eu dormia numa cama de casal, ao lado de uma poltrona bem aconchegante que havia sido da minha mãe, e trabalhava no computador que ficava na mesinha do canto. Era a única suíte. Lila fez questão de que, devido à minha dificuldade de locomoção, ficasse para mim. Manuela, de início, achou meio injusto, que talvez fosse melhor tirarmos na sorte quem a ocuparia, mas acabou entendendo e concordando.

Deixei as muletas sob as axilas e abri as duas portas do armário embutido, olhando as opções que eu tinha. Enquanto isso, o meu pensamento vagou, e refleti que eu e Manu, apesar de morarmos juntas havia três anos, não éramos exatamente amigas. Não como eu e Lila. Em alguns momentos, sentia que ela se incomodava com a minha doença, principalmente quando trazia namorados para dormir no apartamento ou éramos vistas juntas em público, nas raras vezes em que Lila conseguia me fazer sair com elas. Aprendi com o tempo que muitas pessoas não ficam à vontade perto de deficientes, ou sentem uma espécie de pena.

Manu era linda e chamativa. Rata de academia, não admitia engordar um quilo e se cuidava muito. Talvez ser vista com alguém que não chegava à sua altura fosse um incômodo para ela. Eu não sabia ao certo, só supunha, e guardava para mim.

Afastei-a do pensamento e olhei com atenção para as minhas roupas. Suspirei e comecei procurando algo um pouco melhor. Escolhi uma calça preta larga e uma camiseta branca bem justa que Lila me dera no Natal e que caía superbem em mim. Tinha um belo detalhe rendado no peito e alças finas. Para completar, sandálias baixas e confortáveis de couro. Meu pé direito era ligeiramente deformado pela artrite, mas só dava para perceber quando eu estava descalça. Porém, com o tempo, pioraria.

Tentei não pensar o que mais com o tempo pioraria. Eu era consciente de como aquela doença ainda iria me afetar, mas procurava não me angustiar e viver um dia de cada vez.

Depois de tomar banho e me vestir, Lila entrou no quarto com um kit de maquiagem na mão, já arrumada. Usava um vestido claro que caía maravilhosamente na sua pele bem morena e estava perfumada. Sorrimos, pois, nas poucas vezes que eu saía, ela insistia para que eu me produzisse toda. Nunca permitiria uma cara lavada.

Naquele momento, a porta do quarto se abriu e Manuela surgiu, linda e impecável como sempre. Ela trabalhava numa loja chique de roupas femininas.

— Ah, vocês estão aí. Cheguei agora, mas já vou me aprontar. Vamos sair a que horas?

— Por volta das oito — respondeu Lila, já espalhando as coisas dela na mesinha de cabeceira.

— Você vai, Angelina? — Manu me encarou.
— Hoje eu vou. Lila me convenceu. — Sorri.
— Que bom. — Mas ela não parecia muito animada. — Vou me arrumar.
Quando ela saiu, Lila nem pediu, já começou a me maquiar, até sorrir satisfeita após uns vinte minutos.
— Lindaaa! Olha só!
Lila abriu uma das portas do guarda-roupa com espelho do lado de dentro. Sentada na cama, observei-me nele. Fiquei surpresa. Sempre me via de cara limpa, cabelos presos, roupas largas. Agora uma moça esguia de longos cabelos loiros me fitava. A maquiagem era suave, mas deixava os meus olhos cor-de-mel ainda maiores e mais claros. Valorizou também a minha boca carnuda. Sorri.
— Você fez milagre, amiga.
— Que nada! Você é linda de qualquer jeito, com essa pele de porcelana e essa boca diabólica.
— Diabólica? — Achei graça, sem entender direito.
— É carnuda e sensual. Seu rosto é de anjo. Mas essa sua boca... garota...
Rimos. Peguei as muletas e fomos juntas para a sala aguardar Manu.
O restaurante era maravilhoso, de bom gosto e com vista para a praia. O clima ali era leve e descontraído, com um pianista sentado ao fundo tocando bossa nova e uma pequena pista de dança diante dele.
Sentamo-nos à mesa reservada perto da janela e o garçom colocou as minhas muletas num cantinho, fora das vistas e num lugar que não nos atrapalhasse. Pedimos vinho tinto e olhei em volta à vontade, satisfeita por ter decidido ir. Quase todas as mesas estavam ocupadas.
— A música fica mais animada depois? — indagou Manuela, olhando os casais que dançavam lentamente e fazendo uma careta.
Lila riu. Gostei do clima tranquilo e elegante. Preferia algo assim, mais calmo. Manuela sondou em volta e ficou satisfeita.
— Tá tomado de gato, hein, people. Já posso arranjar um pra passar o Dia dos Namorados comigo.
— Ninguém mandou você terminar com o Felipe.
— Já tava me irritando, Lila. Logo arrumo outro bem melhor! — disse com uma certeza inabalável, afastando uma mecha de cabelo preto e liso do rosto.
Lila achou graça, pois Manu já mirava crushes, como ela gostava de dizer, no ambiente.
— Adorei o lugar — comentei.
— Viu como é bom sair de vez em quando? — Lila olhou para mim com carinho.

O Dia em que Você Chegou

— Você quase sempre tem razão. Eu é que, às vezes, sou chata demais.

— Eu te entendo — disse Manu, virando-se para mim. — Não deve ser nada fácil sair e se divertir sentindo dor.

— Mas, às vezes, ela não está com dor. Como hoje — retrucou Lila.

— Sim. Hoje estou aqui. — Sorri para elas.

O garçom chegou com a garrafa de vinho e serviu nas taças. Brindamos aos vinte e sete anos da Lila. Tomei um gole. O vinho era delicioso e suave. Em geral, eu não bebia por conta dos remédios. Mas o médico liberava uma ou duas taças ocasionalmente.

Começamos a conversar, superanimadas, sobre banalidades e rimos das histórias que Lila contava do banco onde trabalhava. A música gostosa, a vista espetacular da praia, o pinot noir e a ótima companhia me deixaram relaxada para aproveitar aquele momento de lazer. Pedimos um mix de frutos do mar e continuamos o papo agradável.

Uma mesa quase em frente à nossa estava ocupada por dois rapazes, e Manu já havia comentado que eram gatos. Inclusive chamara a atenção deles com os seus sorrisos. Naquele momento, chegaram mais dois rapazes fazendo algazarra, rindo e se cumprimentando. Minha atenção foi automaticamente atraída para um deles, no exato momento em que Manu olhava para trás e comentava baixinho:

— Nossa! Saca só aquele sarado!

Lila, ao lado dela, virou-se disfarçadamente para olhar, mas eu já o tinha visto. Era lindo e, por um momento, senti o tempo parar, só admirando e...

Eu nunca vira um homem tão espetacular. Ele era bem alto, ombros largos, atleticamente musculoso. Parecia um desses caras que gostam da vida ao ar livre e do sol. Sua pele era bronzeada e seus cabelos castanhos, displicentes, brilhantes, caíam preguiçosos na testa. A blusa branca e o jeans escuro pareciam realçar a sua beleza. O rosto era, ao mesmo tempo, másculo e travesso, como se tivesse o costume de sorrir muito e isso suavizasse os traços angulosos.

Impossível olhar e não se encantar na hora, como se ele possuísse algo que hipnotizava. Pois era assim que eu estava me sentindo. Completamente refém do seu magnetismo.

Logo que cumprimentou os amigos, ele puxou uma cadeira e se sentou. Foi naquele exato momento que me encarou. Recebi, sem aviso, o impacto dos seus olhos penetrantes, de um claro tom de verde que eu nunca vira. Sobrancelhas escuras e grossas tornavam o seu olhar mais profundo, a ponto de me fazer perder momentaneamente o ar.

Levei um susto, como se algo balançasse dentro de mim. Foi então que alguém falou com ele e bateu no seu ombro. Ele desviou o rosto e me senti perdida.

Confusa e abalada, olhei a taça de vinho que eu segurava com força sobre a mesa. Meu Deus, o que fora aquilo? Nunca havia me sentido tão afetada por alguém como por aquele estranho.

— Puxa... — comentou Lila, impressionada. — Que homem! Esse aí deve arrasar corações por onde passa.

— Espetáculo! Ele pode pisotear o meu se quiser. — Sorriu Manu, com malícia.

Tomei um gole do vinho. Não entendi bem o que tinha acontecido. Aquele homem, aquele olhar pareciam gravados na minha mente. Mas eu não era a única impactada. Ele devia exercer um certo poder sobre as pessoas.

— Você viu aquele moreno, Angelina? Lindo de morrer!

— Ah, é, eu vi.

Como se os meus olhos tivessem vida própria, voltaram-se para a mesa dele. Sentado de frente para mim, o cara me estudava intensamente.

Meu coração disparou como louco. Senti um baque na boca do estômago e perdi momentaneamente o ar. Meu Deus, que olhos lindos ele tinha!

Não sei o que foi aquilo, mas senti como se ele me puxasse com força. O tempo parou só para que conversássemos sem palavras, olho no olho, soltando faíscas carregadas de uma conexão inexplicável. Algo mágico aconteceu e me balançou; meio tonta, fiquei inebriada por sensações desconhecidas e impactantes.

Mal acreditei quando sorriu para mim. Ele parecia tão envolvido e atraído quanto eu.

Na mesma hora, desviei o olhar, nervosa, observando a praia. Meu coração continuava martelando e todo o meu corpo reagia descontrolado. Eu nunca tinha me sentido daquela maneira por ninguém e não sabia como me comportar. Fiquei ali, olhando para a praia, mas sem enxergá-la.

Lila e Manu riram, comentando algo, mas não consegui escutar. Tentei me acalmar. Eu não era uma adolescente. Tudo bem, ele era lindo, sensual, maravilhoso, de outro mundo, mas era apenas um homem. Minhas amigas também o acharam lindo, mas com certeza não estavam como eu, tão descontrolada e afetada.

Como a música sempre tinha o poder de me equilibrar, concentrei-me na letra, para me distrair. E foi ainda pior, pois tocava Cupido. Parecia descrever com precisão o que havia acabado de acontecer:

"... Eu vi quando você me viu
Seus olhos buscaram nos meus
O mesmo pecado febril
Eu vi... pois é, eu reparei
Você me tirou todo o ar

O Dia em que Você Chegou

*Pra que eu pudesse respirar
Eu sei que ninguém percebeu
Foi só você e eu..."*

O garçom veio até a nossa mesa com o pedido. Desviei a atenção da música, ainda balançada. Lila dizia algo, mas estava difícil entender. Lutei para não olhar novamente para o estranho de olhos claros.

Depois que o garçom nos serviu e se afastou, Lila indagou:
— Tudo bem, Angelina?
— Hã? — Forcei um sorriso. — Claro!
— Está corada! Não está com dor, está?
— Não, estou bem. Esse camarão parece... *delicioso*!
— Tá demais! — exclamou Manu.

Servi um pouco da comida no meu prato. Eu podia sentir aqueles olhos em mim me queimando. Só podia ser a minha imaginação. É claro que ele não estava me olhando. Eu estava ficando maluca.

— Ele tá olhando direto — Manu disse baixo.

Estremeci. Ergui o rosto para ela.

— Será que gostou da gente? Tenho namorado, pode deixar, só vou espiar. — Lila disfarçou e inspecionou sobre o ombro. — Angelina, ele está olhando pra você.

— O quê? — indagou Manu, virando-se para conferir.

Não consegui dizer nada. Ainda estava em choque, coisas estranhas acontecendo dentro de mim. Só fitei Lila, que abria um largo sorriso.

— Ele... — Manu franziu o cenho e me encarou, séria, surpresa. — Não é que tá mesmo.

Não tive coragem de dizer nada. Eu estava nervosa, confusa, sem saber como agir. Assim, não fiz nenhum comentário. Encarei o meu prato e comecei a comer automaticamente.

— Angelina, você percebeu? — Lila estava animada. — Aquele pedaço de mau caminho está te paquerando. Quem sabe é o amor do Dia dos Namorados? Não te disse que a moça era danada!

— Para com isso, Lila.

— Que conversa é essa? — Manu não entendeu.

Lila não respondeu, continuou para mim:
— Mas estou falando a verdade! Olha pra ele!

Senti o rosto queimar. Eu queria sorrir, fazer alguma brincadeira, mas estava nervosa. Belisquei um camarão com o garfo e comi sem saber o que estava mastigando.

Manu deu mais uma olhada na mesa deles, como se não acreditasse que era eu o alvo daquele cara lindo. Em tom de queixa, exclamou:

— Que sortuda!

— Vamos comer — falei, tentando desviar a atenção delas. Estava tensa e envergonhada.

Ouvi risadas masculinas na mesa dele, mas não olhei de novo para lá. De repente, lembrei-me de que as minhas muletas não estavam à vista. Ele não sabia que eu não me sustentava sobre as próprias pernas. Não sabia da minha deficiência. Tudo o que via de mim era da cintura para cima.

Acabei me lembrando de outras vezes em que fora a locais públicos. Alguns caras me paqueravam... até verem que eu era deficiente. Aí então o olhar mudava. Para dó, decepção, curiosidade ou simplesmente desprezo. Por um momento, senti quase dor física imaginando a cena naqueles olhos verdes. O que certamente aconteceria. Então, decidi ignorá-lo. Era tudo pura perda de tempo.

Sem querer, pensei no Adriano, a prova viva de que eu deveria esquecer as ilusões e ser realista. Não tinha notícias dele havia uns dois anos, mas recordava bem o sofrimento que eu passara até conseguir me reestruturar e seguir em frente. Sem devaneios tolos e impossíveis. Eu não era mais uma moça boba e sonhadora.

A noite acabou se tornando uma tortura. Sorri o quanto consegui e conversei com Lila e Manu, mas todo o tempo eu estive consciente de que ele se encontrava perto. Não quis me perturbar pensando como tudo seria diferente se eu não tivesse aquela doença, se as minhas pernas fossem fortes e sadias, se eu fosse como as minhas amigas. Já tinha feito muito aquilo, o que me custara uma depressão. Aprendera a aceitar e seguir em frente com o que eu tinha.

Ainda assim me dei conta de que, se eu fosse normal como Lila e Manu, talvez pudesse azará-lo, sorrir para ele, arriscar. Uma certa tristeza apertou o meu peito, enquanto eu lutava para dispersá-la.

Acabei não resistindo ao desejo insano de olhá-lo só mais uma vez. A última. Apenas para ver que não estava nem aí para mim. Talvez ele tivesse reparado como Lila e Manuela eram mais bonitas, como eu era sem graça, acostumado, como devia estar, com mulheres de arrasar.

Eu apenas o fitei, reparando na barba rente ao maxilar anguloso, no quanto era viril. Ele ria com os amigos, à vontade, leve, segurando uma caneca de cerveja. À mesa, faziam a maior bagunça. Antes que eu afastasse a minha atenção, fui pega de surpresa quando me encarou novamente. Seus olhos verdes se tornaram mais suaves. E o seu sorriso se ampliou.

"Ai, meu Deus!", gemi intimamente, sentindo algo quente, gostoso e desconhecido deslizando dentro do meu corpo. Meu coração bateu forte de novo, descompassado, abalado. Um dos amigos dele falou algo, cutucou-o, e ele respondeu sem desviar os olhos dos meus. Na mesma hora, o rapaz se esticou para me olhar e os outros da mesa também, virando-se na minha direção.

Senti o meu rosto pegar fogo. Na mesma hora, voltei a comer. Lila me encarava como se tivesse me pegado em flagrante.

— Tá rolando um lance? — perguntou, baixinho.
— Para, Lila. — Nervosa, mal a encarei.

Era a primeira vez que algo assim acontecia comigo.

— Xiii... Ele tá vindo pra cá, people — avisou Manuela.

Levei um grande susto. Fiquei imóvel ao vê-lo já ao lado da minha mesa, mais alto, mais lindo e mais impressionante de perto. Fiquei sem fala ao encontrar os seus belíssimos olhos.

— Oi. — A voz era grossa, máscula, meio rouca. Estendeu a mão. — Valentim.

Por um momento, não reagi. Depois, como se eu não pudesse resistir, ergui a minha mão e ele a segurou. Ondas de calor percorreram o meu corpo como labaredas.

— Angelina Porto — murmurei.
— É um prazer, Angelina.

Seu sorriso era envolvente, preguiçoso, sensual. Tive vontade de sorrir de volta, como uma boba. Mas aí percebi que a gente continuava se olhando, a minha mão pequena bem encaixada entre os seus dedos longos e firmes. Corada, retirei-a devagar e me virei para Lila e Manu, sem saber como me portar. Elas o olhavam, excitadas.

— Oi, sou a Manu. — Deu o seu melhor sorriso para ele. — E esta é a Lila.
— Beleza? — Valentim foi simpático. — Desculpe atrapalhar o jantar de vocês.
— Atrapalhar? Que nada! — Lila retrucou na hora. — Por que não se senta um pouco conosco? Tem um lugar ao lado da Angelina.

Ele voltou os olhos lindos para mim.

— Posso?

Se ele podia? O quê? Desnorteada, fiz que sim com a cabeça, e ele se sentou ao meu lado. Na mesma hora, virou-se para mim e me olhou de um jeito tão penetrante que fiquei sem ação, completamente envolvida e hipnotizada.

De perto, os olhos pareciam irreais. Não eram de um tom de mel como os meus ou esverdeados. Eram de um verde puro, límpido, escuros perto da pupila e bem claros nas bordas. As sobrancelhas negras e os cílios fartos valorizavam ainda mais um olhar meio entrecerrado.

— Eu não poderia perder a oportunidade de...

Sua voz grossa mexeu comigo. Observei-o melhor e interrompi baixinho:

— De quê?
— De conferir o quanto você é ainda mais gata de perto. Eu achei que era impossível. Mas estava errado.

Senti uma quentura gostosa por dentro, fazendo-me corar. Quis ter uma resposta feminina, pronta, algo leve, mas só pude ficar como uma boba.

— Só falta mais uma coisa, Angelina.
— O quê?
— Dar um sorriso pra mim.

Foi bem mais forte do que eu. Sorri e, quando me dei conta, tentei me conter. Isso o fez sorrir também, e me perdi de vez. Logo estávamos olhando e sorrindo um para o outro.

Foi um conjunto avassalador de sensações precipitando-se ao mesmo tempo. Além da atração pura e forte, que parecia ter surgido de modo imprevisível, eu me envolvia pelo seu perfume delicioso, o seu timbre de voz, a sua presença marcante tomando conta de tudo.

Procurei me acalmar e conversar com ele normalmente. Lancei um olhar para a mesa dele e vi que os amigos olhavam pra gente, sorriam, cochichavam. Voltei o olhar para Valentim.

— Por que você está aqui na nossa mesa? — Algo me ocorreu e o meu rosto corou: — Fez algum tipo de aposta com os seus amigos?

Valentim me avaliou com ar bem-humorado. Depois falou:

— Não, Angelina. Já passei da idade disso. Se quer saber, eles me perguntaram o que tanto eu olhava pra cá e tive que dizer que era pra você. Foi só isso.

Só isso?!? Senti-me entre encantada e apavorada. Brinquei sem graça com a toalha da mesa, desviando o rosto.

— Estou incomodando você? — perguntou.
— Não. É que ainda não entendi por que...
— Por que eu olhava pra você? Quer receber elogios?
— Não, eu só... eu...
— Desde que encontrei esses seus olhos grandes, eu soube que precisava conhecer você.
— Está brincando comigo?
— Não — respondeu, sério. Apesar do seu tom simpático, divertido, o seu olhar era obviamente sedutor e megapenetrante, concentrado somente em mim. Pensativo, continuou: — Você é diferente.

Fitamo-nos. Tive vontade de dizer o quão diferente eu era, com as minhas muletas num canto. Mas não tive coragem. Eu queria mais um pouquinho daquele olhar cativante.

O Dia em que Você Chegou 27

— Como assim... diferente?
— É doce, tímida, encantadora. Difícil alguém como você hoje em dia. E linda.
— Obrigada. Mas talvez eu seja apenas uma garota comum, surpresa por receber o olhar de um gat... — Calei-me, surpresa de verdade porque eu já iria elogiá-lo descaradamente.
— Continua, estou gostando da conversa.
— Deve estar acostumado com isso.

Acabamos sorrindo. Era engraçado, mas parecia que a gente havia se esquecido do resto do mundo, conversando com olhos apenas um para o outro. Eu me sentia estranhamente feliz.

— Fala um pouco de você, Angelina.
— O quê?
— Você trabalha?
— Sim. Sou tradutora. Traduzo livros norte-americanos e ingleses, geralmente best-sellers.
— Interessante. Deve adorar ler.
— Gosto mesmo. Sou quase viciada. E você?
— Se gosto de ler ou no que trabalho?
— Pode responder as duas opções?
— Posso. — Valentim sorriu, meio voltado para mim, um dos braços sobre a mesa. — Também adoro ler. Mas trabalho com o corpo, não com a mente. Numa academia.
— Ah! — Eu deveria ter adivinhado, com aquele corpo obviamente perfeito.

Pensei nas minhas pernas fracas, com cicatrizes, em processo de deformação. Éramos totalmente opostos. Desviei o rosto por um momento. Por que eu estava ali, conversando com ele? Aquilo não daria em nada!

— Hei, por que esse olhar de repente ficou triste?

Fiquei surpresa por ele ter notado. Forcei um sorriso, tentando disfarçar.

— Não estou triste.
— Tem algo contra personal trainers? — brincou.
— Claro que não. Deve ser maravilhoso, Valentim. — Falei o seu nome pela primeira vez e o senti rolar na língua, diferente, doce. E comentei: — É o primeiro Valentim que conheço.
— Coisa da minha mãe. — Sorriu, charmoso, e fez uma careta.

Fiquei curiosa:

— Tem uma história por trás disso?
— Coincidências. Meus pais se conheceram no Dia dos Namorados. E eu nasci no dia 14 de fevereiro, que, na verdade, é a origem do Dia dos Namorados.

Por um momento, olhei para ele surpresa, lembrando que eram 12 de junho e o que a tal vidente dos búzios revelara. Mas logo afastei a ideia. Não acreditava naquelas coisas. E Valentim mexia comigo demais, mas não era o amor da minha vida. Eu duvidava que o visse depois daquele dia. Prestei atenção ao que dizia:

— Durante o Império Romano, um bispo da Igreja Católica, São Valentim, foi proibido pelo imperador Claudius II de realizar casamentos. Mas continuou de forma secreta. Foi preso e condenado à morte. — A voz era grossa, linda, e vê-lo falar, se expressar, deixava-me... encantada. — Enquanto esteve na prisão, recebeu diversos bilhetes e cartões de jovens apaixonados, valorizando o amor e o casamento. O bispo Valentim foi decapitado e, em sua homenagem, essa data passou a ser destinada aos casais de namorados e ao amor. Até hoje, nos Estados Unidos e em outros países, 14 de fevereiro é o Dia dos Namorados. No Brasil, foi escolhido o dia 12 de junho por ser véspera do dia de Santo Antônio, o santo casamenteiro.

— Interessante, eu não sabia dessa história.

— Pois é. Durante um tempo, a minha mãe ficou na dúvida entre Valentim e Antônio. Mas achou o primeiro diferente, forte. E cá estou eu.

— Eu gostei.

— Da história ou do nome? — Ergueu uma sobrancelha.

— Dos dois. — Acabei sorrindo.

— Ótimo. E eu gostei muito de você, Angelina.

Olhei para ele. Valentim mirava os meus olhos, atento, como se visse muito de mim. Uma corrente de energia pura e intensa parecia nos envolver. Ao fundo, tocava uma música da minha adolescência.

— Quer dançar comigo?

Senti uma dor quase física com aquela pergunta. O fio de esperança que eu estendia, de fingir que eu era uma jovem totalmente normal paquerando um cara lindo, se rompeu.

Desviei o olhar para a pista de dança, onde o pianista tinha dado um descanso e um pessoal já dançava. Senti-me subitamente cansada, arrasada mesmo. Tentei ser firme ao responder:

— Não, Valentim.

— Por quê?

— Eu não posso.

— Não pode?

Eu não queria contar a verdade para ele.

— Eu... Olha, você é muito legal. Mas eu...

— Diz.

— Não quero dançar com você. Nem nada além de amizade.

Ficou um momento em silêncio, encarando-me com intensidade.

— Entendi — a voz saiu baixa. — Mas o seu olhar diz o contrário. Desde que nos vimos, algo aconteceu. Sei que você sentiu, Angelina.

Não esperava que fosse tão direto, nem que tivesse sentido o mesmo que eu. Aquilo tudo parecia louco demais, injusto demais até. Lutei contra tudo que me consumia por dentro, sem saber o que dizer.

— Você tem alguém? Um namorado?

— Sim — menti, agarrando-me naquela desculpa.

— Cadê ele?

— Nós brigamos, mas vamos nos entender. Desculpe. — Eu estava nervosa, as mãos tremendo.

— Não precisa se desculpar. Ele é importante pra você?

— É.

Foi duro falar o que eu não queria e ver as minhas esperanças sendo esmagadas sem chances diante de mim. Eu já era experiente demais naquele tipo de coisa para arriscar. E não suportaria ver a decepção ou o afastamento dele se soubesse da minha condição física. Ao menos, guardaria a ilusão de que aquele homem maravilhoso se interessara por mim.

Naquele momento, um dos rapazes da mesa dele se aproximou de nós, pediu licença e disse para ele:

— Valentim, nós já vamos pedir a conta.

— Certo. Já estou indo.

O rapaz sorriu e se afastou.

Ele me encarou bem sério. Estremeci.

— Posso ficar aqui, pra gente se conhecer melhor?

— Prefiro que não. — Foram palavras difíceis de dizer. Mas necessárias.

O olhar dele quase me fez chorar pelo que não poderia ser. Mas me mantive firme.

— Tudo bem, não vou forçar nada. Se você mudar de ideia, liga pra mim. Vou ficar esperando, tá bom?

Valentim tirou um cartão da carteira e me entregou. Havia o nome dele, o de uma academia de ginástica em Icaraí e alguns números de telefone, inclusive um celular.

— Obrigada. Mas não vou ligar.

— Por que tenho a sensação de que você não está me contando tudo? Você diz uma coisa, mas o seu olhar diz outra.

— É como eu te falei.

Ele não acreditava, era óbvio. Também, como acreditaria se eu o encarava cheia de desejo? Se eu tinha vontade de arriscar, falar da minha deficiência e rezar para que, por um milagre, ele não se importasse? Era sonhar demais, mas eu era muito realista para isso.

— Guarda o cartão. Por favor. E se mudar de ideia...

Eu apenas concordei com a cabeça.

— Acho que só me resta ir embora. — Valentim segurou a minha mão sobre a mesa. Sem que eu esperasse, levou-a suavemente aos lábios e beijou-a.

— Valentim... — Eu estava muito perturbada, dilacerada.

— Certo. — Lentamente soltou a minha mão.

— Adeus — minha voz mal saiu.

— Até breve, Angelina. — Deu mais uma vez aquele sorriso devastador.

Era extremamente difícil saber que sairia da minha vida. Mal tinha dado tempo de aproveitar mais dele. Vi-me carente, ansiando por mais, com vontade de implorar. Mas me mantive focada, a realidade clara demais, dura demais, ali, bem na minha mente.

Valentim também não parecia querer ir, mas se levantou.

— Foi um prazer conhecer vocês. — Ele se despediu da Lila e da Manuela, sorriu mais uma vez para mim e, sem que eu esperasse, acariciou suavemente os meus cabelos, o brilho do olhar me consumindo, deixando-me completamente paralisada. — E você.

Então se afastou para a outra mesa.

Sem aguentar mais olhá-lo, sabendo que nunca mais o veria, desviei o meu olhar para a praia. Senti um aperto horrível no peito.

— Não acredito que você vai deixar ele escapar, Angelina! — exclamou Lila, irritada. — Me explica como você conseguiu dispensar um gato desse nível. Deixa *ele* decidir se é importante ou não conhecer você, com ou sem muletas.

— Não.

— Você gostou dele, amiga. Arrisca!

— Lila, me deixa quieta.

— Cara, não tô acreditando!

— Lila, *hellooo*. Ela sabe o que faz. Afinal, já deve ter passado por isso antes — opinou Manuela.

— Quem garante que ele não é diferente? — insistiu Lila. — Merda, Angelina, ele foi embora!

Continuei olhando para a praia. Apertei o cartão dele entre os dedos e me recusei a chorar. Iria passar. Como tudo mais.

Valentim

2

Eu me ergui na prancha assim que a onda veio e peguei um tubo irado, sol e sal na pele, adrenalina, um sorrisão aberto... Movi o corpo sinuosamente e rápido, sentindo-me livre, como sempre acontecia quando surfava.

Tentei um aéreo quando a onda chegou ao fim, dando um mergulho gostoso, voltando com a prancha presa no tornozelo. Nadei até a beira, coloquei-a sob o braço e saí da água sacudindo os cabelos, satisfeito comigo mesmo.

— Que filho da puta! — reclamou o meu amigo Jonathan, sem acreditar no que viu. — Onde você arranjou essa onda?

— Eu te falei que tinha.

— Tinha nada! O mar estava calmo como um velho sem dentes!

O pessoal riu, enquanto eu fincava a prancha na areia e me sentava entre eles.

— Você é que tá velho e cego. Estuda com atenção e vai ver.

Jonathan olhou para o mar, mas balançou a cabeça, inconformado.

— Você tira até leite de pedra, Valentim — comentou uma das meninas, toda sorridente e linda num biquíni minúsculo. — Conta o seu segredo pra gente?

— Ele faz aquele troço que tá na moda agora... — opinou Caíque, tentando se lembrar. — Como é mesmo o nome?

Todo mundo olhou para ele, sem saber ao certo o que queria dizer.

— Aquilo com o pensamento — continuou. — Tipo, você tá num estacionamento lotado e mentaliza: Vai aparecer uma vaga agora. E, como que por milagre, um carro sai bem na sua frente e você consegue. Tem até uns livros ensinando a fazer isso.

— O poder da mente? Fazer o universo agir a seu favor? — indagou Marcinha.

— Isso! — Caíque sorriu. — Valentim mandou aparecer uma onda e ela veio! O cara é um sortudo danado! Tudo acontece pra ele.

Achei graça e olhei para o mar de Itacoatiara, sem ondas suficientemente altas para surfar naquele momento, pensando no que dissera o meu amigo. Uma coisa eu concordava com ele: eu tinha muita sorte.

Claro que eu não era o tipo de sujeito que se baseava nisso, nem mesmo esperava as coisas caírem no meu colo. Tudo que eu possuía era por mérito meu, mas, de fato, nunca encontrara muitos percalços pelo caminho.

Os amigos riram, debatendo o assunto. Eu me distraí um pouco, até que uma moça linda se sentou ao meu lado e empurrou o ombro no meu, de brincadeira, dizendo:

— Me conta aí o segredo. Como usar a Lei da Atração a meu favor?

Sorri para Zoé, minha amiga. Ela amava o mar tanto quanto eu e era bronzeada, com cabelos clareados pelo sol e sardas no nariz.

— Vou pensar se você merece.

— Malvado! — Sorridente, olhou para mim. — Tem um tempinho que a gente não se fala. Como você está?

— Tranquilo. Na mais perfeita ordem.

— Namorada nova?

Tínhamos liberdade para falar de tudo um com o outro, mas, desde que nos pegáramos um tempo atrás, era estranho conversar com ela sobre o assunto. O que sobrara fora amizade, mas, como eu terminara e ela demorara um pouco para aceitar, eu preferia manter a minha vida amorosa só para mim.

— Estou levando a vida como um monge budista.

— Quem não te conhece que te compre! Duvido! — debochou, olhando em volta. — Olha quanta gatinha te paquerando.

Não me importei muito. A verdade era que eu já tinha me acostumado com o fato de que a minha aparência chamava atenção. Não que eu fosse arrogante a esse respeito, só agia de modo normal.

— E você, Zoé? Ainda tá dando uns pegas no Paulinho? — perguntei mais para zoar mesmo.

— Acabou faz tempo, Valentim! Sabe que eu gosto de curtir a vida, igualzinho a você. E a fofa da sua mãe, como vai?

— Está bem.
— Ainda querendo te casar a qualquer custo?

Fiz uma careta, lembrando-me do almoço no dia anterior na casa dos meus pais, ela séria, comentando que logo eu faria trinta anos e precisava arranjar uma moça decente para me casar. Era sempre a mesma conversa.

Minha mãe tinha conhecido Zoé e se apaixonara por ela. Era o tipo de mulher que desejava para mim, família boa, educada, linda, dentista, bem de vida. Ficou arrasada quando o nosso romance não seguiu adiante.

— Algumas coisas não mudam nunca.

Zoé concordou, dizendo que a mãe dela era igual. E que não entendia por que uma mulher, para ser feliz, precisava se casar só porque estava prestes a completar trinta.

— Elas pensam de acordo com a época em que viveram — continuou. — Não entendem que, hoje, somos mais práticos! Esse lance de conhecer alguém especial e de viverem felizes para sempre é ultrapassado! Hoje, o povo se casa e se descasa num piscar de olhos! Melhor do que ficar infeliz! O romantismo praticamente acabou!

Zoé parecia um tanto descrente e irritada, o discurso inflamado. Eu não era contra nada daquilo. Apenas ainda não tinha encontrado a mulher que me fizesse querer deixar a minha vida de solteiro para arriscar algo mais sério. Sem saber por quê, Angelina surgiu na minha mente. Ocasionalmente isso acontecia, e eu não conseguia explicar o motivo de pensar tanto nela. Ou de ter esperado que, naquelas duas semanas desde que nos conhecêramos, ela telefonasse para mim. Não o fez.

Era estranho ter me sentido tão atraído por ela, ao vê-la pela primeira vez. Foi algo além do natural, forte e imprevisto, que me pegou desprevenido. E isso ainda me deixava alerta e curioso.

Lembrei-me de quando olhei para ela e encontrei aqueles olhos grandes e expressivos fixos em mim, perdidos no rosto suave de boneca. Quase uma figura etérea e deslocada naquele restaurante lotado, os cabelos claros emoldurando tudo, ela parecendo um farol a atrair a minha atenção. Um par de olhos orquestrando uma faísca de mistério, que me encantou na hora. Não houve razão naquilo e sim química, imediata, inexata, mas certa.

Tive muita vontade de saber mais dela, de desvendar a sua timidez, de entender o que transmitia para mim em silêncio. Quando percebi que tentava evitar, fugir do que nos atraía, fiquei ainda mais tentado.

Enquanto conversávamos, pareciamos desligados do mundo. Ela reagia a mim como se a tocasse, como se desejasse ardentemente aquilo. E, no entanto, as suas palavras diziam o inverso.

Devia ser muito apaixonada pelo namorado, para não dar nem uma chance ao que surgira entre nós. Tentei afastá-la da mente, sabendo que algumas coisas simplesmente não tinham que acontecer.

— Não é verdade? — Zoé indagou, e percebi que nem havia prestado atenção nas suas últimas palavras. Concordei com um sorriso, e ela logo começou a falar de outra coisa.

Na manhã seguinte, cheguei na minha academia, e ela já estava lotada, os três andares movimentados, as salas ocupadas. Era um orgulho saber que a Mattos Guerra Fitness se tornara uma das melhores academias do Brasil, e eu planejava abrir outra em breve.

Cumprimentei amigos, funcionários e as pessoas que passaram por mim, enquanto seguia para o meu escritório. Mais tarde daria uma aula de muay thai e assumiria a função de personal trainer. Mas, agora pela manhã, cuidaria da área administrativa. Tinha funcionários que desempenhavam bem a função, mas eu sempre queria estar a par de tudo.

Subia o último lance de escada, quando uma moça que descia chamou o meu nome:

— Valentim?

Olhei-a, deparando-me com uma morena linda, de longos e lisos cabelos pretos. Usava uma legging e um top curto, que mostrava uma tatuagem grande descendo pelas costelas e sumindo de vista. Achei-a familiar, mas não consegui me lembrar de onde a conhecia. Talvez fosse uma aluna.

— Oi. Tudo bem?

— Não se lembra de mim?

Não quis ser grosseiro, por isso apenas sorri. Ela fez o mesmo, mostrando dentes muito brancos e perfeitos, e explicando:

— Fomos apresentados há umas duas semanas, num restaurante aqui em Icaraí. Você estava com os amigos e...

— Você estava com a Angelina. — Na hora me recordei dela e da outra moça morena.

— Isso mesmo. Meu nome é Manuela. Uma coincidência encontrar você aqui! Malha há muito tempo nesta academia?

— Eu *trabalho* aqui. — Observei-a melhor e, sem poder me conter, indaguei: — Como está a Angelina?

Seu sorriso desapareceu, e deu de ombros.

— Bem.

— Ela voltou com o namorado?

Os olhos escuros dela estavam fixos nos meus. Relaxou um pouco:

— Sim, eles estão firmes, como sempre. São loucos um pelo outro!
Não sei por que aquilo me incomodou tanto. Mudei de assunto:
— É nova na academia?
— Comecei na sexta. Estou gostando muito. — Olhava-me de um jeito insinuante, direto. Era muito bonita, corpo sarado, siliconada. — Vai ser bom te ver por aqui. Dá aulas de quê?
— Muay thai. E sou personal também.
— Estou precisando de um.
— Quando quiser, a gente marca uma avaliação. Bem-vinda, Manuela.
— Obrigada. Pode me chamar de Manu.
— Bem-vinda, Manu.
Sorri e voltei a subir. Ela ficou parada, acompanhando-me com o olhar.
Mais uma vez, a imagem doce e linda da Angelina veio à minha mente, mas afastei-a, decidido.

Angelina

3

Minha rotina continuou a mesma, em casa, trabalhando, sofrendo ocasionalmente de dores. Mas algo havia mudado. Não havia um dia em que eu não pensasse no Valentim ou pegasse o seu cartão e não tivesse vontade de ligar para ele. De qualquer forma, resistira, pois sabia que a lembrança era o máximo que eu poderia ter.

No início, Lila me perturbou para mudar de ideia e ligar, arriscar. Por fim, desistiu e não tocou mais no assunto.

Uma noite, Manuela chegou do trabalho e foi para a cozinha onde eu e Lila preparávamos o jantar. Sentou-se em frente a mim.

— Vocês não sabem quem eu encontrei hoje.

— Quem? — perguntei casualmente, distraída.

— O Valentim.

Olhei-a, parando de descascar uma batata. Meu coração acelerou loucamente.

— Onde? — indagou Lila, virando-se do fogão, enquanto refogava o tempero do arroz.

— A Aninha, uma colega minha do trabalho, faz ginástica na academia dele em Icaraí. Como eu já andava mesmo querendo mudar de ares, me matriculei. Acreditem se quiserem, o Valentim estava lá. E não é apenas um professorzinho,

Angelina. Ele foi bem modesto, pois descobri que é *o dono* da porra toda. O cara nada na grana!

— Você falou com ele? — perguntei baixinho, ansiosa.
— Claro! O boss me reconheceu na hora. E perguntou por você.
— Perguntou o quê? — Engoli em seco, nervosa.
— Ah, ele me cumprimentou e logo quis saber: E a Angelina? Falei que tava tudo bem. Aí ele perguntou como andava o seu namoro. Como eu não sabia de nada, fiquei meio que sem saber o que dizer e falei que estava bem, tudo legal.
— E aí? — Lila a espiava.
— Aí ficou por isso mesmo. — Deu de ombros, mas o olhar em mim.
— Você falou pra ele sobre... sobre a minha doença?
— Claro que não!

Fiquei quieta e voltei a descascar a batata. Mas estava agitada, excitada até, nervosa. Ele se lembrara, perguntara por mim e pelo meu namoro fictício. Devia achar que eu não ligara para ele porque estava firme com o meu namorado.

— Agora vai malhar na academia dele? Aqui no Centro não é mais perto? — perguntou Lila.
— Em Icaraí tudo é melhor, né, amiga? Já comecei. E estou amando! Pelo que entendi, o Valentim é personal trainer e dá aulas de luta. A Aninha disse que ele é o máximo. — Manu sorriu maliciosamente e completou em tom de conspiração: — Em todos os aspectos, se é que vocês me entendem.

Ergui de novo o olhar para ela. Foi Lila quem matou a minha curiosidade:
— Como assim?
— Disse que ele é muito assediado pelas garotas, até aí novidade nenhuma. Mas não é nem um pouco tímido. Pega geral!
— Normal — opinou Lila. — Ele é lindo, sarado e solteiro.

Fiquei na minha. Mas saber daquilo me deu uma sensação ruim, como se o nosso encontro não tivesse significado nada. Fora só mais uma paquera para ele.

— A Aninha me confidenciou que uma vez, quando começou a frequentar a academia, eles saíram. Só uma vez. Foram dançar e depois... you know. — Ela riu. — Fiquei até com calor das coisas que ela disse que fizeram. Segundo a minha amiga, ele não só é muito bem provido, como também sabe usar com talento o que Deus deu!

Não ri. Na verdade, eu me senti horrível, com ciúmes, com raiva. Manuela parecia ansiosa em falar mais, mas Lila cortou-a:
— Bem, isso não vem ao caso. Como eu disse, é livre e solteiro. Mas aposto que, se tiver uma namorada, não vai ficar saindo por aí com outras.

— Como você sabe? Fale por você e pelo seu namorado, não por ele, amiga. — Manu afastou os cabelos do ombro. — Desculpe, Angelina, mas, se quer saber, eu acho que o cara é o maior galinha e que você fez bem em não cair na conversinha dele. Pra terem uma ideia, bem senti que ficou me paquerando hoje. Eu é que não dei trela, por sua causa.

— Minha causa? — Olhei-a, disfarçando o mal-estar. Falei seriamente: — Não precisa se incomodar por mim. Não tenho nada com ele. Como você mesma disse, deve estar acostumado a paquerar todo mundo.

— Quer dizer que você não se importa se eu...

— Manuela! — exclamou Lila, irritada.

— Claro que não. — Terminei de descascar a batata e peguei outra, fingindo indiferença, quando tudo se apertava dentro de mim.

— Ai, Lila! Calma! Não está mais aqui quem falou! — Manu se levantou. — Vou tomar o meu banho. Malhei muito glúteo hoje. Estou exausta!

Ela saiu da cozinha.

— Angelina... — começou Lila.

— Não quero mais falar sobre o Valentim.

— Você é muito teimosa! Desiste fácil das coisas! Nem ao menos arrisca!

— Arriscar o quê? — Sorri para ela, sem vontade. — Eu sou aleijada, querida. Vou piorar cada vez mais, até ficar encarquilhada numa cama. Mesmo que ele não fugisse ao saber, o que certamente faria, eu não quero. Não quero mais problemas, nem causar problemas a ninguém.

— Não fala assim! E se ele gostou mesmo de você?

Pensei no Adriano, que no início parecia gostar mesmo de mim e até me aceitar como eu era. E como tudo tinha terminado. Lutei como uma condenada para superar e refazer a minha vida, para ficar mais blindada contra ilusões como aquela. Para Lila, tudo era possível, e ela achava que eu deveria arriscar mais. Só que eu não tinha estrutura para novas decepções.

— Você ouviu bem tudo o que a Manu disse? Valentim é jovem, atleta, rico, mulherengo. Fui só mais uma paquera. Ele teria pena de mim se me visse de pé.

— Você não sabe.

— Eu sei. E você também. Não é a primeira vez que isso acontece.

— Não pode achar que todo mundo é igual ao Adriano, Angelina.

— Isso não importa mais. Que tal pararmos de falar no Valentim? Já passou. Por favor.

Lila tentou puxar outro assunto e eu tentei participar, mas passei o resto da noite com um aperto no peito e uma infantil vontade de chorar. Por mim, por tudo, pelas tantas coisas que eu sabia que deveria abrir mão. Eu precisava esquecer o cara. E logo. Continuar com a vida que construíra para mim.

Foi mais difícil do que eu imaginava. Durante a semana seguinte, Manuela não ajudou, ocasionalmente tecendo comentários sobre ele: que era ótimo professor, que era filho de empresários, que passava os finais de semana surfando, fazendo rapel ou praticando lutas, que às vezes o pessoal da academia ia correr com ele e que ela estava pensando em ir também, que várias alunas davam em cima dele etc. Para mim era difícil esquecê-lo, com ela sempre falando dele.

Eu sentia a sua animação e pensava ser uma questão de tempo Manuela sair com ele. Tentei dizer a mim mesma que aquilo não era da minha conta, que não tínhamos absolutamente nada, que, na certa, Valentim nem sabia mais que eu existia. Com certeza, não pensava em mim como eu pensava nele. Mas era uma tortura viver no meu mundinho solitário, com as minhas limitações, sonhando com o impossível. Tinha que parar, mas não sabia como.

Fiquei um pouco mais fechada e reservada. Passei a me dedicar quase que exclusivamente ao trabalho e ao tratamento, saindo somente para fazer fisioterapia, que ajudava a manter os meus músculos mais fortes e os meus movimentos menos duros. Complementava com exercícios diários em casa.

Nas horas livres, eu fazia o que mais gostava, ler e ouvir música, às vezes assistir a um filme ou série. A arte me dava prazer, me fazia companhia, criava sonhos e me permitia viver uma realidade diferente da minha. Mergulhar num bom romance sempre me acalentava a alma e me fazia feliz. Mas, naqueles dias, eu andava tão abalada que nem os meus passatempos favoritos conseguiam me relaxar.

Bruninho, o namorado da Lila, que era da Marinha, voltou de viagem, e os dois pareceram ficar em lua-de-mel, saindo direto, ela toda apaixonada. Eu sabia que não demoraria muito até resolverem morar juntos ou se casar. Várias vezes, eu temia que Lila se preocupasse demais comigo e isso atrapalhasse a vida dela. Eu nunca me perdoaria.

Éramos amigas desde criança, quando Lila e a mãe, dona Carmela, moravam na casa ao lado da minha, numa vila. Foram elas que me consolaram quando a minha mãe surtou e tomou um monte de remédios para se matar, e eu tinha nove anos de idade. Ela ainda ficou dias internada, até vir a falecer. Foi o primeiro golpe duro que a vida me deu.

Depois, quando o meu pai passou a beber ainda mais e a sumir de casa, dona Carmela praticamente me criou. O que se tornou oficial quando o meu pai morreu e eu tinha quinze anos. Elas viraram a minha família. Para todo mundo já era, pois eu quase que morava com elas, a dona Carmela me representava na escola, eu a chamava de tia. Virou a minha representante legal.

As duas cuidaram de mim quando fiquei doente aos dezesseis anos, consolaram-me e ajudaram-me quando posteriormente descobri que eu tinha uma artrite já em grau avançado. E quando, anos depois, dona Carmela morreu, eu e Lila choramos juntas a mesma dor.

Tínhamos ficado ainda mais ligadas. Dividíamos um apartamento maior. Contávamos tudo uma para outra e comemorávamos juntas as nossas vitórias. Era Lila quem cuidava de mim quando as crises vinham, que me sacudia quando a depressão ameaçava me dominar. Eu tinha vergonha de dar trabalho para ela, tentava compensar, ser mais do que uma irmã. E torcia demais pela sua felicidade.

Por isso eu ficava atenta, pronta para me mostrar forte e o mais independente possível.

Valentim

O pessoal da academia, de vez em quando, marcava treino funcional na praia ou participava de grupos de corrida. Manuela passou a frequentar ambos e chamava atenção pela força física, raça, disposição e espírito competitivo. Rapidamente se destacou e, quando vi, estávamos bem próximos.

Era linda, papo ok, bem-humorada. Deixava claro o seu interesse por mim, e foi natural eu me sentir atraído também. Estava na academia havia só algumas semanas, até que um dia em que saíamos da praia de Itacoatiara, suados e cheios de areia após um treino, pegou uma carona comigo.

— Você mora no Centro, não é? — indaguei, no carro.

Deu um daqueles seus sorrisos muito brancos e usou um tom um tanto... provocante:

— Sim. Mas não estou com pressa de ir pra casa. E você?

Dei uma olhada indecente na morena, que, pelo visto, tinha desistido de só se insinuar e agora demonstrava bem o que queria. Sorri.

— Vou pra a minha casa tomar uma chuveirada. Quer vir comigo?

— Quero.

O Dia em que Você Chegou

Era bom assim, sem complicação, sem muitos rodeios. Eu morava perto, no bairro de Camboinhas. Quando chegamos, nem ligamos para a areia ou para o suor. Ainda na sala, nos atracamos excitados, bocas coladas num beijo gostoso, mãos se livrando das roupas incômodas. Foi quente, cheio de tesão. Transamos de novo naquela noite, a segunda vez foi na cama.

Estava tarde quando a levei de carro para casa. Conversamos amenidades, até eu parar em frente a um prédio antigo numa rua movimentada. Manuela havia dito que dividia um apartamento com Angelina e a outra amiga. Olhei para as janelas acesas e imaginei Angelina lá dentro. Fiquei irritado por ainda pensar nela.

— Foi uma noite maravilhosa, Valentim. — Sua voz era rouca, seu olhar intenso. — Perfeita. — Aproximou-se e demos um beijo daqueles. Quando se afastou, falei baixinho:

— A gente se vê.

Acenei e observei-a sair do carro, reparando no corpo perfeito, no rebolado provocante. Quando entrou no prédio, ainda dei uma olhada para cima, pensando se Angelina estaria lá com o namorado dela. Talvez depois de uma sessão de sexo, como a que eu tivera com Manuela.

A vida seguia. Acelerei e fui embora.

Angelina
4

Foi sem querer que eu soube que Manuela estava saindo com Valentim.

Eu tinha ido a uma consulta médica e, quando voltei, não havia ninguém em casa. Exausta, fui para o meu quarto, tomei banho e descansei um pouco as pernas na cama.

Passado algum tempo, peguei as muletas e me dirigi devagar para a sala, mas parei no corredor ao escutar Manuela e Lila conversando, falando o meu nome e o do Valentim.

— Angelina vai ficar magoada — disse Lila.

— Que nada! Lila, você bem ouviu ela dizendo que nem liga! Olha, eu não posso atrasar o meu lado por causa dela! Tô a fim do gato. Muuuito a fim e, agora que me deu mole, não vou dispensar por causa da Angelina, que não é nada dele!

— Manuela...

— Você viu, amiga. O cara é lindo de morrer, sensual, uma delícia, e na cama... *pelamordedeus*! A Aninha tava certa. Tá rolando o maior clima entre a gente, tesão puro! Gosto muito da Angelina, mas ele nunca mais falou dela. Por que *eu* deveria me incomodar?

— Se liga, ela gostou dele, Manu! Você sabe disso!

O Dia em que Você Chegou

— Eu tô ligada, amiga, mas... Lamento pela Angelina, tenho pena que seja doente, e o Valentim é cheio de saúde e energia, Lila. Ela fez bem em não arriscar. Ela não tem como acompanhar o pique e ele se sentiria mal, pois é um cara do bem. Talvez só ficasse com ela por pena.

— Manuela!

— É verdade! Eu sou jovem, saudável, *gostosa* — disse enfatizando o autoelogio — e, vou te falar, estou louca por ele. Na cama, a gente fez de tudo, só faltou ele me jogar na parede e meter em mim de cabeça pra baixo! Nada nesse mundo vai me fazer desistir agora, amiga. Tô ligada demais, e no 220!

Sem aguentar ouvir mais uma palavra, voltei em silêncio para o quarto. Fechei a porta com cuidado e caí na cama gemendo baixinho. Fechei os olhos e tentei controlar a dor e a decepção, mas não consegui. Enfiei o rosto no travesseiro e desatei a chorar.

Disse a mim mesma para acabar com aquilo, que eu mal o conhecia e não tivéramos nada, mas não aguentei. Meu peito se apertou, uma dor maior que a física me fez ter vontade de me dobrar toda e nunca mais sair dali. Era como ver de vez as minhas esperanças destroçadas, aquelas que eu fingira não ter, mas que teimavam em permanecer comigo.

As palavras de Manuela voltaram à minha mente, descrevendo o modo como transaram sem limites, ambos lindos, saudáveis, livres. Como pude sequer imaginar que concorreria com isso? Ainda mais depois das experiências que eu tivera?

Demorou até eu me acalmar, sentindo-me exausta física e emocionalmente. Minha cabeça doía. Fiquei deitada um bom tempo, olhando para o nada.

O celular começou a tocar. Não queria falar com ninguém, mas vi o número da minha amiga Madalena e me lembrei de que tinha marcado de encontrá-la na fisioterapia no dia seguinte. Respirei fundo e atendi.

— Oi, Lina. Tudo bem?

— Sim. — Fiz de tudo para disfarçar a voz rouca de tanto chorar. — E você?

— Ah, amiga, o mesmo de sempre! Dor e irritação! Não aguento mais esses corticoides, estou toda inchada!

E Madalena prosseguiu, reclamando e se lamentando. Eu ouvia, quieta. Ela também sofria de artrite reumatoide e a sua condição piorava por conta da obesidade, que sobrecarregava as articulações. Vivia dizendo que a culpa era dos remédios. Mas a verdade era que comia demais, não fazia exercícios de fortalecimento muscular e só aparecia na fisioterapia quando eu a incentivava.

Tanto os pais dela quanto os médicos e eu tentávamos fazê-la enxergar que precisava mudar os hábitos, concentrar-se mais no tratamento, mas Madalena era cabeça dura e não aceitava de jeito nenhum que teria aquela doença para sempre.

— Não aguento mais, Lina! Que vida é essa?!? Não consigo trabalhar, fazer nada! E os meus pais ainda brigam comigo! Tem hora que quero é morrer.

— Para de falar besteira. — Madalena era exagerada, mas me preocupava. — Vamos nos ver amanhã na fisioterapia?

— Sei lá, acho que não vou! Não gosto daquela mulher. Sempre vem com aquele papo de que preciso emagrecer e blá blá blá, blá blá blá... Será que não sabe o quanto o corticoide incha a gente?

— Madalena, você não pode ficar faltando. Vamos amanhã, está bem? Se quiser, muda de fisioterapeuta, mas não para. Sabe que o exercício alivia a dor.

— Eu sei... tudo bem, eu vou! Mas só pra te fazer companhia! Não aguento mais essa chateação, e, já que não tem cura, de que adianta eu me esforçar tanto? Me diz, pra que viver assim, se é uma dor atrás da outra?

Seu pessimismo piorou o meu estado. Fechei os olhos por um momento, pensando nas palavras dela, fazendo-me as mesmas perguntas. Era difícil olhar para o futuro e imaginar a solidão, a deformidade, a perda de movimentos. Uma piora lenta, que poderia acontecer ou não, mas que assustava demais.

Não queria me sentir infeliz ou ter pena de mim mesma ou da Madalena. Tínhamos que aprender a conviver com a artrite, muitas vezes matar um leão por dia. Mas cada um precisava encontrar a felicidade à sua maneira. Eu não conseguia mais fazer longas caminhadas ao ar livre ou dançar, como sempre gostara. No entanto, podia ouvir música, fazer exercícios que me eram permitidos, ler, divertir-me de outras maneiras.

Por fim, eu me acalmei um pouco e relatei para ela mais uma vez os benefícios do tratamento. Depois que se despediu e desligou, eu fechei os olhos, esgotada. E, ainda assim, só consegui pensar no Valentim.

Durante a semana ficou claro que Manuela ainda estava saindo com ele. Não disse claramente para mim, mas também não escondeu. Andava radiante, feliz, e escutei quando disse para Lila que, no próximo domingo, iria à praia com ele e os amigos. Eu fingia que não me incomodava, mas por dentro estava arrasada, pensando que não poderia fazer nada daquilo. Minhas pernas nem me permitiam andar sozinha.

Para piorar a situação, como se não bastassem a dor emocional, o ciúme e a angústia, as minhas dores físicas retornaram. Minhas pernas doíam, assim como as articulações dos meus pulsos, principalmente quando eu trabalhava digitando. Sabia que mais uma das minhas crises se aproximava, e eu evitava me entupir de analgésicos, pois logo teria que viver à base deles. Tentava suportar a dor e me forçava a trabalhar diariamente, adiantando ao máximo as traduções.

O Dia em que Você Chegou

A semana se arrastou. Lila, que me conhecia bem, não queria que eu fizesse nada em casa, insistia em me massagear todas as noites e me tratava com tantos mimos que eu até ria dela e a chamava de mammy.

Na sexta-feira à noite, passei linimento nas pernas, vesti uma velha calça preta de moletom, uma camiseta azul, e deixei os cabelos soltos de qualquer jeito. Deitei-me no sofá e tentei ver televisão, cansada, pois aquele fora um dia duro.

Minhas pernas não pararam de doer o dia inteiro e os meus pulsos latejaram até eu não aguentar mais e interromper a tradução que estava fazendo. Precisei tomar um analgésico e estava me sentindo um tanto sonolenta, sozinha no apartamento.

Eu mal notei a porta se abrir, até escutar alguns passos. Abri os olhos e vi Manuela no limiar da sala, olhando-me de maneira esquisita.

— Oi, Angelina. — Ela estava muito séria e parecia incomodada. — É melhor você se levantar. Temos visita de honra hoje! — exclamou para me alfinetar.

— Que bom — falei, tentando disfarçar a irritação com o tom de voz dela.

— Abram alas!

Mal ela me comunicou, ele surgiu ao seu lado. Tomei um susto tão grande, que parecia ter levado um murro na boca do estômago. Fiquei imóvel, sem ar, sem chão. Como se acabasse de cair num precipício.

Quando os olhos dele, tão verdes, tão límpidos, fitaram os meus, fui envolvida por uma miríade de sentimentos: saudade, angústia, desejo, dor, medo e muitos outros. Valentim estava ainda mais bonito, como se fosse possível, mais bronzeado, com os cabelos castanhos caindo despenteados na testa. Usava jeans e uma camiseta preta justa, que o deixava ainda mais sensual.

Não pude fazer nada mais do que olhar para ele. Paralisada.

Valentim
5

Algumas vezes, levei Manuela até o prédio onde morava, mas ela nunca me convidava para entrar. Estávamos saindo e nos divertíamos na cama e fora dela, curtindo a vida. Não era nada sério, mas eu estranhava, às vezes, ter que esperá-la no carro quando ia buscar alguma coisa.

Naquela sexta-feira, decidimos passar o fim de semana em Arraial do Cabo, onde haveria um campeonato de surfe infantil e eu inscrevera alguns alunos. Uma vez por semana, eu dava aula de surfe para crianças carentes na praia de Piratininga, projeto que iniciara havia alguns anos e que crescera mais do que eu imaginara, enchendo-me de orgulho. Consegui o patrocínio de empresários locais e o apoio também da prefeitura, até chegar ao ponto de alguns alunos se destacarem e começarem a competir.

Manuela nem parecia saber daquele meu trabalho, mas quando me chamou para sair e avisei que estava partindo para o campeonato em Arraial do Cabo, ofereceu-se para ir junto e topei. Ela ainda iria pegar as suas coisas no apartamento, trocar de roupa, mas parecia querer que eu ficasse no carro esperando.

— Não vai me convidar pra subir?

Olhou para mim surpresa e senti que vacilou, como se aquilo a incomodasse.

— Vou rapidinho! Pego umas roupas e...

— Tem algum problema no seu apartamento?

O Dia em que Você Chegou

Deu uma risada que pareceu forçada.
— Claro que não, Valentim! É que deve estar uma bagunça lá e...
— Não me importo. — Tirei a chave da ignição. — Vamos?

O sorriso desapareceu e entendi que escondia algo de mim. Desconfiado, pensei se teria a ver com Angelina. Talvez fosse só ciúme.
— Ok, vamos. — Saiu do carro e bateu a porta, irritada.

Achei infantilidade da parte dela, mas a segui, calado. Sendo honesto comigo mesmo, admiti que sempre esperara aquele convite para subir, só pela oportunidade de rever Angelina. Talvez Manuela tivesse razão em querer evitar aquele encontro.

Ficou emburrada enquanto subíamos no elevador, a expressão preocupada. Agindo naturalmente, fingi que nada percebi. Mas toda a minha naturalidade foi ralo abaixo quando ela abriu a porta. Vi Angelina deitada no sofá, cabelos claros esparramados, uma expressão preguiçosa estampada no rosto. Mais linda do que eu me recordava.

Não sei o que foi aquilo, mas me pegou desprevenido. Eu, que achava que ela estava esquecida, senti o coração bater mais forte, uma emoção intensa me dominar por inteiro. Foi como voltar pra casa depois de muito tempo de saudade. Só consegui encará-la. E sentir tudo ao mesmo tempo.

Convencera-me de que aquele primeiro encontro no restaurante tinha sido um momento único, mas passageiro. Uma atração apenas, uma ilusão perdida no tempo. Que, se a visse de novo, seria diferente, comum. Mas não. Estava tudo de volta, ainda mais intenso, envolvendo-me por inteiro.

Nossos olhares ficaram grudados. Vi o sorriso esmorecer no seu rosto, percebi o quanto se abalara também e o demonstrava, pega de surpresa. Havia algo muito frágil nela, parecia abatida. E ainda assim incrivelmente bela.

Por fim, tentou disfarçar a surpresa e as emoções que expressava. Sentou-se devagar no sofá, as pernas ainda esticadas, o olhar em mim.
— Nem preciso apresentar vocês, né? — A voz da Manuela era seca, e olhou de mim para ele atentamente. — Vou viajar com o Valentim pra Arraial do Cabo hoje e tenho que arrumar a minha bolsa correndo. Volto logo. Fica à vontade, gato.
— Pode deixar, Manuela. Oi, Angelina.

Manuela saiu rapidamente da sala, pronta para correr contra o tempo. Eu me aproximei, sem nem ao menos piscar para não perder nada daquela mulher.
— Oi. — A voz foi nada mais que um murmúrio.

Ficamos nos olhando, ainda um tanto abalados, sentindo o ar estalar, a energia cheia de magnetismo, tudo vindo sem aviso. Até que ela apontou para o sofá ao lado:
— Sente-se.

— Obrigado. — Acomodei-me. Reparei nos cabelos soltos, meio despenteados, que caíam sedosos pelos seus ombros. E nas olheiras sob os olhos grandes, de um castanho âmbar. Estava pálida, e indaguei, franzindo o cenho: — Você está bem?
— Estou, dentro do possível.
Mordeu o lábio, depois de ter respondido rápido demais. Só então percebi as muletas encostadas na parede ao lado dela. Quando tornei a encará-la, preocupado, vi que parecia mais tensa, retesada, o olhar expressando muita coisa que eu não entendia.
— Você se machucou?
— Não.
— As muletas são suas?
— São.
Não compreendi de imediato e olhei-a mais intensamente. Soltou um suspiro, parecendo ainda mais cansada. Desviou o olhar por um momento para a televisão e me surpreendeu:
— Eu só ando de muletas.
Desci o olhar pelas suas pernas, que pareciam absolutamente normais dentro da calça de moletom. Algo se apertou no meu peito, e, confuso, insisti:
— Desde quando?
— Há quase dez anos.
Fiquei em silêncio, meio atordoado. Lembrei-me de que só a vira uma vez, lá no restaurante, sentada. Não havia muletas por perto. Nunca poderia imaginar aquilo.
Percebi o pé direito ligeiramente virado para o lado. E o meu coração falhou uma batida, enquanto a dimensão de toda aquela situação me invadia.
— Tenho artrite reumatoide desde os dezesseis anos, e ela piora com o tempo. Às vezes, uso também cadeira de rodas, quando estou em crise.
Tentei não demonstrar, mas fiquei chocado. Lamentei demais por ela, quis dizer algo que a confortasse, mas tive medo de que ela interpretasse como pena. Imediatamente me veio à memória a sua expressão, indecifrável, quando a chamara para dançar naquela noite e ela dissera que não podia. Mas não me contara o motivo.
Senti-me traído por não confiar em mim. Então, notei o seu semblante e percebi que tentava esconder a vergonha. E algo mais.
— Você está com dor — afirmei, e ela se surpreendeu.
— Mas já está melhorando. — Sorriu, afastando a franja que caía nos olhos.
— Já tomei o remédio.
— Não é perigoso ficar sozinha?
— Não. E logo a Lila vai chegar.

— E o seu namorado?

Arregalou os olhos para mim e entendi tudo. Emoções estranhas me abalaram.

— Não há nenhum namorado, não é? O que impediu você, naquele restaurante, foi a sua doença.

Fui tão direto, tão seguro, que Angelina corou de embaraço, sem saber como mentir mais. Novamente senti como se tivesse sido traído. Primeiro por ela, depois pela Manuela, mantendo aquela farsa.

— Por que você não me falou, Angelina?

— Isso não importa. — Tentou sorrir para mim e amenizar o clima tenso. — Foi melhor assim pra todo mundo.

— Não pra mim.

Diante do meu olhar penetrante, novamente baixou os olhos e cruzou as mãos no colo, sem saber mais o que dizer. Eu estava chateado, muito, e me sentia enganado.

— Você mentiu, não foi sincera.

— Valentim, eu só não quis causar um mal-estar. Desculpe.

— Não podia ter decidido por mim.

— Eu decidi *por mim*. Não queria falar que sou aleijada. É um direito meu! — exclamou um tanto emocionada, encarando-me com certa mágoa. — O que você faria? Sentiria pena?

Eu estava irritado, com raiva, mas tive uma vontade imensa de me levantar e puxá-la para os meus braços, abraçá-la forte. Fiquei perturbado, ainda surpreso demais com tudo para ter uma visão mais clara, ampla e calma.

— Não sinto pena de você. E não é aleijada!

— Sou! E vou ficar cada vez pior! — Respirou fundo, parecendo ainda mais cansada, até um pouco tonta.

Fui invadido por uma preocupação genuína e me forcei a ficar no mesmo lugar.

— Você está pálida. Tá passando mal?

Fitou-me, como se percebesse que eu me importava com ela de verdade.

— Estou bem. Os remédios me deixam meio descontrolada. — Recostou-se no sofá, agitada demais comigo ali. Eu podia sentir as suas emoções conflitantes. A voz veio baixinha: — Fico feliz que você esteja com a Manuela. Ela é muito legal.

— Fica mesmo, Angelina?

Eu não estava feliz com nada, muito pelo contrário. Nunca me sentira tão tocado por uma mulher e tão enganado ao mesmo tempo. Ela escondera de mim a sua doença, fingira que tinha namorado, me afastara dela sem me dar qualquer chance. Como se eu não valesse o seu esforço ou fosse algum egoísta, que a trataria mal ao saber de tudo.

Ainda não conseguia dimensionar o que significava descobrir a verdade. Ou como a sua doença me afetava.

— Claro que sim. — Desviou o olhar, tentando aliviar as coisas, esconder o que sentia. Pegou o controle e baixou mais o volume, como a se ocupar de algo. Percebi que tremia um pouco. — Desculpe, estou sendo mal-educada. Você quer beber alguma coisa?

— Não, obrigado.

Continuei muito tenso. E nem por um momento tirei os olhos dela. Tanta coisa passava pela minha cabeça. Não fingi que éramos meros conhecidos falando sobre amenidades. Fui direto ao ponto:

— Sei que a sua doença não tem cura, mas tem controle.

— Depende. Provavelmente vai piorar com o tempo.

Eu tinha um certo conhecimento sobre artrite reumatoide, sabia que era autoimune, conhecera alunos com o problema, mas não com tamanha gravidade. O meu conhecimento era superficial.

Ela parecia observar o meu semblante, como se esperasse ver pena. Mas eu não sentia pena. Só uma raiva silenciosa e inconformada. Ao mesmo tempo, eu buscava brechas na sua explicação, sem poder aceitar que ela passava por aquilo e estava tão conformada. Eu queria ter o poder de mudar tudo.

Incomodada, perguntou num quase sussurro:

— Você está com raiva de mim?

— Não.

Inspirou fundo, calada, como se achasse que era mentira. Por um momento, ficamos em silêncio, só nos olhávamos. E então eu soube que a raiva era por me sentir impotente, inútil até, por me ver privado de fazer algo por ela.

Eu não entendia tudo que estava sentindo. Era coisa demais ao mesmo tempo, mas o que me atraía continuava intenso, avassalador, puxando-me para a direção dela. Quis de novo ver o seu sorriso, a sua doçura, sem aquele medo no olhar. Cheguei a sentir nos dedos a textura dos seus cabelos macios, quando naquela noite me despedi achando que não a veria mais e quis guardar ao menos aquilo comigo. Ela pulsava em mim, mais forte do que jamais qualquer outra mulher.

— E aí, vamos? — Manuela voltou, trazendo duas bolsas, uma em cada mão. Olhou meio desconfiada para Angelina e depois sorriu para mim, como se nada tivesse acontecido: — Fui the flash. Você disse que tava com pressa — e deu risada.

Eu não queria sair dali. Tinha muitas perguntas a fazer, um mundo de coisas para entender. O pior foi saber que a atração entre mim e Angelina tinha sido real e continuava viva. Que naquele restaurante, quando me dispensou, queria mesmo era dizer sim. Eu não havia interpretado errado o seu olhar.

— Vamos nessa, meu gato! — insistiu Manuela.
Olhei sério para ela, que piscou, meio desconcertada.
— Vamos, Manuela.
— Angelina, avisa à Lila que só volto no domingo. Qualquer coisa, vocês podem ligar pro meu cel.
— Pode deixar.
— Você vai ficar bem? — Encarei Angelina, profundamente preocupado.
— Vou. — Sorriu suavemente. — Divirtam-se.
— Tem dúvida? — disse Manuela, piscando para mim com um olhar lascivo. — Se cuida, querida. — E se encaminhou para a porta.
— Tchau, Angelina.
Eu não queria sair, mas sabia que não havia mais o que fazer ali.
— Tchau.
Parecia uma covardia deixá-la sozinha naquele sofá, tão frágil, com dor. Algo me mantinha cativo, me pregava no lugar. Sorriu mais uma vez e desviou o olhar para a televisão, como se me dispensasse.
— Valentim?!? — Manuela chamou, impaciente, a porta já aberta.
Eu desci em completo silêncio, sentimentos diversos me atacando. Somente quando entramos no carro e partimos, perguntei irritado:
— Por que mentiu pra mim?
— Sobre a Angelina?
— Não, sobre a origem da vida na Terra!
Ela suspirou, virando-se na minha direção, mostrando-se suave e persuasiva:
— Darling, você precisa entender. Ela é minha amiga, moramos juntas há três anos. Pediu que eu fingisse que tinha namorado e não falasse da doença. Como eu poderia traí-la?
— Você disse que os dois eram apaixonados, deu a entender que era sério.
Eu não conseguia pensar direito, estava nervoso.
— Pelo amor de Deus, você nunca teve nada com ela! E por que está tão chateado assim? Só se viram duas vezes! — Cruzou os braços, com ciúme. — Parece até que está transando e saindo com a Angelina, e não comigo, Valentim!
Não respondi. Olhei para frente, com vontade de deixar Manuela de volta no apartamento e ir para casa. Uma coisa ficou absolutamente clara na minha cabeça: eu estava transando com a Manuela, mas nem de longe sentia por ela aquela coisa doida que a Angelina despertava em mim. E que me desconcertava.
Tentei separar os meus sentimentos, compreender aquela confusão toda, mas só tive vontade de ficar sozinho. Até mesmo o tesão e a diversão com Manuela naqueles dias pareceram vazios, sem importância. O que me perturbou ainda mais.

Naquele fim de semana, trabalhei muito com as crianças durante o campeonato de surfe, sabendo o quanto estavam eufóricas, depositando as suas esperanças em mim. Tinha responsabilidade com elas, fiz tudo que deveria fazer, mas o tempo todo eu me indagava se Angelina teria melhorado.

Foi louco me dar conta de que eu estava muito mais ligado nela do que na Manuela, que me fazia companhia. Ou ao menos estava lá, de cara feia, como que estressada por ter sido *trocada* por um grupo de crianças tocando o terror.

Nem chegamos a transar. Na primeira noite, ficamos frios um com o outro, ela fazendo jogo duro, como se eu fosse correr atrás. Mas não senti a mínima vontade. No sábado de manhã, ela me procurou toda sedutora, querendo avivar o tesão que havia despertado em mim nas vezes anteriores. Fui seco e sincero ao dizer que não estava a fim. Poderia ter arranjado desculpas, mas eu não fazia nada por obrigação.

Ter visto Angelina e notar como Manuela era insensível diante da animação das crianças me fez perceber que logo nem aquilo sobraria. Ficou revoltada, bufou, mas não chegou a perguntar o motivo da minha indiferença. Acho que o orgulho não permitiu. E quando falei para ela ligar para o apartamento e saber se Angelina havia melhorado, ficou emburrada. Fez de má vontade, falou com a Lila e disse estar tudo bem.

Enquanto o fim de semana passava, pensei com mais calma em tudo e olhei ao meu redor. Por fim, eu entendi o que Angelina fizera quando me dispensara naquele restaurante com a desculpa de que tinha namorado.

Se estivéssemos juntos, não poderia me acompanhar até ali. Eu cancelaria a minha participação no campeonato para ficar com ela? Viajaria preocupado com o seu estado de saúde? Quando estivesse bem, poderia ir à praia comigo, mesmo de muletas? Como combinaríamos ritmos de vida tão diferentes?

Eram muitas indagações, e disse a mim mesmo que o melhor seria... ficar longe. Tudo aquilo era novo para mim, e não queria magoá-la. Nem começar algo que talvez não conseguisse levar adiante. Entendi que Angelina percebera aquela possibilidade antes de mim, talvez por experiência própria.

Quando o fim de semana terminou e voltei para casa, continuei a repetir intimamente aquilo durante os dias seguintes, toda vez que ela vinha nos meus pensamentos. Não saí com Manuela de novo, embora ela me cercasse e fizesse convites. E quando a encontrei na academia e perguntei se Angelina estava melhor, simplesmente respondeu que estava ótima e saiu pisando duro.

Eu deveria ter me tranquilizado, mas não foi o que aconteceu. Muito pelo contrário.

Angelina
6

Piorei gradativamente nos dias que se seguiram. Tinha consciência de que o lado emocional influenciava demais na minha recuperação, que se estivesse preocupada ou depressiva ficava com a imunidade baixa e abria espaço para as crises violentas. Eu tentava melhorar, dizia a mim mesma que estava tudo bem, mas não conseguia esquecer Valentim nem parar de remoer o passado.

A semana transcorreu assim e me esforcei demais para me recuperar e não entrar em crise. Aumentei a frequência na fisioterapia e lá encontrei a minha amiga Madalena, que se aproximou numa cadeira de rodas. Eu tinha finalizado a minha sessão e estava sentada no banco, suada, bebendo água e tentando me recuperar da dor pelo corpo. As muletas ao meu lado.

— Oi, Lina. Já acabou?!? Logo agora que eu cheguei? Pensei em fazermos algumas sessões juntas. A Luana ainda está por aí? Não quero fazer com ela! Prefiro esperar o Jurandir.

Já se aproximou de cara fechada, despejando tudo, mal me dando tempo de cumprimentá-la.

— Oi, Madá. Sim, terminei. Uma pena a gente não ter se encontrado antes.

— Mas vai esperar por mim, né? Assim saímos juntas e comemos algo aqui ao lado. Não vou demorar!

Fechei a garrafinha de água e a enfiei na lateral da minha mochila.

— Dessa vez não vai dar. Preciso adiantar umas revisões.

Ela me observou e suspirou.

— Não sei por que ainda continua trabalhando, Angelina. Com teu quadro, você já poderia até estar aposentada! Falei para o meu pai ver isso pra mim, mas aquele lá não se mexe! Sabe que não posso trabalhar mais! Qualquer um vê!

Eu gostava muito da Madalena. Éramos amigas, conversávamos, desabafávamos os nossos medos e angústias, coisas que, às vezes, eu não contava para Lila porque não queria preocupá-la ou sobrecarregá-la. Por ter a mesma doença que eu, Madalena me entendia melhor.

O problema era o humor dela. Vivia alterado e, em geral, tinha um gênio difícil de lidar. Eu conhecia os pais dela, sabia o quanto se desdobravam pela filha, mas ela sempre tinha algo a reclamar deles.

— Por que está na cadeira de rodas? Piorou? — Mudei de assunto.

— As porcarias das muletas estão causando dores no meu joelho. Prefiro assim, não me incomoda tanto. E descanso mais.

Percebi que ela engordara bastante. A mãe dela, dona Glória, me ligara num dia desses, pedindo para aconselhar a filha sobre a alimentação e a fisioterapia, pois andava sem controle, comendo besteiras demais e sobrecarregando os membros afetados. E, quando piorava, colocava a culpa nos tratamentos.

Eu sempre conversava com ela, mas Madalena era rebelde e teimosa. Claro que eu entendia o seu lado, inconformada com a artrite. Às vezes, ela me ouvia, outras ignorava completamente. Como estava fazendo agora. Por isso eu precisava ter cuidado com o que dizer. Fui cautelosa:

— Você tem feito exercícios? Sabe que são importantes e...

— Só falta você me chamar de gorda também! — Irritou-se, apertando as sobrancelhas. — São os meus pais, o meu médico, esse pessoal chato daqui! Só porque falei em fazer um lanche depois e você já vem com essa conversa pra cima de mim?

— Calma, Madá, não é nada disso. Você está muito estressada! A gente só quer ajudar.

— Deixando a minha autoestima no chão?

Passei a mão pelos cabelos, tentando conversar sem ofendê-la. Não era a primeira vez que falávamos daquilo, mas não desisti:

— Madalena, você é linda. Não estou falando da sua aparência. Apenas em relação à AR. No início, também tive um aumento significativo de peso. Eu gostava muito de caminhar ao ar livre, de dançar, era ativa, mas com as dores e complicações, mesmo antes de receber o diagnóstico, fui diminuindo as atividades diárias e ficando mais sedentária. Quando passei a tomar os medicamentos, inchei também, retendo líquido. Demorou até eu entender que, quanto mais ficasse parada, mais seria pior. Hoje pratico os meus exercícios e faço fisioterapia. Os músculos mais fortes e o controle do peso não sobrecarregam tanto as articulações.

— Pois pra mim você está magra demais, Angelina — rebateu, como se tudo que falei fosse para magoá-la. Acenei e concordei:

— Verdade. Vou tentar recuperar alguns quilos.

— E também está abatida. Piorou?

— Um pouco. As dores andam difíceis de aguentar.

— E por que não usa a cadeira de rodas? Tem vergonha?

— Claro que não. É que odeio mesmo — confessei.

— Mas se for preciso... Prefiro ela a ficar pendurada nessas malditas muletas! Fico com medo de cair! Mal me seguram essas merdas!

Tínhamos visões completamente diferentes sobre os nossos problemas. Eu estava num grau bem mais avançado que Madalena, passara por duas cirurgias nos joelhos, não possuía mais força suficiente para ficar de pé sem as muletas. As articulações estavam comprometidas, com perdas significativas da cartilagem.

Eu sabia que poderia piorar, que talvez, no futuro, estivesse tão deformada e dolorida que somente a cadeira de rodas daria jeito. Por esse motivo, adiava ao máximo o uso dela. Enquanto eu pudesse me virar com as muletas, assim o faria.

Madalena odiava sofrer e passar aperto. Já pulava direto para a cadeira de rodas no primeiro incômodo. Ainda não havia precisado de cirurgias e, se realmente levasse o tratamento a sério e emagrecesse, dispensaria o uso das muletas.

Ainda parecendo chateada comigo, afastou os longos e lindos cabelos castanhos para um dos ombros, enrolando-os, a expressão carrancuda.

— Não queria magoar você. Só me preocupo e quero que fique bem, que não chegue ao ponto em que estou.

— Eu sei. Você realmente não está legal. Tem certeza de que é só a dor? Parece aborrecida, quieta demais.

Corei, mesmo sem querer. Valentim invadira os meus pensamentos, o modo como me olhara no apartamento, a certeza de que não o veria nunca mais. E a tristeza que me invadia, mesmo lutando muito contra ela.

— Estou bem.

— Pode falar, Lina. Sempre conto tudo pra você. O que está acontecendo?

— Nada. — Dei de ombros, tentando aparentar alguma tranquilidade, até mesmo quando senti uma pontada de desânimo nas palavras: — Sabe como é, às vezes, as dificuldades se somam e a gente fica um pouco perdida. Só isso.

— Te entendo. — Ainda parecia ver mais de mim. — É que você nunca foi de reclamar. Tem a ver com a Lila?

— Não, claro que não.

— Sei lá, você comentou um dia desses que o namoradinho dela quer ficar noivo. Talvez esteja preocupada com o futuro. Afinal, se eles se casarem, como vai dividir o apartamento só com aquela metida?

— Não fala assim da Manu — pedi com suavidade.

— É a verdade! Ela me olha com nojo quando vou lá! — Madalena franziu o nariz. — E aquela mania de falar gírias em inglês... aff.

Não me estendi sobre Manuela. Pensei em Lila, que eu queria demais que fosse feliz, se casasse, realizasse os seus sonhos. Eu planejava o meu futuro e as minhas opções, como morar num lugar menor ou usar as minhas tão suadas economias. Ocasionalmente, tudo parecia sombrio. Mas não me desesperava. Apenas pensava, para não ser pega desprevenida.

— Tomara que eles se casem, sim — falei com toda sinceridade. — Torço pra isso. E, se for preciso, então me mudarei para uma casa menor. Sem problema.

— Ok. Sabe que pode morar comigo, se quiser. — Sorri diante do seu oferecimento brando e ela sorriu também, debochando: — Embora eu dependa dos meus pais e ocupe a casa deles. Mas acho que gostam mais de você do que de mim!

— Não diz besteira, Madalena! E vê se para de reclamar! — repreendi de brincadeira. — Mas obrigada. Tudo vai acabar se resolvendo.

— É o Adriano?

— O quê? — perguntei, surpresa.

— Ele apareceu? Ou anda se lembrando dele? — Deu de ombros. — Está meio pra baixo, dá pra ver. E não adianta negar.

— Não sei do Adriano há séculos.

— Então é outra pessoa?

Madalena me olhava com insistência. Acabei suspirando. E percebendo que precisava desabafar com alguém. Não queria falar com Lila, pois ela insistiria para que eu lutasse pelo Valentim.

— É besteira minha.

— Então tem mesmo outra pessoa. Quem é ele?

— Não temos nada. Eu apenas... o conheci um dia desses, mas...

— Mas? — Estava séria.

— Não tem como dar certo. É um cara dinâmico, bonito, que aproveita a vida. Trabalha com esportes...

— Qual o nome dele?

— Valentim.

— Gostou dele, não é? Por isso está tão chateada.

O Dia em que Você Chegou

Eu queria desmentir, mas era verdade. Só o vira duas vezes, mas ele não saía da minha cabeça. Mexia comigo de uma maneira avassaladora, complexa, intensa.

— Eu sei que nunca daria certo, mesmo se ele quisesse. E nem quer. Mal nos conhecemos. É que... eu não consigo parar de pensar no que não posso ter.

— Você já passou por isso.

— Sim. Não quero ficar criando ilusões tolas.

— Então, tem que esquecê-lo mesmo, Lina. Nós somos diferentes. Que homem vai querer parar de viver no ritmo dele pra viver no nosso? Se nem os meus pais me aturam direito, você acha que um cara faria isso? Sofrimento na certa! Já me conformei. E, depois do que passou com o Adriano, deveria se conformar também.

Era a pura realidade, mas ouvir de modo tão cru foi como mais uma pancada no meu emocional. Claro que Madalena estava certa.

— Vai passar.

— É melhor, Lina. E não esquece: esse Valentim, a Lila, cada um tem uma vida a seguir. Mas eu sempre estarei aqui. Entendo você muito bem. E serei sua amiga pra sempre. Vamos enfrentar tudo juntas. — Sorriu de verdade naquele momento.

Suas palavras me incomodaram mais, por parecerem finitas, excludentes. Mas não demonstrei. Segurei as minhas muletas, as articulações rígidas e doloridas quando me levantei. Pontadas surgiram em várias partes do meu corpo.

— Preciso ir, Madá. A gente se fala.

— Tá. E se cuida. Está muito abatida.

— Pode deixar.

Saí de lá com dificuldade. E com o coração parecendo pesar como chumbo.

Valentim

— Mas quem ficou em terceiro lugar em Arraial do Cabo? Quem? — Bob, que estava sendo alvo da zoação dos colegas, jogou na cara deles. — Euzinho aqui!

— Cala a boca, metido! — Sentada, a sua prima Jenifer chutou um pouco de areia nas pernas dele. — Eu fiquei em primeiro lugar no ano passado, em Grumari.

— O ano passado já passou! — Rindo, Bob deu uma mordida no sanduíche, todo feliz com o troféu guardado em casa.

— Valentim, tem que ensinar esse aí a calar a boca! — Luana revirou os olhos. — Ele tá se achando!

Eu sorria das implicâncias deles, o que era natural naquela idade. Eram divertidos e nunca passavam disso, sem ofensas. Uma certa dose de competitividade fazia bem, se queriam participar de torneios mais sérios.

Era sábado, e estávamos sentados na areia da praia de Piratininga. Apesar do tempo nublado, a manhã tinha sido proveitosa, com ondas boas, o treino a todo vapor. Dos quinze alunos mais assíduos da escolinha de surfe, somente dois haviam faltado. E me mandado mensagem no Whatsapp, um deles por conta de uma gripe e a outra por ter que ficar com as irmãs mais novas, tomando conta delas.

— Esse sanduíche tá uma delícia! Foi você quem fez, Valentim? — Rafael, irmão do Bob, olhou para mim e depois para os outros dentro da bolsa térmica, como a pensar se daria para repetir uma terceira vez.

— Foi.

— O seu é melhor que o do Jonathan. Ele coloca muita azeitona! — opinou Maura, contando os lanches. — Já estou satisfeita e não vou repetir. Alguém quer o meu?

— Eu! — Rafael se ofereceu prontamente e sorriu quando a menina de treze anos deu um de frango para ele.

Eu gostava de ver como tinham evoluído em muita coisa desde que passaram a participar efetivamente das aulas aos sábados. No início, quando eu levava o lanche, atacavam tudo desesperadamente. Mais de uma vez falei que era para pensar no próximo, compartilhar, dividir de maneira igual.

Rafael era o maior comilão do grupo, mas sempre esperava sobrar para ver se poderia ter um a mais. Em geral, eu levava dois para cada, além de frutas, suco e água. Havia um grande isopor cheio entre eles.

Passaram a conversar entre si, cabelos e roupa de banho molhados, peles cheias de protetor solar, sorriso no rosto. O treino tinha sido puxado, e daquela vez eu trabalhara sozinho com eles e precisara dividir em equipes, os mais adiantados ajudando os novatos. Por fim, aqueles que já tinham experiência pegaram ondas nas pranchas, deixando os outros cheios de esperança de conseguirem na próxima.

Bob ainda falava sem parar, gabando-se para os amigos; na verdade, o que ele queria mesmo era impressionar a Sarinha, uma das mais novas no grupo, que ele estava paquerando e que ria de tudo que ele fazia.

Olhei para o mar, relaxado como sempre ficava nos dias em que passava com as crianças e adolescentes. Uma das melhores coisas que fizera na vida fora fundar a escolinha de surfe, pouco mais de três anos antes. E o "culpado" era o Bob.

O Dia em que Você Chegou

Eu sempre amei surfar desde pequeno, quando o meu pai me ensinou. Como morávamos perto das praias da Região Oceânica de Niterói, eu conhecia as ondas por ali com maestria. Nunca fui profissional para competir, mas tinha experiência de sobra e vivia boa parte do meu tempo livre com a minha prancha no mar.

Num dia como esse, eu estava em Piratininga com os amigos, pegando onda. Um grupo de garotos observava e um deles chamou a minha atenção. Tinha os cabelos pintados de loiro, era magrelo e bem moreno, andava por lá pedindo tudo: que alguém pagasse um picolé, comprasse um refrigerante ou um lanche. Até que se aproximou de mim e pediu a minha prancha emprestado para surfar.

Achei graça e indaguei se sabia surfar mesmo. Deu de ombros e respondeu que parecia fácil aprender. "Molezinha" foi a palavra exata que usou.

Emprestei a prancha, e ele mal soube se equilibrar. Acabei dando uma aula, e ficou todo feliz. Era esperto, aprendia rápido, os olhos brilhavam de felicidade. Ria cada vez que caía, mas voltava com mais gana para ficar de pé. Só parou quando se sentiu exausto.

Por fim, eu e os meus amigos o parabenizamos. Paguei um lanche para ele, perguntei se estudava e respondeu que às vezes, e que na certa seria reprovado naquele ano, como já acontecera.

A verdade é que me preocupei com o garoto, que parecia ter toda a malandragem necessária para descambar para coisas erradas, se é que já não havia descambado. Puxei conversa, falei da importância de estudar e de não ficar pedindo coisas na rua, mas deu de ombros. Só me perguntou se na semana seguinte eu estaria ali para dar mais aulas.

— Sábado que vem te dou mais aulas, sim. Com uma condição.
— Qual?
— Que durante a semana você não falte à escola e se dedique por lá.
— Como vai saber? — Olhou-me, desconfiado.
— Vou confiar na sua palavra.

Isso o surpreendeu. Acenou com a cabeça, solene.

— Fechado.

Achei que esqueceria a combinação. Qual não foi a minha surpresa quando, no sábado seguinte, Roberto, que queria ser chamado de Bob, apareceu na praia acompanhado de um garoto mais novo e de uma menina da idade dele.

— Esse é o meu irmão Rafael e essa é a minha prima Jenifer. Eles também querem aprender a surfar. Será que rola? Não acreditaram que você vai me dar aula. — E, virando-se: — Olha aí, eu não falei?

Sorriu, todo feliz, sentindo-se importante diante dos outros dois.

Não sei o que aconteceu ali, mas percebi que para Bob não fora uma coisa à toa porque levara o compromisso a sério. Quando me encarou, fitei bem os seus olhos e perguntei:

— Estudou durante a semana? Como o combinado?

— Não faltei nenhum dia. E fiz o dever de casa.

Demos um aperto de mão e... ali começou.

Nunca imaginei que a coisa ganharia aquela proporção. Dei aulas de surfe para os três. Bob era arrojado e já queria ser profissional em poucas horas. Aos doze anos, falava em ir para o Havaí.

Rafael, de dez, era mais medroso. E Jenifer nem sabia nadar direito. Mas me dediquei aos três e, quando os meus amigos chegaram, acharam graça, brincaram e alguns vieram ajudar. No final, pagamos lanches para eles, e Bob quis saber se no outro sábado continuaríamos. Respondi a mesma coisa: se os três não faltassem às aulas.

Na semana seguinte, Bob, Rafael e Jenifer levaram mais três colegas da comunidade onde moravam.

— Você tá ferrado! — Meu amigo Jonathan riu alto quando viu as seis crianças correndo, animadas, na minha direção.

Não foi assim que me senti. Sorri, feliz por eles e por mim, vendo a esperança e a felicidade nos rostinhos miúdos. Dali para frente, eu soube que não pararia. E acabei tendo a ideia da escolinha, que ganhou o nome de Surfe Sorriso, por dois motivos: pela alegria das crianças em surfar e por Niterói ser conhecida como Cidade Sorriso.

No começo, foi complicado. Mas, aos poucos, tudo se ajeitou. Jonathan achou a ideia genial e passou a dar aulas comigo quando o número de crianças aumentou. Outros amigos também ajudaram, substituindo-me quando algo sério acontecia, ou ajudando a patrocinar. Minha academia também se tornou patrocinadora, assim como as lojas de esportes do meu pai e de mais alguns empresários locais. Também tive um pouco de apoio da prefeitura com a questão de logística. E assim a coisa cresceu.

Em três anos, passamos até a participar de torneios e competições, alguns deles tendo ganhado prêmios e medalhas. Quinze alunos eram assíduos, outros vinham, ficavam um tempo, saíam. E novos apareciam. Acabaram tornando-se uma família para mim.

Tudo isso foi mais do que eu havia imaginado. Tentei levar para eles uma nova filosofia de vida baseada no esporte, aplicada dentro e fora do mar. Antes de pisarem na areia e praticarem manobras e treinos, precisavam comprovar que estudavam e não haviam sido reprovados na escola. E uma coisa foi puxando outra.

Soube que muitos entravam de graça no ônibus, pois vinham de comunidades. Aos poucos, comecei a comentar que aquilo não era certo, que viver em sociedade era uma troca, com regras. Deveriam, sim, pagar passagem, assim como ceder o lugar a um idoso ou a uma grávida se o ônibus estivesse cheio. Reclamavam de não ter dinheiro, e por isso passei a dar o suficiente para a ida e a volta deles.

Não se tratava apenas de chegar e surfar. Era aprender valores, cidadania, educação. Toda vez, depois dos treinos, a gente se sentava, lanchava, conversava. Contavam o seu cotidiano, os seus progressos, mostravam o que aprendiam. Nada faltava a eles ali, mas eu queria que, acima de tudo, entendessem o que significavam respeito e responsabilidade.

Não pagavam por nada. Recebiam roupas, equipamentos, pranchas, doações e patrocínios, que eu conseguia correndo atrás e apresentando o projeto. Em troca, ganhavam treino, esperança, novos objetivos, paravam de ficar nas ruas pedindo coisas ou pensando em entrar para o tráfico.

Ainda era tudo muito novo para mim, e eu também aprendia com eles e com os erros. Às vezes, os patrocínios se tornavam inconstantes, e eu mesmo investia. Valia a pena. Sentia que eu me tornava uma pessoa melhor, com objetivos mais centrados. A vitória de um era de todos. E aquelas crianças e adolescentes se tornaram muito importantes para mim. O melhor de tudo era ver como os sonhos deles cresciam junto com o projeto.

Ficamos lá até o lanche e o nosso horário limite acabarem. Depois que partiram, segui para a minha casa, guardei o carro e fui tomar banho. Enquanto o fazia, pensei pela milionésima vez em Angelina e se ela estaria melhor. Só me baseava no que Manuela dissera havia dois dias, de que estava bem. Mas a sua palidez, a aparência de quem estava com dor, não me convenciam.

No quarto, deitei-me na cama e busquei informações sobre AR no celular. Claro que eu tinha algum conhecimento sobre a doença, aprendera o básico na faculdade, conhecera alunos com o problema, sabia que destruía progressivamente as membranas que recobriam as articulações, mas nunca me aprofundara.

A imagem da Angelina preencheu a minha mente, e eu disse a mim mesmo para esquecê-la. Era loucura me deixar afetar tanto por uma quase desconhecida, tão diferente de mim em tudo. Não faria mais pesquisas sobre a doença nem pensaria nela. Angelina tinha sido apenas uma atração forte, que o tempo se encarregaria de apagar.

Levantei-me e fui me vestir. Visitaria os meus pais, e mais tarde iria para uma balada com os meus amigos. Seguiria com a vida boa e feliz que Deus reservara para mim. E deixaria Angelina longe dos meus pensamentos.

Valentim
7

A semana transcorreu numa boa. Segui o ritmo agitado de sempre, trabalhei, curti, vivi. Manuela sentiu que eu não dava abertura para aproximação e ficou de longe, sem insistir. Afinal, não tivéramos nada sério, somente transas ocasionais e diversão.

Até chegar a sexta-feira. Era aniversário de uma das alunas mais antigas da academia, e ela convidara um grupo grande para comemorar na Lapa. O local era superanimado, com música ao vivo e muitos objetos em exposição do Rio Antigo. Ela havia reservado uma mesa grande, e alguns professores da academia confirmaram presença. Fiz o mesmo.

O grupo sairia dali direto para a Lapa. Eu já havia terminado a minha última aula, enfiado um jeans e uma camisa de malha depois do banho, quando Manuela se aproximou de mim, perto da minha sala pessoal. Eu estava acabando de fechar a porta.

— Oi, Valentim.

— Oi. — Guardei a chave no bolso e me virei para olhá-la. Estava linda como sempre, usando uma roupa de ginástica colada no corpo, cabelos presos. — Tudo bem?

— Tudo ótimo. A Cátia me convidou pra festa de aniversário dela hoje. Eu soube que você também vai. — Acenei com a cabeça, e continuou: — Poderia me dar uma carona?

O modo como olhava para mim era direto, quente, cheio de segundas intenções. Pensei em ser absolutamente sincero, continuar distante, simplesmente dizer que não seria possível. Não negaria que ainda tinha tesão por ela, na cama a gente se entendia bem demais. Durante a semana toda eu não transara, o que mexia mais com a minha libido.

Algumas pessoas passavam bem sem sexo, mas não era o meu caso. Claro que eu não era viciado, mas gostava muito, sentia falta. Uma semana era muito para ficar sem transar. Tivera oportunidades, mas por algum motivo não me esforçara para acontecer e deixara rolar. Sem realmente me interessar por alguém naqueles dias.

— Somos adultos, Valentim. E é só uma carona. Se depois rolar algo, será bom como sempre. Se não, tudo bem. Eu passo em casa e me troco rapidinho.

Suas últimas palavras fizeram toda a diferença. E eu me vi balançado com a possibilidade de ir ao apartamento dela mais uma vez. E soube claramente o motivo.

Era loucura. Angelina deveria estar esquecida. No entanto, eu me pegara ali querendo vê-la só mais uma vez. Apenas para confirmar que estava bem e que não tinha toda aquela importância que eu dera nos dois encontros. Que não era ela a causa de nenhuma mulher despertar o meu interesse. Mesmo sabendo, no fundo, que ela não saía da minha cabeça.

— E aí? Vamos? — Manu me deu um sorriso cheio de significados.

Encarei-a, sério, sabendo que não queria mais nada com ela. Mas que poderia ser a oportunidade ou a desculpa para aparecer no apartamento. Fui bem direto, franco:

— Será só uma carona.

Seus olhos brilharam, como se soubesse que reverteria aquilo. Mal tomei a decisão, me arrependi. Mas estava cansado de lutar intimamente e quis pagar para ver. Com isso, confirmaria que Angelina era apenas uma mulher como outra qualquer. Depois partiria para a balada com os amigos e Manuela entenderia que o nosso caso também não daria mais em nada.

Conversamos banalidades no carro, enquanto seguia de Icaraí até o Centro. Manu até tentou puxar algum assunto mais íntimo, mas não dei prosseguimento. Quando parei em frente ao prédio onde ela morava, pareceu apressada:

— Volto rapidinho!
— Subo contigo.
— Mas...

Já fui abrindo a porta do meu carro e ela saiu apressada, como se fosse insistir para que eu ficasse ali. Desistiu ao ver a minha expressão. Meio emburrada, concordou:

— Certo. Mas não demoro *mesmo*.
— Sem problema.
Ficou clara a sua irritação, mesmo tentando disfarçar.
Enquanto o elevador subia, pensei mais uma vez em como estaria Angelina. E fiquei muito mais ansioso do que esperava.

Angelina

Meu corpo doía sem parar, dia e noite. A dor irradiada se espalhava por todas as articulações, e eu não tinha força nos braços nem nas pernas. Passara a tomar mais remédios de maneira contínua, a aceitar as massagens da Lila todas as noites e quase não poder mais trabalhar. Felizmente, as traduções estavam adiantadas. Eu passava a maior parte do tempo na cama e só me locomovia na cadeira de rodas.

Até me alimentar tornara-se difícil. Segurar uma colher parecia um esforço genuíno. E qualquer toque em mim era como receber agulhadas por toda parte, de modo torturante.

Lila me levara ao médico, e ele dissera que, se a crise não melhorasse, eu precisaria me internar por um tempo. Havia sempre o risco de a doença ter se agravado mais e afetado outras áreas, inclusive os órgãos internos. Lila ficava preocupada, com medo de que eu passasse mal quando ela ou Manuela estivessem no trabalho.

Busquei terapias alternativas, exercícios de respiração, tudo que estava ao meu alcance. Mas me sentia alquebrada, piorando dia a dia, padecendo como não acontecia havia muito tempo. Mais magra por não conseguir comer direito, pálida de tanta dor, eu já estava começando a pensar que a crise vinha se estendendo demais e que talvez fosse melhor mesmo eu me internar. Já passara por aquilo antes e precisara de tratamento mais efetivo e agressivo.

Na sexta-feira à noite, as dores nas pernas e pelo corpo estavam insuportáveis e nenhum remédio dava jeito.

Lila chegou do trabalho, e, com a ajuda dela, consegui tomar banho e vestir um pijama cor-de-rosa. Antes fez massagem suave no meu corpo e agora eu cheirava a cânfora. Mesmo dopada de remédios, a dor contínua não me deixava dormir em paz. Ela se mostrava muito preocupada comigo e começou a preparar uma bolsa com os meus documentos para internação e uma muda de roupas.

— Angelina, vou ligar para o seu médico e avisar que vamos levar você para o hospital. — Lila pegou o meu celular e procurou o número.

Eu estava grogue, tomada de dor na cama. Não tive forças para falar nada. Quanto mais quieta eu ficasse, menos eu sofreria.

— Lila, o que houve? Ela piorou? — Manuela entrou no quarto.

— Bastante. As dores estão insuportáveis. Vou precisar da sua ajuda para colocá-la na cadeira de rodas e depois no carro.

— É que estou pronta pra sair. O Valentim está na sala me esperando.

— Sério?

Fechei os olhos, ouvindo-as. Apesar das dores, a imagem dele veio clara na minha mente, os olhos verdes acusadores fitando-me desde a última vez que nos víramos havia duas semanas. Não, eu não queria que ele me visse daquela maneira.

— Vou falar com ele — decidiu Lila.

— Falar o quê?

— Ele é homem e forte, Manuela. Pode nos ajudar com a Angelina, para que ela não sinta tanta dor.

— Não — murmurei angustiada, mas elas não ouviram. Ou não ligaram. Lila saiu rápido do quarto, mas ainda ouvi Manuela dizer:

— Lila, não é uma boa ideia. Nós temos um compromisso e...

As vozes se afastaram. Desesperada, pensei no Valentim entrando no quarto e me vendo daquele jeito na cama. Eu não queria aquilo.

Tentei me levantar devagar, mas as dores eram atrozes, como se um arame farpado estivesse enrolado no meu corpo. Tudo doía, os membros estavam fracos. Olhei para a cadeira de rodas ao lado da cama, tão perto, mas inalcançável. Procurei me arrastar até ela, o esforço fazendo-me suar frio e gemer descontroladamente.

— Angelina, o que você está fazendo? — Lila correu até mim. - Calma, meu amor. Fica quietinha. O Valentim está aqui e vai te ajudar.

— Não. — Choraminguei baixo, não querendo olhar para ele, saber que presenciava o meu estado.

— Ela está com muita dor e sem forças. Temos que colocá-la na cadeira de rodas e levá-la para o carro — Lila explicou, preocupadíssima.

— Angelina. — A voz dele, grossa, baixa, chegou até os meus ouvidos. Pude sentir muito forte a sua presença e, sem que eu esperasse, ele afastou os cabelos da minha testa suada, com carinho. — Vou pegar você com cuidado. Avisa se eu te machucar.

— Não pre... — consegui falar e abrir os olhos pesados. — Posso ir sozinha.

Encontrei olhos lindos, fixos em mim. Estavam preocupados, ternos, cheios de... pena. Fechei os meus, não aguentando ver aquilo.

— Vem aqui. Devagar.

Apesar de tudo, senti muito bem o seu cheiro delicioso e os seus braços fortes quando me pegou no colo com toda delicadeza. Mas a dor veio fulminante, apertei os olhos e mal pude respirar quando me levantou e me encostou no seu peito. Lágrimas descontroladas escorreram. Senti os últimos resquícios de força me abandonarem.

— Calma, Angelina. Fica quietinha — falou baixo, perto dos meus cabelos, não se movendo para que eu me acomodasse no seu colo.

Com a cabeça sobre o seu peito, senti aos poucos a dor diminuir. O calor fluía dele, a força bruta daqueles braços me confortou.

— A cadeira está ali — disse Manuela.

— Se eu mexer nela, vai sentir mais dor — Valentim falou. — Abre a porta, Lila. Vou levá-la assim até o carro.

— Mas ela é pesada! — retrucou Manuela.

— Não para mim — afirmou ele.

— Vamos. Eu levo a bolsa. — Lila se adiantou na frente.

Quando Valentim começou a andar comigo, senti punhaladas de dor pelo corpo. Ele murmurou algo baixinho contra os meus cabelos, tentando me confortar, segurando-me firme contra o seu peito, todo cuidadoso.

Demorei a concatenar as palavras, mas por fim as compreendi: *"Eu vou cuidar de você, minha anja"*. Em meio à dor, aquilo foi um acalanto, uma promessa na qual me agarrei, mesmo sabendo que não deveria.

Não abri os olhos, tentando me concentrar nele, no seu cheiro, na sua voz, no seu calor. A dor era insuportável, mas nos seus braços eu sentia que poderia aguentar qualquer coisa.

Não sei bem como saímos do apartamento, entramos no elevador e chegamos lá embaixo. Estava tonta demais para prestar atenção à discussão entre Valentim, Lila e Manuela, mas por fim compreendi que Valentim tinha um carro maior e se oferecera para me levar ao hospital. Eu poderia ir deitada no banco de trás, com Lila me segurando para que eu não sentisse tanta dor durante a viagem.

Foi o que aconteceu. Lila sentou-se atrás e, com toda a delicadeza de que era capaz, ele me depositou deitada no banco, com a cabeça no colo dela.

— Isso, boa menina — Valentim murmurou enquanto eu lutava para resistir à dor, afastando os meus cabelos da testa suada.

A viagem foi uma verdadeira tortura, pois qualquer movimento era como uma punhalada. Manuela falava algo com ele na frente do carro, parecendo irritada. As palavras eram indecifráveis para mim.

Quando chegamos ao hospital, Valentim saiu rápido atrás de uma maca. Foi um novo sofrimento enquanto ele e os enfermeiros me transferiam para ela. Ouvi a voz dele, a da Lila, senti a maca sendo empurrada para longe deles, reconheci a voz do meu médico.

Falou comigo, explicou algo, mas só entendi a palavra injeção. Por fim, fui perdendo a razão e caí no escuro reconfortante da inconsciência.

Fiquei internada. Quando acordei, o médico informou que eu precisaria entrar com pulsoterapia, tratamento muito mais agressivo do que o que eu vinha fazendo. Eu já sabia como era, fizera duas vezes antes. E não tive outra opção senão aceitar, a dor ainda violenta demais para pensar em qualquer outra coisa.

Foram realizados exames para se descartar a possibilidade de febre e infecções, por isso pude começar o tratamento imediatamente. Em alguns casos, o paciente faz a terapia internado por três a cinco dias ininterruptos e depois volta para casa, mas como a minha crise estava no auge e as dores insuportáveis, eu permaneceria internada por tempo indeterminado.

As altas doses de corticoides à base de solumedrol foram adicionadas ao soro e, durante quase três horas, eu as recebi na veia. Era uma imunossupressão muito forte para neutralizar os efeitos da crise e dos surtos da doença. Outro motivo para continuar no hospital era para ter acompanhamento das reações adversas, que variavam de pessoa para pessoa, mas que comigo sempre eram péssimas.

Passei o sábado lá, grogue por causa de tantos medicamentos, agradecendo a Deus por dormir a maior parte do tempo. Somente no fim da tarde, quando acordei, senti-me um pouco melhor. Lila estava ao meu lado, preocupada, acariciando a minha mão.

— Oi. — Ela relaxou um pouco, afastando os cachos do meu rosto com a mão livre. — Como você está?

— Melhorando.

— Isso é bom. E as dores?

— Dá pra aguentar mais agora.

Acenou, como se não acreditasse muito. Imaginei como eu estaria; na certa, com uma aparência horrível, como um fantasma.

Aos poucos, os pensamentos foram assentando e lembrei-me do Valentim, de que tinha me levado até ali na noite anterior. Seu olhar de pena me fizera congelar, mas logo recordei o seu carinho e o seu cuidado, a sua voz tentando me confortar, e novos sentimentos me atingiram. Tomando coragem, perguntei:

— Valentim e Manuela... conseguiram chegar a tempo na festa?

— Nunca imaginei que a Manuela fosse tão egoísta! Deu até raiva, amiga! — Lila pareceu irritada. — Viu o seu estado e só se preocupou com o fato de chegar atrasada, acredita? Ridícula! Ouviu poucas e boas de mim. E ainda ficou puta com o desprezo do Valentim. Ah, mas deixa pra lá! Você não deve se aborrecer agora. Precisa ficar bem, se recuperar logo.

— Não estou aborrecida. — Senti um cansaço grande, até para falar. Mas estava angustiada, precisava saber: — Espero que eles não tenham brigado por minha causa.

— Só sei que nem saíram. E que ela ficou revoltada quando o Valentim nos deixou em casa e voltou pra casa dele. Pelo jeito, não estão mais juntos, pois hoje de manhã ela foi pra casa de praia de uma amiga. E o Valentim veio aqui te ver.

Meu coração pareceu falhar uma batida. Senti uma felicidade absurda só por ele se preocupar comigo, mas logo foi substituída pela vergonha. Presenciara a minha crise, vira-me ali internada, num momento horrível. O que deveria estar pensando?

Tentei me ajeitar na cama, mas tudo incomodava, pontadas ecoavam em várias partes do corpo. Olhei para Lila, e bastou isso para que pudesse entender como eu me sentia.

— Não seja boba. Está ouvindo? Ele é um cara bacana, do bem, nos ajudou e se preocupou. Pena que você estava dormindo e não o viu. Disse que volta amanhã.

— Eu não quero.

— Angelina...

— Por favor, não quero que ele me veja assim.

— Já viu, querida.

— Mas não quando eu estiver acordada.

Suspirou, impaciente.

— Se você não estivesse doente, eu puxaria a sua orelha! Chega a ser falta de agradecimento da sua parte, depois da preocupação sincera dele. E também...

— Lila... — interrompi-a, tensa, esforçando-me para que entendesse o meu lado: — Vou ficar internada três dias. Sabe como esse tratamento acaba comigo, me deixa inchada, com vômitos, pressão alta, irritação, toda vermelha. Diz a ele que o médico proibiu visitas. Não quero que ele me veja assim. Por favor.

Ela pareceu notar o meu desespero. Acariciou os meus cabelos, concordando na hora:

— Está bem, mas se acalma. Ou daqui a pouco o seu estado vai piorar. Tem certeza de que quer assim?

— Tenho.

— Madalena também ficou de vir te visitar hoje. Eu avisei a ela.

— Ok. Mas inventa uma desculpa para o Valentim. Quando eu melhorar, prometo que agradecerei a ele.

Somente na segunda-feira eu tive alta. A crise melhorou, mas os incômodos persistiam. Depois de três doses fortes de corticoides na veia, que aumentaram os meus batimentos cardíacos, a pressão arterial e a glicemia, deixando-me muito sonolenta e com enjoos contínuos, voltei para o apartamento ainda mais magra, com o rosto vermelho e inchado, fadiga e dor muscular. Era o preço a pagar para interromper a crise crônica.

Ao menos o médico ficou satisfeito com o resultado e com os exames, que comprovaram que a AR não tinha avançado nem prejudicado os órgãos internos. Era uma boa notícia. Continuaria o tratamento em casa, por via oral.

Lila conseguiu uma folga e foi me buscar. Ela havia levado a minha cadeira de rodas, pois eu ainda estava fraca e dolorida demais para usar as muletas. Agradeci o cuidado, e ela me abraçou e me beijou com carinho, dizendo para eu deixar de ser boba.

As dores persistiam suportáveis, mas incômodas. Foi uma viagem difícil para chegar no apartamento. Lila me ajudou a tomar banho, a vestir uma camiseta verde fresquinha e uma calça branca de malha, bem confortável. Com os cabelos molhados e sentada sobre almofadas no sofá, fiquei vendo televisão enquanto os últimos medicamentos que tomei faziam efeito e diminuíam o sofrimento.

Almoçamos sozinhas e perguntei por Manuela.

— Ela voltou ontem à noite. Está no trabalho agora.

— Vocês estão bem, não é?

Lila me encarou, o olhar bem sério.

— Falei umas verdades pra ela ontem, quando chegou. Acredita que deu uma de vítima, como se não tivesse feito nada de errado? Disse que estava tentando voltar com o Valentim naquela noite e que a sua internação atrapalhou tudo.

— Voltar? — Foi impossível não ficar alerta. — Mas eles estavam juntos?

— Pelo que entendi, não. Só transaram mesmo e não se viram mais. Não era nada sério, para decepção dela.

Comi com lentidão, os dedos ainda inchados e um tanto sem forças. Sabia que nada daquilo era da minha conta, mas não conseguia me conter. Falei baixinho:

— Mas se ele veio aqui na sexta com ela, para saírem juntos, era porque queria também.

— Não sei. O que me disse foi isso, que estava fazendo de tudo para reconquistar "o crush". E que perdeu a cabeça quando deu errado. Disse que vai falar com você, pedir desculpas, mas, se quer saber, não engoli tanto egoísmo.

— Sei que a Manuela às vezes é difícil, mas...

— Difícil? Olha, Angelina, eu sempre soube que vocês não eram amigas tão íntimas. Mas ela podia ao menos ter se preocupado! Você estava cheia de dor, sofrendo demais!

Remexi a comida, um pouco abalada com tudo que a Lila contou. Não podia negar que o comportamento da Manuela me magoara. Também não torci para que ela e o Valentim se separassem. Mas o fato de ele ter se preocupado comigo me causou uma estranha euforia. Mesmo que eu tentasse controlá-la.

Parei de falar, para não prolongar o assunto. Não queria pensar em tudo aquilo, acreditar em coisas impossíveis. Não era boba nem tola. Tampouco ingênua. Ao menos, tentava não ser. Ilusões eu perdera muito tempo atrás.

— Só sei que o Valentim vem te visitar hoje.
— O quê? — Pega de surpresa, levantei rapidamente o olhar para ela.

Lila sorriu.

— Fiz o que pediu, menti pra ele dizendo que você não podia receber visitas enquanto estava internada. Mas agora está em casa e o avisei da sua alta. À noite, ele virá te ver.

— Lila, não devia ter feito isso.
— Valentim tinha pedido pra ser avisado.
— Mas... ainda não estou bem. Eu...
— Você precisa agradecer. E encarar a realidade, amiga. Quando vai parar de fugir?

Respirei fundo, sem responder. Tentei voltar a comer, mas estava nervosa demais.

Valentim
8

No domingo, almocei com os meus pais no luxuoso apartamento deles em Icaraí. Ocupava toda a cobertura. O dia estava lindo, ensolarado, havia uma mesa ao ar livre cercada de paisagismo e do cheiro do mar que vinha de frente, mas a minha mãe odiava calor e por isso comíamos na bela sala de jantar, com o ar-condicionado ligado no máximo.

— Até parece que tivemos inverno esse ano! — Ela espiou o dia quente pela enorme porta de vidro fechada. — Seria melhor ter ido para Paris ficar com a sua irmã!

— Querida, não tem nem dois meses que voltou de lá. — Meu pai sorriu.

— Não fossem por vocês dois, eu não voltaria nunca mais! Valentim, você precisa ir conosco da próxima vez. Esther sentiu a sua falta.

— Também sinto falta dela, mãe.

Esther, minha irmã mais velha, havia dez anos casara-se com um francês. Ocasionalmente vinha ao Brasil, ou íamos vê-los.

Enquanto conversávamos, eu me distraí e pensei em como Angelina deveria estar. Fora um choque me deparar com o seu estado na sexta à noite. Eu não esperava que fosse tão grave, bem pior do que imaginara.

Ao mesmo tempo que eu garantia a mim mesmo que o melhor seria me afastar de vez, desesperava-me de preocupação e de vontade de não sair mais do seu lado.

Principalmente quando a vira dopada, desacordada na cama após ser medicada no hospital, frágil. Ali eu percebera o quanto me envolvera de um modo inexplicável. Rapidamente.

Manuela ainda piorou tudo ao ficar com ciúmes e brigar por termos perdido a festa. Era fútil, egoísta, e consegui enterrar de vez qualquer interesse que eu ainda tivesse por ela. Antes de ir embora, deixei claro que ali parávamos de nos ver e de transar. Ela não quis aceitar, mas dei um ponto final, sem qualquer esperança.

— O que achou dela? Valentim?

— Hã? — Percebi que a minha mãe falava comigo, tirando-me das lembranças e sentimentos perturbadores. — Ela quem?

— A filha da Maria de Lourdes. Lembra? Eu te apresentei há mais ou menos um mês. Percebi o quanto conversaram durante o casamento da Alessandra.

Eu nem me lembrava de quem a minha mãe estava falando. Meu pai deu uma risada e ironizou:

— Você apresenta tantas filhas de amigas suas para ele, que o nosso filho nem sabe mais quem é quem.

— Murilo! — Ficou séria, mas relaxou e se explicou: — É pecado uma mãe querer ver o seu filho feliz?

— Sou feliz, mãe.

— Corrigindo: feliz *e* casado?

Meu pai sorria para mim. Eu já estava acostumado com aquela conversa e só dei de ombros. Ela insistiu:

— Sou doida para ter um netinho, Valentim. Ou netinha. Será que ainda vou ter que esperar muito?

Minha irmã mais velha havia descoberto que não poderia ter filhos. E não pensava em adotar. Isso fez com que todas as esperanças da Beatriz recaíssem sobre mim. Sonhava em me ver casando na igreja com uma mulher maravilhosa e tendo filhos. Era católica e, mesmo sendo uma pessoa contida, acreditava em "felizes para sempre, na saúde e na doença..." Queria um casamento espetacular para mim.

— Mãe, não sei. Não posso escolher alguém sem gostar e me casar só pra ter filhos. As coisas acontecem. Ou não.

— Nada de "ou não"! Pelo amor de Deus, Valentim! Pode escolher a mulher que quiser!

— Chega, querida. Deixa o menino. Ele sabe o que faz. — Murilo se inclinou e deu um beijo suave na testa dela. — Tudo tem a hora certa.

Minha mãe se conformou com um suspiro. Mas, durante o resto do almoço, não desistiu de falar das virtudes de algumas conhecidas suas, caso eu me interessasse. Cheguei até a me divertir.

Ao sair de lá, pensei no que ela diria se soubesse que a mulher que ocupava os meus pensamentos era bem diferente das que vivia escolhendo para mim. E me preocupei.

Na segunda-feira, Lila confirmou numa mensagem que Angelina estava em casa. Quando saí da academia, parti para o apartamento dela. E fiquei nervoso, ansioso, tão mexido com sentimentos diversos que não consegui compreender totalmente o significado de tudo aquilo. Chegava a ser assustador, como pisar num terreno desconhecido e minado.

Lila abriu a porta para mim e sorriu, recebendo-me com simpatia.

— Ah, você veio mesmo!
— Claro. Como ela está?
— Melhor. Entra.

Não entendi por que o meu coração passou a bater mais forte, por que o nervosismo aumentou. Ou, ao menos, eu não quis entender. Pois bastou olhar para ela sentada naquele sofá, encontrar os seus suaves olhos castanhos, para que uma coisa ficasse clara para mim: eu não queria me afastar.

Fui me aproximando, notando o seu aspecto ainda frágil e delicado, o modo como também parecia mexida, ansiosa, tentando disfarçar. Lila murmurou alguma desculpa e saiu da sala.

Por um momento, fiquei em silêncio. Angelina também. Era como se uma energia forte e pulsante nos conectasse, nos atraísse, muito além do que podíamos entender, muito além do corpo. E não era só comigo, era com ela também, uma energia tão intensa e golpeante que qualquer pensamento racional deixava de existir.

Não sei o que aconteceu. Eu, que sempre fui protegido pela vida, que nunca precisei enfrentar doenças ou dores preocupantes em todos aqueles anos, que tinha uma família perfeita e uma vida de dar inveja a qualquer um, não me importei se poderia estar dando um passo maior do que eu suportaria. Não pensei nas diferenças entre nós, nos sofrimentos futuros, nas mudanças, nas dúvidas. Em nada. Só me entreguei àquilo que Angelina me fazia sentir desde que olhara para ela pela primeira vez.

Angelina parecia um passarinho, delicada, vulnerável, indefesa. O rosto bem corado, como se estivesse com febre. E os olhos alarmados, alertas, repletos de coisas pulsando.

De imediato, não a cumprimentei nem perguntei como estava. Por algum motivo, as palavras me faltaram. Apenas cheguei bem perto e parei, enquanto tudo parecia parar também, até o tempo, até a nossa respiração. Tive muita vontade de tocar nela e lembrei-me da noite em que a tirara do quarto no meu colo, aninhada em mim, cheia de sofrimento. O quanto desejei que melhorasse, que aquela dor a deixasse em paz. Sofrendo por não poder fazer mais nada por ela.

Ali foi igual e diferente. Foi um anseio guardado contra o qual lutei. E também uma entrega, finalmente uma compreensão de que havia coisas na vida sem explicação, sem controle. Mais fortes do que tudo.

Angelina abriu um pouco os lábios, parecendo sem voz, abalada pelo meu olhar tão intenso. Suas íris castanhas foram invadidas por sentimentos ferozes, por dores passadas e sonhos futuros, e ali contou um pouco da sua história para mim através dos seus olhos, sem precisar de nenhuma palavra. Senti e entendi tudo.

Finalmente, a minha voz saiu, rouca, cheia de certeza, mais para mim mesmo do que para ela:

— Não adianta mais fugir. Eu vim pra ficar.

Foi doído ver a sua reação. Como se não acreditasse. Surpreendida. Por fim, ergueu o queixo e disse baixinho:

— Do que está falando?

— De nós.

— Não existe nós, Valentim.

— Existe sim, desde a primeira vez que nos vimos. E você sabe disso.

Piscou, como se eu dissesse uma grande loucura. Talvez fosse mesmo, pois eu me sentia completamente desequilibrado por ela. Nada mais tinha importância naquele momento.

Desviou o olhar e fitou as mãos no colo, tão frágil e perdida que tive vontade de me xingar por ser tão afoito, por chegar daquele jeito. Reparei nos dedos avermelhados, de como ainda parecia afetada demais pela crise, talvez com dor. Sentei-me cuidadosamente ao seu lado, e ela ergueu os olhos para mim, bem mais sérios.

— Como você está, garota? — consegui perguntar.

— Melhor.

— Ainda com dores?

— Sim. Mas controladas agora.

Acenei com a cabeça, demonstrando tudo o que eu queria dizer de uma vez. Na verdade, era como admitir para mim mesmo pela primeira vez o quanto eu queria estar ali, o quanto me preocupara e pensara nela, independentemente de qualquer coisa.

Estávamos tensos, perturbados, como se respirássemos um ao outro. Poderíamos ficar horas ali fingindo, jogando conversa fora, enquanto os sentimentos continuavam a pulsar.

— Obrigada, Valentim. — Seus olhos estavam novamente nos meus. — Nem sei como agradecer o que fez por mim.

— Não fiz nada. Queria ter feito muito mais.
— Fez sim. E nem precisava me visitar ou vir aqui. Sei que é ocupado e...
— Eu não estou aqui porque quero, Angelina. Estou aqui porque preciso.
— Eu entenderia se... — Calou-se por um momento, ainda mais corada, nervosa. Tentou ser clara: — Se não voltasse mais. Ou se viesse somente pela Manuela.
— Não tenho mais nada com ela.
— Mas teve.
— É isso que incomoda você?

Algo como mágoa brilhou nos seus olhos, e ele sacudiu a cabeça:
— Claro que não! Isso só diz respeito a vocês dois.

Perturbado, percebi o quanto fora idiota por ter me envolvido com Manuela. O tempo todo eu soubera que ela não despertava em mim metade do interesse que sentia pela Angelina e que elas eram amigas. Mesmo quando achei que Angelina tinha namorado ou que não a veria nunca mais, eu deixara o tesão falar mais alto, calara as minhas dúvidas, negara a verdade. E agora aquilo se voltava contra mim.

— Talvez pense que sou fútil, que eu não sei o que quero, mas não é assim. E, no fundo, *você* sabe. Nós dois sentimos que foi diferente entre nós desde o início. Talvez você...
— Não quero falar sobre isso. É assunto encerrado.
— Sabe que não é. Olha pra mim, Angelina.

Falei baixo, mas sem intenção de desistir. Fitou-me de modo incerto, ansioso. Tão linda... tão especial...

Até tentei conter as emoções desconhecidas e frenéticas que ansiavam por explodir. Assim como o formigamento nas mãos pela vontade de sentir a sua pele, acariciar o seu rosto. Quase uma necessidade.

— Eu e a Manuela nunca tivemos nada sério. Desde o início foi sempre você.
— Eu?
— Você.
— Não, Valentim. Nunca fomos nós. E nunca seremos.
— Sabe que não está sendo sincera.
— Fui sincera desde o início.
— Quando me disse que tinha namorado?

Contraiu o cenho, recuou e se recostou melhor no sofá, evidentemente desconfortável. Suspirei e fui direto ao ponto, o tempo todo mantendo-a na minha mira.

— Vamos ser diretos, Angelina. E deixar o passado pra trás. Por que não falamos da atração que sentimos desde que nos vimos pela primeira vez?

— Deixar o passado pra trás significa esquecer que você transou com a minha colega de apartamento? Ou que eu tenho artrite reumatoide e mal me aguento nas pernas? É isso?

— Sim, é isso.

— Não posso. — Seu olhar foi infinitamente doloroso. — Nunca acharia normal ver você e a Manuela no mesmo ambiente e eu no meio. Pode não se lembrar, mas até a sexta-feira passada você estava transando com ela.

— Não estava mais.

— Veio fazer o quê aqui?

— Só dei uma carona. Na verdade, estava preocupado com você.

— Ah, tá!

— Estou falando a verdade.

— Não importa! — Foi mais firme, sua voz ardendo. — Quer me torturar, Valentim? É isso?

— Nunca.

Não me contive mais. Sôfrego, parei de me conter e me aproximei, erguendo as mãos, envolvendo aquele rostinho suave entre elas.

— Sei que tudo parece uma loucura — sussurrei —, mas a verdade é que não paro de pensar em você. Só em você, Angelina.

Por um momento, ela vacilou, abalada, sua expressão cheia de emoções. Seus olhos se perderam nos meus e me deixaram ver o quanto sentia o mesmo. Mas, então, virou o rosto, afastou-se com um gemido de dor, e a voz ficou trêmula:

— É uma loucura, sim. Eu quero que você vá embora. Por favor.

— Não vou.

— Então eu saio.

Fez menção de puxar a cadeira de rodas ali perto, obviamente ainda sem condições de passar para ela sozinha. Tive medo de que sentisse dor, se machucasse. Segurei as suas mãos com cuidado, sentindo os dedos quentes, algo me remoendo por dentro:

— Para com isso. Conversa comigo.

— Você não quer ouvir.

— Estou escutando.

Retirou as mãos devagar. Olhou no fundo dos meus olhos e disse com toda franqueza:

— Eu estaria mentindo se dissesse que não senti nada naquele restaurante, quando nos vimos. E que não sinto nada agora. Mas nem naquela noite nem hoje eu mudei de ideia. Não temos nada a ver um com o outro. Nunca daria certo.

— Não pode falar sem ter tentado.

— Eu sei. Acredite em mim.

— Talvez tenha tido experiências ruins por causa da sua doença. Mas não pode me comparar a outras pessoas. Você não me conhece.

— Prefiro que continue assim.

— Ange...

— Eu não quero. — Ergueu o queixo, a voz meio sumida. — Pela Manuela, por você, mas principalmente por mim. O que eu quero é que nunca mais apareça, Valentim. Que esqueça que um dia me conheceu.

Foi absurdamente ridículo, sem cabimento. Balancei a cabeça, irritado.

— Jamais vou esquecer.

Nem tive tempo de dizer mais nada. A porta se abriu e, de repente, Manuela estava ali, olhando de modo mortal para nós dois.

— O que que tá rolando aqui?

Ela se aproximou, furiosa, como se ainda tivéssemos algo um com o outro. O clima pesou.

— Não está acontecendo nada. Valentim está de saída. — Angelina se esticou e puxou a cadeira de rodas, ficando pálida, ainda mais abatida.

E eu soube que, quanto mais insistisse naquele momento, mais as coisas piorariam. Passei a mão pelos cabelos de um modo nervoso e me levantei, olhando para ela.

— Vou voltar pra visitar você.

— Já disse que não quero.

Era muito teimosa! E parecia muito magoada. Ainda mais por Manuela estar ali, prova viva de que fôramos amantes. Xinguei interiormente a mim mesmo, pela enésima vez. Eu tinha feito merda!

— Acho que deveria ter vindo aqui conversar comigo, não com ela — a morena acusou claramente, com raiva.

Olhei-a, sem me pronunciar. Por fim, fitei Angelina. Como a garantir que eu não havia desistido. Baixou o olhar para as próprias mãos.

Nervoso, caminhei em direção à porta, grunhindo:

— Boa noite.

Angelina não respondeu. Manuela veio atrás de mim.

— Então é assim?!? Enquanto me comia de tudo quanto é jeito ficava pensando nela?

— Chega, Manuela.

— Não pra mim. Não pense que vou facilitar as coisas pra você!

Saí, e ela bateu a porta com força às minhas costas.

— Fuck you!!! — gritou.

O Dia em que Você Chegou

Revoltado, entrei no elevador. Seria pior e mais complicado do que eu imaginava.

Enquanto descia, eu me dei conta de como fora precipitado. Quando entrei no apartamento e vi Angelina, deixei as emoções virem à tona, não pensei em mais nada. Nem nela, ainda frágil depois da crise, abalada física e mentalmente. Porra, fui um egoísta filho da puta!

Respirei fundo, sabendo que tinha errado, enfiado os pés pelas mãos. Mas com uma certeza que não tinha antes: nada no mundo me faria desistir da Angelina.

Angelina

9

Tudo o que eu mais queria nesse momento era ter condições de subir na minha cadeira de rodas e voltar para o quarto. Mas as minhas limitações físicas ainda pesavam e, antes que eu pudesse chamar Lila para me ajudar, Manuela retornou possessa à sala, depois de ter batido a porta com força e xingado Valentim. Seus olhos eram acusadores para mim.

— Nova tática, *Demonina*?

Fiquei imóvel, mãos no colo, ainda abalada demais com tudo.

— Como assim?

— Não sabe jogar limpo?

— É sério, não sei do que está falando.

— Não se faça de sonsa! Não precisa fingir pra mim. — Furiosa, jogou a bolsa no outro sofá e me encarou como se estivéssemos num ringue de vale-tudo. — É assim que pretende ganhar o Valentim? Fazendo-se de coitadinha, de pobrezinha doente, pra que ele se sinta o seu anjo da guarda?

Surpresa demais, nem acreditei no que ouvi. Demorei, até perceber que era no que acreditava mesmo, e então foi a minha vez de ficar irritada.

— Só pode estar de brincadeira, não é, Manuela? Você acha mesmo que eu estou fingindo a minha doença, as dores, a crise que tive?

— Não. Eu estou dizendo que você está *se aproveitando* disso. Fazendo-se de incapaz, pois sabe que ele é um cara legal, que sempre tenta ajudar.

— Pois está muito enganada. Não fiz isso. Até parece que você não me conhece!

— Estou vendo que não conheço mesmo. É muito mais falsa do que eu pensava!

Era demais. Depois de tudo que eu havia passado naqueles dias e de estar com o emocional abalado por lidar com Valentim, ela ainda vinha me acusar de absurdos. Foi impossível controlar a raiva.

— Olha como você fala comigo, Manuela. Tá pensando o quê? Nunca te dei motivo pra isso.

— Tá dando agora! Acha que eu não percebi o seu joguinho? A coitadinha da Angelina, cheia de olhares doces e sofridos, a pobre vítima! Aja como mulher! Você quer dar pra ele? Então luta por ele, mas sem sujeira! Está me ouvindo?

Ela aumentou a voz, totalmente desequilibrada, possessa de ciúmes.

— Eu não quero o Valentim! — gritei.

— Ah, tá! Me engana que eu gosto! — Riu, sem vontade. — Sua máscara caiu!

Soltei o ar, irritada e magoada, mas sem querer cair naquela asneira toda que ela criava na própria cabeça. Falei bem sério:

— Acho melhor você se acalmar e parar de ficar dizendo besteira. Está sendo agressiva comigo sem motivo.

— Sei muito bem o que estou falando! — Ergueu o queixo, furiosa, ameaçadora, passando o olhar por mim. — Você pode até conseguir atrair a atenção dele desse jeito. Homem é bicho bobo mesmo, tem instinto de proteção com coitadinhas como você. Mas quero ver o que vai fazer pra sustentar o interesse dele! Valentim não vai se contentar com... isso aí! Ele é quente, tarado, tem pegada! Ele gosta de mulher intensa feito ele! E você... me desculpe, Angelina, mas você não passa de... de uma doente!

Velhos traumas voltaram com tudo, e me senti diminuída, reduzida a nada, todas as certezas de ser incapaz e incompleta me atacando. Senti vontade de chorar diante de tanto desprezo e das palavras duras, afiadas, mas lutei contra. Foi naquele momento que Lila entrou na sala, indo até Manuela, furiosa:

— Cala essa boca, Manuela! Ficou maluca?!?

— Sei bem o que estou dizendo! — Apontou para mim. — Essa sonsa tá querendo me sacanear e não é de agora!

— Como é que é? — Lila pôs as mãos na cintura, enfrentando-a.

— Parem com isso. — Eu tremia, mas procurava aparentar calma. — Manu, não é nada disso que...

— Manu é o caralho! — Ela me interrompeu aos berros.

— Claro que não é nada disso! — Lila tomou a palavra, encarando a outra duramente. — Se tem alguém aqui que se meteu onde não deveria foi você! Desde o começo eu soube que o Valentim e a Angelina se gostaram! Mas você foi lá pra academia dele, fez o cara acreditar que ela tinha namorado, deu em cima!

— Ah, agora a culpa é minha? Ele é um pobre coitado seduzido por mim? Faça-me o favor, Lila! Ele é um homem e me comeu porque quis! E aproveitou bastante, posso garantir! Porque sabe que a Angelina nem chegaria aos meus pés!

— Será por isso que ele está atrás dela e não de você? — Lila foi fria.

Ela se calou, possessa. Eu também, sem acreditar em tudo aquilo, cada vez mais arrasada. Por fim, Manuela se aprumou e falou mais controlada:

— Não adianta dizer nada. Sei que são amiguinhas e que você corre pra defender a Angelina como se ela fosse uma criança. É isso que ela faz, ela usa todo mundo. Mas tô ligada! E o Valentim vai ver quem é a mulher *de verdade* nessa história! Ah, e antes que vocês pensem que eu vou sair daqui, já aviso: no contrato de aluguel, posso ficar até o fim do ano, e é isso que pretendo fazer! Vão ter que me engolir! E assistam de camarote até onde eu vou chegar!

Catou a bolsa e saiu marchando, revoltada.

Chocada, encarei Lila, quando se virou para mim.

— Consegue acreditar numa coisa dessas, Angelina? Que louca!

Eu tremia por dentro, mas fiquei com medo de demonstrar e de fazer Lila ter ainda mais raiva da Manuela. Contive a mágoa pelas acusações que fez, sabendo bem que eu nunca faria nada daquilo. Mas ainda assim arrasada.

Além das dores físicas, do corpo maltratado, eu me sentia numa corda bamba emocionalmente. Pelo Valentim e por tudo que ouvira ali.

Era hora de respirar fundo e manter o foco na realidade. Eu precisava me equilibrar. Aos poucos as coisas se acertariam. Pelo menos, algumas delas.

E como a comprovar aquilo, o passado veio se juntar ao restante. Como um caleidoscópio, cenas dolorosas retornaram em momentos diferentes. A morte traumática da minha mãe, o afastamento do meu pai, anos depois a morte dele. O medo e a solidão, a sensação de que nenhum dos dois alguma vez pensara em mim ou me amara de verdade. A insegurança sobre o meu futuro.

Aos quinze anos, fiquei órfã. E, aos dezesseis, tive, pela primeira vez, uma crise de AR, sem imaginar do que se tratava. Um bom tempo depois, quando fui diagnosticada, perguntei ao médico como adquirira aquela doença. Ele me explicou que a artrite reumatoide era autoimune, não se adquiria. Desenvolvia-se a partir de algum fator, que poderia ser tanto de uma forte infecção urinária que tivera, como de problemas emocionais. Às vezes, aparecia de repente e a pessoa nem sabia o motivo. A causa verdadeira para o surgimento da AR ainda era desconhecida.

Talvez eu também nunca soubesse ao certo. Lembrava-me dos sofrimentos, das decepções, de ser muito nova ainda para enfrentar tudo. Com certeza, o meu emocional não estava dos melhores quando ficara doente.

Até os nove anos de idade, mesmo com problemas em casa, com o ciúme doentio da minha mãe e as suas alterações de humor, com as traições e os sumiços do meu pai, eu tinha sido feliz. Minhas preocupações eram as pequenas desavenças na escola ou ter que correr para a casa da dona Carmela quando os meus pais começavam a gritar um com o outro. Logo estavam juntos de novo, cheios de paixão, agarrando-se pela casa. Cheguei a me acostumar com aquilo.

Até o dia fatídico. Era um fim de tarde, eu havia chegado da aula, tirado o uniforme e corrido para a rua, para brincar com os meus colegas. Tinha notado que a minha mãe estava esquisita, mas ela andava assim havia uns dias, quase que me ignorando. Ela mesma me mandara sair para brincar, sentada à mesa da cozinha, muito séria. Cheguei a parar e olhá-la, tentando saber o que a deixara daquele jeito, mas tive medo de levar bronca e obedeci.

Eu parecia um moleque, descalça, cabelos despenteados, concentrando-me nas brincadeiras. Ficamos na farra até quase escurecer e dona Carmela, que morava em frente, aparecer no portão e chamar Lila para lanchar. Gritou para que eu fosse também, e me dei conta de que estava faminta. Corremos para lá e ficamos na cozinha, provando um bolo de chocolate delicioso, conversando animadamente bobeiras de meninas.

Ouvimos uma confusão na vila. Corremos para fora e tomei um baita susto quando percebi que alguns vizinhos se aglomeravam em frente ao meu portão, falavam em tom nervoso, enquanto uma pessoa se debatia no chão.

— É a Clara! Ela está convulsionando! Alguém chama um médico! — gritou uma mulher.

— Minha mãe? — Chocada, já ia correr para lá, mas a dona Carmela me segurou.

Tentei me desvencilhar, apavorada, mas ela me mandou entrar com a Lila, pois iria ver o que havia acontecido. Lila me abraçou e não consegui sair do lugar, querendo entender tudo aquilo.

Os gritos eram horríveis. De dor, de desespero, rasgando o ar, chegando até os meus ouvidos. Na voz da minha mãe.

Pelas frestas entre a aglomeração, percebi que se sacudia toda, enquanto faziam esforço para segurá-la.

O resto eu lembrava como em câmera lenta, meio distante, fora da realidade. Alguém trazendo um carro, pessoas colocando-a lá dentro e partindo. A espera, a falta de notícias. Eu sentada na sala, sem conseguir escutar o que me diziam, nenhum carinho dos vizinhos ou da Lila quebrando o medo que me estarrecia.

Primeiro, o que me disseram foi que ela ficaria internada um tempo, tinha passado mal. Não pude voltar para casa, pois o meu pai não apareceu naquela noite. Era uma sexta-feira e devia estar nas suas farras ou no trabalho. Dormi no quarto da Lila. Na noite seguinte também. Até o meu pai aparecer no domingo de manhã e saber da minha mãe. Rapidamente ficou alerta, perdendo a cara de noites maldormidas. A desculpa era ser músico e tocar na noite. Mas todo mundo sabia o que era. Correu, então, para o hospital.

Na segunda-feira, veio a notícia fatídica: a minha mãe havia falecido.

A dor foi tão intensa que ninguém a abrandou, nem a atenção e o amor da Carmela e da Lila, nem a proximidade do meu pai, perplexo, sem saber o que dizer. Eu só chorava, sem conseguir parar. Arrasada e cheia de culpa. Pensava o tempo todo que, quando a vira estranha na cozinha, mandando-me sair, deveria ter ficado, feito companhia a ela. Talvez assim eu pudesse tê-la salvado.

Fui saber realmente de tudo quando, depois do velório, algumas vizinhas fofoqueiras comentaram que ela havia se cansado das traições e surtara. Que o meu pai tinha amante fixa e estava apaixonado por ela. Pior: a minha mãe se matara tomando chumbinho com uma dose exagerada de comprimidos de tarja preta, e o veneno de rato a comera por dentro, causando dores terríveis. Aquilo tudo acabou comigo e me acompanhou em pesadelos por anos a fio, fazendo-me até ter raiva do meu pai.

Ayrton pareceu se sentir culpado. Mas em nada melhorou, principalmente em relação a mim. Passou a ficar cada vez mais tempo longe de casa, alegando ter muitos shows para fazer, a noitada sempre o consolando. De uma hora para outra, eu não tinha mãe nem pai. Ele vinha me ver ocasionalmente, pagava a minha escola, deixava dinheiro para os gastos, dormia e sumia. Relegou a vizinhos o trabalho de me criar. E eu praticamente passei a morar na casa da Lila.

Nunca entendi aquilo. Tentei me aproximar dele, ser uma boa filha, não ficar com raiva. Mas ele mal me olhava. Dizia não aguentar aquela casa, as lembranças. Agindo assim, simplesmente me provava que eu não era importante, e sim o peso de um casamento falido, que suportava para não me abandonar de vez. O que fez seis anos depois, quando teve um infarto enquanto tocava num dos bares da vida, cheio de álcool e não sei mais o quê na cabeça.

Sempre me esforcei para deixar o passado para trás e seguir em frente, mas nunca consegui totalmente. Ainda mais quando algum outro sofrimento surgia e me fazia lembrar dele. Minha vida parecia feita de ciclos, de fins e recomeços. E eu sempre precisava me readaptar depois deles, ganhar novas esperanças, não deixar o medo ser mais forte.

A artrite reumatoide, assim como a perda dos meus pais e da dona Carmela, foram algo com que precisei aprender a conviver. E tudo que elas traziam junto. Talvez, se eu tivesse sido diagnosticada logo depois da primeira febre e das manchas em alto relevo pelo corpo, ou quando acordei com as juntas enrijecidas e doendo, a minha condição fosse melhor hoje em dia. Mas se passaram três anos até realmente um médico descobrir que eu tinha AR.

Fui a muitos hospitais, clínicas e médicos. Os exames do fator reumático davam negativo. Os tratamentos eram errados. E assim fui piorando, alternando momentos bons com outros de crise, as coisas se complicando rapidamente.

Olhar para trás doía. Não foi fácil reaprender a viver com as minhas limitações sem ficar me lamentando o tempo todo, sem me entregar a momentos de desespero. A artrite reumatoide paralisara sonhos, tornando-me mais realista, mas isso não significava que eu era dura, ou que não tinha fé e esperança. Apenas sabia os limites deles e me precavia.

O problema era quando eu era pega desprevenida, como foi o caso do Valentim. Aí aqueles sonhos teimavam em reacender, em cutucar os meus sentimentos, em criar expectativas vãs. E, aos poucos, a experiência cedia terreno à ilusão. Deixá-lo entrar era me abrir para emoções que poderiam me engolir viva e nunca mais me endireitar. E só havia uma pessoa capaz de impedir isso: eu mesma.

Valentim
10

Toda aquela calçada de frente para o mar da praia de São Francisco possuía bares e restaurantes, sempre bem movimentados. Num deles, eu estava com os meus amigos, tomando uma cerveja gelada e comemorando o aniversário da minha amiga Zoé.

Mesmo sendo meio de semana, as mesas estavam ocupadas, o som ambiente era agradável, um telão passava futebol, e falatório e risadas se espalhavam por todo canto.

Um pouco na contramão dos outros, eu me encontrava um tanto pensativo. Meus amigos faziam algazarra na mesa cheia de petiscos e bebidas. Jonathan, que já tinha andado de um lado para o outro falando com todo mundo, sentou-se ao meu lado e disse, bem-humorado:

— Que cara de enterro é essa, irmão?

— É a cara que você adoraria olhar para o espelho todo dia, mas Deus preferiu dar pra mim.

Ele caiu na risada. Jonathan me chamava de feinho e eu sempre retrucava que era inveja, ainda mais por ele ter o nariz meio torto depois de tantas lutas de muay thai como lutador profissional e rugas além da conta por viver praticamente todo o seu tempo livre na praia.

— Eu que não queria um focinho feio desse! — implicou. — Fala aí, cara, que bicho te mordeu?

Tomei um gole da minha cerveja, olhei a brincadeira toda na mesa e fiquei um pouco irritado por não estar participando como gostaria. Talvez fosse melhor dar de ombros e entrar na conversa.

— Hoje não estou uma das melhores companhias.
— Isso eu já sabia. A melhor companhia sempre é a minha.
— Só pra você mesmo!

Sorri e ele se recostou, incentivando:

— Desembucha logo.
— Conheci uma pessoa.
— E aí?
— Ela tem mexido muito comigo. Mais do que eu gostaria.

Jonathan ficou me observando. Quando não falei mais nada, indagou:

— Ainda não vi problema. Tá apaixonado?

Era uma pergunta simples, mas me deixou mais preocupado.

Não respondi diretamente, pois eu ainda não sabia o que era aquilo que Angelina despertava em mim, apenas que eu estava muito ligado a ela e não podia esquecê-la. Por fim, comentei:

— Talvez você se lembre dela. É a garota do restaurante, que conheci em junho, no Dia dos Namorados.

Jonathan franziu o cenho e acenou com a cabeça:

— Naquela noite que foi o aniversário do Juca? Lembro, claro! Você até foi pra mesa dela. Uma loirinha, não é?
— É.
— Era uma gatinha. Mas ela não te deu um fora?
— A gente se encontrou de novo.
— E, pelo visto... pé na bunda parte dois. Tá ficando velho, hein, camarada? Está chateado? Nunca te vi assim.
— É mais do que isso.
— Cara, tu tá apaixonado mesmo! E, obrigado, Senhor, eu tô vivo pra ver isso!
— Cala a boca, porra! — Terminei a cerveja e deixei o caneco sobre a mesa, um pouco irritado e já arrependido por contar a ele. — Deixa pra lá.
— Ei, qual é? Calma, foi só uma brincadeira. Tá sensível?

Eu já ia desconversar, fingir que nada daquilo tinha importância, mas Jonathan finalmente entendeu e ficou mais sério.

— Certo. Me conta tudo: o que aconteceu pra te deixar assim? — indagou.
— Não consigo parar de pensar nela.

— Corre atrás então, *mermão*.
— É mais complicado do que parece.
— Por quê? Nunca vi mulher ser complicada pra você. Qual é o problema?

Olhei à nossa volta. Tudo continuava animado, Zoé falando alto e sendo abraçada por mais amigos nossos que chegavam. Numa das paredes, duas conhecidas colocavam balões com as letras do nome dela em dourado. Mais tarde, teria bolo depois que todos tivessem comido e bebido bastante.

— Ela tem um problema de saúde. Artrite reumatoide. Uma doença autoimune.

Meu amigo assentiu, pensativo. Depois perguntou:

— E é sério? O que isso atrapalha vocês?
— Muito mais sério do que eu pensei. Usa muletas e tem crises bem graves.

Jonathan ficou bastante surpreso. Apertou as sobrancelhas, os olhos em mim, percebendo até mais do que eu contava.

Nós nos conhecíamos desde a época da escola, ele era o meu melhor amigo, aquele que sempre comprava as minhas ideias — e as minhas brigas — e me apoiava, como no caso da escolinha de surfe. E tantas outras coisas.

— Valentim, você está me dizendo que está apaixonado por uma garota que tem dificuldades para andar e uma doença autoimune? É isso, cara? Que merda!

Olhei irritado para ele, que se defendeu na hora:

— Desculpe, mas isso parece confusão na certa! Eu nunca vi você desse jeito. O lance com essa menina é muito mais sério do que está dizendo.
— Não sei por que estou contando isso, eu é que tenho que resolver.
— Porque sou o seu melhor amigo, cara. E sabe muito bem que não vou falar o que você quer ouvir, mas o que eu penso.

Não retruquei. Jonathan sempre ia direto ao ponto e talvez fosse exatamente isso que eu estava precisando. Algo que me tirasse de todas aquelas incertezas, que me mostrasse razão, pois eu estava totalmente sendo guiado pelos sentimentos.

— Tá certo, Valentim. Ela tem problemas de saúde. É isso que te perturba? Você não sabe se está pronto pra se envolver com alguém assim?
— O ponto principal é que a Angelina não quer saber de mim. Sobre a doença, não sei até que ponto isso poderia ser um empecilho. Acontece que eu pagaria pra ver. Mas ela não.

Jonathan correu os dedos por entre os cachos de cabelos clareados pelo sol, analisando as minhas palavras. Por fim, concluiu:

— Saquei. Vocês estão a fim um do outro, mas ela não quer porque sabe que você está cheio de dúvidas e pode sair machucada dessa história. Desculpe, cara, mas a menina tem razão.

— Eu só sei que ela não sai da minha cabeça e eu quero tentar. Vi a situação dela, Jonathan, as dores, as limitações, mas nada disso enfraqueceu o que a Angelina despertou em mim desde a primeira vez. Pelo contrário.

— Caraca! Se isso não é paixão, não sei o que é. Você tá fodido, meu amigo.

O garçom trouxe novas cervejas e pegamos os nossos canecos zero grau. Zoé se aproximou sorridente e nos convidou:

— Quando vocês vão tirar foto comigo? — Apesar de se dirigir a nós dois, ela se inclinou na minha direção, sem tirar os olhos de mim.

— Já vamos. — Sorri de volta.

— Só quero ver! — Deu uma piscada, jogou os cabelos clareados pelo sol e ondulados sobre um dos ombros e se afastou para abraçar algumas amigas.

Jonathan a observou um tempo, linda num vestido curto com as costas de fora, comentando:

— Sabe, sempre achei que você e a Zoé tinham tudo a ver. São amigos há muito tempo, gostam um do outro, já ficaram juntos. Até hoje não sei o que deu errado. Tá na cara que ela curte você, sempre curtiu. Cheguei a me perguntar o que poderia atrapalhar, pois se a Zoé não conseguiu ser importante, que tipo de mulher seria?

Jonathan se calou um pouco, o olhar ainda acompanhando a jovem bronzeada e sorridente, com charmosas sardas. Todos nós nos conhecíamos havia muito tempo e fiquei surpreso por nunca ter notado que o meu amigo tinha uma queda por ela, o que passara a ficar óbvio naquele exato momento. Fiz questão de frisar na mesma hora:

— Nunca deveria ter acontecido nada entre a gente. Zoé e eu somos apenas bons amigos.

— Eu sei, cara. O que quis dizer é que ela é perfeita, mas você não se apaixonou. E agora me diz que está desse jeito por uma garota com problemas, deficiente.

Eu não sei o que me deu. Só o fato de ouvir Jonathan se referir a Angelina daquele jeito me irritou. Eu me vi saindo em defesa dela:

— Uma pessoa não é melhor do que a outra pelo fato de não usar muletas ou não ter algum tipo de deficiência. Cada um é de um jeito, ninguém é perfeito.

Jonathan me encarou e sorriu, com o ar meio irônico:

— Já vi tudo. Você tá de quatro por ela. Vai pra cima, irmão!

— Eu já falei que a Angelina não está facilitando as coisas.

— Continua tentando. A não ser que o problema seja o fato de você não estar preparado. Essa é a questão. Está ou não?

Refleti, pensativo. Muita coisa me deixava assim, desde que conhecera Angelina e soubera da artrite reumatoide.

— Eu nunca passei por algo parecido. Mas não virou mais uma questão de opção. O que eu sei é que gosto demais dela, me preocupo, quero ficar perto.

— Então está resolvido.

— Não depende só de mim, Jonathan. Ela acha que não vou saber lidar com a realidade dela.

— Talvez ela já tenha experiência nesse assunto. Cabe a você fazer com que ela mude de ideia. Só uma coisa, meu amigo...

— O quê?

— Só se meta nisso se tiver certeza de que é o que você quer, que está preparado. A menina está se preservando, deve ter sofrido horrores.

Nós nos encaramos e, mesmo sem ter a noção exata do que me aguardava, soube que ele estava certo.

Eu estava muito envolvido e, pela primeira vez na vida, me sentia daquele jeito. O que não era pouca coisa, pelo contrário. Não dava para fingir que os problemas não existiam, mas pagaria para ver e tinha certeza de que nunca a magoaria de caso pensado.

— A doença não me assusta — falei decidido, e Jonathan acenou.

— Isso é bom. Já conheceu alguém na academia com esse problema?

— De forma mais leve, sim. Mas o da Angelina é bem avançado, um grau mais elevado. Passei até a pesquisar mais sobre a doença, pra entender melhor o que ela enfrenta.

— Quem trata disso é reumatologista, não é? Se não me engano, o irmão do Júlio é especialista nessas coisas. Ou ele é ortopedista?

Nem me recordava, mas me animei:

— Acho que é reumatologista mesmo. Júlio disse que ele cuidava de uma amiga com esclerose múltipla. Vou falar com ele amanhã!

— Boa!

Fiquei um pouco menos estressado depois de conversar com Jonathan.

Soube que só havia um jeito de saber se o que eu e Angelina sentíamos um pelo outro poderia dar certo: tentando. Eu precisava de mais tempo para estar com ela, conhecê-la melhor e deixar que me conhecesse.

Ela já havia deixado claro que não queria mais me ver, mas eu apareceria assim mesmo.

Depois de tomar aquela decisão, eu me senti mais determinado e mais leve. Sorri, conversei com os meus amigos, decidido e preparado para tudo.

Na quinta à noite, eu tinha acabado uma aula e estava saindo da academia, quando Manuela veio atrás de mim. Parei no estacionamento e, antes de entrar no meu carro, virei-me e esperei que se aproximasse.

— Oi, Valentim. — Não esperou o cumprimento de volta, e foi logo despejando: — Eu sei que as coisas ficaram complicadas depois da nossa discussão no apartamento. Quero resolver isso. Por que não deixamos pra lá e seguimos em frente? Foi uma besteira. E a gente pode voltar a se entender e... quem sabe...

Deu um sorriso e um passo à frente, o olhar esquentando. Quando a mão veio no meu abdome, soube o que queria. Segurei a mão dela e nos encaramos.

Ela queria fingir que nada tinha acontecido e excluir Angelina entre nós, como se ela não tivesse nenhuma importância. Fui cauteloso e seguro ao explicar:

— Manuela, vou ser absolutamente franco com você. Somos adultos, livres, sentimos atração um pelo outro. Nunca passou disso, e você sabe. Pelo que entendi desde o início, não era pra levar a sério.

— E quem disse que estamos levando a sério — ronronou. — Nós só estamos curtindo.

— Eu não.

O sorriso desapareceu. Puxou a mão e sondou a minha expressão.

— Vai dizer que não tem mais tesão em mim? Que se eu cair de joelhos agora aqui e chupar o seu pau, como sei que gosta, não vai gozar? Nem aproveitar?

— Não estou falando de sexo.

— É sobre o quê, então?

— Já curtimos o que deveríamos. Acabou.

— É só você quem decide isso?

— Da minha parte, sim.

Ela apertou os olhos, como a lutar contra a irritação. Mas a expressão dizia tudo.

— Entendi. Agora o pegador vai investir na Angelina.

— Nunca neguei que gostei dela desde o primeiro momento.

— E nem de mim.

— Manuela... — Comecei a ficar exasperado. — Não é questão de investir. Só quero que saiba que nunca foi minha intenção magoar você. Se fiz isso, peço desculpas.

Manuela deu um sorriso frio.

— Jura que você está falando sério? Vai trocar uma trepada gostosa por uma foda seca e sem graça com uma pessoa doente, que mal consegue andar e que nunca vai...

— Não estou trocando nada. Apenas seguindo os meus sentimentos.

— Então, eu sorrio, saio de cena, deixo tudo preparado pra vocês, certo?

— O que você vai fazer eu não sei. O que tivemos foi isso e acabou. Ou não? Você tem algo a reclamar?

— Tenho. As coisas acabam quando *os dois* querem, e eu ainda não quero. E muito menos aceito.

Sua insistência me surpreendia.

Observei-a, notando o seu olhar penetrante e a raiva presente nas palavras. Achei que seria o tipo de mulher que seguiria em frente depois de se divertir, sem olhar para trás, mas, pelo jeito, Manuela era quem gostava de dar um basta e não de ser dispensada. Parecia mais vaidade ferida do que outra coisa, mas não me senti bem em magoá-la de alguma forma.

— Isso não vai nos levar a lugar nenhum.

— Acho que vai, Valentim. — Sorriu sem a mínima vontade, passando o olhar pelo meu corpo de modo apreciativo, a voz saindo baixa: — O que tivemos ainda não acabou. Garanto que ainda vai sentir a minha falta. Que, quando perceber a furada que a Angelina é, vai pensar em nós dois, vai querer uma buceta de verdade. Só que a fila anda, querido. Você vai ver.

Saiu pisando duro. Não fiquei impressionado. Também não imaginei que ela levaria a situação até aquele ponto.

Entrei no meu carro e segui em frente, perturbado, mas sem ter muito o que fazer a respeito.

Na sexta-feira, eu já não aguentava mais de vontade de reencontrar a Angelina. Tinha me controlado o máximo possível para dar um tempo a ela e a mim mesmo, mas a saudade apertava. Assim como a preocupação.

Antes de sair da academia, liguei para o celular da Lila e conversei com ela. Foi absolutamente franca comigo. Disse que Angelina estava decidida a não me ver mais. Perguntei como ela estava, e afirmou que vinha melhorando bastante, recuperando-se da crise e com a saúde se restaurando.

Fui franco também, afirmando que eu precisava falar com ela. Lila ficou pensativa por um momento e por fim me convidou para ir ao apartamento, sem garantia de nada. Parti para lá, decidido a usar qualquer oportunidade para conversar com Angelina.

Enquanto subia no elevador até o apartamento, autorizado por Lila, torci para que Manuela não estivesse presente. Cada vez mais eu via a besteira que fora me envolver com ela, mas infelizmente não dava para voltar atrás.

Lila abriu a porta e me recebeu com um sorriso. Lá dentro estava um homem alto, negro, com cabelos quase raspados. Ele se apresentou como Bruno, seu noivo.

Enquanto nos cumprimentávamos, com um olhar percebi a ausência da Angelina na sala, e aquilo me perturbou. Na mesma hora, perguntei:

— E a Angelina? Ela está bem?

Lila deu uma olhada para o noivo e depois para mim, sem graça.

— Valentim, ela está melhor — explicou. — Mas eu tive que contar que você estava vindo e ela foi para o quarto.

Eu não esperava por aquilo. Fui invadido por um misto de decepção e irritação, dando-me conta de como estava ansioso e de que tudo seria muito mais difícil do que imaginava. Ela não queria facilitar e eu não poderia obrigá-la a me receber.

— Você pode falar com ela? Dizer que estou aqui e quero vê-la?

— Posso. Só acho que vai ser difícil a Angelina mudar de ideia. Quando quer, é muito teimosa. Já volto.

Lila se afastou pelo corredor. Quis muito ir atrás, mas controlei os meus impulsos e me sentei. Bruno me observou e comentou:

— Lila me contou mais ou menos tudo. Angelina é muito especial, cara. Muito querida por todos nós. Pode parecer que ela é teimosa, mas é muito mais do que isso.

— Eu sei. — Olhei para ele de modo direto, entendendo que a situação era bem mais complexa. — Ela quer se defender. Acha que não vale a pena, mas penso de modo diferente.

Ele assentiu.

— Angelina já passou por muita coisa. Não queremos que sofra mais.

— Nem eu — fiz questão de frisar.

Era irritante me sentir como um possível vilão, como se eu tivesse o poder de fazer mal a ela, quando tudo que eu queria era o contrário.

Lila voltou sozinha, o semblante carregado. Senti um aperto por dentro.

— Valentim... Lamento, mas a Angelina não quer falar com você.

Não veio com desculpas esfarrapadas, tipo ela está descansando ou ocupada. Foi bem direta.

Por um momento, a irritação foi maior do que tudo. A minha vontade era me levantar e escutar isso da sua própria boca, mas primeiro ter o prazer de olhar para ela, ouvir a sua voz, saber como estava. Então, veio a decepção, algo como medo ou um sentimento de impotência. Como ter acesso a ela se não queria me receber?

— Eu não vou desistir — falei bem decidido, e Lila me encarou. Engoli as emoções ruins e me concentrei no que eu queria, no que Angelina me negava.

— Eu já percebi isso. Mas, Valentim, você viu o que a Angelina passou naquele dia, com a crise. Não é sempre assim, só que... tem certeza de que é isso que você quer? Não quero ver a minha amiga sofrer mais. Ela precisa estar bem para se recuperar, ter uma saúde forte. O emocional influencia bastante.

Lila repetia praticamente a mesma pergunta do meu amigo Jonathan. Como se eu tivesse poder de prejudicar Angelina, o que me enchia de uma responsabilidade difícil de dimensionar. Eu ainda a estava conhecendo, descobrindo os meus sentimentos, sem saber ao certo o que aconteceria dali para frente. Só tinha certeza de que nunca a machucaria de caso pensado.

Era estranho ter que repetir aquilo para mim e me sentir cobrado por todo mundo. Eu entendia a preocupação da Lila, do Bruno, até do Jonathan. Era uma preocupação minha também. No entanto, era como me explicar com uma parede. Pois quem eu queria que ouvisse e entendesse nem me dava oportunidade.

— Não posso dar garantias do futuro. O que posso garantir é que o que eu sinto pela Angelina vale a pena, e a artrite não vai me impedir. Muito menos o medo dela. Vou tentar de qualquer jeito, Lila.

Os olhos dela se iluminaram. Bruno sorriu e incentivou:

— Já gostei de você, brother.

Acenei para ele e fui direto ao ponto com Lila.

— Você me ajuda?

— Como?

— Vou voltar mais vezes. E fazer com que ela pare de fugir. Que lugares ela costuma frequentar?

— Fica muito em casa, trabalha aqui de home office. Sai pra fisioterapia uma ou duas vezes por semana, terça-feira é certo, às vezes na quinta. — Pareceu ansiosa, mas ainda sorrindo, entendendo o que eu queria.

Ali eu soube que teria uma aliada. Angelina poderia até me dispensar, mas primeiro teria que olhar para mim e me convencer de que não me queria.

Angelina
11

Terminei de digitar o último capítulo da tradução de um autor britânico bem satisfeita com o meu avanço. Tinha ficado sem trabalhar durante a última crise e, ao melhorar, me dediquei com mais afinco, adiantando o máximo possível. Agora eu faria as orelhas e a quarta capa, depois a revisão final do trabalho para entregar um texto perfeito.

Estiquei as pernas sob a mesa do computador e as senti ligeiramente rígidas e doloridas, mas felizmente sem as dores de antes. Distraída, pensei sobre o thriller inglês que, por sinal, eu havia amado e, de modo involuntário, acariciei o joelho esquerdo. Meus dedos ondularam sobre a cicatriz grande que se destacava na pele e que já virara parte de mim.

Eu ficava sempre mais tranquila quando a crise passava e a doença entrava em remissão, como naquele momento. Olhar o mundo quase sem dor era maravilhoso, e eu podia fazer as minhas coisas em paz, apreciando pequenos detalhes. Principalmente depois de ter a confirmação do médico de que a doença não avançara.

Como a artrite reumatoide era sistêmica, podia apresentar manifestações intra-articulares, pulmonares, cardíacas, oculares, cutâneas, vasculares, além de febre intermitente e perda de peso. Era sempre um risco quando a inflamação crônica cedia devido às consequências que deixava. O próprio tratamento também era agressivo e causava efeitos colaterais complicados.

Daquela vez o mais grave foi a perda de peso e uma pequena anemia, que eu já estava tratando com vitaminas e uma alimentação equilibrada. Mas ainda me sentia um tanto cansada, por isso voltava aos poucos a me exercitar.

Espreguicei-me e fechei o notebook, empurrando a cadeira giratória para trás. O simples movimento me deixou um pouco tonta, mas passou logo.

Naquela tarde, faria fisioterapia e esperava que, na manhã seguinte, já pudesse pegar mais pesado no treino em casa. A volta à minha rotina normal era sempre lenta e cuidadosa.

Antes de pegar as muletas e me levantar, olhei para as minhas mãos de dedos delicados e finos, com unhas sem esmalte. Era comum observá-las, para ver se a doença tinha chegado até elas. Felizmente continuavam normais e sem deformações. Eram os meus instrumentos de trabalho, e eu agradecia intimamente por estarem preservadas. A AR tinha afetado mais os meus quadris, joelhos e membros inferiores.

Satisfeita com o dia produtivo, a saúde se restabelecendo aos poucos e com esperança de continuar fazendo o meu trabalho por um bom tempo, sem precisar me aposentar, ajeitei as muletas sob os braços, segurei as manoplas e me levantei. Dei alguns passos no quarto, um pouco enrijecida por ter ficado tanto tempo sentada.

Eu possuía o controle das pernas, mas não firmeza nas mesmas. Cansava-me muito rápido, e elas eram sobrecarregadas pelos joelhos castigados, pelas dores e articulações corrompidas. Por isso as muletas acabaram se tornando o complemento ideal para me manter de pé e ajudar na locomoção.

Sobre a cama estava a roupa confortável para ir à fisioterapia. Ao lado dela a caixinha de música reproduzia a minha playlist do celular, tornando o ambiente mais aconchegante, como eu gostava. A voz doce e melódica da Maria Bethânia enchia o ar de paz e de uma certa melancolia.

Como o meu pai tinha sido músico, talvez eu tivesse herdado dele o amor pelas canções. Era difícil me imaginar trabalhando e relaxando sem algum fundo musical, sempre diverso, mas constante na minha vida.

Antes de seguir para o banheiro e tomar banho, parei. Apreciei a música: *Onde estará o meu amor*, uma parte da letra invadindo a minha mente, envolvendo-me. Na mesma hora, pensei no Valentim.

> *"(...) Se a voz da noite responder*
> *Onde estou eu, onde está você*
> *Estamos cá dentro de nós sós*
> *Onde estará o meu amor? (...)"*

O Dia em que Você Chegou

Senti um forte aperto, um misto de agonia e tristeza, uma lembrança amarga de que eu poderia saber se me arriscasse, se dias atrás eu o tivesse recebido quando viera me visitar no apartamento. Mas acabara me refugiando no quarto, fugindo do que sentia e do que almejava sem poder, cuidando de mim como sabia, evitando um mal futuro.

Lembrei-me das minhas dúvidas e desesperanças, sozinha no quarto, naquela sexta-feira à noite, sabendo que ele estava tão perto, a poucos passos, presente no apartamento por minha causa. Chegava a ser surpreendente acreditar que aquele homem sentisse por mim pelo menos uma parte do que eu sentia por ele. Que, como prometido, ele existia, insistia, vinha me ver, talvez me convencer.

Depois do banho, tentei voltar à realidade, peguei as minhas coisas e saí, pronta para mais um dia de fisioterapia naquela terça-feira.

Madalena tinha marcado de aparecer, e eu esperava que ela cumprisse o prometido. Combinei os horários com os dela, para ver se assim levava o tratamento mais a sério. Depois tomaríamos um café na padaria lá perto, conversaríamos um pouco, aproveitaríamos o resto do dia antes de voltar para casa.

Eu frequentava, havia pouco mais de dois anos, a clínica de fisioterapia que ficava no Centro. Tinha trocado a anterior para evitar contato com Rafaela, minha fisioterapeuta e irmã do Adriano. Depois que terminamos, preferi me afastar ao máximo e evitar, dentro do possível, saber qualquer coisa sobre ele, ou ter contato com alguém que o conhecesse. No início foi complicado, demorei uns seis meses ainda para cortar qualquer vínculo. E foi mais fácil do que eu imaginava me adaptar à clínica nova. Eu amei aquela mudança de ares.

Cheguei um pouco mais cedo e comecei o tratamento. Madalena apareceu bem depois, reclamando de tudo como sempre, dos pais, do trânsito, dos incômodos, da vida que parecia sua inimiga. Mais uma vez, ela usava cadeira de rodas e ficou emburrada quando o fisioterapeuta alertou para caminhar, no máximo, usar uma muleta canadense, já que precisava se exercitar e não tinha necessidade da cadeira. Ela imediatamente entrou numa discussão boba com ele, dizendo que quem sabia daquilo era ela, mostrando-se mais estressada que em outros dias.

Deixei os dois sozinhos, sabendo que dificilmente ela mudaria de ideia e, na certa, se acharia ainda mais injustiçada. Fui para a área externa da clínica, onde se espalhavam bancos de madeira a céu aberto e um pequeno jardim. Eu me sentei lá e relaxei, um pouco cansada pelo esforço, mas feliz pelas dores que já não eram constantes nem fortes.

Observei as flores, terminei a minha água da garrafinha e estava brincando com ela, distraída, quando alguém se sentou ao meu lado.

O primeiro alerta foi o cheiro; bom, quente, conhecido. Antes mesmo que eu virasse o rosto e olhasse, os meus sentidos me avisaram que era o perfume dele. Além disso, senti, no mais profundo de mim, a sua energia arrepiando os pelinhos do meu corpo, deixando-me subitamente consciente.

Ainda assim foi um choque encontrar os seus olhos nos meus: verdes, intensos, concentrados. Paralisada, permaneci meio sem acreditar que o que eu via era verdade. Tinha pensado tanto nele, que cheguei a acreditar que a minha mente me pregava uma peça. Mas isso foi apenas por um milésimo de segundo, pois a realidade era muito perfeita para ser negada.

— Oi, Angelina.

— Valentim... — a minha voz mal saiu, como que travada na garganta. Finalmente, reagi, surpresa: — O que você está fazendo aqui?

— Vim te ver.

Fiquei momentos sem ação, quase sem acreditar. Eu havia pensado que ele desistiria, ainda mais depois de ter sido até grosseira, recusando-me a vê-lo no apartamento. Sua presença ali era inimaginável, causando um rebuliço dentro de mim.

O olhar segurava o meu, o corpo próximo tomava conta de tudo. Ele era tão lindo, tão especial, que me deixava desnorteada. Demorei até conseguir controlar os meus nervos e as minhas emoções, pelo menos um pouco. Tive que me lembrar do motivo de querer ficar longe dele, na verdade, de me obrigar a fazer aquilo.

— Você está bem?

Observava-me cheio de atenção, quase desnudando a minha alma.

Desviei o rosto por um momento, buscando me calibrar emocionalmente. Apertei a garrafinha entre as mãos, e ela fez um barulho estranho, enquanto eu só tentava controlar o tremor. Parecia haver uma tempestade no meu peito, tudo intenso, louco, perturbador. Nem ao menos sabia como agir naturalmente.

— Estou.

Talvez fosse infantilidade minha esperar que aquela resposta bastasse e que Valentim fosse embora. Não se moveu, apenas continuou a olhar para mim daquela maneira que me deixava na corda bamba.

— Obrigada pela preocupação. Mas não precisava ter vindo até aqui.

— Achei que chegando de surpresa você não teria tempo de se esconder de mim.

Foi bem direto, sem rodeios. Acabei encarando-o, sem poder me conter mais. Meu coração bateu tão forte que, na certa, ele ouviu.

— Eu não me escondi. Avisei que não queria mais a sua visita.

— E eu avisei que não iria desistir.

O Dia em que Você Chegou

Engoli em seco, afetada ainda mais pela maneira penetrante que olhava para mim. Havia muita coisa ali: desejo, admiração, determinação. Pude sentir que as suas palavras não eram em vão.

Foi duro ficar tão consciente da atração entre nós, da força que nos puxava um para o outro sem qualquer controle, tão evidente que chegava a doer. Principalmente quando eu lembrava os motivos para me manter firme nas decisões tomadas. Mas como era difícil!

— Valentim, por favor, eu não quero que me procure, nem aqui nem no meu apartamento. Eu cheguei a falar isso pra você e estou falando de novo agora.

— O que posso fazer, Angelina, se eu estou morrendo de saudades?

Sua voz foi baixa, profunda, tocando em pontos sensíveis e estratégicos dentro de mim. Balancei, sem ter resposta, perdendo o discernimento que eu tentava a todo custo manter.

Se eu não sentisse nada, seria bem mais fácil achar respostas e focar na minha posição. Mas eu sentia tudo, um mundo de emoções e de sonhos tumultuando o meu ser.

Minhas palavras eram superficiais diante dos meus sentimentos, e Valentim não facilitava em nada as coisas para mim. Como negar com a boca o que os meus desejos clamavam ao olhar para ele?

Tentei me preparar para mais, para retrucar tudo que dissesse e, pelo menos aparentemente, não vacilar. Porém, como não bastasse o que já causava em mim, ele foi além. Tocou suavemente a minha mão e paralisei, enquanto as pontas dos seus dedos sentiam a minha pele e se aproximavam dos meus dedos, o seu olhar sustentando o meu. Mal pude respirar, uma onda quente me atingindo em cheio.

— Se eu sentisse que você é insensível a mim, nunca mais voltaria. Mas nós sabemos que não é assim.

— Valentim...

Sua mão segurou a minha. Em segundos, os nossos dedos estavam entrelaçados, emoções fortes pulsando e tomando conta de tudo. Esqueci o que eu deveria dizer e fazer, só me permiti ficar e apreciar sofregamente aquele toque, aquele envolvimento.

— Viu como é entre a gente? — Sua voz era rouca, melódica, hipnotizante. — Como negar isso? Eu não consigo me manter longe e vou voltar quantas vezes forem necessárias.

Quase chorei. Quis desesperadamente me afogar naquela coisa louca que despertava em mim, esquecer o passado e o futuro, saborear aquela delícia toda como uma mulher faminta, desejosa, apaixonada. Mas o medo também estava lá, como um alarme soando, exigindo a minha atenção.

Puxei a mão, dei uma respirada e fui o mais sensata possível:

— Eu não sei mais o que fazer para que você me escute. Não pode me forçar a fazer o que eu não quero.

— Jamais forçaria você.

— Então eu peço que pare de aparecer. Respeite a minha decisão.

— Me convença.

— Como?

Voltamos a nos olhar, eu um tanto perplexa.

— Para de olhar pra mim assim. Para de me fazer sentir saudades. Para de me fazer imaginar como seria se fosse honesta consigo mesma, que o que temos é especial — desabafou.

A cada minuto eu ficava mais sem estrutura, sabendo o quanto era tolo demonstrar uma coisa e pedir outra, que seria falso demais admitir o que eu não sentia.

Antes que eu pudesse me defender de alguma maneira, fomos interrompidos. Madalena chegou na sua cadeira de rodas e parou ao nosso lado, olhando diretamente para Valentim, intrigada e um tanto impressionada. Para minha vergonha, ela não teve rodeios:

— Não me diga que você é o tal do Valentim!

Na mesma hora, ele me olhou e sorriu, sabendo então que eu tinha falado dele para Madalena. Senti o rosto pegar fogo.

— Sou eu sim. E você é...

Madalena não respondeu. Sua expressão fechou ainda mais e ela me encarou séria, a voz num tom acusador:

— Você não me contou que ele viria aqui te buscar. Pensei que a gente fosse sair pra tomar um café.

— E vamos. Valentim só deu uma passada.

Eu esperava que isso o fizesse se levantar e sair, mas ele nem se moveu. Parecia muito atento.

Sem graça, percebi que a minha amiga não tirava os olhos dele, intrigada, apertando os lábios com força. Achei que era hora de me despedir e dizer que precisava sair, deixar que sacasse sozinho que nada aconteceria naqueles encontros inesperados. No entanto, foi Madalena quem falou:

— Bom, então você vai nos desculpar, pois estamos de saída.

Seu tom não foi nada agradável e, com certeza, Valentim notou. Educadamente retrucou:

— Eu não quero atrapalhar, mas ainda preciso terminar de falar com você, Angelina.

— Agora não dá, preciso mesmo sair.

Seu olhar para mim era intenso, decidido. Isso me balançou ainda mais. Por um momento nos encaramos, tudo muito vivo e intenso, mal resolvido. Eu quase vacilei, no fundo querendo ganhar mais tempo perto dele, mesmo sabendo que não deveria.

— Vamos, Angelina — Madalena mais uma vez interrompeu, parecendo irritada.

Eu tinha que ser firme, aproveitar a deixa e sair. Mas pareceu errado deixar Valentim ali sozinho. Vacilei o suficiente para que ficasse óbvio que eu não queria fazer aquilo. O olhar dele escureceu mais, me puxou. Então, a minha amiga foi totalmente desagradável:

— Não sei direito o que está acontecendo aqui, mas acho que já ficou claro que ela não quer conversar contigo. Pode nos deixar a sós agora?

Não acreditei na sua grosseria. Não era apenas o que dizia, mas como o fazia. Ela pouco se importava, encarando-o com algo parecido com raiva ou despeito, nem dava para saber.

Valentim a observou, sério. Não sei o que passou pela cabeça dele, mas foi bem polido:

— Até você chegar, Madalena, nós estávamos conversando.

— Exatamente. Até *eu* chegar. E se você ainda não reparou, colega, eu *já* cheguei! — sentenciou ela, impaciente.

— Madalena! — Fiquei um tanto sem graça, notando como o olhava de cima a baixo, parecendo estar diante de um inimigo.

Foi exagerado e deselegante, ainda mais quando Valentim continuava sendo educado.

Talvez eu devesse aproveitar aquilo a meu favor. Possivelmente ele se irritaria e se cansaria de mim. Mas achei muito injusto que fosse maltratado e aliviei:

— Madalena, eu já vou. Pode me esperar lá dentro? Cinco minutinhos.

— Se você não quer sair comigo, se prefere ficar aqui com ele, vou embora. Tô nem aí!

Falava para mim, mas olhava para ele. Parecia enciumada, mais mal-humorada do que o normal, como se me disputasse com Valentim, o que era ridículo.

Ele se mantinha tranquilo, esperando, talvez pronto para falar e agir na hora certa. Sem saber muito bem o que fazer, conciliei:

— Nós vamos tomar um café. Preciso apenas terminar de falar com ele.

Finalmente, Madalena me encarou e apertou novamente os lábios, com desgosto. Achei que iria sair, mas me deixou morrendo de vergonha ao afirmar:

— É melhor você se lembrar do Adriano. Ou será que já esqueceu?

Soou como uma sentença. Senti o rosto arder e uma certa irritação por me expor daquela maneira. Ainda mais se achando cheia de razão, com algo ruim purgando por todos os poros.

Ela não se arrependeu. A expressão era de quem dera um alerta necessário para que eu deixasse Valentim sozinho, esperando que eu obedecesse. Para mim, bastou.

— Acho que já está tarde. Melhor deixarmos o café pra outro dia.

Ficou subitamente surpresa, mas se recuperou ao erguer o queixo e dar de ombros:

— Vamos ver se *outro dia* eu vou poder.

Com força, virou a cadeira de rodas para longe de nós e foi embora rapidamente, sem disfarçar a raiva, sem nem ao menos se despedir.

Apertei de novo a garrafa vazia entre os dedos, alterada, chateada.

— É impressão minha ou a sua amiga estava com ciúmes?

— Não sei. Desculpe, ela não é muito educada.

— Tudo bem. Não precisa se desculpar. Quem é Adriano?

Seu olhar me queimava e eu não precisava me virar para confirmar aquilo.

— Não quero falar sobre isso.

Pensei que insistiria, e isso bastou para me desequilibrar mais; no entanto, a sua voz foi suave:

— Posso levar você em casa?

— Melhor não.

— É só uma carona. E a gente acaba a nossa conversa.

— Já falamos tudo.

— Eu não.

Tentei não ligar para o tremor por dentro. Peguei as muletas ao meu lado, levantei-me e as ajeitei sob os braços. Deixei a garrafinha na lixeira. Valentim se levantou também, bem mais alto, tomando toda a minha visão. Foi impossível não reparar no seu peito forte, nos ombros largos, naquele homem maravilhoso à minha frente.

Eu sabia que o certo seria me impor, recusar qualquer contato, deixar claro a minha posição. Mas bastou encontrar o seu olhar para que algo mais forte gritasse que era a última vez e que eu deveria ao menos ouvi-lo, por ter me procurado ali e aturado a falta de educação da Madalena.

— Vem comigo? — perguntou baixinho, e não consegui resistir.

Acenei com a cabeça e saímos de lá, lado a lado, em silêncio até o estacionamento.

Fiquei um tanto sem graça ao perceber que ele observava com atenção como eu me locomovia, acompanhando os meus passos e o modo que manejava as muletas.

Dei-me conta de que era a primeira vez que ficava de pé na frente dele e que me via andar.

Paramos em frente ao seu Jeep preto. Valentim abriu a porta para mim e perguntou:

— Quer ajuda?

— Não precisa, obrigada.

Firmei as muletas e me sentei, ajeitando-me no banco. Somente então as acomodei ao meu lado, viradas para trás. Ele bateu a porta, deu a volta e assumiu o volante.

Depois que colocamos o cinto, o carro entrou em movimento e eu me senti mais abalada por estar num lugar tão pequeno ao lado dele, ainda mais respirando o seu perfume gostoso, mais forte ali dentro. Percebi a besteira que eu havia feito abrindo aquela brecha para que se aproximasse.

— Você consegue andar sem muletas?

A pergunta me surpreendeu. Era direta, mas não ofensiva, apenas queria entender.

— Consigo ficar de pé um tempo sem elas e até dar alguns passos. Mas só isso.

— São as articulações dos joelhos?

— Sim. Operei os dois há um tempo, mas não foi suficiente pra recuperar totalmente a força e os movimentos. Já tinham sido muito afetados.

— Entendi.

Valentim parecia interessado em perguntar mais coisas, porém se conteve, provavelmente com medo de me ofender de alguma maneira ou me perturbar.

Pensei o quanto não sabíamos um do outro, o quanto eu queria saber. Ao mesmo tempo, parei aqueles pensamentos inúteis diante das minhas decisões.

— Quer tomar um café comigo? Conheço um lugar lindo perto da praia.

Enquanto dirigia, ele me deu uma olhada profunda, insondável. Eu queria muita coisa, mas fui sucinta:

— Preciso voltar pra casa.

— Posso subir com você?

— Não.

Fiquei desconcertada quando sorriu. Meu coração vacilou, as minhas mãos suaram, o nervosismo se fez mais presente.

Nada parecia fazer com que perdesse a determinação, e me senti como uma garota boba, fazendo birra, fingindo que não desejava tudo que me oferecia. Tentei ser firme:

— Sobre o que falamos lá na clínica, eu só queria que entendesse que nada vai acontecer e que eu agradeço a sua atenção e preocupação comigo. Somente isso. É sério, Valentim. Não quero que me procure mais.

— Tá.

Tá? Eu não esperava que concordasse tão rápido e fiquei sem ação. Então, olhei para fora, mal vendo o que passava, a mente um turbilhão.

Para me fortalecer ainda mais, tentei focar na imagem do Adriano, nas suas palavras duras quando nos separamos, no modo como foi difícil eu me reestruturar e criar uma vida boa. Resgatei também lembranças do Gustavo, o rapaz que eu conheci na faculdade e namorei até ter uma crise.

Ele se afastou sem muitas explicações e, quando um dia liguei, disse que era muita complicação para a cabeça dele e que não sabia como lidar com aquele lance. Naquela época, fiquei um tempo afastada da faculdade até me recuperar, e ele parecia ter me esquecido, pois usou a frase *"Longe dos olhos, longe do coração"*.

Ali eu poderia usar aquele mesmo ditado e manter Valentim longe de mim. Talvez com o tempo, sem vê-lo, sem saber nada sobre ele, a minha vida seguisse o rumo de sempre.

Respirei fundo e novamente o seu cheiro veio com tudo. Foi tão bom que quis apenas ficar ali, guardando dentro de mim, sonhando acordada. Já que iria acabar sem nem ao menos começar, eu poderia, pelo menos, aproveitar aquilo e um pouco mais da sua companhia.

Não demorou, e o carro parou num recuo quase em frente ao meu prédio. Eu me ajeitei, tentando ser fria, mas queimando por dentro.

Virei-me para ele, pronta para me despedir e ter mais uma imagem dele no pensamento. A luz da tarde que findava incidia direto nos seus olhos, deixando o verde mais claro e cristalino, destacando-se sob as sobrancelhas escuras e a pele bronzeada. Até esqueci o que eu iria dizer.

Surpreendi-me quando a mão dele veio no meu rosto, suave, grande, terna. O olhar que me deu era de fome, cheio de promessas. E me perdi ali, quase que sem acreditar.

O toque espalhou sensações desmedidas pela minha pele, como labaredas consumindo tudo. Abri a boca para dizer algo sensato, e logo os seus olhos estavam ali, ardendo nos meus lábios, deixando clara a vontade de me beijar.

Derreti, sem ar, sem voz, sem poder me mover. Senti o mundo parar, como a esperar o próximo ato, que veio.

Valentim se aproximou sem vacilar, o olhar dominando o meu, fazendo-me estremecer, insanamente desejando mais. Ele me entontecia, me jogava num turbilhão desconexo e desconhecido, avassalador.

Sua respiração soprou na minha face. Senti as pálpebras pesadas, a antecipação de um sonho e, quando os lábios já quase tocavam os meus, eu soube que a minha perdição estava perto.

E, em meio a tanta coisa exaltada, o alarme de perigo, como sempre, também soou. Foi um aviso de que não teria mais volta. E trouxe medo. Aquilo finalmente me fez reagir e parar no último momento. Soltei um gemido, que mais ecoou como um lamento, e recuei, fugindo do seu toque, quase me encostando na porta do carro.

Tremi, o coração disparado, vendo o quanto me arriscara.

— Angelina...

Sua expressão era carregada, o olhar fervendo, a tensão em cada canto. Tateei ao meu lado, encontrei a maçaneta, ainda perplexa demais. Abri a porta, a outra mão buscando as muletas, só pensando em escapar antes de perder a cabeça e me jogar nos braços dele. Na mesma hora, Valentim me impediu, segurando-as também.

— Não adianta você fugir.

— Já falei que não quero! Não me procura mais. Por favor!

— Está enganando a quem?

Virei-me para a porta, o rosto pegando fogo, tudo confuso e atrapalhado. Até respirar parecia difícil. Desci do carro e ele soltou as muletas. Eu as ajeitei, surpresa, pois em segundos estava de pé ao meu lado, nervoso e me garantindo:

— Não vai acabar assim. Nem começou ainda.

— E não vai começar.

Eu tinha medo de vacilar, de aquele desejo imenso me fazer ficar e cometer uma loucura. Parti em direção à entrada do prédio, sem olhar para ele.

Passei pelo hall e segui em direção ao elevador, a respiração agitada, o coração batendo como um louco, todo o meu corpo parecendo mais vivo e pulsante. Praticamente me joguei dentro do elevador e, quando as portas se fecharam, quis me sentir segura, mas me senti sozinha.

Angelina
12

Naquela sexta-feira à noite, Lila e Manuela estavam agitadas no apartamento.
Enquanto andavam de um lado para o outro, ambas se aprontando para sair, eu era a única sem pressa. Fazia calmamente o meu lanche na cozinha.

O ambiente ainda estava pesado, Manuela limitando-se a nos cumprimentar e parecendo mal-humorada, Lila sendo fria com ela, eu apenas educada.

Totalmente diferente em relação às duas, eu estava com os cabelos soltos, calça larga, camiseta justa e Havaianas. Depois de comer, escovei os dentes e me acomodei sobre as almofadas do sofá, deixando a caixinha de som e o celular ao lado, enquanto abria um romance. Minha intenção era ouvir música quando saíssem e me distrair com a leitura.

Manuela foi a primeira a aparecer na sala, toda espetaculosa num vestido preto curtíssimo e saltos altos, os cabelos bem escovados, a maquiagem perfeita.

— Merda! Cadê a porra do meu celular? — Olhou irritada para mim. — Você viu o meu celular por aí?

— Não.

Impaciente, começou a procurar por ele. Tentei me concentrar no livro, mas, sem querer, pensei se Manuela estaria se preparando para ir ao mesmo lugar que Valentim. Apesar de parecer que não estavam mais juntos, como ele mesmo afirmara e como a minha colega deixava transparecer, aquilo ainda mexia comigo e me deixava com um gosto amargo na boca.

Por mais que eu não quisesse pensar a respeito, eu a via ali tão linda, tão exuberante, que parecia impossível que não tivesse a atenção dele. O ciúme também me balançava, imaginando os dois juntos. Saber que tinham transado, que tinham sido tão íntimos, ainda doía e incomodava muito.

— Achei!

Olhou para mim, segurando o aparelho. Havia frieza no seu olhar, ainda mais quando analisou as roupas que eu vestia, comentando com certa preguiça:

— Você não se cansa de ler? Trabalha com isso e, até numa sexta-feira, fica grudada nessa coisa. Ô ranço!

Algo se partira de vez entre nós, e ela não escondia o desprezo, aproveitando qualquer oportunidade para fazer pequenas críticas. Fiquei chateada, pensei em retrucar um monte de coisas, mas apenas dei de ombros, sem responder. Manuela morava comigo havia quase três anos e sabia bem da minha realidade. Não tinha por que eu ficar surpresa.

Ajeitou a bolsinha no ombro, o olhar ainda em mim, meio irônico, como se tivesse vontade de dizer algo desagradável, mas pensasse se valeria a pena. Eu não recuava, mas também não provocava. Somente a encarava de volta.

Naquele momento, Lila entrou na sala, arrumada, linda, olhando de mim para Manuela, desconfiada.

— Vou sair e não volto hoje. — Manuela aproveitou para dizer alto, olhando de Lila para mim, como se precisasse dar alguma satisfação, frisando bem: — Até tento ser como a Angelina, gostar de ficar em casa, sozinha. Mas tenho opções demais pra sair, convites que nem dou conta! Impossível ficar quieta, não acha? Hoje vou numa festa num iate, coisa de gente top.

Seu sorriso era presunçoso, até mesmo arrogante.

— Bom saber que você é tão requisitada. — O tom da Lila foi irônico.

Sem esperar um comentário, foi para a cozinha, enquanto colocava um brinco.

Manuela a acompanhou com o olhar, depois me fitou, como se esperasse que eu me defendesse ou demonstrasse algo. Fiz de tudo para ignorá-la, voltando a olhar para o livro. Suas provocações nunca davam em nada, o que a irritava.

Em silêncio, ela se virou e se dirigiu para a porta. Saiu sem olhar para trás.

Balancei a cabeça, não acreditando em tanta infantilidade. Ninguém precisava saber que ela era tão assediada. Peguei o celular e coloquei a minha playlist "Som Brazuca" para tocar, a música saindo baixa e gostosa pela caixinha.

— Angelina... — Lila voltou à sala. — Hoje vou dormir no Bruno. Você está bem mesmo?

— Estou ótima.
— Se tiver qualquer problema você me liga?
Sorri diante do seu olhar preocupado e afirmei:
— Não vou ter problema algum, fica tranquila. Eu estou bem, em remissão. Aproveite!
— Certo. — Veio até mim e se inclinou, dando um beijo na minha bochecha. — O livro é bom? — indagou.
— É ótimo. E de uma autora aqui de Niterói. Bem romântico.
— Daqui? Sério? Do jeito que você gosta. — Ela sorriu. Dei um sorriso também, que logo tremeluziu quando Lila perguntou: — Valentim deu notícias?

Fiquei um pouco nervosa. Tinha contado que ele havia ido me visitar na clínica de fisioterapia e indagado se fora ela que informara o meu paradeiro. Lila não teve vergonha de confessar, assim como não perdeu a oportunidade de dar a sua opinião, achando que eu era uma boba por não ver o quanto ele estava a fim de mim de verdade.

— Não.

Era criancice minha ficar decepcionada com aquilo. De alguma forma, imaginar que Valentim insistiria, como havia prometido, me deixava agitada, ansiosa e ainda mais ligada a ele, vendo a minha decisão esmorecer diante dos meus olhos. Aos poucos, eu vacilava, pensando cada vez mais se seria tão errado me arriscar. Só uma última vez.

— Ele vai aparecer. — Lila parecia ter certeza, estar na torcida.
— Melhor não.
— Você fala da boca pra fora. Pensa que eu não te conheço? Que não vejo que está louca por ele, cheia de ansiedade?

Encarei a minha amiga sem negar, o que era assustador. O medo estava lá, latejando junto com outros sentimentos.

O celular da Lila começou a tocar e ela o tirou da bolsa. Imaginei que fosse Bruninho. Quando viu o nome no visor, não atendeu logo. Sorriu e olhou para mim, algo brilhando no seu olhar, e me alertou.

— Você tem visita, Angelina.

Meu coração disparou. Apertei o livro com força, sem poder acreditar, já sabendo a quem ela se referia.

— Você fez de novo, Lila? Avisou que eu estaria aqui sozinha?
— Foi o Valentim que perguntou. Só falei a verdade.
— Não acredito!

O telefone continuou a tocar. Lila foi incisiva:
— Bom, eu vou sair. E ele já está lá embaixo. Vai ser mal-educada de novo e se esconder no quarto? Ou nem vai deixar o cara subir?

Engoli em seco, fechando o livro, pronta para fugir e me recusar a falar com ele. Não podia acreditar que estava ali mesmo, que, como prometido, não desistiria. A verdade era que eu vivia ansiosa, esperando que se aproximasse em qualquer oportunidade, querendo controlar o meu nervosismo.

O certo seria manter a minha firmeza, a minha decisão, mas senti um tremor por dentro, uma vontade absurda de só daquela vez me permitir sonhar, arriscar, vencer os meus medos e pagar para ver. Não era fácil viver com a imagem dele entranhada em mim, ter tantos desejos reprimidos, fugir da vida que se apresentava com todo o seu esplendor e riscos.

Valentim me invadia por todos os lados, sacudindo-me irremediavelmente e tornando tudo infinitamente mais difícil de negar.

— Angelina... — Lila chamou a minha atenção, o olhar cândido e suave no meu. — É isso que você quer? Seja sincera consigo mesma. Pretende fugir em todas as oportunidades, até o dia em que ele desistir de vez?

Mordi o lábio, angustiada. Eu não sabia. Era torturante sentir tanta coisa por ele e me negar, esmagar sentimentos que não queriam sumir e que cresciam vertiginosamente. Pior era saber que Valentim também estava a fim e que lutava por mim, mesmo depois de tudo o que vira.

— Eu não sei. — Fui totalmente sincera. — Tenho medo, Lila.

— Eu entendo, meu amor. Mas vai viver assim pra sempre?

O celular parou de tocar e aquilo me deixou mais tensa e ansiosa, como se fosse um alerta do que a minha amiga dissera. E se ele desistisse mesmo? Por que isso me desesperava, se era o que deveria acontecer?

— Tem também a Manuela e... — Busquei aquele fato para me proteger, me resguardar com mais força.

— *Pelamordedeus!* — Lila balançou a cabeça, impaciente. — Ela está saindo, se divertindo e implicando com você numa disputa idiota! Nem sua amiga de verdade ela é! Os dois não tiveram nada sério! Vai ficar se privando de tudo por causa da Manuela? Vale a pena?

— Não é só por isso, você sabe. É que eu... não consigo esquecer.

— Vocês só tinham se visto uma vez e *você* dispensou o cara! Ela deu em cima, os dois são solteiros, rolou. Mas acabou! Olha, vou mandar o Valentim subir e depois... desapareço. Ao menos conversa com ele. Se não quer mesmo, se prefere não arriscar, convença-o com argumentos racionais. Faz com que ele pare de te procurar.

O celular tocou novamente. Era a hora de ser decidida e pôr fim em tudo. Vi Lila atender, mas não a impedi. Estremeci quando falou suavemente:

— Oi, Valentim. Pode subir.

Ela caminhou até o interfone. Ainda dava tempo de ser categórica, mas a minha garganta travou, o desejo de vê-lo foi maior do que tudo, os sentimentos se precipitaram e senti como se fosse enfartar, tão nervosa eu estava.

Vi que Lila falava com o porteiro, mas não pude me concentrar nas palavras. Só pensava que logo, logo Valentim estaria ali. Minhas mãos suavam, o meu coração batia desgovernado, eu só pensava no momento em que poderia olhar de novo para ele, sem saber ainda o que dizer ou como agir, cheia de medo e de expectativa.

As músicas continuavam a tocar, preenchendo o silêncio da sala, quando Lila desligou o interfone e olhou para mim. Só nos fitamos, e ela me deu um sorriso encorajador e cheio de carinho. Não falou mais nada, e nem eu tinha condições também de abrir a boca.

A campainha tocou, e eu achei que fosse morrer. Quis me agarrar às minhas muletas, correr para o quarto, escondendo-me, apavorada, na segurança conhecida. Tudo pareceu assustador, e então soube que estava indo além do que me permitia, que deixava os sentimentos e sonhos falarem mais alto do que a razão, que podia estar trilhando um caminho sem volta. Mas não pude evitar.

Não consegui me focar na lembrança do Adriano, na imagem da Manuela, nem na minha realidade. Só olhei Lila caminhar para a porta, pronta para deixar entrar o futuro e a vida, com todas as suas inseguranças e probabilidades.

Ela sumiu de vista. Segurei o ar, que pareceu infinitamente mais pesado, mais elétrico. Tudo em mim pulsava, ganhava novas dimensões, deixando-me como numa corda bamba. Tentei me preparar de alguma maneira, concentrar-me em algo que me trouxesse um pouco de equilíbrio. Foquei na música.

Tomei um susto quando percebi a letra do Ivan Lins. Parecia dizer um pouco de como eu me sentia em relação a Valentim, que ali entrava de vez na minha vida.

"(...) Vieste de olhos fechados
Num dia marcado
Sagrado pra mim
Vieste com a cara e a coragem
Com malas, viagens
Pra dentro de mim (...)"

E Valentim veio. Surgiu diante de mim, e ali eu soube. Não havia mais como fugir. Eu estava irremediavelmente perdida.

O Dia em que Você Chegou

Valentim

Como um beijo não dado, interrompido, conseguia me deixar tão abalado?

Foi assim que eu me senti depois do nosso último encontro. Não a esqueci um minuto sequer, pensando o tempo todo em me aproximar e ficando cheio de dúvidas, pois a cada dia tudo parecia imensamente maior e mais devorador do que já sentira por alguém. Eu não estava sabendo lidar com aquela insegurança, com o fato de que talvez ela realmente me impediria de me aproximar ainda mais. Mas não cogitei desistir.

Cheguei a ligar para Lila naqueles dias, perguntei se Angelina iria para a fisioterapia na quinta-feira e então soube que não. Pensei em ir ao seu apartamento, o que provou o quanto eu me sentia envolvido e ligado a ela. Entretanto, fiquei atento, esperando o momento certo.

Na sexta-feira, não resisti mais e conversei com Lila novamente. Ela me disse que Angelina ficaria sozinha no apartamento naquela noite, e eu soube que não teria mais como me segurar.

Saí da academia e fui direto para o prédio onde ela morava, mais ou menos no horário em que Lila me avisou que sairia com o noivo. Quando liguei para o celular dela, fiquei ansioso demais por não atender. Depois que insisti e tive resposta, avisei que já estava lá embaixo.

Foi tudo estranho demais, pois me senti como um adolescente diante do seu primeiro amor, temeroso de dar com a cara na porta e ser rechaçado pela Angelina. Mas as palavras da Lila me aliviaram:

"Oi, Valentim. Pode subir."

Sorri como um bobo, sozinho. Quando o porteiro abriu a porta, eu entrei voando, eufórico e excitado. Pronto para lutar pelo que já havia tomado conta de mim.

E, num segundo, lá estava eu no corredor, Lila abrindo a porta para mim e murmurando "boa sorte", antes de sair. Eu entrando na sala e finalmente a vendo naquele sofá, os cabelos esparramados, o rostinho lindo, os olhos incrivelmente brilhantes e apreensivos, cheios de tanta coisa que eu também sentia.

Não me importei com nada mais do que Angelina. Andei na direção dela, mal reparando as muletas encostadas ali perto ou os desafios que poderia ter que enfrentar ao seu lado. Ela em si já era desafiante para mim, despertando mais do que imaginara existir e ser possível entre duas pessoas. Algo muito novo e intenso, muito difícil ainda de decifrar. Eu só sabia que saltava, invadia, precipitava e marcava presença.

Quis dizer muita coisa, mas não consegui. Quando cheguei perto, estávamos os dois mudos, aturdidos, ligados. Nossos olhares se grudavam, tudo virava uma coisa só, sentimentos iam e vinham, como se os trocássemos e compartilhássemos sem precisar de mais nada. Palavras não teriam o poder de explicar tudo aquilo.

Sentei-me no sofá ao seu lado. Uma música suave tocava, mas não consegui me concentrar. Vi os olhos, a boca, a delicadeza. Vi o anjo que havia me encantado desde o primeiro momento. E eu a quis com uma força tão grande que não me contive mais, não perguntei, não sondei.

Talvez fosse loucura pura. Apenas agi, indo mais perto, envolvendo-a nos braços.

— Valentim...

Meu nome saiu da sua boca como um sopro de surpresa quando a segurei pelas costas, sob os ombros, e pelas pernas, quando a trouxe para o meu colo com toda a delicadeza do mundo e senti o seu corpo frágil e pequeno, o seu peso nas minhas coxas. O perfume doce veio da pele ou dos cabelos, não sei, deixando-me ainda mais hipnotizado, juntando-se às outras sensações.

Angelina abriu muito os olhos e os lábios, chocada, paralisada com a minha mão na sua face, acariciando, acomodando. Ficamos tão perto que a nossa respiração se misturou. Meu coração galopava loucamente, tudo em mim clamava por ela.

— Já perdemos tempo demais. — Mal reconheci a minha voz, cheia de emoção e de promessas. — Fica comigo.

E ergui a outra mão, enfiando os dedos nos cabelos macios, naqueles fios que rodopiavam de encontro à minha pele. Trouxe-a mais para mim, para o lugar onde eu queria que ficasse dali em diante, entre os meus braços, na minha vida.

Segurei o seu olhar quando toquei os seus lábios com os meus. Ela estremeceu, as pálpebras pesaram, e praticamente se entregou sem poder lutar, ou sem querer. Fechou os olhos, abriu os lábios, gemeu tão baixinho que pensei ter imaginado. Mas senti o ar dela entrar na minha boca, a mesma que beijou sem suportar mais o desejo e a tortura da distância.

Os lábios eram carnudos, gostosos, doces. Seu hálito me enfeitiçou, lançou punhaladas de emoções no meu corpo, me fez querer mais, obstinado, comovido. Movi os meus contra os dela, e a minha língua a buscou, tornando tudo mais quente, mais úmido, mais íntimo. Angelina reagiu, o corpo me querendo com volúpia e ânsia.

Foi o beijo. O maior e melhor da minha vida, pois não vinha puro ou apenas físico. Vinha cheio de saudade, espera e encontro. Tinha sabor de recompensa, de comoção interna, de tremor... até da alma.

Senti a vida me sacudir, me tirar do eixo. Movemos as línguas e as bocas, sugando, provando, trocando salivas e sentimentos. Fomos além do que era permitido, gemidos escapando, respirações pesadas, peles se buscando. Eram os seus cabelos, a sua face, o seu cheiro, o seu gosto, os seus dedos nos meus. Era a sua resposta a todas as minhas perguntas.

Beijamo-nos mais e mais. E eu fiquei insanamente desejando que nunca acabasse. Puxei-a para mim, escorreguei a mão pelo seu ombro, cintura, envolvendo-a, colando-a no meu peito. Seus braços vieram ao meu pescoço, e ela me abraçou com a mesma entrega, a mesma voracidade. Era tão gostoso, tão diferente de tudo que já provara um dia, que me perdi.

E tive a certeza de que já não queria mais ser encontrado.

Angelina
13

Todo o meu corpo pulsou. Desde o momento em que Valentim entrou e me queimou com o seu olhar, eu soube que não havia mais volta. Era impossível fugir de algo tão maior que o medo, a dor e a insegurança. Explodia, descontrolado, abrasando, tomando conta de tudo.

Busquei palavras e explicações, tentei me conectar com a razão, até mesmo me preparar para uma conversa. Mas nunca imaginei que ele faria o que fez: me pegar nos braços, me levar para o seu colo. Como se já tivéssemos desperdiçado tempo demais e a necessidade de pele na pele fosse primordial. E era.

Voei, alcancei lugares inimagináveis quando me tocou, quando os seus olhos me seduziram com promessas silenciosas, quando o seu cheiro veio e se completou com o seu gosto. E lá estava eu, derretendo, caindo em volúpia, a boca grudada na dele, os meus sentidos gritando de paixão, felicidade e algo mais profundo, sem nome.

De olhos fechados, eu sentia os seus lábios queimando os meus, a sua língua fazendo magia, tudo delicioso demais. Começou lento, descobrindo, vivenciando, se doando e tomando. Focamos nos sentidos extraordinários, e entrei em sintonia com a textura, com o gosto maravilhoso, com aquele despenhadeiro emocional em que me jogou de repente.

O Dia em que Você Chegou

Perdi o ar, segurei-me nele para não cair. Ao mesmo tempo, Valentim me abraçou e apertou mais, aprofundou o beijo, girou a língua na minha, sugou-a devagarinho. E ali eu tombei de vez na paixão escaldante que atiçou o meu corpo, que incendiou a minha alma. Fiquei consciente demais de cada detalhe, da saliva que parecia um néctar dos deuses, do calor da sua pele, do seu perfume gostoso. E precisei de mais. Gemi baixinho. Estremeci e ergui a mão, acariciando a sua bochecha e sentindo a barba cerrada alfinetar suavemente os meus dedos, a força de um corpo musculoso tomando conta do meu, ardendo nas minhas entranhas. Foi mais do que boca na boca; foram pele e sentimentos, foi um encontro perfeito de sentidos.

Valentim me devorou ainda mais. Perdi de vez qualquer raciocínio e arfei, engolindo o que ele me dava, atordoada, sentindo o coração bater como louco no meu peito, a adrenalina acelerando tudo. O fôlego faltou mais ainda quando ele se tornou exigente, encostando-me praticamente inteira no seu peito, uma das mãos firme na minha nuca, a outra espalmada nas minhas costas.

Inspirei e respirei em busca de ar, mas quem me invadiu foi Valentim, com a sua essência e com aquela loucura que me deixava dopada e excitada ao mesmo tempo.

Uma torrente quente percorreu o meu âmago, explodiu no meu ventre, espalhando-se como lava. Eu me encostei mais nele, lambendo, sugando faminta, almejando por um alívio que eu não conseguia dimensionar. O desejo aumentou, varreu a minha pele em arrepios, criou latências esquecidas. E sucumbi, voraz, necessitada.

Agarrando os meus cabelos, ele soltou um gemido rouco. Sua mão enorme desceu das minhas costas até quase as minhas nádegas e ali apertou, trazendo-me para mais perto ainda, resvalando-me pelas suas coxas. Entonteci quando senti o volume grosso e duro sob mim, quando a sua boca mordiscou a minha e foi descendo pelo meu queixo. Se não segurasse a minha nuca, a minha cabeça tombaria para trás, pois eu parecia ter perdido qualquer controle.

Abri os olhos, confusa, cheia de anseios e desejos. Mais uma vez o ar me faltou quando me deparei com os seus olhos nos meus, acompanhando tudo, cravados em mim como que hipnotizados. Eram tão intensos e ardentes que gemi, subindo os dedos nos seus cabelos, agarrando-os.

Parou um momento, bem perto, como se também precisasse recuperar algum equilíbrio. Mas a atração era tão forte, tão abundante, que não conseguimos manter aquela mínima distância. Agarrou-me com tesão, mordeu o meu lábio inferior e me beijou de novo com voracidade. Caí sem fim, rodando loucamente, sentindo a sua língua ávida na minha.

Beijamo-nos e beijamo-nos mais, como se estivéssemos magnetizados, amarrados um ao outro por cordas invisíveis. Seus dedos deslizaram de novo para cima e arquejei quando me invadiram sob a barra da camiseta, tocando diretamente a minha pele. Foi como fogo, incendiando, escapando ao controle. Sua mão me apertou, subiu, conheceu uma parte minha, resvalou nas costelas. Soltou um som como de um felino satisfeito, rouco, que me fez estremecer.

Foi impossível ficar quieta. Eu me movi, ondulei sob as carícias e a boca exigente, esfreguei a minha bunda na sua parte mais íntima e volumosa, sem nem perceber o que fazia. Precisava desesperadamente de algum alívio para aquilo que me engolfava viva, que latejava nos meus seios, entre as minhas pernas, por todo lugar.

Os dedos pararam ao tocarem com as pontas o elástico do sutiã e a respiração pesou. Valentim ficou imóvel por um momento, comigo toda aconchegada entre os seus braços, os nossos lábios colados. Então, ele se afastou o suficiente para que nos olhássemos, e fiquei ainda mais abalada ao ver a paixão dominando-o também.

Entre tanta coisa intensa, senti novas emoções surgirem, uma sensação de que aquilo só poderia ser um sonho maravilhoso. Havia anos que eu não sabia o que era ser verdadeiramente tocada, beijada, desejada. E com ele era infinitamente maior e grandioso, melhor do que tudo o que eu imaginara. Quis falar muita coisa, ao mesmo tempo que quis dar prosseguimento àquilo, esquecendo-me do mundo. Mas travei, paralisada, encantada.

— Eu sempre soube que seria bom... — a voz engrossada pelo desejo me envolveu. — Mas jamais assim. O que está fazendo comigo, minha anja?

Pisquei, sem resposta, muda. Não era eu que fazia, era ele. Éramos nós. E aquela coisa que nos ligara desde o primeiro olhar.

Moveu só um pouco a mão, e os dedos subiram o suficiente para sentir o volume do meu seio. Então, apertou as sobrancelhas, respirou fundo e perguntou:

— Estou machucando você?

— De jeito nenhum.

Eu não sentia dor nem incômodo. Tudo vibrava dentro e fora de mim.

Sem poder resistir, acariciei a face, apreciei os olhos, o nariz e a boca, cada parte dele. A vontade era de beijá-lo todo, adorá-lo com mãos e boca, passar a vida conhecendo cada pedacinho daquele homem.

Nossos olhares se grudaram. Falei perto da sua boca:

— Isso é real?

— Eu estava me perguntando a mesma coisa.

Acabei sorrindo, e Valentim fez o mesmo. Mas logo ficou sério de novo, como se buscasse algum controle, dizendo baixinho:

— Eu sei que precisamos conversar, mas primeiro preciso te provar. Só mais um pouco. Se doer, você me avisa?

Doer? Doía tudo de tesão, um pulsar nas entranhas. Não pude fazer nada mais senão acenar, ansiosa, soltando um gemidinho quando ele mordiscou o meu queixo, puxou suavemente os meus cabelos para trás e desceu a boca pela minha garganta. Fechei os olhos, arrepiada.

Apertei a sua cabeça contra mim, adorei a textura dos fios grossos e macios nos dedos. Quando mordiscou a minha pele, passeando por toda parte, indo até a orelha, comecei a ofegar baixinho, o que só piorou quando a mão se espalmou sobre o seio coberto pelo fino sutiã. De imediato, o meu mamilo intumesceu, espetou a palma da sua mão, ganhou vida.

Ondas puras e abrasadoras percorreram o meu corpo. Esfreguei o meu rosto no dele, senti a barba na pele, puxei-o para mais perto. Valentim não parou, acariciando o meu mamilo com o dedo, soltando gemidos roucos ao afastar um pouco a camiseta com os dentes e me mordiscar no ombro nu.

Era tudo tão gostoso que seguíamos o instinto e a atração, como se tivéssemos todo o tempo do mundo para aquelas descobertas. Choraminguei quando ficou mais audacioso, segurando o sutiã e afastando-o para o lado. Ambos arfamos quando foi pele contra pele, quando o meu seio coube inteirinho na sua mão.

Perdi o discernimento. Busquei mais contato, pressionei-me contra a sua ereção, e foi ali, no meio do desejo incandescente, que veio o primeiro incômodo nos quadris. Não chegou a doer, apenas avisou que era para eu ter cuidado, lembrar-me de certas limitações. Sem querer, um alerta soou e travei, ligada nos sinais.

Foi algo que chegou de modo desprevenido, rápido, mas suficientemente forte para me jogar um pouco na realidade, fazer medos e dúvidas ressurgirem. Ainda mais ali, nos braços do Valentim, vivendo um sonho maravilhoso. Percebi o quanto tudo poderia mudar em questão de segundos, até se tornar um pesadelo. Dores antigas, sofrimentos passados, medos juntaram-se à paixão.

Ele estava tão conectado a mim que sentiu na hora. Parou, o meu mamilo entre os seus dedos firmes, e ergueu a cabeça, buscando o meu olhar. Mordi o lábio, balançando, comparando aqueles momentos com outro em que estivera nos seus braços, cheia de dor, em crise, sendo carregada para o hospital. Senti um misto de vergonha e ansiedade, certo temor de ser uma decepção para ele mais à frente. Ali eu estava bem e a doença em remissão, mas até quando?

— O que foi, minha anja?

Eu não queria que parasse. Tive raiva de mim mesma por me acovardar, por deixar que o medo surgisse bem naquele nosso momento. A garganta secou, e só pude balançar a cabeça.

Valentim deslizou suavemente o sutiã para o lugar, tirou a mão de dentro da minha blusa, o olhar sem permitir que o meu se desviasse. Manteve-me entre os braços, ambos em volta da minha cintura.

Ainda sentia a sua ereção contra a minha bunda, o seu cheiro, o seu gosto, inebriada. Olhar para ele era ter uma imagem do paraíso, do que eu desejava mais do que tudo. E também temia.

— Foi tudo muito rápido pra você?

E eu me senti tola. Não queria que me visse como um cristal frágil, prestes a quebrar. Que tivesse receio de me tocar ou demonstrar todo o seu desejo. Acabei confessando:

— Não é isso. Eu queria também. Quero. E estou bem, não me machucou.

— Mas...

— Sou uma mulher. Com as minhas limitações, mas uma mulher.

— Acha que eu não sei de tudo? — A voz foi baixa, com uma nota de admiração. — Uma mulher linda, que mexeu comigo desde a primeira vez. E que me faz sentir coisas que eu nem sequer sabia que existiam.

Afetada e surpresa, não tive uma reação imediata. Ele sorriu e acariciou os meus cabelos.

— Embora pareça mais uma anja do que uma mulher.

— Valentim... quem me dera... — Sorri também. — Só se for uma com defeito.

— Isso só prova que você é de verdade.

Relaxei, deixando um pouco a ansiedade de lado, fascinada por ele, por estarmos ali tão juntos, provando um do outro, sentindo coisas que eram tão parecidas. Não conseguia deixar de me deslumbrar com a sua beleza e com aquela reciprocidade entre nós, tão profunda e espontânea.

Em meio ao enlevo, ao desejo e à entrega, a realidade ficava perto, tentando chamar a minha atenção. Novamente temi que estivesse entrando num caminho sem volta, pois, se apenas naquele começo Valentim já tirava o meu chão, imagina o que faria depois. Com certeza, tudo aquilo que ele me fazia sentir cresceria.

Baixei o olhar, tensa, dividida. Sem querer, lembrei-me da Manuela, as coisas que ela contara sobre eles na cama, o fato de terem sido amantes. E que eu nunca aguentaria o pique dele. Ciúmes e inseguranças me invadiram, fazendo-me balançar. Nunca chegaria aos pés dela naquele quesito, os meus limites eram grandes demais. E, numa comparação física, eu perderia feio, poderia decepcionar um homem como ele.

— O que aconteceu? — Valentim segurou o meu rosto entre as mãos e fez com que eu o olhasse, sondando a minha expressão, notando algo errado. — Fala comigo.

Indecisa, pensei demais, senti demais. E acabei recordando Madalena mandando-me lembrar do Adriano, alertando-me indiretamente para não sofrer tanto de novo. Tudo era uma loucura, um risco enorme contra o qual lutara e perdera. E como me assustava.

— Angelina, eu sei que ainda não nos conhecemos direito. E que possivelmente tem dúvidas. Mas precisa conversar comigo. O que está te perturbando?

— Somos completamente diferentes.

— Talvez por isso a atração seja tão grande.

— Valentim, eu tentei evitar isso entre nós por causa da minha situação física, das minhas limitações e...

— E eu estou aqui, mesmo sabendo delas. Não vou mentir e dizer que sei tudo o que você já passou e enfrenta, ou que vou ser perfeito, sem errar. Mas quero acertar. Eu quero estar com você e aprender como agir. E pra isso você vai precisar me orientar, dizer até onde posso ou não ir. — Ele tinha o olhar intenso, determinado, como se nada pudesse impedir de tornar realidade as suas palavras. — Vamos aprender juntos, minha anja. Nenhum de nós é perfeito.

Quando ele me chamava assim, eu quase derretia, sentindo-me tão querida, admirada...

Fiz de tudo para me manter firme, mas a verdade era que eu estava morrendo de medo do Valentim, do modo como já dominava os meus sentimentos e pensamentos, como invadia a minha vida duramente construída e reconstruída. Eu sabia que era assim, que as pessoas entravam em relacionamentos, conscientes de que eram riscos e de que qualquer coisa poderia acontecer, mas ainda não me sentia totalmente preparada.

Tudo o que eu desejava era continuar ali, nos braços dele. Era seguir além, descobrir mais da sua vida, do que poderíamos ser juntos, daquele desejo que já vinha feroz para mim. No entanto, a covardia estava lá, absurdamente vívida pelas lembranças dolorosas.

Pensei de novo em Manuela, como eu teria que enfrentar a raiva dela, conviver com a sua presença entre nós, com os ciúmes. Aquilo me perturbava demais, pois morávamos juntas.

— É a Manuela?

Valentim parecia ler os meus pensamentos. Só de ouvi-lo falar o nome dela, o incômodo piorou, veio com tudo. Desviei o olhar, e ele tirou as mãos do meu rosto, puxando-me para mais perto e dizendo baixinho:

— Acabou, Angelina. Aliás, nem deveria ter começado.
— Mas eu...
— Já falamos sobre isso. É passado. Cabe a nós deixá-lo no lugar dele.
— Acho que para ela ainda é presente. — Observei-o, chateada. — Foram amantes. Vão se encontrar aqui e...
— Sim, vamos nos ver aqui. E só. Como vejo ocasionalmente alguém com quem já saí. Isso não significa que vou querer repetir. Acabou. Eu e você teremos que aceitar, e pronto. E, de mais a mais, nunca fomos "amantes".
— Eu sei, mas...
— Não seja boba. — Ele agarrou um punhado dos meus cabelos e me olhou daquele jeito penetrante que me deixava bamba, como se só eu fosse importante para ele. — Não vê como estou louco por você? Não sente?

Entreabri os lábios, meio dopada. Ainda mais quando me pegou firme e mordeu devagarinho a minha boca, criando um calor abrasador, antes mesmo de me beijar. E ali eu caí, tonta e entregue, apaixonada, sem ter como resistir.

As dúvidas sobre a minha condição e as diferenças de vida entre nós dois, as inseguranças sobre o futuro e o ciúme em relação a ele com Manuela ruíram diante do beijo, das sensações, do que me fazia almejar desesperadamente. Então, eu só me desarmei, abraçando-o, tocando-o com desejo.

Nossas respirações ficaram mais aceleradas e o meu coração bateu forte. Arrepios de prazer correram loucamente pela minha pele quando os seus dedos brincaram nela, quando a sua língua domou a minha sem dificuldade.

Valentim não pediu permissão para acariciar o meu seio sobre a camiseta, nem para lamber o meu pescoço. Muito menos para descer a outra mão pela minha perna, conhecendo o meu corpo pelo toque. Perdi o ar, deixando a cabeça cair para trás, de olhos fechados. Estremeci quando a mão veio pelo interior, subindo lentamente.

— Dói? — murmurou no meu ouvido, a boca brincando no meu lóbulo.
— Não...
— E aqui?

Os dedos estavam perto demais da minha vagina, que melava a calcinha. O tecido da calça evitava um contato mais direto, mas quando suavemente me acariciou ali com sua mão enorme, senti com perfeição e fervi, alucinada, sem poder juntar sílabas e formar uma palavra.

Só um gemido escapou, pois os seus dedos eram lentos e firmes, rodeando, subindo e descendo, fazendo-me abrir mais as pernas. A dor não era da lesão nos quadris ou nos joelhos, nem algum resquício da crise. Era íntima, de necessidade, de vontade de sentir mais, dentro de mim, por todo lugar...

O Dia em que Você Chegou

Valentim ficou mais exigente, igualmente excitado, ereto. Espalmou a minha vagina, esfregando, a sua boca descendo mais e se fechando no meu mamilo sobre a blusa, chupando-o bem gostoso. O tecido molhou, assim como molhou ainda mais a minha calcinha. Virei uma espiral de sensações e precisei me mover, ondular no seu pau duro, passar os dedos no seu peito e ombros.

Delirei, ensandecida, deixando de ser a Angelina comedida e contida que aproveitava a solidão, para virar uma mulher que ardia e almejava, que se dava conta de como tinha sentido falta de carinho, de contato. E, por ser o Valentim, tudo era absurdamente delicioso e desejado, um prazer puro, denso, desmedido. E eu me abandonei naquela loucura, em busca de mais.

Seus dentes puxavam o mamilo, deixando-o dolorido e empinado, enviando um pulsar para o meu clitóris. Eu me movi contra a sua boca e dedos, quase caindo sobre ele, agarrando os seus cabelos, querendo mais. Desejei desabar no sofá, ficar nua, tirar a roupa dele, abrindo-me para receber todo o seu membro dentro de mim. A imagem foi tão real que gemi mais e mais, doida de tesão, latejando.

Quando quase perdíamos o controle, Valentim parou de repente, os cabelos desalinhados, a expressão carregada, os olhos verdes parecendo infinitamente mais escuros ao encontrar os meus.

— Estou machucando você? Indo rápido demais?

— Não.

Havia dúvida no seu olhar e aquilo me envergonhou um pouco. Ainda mais quando insistiu:

— Posso ir mais devagar.

Lembrei-me da Manuela dizendo como ele praticamente a jogara contra a parede, pegando-a de todas as formas, as imagens parecendo pornográficas e intensas. Comigo se continha e, mesmo entendendo que fazia aquilo devido à minha condição, indaguei se não estaria tão excitado comigo.

Eu era insegura demais e aquilo me irritava, mas não podia evitar.

Valentim passou o olhar pelo meu rosto, como se eu fosse um livro aberto. Disse perto da minha boca:

— Minha vontade é te pegar no colo e levar pra cama. É lamber o seu corpo todo, bem devagar, Angelina. Conhecer você pelo avesso, como já conheço os seus olhos e a sua boca.

Meu coração disparou, fiquei ainda mais louca com as palavras libidinosas. Ainda mais quando Valentim me surpreendeu e, sem que eu esperasse, deslizou os dedos até o cós da calça. Depois desceu dentro dela e da calcinha, fazendo a minha pele queimar, a ponta dos dedos chegando até os meus pelos íntimos, tirando o meu ar.

— Quero tocar você por fora e por dentro. Saber se é tão macia e gostosa como parece. Com os meus dedos, com o meu pau. Ouviu, minha anja? Assim, ó...
— E lá estava ele, encontrando as minhas dobras úmidas e o botãozinho que enrijecia, fazendo-me arregalar os olhos e agarrar ainda mais os seus cabelos. — Mas só vou fazer isso se você deixar. E se me avisar, caso sinta alguma dor ou incômodo. É o que você quer?

Como falar se eu não tinha voz? Se as minhas pálpebras pesavam, a minha barriga parecia cheia de lava, o meu corpo virava algo latejante e luxurioso?

— Ah...

Só essa palavrinha conseguiu perfurar o desejo, quando o dedo médio foi mais intimamente lá, tocando-me, o olhar invadindo os meus sentidos.

— Diz para mim. Quer mais?

— Mais... — Arfei. E estremeci doidamente ao ter o seu dedo longo e grosso entrando em mim, ultrapassando as dobras, melado de mim mesma. Penetrou, conheceu, tomou conta. — Oh... Ai...

Ele apertou um pouco os olhos e meteu até o fim. Então parou, sentindo a minha carne pulsar em volta dele, o polegar fazendo magia sobre o clitóris.

— Você é tão linda... tão molhadinha e apertada...

Eu mal podia me mexer, com medo de gozar só de respirar mais firme, presa no seu olhar, cativa das emoções e do encanto no qual me jogava. Sentia sob a bunda o seu membro muito grosso, o seu tesão, e via nos seus olhos que me queria, que se continha ao máximo. E aquilo, mais do que tudo, me deu certeza.

— Quero você... — Perdi a voz, pois moveu o dedo, saindo e voltando, fundo e lento, o olhar descendo pelo meu corpo até o meio das minhas pernas.

Olhei também, grogue, sem acreditar que era eu aquela mulher com os pelos púbicos claros aparecendo, enquanto uma mãozorra morena descia o tecido da calça, o dedo sumindo dentro de mim. Pulsei mais, ondulei, busquei controle, mas foi impossível. Ainda mais quando Valentim chupou de novo o mamilo grudado no tecido molhado.

— Ah... e... eu...

Estremeci violentamente, segurando-me nele. Retesei-me tanto que os quadris deram uma pontada, mas nada seria capaz de interromper aquele prazer descomunal, e ele trouxe a cabeça para mais perto, o dedo foi mais fundo, e a minha vagina gulosa, encharcada, tentou aprisioná-lo a todo custo. Quando se tornou implacável, dedo, dentes e boca me tomando, eu explodi.

Perdi o ar e o raciocínio. Um orgasmo me varreu como um relâmpago. Choraminguei vezes sem fim, em gemidos e lamentos baixinhos, a minha boca nos seus cabelos, eu tentando me fundir a Valentim.

— Isso, minha anja... goza pra mim...

E ele me olhou, excitado, sem querer perder um detalhe sequer do meu deleite. Só aquele olhar foi o bastante para prolongar tudo, tornar as ondas mais longas e explosivas, tirar o meu equilíbrio. Caí, tonta, despencando, sem poder me conter.

Valentim apreciou o meu prazer até o fim. E, quando cambaleei contra o seu peito, mole e lânguida, acomodou-me ali, murmurando perto da minha testa:

— Coisa mais linda que eu já vi.

Seu dedo continuou lá dentro do meu corpo, todo ele, sentindo os últimos espasmos, enquanto eu não acreditava no que tinha acabado de acontecer. Respirei o seu cheiro delicioso e o abracei, maravilhada.

Nenhuma dúvida tinha condições de concorrer com aquilo.

Valentim
14

Daquela vez eu não saía do quarto da Angelina com ela nos braços, nem os gemidos eram de dor. Eu entrava no quarto com ela me deixando louco, beijando o meu pescoço, sentindo o meu cheiro. O pau doía, mas de tão duro que estava, a ponto de explodir.

Ajoelhei-me no colchão e deitei-a entre os lençóis macios, enquanto o seu olhar encontrava o meu, enviava mais luxúria para dentro de mim, ambos cheios de desejo. Os cabelos se espalharam no travesseiro, as mãos resvalaram em mim, como se não quisessem me soltar.

Segurei-as, virando as palmas para mim. Mordi devagar a parte carnuda abaixo do polegar e fui beijando até o pulso. Arfou, ainda corada pelo gozo recente, tudo nela respondendo ao meu desejo. Quando soltei as suas mãos, puxou-me e fui, entre as suas pernas, para a sua boca, que encheu a minha. Deitei-me com cuidado sobre ela, praticamente sem peso, fazendo de tudo para me conter e ser cuidadoso. E o beijo explodiu, quente, gostoso, espalhando voracidade no meu peito.

Eu não sabia ao certo os limites da Angelina, o que causava dor, as melhores posições. Por isso me deixava ir, mas não como costumava fazer, sem pensar muito. Eu estava atento, segurando parte do tesão e da paixão, sondando, observando as reações. O problema era o modo como ela também se dava, me abraçava e enfiava as mãos sob a blusa, passava as unhas nas minhas costas nuas, como se me quisesse com a mesma ânsia. Quando abriu as pernas e me acomodei entre elas, quase perdi de vez o controle.

Nossas línguas eram febris, ansiosas, exploratórias. Eu tinha vontade de fazer tudo com ela, entrar, pulsar, sair, voltar, lamber, cheirar, meter, beijar... e mais... vezes e vezes sem fim, doido por mais, para que me recebesse todo dentro dela. Meu coração disparava, a minha pele ardia, o desejo parecia estar em toda parte, sacudindo o parco domínio que eu tentava manter contido.

Mantive o peso do corpo nos braços, descendo a mão entre as dobrinhas da sua barriga lisa, levando a sua calça junto. Ela não esperou, participando, puxando a minha camisa para cima. Nossas respirações se misturavam, agitadas, rápidas. E, em segundos, eu me erguia o suficiente para arrancar o tecido pela minha cabeça e arremessá-lo longe, daquela vez sendo os nossos olhares a se grudarem. Entreabriu os lábios carnudos e inchados, admirando o meu peito, mostrando claramente o quanto me queria.

Lembrei-me dela gozando no meu colo, a bucetinha quente engolindo o meu dedo, latejando, aquilo já sendo o suficiente para fazer as minhas bolas quase explodirem. Respirei fundo e segurei o elástico da calça, descendo lentamente. Angelina prendeu o ar, sem tirar os olhos dos meus, deixando-me hipnotizado. Tudo parecia acontecer em câmera lenta, cada sensação sentida na sua intensidade única.

Quando a calça chegou no meio das coxas, ela me surpreendeu ao segurar os meus pulsos, alertada por algo.

— Espera...
— O que foi?
— Eu...

Ficou claro que alguma coisa invadia o tesão, e pensei que pudesse estar com dor. Paralisado, segurei a respiração, pronto a parar se fosse aquilo.

— Valentim...
— Estou machucando você?
— Não. É que... — Calou-se um momento, as faces ficando mais coradas, o olhar com algo ansioso. — As minhas pernas... Tenho cicatrizes e...
— E qual o problema? — Soltei a sua calça, achando sexy demais ela estar ali com a calcinha branca, meio vestida, meio nua, enquanto eu queria tudo dela. Sorri.
— Se é assim, também não vou mostrar as minhas cicatrizes para você.

Não se moveu, como se achasse ser brincadeira. Ainda ajoelhado na cama, sem tirar os olhos do seu rosto, abri o botão da calça jeans. Desci o zíper. Vi que segurou o ar quando baixou o olhar pelo meu peito, barriga, até a calça que eu deixava escorregar um pouco nos quadris.

Meu pau enchia a cueca preta, quase escapava pelo elástico. Angelina mal piscou quando desci o suficiente para expor a lateral do púbis, onde havia uma cicatriz de uns sete centímetros, esmaecida pelo tempo, perto dos pelos aparados.

— Uma queda de bicicleta, alguns anos atrás. Caí de uma ribanceira por cima dela e o pedal rasgou a pele. Por pouco não acertou onde não deveria.

— Quase não aparece.

— É que você não está olhando com atenção... distraída por outra coisa — provoquei, e Angelina ficou vermelha, rapidamente afastando o olhar do volume do meu pau. Ri e me debrucei sobre ela, a calça ainda aberta, voltando a segurar a dela.

— Não tenha vergonha — falei baixinho. — Vou gostar de tudo que faz parte de você. Até das suas cicatrizes.

— Mas... Valentim...

— Chhh...

Calou-se quando desci mais a calça, tirando-a com delicadeza. Tinha pernas esguias, branquinhas, como se não soubessem o que era sol havia anos. Calculei que vivessem escondidas. Todas as vezes que a vira usava calça comprida.

Eram bem torneadas, mas com duas cicatrizes grandes atravessando verticalmente os joelhos. Não falei da boca para fora. Nenhuma delas me incomodou, de verdade, apenas lamentei pelas dores que deve ter sentido e que ainda voltavam. O pé direito tinha uma leve deformação.

— É toda linda... muito linda...

Subi o olhar pelas suas pernas, pela calcinha branca que a cobria, pelos ossinhos dos quadris aparecendo. Devia ter perdido bastante peso com a última crise, era toda pequena e delicada, a pele macia sob os meus dedos.

Estremeceu quando baixei a cabeça e mordisquei o montinho da vagina, através do tecido molhado. Tinha cheiro de gozo, de mulher gostosa. Fiquei ainda mais excitado, farejando, beijando, inundando ainda mais a sua calcinha.

— Aí é bom demais.

Ela se contorceu, surpresa. Encontrei os seus olhos e segurei os seus pulsos ao lado do corpo, enquanto a chupava assim. Suas pernas sofreram espasmos, gemidos escaparam, eu não parei. Movi boca e língua, adorando o seu cheiro, o seu gosto que vinha para os meus lábios através do tecido.

Meu pau queria rasgar a cueca, pressionava o colchão, latejava. Eu precisava subir mais e penetrá-la, sentir a sua carne me engolindo todo, como se estivesse prestes a morrer se não o fizesse logo. Um zumbido enchia os meus ouvidos, o sangue corria veloz, espesso, tudo ardia e se exaltava. E, ao mesmo tempo, era uma delícia chupá-la assim, ver o seu prazer, imaginar como seria aquela carne macia em contato direto com a minha língua.

Soltei os seus pulsos. Segurei a barra da calcinha, desci devagar, ao mesmo tempo que subia os lábios. O elástico resvalou por eles e senti diretamente os pelos macios, enquanto a peça seguia seu rumo pernas abaixo, até ser largada de lado. Não fechei os olhos. Observei tudo, puxei o seu cheiro de fêmea para dentro e explodi em sentidos. A buceta era pequenina, levemente gordinha no monte de vênus, coberta por pelos claros, os lábios delicados e rosados.

— Nunca vi bucetinha mais linda... — Encantado, passei a ponta do nariz nela, depois a ponta da língua.

— Aaah... meu Deus...

A voz da Angelina parecia um fio cristalino rompendo no quarto, meio entrecortada. E foi seguida por um gemido longo quando meti a língua entre os pequenos lábios, ingerindo a sua lubrificação salgadinha, deliciando-me. Choramingou e agarrou os meus cabelos, sem conseguir ficar parada.

Lambi várias vezes, lento, suave. Esfreguei a boca, suguei o brotinho que inchava. E abri mais um pouco as suas coxas, cuidadoso, aproveitando para acariciar a pele macia entre elas.

Seu corpo reagiu e ondulou, as mãos me puxaram e eu me deixei ir beijando a barriga, o umbigo, mais acima. Fui me deitando sobre ela, subindo a camiseta. Ansiosa, Angelina se livrou dela e do sutiã, como se precisasse urgentemente ficar nua, ter a pele contra a minha. Ambos ficamos abalados pelo desejo, querendo tudo ao mesmo tempo.

Era toda delicada, seios redondinhos, mamilos minúsculos que me encantaram na hora, bicudinhos, pedindo a minha boca. E eu dei, puxando um deles com os dentes antes de chupar.

— Ah... mais... por favor... Valentim... mais!

Angelina me agarrou, desesperada. Aquilo só aumentou o meu tesão, ainda mais quando puxou a minha calça aberta para baixo, as mãos espalmadas na minha bunda.

Beijei-a com voracidade. Meu pau pulou para fora e melou a ponta, doido para encontrar o caminho dentro dela. Senti como se estivesse com febre, ardendo, os nossos corpos se buscando. Perdi parte do controle e a agarrei, movendo os meus quadris entre as suas coxas, buscando a sua maciez.

Seu gemido foi diferente, seguido por um retesar do corpo. Na hora me assustei, tive medo de tê-la machucado, recordei as suas dores.

— Me desculpe...

Afastei-me, nervoso, mas ela me segurou, o olhar no meu.

— Calma. Já passou.

— Me avisa... eu paro na hora...

— Tá... Agora vem... Não aguento mais esperar.

Havia necessidade e paixão, apetite e ganância nos seus olhos úmidos. Eu também não podia esperar mais. Livrei-me da calça, da cueca, fiquei nu. Senti o seu olhar em mim quando peguei um preservativo na carteira e o coloquei. Ao me acomodar entre as suas pernas, cerrando o maxilar para conter os meus impulsos, percebi que olhava maravilhada o meu pau, a glande praticamente tocando o seu períneo.

Eu quis dizer um palavrão, mas me contive, peso nos braços, tudo extremamente duro e ansioso.

— Vem pra mim!

E lá estavam as suas mãos nas minhas costas, descendo, convidando-me com fome. E a sua boca se oferecendo para mim.

— Ai, minha anja... minha anja...

Deitei-me sobre ela. Fitei os seus olhos, respirei o seu ar, quase toquei os seus lábios. Tremia toda, agitada, emocionada. E aquilo me arrebatou. Movi os quadris, senti as dobras se abrirem na cabeça do meu pau, convidando. Empurrei um pouco. Entrei só o suficiente para sentir o calor abrasador, a pressão. Talvez fosse pequena para mim. Contive o ar, observei-a para acompanhar as suas reações, parar se sentisse dor ali ou em qualquer outra parte do corpo.

Tremi de necessidade e de tesão, a tensão acumulada. Forcei mais, e ela me engoliu aos poucos, como uma boca faminta mamando, sugando. Arquejei.

— Se doer...

— Não vai doer.

— Nem assim? — Meti. Ela estava melada, fervendo. Pulsei, inchando tanto que o suor começou a escorrer das minhas têmporas.

Choramingou, pálpebras caindo, braços me apertando. E fui mais, mais, entrando, cada vez mais fundo.

— Angelina...

Perdi parte do controle que lutava para manter. Penetrei e beijei ao mesmo tempo, ouvindo gemidos roucos e me dando conta de que eram meus. Ela me unhou, gemeu também, me beijou com um desespero que beirava o meu. Abriu mais as pernas, sacudindo-se como se quisesse me envolver com elas, mas então ficou tensa, dura. Soube na hora que tinha sentido dor, estava paralisada.

Parei também, todo enfiado dentro da sua buceta que latejava em volta de mim. Respirei fundo, busquei os seus olhos.

— Quer que eu pare?

— Quero mais, coloca todo.

Acenei, tentando me conter. Seu corpo relaxou um pouco. Ficou aberta, mas com uma perna mais para um lado e a outra meio esticada, como se aquela fosse a melhor posição. Precisei fechar os olhos quando moveu a bucetinha em volta do meu pau e sussurrou perto da minha boca:

— É tão gostoso... aaah...

Acomodei os meus braços sob as suas costas, amparei a sua cabeça nas mãos, olhei os seus olhos lânguidos. Assim meti e tirei um pouco, deixando que me acomodasse inteiro, os nossos pelos se esfregando. Arfamos juntos, unidos, bem lentos. E foi assim que nos beijamos, apaixonados.

Fui o mais delicado possível, mantendo o controle para não ir além do que poderia aguentar, os meus movimentos sensuais e fluidos, a minha boca seduzindo a dela e a dela seduzindo a minha. Era muito louco e especial, muito intenso, cada parte do meu corpo participando, todas as minhas emoções lá. Parecia que era diferente, algo novo, totalmente único. E deixei fluir, aproveitando aquela delícia.

Quando senti que não a machucava, aumentei os movimentos. Fui mais fundo e firme. Tirei quase o pau todo, só para deslizar dentro de novo e experimentar as sensações gostosas, indo e vindo, me fundindo. Gemi, beijei, tomei, dei, segui o meu corpo e o meu instinto. E Angelina me acompanhou, entre beijos e gemidos, as mãos nos meus cabelos, costas, bunda, barriga. Era uma fome que aumentava, crescia vertiginosamente.

Sua bucetinha pulsava e me engolia, colada no meu pau, deixando-me sentir cada terminação nervosa. Ela perdia o controle, movendo-se, arquejando diferente com alguma dor. Aí eu parava, beijava a sua boca com mais intensidade, descia para o pescoço e dali para o mamilo. Mordiscava até ela tremer toda e se esticar, e então chupava devagarinho. Só depois metia de novo, mais e mais.

Ficamos naquela dança até eu erguer a cabeça, sentir que algo a espezinhava, e parar.

— Está com dor, não é?

— Os quadris. Eu não posso ficar muito tempo numa só posição. Mas não quero que pare.

— Não vou parar. — Nem sei como consegui sorrir, lutando para conter o tesão, e mais a preocupação junto de tudo. Saí de dentro dela e, com toda delicadeza, a incentivei: — Como é melhor pra você?

— De lado.

Estava um pouco corada, como se temesse romper o clima, insegura. Acariciei o seu rosto, dizendo baixinho:

— Fica do jeito que vai aliviar a dor. E, se não passar, a gente para e recomeça depois.

Mordeu o lábio, um pouco nervosa. Não deixei que aquilo a envergonhasse ou atrapalhasse. Virou-se de lado, os olhos em mim, cheios de tanta coisa que era impossível entender tudo. Estendeu-me a mão, tocou a minha coxa, me convidou.

Fui para a sua frente, afastei os seus cabelos do rosto, bem suavemente. Envolvi todo o seu seio na mão. Tocou o meu peito, resvalou para baixo. Então segurou o meu pau e me masturbou devagarinho.

— Estou bem, Valentim. Preciso de você.

Puxou-me em direção à buceta, erguendo uma das pernas e acomodando-a sobre o meu quadril. Travei o maxilar quando ela ajeitou a ponta na sua entrada. Segurei uma das coxas e meti lento, porém fundo. Colamos corpos, bocas e sexos. Eu a abracei e acomodei, até que a comi cheio de desejo enquanto ela me engolia cheia de paixão.

Comecei a pulsar, quase fora de mim. Segurei firme a sua nuca, amparei o seu corpo e segui os meus instintos, entrando e saindo, comendo a sua boca e a sua buceta com uma lascívia que pingava, estalava, ensandecia. Quando a apertei bem em mim, enterrado até o seu útero, Angelina estremeceu e se contraiu todinha. Seu gozo explodiu e foi o meu fim. Deixei o orgasmo vir e varrer tudo.

Foi como cair de um despenhadeiro. Cada parte da minha pele se arrepiou, tudo foi se precipitando, até que ondas e mais ondas me arrastaram, tirando o meu ar e as minhas forças.

Ficamos assim, suados e arfantes, ainda afetados pelo prazer gostoso, intenso. Aos poucos, tudo foi se acalmando, e afastei uma mecha de cabelos do seu rosto, a outra mão no seu quadril, nossos olhares unidos. Havia uma emoção palpável e densa entre nós, como se nos atasse um ao outro mais do que os nossos sexos e peles unidas.

— Você está bem? — perguntei baixinho, com medo de que tivesse causado algum mal a ela, mesmo sem querer.

— "Bem" não parece a palavra exata para descrever como eu tô neste exato momento. — Antes que eu me preocupasse mais, sorriu daquele jeito meio tímido e completou: — Talvez até precise de um complemento: *maravilhosamente* bem.

Sorri, puxando-a ainda para mais perto, provocando:

— Eu aqui com medo de ter feito algo errado e você se aproveitando de mim. Safadinha.

Angelina riu, corada. Achei uma graça e esfreguei a ponta do meu nariz no dela, totalmente satisfeito. Minha vontade era ficar ali, a ereção diminuindo, mas todo o resto ainda intenso, forte, presente.

Ela ergueu a mão e acariciou o meu rosto com carinho, os olhos brilhando muito para mim. Era engraçado ver o encantamento neles, tão parecido com o que eu sentia. Aquilo nos conectava ainda mais. No entanto, havia algo inseguro no seu olhar, e ela meio que se desculpou:

— Fiquei com medo de que você perdesse a vontade quando senti incômodos nos quadris, mas se eu demoro demais numa posição tudo vai travando e...

— Deixa de ser boba. Precisa falar mesmo para mim, me orientar. Assim vou saber os seus limites. E eu não perderia a vontade, nem se tivesse que parar, dar um tempo, recomeçar em outro momento.

Falei com sinceridade, mas ela continuou um pouco tensa, como se não acreditasse. A mão escorregou para o meu peito, tocando-me entre um misto de curiosidade e admiração.

— Angelina... — Encarou-me, e a minha voz saiu séria. — Não acredita em mim?

— Não se trata de acreditar. É que... um homem... pode se cansar disso, Valentim. Das limitações, das dores que às vezes aparecem, mesmo fora de crise. De ter que se adaptar, parar, mudar.

Estava claro que já tinha acontecido antes, e isso a magoava. Lembrei-me da amiga dela na clínica, mandando ter cuidado comigo e não se esquecer do Adriano. Na certa, o babaca já havia magoado a minha anja inúmeras vezes.

Senti raiva dele. Uma vontade feroz de encher a cara do desgraçado de porrada. De dar uma boa lição nele. Ah, e um ciúme inesperado, mas não toquei no assunto. Tudo era novo demais ainda entre a gente, precisávamos de tempo e confiança para sabermos mais um do outro.

Sua doença era um assunto delicado, pois eu não convivia com ela, tudo era bem novo para mim. Mas não conseguia me ver sendo egoísta ou me irritando se ela não pudesse me dar prazer. Pelo contrário, eu morreria de preocupação se a machucasse de alguma maneira.

— Não posso falar por outros homens, mas falo por mim. Foi perfeito, minha anja. E se eu souber que confia em mim, que vai mesmo me dizer quando uma posição a incomodar ou quando for preciso dar um tempo, vou saber o que fazer. Promete que nunca vai me esconder isso?

— Prometo.

Beijei suavemente a sua boca. Meu pau estava apertado contra o seu ventre, e bastou sentir o seu gosto, o seu cheiro, para começar a enrijecer novamente. Respirei fundo, procurando me conter, dizendo a mim mesmo para ir com calma. Recuei um pouco, dando espaço para que buscasse outra posição. Mas ela não se afastou, parecendo ter muito prazer em estar perto e olhar para mim. Sorri e a acomodei novamente nos braços.

— Passa o dia amanhã comigo?

Assentiu, os olhos se iluminando.

— Onde? — murmurou.
— Na minha casa em Camboinhas. Podemos ir à praia. Conhece lá?
— Já passei em frente, mas, como você já deve ter reparado... não sou muito de ir à praia.
— Não gosta?
— Só não tenho costume.
— Mas vai comigo?

Pareceu na dúvida, um pouco ansiosa. Pensei nas suas muletas, nas pernas brancas, sem tomar sol. Na certa, sentia vergonha das cicatrizes e evitava um monte de coisas. Aquilo me espezinhou, pois eu não a queria privando-se de nada. Pelo contrário, estava ansioso para que risse sem reservas, brilhasse, aproveitasse mais a vida.

— Eu vou, mas... é meio complicado na areia com muletas. E também para me sentar.
— Levo você no colo. E uma cadeira. Quando cansar, a gente vai embora. Combinado?

Angelina acenou com a cabeça, meio ansiosa e também com expectativa.

— Venho buscar você de carro amanhã cedo. Tenho que dar uma aula de surfe na praia de Piratininga, mas é caminho. Você vai comigo, depois a gente segue pra minha casa. O que acha?
— Tudo bem. Eu só não quero atrapalhar.
— É verdade, pode atrapalhar. E é para atrapalhar mesmo. — Então, ela parou com a mão no meu peito, o olhar um pouco alarmado. — Vou ficar tão distraído olhando pra você, com vontade de te beijar, que na certa vou até esquecer a aula e deixar as crianças se afogarem.

Sorriu, encabulada. Ri também e beijei a sua boca. Quando me abraçou forte, encaixou-se em mim, respirei fundo. E a felicidade veio com tudo.

Angelina
15

Olhei para o espelho, quase sem reconhecer a pessoa que me encarava de volta.

Aquela mulher de faces coradas e olhos brilhantes, com um sorriso bobo no rosto, não podia ser eu. Era viva, reluzente, com uma felicidade que extravasava pelos poros. E havia muito tempo que eu não me via assim.

Pisquei, passei as mãos pelas faces, tentei conter o sorriso. Mas os meus lábios se abriram de novo, enquanto a ansiedade e a euforia tomavam conta de mim. Em poucos minutos, eu estaria com Valentim novamente, mas não conseguia controlar as minhas emoções, a minha alegria.

Busquei as muletas e fiquei de pé, vendo-me de corpo inteiro, a calça preta larguinha, a camiseta branca justa. Sandálias baixas e confortáveis. Os cabelos caíam soltos, e eu usava apenas rímel e um batom claro. Queria me arrumar mais, estar bonita para ele, entretanto, não tinha muitas opções de roupa, nem costume de me enfeitar para sair.

Indecisa, senti a insegurança voltar, tudo em mim revoando, causando frio no estômago. Mal tinha dormido à noite, o cheiro dele entranhado no travesseiro, o gosto rodeando a minha língua, tudo o que fizemos ainda palpitando na pele, no âmago. Ansiosa para chegar logo de manhã e estar novamente com ele.

Dei as costas para o espelho e andei pelo quarto, sentindo algumas pontadas nos quadris. Desacostumara-me a fazer sexo e por isso estava um pouco dolorida, inclusive na vagina. Ela parecia mais viva do que nunca, como se guardasse a pressão e o volume da carne do Valentim ali, enchendo, deslizando, tomando. Novamente a minha barriga se contraiu e um arrepio de prazer me percorreu. Senti o rosto esquentar.

Parei perto da minha bolsa na cama, aberta, expondo um kit com escova de dente e objetos pessoais, além das minhas caixas de remédios. Eu ia preparada para passar um tempo na casa dele e ainda não acreditava muito que tudo aquilo estava mesmo acontecendo.

O medo veio se juntar ao encantamento, trazendo uma enxurrada de dúvidas. Tínhamos ficado apenas uma vez juntos, na noite anterior, e eu já criava um mundo de expectativas, já me deixava envolver naquele arrebatamento todo, como se Valentim tivesse me arrastado numa correnteza violenta, tirando o meu chão, o meu eixo. E eu sabia o quanto isso poderia ser perigoso.

Apesar de estar me arriscando, saindo da minha zona de conforto e de proteção, eu precisava me manter alerta, preparada. Era só o começo, tudo poderia acontecer. Uma parte minha tinha que se manter reservada, consciente dos problemas e das chances de sofrimento. A experiência deveria ser um farol.

Respirei fundo, procurando me acalmar. Mas foi só o meu celular começar a tocar para que o meu coração disparasse junto, principalmente quando vi o nome dele na tela. Atendi, fechando os olhos por um momento, a imagem dele vindo com tudo na minha mente.

— Oi, minha anja.

Sua voz mexeu com cada terminação nervosa do meu corpo. Todo o discernimento foi por água abaixo, e tremi, boba, cheia de felicidade genuína, de excitação exaltada.

— Oi.

— Estou aqui embaixo esperando você. Quer que eu suba?

— Não. Estou descendo.

— Vem logo. Já estou com saudade.

Havia provocação na sua voz, mas fiquei ainda mais ansiosa, levando a sério.

— Estou indo.

Desliguei e precisei de um tempo para me recuperar, agitada, o sangue bombeando rapidamente nas veias, o ar parecendo rarear. Consegui guardar o telefone na bolsa e a coloquei atravessada no peito. Ajeitei as muletas e saí.

Era uma loucura! Como eu poderia me conter, se bastava ouvir a voz do Valentim para tudo virar uma loucura de sentidos e sentimentos?

O Dia em que Você Chegou

Desci tentando me acalmar no elevador, ser coerente, racional. Disse mil vezes a mim mesma para não levar tudo tão a sério, para encarar os nossos encontros como algo natural entre duas pessoas que se sentiam atraídas, sem cobranças ou grandes expectativas. Mas bastou passar pelo portão e vê-lo encostado no carro, olhando para mim, para eu vibrar com a mais pura emoção. Não restou um só conselho de pé.

Valentim sorriu. Alto, forte, usava camiseta preta, bermuda, chinelos, os cabelos meio despenteados, os olhos reluzindo naquele verde espetacular. Engoli em seco, muda. Ainda era bem louco lembrar que, na noite anterior, aquele homem tinha me levado à insanidade, beijando a minha boca, entrando no meu corpo e me dando prazer. E que estivesse ali naquela manhã para me ver, estar comigo.

Veio perto, sem desgrudar o olhar do meu. Quando parou na minha frente, levou as duas mãos às laterais do meu pescoço, entre os cabelos, segurando-me ali. Um fogo voraz me lambeu de cima a baixo quando os seus lábios macios tocaram os meus, num beijo suave, profundo.

Caí de um despenhadeiro sem fim com o seu gosto. Suguei-o para dentro de mim, beijei de volta apaixonada, com as pernas bambas. E, quando achei que acabaria me desfazendo ali, descolou a boca e perguntou baixinho, olhos nos meus:

— Dormiu bem?

Demorei um pouco a juntar as letras. Minha mente parecia oca, lerda. Olhei entontecida para a sua boca carnuda. Só consegui sacudir afirmativamente a cabeça.

Ele sorriu, como se percebesse o meu estado. Acariciou os meus cabelos.

— Vem. Me dá essa bolsa.

Foi muito prestativo, levando a bolsa para mim e abrindo a porta do carro. Quando me acomodei, pegou as muletas e as colocou no banco de trás, junto com a minha bolsa. Só então deu a volta e se acomodou ao meu lado. Seu cheiro bom veio com tudo. Coloquei o cinto de segurança, tentando me reequilibrar, os lábios formigando.

— Já tomou café da manhã?

— Só um suco.

— Vamos tomar juntos daqui a pouco. Pronta?

— Sim.

— Gosta de música?

Criando coragem, arriscando ficar ainda mais encantada, olhei para o seu perfil concentrado no trânsito. Meu coração deu uma pirueta.

— Adoro.

— Quer escolher uma pra tocar no caminho?

— Não. Fique à vontade.

Uma batida gostosa, sutil, pura, se fez ouvir, seguida por uma voz masculina, suave, que preencheu o ambiente. Havia uma tela pequena no painel, e li o nome: *Seja para mim. Maneva.* Na mesma hora, a música me ganhou e prestei atenção na letra.

> *"Seja para mim o que você quiser*
> *Contanto que seja o meu amor*
> *Estou indo te buscar, mas estou indo a pé*
> *Prende teu cabelo porque tá calor."*

— Conhece essa banda, Angelina? Chama Maneva.
— Não. É a primeira vez que escuto.
— Eu gosto muito.
— Sou meio cafona em relação à música. Prefiro as mais antigas.
— Acha as atuais ruins?
— Não que sejam ruins. Acho que é pelo fato do meu pai ter sido músico. Eu me acostumei a vê-lo tocar e cantar, e acabei me apegando às que ouvia.
— Então, tem certa nostalgia no meio.
— Bem provável.
— Ele ainda toca?

Senti uma pontada por dentro, uma saudade que ia além dos anos de morte dele. Talvez saudade de uma vida toda em que o quis mais presente, mais carinhoso. A música era o momento em que ele estava perto, como se me mostrasse um pouco quem era. Tocava e sorria quando me via prestando atenção, curtindo.

— Tem onze anos que ele morreu.
— Lamento... perdão, minha anja.

Valentim soltou o volante e fez um carinho nos meus cabelos. Sorri, olhei para frente, um pouco triste. Mas logo tratei de me recuperar e garanti:

— Está tudo bem.

Voltou a dirigir com as duas mãos, e gostei muito do seu toque, da maneira como parecia apreciar me fazer uma carícia e me chamar de anja. Aquilo me deixava ainda mais ligada nele.

Valentim puxou um assunto e, aos poucos, fui ficando mais à vontade. Estávamos nos dirigindo para a Região Oceânica de Niterói pela orla, a paisagem linda alegrando a minha visão. O dia estava maravilhoso, fresco e ensolarado, o céu bem azul. Comentei a respeito e ele indagou:

— Trouxe biquíni?
— Não.

Ele virou o rosto para mim e corei um pouco, dando-me conta da calça que eu vestia.

— Como eu disse, ir à praia é um pouco difícil pra mim, me equilibrar na areia ou nas ondas...

— Eu te ajudo.

— Para ser bem sincera, nunca liguei muito para praia. — Dei de ombros.

Valentim não retrucou e nem o espiei, sem saber se a minha resposta era decepcionante para quem amava vida ao ar livre e o mar. Lembrei-me de novo da Manuela comentando que o encontrava na praia nos fins de semana, com os amigos, e de quando viajaram juntos para Arraial do Cabo.

O nervosismo veio me perturbar, avisando-me que não demoraria até mais diferenças aparecerem. Afinal, eu estava bem consciente das minhas limitações, do tanto de coisas que não poderia acompanhar Valentim. E logo ele veria na prática o que eu quisera dizer quando decidira me manter longe.

Eu era mesmo uma boba por permitir que se aproximasse de mim. A decepção seria certa, mais cedo ou mais tarde. Talvez já estivesse acontecendo ali, naquele silêncio, na cabeça dele.

Mesmo olhando pela janela, não vi mais nada, tudo parecia um borrão, o medo corrompendo a felicidade, fazendo-me sentir diminuída e incapaz. Tive vontade de voltar para o apartamento, trancafiar-me no quarto e nunca mais sair dele. Lá eu estaria segura, longe das ameaças e da montanha russa emocional.

Ajeitei-me no banco, tensa, um tanto perdida.

— Tá tudo bem?

— Sim.

— Já estamos chegando. Geralmente as aulas são aqui na praia de Piratininga, onde tem mais onda. Mas, às vezes, vamos pra Itaipu ou Camboinhas.

Acenei, calada.

Ele parou o carro em frente a um quiosque. À direita era possível ver o Pão de Açúcar, do outro lado do mar. E, em volta, a praia imensa, com areia clara e ondas brancas. Sorriu para mim.

— Pronta?

— Estou. — Menti, pois havia tanta ansiedade no meu peito que... — Se ficar complicado pra descer, te espero aqui no quiosque.

— Que nada! Eu ajudo. É de um amigo meu, ele deixa que as pranchas fiquem guardadas aqui. Levo uma cadeira dele pra areia.

Desceu do carro. Deu a volta e me entregou as muletas. Agradeci quando ficou perto, uma das mãos na minha cintura até eu me ajeitar de pé. Eu estava entre a porta aberta e o seu corpo, muito consciente da sua presença. Ainda mais quando tocou a minha face.

— Olha para mim, Angelina.

A voz era de um timbre rouco, firme. Obedeci, encontrando o seu olhar fixo, semicerrado e atento.

— O que foi? Algo te aborreceu? — Balancei a cabeça que não. Então, ele continuou: — Está preocupada por descer, correr o risco de se desequilibrar na areia?

— Não quero ser chata, mas...

— Claro que não é chata. Eu entendo perfeitamente. Mas nada de ruim vai acontecer. Vou ajudar você. E se lá embaixo ficar desconfortável ou quiser subir, é só falar. Tudo bem?

— Desculpe — murmurei, envergonhada. — Só não quero atrapa...

— Deixa de ser boba. Não reparou como estou feliz com você aqui?

E os seus olhos brilhavam, ardiam nos meus, sem um pingo de irritação. Havia carinho, confiança. Relaxei, sentindo-me uma boba.

— Vai dar tudo certo. Veja como uma pequena aventura.

— Tá.

Tive uma vontade imensa de tocar nele também. Deixei uma das muletas sob o braço e não resisti, acariciando a sua barba cerrada. Seu olhar escureceu, ficou mais intenso. Minha barriga se contorceu, o desejo e a paixão me invadiram.

— Você é tão lindo... — murmurei.

E fiz o que eu queria demais fazer, para acabar de vez com a minha insegurança. Deixei o medo de reserva e me aproximei mais, colando os meus lábios aos dele. Na mesma hora, Valentim me abraçou e me beijou, quente e gostoso.

Não havia palavras para descrever aquele redemoinho louco de emoções, o sabor, a textura, a entrega. Tudo deixou de ter importância diante daquilo que me fazia sentir, dos sentimentos fortes e vorazes que despertava em mim.

— Aêêê! Namorando na praia! — uma voz jovial e risonha interrompeu o nosso beijo.

Encabulada, olhei em volta e vi um bando de crianças e adolescentes ali perto, espiando-nos e rindo. Um deles emendou:

— Apresenta aê, Valentim!

Meu rosto pegava fogo. Valentim ficou à vontade, dando espaço para que eu saísse detrás da porta do carro, comentando com o rapazinho de cabelos oxigenados:

— Bob, você sabe o que é discrição?

— Discri-o-quê? — Ele franziu o cenho.

Uma garota de uns treze anos ao seu lado explicou:

— É quando a gente descreve alguma coisa.

— Isso é descrição, Jenifer. — Um maior corrigiu. — O Valentim perguntou se o Bob sabe ser dis-creto.

— Eita, lasqueira! Tu não falta aula não é? Tá até ficando metido, falando português de rico, Ricardo! — Implicou a menina. — Já tá chato isso, seu nerd!

— Crânio de ferro! — Outro riu.

— Melhor que ser burro que nem você, Rafael! — Ricardo se irritou.

— Ei, chega. A Angelina vai pensar que está diante de um grupo de criancinhas. — Valentim deu um basta, mas num tom ameno, divertido. Olhou para mim. — Esses são os meus alunos de surfe. E esta é a Angelina.

— Sua namorada? — perguntou, curiosa, uma garota mais novinha.

— Exatamente — afirmou ele.

Olharam todos para mim.

Eu não esperava um grupo grande e senti certa vergonha, mas saí detrás da porta e parei ao lado do Valentim. Meu coração batia rápido com o modo que se referiu a mim. Sem contar que ainda estava abalada pelo beijo.

Na mesma hora, vi como fitaram as minhas muletas, surpresos. Chocados até, como se nunca tivessem imaginado que eu poderia usá-las. Principalmente sendo namorada do Valentim. O menino de cabelos oxigenados e sobrancelha com falha foi direto:

— Você foi atropelada?

— Não. Ela usa muletas — Valentim explicou.

— Sempre? — Jenifer arregalou os olhos.

— Sempre.

Todos se calaram, um pouco sem graça, como se não soubessem o que dizer. Também fiquei calada, mas logo em seguida expliquei:

— É um prazer conhecer vocês. Tenho uma doença chamada artrite reumatoide, mas espero conseguir descer até a areia e ver a aula de vocês.

— A gente te ajuda. — Bob se adiantou, sorrindo para mim. — Pode até surfar com a galera.

Relaxei, ainda mais quando os outros se animaram:

— É verdade! Valentim pode te ensinar! Eu não sabia nem nadar e aprendi!

— Eu também!

Passaram a falar sem parar, agitados, e Valentim sorriu para mim. Retribuí, e ele incumbiu as crianças de pegarem as pranchas no quiosque e um adolescente de levar uma cadeira para mim até a areia.

— Vem. Enquanto eles se ajeitam, a gente desce.

— Certo.

Do calçadão até a areia tinha uma escada, e desceram por ali na maior correria, indo para a beira do mar. Em segundos, o dono do quiosque também apareceu, foi apresentado a mim, segurou as minhas muletas. Não sei se fiquei envergonhada ou alegre quando Valentim desceu comigo no colo e os alunos fizeram algazarra.

— Adoro uma desculpa pra pegar você no colo. — Brincou perto do meu ouvido.

— Vou ficar mal-acostumada.

— Pode ficar. Não viu nada ainda.

Sorrimos. Enquanto eu me acomodava na cadeira de plástico, o dono do quiosque trouxe as minhas muletas, uma mesa e um guarda-sol. Agradeci. O homem se afastou e os alunos começaram a tirar a roupa e passar protetor solar, deixando as suas coisas ao meu lado.

— Se precisar de algo, você fala? — Valentim indagou.

— Estou bem. Fica tranquilo, brother.

— Ok. — Riu do *brother* que eu soltei e me beijou na testa, entendendo que eu estava à vontade.

Dali para frente foi tudo muito melhor do que imaginei.

Ainda era cedo, a praia estava quase vazia. Um vento gostoso vinha do mar, ondas batiam ali perto, produzindo um som gostoso e relaxante.

Valentim se reuniu com as crianças e adolescentes, sem camisa e descalço, a bermuda caindo meio frouxa nos quadris, enquanto explicava algo. Hipnotizada, eu olhava para ele, notando como tratava bem os alunos e como era respeitado e ouvido por eles.

Percebi aos poucos que aquelas aulas eram de graça, que as crianças que ali estavam eram de comunidades de Niterói. Falaram os nomes de alguns morros, que tinham ido para a escola naquela semana sem faltar e mais outras coisas que me fizeram unir as peças. E me senti ainda mais encantada por Valentim, surpreendida por um projeto tão bacana.

Aqueceram-se correndo na areia, fazendo abdominais... Depois deitaram-se na prancha e ensaiaram movimentos, como se já estivessem sobre as ondas. Valentim ensinava, corrigia, dava dicas para manter o equilíbrio. Perguntas eram feitas. Bob e Ricardo ajudavam a orientar os mais inexperientes.

Tudo acontecia com seriedade, ocasionalmente seguido por alguma brincadeira e risadas. E eu sorria sozinha, apreciando, amando tudo que via.

De vez em quando, Valentim olhava para mim, como a confirmar que eu estava bem. Sempre dava um sorriso para ele como resposta. Teve apenas um momento, quase uma hora desde o início da aula, em que comecei a sentir incômodo por ficar muito tempo sentada. Levantei-me e ele veio rápido na minha direção.

— Quer ir lá pra cima?
— Não. Está tudo bem. — Ajeitei as muletas. — Só vou ficar um tempo em pé aqui no sol. Já me sento de novo.
— Tem certeza?
— Tenho. Estou ótima.
Beijou suavemente os meus lábios e voltou para o grupo.

Entrou com alguns dos adolescentes na água, enquanto os outros espiavam da beira. Observei enquanto rompiam as ondas e se afastavam mais, até se sentarem sobre as pranchas, de pernas abertas, lado a lado, e Valentim dizendo algo que eu não conseguia ouvir.

Um dos meninos se ergueu e se equilibrou, tentando pegar uma onda mais forte. Ficou alguns segundos e caiu. Apareceu rindo, voltando para o lado dos outros. Bob se animou e o imitou. Foi melhor e caiu já quase no final, tirando sarro com a cara do primeiro. Os outros na areia gritaram e riram.

Sorri também, divertindo-me com eles. Fizeram novas tentativas, alguns conseguindo, outros caindo logo. Então, foi a vez de Valentim surfar, pegando uma onda mais alta e rápida.

Ele deslizou, perfeito, molhado, maravilhoso. Havia uma graça nos seus movimentos precisos e sinuosos, na forma como o corpo parecia saber o momento certo de se inclinar ou dar uma batida. Todos aplaudiram até ele praticamente terminar e cair na saída do tubo. Voltou para perto dos alunos na beira, e eu fiquei lá, embasbacada, apaixonada.

Depois que todos saíram, foi de novo para a água com outro grupo. Eu me sentei, enquanto ficava de olho nos menores. Bob e Ricardo o auxiliavam.

Quando acabou, todos estavam encharcados, cansados e felizes. Vieram correndo para a mesa em busca das suas toalhas, falando ao mesmo tempo, eufóricos.

— Já volto. Está tudo bem?

Seus cabelos pingavam, a água escorria pelos músculos do peito e do abdome, deixando-me com a boca seca, mais excitada do que pretendia. Tentei soar normal:

— Tranquilo.
— Vamos te ajudar, prof. — Bob se adiantou atrás dele quando se dirigiu para o calçadão com outros meninos.

Fiquei sem saber o que iriam fazer, mas logo voltavam com cangas, isopor, cesta. Então percebi que era lanche, e virou uma espécie de piquenique. Não quis ficar parada, peguei as garrafas de suco e fui enchendo os copos. Valentim piscou para mim e corei.

— Hum! Eu aaamo essa pastinha de frango! — Sarinha se deliciou com o sanduíche.
— Adoro esse de queijo com peito de peru! — exclamou outra.

— Eu gosto daqueles de azeitona com atum do Jonathan. Ele não vem hoje, Valentim? — perguntou um garoto.

— Não. Vai lutar mais tarde, tá no treino.

Todos se espalharam, comendo, bebendo, conversando. Valentim se sentou na areia e se encostou ao meu lado, nós dois comendo também.

— E aí, como está o café da manhã? — Ergueu os olhos para mim.

Parecia em paz e feliz. Exatamente como eu me sentia.

— Uma delícia. Foi você que preparou? — Fez que sim e provoquei: — O que mais posso esperar de você? Pilota avião? Criou alguma fórmula matemática nova? É um renomado chef de cozinha?

— Infelizmente não. Mas tenho umas outras coisinhas bem guardadas pra te mostrar.

Ri um pouco nervosa. Bob se intrometeu:

— Coisinhas é? Sei! — Cutucou Rafael, que já engolia o seu último pedaço de sanduíche e pegava o segundo — Tipo o quê?

— Sei fazer rapel, voar de parapente. Essas coisas — explicou Valentim, bem-humorado.

As crianças pareciam curiosas com as minhas muletas, ainda mais por me verem de calça na praia. Achei que era meio ridículo mesmo, mas odiava mostrar as minhas pernas, as cicatrizes grandes, o pé meio torto. Chamaria muita atenção.

— Isso que você tem... esqueci o nome... — Uma menina chamada Maura tomou coragem: — Você pegou quando era criança? Ou foi um acidente?

— Eu tinha dezesseis anos. A artrite reumatoide pode aparecer por diversos fatores, como depois de uma infecção grave ou por algum fator genético — expliquei com tranquilidade, e isso os motivou a perguntar mais.

Conversei, respondi, senti-me à vontade com eles. Alguns pareceram meio chateados quando eu disse que não tinha cura, outros incentivaram, falando que iria melhorar assim mesmo. Ao final, estávamos bem mais à vontade e interligados. Fiquei feliz com o carinho com que me trataram e receberam.

Valentim ouvia, comentava algo de modo pontual, observando-me bastante.

Por fim, todos começaram a guardar as coisas e levar para cima. Vieram se despedir. As meninas me abraçaram e beijaram quando fiquei de pé, os garotos acenaram. Rafael veio me dar um beijo e Bob também. Esse foi bem franco:

— Finalmente o Valentim arranjou uma namorada legal! Aparece mais vezes, Angelina!

Depois que ele acenou e se afastou, olhei meio indecisa para Valentim, incomodada por saber que não era a primeira "namorada" que ele levava ali. Imaginei se teria sido Manuela, e o ciúme foi como um veneno lento, perturbador.

Valentim ficou um tanto sem graça. Estávamos sozinhos e ele já havia levado as minhas muletas para o carro. Veio me pegar no colo e perguntou diretamente:

— Está chateada?
— Não. Por que ficaria?

Andou pela areia, ainda úmido, o perfume dele misturado ao cheiro de mar, os braços em volta de mim, o olhar me sondando.

Fingi nem ligar. Ficou em silêncio ao me acomodar no banco e depois ao sair com o carro. Somente então explicou:

— Eles mal conheceram as minhas outras namoradas.
— Tudo bem.
— Naquela vez que passei no seu apartamento e viajei pra Arraial do Cabo, foi para um campeonato de surfe que participaram.

Eu entendi tudo. De fato conheceram Manuela. Acenei, como se não tivesse importância. Mas estava chateada só de lembrar.

Imaginei que deviam ter ficado encantados com ela, linda, de biquíni, bem ao estilo extrovertido, sarado e esportista de Valentim. Eu conseguia entender a cara de espanto deles ao verem as minhas muletas. Na comparação, eu devia ser estranha com as minhas calças e limitações, com uma doença que, na certa, nunca tinham ouvido falar.

— Angelina...

Olhei-o, engolindo a espécie de angústia que incomodava.

Valentim se dividia entre dirigir e lançar olhares para mim. Tirou a mão do volante, acariciou a minha, dizendo baixo:

— Você é mesmo a primeira mulher que apresento a eles como namorada. Manuela estava lá daquela vez como amiga.
— Amiga com quem você transava.
— Sim, mas jamais usei o termo *namorada*.
— Não vejo muita diferença. São só palavras.

Soltei a minha mão e a coloquei no meu colo. Ele me surpreendeu ao jogar o carro para o acostamento e se virar para mim, fitando os meus olhos, sério.

— Pois eu vejo muita diferença. As crianças são importantes pra mim e você também. Por isso fiquei feliz que se conhecessem, mais ainda por perceber que se gostaram. Daquela vez, eu nem tinha convidado a Manuela, ela que se ofereceu para ir. Nem ao menos olhou para os meus alunos; pelo contrário, ficou irritada por eu dar mais atenção a eles do que a ela. Então, não compara. É tudo que eu te peço. Aqui eu fiz questão de que viesse comigo, que participasse disso. Esquece esse ciúme, por favor.

Fiquei um momento imóvel, dividida. Senti-me uma boba ciumenta, mas também insegura. Era difícil me imaginar na vida do Valentim com tantas imperfeições, enquanto eu sabia que ele poderia ter mulheres muito melhores, cem por cento perfeitas.

— Estou feliz com você *comigo*, minha anja. Só você.

Soltei o ar. Quando me puxou, eu o agarrei e beijei com paixão e necessidade. O medo abrandou, o desejo e os sentimentos vieram. Sem querer, tive vontade de chorar, mas me contive, um pouco descontrolada.

Valentim me beijou com voracidade, daquele jeito em que encaixava a boca na minha, buscava a minha língua, me deixava zonza. Tinha gosto de sal e luxúria, de uma mistura que era deliciosa e explosiva para o meu paladar.

Toquei os seus cabelos úmidos, a musculatura do seu ombro nu, a sua pele quente. Ele agarrou a minha nuca, deslizou a mão pelas minhas costas. O ar estalou, pesado, elétrico. Com certa dificuldade, afastou-se, murmurando:

— Não vejo a hora de chegar logo em casa e ter você toda pra mim.

Recostei-me no banco, a respiração acelerada, o coração aos pulos. E, por um momento de pura sinceridade, eu soube o que era aquilo tudo. Mas tive medo de nomear.

Angelina
16

Cambuinhas era um sonho.

Ruas largas e arborizadas, casas grandes e lindas, quase como se fosse um condomínio fechado. Transitar por ali tinha que ser a pé, de bicicleta, moto ou automóvel, pois ônibus não entravam. A praia circundava tudo, cheia de quiosques pitorescos. Cada pedacinho que eu via pelo vidro do carro me encantava.

Entramos por uma rua pequena paralela à praia, cheia de árvores frondosas que faziam sombra no chão de terra batida. Havia algo de rústico junto à beleza, dando uma sensação de frescor, tranquilidade e harmonia. A casa dava de frente para o calçadão, com a vista magnífica do mar turquesa.

O muro de pedras rodeado de plantas tinha um alto e largo portão branco, que se abriu assim que Valentim apertou o controle remoto. Quando se fechou, ele estacionou numa vaga coberta, e olhei em volta, achando tudo perfeito.

Havia gramado, árvores, flores. A varanda de baixo era enorme, cheia de sofás largos espalhados, chão de lajota encerada, samambaias se derramando de vasos. A sensação era de paz e aconchego, de um lar feito com carinho para alguém que gostava de se sentir bem recebido.

— Vamos? Vou te ajudar com as muletas.

Valentim assim o fez e, quando bateu a porta do carro, apontou com um gesto para a varanda, sorriu e disse com brandura:

— Seja bem-vinda.
— Que coisa mais linda! E esse cheiro de planta e de mar? — Sorri também, admirando a arquitetura da mansão.
— Morei a vida toda em apartamento. Mas prefiro casa. Eu me encantei por essa assim que vi, alguns anos atrás. Vem conhecer o resto.

Eu o segui. Felizmente tudo ali fora era plano, e entrei sem problemas.

A porta da frente dupla e de madeira clara possuía detalhes entalhados. Passamos para um hall esplêndido, de chão lustroso, e depois para uma sala imensa. Todas as paredes eram de vidraças de cima a baixo e com persianas verticais, que podiam deixar tudo na penumbra ou receber a luz de fora se ficassem abertas. Sofás enormes e brancos pareciam muito fofos, assim como os tapetes escuros e felpudos. A alegria ficava por conta dos objetos, porta-retratos, móveis modernos...

Escadas levavam ao andar superior, e o pé direito era alto, com um lustre que impressionava. Apesar de ter linhas e design modernos, tudo era aconchegante e despojado, de bom-gosto, mas sem exageros. Havia um skate num canto, uma prancha grande encostada na parede, um par de tênis esquecido ali. O que dava vida ao ambiente. Isso se intensificava com o perfume do Valentim impregnado no ar.

— Ma-ra-vi-lho-sa!
— Precisa ver lá em cima. A varanda tem vista para a praia, é o meu lugar preferido. Mas deixa eu te mostrar aqui embaixo primeiro.

E assim o fez. Os cômodos eram todos espaçosos, com luz natural, e a casa cercada por gramado. A cozinha parecia aquelas de televisão, com uma ilha no meio e eletrodomésticos negros, bancadas de mármore preto. Havia uma sala de jantar, dois banheiros, varanda gourmet com vista para os fundos, onde se estendia uma piscina grande rodeada por um deck de madeira, churrasqueira e uma área com saco de pancada e aparelhos de musculação.

— Às vezes, trabalho tanto na academia que só tenho tempo de me exercitar quando chego aqui. — Veio para perto de mim, os olhos nos meus, a mão fazendo um carinho gostoso nos meus cabelos. — Eu deixei um peixe no limão, pronto pra assar na churrasqueira. Você gosta?
— Adoro.
— Quer descansar um pouco? Deitar-se?
— Não, estou bem. Vou ajudar você.
— Só falta fazer uma salada e um arroz, é rápido. Vou te levar pra conhecer lá em cima. E se quiser tirar a areia do corpo, fique à vontade. Estou precisando de um bom banho.

Pensei na escadaria imensa e lisa, com tudo para uma pessoa como eu escorregar. Eu até conseguia subir degraus, mas com cuidado e bastante esforço. Mas sabia que ele queria me mostrar o andar superior, principalmente a varanda.

— Ok.
— Vem aqui.
— Valentim! — Ri quando me pegou de novo no colo. Segurei as muletas.

Ele andou comigo de volta à sala, sussurrando de bom-humor:
— Já falei que gosto de uma desculpa pra te ter nos braços.
— Como se precisasse.

Sorrimos um para o outro, mas eu ainda me sentia um pouco encabulada perto dele. O que tínhamos era recente e me assustava, mesmo que eu lutasse contra. Num dia apenas, conhecera os seus alunos e a sua casa, mas também me dera conta de que as diferenças entre nós só aumentavam. Eram, inclusive, sociais.

Acabei abafando as dúvidas e inseguranças quando vi a sua felicidade em me mostrar o restante do imóvel. Tinha quatro quartos, sendo três suítes. A principal era master, com uma varanda que recebia o vento do mar e refletia a praia já cheia de guarda-sóis. Cadeiras e espreguiçadeiras de vime se espalhavam ali, assim como uma mesa de vidro redonda e jarros de plantas. Tudo era tão perfeito que suspirei.

Portas de vidro de correr se abriam para o quarto dele, com uma cama king coberta por uma colcha branca, chão de porcelanato areia que mais parecia um espelho, televisão enorme de frente. Tudo tinha bom-gosto, desde os objetos até a iluminação suave e embutida.

— É um sonho. Deve ser uma delícia acordar e vir aqui na varanda receber o ar marítimo.
— Minha parte preferida, eu acho. Posso até estar atrasado, mas nunca deixo de fazer isso. — Valentim estava ao meu lado, diante da murada envidraçada.

Eu admirava aquilo nele. Era lindo de morrer, possuía uma vida privilegiada de classe alta, mas parecia simples, apreciando coisas boas da vida sem ostentação e com verdadeiro prazer. Valentim era feliz com as suas conquistas, sem qualquer tipo de arrogância ou nariz empinado.

Percebi que a vida era uma festa para ele, um banquete. Curtia, aproveitava. Tinha um mundo de opções maravilhosas, de escolhas infinitas. Sem limitações e, principalmente, sem medos.

Novamente me dei conta das diferenças gritantes entre nós, e mais uma vez empurrei aquela sensação para bem fundo. Eu ficava feliz por ele, mas também temerosa do meu papel naquilo tudo. Não estava me desfazendo de mim mesma, só constatando alguns fatos incômodos.

— Quer tomar um banho? Trouxe uma roupa mais confortável e fresca?

— Não. Só essa.

Mais uma vez, ele olhou para a minha calça e corei, ainda mais por ser preta. Nada a ver num calor daqueles.

— Isso não é problema. Te empresto uma camiseta. Ou pode ficar nua. Não vou reclamar.

O rosto ardeu ainda mais, e ele riu, abraçando-me e beijando a minha boca. Todo pensamento racional se perdeu ali e o beijei com paixão, feliz por estar nos seus braços.

Era meio incômodo fazer aquilo de pé, pois eu queria me colar toda nele, apertá-lo com força, mas as muletas atrapalhavam. Praticamente era ele que me segurava, espremendo-me contra o peito, saqueando a minha boca sem pressa, mas com fome suficiente para me deixar agitada, excitada, buscando mais.

Outra coisa que atrapalhava um pouco eram os meus quadris. Ainda estavam meio doloridos das artes da noite anterior, como também daquela manhã, sentada na praia, no carro, perambulando por ali. Em dois dias, eu tinha saído totalmente da minha zona de conforto e de costume, e o meu corpo também sentia. Entretanto, nada era mais forte do que as sensações maravilhosas de estar na companhia dele e entre os seus braços. Aquilo sobrepujava tudo mais.

A cama no quarto atrás de nós parecia um chamariz. Tudo me fazia almejar mais o seu toque, a sua pele nua na minha, aquele corpo penetrando o meu. Pensamentos quentes rodopiavam, faziam a minha barriga se contrair, o meu coração acelerar.

Trocamos beijos e carícias, mas não passou disso. Seus olhos queimavam os meus quando descolamos as bocas, cheios de promessas. Contudo, não avançou mais do que aquilo. Levou-me para dentro e me mostrou o banheiro.

Descemos depois de um banho. Valentim quis saber se eu precisava de ajuda, de um banco para sentar-me no boxe. Aceitei o banco e tomei um banho rápido, sozinha. Saí com a mesma roupa, recusando a camiseta, ainda um tanto sem graça de mostrar as pernas. Ele as vira no quarto, na penumbra. Na luz do dia era bem pior. Ao contrário de mim, vestiu apenas uma sunga de praia branca, que pouco deixou à imaginação e me encheu de calor.

Na cozinha, ligou uma caixa de som das mais modernas e com uma música suave. Depois espalhou coisas sobre a bancada, e me encarreguei da salada, sentada, enquanto ele se movia pra lá e pra cá para fazer o arroz.

Passamos a conversar amenidades. Falei das minhas traduções, e ele dos alunos de surfe, depois da academia. Discutimos a política atual, os problemas, as soluções, a economia. Começamos a falar de tudo um pouco, o clima entre nós ameno e tranquilo, a sensação boa de que o conhecia havia muito mais tempo.

Relaxei, sorri, dei opiniões, me mostrei, as reservas todas já ficando de lado. A cada minuto, Valentim me encantava mais, e era difícil manter os olhos longe dele, descalço, a bunda e as pernas musculosas chamando a minha atenção, o abdome sarado atraindo o meu olhar a toda hora. E o seu sorriso... eu me via sorrindo de volta, por puro prazer.

Quando tudo ficou pronto, fomos para a varanda dos fundos e nos acomodamos no largo sofá de vime com estofado macio. O chão estava frio sob os meus pés, uma brisa gostosa soprava. Plantas se espalhavam por toda parte, até mesmo ali em volta de um futon cor de mel, cheio de almofadas coloridas. Imaginei como seria bom deitar-me ali e só olhar as árvores, a água da piscina ondulando com o vento, ouvindo o canto dos pássaros.

Valentim explicou que mais tarde colocaria o peixe para assar na churrasqueira, pois ainda estávamos satisfeitos do café da manhã na praia. Deixou comigo a função de escolher uma nova playlist no celular, e eu quis algo atual, mas praticamente não conhecia nada.

— Pode colocar as suas velharias — provocou, esparramado ao meu lado no sofá, encostando a coxa na minha.

— O quê? Pode até ser velharia, mas dá de 10 a 0 em muita música hoje em dia. Escuta só isso! — Quando a voz do Peter Frampton saiu melodiosa na caixinha, sorri com ar de vitória. — Me diz se essa música não é linda!

Valentim ficou quieto, olhando para mim, a atenção concentrada na música. *I'm in you* seguiu alta e límpida, com um fundo de guitarra maravilhoso. Era uma música da década de 70, nós nem éramos nascidos, mas eu a via ultrapassando anos e anos, seguindo linda eternamente. Não resisti e cantei baixinho um trecho em inglês.

Os olhos dele se acenderam para mim. Meio envergonhada, emendei:

— É uma música de 1977. Da época dos nossos pais. Se achou boba ou chata, podemos trocar por outra e...

— Conheço essa música. É um clássico. E ficou mais bonita ainda com você cantando.

Não contei que o meu pai me ensinara um pouco sobre notas musicais e ritmo, me incentivara a cantar e dizia que eu era afinada. Houve uma época em que até sonhei em ser cantora, inclusive me apresentar nas noites com ele, mas aquilo se perdeu no tempo.

— É uma das músicas que o seu pai tocava?

— Sim. Ele amava essa. Tínhamos um toca-discos em casa, que ele cuidava com todo carinho. Sempre gostei do som meio chiado antes de uma música começar.

— Hoje está voltando à moda.

— Eu sei. Até pensei em comprar um daqueles que vêm junto com rádio, CD, bluetooth e tudo mais. Deve ser legal voltar a ouvir discos depois de tantos anos.

— Nunca prestei muita atenção nisso, costumo me ligar mais nas coisas com tecnologia avançada. Mas acho que deve ser legal, sim. — Seu braço estava no encosto, em volta de mim. Escorregou a mão até a minha nuca e me massageou ali, na hora espalhando um torpor gostoso pelo meu corpo. O jeito que me olhava... — Sabia que, desde que te vi no restaurante, eu tive a impressão de que você era de outra época? Como algo muito raro perdido entre tanta coisa comum. Eu nunca soube explicar bem essa sensação. Até agora.

— Até agora? — murmurei, dando-me conta de como conseguia me seduzir fácil, sem esforço. Estava perto demais, seminu, com aquele cheiro que enevoava os meus pensamentos. Seus olhos prendiam os meus, o toque me excitava.

— Você não se parece com ninguém que eu tenha conhecido antes. É única. Tem um jeitinho lindo, uma voz doce, uma suavidade que me encanta. Parece ter muita coisa guardada aqui.

Espalmou a mão contra o meu seio esquerdo, e o meu coração disparou na hora. Não soube o que dizer, muito ligada a Valentim, precisando demais dele. A outra mão segurou firme a minha nuca, e me vi afetada, paralisada, enquanto acariciava lentamente o meu mamilo, a voz baixa:

— Não conheci os seus pais, não sei muito da sua vida, mas a sensação que eu tenho é de que nenhuma perda, nenhuma dor, mudaram você. A sua essência é linda, minha anja. Muito linda.

Emoções me invadiram. Nunca ninguém tinha me olhado daquele jeito, dito aquelas palavras com tanta certeza, admirando-me sem trégua, sem ver os meus defeitos, somente as minhas qualidades. Fiquei muda, ainda mais quando me chamou de anja, o que sempre me fazia derreter. Beijou a minha boca com volúpia, e eu me perdi completamente.

Valentim me trouxe para mais perto. Deliciei-me com a sua língua, enfiei as mãos nos seus cabelos, entregando-me toda àqueles sentimentos que criavam tumulto e tesão, que misturavam tudo dentro de mim, numa loucura deliciosa.

Desceu a alça da minha camiseta, junto com o sutiã. Meu corpo entrou em erupção quando os seus dedos brincaram no meu mamilo, agora nu, arrepiando a aréola e intumescendo a pontinha. Minha respiração se agitou e sofregamente me entreguei, querendo mais, almejando aquele homem com todas as forças do meu ser.

Não ofereci qualquer resistência quando se afastou e tirou a minha camiseta, quando me deixou nua da cintura para cima e olhou os meus seios pequenos e com mamilos empinados para ele. Gemi, pois logo as suas mãos estavam nas minhas calças, descendo-as devagar, a cabeça contra o meu peito.

— Ai...

Estremeci, caindo meio deitada para trás. Chupou o meu mamilo sem pressa, abrindo com cuidado as minhas pernas, a mão indo em cheio na minha vagina. Um furacão pareceu se armar no meu ventre e percorrer o meu corpo, deixando-me tonta, delirante.

Passei as unhas por ele, quis a pele, a boca, o pau. Quis tudo ao mesmo tempo, ansiosa, perplexa pelo modo como, em segundos, tudo incendiava entre a gente. Os lábios deslizaram para baixo, os dedos abriram as minhas dobras, eu me senti escorrer, toda fervendo, derretendo. E, quando lambeu o meu clitóris, ensandeci de vez, soltando gemidos e me contraindo toda.

A pontada de dor veio inesperada, por minha culpa. Fiquei tão doida de tesão que esqueci as minhas limitações e me abri de repente, mais do que podia, de modo brusco. O ar me faltou e eu precisei me paralisar para a dor nos quadris dar uma trégua. Na mesma hora, Valentim ergueu a cabeça e me olhou. Parou o que fazia, a preocupação mesclando-se à paixão da sua expressão carregada.

— Machuquei você?

— Não. Fui eu que... está tudo bem.

Vi o volume enorme delineado na sunga, eu ali com as pernas arreganhadas, arfando por ele. Tive raiva da dor inesperada que interrompeu tudo.

— Vem aqui.

Ele se inclinou sobre mim e me pegou nos braços com carinho, mas o seu olhar me prometia coisas muito mais explícitas do que aquilo. Achei que me levaria para cima, para a cama. Fiquei surpresa quando pisou no gramado e se dirigiu à piscina.

— Tenho planos pra você na água.

— Acho que imagino quais são.

— Eu acho que não. — Sorriu de modo quente e sigiloso. — Já que não trouxe biquíni, ficaremos nus. E já que não quis entrar no mar, vai nadar comigo na piscina.

— Nadar? — Não pude conter o tom de provocação, pois via que a última coisa em que ele pensava era naquilo.

Sorriu, cheio de segredos e promessas. Tudo em mim cresceu, precipitou-se e rodopiou. Senti a brisa na pele nua, eu ali toda exposta, enquanto ele me colocava sentada na borda da piscina, com as pernas submersas na água quase morna. Sem dizer mais nada, mergulhou.

Eu o olhei até sumir dentro d'água, perplexa, um tanto aturdida. Então, puxei o ar e me olhei, sem acreditar que estava ali, em plena luz do dia, totalmente nua. Muros altos nos protegiam, o sol batia somente em outra parte, uma brisa suave, um coqueiro pertinho balançando lentamente as suas folhas.

As cicatrizes dos joelhos nunca me pareceram tão feias, como um dedo atravessando a minha pele de cima a baixo, meio rosada. Engoli em seco diante das coxas brancas, dos pelos claros e finos sobre a vagina, dos seios pequenos demais para serem realmente atraentes. Mas como me sentir imperfeita diante do olhar que Valentim me deu de cima a baixo, intenso e cheio de desejo, ao submergir e vir até mim?

Esqueci tudo quando as suas mãos grandes e morenas seguraram os meus joelhos e os abriram com cuidado, expondo-me mais, os seus olhos procurando, ardendo. Perdi o ar, senti o coração dar pulos, até disparar como louco. Insegurança e tesão vieram com igual magnitude no meu ser.

Ele parou ao notar que ali parecia ser o meu limite, como se já soubesse até onde os meus quadris lesionados aguentavam chegar, ao mesmo tempo que os olhos passavam pela minha barriga e paravam na minha parte mais íntima. Nunca na minha vida fiquei tão francamente exposta para um homem, cada parte minha sem poder escapar do seu escrutínio sensual.

— Quer nadar?

Veio ainda mais perto, entre as minhas coxas, os dedos deslizando por elas, fazendo a minha pele arrepiar. Percebi que a voz não saía, que eu estava dopada demais por ele para reagir com algo coerente.

— Ou quer isso?

E veio. A boca parecia quente demais ao tocar as minhas dobras, e um estremecimento me varreu de cima a baixo, enquanto eu apertava com força a borda da piscina. Soltei um hausto de ar, fiquei completamente abalada por olhar aquilo. Seu rosto, os cabelos, a língua. E a lascívia densa e pesada que espalhava no ar, em mim, em tudo.

Choraminguei com a língua lambendo bem devagar o meu clitóris. O sangue se concentrou ali, esquentou. Algo inchou, ganhou vida, pulsou diante da carícia, ainda mais ao assistir ao seu prazer em me lamber. E ter os seus olhos verdes, intensos, tomando conta dos meus. Arfei, à beira de um desespero desconhecido, murmurando sem nexo um som, uma palavra, um gemido. Nem eu sabia. Abriu a boca e passou a chupar, jogando-me num turbilhão de emoções.

— Ai... ai...

Soltei as bordas, agarrei os seus cabelos. Ondulei, tesão puro esquentando o meu ser, deixando os meus membros moles. Resvalei o corpo mais para a beira, em busca de algum alívio para aquela pressão avassaladora, mais uma vez esquecendo que os meus quadris não podiam aguentar movimentos bruscos. A sensação foi de osso com osso, um incômodo persistente e que na mesma hora me deixou rígida.

O Dia em que Você Chegou

Quando Valentim parou, eu tive raiva de mim e daquela maldita doença que me atrapalhava numa coisa tão simples. E um tanto de vergonha, pois era a segunda vez em tão pouco tempo que acontecia aquilo. Precisei ficar quieta, me estabilizar, lidar com tudo que veio junto.

— Desculpe, mas vem sem eu esperar e...
— Não se desculpe nunca. Quero que seja sempre delicioso pra você.

A dor maçante aliviou e praticamente a esqueci, diante das suas palavras sinceras, do seu olhar quente para mim. Com todo cuidado, ele me pegou e levou para a água, que foi um alívio contra a minha pele fervente, enquanto deslizava o meu corpo nu no dele.

Agarrei os seus ombros, o seu pescoço, não resisti a mordiscar o seu lábio, o coração voltando a bater violentamente, emoções fortes fazendo-me bambear, encantar-me ainda mais. Era tão atento a mim, tão ligado no que eu sentia, como se tivesse todo o tempo e paciência do mundo, como se eu valesse a pena, mesmo com as minhas dificuldades. Aquilo me dobrava, me deixava maravilhada.

Travei o ar que entrava quando a sua boca se fechou na minha e o beijo veio acrescentar mais pimenta no ardor já existente. Foi impossível não sentir o seu pau ereto dentro da sunga, acomodando-se no lugar que mais latejava no meu corpo. Esfreguei-me, ansiosa, tesão se acumulando.

Então eu me enrosquei, abraçando-o pelo pescoço, deslizando a minha boca na sua orelha. Foi maravilhoso ficar mais leve ali dentro, as pernas soltas para se colar em volta das dele. Como se fosse possível, seu pau enrijeceu mais, pressionou, e eu o quis quase com desespero dentro de mim.

— Ainda estou com o gosto da sua bucetinha na boca... quero mais.
— Valentim...

Engoli a reclamação quando me levou até o colchão inflável azul que boiava ali e me deitou sobre ele. Fiquei um momento perdida, tudo em mim almejando o seu toque. Mal comecei a balbuciar, e o que saiu foi um lamento, pois abriu as minhas pernas e caiu de boca na minha buceta. Meus pés mergulharam na água e eu queimei por inteiro sob a pressão da sua língua.

— Ai... Deus...

Arregalei os olhos para o céu totalmente sem nuvens, para o sol que não ardia mais do que eu. Tudo parecia explodir na minha vagina, espalhar-se pelos meus nervos e membros, imobilizar-me naquele prazer avassalador. Com água pela cintura, Valentim segurava o pequeno colchão e me chupava gostoso.

Delirei. Sacudi em espasmos conforme me lambia e metia bem lento o dedo dentro de mim, encontrando-me superlubrificada. Agarrei as laterais macias e fui sugada por um redemoinho louco de sensações, sem acreditar em tudo aquilo, no desespero de sentidos em que me arremessava.

Gemi mais alto do que me dei conta. Comecei a ondular conforme ele me masturbava, enfiando e tirando o dedo bem fundo, fazendo-me derramar, na sua boca, tudo que eu tinha. Baixei o olhar e o que vi foram cabelos escuros e uma expressão de enlevo entre as minhas pernas. Eu soube que estava perdida, que virava um mar revolto e sem controle sob o seu domínio.

Foi tão forte, tão maravilhosamente prazeroso, sem qualquer dor ou incômodo, que simplesmente me deixei cair, sem fim, até o gozo chegar à beirada e acompanhar o movimento sedento de lábios e língua em mim, comendo-me na pressão exata.

— Oh... oh...

E ali eu fui, rodando, subindo, voando. O orgasmo veio feroz, como uma onda gigantesca, seguindo do sexo para a pele, o sangue, os membros, até me fazer gritar e perder de vez a razão. Fechei os olhos e fui, uma, duas, dez vezes, seguindo o fluxo quente e arrebatador, a pele toda arrepiada. Por fim, desabei, sem forças, exausta.

Valentim deu um beijo na minha vagina que latejava e subiu as mãos molhadas pela minha pele, movendo o colchão de modo a abaixar o rosto perto do meu e saborear suavemente os meus lábios, com o meu cheiro e o meu gosto. Abri os olhos lânguidos e encontrei os dele, intensamente verdes nos meus.

— Gostou de nadar?

Tentei juntar os resquícios de razão, orientar-me. Por fim, acenei com a cabeça, murmurando:

— Nunca nadei assim. — Sorriu satisfeito, mas algo me fez querer romper a minha timidez, entrar naquela sedução, mostrar que eu não era tão ingênua como acreditava. — Quer nadar também?

Apertou um pouco os olhos, obviamente excitado, no ponto.

— Claro!

— Me ajude a virar de bruços.

Fiquei vermelha, mas não recuei. Seu sorriso sumiu, a sua expressão era carregada. Ainda mais quando viu a minha bunda nua, passando a mão sobre ela, dizendo baixinho:

— Que bundinha linda.

— Sossegue.

— Quem disse que eu aguento, minha anja?

Não respondi. Empurrei-o para a borda mais rasa e ele foi andando para trás, puxando o colchão, até que vi um pau estufando a sunga. Estendi as mãos trêmulas, tudo em mim ainda palpitando, toda melada entre as pernas. Ele ficou paralisado quando o despi e a cabeça emergiu da água. Era lindo de morrer, grande e grosso, o pau acompanhando o contorno longo e largo do seu corpo, como se Deus tivesse caprichado no seu desenho.

Aproximei a boca, e Valentim ficou paralisado quando eu lambi só a ponta. Agarrou forte o colchão e o deixou assim, enquanto eu segurava o seu membro e o chupava docemente.

— Porra...

Parecia surpreso, quando ergui os olhos para o seu rosto. Paralisado, maxilar retesado, sem tirar os olhos de mim. Fui engolindo-o devagar, a carne deslizando volumosa para dentro, até onde consegui. Fiquei sugando-o lentamente, amando o seu gosto, a sua textura, o modo como entrava em mim. Voltei ao início e passei a chupar com mais desejo.

Valentim se encostou no azulejo, a respiração forte. Uma das minhas mãos se apoiou na sua bunda, a outra na base do membro. Fui e voltei, os lábios agarrados nele, numa sucção lenta e firme.

Amei os seus gemidos baixos, roucos. E o modo como não tirava os olhos de mim. Senti-me fêmea, livre, dona dos meus sentidos, excitando-me novamente diante da sua reação. Mamei o seu pau com devoção e prazer.

— Angelina... ai... que boca quente e macia...

Fui mais firme, mais fundo. Tomei-o, algo me arrastando naquela loucura, deixando-me além de qualquer dúvida. Eu queria o seu tesão e me juntava a ele, amando o seu corpo, o seu olhar, os seus gemidos para mim.

Os joelhos incomodaram um pouco contra a superfície lisa, mas não parei. Relaxei o corpo e a garganta, suguei, lambi, senti a saliva escorrer, e o puxei para mais perto, engolindo tanta carne quanto possível. Assim fui, sem parar, no mesmo ritmo.

Valentim inchou, endureceu, ficou como encantado diante da minha boca e do meu toque.

— Assim eu não vou aguentar... — murmurou. Era como um aviso do que aconteceria. Como também não desgrudou a boca de mim até eu ter um orgasmo, fiz o mesmo, ansiosa pelo seu gosto mais secreto. Tive uma prévia com a sua lubrificação deliciosa na língua, mas desejava ansiosamente mais.

— Angel...

Suguei mais firme, e ali ele se contraiu todo. O esperma derramou quente e grosso na minha garganta e o sorvi, os nossos olhares grudados, eu assistindo ao espetáculo do seu prazer. O rosto se contraiu, os olhos queimaram. E me deu o seu gozo, até tudo se esvair e espalhar um gosto maravilhoso na minha boca. Só então eu recuei, devagar.

— Meu Deus... que delícia...

— Me ajuda a sair? Meus joelhos...

— Está com dor?

Foi cuidadoso ao me puxar de volta para a água, aliviando a pressão nas pernas. Na mesma hora me abraçou, amparando-me, os olhos consumindo os meus.

— Estou bem. — Sorri, adorando o contato do seu corpo quente contra a água fria. — E você?

— E eu? Você não é a anjinha que eu imaginei. — Deu um sorriso arrebatador, admirando-me. — Eu não estava preparado pra isso.

— Por que não? — Provoquei, sem querer deixar a timidez voltar e me impedir de aproveitar aquele momento. Ainda assim o meu rosto ardeu.

— Não tenho nada a reclamar, pelo contrário. Foi uma delícia, Angelina. Minha diabinha preferida.

Ri e beijou a minha boca, encostando-me no azulejo. Nós nos agarramos como se o mundo fosse acabar se não estivéssemos quase fundidos um no outro, os nossos gostos mais íntimos se misturando, tornando tudo mais perfeito ainda.

Passamos um dia maravilhoso juntos. Almoçamos peixe assado na varanda e me permiti uma taça de vinho branco. Só uma, pois tinha os horários de tomar os remédios e o fazia religiosamente. Depois ele me carregou para a cama e ficamos lá, entre carícias e beijos, entre afagos e palavras sussurradas.

Eu disse que estava tarde, precisava ir para casa. E ele me disse que queria que eu dormisse ali. Como poderia recusar, se nos encaixávamos tão perfeitamente, se parecíamos apreciar cada momento juntos? E se o tempo não era nada diante do que nos ligava?

Fizemos amor na cama, Valentim apaixonado, mas sempre preocupado comigo, mudando a posição quando alguma passava a incomodar. Nós tínhamos terminado, descansado, até que ele escorregou para baixo e começou a me chupar.

— Não aguento mais... — murmurei, dopada do gozo recente, desacostumada a tanto sexo e orgasmo num só dia. Estava também dolorida.

— Só um pouco. Quero dormir com o gosto da sua bucetinha na minha boca.

Estremeci, maravilhada. E quando os seus lábios e língua ficaram melados, subiu e me aconchegou nos seus braços. Nossos olhares se encontraram na penumbra, e senti o meu coração dar um salto mortal.

Tive um medo absurdo da velocidade com que eu me apegava a ele. Meu consolo foi ver a mesma coisa refletida nos seus olhos. A gente se comunicava sem precisar de palavras.

Valentim
17

Eu havia acabado de dar uma aula como personal trainer na academia e me dirigia à minha sala, onde resolveria algumas questões administrativas antes de iniciar uma outra aula, dali a uma hora. Estava suado, subindo os degraus de dois em dois, quando ouvi o meu nome. Jonathan e Júlio se aproximavam.

Desci e os encontrei.

— E aí, meus camaradas! Não sabia que vocês estavam aqui hoje. Queria ter uma conversa mesmo contigo, Júlio.

— O Jonathan me falou. Eu vim malhar, já estava quase no carro, e ele me arrastou de volta. — O rapaz moreno sorriu.

— Valeu, Jonathan. — Agradeci e me concentrei no outro. — Queria falar com você sobre o seu irmão. Ele é reumatologista, não é?

— O Inácio? Sim. Por quê? Está precisando de um?

— Ele está precisando é de um geriatra. — Jonathan interrompeu, fazendo o outro achar graça. — O reumato é pra namorada dele.

— Geriatra é a sua bunda velha e murcha — retruquei com uma risada.

— O que a sua namorada tem? — Júlio se deu conta da curiosidade e rapidamente acrescentou: — Olha, não é porque ele é meu irmão que digo isso, mas o Inácio é foda. Muito requisitado, o povo fica na fila de espera pra se consultar com ele. E olha que não aceita plano. Mas, se quiser, falo que é para um amigo. Com certeza vai abrir uma brecha na agenda.

— Faria isso?

— Claro, Valentim. Converso com ele hoje e passo o contato pelo Whatsapp. Pode deixar.

— Obrigado.

Falamos mais algumas coisas, ele combinou de enviar uma resposta em breve e depois se afastou, correndo para não chegar atrasado ao compromisso. Jonathan me acompanhou até o meu escritório e agradeci mais uma vez:

— Legal você ter lembrado de falar com o Júlio. Eu havia tentado sem sucesso.

— Acabei uma aula de luta, eu vi quando ele passou e chamei. E como estão as coisas com a sua anjinha?

Fiz uma careta ao entrar na sala e ligar o ar-condicionado. Sem cerimônia, Jonathan foi até o frigobar e pegou uma garrafa de água gelada e se jogou numa poltrona.

— Fui cair na asneira de dizer que a Angelina parece um anjo, agora você fica de gracinha.

— Mas como deixar passar uma dessa? O meu amigo que sempre foi o maior comedor se derretendo todo por uma anja? Coisas surpreendentes precisam ser enaltecidas!

— Cala a boca. — Bem-humorado, fui me sentar atrás da mesa e me espreguicei, encarando-o. — Você está é cheio de inveja.

— Eu? E de quê, se sou um anjo em pessoa? Olha aqui os meus cachos loiros e os meus olhos azuis. — Tomou logo um gole de água. — Quando vou conhecer esse ser de luz?

— Em breve.

Lembrei-me da Angelina, linda, passando momentos quentes e gostosos comigo na cama, na minha casa, durante aquele fim de semana. Estava com saudades dela, e naquela quarta tinha combinado de aparecer no seu apartamento depois que saísse dali.

— Semana que vem tem o aniversário da Maíra. Vai ser na praia. Leva a gata lá pra apresentar à gente.

— Boa ideia. Vou falar com ela.

— O povo vai pirar vendo você apaixonado desse jeito. Tem gente que nem vai gostar.

— Quem?

— Zoé, por exemplo.

— Você sabe que não temos mais nada, que somos grandes amigos.

— Diz isso pra ela.

Jonathan deu de ombros. Era um assunto que eu não gostava muito de tocar, principalmente depois de ter notado que Jonathan estava com uma queda por ela. Fui direto ao ponto:

— Acho que a Zoé sabe muito bem. Quem está preocupado com ela é você. Tá a fim?

— Claro que não!

— Respondeu rápido demais. Por que não tenta?

Meu amigo deu um sorriso que não me convenceu. Deixou a garrafa vazia sobre a mesa e fingiu indiferença:

— A garota arrasta um caminhão por você, Valentim. Sua mãe a adora, as duas são amigas. Qualquer um vê que a Zoé está só esperando uma nova oportunidade.

— Isso é coisa da sua cabeça. Está com cagaço de se aproximar dela e inventando desculpas.

— Tu que não nota! Zoé não vê nada na frente, só você.

Mais uma vez me incomodei por ter saído com ela algumas vezes no passado, principalmente por não ter reparado que Jonathan gostava dela.

— Porra, Djei. Se tivesse falado que estava a fim, ao menos demonstrado, nunca teria rolado nada entre a gente.

— Você que tá inventando isso. Tá vendo essa mão? — Ele abriu os cinco dedos da mão direita. — No momento, estou saindo com cinco delícias ao mesmo tempo. Cinco. Uma pra cada dia da semana, sábado repito a mais gostosa, domingo descanso ou o meu pau afina. Não tem nada a ver esse lance com a Zoé, tu que cismou!

— Mentiroso filho da mãe. — Ri da cara de cínico dele. — Afina por usar esses cinco dedos aí pra bater punheta!

— Punhetas com nome, rosto e buceta, não é? Quer os nomes? Patrícia, Joycilene, Rosilene, Sirlene e Rosiane. Existem de verdade, pode procurar no Face.

— Tá, acredito. Cara de pau.

Jonathan sorria de orelha a orelha, com safadeza.

— Vai que me apaixono por uma delas? Podem ser as minhas anjinhas.

Eu sabia que só brincava para disfarçar sobre Zoé, mas não estendi o assunto. Só conseguia pensar na Angelina, ansioso para vê-la mais tarde.

— Tomara que o irmão do Júlio seja bom mesmo. Andei lendo bastante sobre a AR, conversei com o fisioterapeuta que atende aqui, soube que tem vários tratamentos novos, alternativos. Domingo, falando com a Angelina, tive a impressão de que o dela é bem tradicional. Não custa nada tentar algo mais moderno.

— Também acho. Mas tem que ver se ela quer trocar de médico.

— Nem falo em trocar, e sim ter uma opinião diferente. Vai que...
— Verdade.

Jonathan ficou lá mais um pouco, depois saiu. Além de lutador profissional de muay thai, ele dava aulas de luta duas vezes na semana ali. E estava no horário dele.

Meu dia também foi agitado. Tomei um banho por lá mesmo e parti para o apartamento da Angelina.

Enquanto dirigia, deixei tocar umas músicas antigas, só para ficar mais ligado nela e matar um pouco a saudade. Tínhamos conversado por telefone e Whatsapp naqueles dias desde domingo, mas a minha vontade era de vê-la pessoalmente, estar na companhia dela. Queria beijar, abraçar, sentir o seu cheiro, tocar o seu corpo. Só de lembrar, ficava excitado, querendo mais.

Quando nos envolvemos mais seriamente, cheguei a pensar que as limitações seriam maiores, até me preparei para isso. Talvez tenha confundido por tê-la visto em momentos de crise. Mas com a doença em remissão, o sexo era prazeroso, gostoso, rolava uma megassintonia. Claro que respeitando o seu corpo, algumas posições, tendo cuidado. Nada que atrapalhasse, pelo contrário.

Tive muitas mulheres. Gostava demais de transar, beijar, sentir tesão e satisfazer o meu apetite sexual. Algumas foram amigas, outras desconhecidas, umas duraram mais, outras só uma vez. A maioria era livre, solta, sabia o que queria, atacava tanto quanto eu. Buscávamos o prazer, o divertimento, sem limites. Na cama, geralmente valia tudo.

Com Angelina eu soube que precisaria ir com mais calma, que certas coisas talvez fossem difíceis. Mas estava surpreso, pois ela me deixava no ponto só por estar perto. Eu não conseguia esquecer a sensação de ter a sua boca em volta do meu pau ou aquele corpo pequeno embaixo do meu, tomando as minhas estocadas bem no fundo e me engolindo todo, deixando-me louco. Era diferente, pois envolvia mais do que o corpo. Era todo eu e toda ela, juntos, completos.

Eu nunca tinha vivido algo assim, intenso, perturbador, maravilhoso. Estava realmente encantado, cada vez mais. Angelina se imiscuía em mim como se virasse parte da minha pele, do meu ser. Chegava a assustar, pois eu a desejava cada vez mais presente em tudo.

Amei ver o modo como tratou os meus alunos de surfe, como ficou claro o quanto tinham gostado dela. Queria que conhecesse os meus amigos. E a minha família. Loucura, pois estávamos juntos havia poucos dias. E parecia um tempo muito maior.

Cheguei ao prédio onde ela morava já à noite e mandei uma mensagem. O porteiro me deixou subir, e eu me sentia ansioso, só pensando no tempo que teríamos juntos.

Foi Angelina quem abriu a porta, apoiada nas suas muletas, os cabelos loiros espalhados pelos ombros, um sorriso tão lindo e feliz que por um momento só consegui olhar para ela.

— Oi.

Algo puro e forte se agigantou dentro de mim. O meu "oi" saiu baixo, perto da sua boca, quando dei um passo à frente e envolvi a sua cintura. Ficamos assim, respirações suspensas, olhos nos olhos. Não os fechei quando a beijei. Nem ela.

Seu gosto era doce, saudoso. Meu corpo reagiu, o sangue se agitou, tive vontade de simplesmente pegá-la no colo e correr com ela para o quarto. Queria tudo, mais beijos, mais afagos, mais carícias, pele na pele, a sua voz me dizendo tudo e mais. Parei, surpreso por sentir tantas emoções ao mesmo tempo, por perder o controle.

— Estava com saudades — murmurou, quando esfreguei o rosto no dela.

— E eu. Você nem imagina quanto. — Afastei o suficiente para fitar melhor os seus olhos, brilhantes, suaves. Não a soltei. — Alguma chance de raptar você hoje e te levar pra minha casa?

Sorriu e me vi fazendo o mesmo.

— Não me tenta. Vem, entra.

E a segui para dentro, batendo a porta atrás de mim. Gostei de a sala estar vazia, toda para nós.

— Senta aqui. Quer alguma coisa?

Nem a deixei terminar de falar. Sentei-me e a coloquei no colo, deixando as muletas de lado. Deu uma risadinha nervosa, agitada.

— Quero você.

— Valentim, alguém pode chegar.

— E daí? Somos namorados. Ou não?

Sua mão tocou o meu rosto, olhando-me como se tudo ainda fosse incrível demais. Por um momento, só fizemos isso, admirar um ao outro. Adorava quando estávamos assim, perdidos, como se o mundo estivesse parando só para nos esperar.

— Somos.

Ainda assim, parecia incomodada com algo. Fui direto:

— O que é?

— Nada. É só que... nada.

— Agora vai ter que falar. Não queria que eu viesse?

— Claro que eu queria. Muito! — Suspirou, a expressão vibrando para mim. Confessou: — Até contei os minutos.

Puxei-a para mais perto. E quando o beijo ia sair de novo, a porta se abriu e passos ecoaram, com saltos batendo no chão. Olhamos e nos deparamos com Manuela, encarando-nos com algo muito parecido com ódio.

Sua expressão pareceu derreter, para logo em seguida endurecer e ganhar um olhar mortal. Sorriu sem um pingo de vontade.

— Olha quem está aqui! Valentim! Que bom ter você de volta!

Foi se aproximando, como se eu estivesse ali por ela. Com os olhos fixos em mim, sentou-se no sofá em frente e cruzou as pernas.

— Hoje o trabalho foi hard, eu nem consegui ir pra academia. Como estão as coisas por lá?

Angelina tinha petrificado no meu colo, completamente paralisada. Então, fez um gesto como se fosse sentar-se ao lado, mas segurei-a com firmeza. Entendi o motivo de ter aparentado algum incômodo antes. Na certa, esperando Manuela chegar a qualquer momento.

— Está tudo bem — respondi educadamente.

Claro que era uma situação pra lá de desagradável para todos. Uma era a minha ex-peguete, Angelina era a minha namorada, e as duas moravam na mesma casa. O clima tenso e pesado, ainda mais por Manuela ter deixado claro anteriormente que não aceitava o fim, inclusive discutindo comigo e com ela sobre isso.

Achei que o silêncio constrangedor a faria sair, mas o sorriso se ampliou e ela olhava apenas para mim, como se estivéssemos a sós.

— O Marquinhos vai me matar quando eu voltar! Meu professor de spinning é um torturador e, sério, ele odeia quando eu falto! E vocês, continuam saindo toda sexta pra pegar mulher?

— Como?

— Lembra quando fomos daquela vez no Cantareira e emendamos naquela night? Eu e você nos acabamos na pista! — Deu uma risada alta.

Lancei um olhar para Angelina. Ela estava quieta, séria, sem mover um músculo. Sua tensão quase podia ser cortada com uma faca. Não fitava a outra nem a mim, como se estivesse interessada na televisão desligada. A sensação era de que me deixaria ali com a Manuela a qualquer momento.

Sabia que a garota provocava de propósito, como se tivéssemos sido muito mais íntimos do que na realidade. Sem falar no comentário sobre a boate e a dança, obviamente algo para que a minha namorada se sentisse inferiorizada. Aquilo me deixou puto e eu soube que ela não pararia se eu não desse um basta.

— Quer sair pra jantar comigo no Rio? Podemos dar uma volta de carro e depois... — Voltei-me para Angelina, concentrando-me totalmente nela.

Olhou para mim com algo parecido com mágoa. Eu quis dizer que a culpa não era minha, mas só o fato de ter tido um caso com a Manuela já pesava demais. Era injusto que aquilo nos atrapalhasse, que ela caísse no jogo sujo da colega.

— Pode ser — sua voz soou baixo.

— Ah, vai sim, querida. O Valentim conhece cada lugar top! — Manuela continuou falsamente animada, um sorriso estampado no rosto. — Pena que quase tudo é meio... inacessível pra você. Digo, diante das suas limitações! Fazer o quê, não é? É a vida...

Olhei-a bem sério, deixando claro que não gostava da sua conversa, muito menos da sua presença ali. Sorriu ainda mais, dando uma pequena mordida no lábio.

— Os lugares especiais, aqueles que eu guardo só para as pessoas que amo de verdade, são de fácil acesso pra ela. Fique tranquila, Manuela. Tenho certeza de que a Angelina vai adorar todos.

Seu olhar tremeluziu, disparou flechas. O sorriso não esmoreceu. Antes que atacasse novamente, virei-me para Angelina e comentei:

— Até a academia você pode frequentar. Gostaria que conhecesse. Tenho um amigo lá que é fisioterapeuta, poderia passar ótimos exercícios pra você.

— Faço alguns em casa e na clínica — respondeu sem vontade.

Ela parecia notar o meu desprezo pela Manuela, e só por isso participava da conversa, embora ainda estivesse visivelmente chateada com toda a situação.

— Ele é um ótimo profissional. Vamos marcar.

Concordou. Na mesma hora, a inconveniente se intrometeu de novo:

— Ótimo conselho, Valentim! Angelina precisa mesmo de mais força nos músculos, tá tão magriça! — Levantou-se, diante da raiva que eu já não conseguia conter. Jogou os cabelos longos sobre um dos ombros. — Bom, vou me cuidar que a fila anda. Aproveitem a noite, crianças.

Saiu de lá aparentemente tranquila, sumindo no corredor. Na mesma hora, Angelina tentou sair do meu colo, mas não deixei. Irritou-se um pouco:

— Me solta, Valentim.

— Está com raiva de mim?

— Não. Eu só...

— É isso que ela quer.

Parou, tensa, encarando-me com os lábios cerrados. Apesar de tudo, ver o seu ciúme me acalmou um pouco.

— Seja esperta — falei baixinho.

— Não sou boba! Mas odiei tudo isso! Que situação horrível! Parecia até que você veio aqui por ela.

Olhei-a seriamente e, tão mal acabou de falar, corou. Como se notasse o ridículo de tudo.

— Manuela quer provocar, criar confusão. Se depender de mim, ela não vai conseguir. E de você?

Não respondeu, ainda perturbada.

— Para com isso, minha anja. Olha pra mim. — Segurei o seu queixo, e o seu olhar encontrou o meu. — Sabe muito bem que eu vim aqui ver *você*, minha anja. Que estava morrendo de saudades. Só falta eu ficar proibido de aparecer aqui por causa da Manuela e essa besteira toda.

— Eu sei. Mas...

— Esquece essa maluca! E sobre a academia, estou falando sério. Gostaria que conhecesse e que falasse com o Elton. Cheguei a comentar com ele sobre você, disse que tem exercícios excelentes. O que me diz?

Era óbvio que ainda estava desestabilizada, tentando se concentrar. Respirou um pouco e acenou:

— Claro. Vou sim.

— Vou adorar apresentar a minha academia pra você. E tem mais uma coisa. Um dos meus amigos tem um irmão que é reumatologista, um dos melhores. Pelo que entendi, usa tratamentos novos, concilia várias coisas. É muito requisitado, mas Júlio vai ver se tem uma vaga pra atender você o quanto antes.

— Valentim... — Seu olhar tinha mudado, muito mais ligada a mim naquele momento, mais suave. Tocou o meu pescoço. — Obrigada por tudo, mas não precisa se preocupar. Eu me cuido bem.

— Sei que sim. Mas pesquisei, li sobre os biológicos, sobre a alimentação balanceada e os exercícios, sobre novas técnicas. O que o seu médico diz sobre isso?

— Não acredita muito que funcionem. Encontramos um jeito que me mantém a maior parte do tempo em remissão, com imunossupressores e...

— Mas os seus quadris, essa dor?

— Estão bem desgastados, acho que só colocando prótese. Mas não sei se vai adiantar muito. Talvez eu possa ir levando do meu jeito. Acredite, já tentei muita coisa.

Puxei-a para mais perto, entendendo, mas sem desistir:

— Podemos só ter mais uma opinião? Sem compromisso?

Seu olhar se tornou brando, quente.

— É tão bonitinho você se preocupando comigo.

— Bonitinha é pouco para você, minha anja.

Sorriu, e aproveitei para beijar a sua boca. Enfiou os dedos nos meus cabelos, e enquanto as nossas línguas se enroscavam, tudo em mim ganhava vida. Eu sentia uma vontade imensa de cuidar dela, protegê-la, saber que estava o melhor possível. Nem gostava de me lembrar do seu estado, do seu sofrimento durante a crise.

Fomos interrompidos por novos passos, mais suaves, sem saltos. Descolamos os lábios, e achei que fosse Lila. Mas novamente Manuela estava ali, descalça, cabelos presos para o alto. E usando apenas uma toalha branca enrolada em volta do corpo.

Angelina paralisou. Eu soube que estava pronta para provocar mais, criar encrenca, jogar charme e irritá-la. Ficaria satisfeita se estragasse o clima entre nós. Sua expressão era de quem adoraria conseguir isso. Com certeza, só pelo prazer, pois cada vez mais só me dava asco.

— Só eu que tô com calor? Plena sexta-feira e me deu uma vontade de tomar uma gelada. Alguém me acompanha?

Seu olhar era cobiçoso, como se apenas o fato de estar ali de toalha fosse o bastante para me desestabilizar. Continuei frio, mas bastante irritado.

Como não respondemos, aproximou-se mais, sorriu.

— Ah, Valentim, eu estava mesmo pra te falar que... — começou numa falsa animação.

Fui mais rápido, sem paciência. Levantei-me com Angelina nos braços e ela soltou uma pequena exclamação de surpresa, segurando-me pelo pescoço. Olhei Manuela bem nos olhos e disse friamente:

— Desculpe, agora não estou interessado.

Ela ficou com a cara no chão quando segui assim para o corredor. De lá, Angelina sussurrou:

— Valentim, o que...

— Vamos para o quarto. Era o lugar que eu queria levar você o tempo todo. E não vai ter ninguém para atrapalhar.

— Seu louco! — Riu quando a depositei na cama e caí ao seu lado. — Minhas muletas...

— Depois eu pego. Agora só me beija.

Ela se aconchegou ainda mais a mim, entre surpresa e encantada, algo se estabelecendo mais forte entre nós. E veio me beijar com paixão, fazendo com que *tudo* mais fosse para o inferno.

Angelina
18

— *Não acredito!* — Eu estava chocada, segurando firme as muletas, de pé na sala do Valentim.

Era sábado, ele tinha ido me buscar e mais uma vez amei ficar na companhia dele e dos seus alunos durante a aula de surfe na praia. Fui recebida com alegria, como se já fosse esperado eu estar ali. O que me deixou superfeliz.

Chegamos à casa dele pelo meio da manhã e ele me disse que tinha um presente para mim. Só isso já foi o bastante para me deixar na maior expectativa. Mas nada me preparou para o que estava dentro da caixa sobre a mesa e que agora se mostrava diante dos meus olhos.

Fiquei subitamente sem palavras e me voltei para ele. Valentim sorria, parecendo um menino eufórico diante de alguma arte aprontada.

— Gostou?

— Eu... é pra mim?

— É pra você.

— Mas... seu... — a minha voz vacilou. Mais uma vez olhei as linhas perfeitas da maleta branca com a vitrola, os detalhes num dourado rosa-claro, sendo invadida por lembranças, saudades, totalmente pega desprevenida e maravilhada. Foi impossível não ter os olhos marejados, e lutei bravamente para controlar as lágrimas. — Louco... meu Deus!

Era uma loucura imensa. Lembrei-me das nossas conversas anteriores, ele implicando com as minhas músicas antigas, eu contando do toca-discos do meu pai. E ali estava um novinho, imitando os do passado, mas com tecnologia acoplada.

Engoli em seco, sem querer chorar na frente dele. Ainda era difícil de acreditar, por ser algo importante de diversas maneiras, pelo valor, por estarmos no início de uma relação e Valentim já me mimar de tantas maneiras.

Mordi o lábio, busquei palavras. Encarei-o de novo, felizmente conseguindo domar algumas emoções.

— Não posso aceitar. É muito caro... é... — Mais uma vez não encontrei o termo correto, surpresa, afetada demais.

— Claro que vai aceitar. É seu.
— Valentim... — Movi-me para perto dele. — Olha...
— Você gostou? Só quero saber isso.
— Eu amei!

Seu sorriso se ampliou. Deu um beijo na ponta do meu nariz, gostando de ver como tinha me deixado.

— Agora você vai poder ouvir as músicas de que tanto gosta, com os chiados do disco. Ou simplesmente ligar o bluetooth no celular e deixar rolar. Tem toca-fitas, rádio, CD, USB... É só acoplar os dois módulos.

— Nem sei o que dizer. Não deveria ter se preocupado com isso.
— É todo seu, minha anja.
— Obrigada.

Emocionada, deixei as muletas apoiadas e o abracei pela cintura com força, pondo a cabeça no seu peito, ouvindo o seu coração bater forte. Fechei os olhos, incrédula, maravilhada. Parecia um sonho, tudo um sonho lindo.

Nunca ninguém havia me mimado daquela maneira, preocupado em me agradar tanto. Em pouco tempo, Valentim derrubava as barreiras que havia em mim, abria as portas para um mundo inesperado e de surpresas, de prazer. E eu não sabia o que tinha feito para merecer aquilo tudo.

Respirei fundo, enquanto ele acariciava os meus cabelos, dizendo baixinho:
— Só tem um problema.
— Qual? — Ergui o olhar para ele.
— Não temos discos.
— Depois eu compro.
— Nada de depois. Vamos comprar agora.
— Agora? Onde? — Ri.
— Sei lá, a gente pega o carro e procura. Deve ter no Centro.

E logo emendou:

— Para que esperar até amanhã se podemos ser felizes hoje? — Seus olhos reluziam nos meus, suas mãos seguravam a minha cabeça. Tudo nele era intenso, vivo, lindo. E aquela frase mexeu comigo.

Eu havia esperado muito. Por anos me privara de várias coisas, tivera receio de passar pelos mesmos problemas, repetir sofrimentos. E ainda tinha. Valentim me assustava, pois de alguma maneira ele não parecia real, ele era perfeito demais. A felicidade sempre fora vista por mim como temporária, passageira, sendo interrompida frequentemente por golpes da vida.

Era difícil esquecer tudo que eu vivera e o que ainda incomodava, como saudades, recordações, dores e a minha doença sem cura. O futuro sempre fora um passo de cada vez, um risco iminente. Sem família, sem amores eternos, entre batalhas, vitórias e derrotas. E tudo o mais que pudesse surgir.

No entanto, aquele homem vinha à minha vida de repente e me mostrava um outro lado, sem esforço. E eu estava perdida, tentando esconder o meu medo, tentando acreditar em contos de fadas. Suspensa numa realidade completamente nova e feliz.

— Vamos? Você está bem pra sair?

Sua animação me contagiou.

— Estou ótima! Meu Deus, nem acredito que vou comprar discos! Que você me deu esse aparelho! O que eu faço com você, garoto?

— Me beija até...

Agarrei-o na mesma hora, enquanto ríamos sozinhos e nos beijávamos na boca. Saímos como crianças prestes a fazer travessuras.

No carro, eu me animei ainda mais, falando sem parar em artistas que fizeram sucesso no passado, em todos que eu lembrava ouvir quando criança, nos discos do meu pai, ou dele cantando. Quando Valentim não sabia quem eram, eu colocava músicas para tocar no celular. De algumas ele gostava, de outras não. Aí eu tentava convencê-lo de que eram maravilhosas.

— Brega — determinou depois que tocou *Me and You*, do Dave Maclean.

— Pode até ser brega, mas é linda! Sabia que era um brasileiro que cantava? Na época, para fazer sucesso, vários artistas cantavam em inglês, como o Fábio Júnior e o Ney Matogrosso.

Ele achava graça da minha defesa incondicional, citava cantores mais novos, dizia que o passado tinha muita coisa boa, mas também muita merda. Entramos numa discussão saudável, até eu perceber que ele só estava implicando comigo, para me ver exaltada.

— Você fica linda assim, com as bochechas vermelhas, falando alto. Já estou até com ciúmes do Dave Maclean.

E eu ria, inclinando-me para beijá-lo.

O Dia em que Você Chegou

Descobrimos uma loja de discos usados no Centro, que estava quase fechando. O dono explicou que aos sábados só abria até o meio-dia.

Os corredores eram apertados, cheios de discos espalhados pelo chão e em estantes, catalogados como internacionais e nacionais, e em ordem alfabética. Foi difícil circular entre eles com as muletas, e o vendedor trouxe um banco para mim. Era baixo, desconfortável, e por isso Valentim precisou me ajudar a sentar-me. Mas depois relaxei e comecei a mexer nos discos, maravilhada, as pernas esticadas à frente.

Ele andou por lá, o dono da loja também deu sugestões, mas avisou que não poderia passar do horário, pois tinha compromisso. E nos indicou várias lojas no Centro do Rio, que ficavam abertas o dia todo.

Acabei comprando só dois discos, um do Elvis Presley e outro do Perry Como. Fiquei maravilhada ao encontrar os dois ali e comentei, toda feliz:

— Esse disco é uma raridade! O Perry tem a voz igualzinha à do Sinatra, ele é como um Emílio Santiago da gente, que regravava músicas lindas e ficavam perfeitas na voz dele. Nem acredito! E tem *Killing me Softly* aqui! Meu Deus!

Saí de lá agarrada nos meus discos novos.

— Aguenta ir para o Rio atrás de mais? — Valentim me perguntou no carro.

— Sim! Mil vezes sim! — A alegria era tanta que eu não sentia desconforto nenhum. — Preciso anotar alguns para não esquecer de procurar!

— Você parece uma garotinha diante de brinquedos novos!

— Neste caso são usados... — Dei um sorriso para ele. — Mas novos pra mim.

As lojas indicadas ficavam perto da praça Tiradentes e na rua Sete de Setembro. Valentim deixou o carro num estacionamento e, ao me ajudar a descer, pareceu preocupado.

— As ruas por aqui não são muito boas pra se andar com muletas. Se ficar difícil você me avisa?

— Pode deixar.

— Se cansar também. Não quero você com dores. Nem se esforçando demais.

— Está tudo bem. Vou ficar atenta.

Era uma gracinha aquela preocupação, e o beijei apaixonada, sorrindo muito. Saímos lado a lado.

O Centro do Rio era um espetáculo, com estilos arquitetônicos de tempos antigos misturados ao que havia de mais moderno. Trilhos de VLT cortavam ruas e calçadas, pessoas num vaivém danado, mas no fim de semana tudo era mais tranquilo.

Valentim me acompanhou com atenção e tomei cuidado por onde andar. A primeira loja surgiu logo à frente e fiquei encantada com tantos discos, muito bem arrumados em prateleiras, todos ensacados. Em contrapartida, eram bem mais caros que os da lojinha em Niterói.

— Cai na farra! — Valentim me incentivou, sorrindo. E foi o que fiz.

Andei de um lado para o outro, parando para apreciar os vinis, descobrindo alguns que eu havia esquecido que existiam.

Passei os dedos sobre o álbum Burn, do Deep Purple. Ouvira tanto no decorrer dos anos que várias músicas eu conhecia de cor, estavam na playlist do meu celular. Meu pai tinha um disco daquele, com a capa cheia de velas derretidas caindo pela cabeça dos integrantes da banda. Custava bem caro, e fiquei na dúvida se comprava ou não, mas não resisti e o peguei. Entre outros.

— Gosto do Sinatra. — Valentim se aproximou, com alguns vinis. — Vai me deixar ouvir no seu toca-discos?

— Seu bobo! Claro que vou.

— Já pensou? — Ele veio perto e sussurrou ao meu ouvido. — Fazer amor com Frank Sinatra cantando ao fundo?

— Com direito a chiadinho do disco e tudo? — Suspirei. — Meu sonho.

— Vou pagar agora!

Ri da sua pressa fingida. Mas logo discutimos, pois ele pegou os discos que separei e foi pagar junto com os dele. Reclamei, insisti, mas nada o fez desistir. Teimoso, saiu ainda todo animado, falando de outra loja perto.

— Só vou se dessa vez eu pagar!

— Combinado!

No entanto, comecei a sentir as pernas muito cansadas, os joelhos um tanto rígidos. Sabia que deveria parar, sentar-me um pouco, descansar. Mas estava tudo tão bom que não quis reclamar nem cortar o clima feliz entre nós.

A segunda loja era imensa e uma bagunça só. Tudo estava espalhado, sem qualquer tipo de informação, e o que o dono nos disse foi simples: "Tem que procurar". Até andar entre tantos vinis era difícil, por isso me limitei até onde deu.

— Meu Deus, o que é isso? — Valentim me mostrou um vinil bem velho, com um nome engraçado e que eu nunca vira, o cantor nu na capa, segurando uma sanfona na frente do sexo, um bigodão preto escondendo a boca. — É tipo de música pra se ouvir enchendo a cara de cachaça?

Ri muito, conforme ele ia aparecendo com uma capa pior do que a outra, de artistas desconhecidos e engraçados.

Comecei a ficar exausta. Meus membros inferiores tremiam, os meus quadris não obedeciam aos movimentos. Os braços estavam fracos nas muletas. Lá dentro fazia calor e eu suava.

Olhei em volta, à procura de uma cadeira ou banco, mas não encontrei nada. Só a infinidade louca de vinis por toda parte, dando-me até desânimo de procurar.

O Dia em que Você Chegou

Movi-me até um canto perto da porta, em busca de ar. Valentim vinha com mais discos esquisitos nas mãos, mas olhou para mim e pareceu entender na hora como eu me sentia. Largou de lado, aproximando-se rapidamente.

— Merda! Não me dei conta de como está em pé esse tempo todo! Por que não me disse que está com dor?

— É apenas cansaço. — Sorri, tentando minimizar. — Está tudo bem.

— Vamos embora. Já temos o suficiente. Outro dia a gente volta.

— Não quero atrapalhar. Só preciso me sentar por um momento, fica tranquilo, tá? — Eu estava me divertindo tanto com ele! Não queria ir embora, e sim continuar no meio da poeira, da confusão, desbravando os vinis por ali, garimpando coisas boas em meio a outras nem tanto.

— Vamos ter tempo pra tudo. Por hoje já está bom. Vem, minha anja.

Como o carro não estava muito perto, Valentim insistiu para que eu aguardasse ali na entrada e foi buscar. Antes arrumou uma cadeira no bar ao lado da loja e me ajudou a me sentar.

Olhei para ele, afastando-se rápido pela calçada, os ombros largos se destacando. Duas mulheres passaram ao seu lado e o olharam admiradas, sorrindo, quase se lambendo. Valentim nem notou.

Passaram por mim no maior fogo, e ouvi duas palavras "lindo", "gostoso".

Observei-o desaparecer, e incômodos internos me espetaram, além dos físicos. Olhei para a loja atrás, o quanto eu queria permanecer ali. Sentar-me no chão e rir das coisas bregas, emocionar-me ao encontrar música boa e esquecida. Só aproveitar, sem preocupação. Mas para tudo tinha um limite, um basta que o meu corpo exigia.

Rezei para que não tivesse exagerado, não ficasse com dor. Eu não queria que nada atrapalhasse o nosso fim de semana. Passaríamos o sábado juntos, e no domingo ele havia me convidado para o aniversário de uma amiga, perto da sua casa.

Aos poucos, o cansaço e a dor amenizaram um pouco, e eu relaxei, mais tranquila, sem querer me revoltar por besteira. Tinha, sim, que levar em consideração até onde o meu corpo podia ir, pois não havia mais nada a fazer. Ficar irritada não adiantaria e ainda atrapalharia tudo de bom que estávamos tendo naquele dia.

Pensei no meu toca-discos novinho me esperando, nos vinis que compramos, mas principalmente no Valentim me proporcionando tudo aquilo. E sorri, com um frio no estômago, com uma alegria ainda nova demais para ser totalmente real.

Vi o carro assim que parou em frente. Segurei as muletas e tentei me levantar, mas as pernas pareciam pedaços de pau, a rigidez mais forte que nos últimos dias. Esforcei-me, mas só consegui quando ele veio me ajudar. Algumas pessoas que passavam perto e outras que estavam no bar ficaram olhando, comentando, e corei.

— Está com muitas dores?

— Não é isso. — Ajudou-me a me sentar no banco do carro e pôr o cinto. Depois que se acomodou ao meu lado, estiquei as pernas à frente, realmente cansada. — Só preciso de um tempinho. Vai ficar tudo bem.

Valentim pareceu bem preocupado, e o clima não foi tão leve e animado como na vinda. Ainda mais pelo fato de a posição não ajudar. Quando eu ficava daquele jeito, precisava de um banho, deitar-me, às vezes até tomar um relaxante.

Procurei me manter quieta no banco, não demonstrar os incômodos.

— Está com fome? Nem almoçamos.

Só de pensar em parar num restaurante e ficar sentada me dava calafrios. Respondi com sinceridade:

— Muita, mas... podemos almoçar na sua casa? De preferência estreando o meu toca-discos?

Deu uma olhada para mim, provocando:

— Sim. Vou fazer camarão pra você. Só não ponha o Sinatra pra tocar. Esse é pra mais tarde.

Um calor absurdo percorreu o meu corpo, pois eu sabia ao que estava se referindo. Concordei.

A tensão me acompanhou a viagem toda, mas me esforcei para conversar, disfarçar. Mesmo assim, Valentim reparou, eu vi pelos seus olhares preocupados. Perguntou se eu queria me deitar no banco de trás, mas recusei.

Quando chegamos à casa, o que eu queria era um banho e cama. Precisei da ajuda dele para sair do carro, tudo doendo, latejando, endurecendo.

— Vem aqui, sua boba teimosa. Devia ter falado comigo assim que começou a ficar cansada. — Ele me pegou no colo e me levou para dentro, coisa que já estava virando costume entre nós. — Chega de farra por hoje.

— Nem sexo? — Consegui brincar.

— Nem sexo — falou sério, ao subir as escadas comigo.

— Também não é assim. Vou melhorar logo. E não se esqueça do Sinatra.

— Vamos ver. — Por fim me deu um sorriso, olhando-me com intensidade.

Felizmente, depois de um banho quente, boa parte da exaustão física se foi. Valentim me deixou na varanda dos fundos, deitada entre as almofadas do futon, olhando o dia lindo lá fora e ouvindo Perry Como. Na cozinha, ele terminava o nosso almoço, o cheiro bom do camarão se espalhando no ar.

Respirei fundo, bem melhor. Ainda sentia um pouco de dor, mas bem pouco. Logo eu estaria boa de novo, e isso me animava. Queria passar mais momentos memoráveis ao lado dele, sem que nada nos interrompesse, nem mesmo as minhas limitações.

O Dia em que Você Chegou

Cantei baixinho *Killing me Softly*, a paz invadindo a minha alma, a felicidade se reestabelecendo em cada parte minha. Ainda mais quando ele veio com uma travessa fumegante de comida e colocou na mesa, olhando-me como se eu fosse muito mais gostosa do que aquela delícia toda.

Almoçamos juntos à mesa e garanti estar bem. Comi os camarões, a salada, tomei o suco verde que ele fez e que estava geladinho. Cada bocado foi maravilhoso. A conversa fluiu, a música embalou. E, por fim, paramos deitados no futon, juntinhos, satisfeitos. Como tomei um relaxante, acabei cochilando.

Acordei com a mão dele nos meus cabelos, sua respiração pesada perto do meu rosto, seu pau ereto pressionando a lateral da minha coxa. Fiquei quietinha, só sentindo a pele arrepiar, ainda mais quando os dedos correram para baixo, pelo meu pescoço e ombro. A música tinha parado. De longe vinha o barulho das ondas. Tudo era incrivelmente centrado em nós. Ou assim eu senti.

Quando as pontas dos dedos rodearam o meu mamilo por cima da roupa, ele se contraiu na hora, como que pedindo mais atenção. E recebeu.

Soltei o ar, abri os olhos. Então me perdi na imensidão verde e profunda que se fixava em mim, nas emoções que rondavam, vivas, agudas, ferozes. Agarrei-o, trêmula, precisando desesperadamente de mais daquilo.

Nossas bocas se comeram, famintas, apaixonadas. Nossas mãos buscaram peles, e as roupas foram largadas, sem importância ou necessidade. Nus, colamos corpos também, ardemos na paixão que vinha em ondas, que nos arrastava sem poder ser contida.

Adorei a sua língua, o seu gosto, o seu peito musculoso contra os meus dedos ansiosos. Sorvi a saliva e me embriaguei, doida por mais. Cada toque foi uma nova delícia de descoberta.

Ele descolou a boca no momento que o polegar roçava o meu clitóris e me causava tremores, o olhar no meu.

— E o Frank Sinatra? — perguntou baixinho.
— Deixa pra depois.

Eu o puxei, ávida, atacando a sua boca.

Tínhamos feito amor de modo lento no meu quarto, quando fora me ver, depois que Manuela tentara estragar o nosso encontro. Mas isso tinha quase três dias, e estávamos com saudades. E mesmo que o meu corpo dolorido ainda não tivesse se recuperado totalmente das aventuras daquele dia, nada me faria parar naquele momento.

Gemi quando o dedo foi mais para baixo e penetrou em mim, espalhando o mel que eu soltava. Minhas pernas ainda estavam um tanto cansadas, mas as abri o suficiente para não forçar e poder sentir melhor cada toque íntimo.

A boca desceu pela minha garganta. Fiquei toda arrepiada. Beijei o seu rosto, puxei-o para cima, quis saborear mais dele. Mordi o seu ombro, adorando o gosto da pele, a quentura passando para mim. Valentim meteu o braço sob a minha cabeça e me trouxe para mais perto, dois dedos passando a me devorar, gemendo quando fui eu a lamber o seu mamilo.

Agarrei o seu pau e o masturbei. Enchi de saliva cada parte da pele que provei e mordi. Fiquei ansiosa, precisando tanto do seu peso, da sua carne dentro de mim, que tive vontade de choramingar. Subi a outra mão pelas suas costas e amei quando o peito esmagou os meus seios, a boca veio de novo na minha. Gememos assim, um nos lábios do outro, como que contando segredos murmurados, ininteligíveis.

O beijo era uma coisa de louco. Inebriava, entontecia, criava um vínculo delicioso de sentidos. Tudo virou necessidade, e me movi, delirante, palpitando em torno dele. Valentim soltou o ar profundamente e me olhou.

— Preciso pegar o preservativo — disse. — Fica assim, abertinha, pronta pra mim.

Foi uma luta para eu o soltar. Entrou nu na casa, maravilhoso, o pau completamente ereto. Um desvario para os meus sentidos. Quando voltou, eu não havia me mexido. Sentia a vagina toda melada, latejando. E só de ver o seu pau, tudo se intensificou, gritou por ele.

Ajoelhou-se entre as minhas pernas, olhando-me com fome e tesão, fazendo-me promessas com o olhar. Quando abriu o preservativo, fitei o seu membro e vi a lubrificação escorrer da ponta e pingar, grossa, deixando claro o quanto estava doido para entrar em mim. Aquilo me hipnotizou, fez a minha respiração falhar.

Valentim cobriu-se com a camisinha e veio. Eu me abri, lábios e vagina, alma e coração, olhos e sentidos. Apalpei a sua carne, acomodei o seu corpo, respirei o seu ar. E então lá estava ele, entrando, esticando-me, deixando-me toda cheia.

Gritei, excitada demais. Penetrou bem fundo, parou apenas um segundo, olhos nos meus, em cima de mim, boca bem perto. Moveu os quadris, indo e vindo, enorme, quente, duro. Consegui abrir mais as pernas, dobrar os joelhos um pouco, permitir que metesse mais e mais.

— Se doer você fala?

Havia sempre aquela preocupação em meio ao tesão, aquele desejo de que eu estivesse curtindo tanto quanto ele. Estava, sim, rígida e dolorida, mas nada me impedia de me dar por inteiro naquele momento, o desejo mais forte que tudo.

— O que dói é a necessidade de mais...
— Assim? — Estocou fundo e mais forte.

Agarrou-me por baixo, encaixando-me toda sob ele, e assim me comeu, apreciando o desejo espelhado no meu olhar, metendo o pau em mim até nada ficar de fora.

Eu o beijei ferozmente. E tudo virou prazer.

Angelina
19

O domingo amanheceu com um sol espetacular. Morar tão perto do mar era diferente, pois o tempo todo soprava uma brisa gostosa, refrescando tudo.

Tomamos café à mesa da varanda dos fundos, relaxados e à vontade. Eu ainda sentia o meu corpo bastante dolorido, certamente do esforço no sábado, mas não era nada grave e nem contei para Valentim, para não o preocupar. Principalmente naquele dia, em que iríamos à festa de aniversário da sua amiga.

Terminei o meu suco de laranja e brinquei com o pãozinho, enquanto olhava para ele e perguntava:

— Você disse que os seus amigos estarão na festa. Vocês se conhecem há muito tempo?

— Alguns desde a adolescência. — Recostado na cadeira branca, ele vestia apenas um short, os cabelos despenteados, um olhar preguiçoso que o deixava ainda mais sexy. — O grupo foi crescendo, e hoje é bem unido e barulhento. Sempre tem algum aniversário pra ir ou um evento em comum.

— Legal isso. É difícil manter amizades assim por tanto tempo.

— Verdade. Acho que ajudou o fato de morarmos perto, frequentarmos lugares parecidos e termos gostos também parecidos.

— Como esportes?

O Dia em que Você Chegou

— Principalmente. E praia. — Sorriu para mim.

Sorri de volta, achando bem interessante. Eu nunca fora de ter um número grande de amigos. Conhecidos, colegas, mas amigos de verdade somente Lila e Madalena.

Pensar na Madalena me causou um certo desconforto. Desde o nosso último encontro na clínica, em que fora tão agressiva e mal-educada, não nos víramos mais nem nos faláramos.

— Você vai gostar deles. Não ligue para as brincadeiras e sacanagens, principalmente do Jonathan. Ele adora gracinhas, mas é muito gente boa. Meu melhor amigo.

Falou um pouco mais sobre eles, e percebi que deviam ter o estilo do Valentim, leve, solto, de bem com a vida. Estava ansiosa e até um pouco temerosa, mas também feliz por ele querer me apresentar.

— É aqui perto o aniversário?

— Aqui em Camboinhas mesmo, mas no final da praia, lá no penúltimo quiosque. Ela reservou pra festa. O bom é que é tudo informal, churrasco, cerveja, música e praia. O pessoal vai de chinelo e roupa de banho.

Pensei nas minhas calças, e, como se ele lesse mais uma vez os meus pensamentos, perguntou:

— Trouxe biquíni e short dessa vez?

Encontrei os seus olhos, o verde muito claro ali à luz do dia. Uma inquietude me espezinhou e tentei explicar:

— Você sabe que não me sinto bem mostrando as pernas.

— Tranquilo, eu já vi várias vezes, minha anja. — Seu olhar desceu para as minhas pernas nuas sob a mesa, já que eu usava apenas uma camiseta dele.

— Mas seus amigos não. — Forcei um sorriso, sem graça. — As cicatrizes são feias, o pé também. E estou tão branca quanto um farol!

— Deixa de ser boba. — Valentim estendeu a mão e segurou a minha sobre a mesa, entrelaçando os nossos dedos. — Você é linda. Não tem que ter vergonha das suas cicatrizes. De nada em você.

— Não é vergonha. Apenas não fico à vontade.

— E quando a gente quiser ir à praia? Temos uma aqui em frente. Você não gostaria de tomar um banho de mar?

— Valentim, o meu equilíbrio...

— Eu te ajudo, lindona.

Mordi o lábio, indecisa. Seu olhar no meu queimava. Parecia decidido, como se realmente não compreendesse como eu podia desistir de coisas boas. Ao menos para ele.

Confessei a mim mesma que, antes de usar muletas, eu adorava praia. Mas depois tudo foi ficando complicado, difícil, e me acostumei a fazer somente o que estava ao meu alcance.

— Se eu comprar um biquíni pra você, semana que vem dá um mergulho comigo?

Abrandei, sabendo o quanto amava o mar, lembrando dele na água ensinando a criançada, como se fosse o seu habitat natural. Apertei os seus dedos para ganhar coragem e sorri.

— Dou. Mas não precisa comprar. Devo ter algum enfiado lá no meu guarda-roupa. Prometo trazer.

— Você vai adorar. O mar tem o poder de limpar a gente, de nos dar mais energia. A praia sempre me fez bem, por isso eu sabia que precisava morar perto de uma.

Conversamos mais e terminamos o nosso café da manhã. Depois fomos tomar banho, nos preparar. Quando eu fiquei pronta, olhei a minha imagem no espelho, a roupa tradicional de sempre. Nunca ligara muito para aquilo, acostumada a ficar em casa boa parte do tempo. Mas comecei a cobrar de mim mesma ter um pouco mais de vaidade.

A calça branca era leve, solta, caindo sobre sandálias rasteiras num tom nude. A blusa não tinha nada de especial, apenas ficava bem em mim, num verde forte. Os cabelos soltos espalhavam-se pelos ombros e costas, no rosto apenas um batom rosado e o rímel deixando os meus cílios maiores.

Tentei me enxergar com os olhos dos amigos dele, e tudo o que mais chamava a minha atenção eram as muletas. Mesmo estando acostumada com elas, senti uma certa apreensão, pois destoaria com certeza de todo mundo. Talvez estranhassem, já que ele era tão ativo e atlético.

Não quis me preocupar muito, embora continuasse ansiosa. As crianças do surfe tinham estranhado as muletas no início, mas depois nem ligaram e me receberam de braços abertos. Se os amigos fossem parecidos com Valentim, fariam o mesmo. Eu estava sendo boba.

Saí do quarto um pouco cansada, os quadris parecendo mais endurecidos, mas disposta a não reclamar nem atrapalhar o dia. Queria que fosse o mais perfeito possível.

Valentim estava maravilhoso, como sempre. De qualquer jeito ele era um espetáculo, principalmente nu. Usava bermuda, chinelos, uma camiseta colada no peito. Deixou-me mais à vontade quando sorriu e me beijou, dizendo que eu era linda. Como não acreditar, diante do modo como me olhava?

O Dia em que Você Chegou

Fomos de carro. Os últimos quiosques ficavam entre a praia e a lagoa, num pedaço de rua com chão de terra. O estilo era natural, rústico, lindo, cercado por morros. Do outro lado do mar dava para ver mais morros, mas do Rio de Janeiro. Vários carros estavam estacionados por ali.

O quiosque da festa estava enfeitado com cortinas de voil brancas esvoaçantes, jarros com plantas e flores. Dava para ver que estava cheio e se ouvia uma música alta, além do falatório. A minha ansiedade triplicou quando caminhamos para lá, a mão do Valentim na minha cintura.

Olhei para o chão, com medo de tropeçar ou me desequilibrar. Já na entrada havia um grupo de rapazes, que fizeram festa ao ver Valentim.

— Porra, até que enfim o deus grego chegou! — exclamou um deles. Quando ergui os olhos, sorriu abertamente para mim: — E trouxe a anjinha dele.

Senti o rosto pegar fogo. Lancei um olhar para Valentim, que balançou a cabeça com bom humor. O loiro de olhos azuis brilhantes se aproximou, estendendo a mão:

— Jonathan. O segundo cara mais bonito da festa.

— Ah, sim... Oi, Jonathan. Eu sou a anjinha. — Apertei a mão dele.

— A *minha*, só *minha*. — Valentim passou o braço ao redor da minha cintura, explicando: — Lembra o engraçadinho do grupo de que falei? É ele.

— Desconfiei.

Jonathan riu e, sem se contentar com o aperto de mão, deu um beijo na minha bochecha.

— Gostei de você. E esses manés aqui são o Caíque, o Hugo e o Max. Muito cuidado pra não se assustar!

— Cala a boca! — Um dos rapazes empurrou Jonathan da frente dele e sorriu para mim. — Ele tem complexo de inferioridade, e o psicólogo mandou trabalhar a autoestima. Está exagerando, feioso. Oi, sou o Max.

Eu os cumprimentei, e mostraram-se muito simpáticos. Claro que olharam para as minhas muletas, mas não perguntaram ou comentaram nada. Eu não sabia se Valentim já havia falado do meu problema. Talvez apenas com Jonathan, que me chamou de anjinha e que ele já havia dito ser o seu melhor amigo.

— Vem, vamos conhecer o restante do pessoal.

O local estava realmente cheio, e Valentim foi abrindo passagem, o tempo todo sem tirar a mão de mim. Cumprimentou várias pessoas, sorriu, seguiu para onde as mesas e cadeiras se espalhavam.

Todos estavam à vontade, com roupas de banho, saídas de praia, shorts, muitos descalços. Comiam, bebiam, riam, falavam alto. Mais à frente, um grupo preparava os instrumentos para uma roda de samba, que, com certeza, substituiria o pop que tocava.

Fui apresentada a algumas pessoas no caminho. Uns só acenaram e olharam ostensivamente para as minhas muletas, com evidente curiosidade. Outros deram beijos no rosto, sorriram. Fiquei um pouco tonta no meio da bagunça, estava desacostumada. Mas observei tudo, entre alegre e nervosa.

— Valentim! — Uma menina morena linda, com uma saída de praia rosa e flores nos cabelos cacheados, se jogou nos braços dele, rindo. — Pensei que não viesse mais! O povo tá aqui desde cedo. Obrigada pelo presente que mandou, adorei!

— Oi, Maíra. Parabéns! — Ele a abraçou e beijou, sorrindo. — Estou vendo, já está lotado! Quanto prestígio, hein.

— E tem mais gente pra chegar! — Toda feliz, virou-se para mim, os olhos escuros brilhando. — Ah! Você deve ser a namorada! Sou a Maíra. Tudo bem?

Da mesma maneira que o abraçou, efusiva, fez o mesmo comigo. Fui retribuir e nos atrapalhamos um pouco com as muletas, o que a fez rir mais.

— Eita! Desculpe!

— Sem problema. Sou a Angelina. Parabéns, muitas felicidades pra você.

— Obrigada, Angelina. Você se machucou? Não vai me dizer que caiu de moto! Meu Deus, aconteceu uma vez comigo e quebrei as duas pernas. Eu fiquei de molho quase dois meses!

A primeira impressão das pessoas era sempre essa, de que eu havia sofrido alguma espécie de acidente. Sorri e nem tive tempo de explicar, pois Valentim o fez:

— Não foi moto. Ela tem artrite.

— Artrite? — Surpresa, olhou-me com mais atenção. — E a burra aqui pensando que fosse doença que só dá em velho.

— Não. Até criança pode ter — contei, e ela suspirou, dando-me outro beijo no rosto.

— Poxa! Eu nem sei o que dizer, só espero que esteja bem! É um prazer ter vocês aqui, viu? E você é linda! Gatinha mesmo, hein, Valentim? — Empurrou-o de brincadeira.

Era animada, sem papas na língua e simpática. Gostei imediatamente dela e agradeci. Naquele momento, um grupo de meninas se aproximou de nós, todas lindas, de diferentes tipos.

— Oi, Valentim. Namorada nova? — Uma delas deu um beijo nele, atenta a mim. Principalmente às muletas. — Como vai, querida? Sou a Tamires.

Namorada nova? Senti o mesmo quando Bob comentara isso. Imaginei quantas os amigos dele conheceram. E quantas daquelas moças já não tinham tido algo com ele. Ou vontade de ter.

O Dia em que Você Chegou

Algo me espezinhou, ciúmes, mas também desconforto. Tentei me focar, ficar centrada, e me apresentei:

— Angelina. Tudo bem?

— Tudo ótimo. — Ela olhou para as outras, que foram se apresentando.

Brincaram com Valentim, trocando beijos e abraços acalorados. Algumas fizeram o mesmo comigo, outras apenas cumprimentaram. E olharam para as muletas, como se esperassem que eu desse alguma explicação. Não o fiz.

— Vamos nos sentar, Angelina? — perguntou Valentim.

— Vamos.

— Bom ver vocês, meninas. Daqui a pouco a gente se fala mais. — Despediu-se, simpático.

Senti os olhares queimando as minhas costas. E jurei que as veria cochichar se olhasse para trás, mas preferi não confirmar. Colocando-me no lugar delas, também acharia estranho ver alguém como ele com uma pessoa usando muletas.

Mais gente nos parou. Amigos, amigas, todos muito felizes em vê-lo. Era querido, brincava com todo mundo, me apresentava.

Jonathan e os rapazes que nos receberam na entrada já estavam em volta de três mesas juntas, perto da mureta com vista para a praia, fazendo algazarra. Chamaram a gente, o rapaz loiro e bonito já segurando uma cadeira para mim.

— Está assustada? — Valentim murmurou no meu ouvido, enquanto nos aproximávamos deles. — Com essa confusão toda?

— Não. Estou bem. — Sorri, embora não fosse totalmente verdade.

— Senta aqui, anjinha. — Jonathan me apontou a cadeira, quando chegamos perto.

— Angelina — Valentim corrigiu o amigo. — Só eu a chamo de anja, porra. Maldita a hora que você ouviu isso.

— E eu tô chamando de anja? Fugiu da escola, não sabe o que é um diminutivo? — Sorriu para mim, confidenciando: — Ciumento...

Não pude deixar de rir enquanto me sentava e Valentim colocava as minhas muletas encostadas na mureta. Ele foi cumprimentado pelas pessoas ali, novamente abraçado e beijado.

Era difícil ver tanta mulher linda íntima dele, os ciúmes ameaçando perturbar. Tentei me lembrar de que eram amigas, pessoas que ele conhecia havia anos, e que quem estava na sua companhia era eu. Relaxei um pouco, mas ainda um tanto ansiosa.

Percebi que uma delas estava séria, olhando para mim fixamente enquanto Valentim ria de algo que um colega falara. Não sei o que foi, mas o jeito dela destoava do restante, parecendo nada feliz com a minha presença.

Era alta, escultural, maravilhosa, com cabelos cacheados e sardas no rosto de traços finos. A parte de cima do biquíni marcava seios redondos, abdome sarado sem um pingo de gordura, short jeans curto. Bronzeada, perfeita.

Nós nos encaramos por um momento. Então, ela desviou os olhos, ainda sem sorrir. Senti uma pontada de desconforto, percebendo um mal-estar. Fiquei atenta.

— Essa é a Angelina, minha namorada. — Valentim fez questão de me apresentar, e todos que estavam ali naquele grupinho vieram falar comigo.

— Oi, linda. Sou a Raíssa!
— Bem-vinda!
— Zé Carlos.

Sorri enquanto apertavam a minha mão ou me beijavam. Todos simpáticos, sem demonstrar estranhezas, nem pelas minhas muletas. Soube que deviam ser mais próximos do Valentim e que sabiam da AR, talvez por ele, talvez pelo Jonathan. Não havia surpresa nos semblantes.

— Legal conhecer você, Angelina. Sou a Renatinha. — Era uma negra linda de cabelos presos no alto, sorriso aberto. Mas pareceu meio receosa quando a garota séria de sardas parou ao lado dela. — Essa é a minha amiga Zoé.

Mais uma vez, nós duas nos encaramos. Senti-me pequena sentada ali, ela tão esticada, olhar penetrante. Sorriu, mas tive certeza de que não chegou até os olhos. Estendeu a mão:

— Oi. Tudo bem com você?
— Tudo ótimo.

Apertei. Ela foi seca, fria até. Então acenou, como se já tivesse cumprido com a sua obrigação, e voltou para junto das outras meninas. Renatinha sorriu e foi para perto delas também.

Valentim ria de algo que Jonathan havia falado, os dois soltando alguns palavrões. Então veio para perto de mim, acariciou os meus cabelos, alheio ao desconforto que eu sentira com a tal da Zoé. Tive certeza de que ela não gostara de mim. Ou talvez gostasse além da conta *dele*.

— Só tem doido aqui! Não se assuste. — Virou-se para mim, feliz. — Quer beber alguma coisa, minha anja?

— Agora não.

Puxou uma cadeira e sentou-se ao meu lado. Alguém serviu um copo de cerveja para ele. Seus dedos se entrelaçaram nos meus, e me encarou.

— Gostou da vista?

— É linda. — Fitei a praia abaixo do deck em que estávamos, cheia de gente, com guarda-sóis coloridos espalhados. Depois o encarei de volta, percebendo que me olhava com carinho. — Estou gostando de tudo.

— Fico feliz. — A mão livre acariciou a minha face. Deu um beijo suave nos meus lábios, e foi impossível não sentir o rosto esquentar. Sorri, meio boba.

Um dos amigos perguntou algo a ele. Fui olhar para a praia, mas me deparei com os olhos castanhos da Zoé novamente em mim.

Ela disfarçou, mas a sensação esquisita persistiu.

Mesmo sem estar acostumada a ficar entre tanta gente, eu me adaptei melhor do que esperava. Conversei com Valentim, com Jonathan, que se acomodou à frente, e com as pessoas que estavam por perto. Tomei uma lata de refrigerante, ouvi música, provei o churrasco que nos serviram.

Fiquei atenta a Zoé, mas ela se virara de costas para mim com duas amigas, conversando com elas e olhando para a praia. Relaxei.

Cada vez mais eu me encantava com Valentim. Era bem-humorado, querido, brincava e conversava com todo mundo. Implicava com Jonathan, e vice-versa. Era cheio de vida, de amigos, de uma coisa natural dele, que parecia atrair todo mundo. Não me soltava nem se isolava da conversa, pelo contrário.

Acabei rindo de algumas coisas e histórias. Só fiquei um pouco mais retraída quando Zoé e outras duas garotas se juntaram a nós na mesa. Ela conversava também, um pouco mais contida. Talvez fosse o jeito dela, mas reparei o modo como olhou para Valentim, com algo parecido com mágoa.

Não quis prestar atenção nela, mas foi difícil, a curiosidade e os ciúmes me espezinhando. Em alguns momentos, também não disfarçou olhares para mim. Até para as minhas muletas, encostadas ao meu lado. Eu quase podia ver a cabeça dela trabalhando, como se indagasse a si mesma: "O que ele está fazendo aqui com essa pobre coitada?".

Lutei para não ligar, pois talvez não fosse nada disso. Mas continuei com algo pressionando o meu peito, incomodando e me deixando alerta.

— Porra! Até que enfim começou o samba! — Raíssa pulou da cadeira e foi puxando Jonathan. — Vambora!

— É difícil ser gostoso. Já vai começar o assédio. — Ele se levantou, fingindo má vontade.

Mas foi só chegar no espaço como pista, para puxá-la e começar a sambar animadamente, fazendo-a rir. Sorri também, enquanto Valentim dizia para mim:

— É um palhaço. De tudo ele faz graça.

— Boa gente, não é? Astral legal.

— Ótima gente!

— Vamos também! — Renatinha saiu sacudindo as amigas. — Como amo essa música! Dona Ivone Lara, minha rainha.

Zoé e mais duas a acompanharam para a pista. Uma delas, meio gordinha e apenas de biquíni, começou a rebolar até o chão, chamando atenção de todos com uma bunda escultural. Percebi que Valentim sorriu e olhou, e quase virei o rosto dele para outro lado. Mas voltou a conversar com um amigo.

Eu estava sentada havia um bom tempo e comecei a sentir desconforto nos quadris. Sabia que, quando levantasse, a rigidez atrapalharia um pouco, as pernas demorariam mais a responder. Não quis chamar atenção fazendo aquilo e resolvi esperar mais um pouco.

Mais gente foi para a pista. A animação se generalizou. Era tudo meio confuso e agitado demais para mim, mas espiei como se divertiam.

Imaginei que Valentim gostasse de dançar. Lembrei-me da Manuela no apartamento, fazendo questão de contar sobre como haviam se acabado de dançar na boate, com os amigos. Alguns que estavam ali deviam tê-la conhecido.

Não quis enveredar por aquele caminho, sentindo-me inferior de alguma maneira. Mas, sei lá, era estranho o sentimento de estar ali travando Valentim de alguma maneira.

Quando ele passou o braço em volta da minha cintura e me deu um beijo perto da orelha, falei baixinho:

— Pode ir dançar com os seus amigos.

— Quem disse que eu quero dançar? — Olhou para mim, as pálpebras meio pesadas. Veio para mais perto e murmurou: — Quero fazer outra coisa. Com você. Mas infelizmente aqui não dá.

Meu rosto ardeu diante daquele olhar quente, porém achei que estava querendo desconversar. Insisti:

— Estou falando sério. Se quiser dançar não vou ficar chateada.

— Bom saber. Mas não quero. Você quer?

Dei uma risada.

— Seria engraçado sambar com as minhas muletas.

— Hum... quer dizer que sabe sambar?

— Para de implicar comigo.

— Mas dá pra dançar. Você segura no meu pescoço, pisa nos meus pés e a gente sai rodopiando por aí.

Riu e beijou a minha boca. Foi rápido, mas tão gostoso que derreti, tocando os seus cabelos com carinho. Prometeu perto da minha orelha:

— Vamos experimentar qualquer dia desses.

— Vamos — concordei, um arrepio subindo pela minha nuca.

A mesa encheu e esvaziou, todos na farra, dançando e voltando, saindo para cumprimentar mais pessoas. Maíra ficou um tempo com a gente, depois foi para outras mesas, feliz da vida com a sua festa, aproveitando ao máximo.

— Cara, é até esquisito ver o Valentim sem dançar! — Uma das amigas dele riu, sentando-se toda suada e pegando um copo de refrigerante. — Não é sempre ele que arrasta a gente pra pista?

Mal ela falou, deu-se conta de mim e arregalou os olhos. Tentou se desculpar:

— É... quero dizer, às vezes. Nem sempre. — Sorriu, mas o seu olhar voltou-se nervoso para as muletas, depois para as minhas pernas, meio que sem saber o que falar. — Bater papo também é ótimo! Pois é...

Sorri para amenizar, mas pensei o quanto era estranho mesmo para eles.

A calça esquentou as minhas pernas. Acho que eu era a única ali daquela maneira, o que me destoava ainda mais de todos. Uma pontada de dor me avisou que era hora de me levantar, me esticar, relaxar os músculos doloridos e os quadris travados, mas tornei a engolir o incômodo. Disfarcei pegando uma fatia de carne do churrasco e fingindo interesse nele.

Senti os olhos do Valentim sobre mim, mas ficou calado. Não havia mesmo muito a ser dito.

Eu tentava não me retrair nem deixar a timidez tomar conta. Participava, conversava, mesmo porque as pessoas eram simpáticas comigo. Achava até normal a curiosidade ou alguns olhares para as muletas. No entanto, o tempo todo algo pareceu apertar o meu peito, uma sensação estranha que eu não conseguia explicar.

Piorou quando Zoé voltou para a mesa com as amigas. Ela não fazia nada para chamar a atenção do Valentim ou me incomodar, mas o seu olhar bastava. Sério, tenso, crítico. O fato de ter quase certeza de que os dois já tinham sido namorados ou amantes piorava tudo.

Valentim era um homem lindo, solteiro, livre. Mas tinha que comer tanta mulher? E lindas daquele jeito? Eu já precisava engolir a Manuela, lutando para esquecer e afastar os ciúmes. E então vinha a Zoé. Na minha moradia era uma, entre os amigos dele, outra. Quantas mais viriam? Teria mais ali, entre tantas daquela mulherada alegre e de bem com a vida, se divertindo?

— Tudo certo? — Valentim olhava para mim, bem próximo, e acariciava a palma da minha mão. Acenei que sim com a cabeça. — Quer uma água de coco? Ou outra coisa?

— Por enquanto não, obrigada. Eu só preciso me levantar um pouco — finalmente falei, tudo muitíssimo travado da cintura para baixo.

— Verdade, já está há um bom tempo nessa posição. — Ele se ergueu rapidamente. — Quer ajuda?

— Não precisa.

Sorri. Comecei a me levantar e então peguei as muletas. Como já acontecera antes, quando eu permanecera muito tempo numa mesma posição ou forçara demais as pernas, e como eu fizera as duas coisas, andando muito com Valentim no dia anterior, transando, ficando ali naquela cadeira mesmo com o meu corpo avisando que estava chegando ao limite, não foi surpresa quando os joelhos se dobraram, sem qualquer firmeza. Ainda assim, tomei um susto.

Meu rosto pegou fogo quando eu bambeei e uma das muletas escorregou, caindo no chão com um baque seco. Meu coração bateu descompassado, pois por pouco não fui eu a cair. Se Valentim não estivesse atento e não me segurasse na hora, eu estaria estatelada no chão. Chamando a atenção de todo mundo.

— Tudo bem? — Ele me puxou contra o peito, firme, a preocupação genuína estampada no rosto.

— Claro, eu só... não sei o que aconteceu... — balbuciei.

— Ficou muito tempo sentada. Se apoia em mim, minha anja.

Eu o segurei. Fitei os seus olhos, morrendo de vergonha. Os dele se abrandaram.

— Só estou esperando a deixa pra pegar você no colo de novo — brincou.

— Aqui, não — cochichei.

— Sua muleta.

Foi justamente Zoé quem a pegou do chão e a estendeu para mim. Nossos olhares se encontraram, e a vergonha aumentou mil vezes mais. Um bolo se formou na minha garganta.

— Obrigado, Zoé. — Foi Valentim quem agradeceu.

Despertei, desviei o olhar. Peguei a muleta e a ajeitei, murmurando:

— Obrigada.

— Por nada.

Firmei as pernas, acenei para Valentim que estava tudo bem. Ele me soltou devagar e ainda tentei sorrir. Percebi que vários amigos dele olhavam para mim, alguns disfarçando, outros com ar de pena. O bolo aumentou, eu quis muito sair dali, ir para um canto silencioso e vazio.

— Quer andar um pouco, Angelina?

— Não, estou bem. Desculpe, eu não pensei...

— Já falei pra não se desculpar.

— A muleta caiu, fez o maior barulho e... bem...

— Digamos que você foi salva pela música alta. — Valentim sorriu, balançando a cabeça, vindo ainda mais perto, na minha frente. Olhou-me diretamente, de modo profundo, como se pudesse ler cada emoção no meu rosto. Envolveu a minha cintura. — Quer ir pra casa, eu sei.

— Não — respondi rapidamente. Eu odiaria tirá-lo dali, do meio dos seus amigos, daquela explosão de felicidade. — Claro que não. Só se você estiver querendo me levar logo pra voltar e se acabar de dançar só comigo. Confessa.

Impliquei para brincar, descontrair. Rimos, e ele veio ainda para mais perto, encostando o meu corpo no dele.

— Não consigo esconder nada de você. Mas se tem certeza de que quer ficar, a gente fica.

— Quero. Ainda nem comi bolo, e acho essa a melhor parte.

— Linda. Vamos dar uma volta aqui no quiosque e arrumar um pratinho. Depois a gente volta.

— Está bem.

Saímos de perto dos amigos dele e senti um olhar me acompanhar, calado, perfurante. Era Zoé. Nem precisei conferir.

Valentim
20

O ar-condicionado do escritório estava ligado e a porta fechada. Ao fundo, eu podia ouvir, bem baixinho, o som de uma música agitada numa das salas de aeróbica. Teria ainda uns trinta minutos antes de começar a minha aula e conferia algumas pendências que o meu gerente me enviara.

Parei um pouco e peguei o meu celular, abrindo o Whatsapp e olhando a foto da Angelina no contato dela. A gente se falava todo santo dia. Mas ainda assim a saudade que eu sentia dela não diminuía. Muito pelo contrário, parecia estar sempre presente, e sempre crescendo. E eu nunca me sentira assim por mulher alguma. Nunca. Jamais.

Recostei-me na cadeira, observando o seu sorriso meio tímido, o brilho caramelado dos seus olhos expressivos, a delicadeza dos traços. Os cabelos loiros caíam numa franja de lado na sua testa e emolduravam o rostinho lindo. Não dava para olhar para ela sem sentir uma vontade louca de beijar a sua boca. Ainda mais sabendo o quanto era deliciosa.

O trabalho que eu estava finalizando no computador até ficou esquecido enquanto eu recordava o nosso último fim de semana. Nunca pensei que me divertiria tanto correndo atrás de discos antigos, ouvindo-a dar risada, vendo a sua alegria com o presente e em poder escolher os vinis, o tempo toda iluminada, radiante.

O Dia em que Você Chegou

O tempo todo Angelina. Nem o cansaço tirou aquilo dela. Foi um sábado perfeito, ainda mais por ficarmos juntos o tempo todo, nos descobrindo aos pouquinhos, fazendo amor gostoso, dormindo juntos...

Virei a tela do celular para a mesa, dobrando as mãos atrás da cabeça e fechando os olhos por um momento, cada lembrança melhor do que a outra. Algo grandioso acontecia entre a gente e nos ligava cada vez mais, como se o destino tivesse nos guardado um para o outro, só para viver tudo aquilo.

Eu ainda a estava conhecendo e ela a mim. Tínhamos mundos bem diferentes, o que ficou especialmente óbvio na festa de aniversário da Maíra. Mas nem coisas tão opostas pareciam um problema. Precisávamos apenas nos encaixar, nos acomodar.

Tive duas impressões principais sobre o domingo: uma era que Angelina tentara se adaptar ao meu meio e a outra, que eu percebera o seu incômodo e a sua incerteza em alguns momentos.

Eu a entendia. Havia águas muito profundas sob a calmaria que ela demonstrava, de quem já passara muita coisa na vida e ainda passava, então era normal ficar mais crítica e desconfiada. O importante era que mesmo assim se esforçara, e eu admirava a sua garra em se arriscar, como também temia que aquela insegurança pudesse nos atrapalhar de alguma maneira. Era claro que Angelina se preservava e resguardava, como demonstrava nos seus olhos, nas roupas que a cobriam, no jeito, nos mínimos detalhes.

Mas eu sempre fui otimista por natureza e via que o que tínhamos se mostrava realmente importante, intenso. Com o tempo apararíamos arestas, cederíamos, aprenderíamos até onde o outro poderia ir. Se eu queria e ela também, não haveria o que nos impedisse de sermos cada vez mais felizes. A verdade, pura e cristalina, era que Angelina tinha me encantado desde a primeira vez, e isso só aumentava.

Assim como as crianças do surfe a receberam bem e gostaram dela, o mesmo se deu com os meus amigos. Claro que alguns ficaram curiosos e até surpresos, principalmente no início, mas todos tentaram fazer com que ela se sentisse bem, obviamente percebendo a importância que tinha para mim. Ao fim, estavam entrosados, conversando, rindo, trazendo-a para o grupo. À medida que a galera fosse conhecendo ela, se apaixonariam mais e seria natural tê-la entre eles.

Observei Angelina, fiquei preocupado que, de alguma maneira, se sentisse incomodada com a minha turma. Ela pareceu um bichinho pequeno que caíra num ambiente totalmente desconhecido e barulhento. Percebi as suas emoções e reações, mas o que mais gostei foi ver que não recuou. Tentou se adaptar e se deu bem de imediato com a maioria. Com a convivência, tudo seria mais natural.

Tirei as mãos da nuca e abri os olhos, tentando me concentrar no trabalho, mas ainda pensando muito nela. Podia quase vê-la diante de mim sentada no quiosque, olhando tudo com curiosidade, admiração e um pouco de reserva. No meio de tantas mulheres lindas, chamativas, Angelina se destacara, diferente, com uma beleza única e sem artifícios. Havia algo extremamente feminino e delicado nela que eu não conseguia explicar, mas que me atraía como ímã.

Gostava de olhar para ela. Ver o seu sorriso, o jeitinho meio tímido, o modo como me olhava com desejo e calor, com tanta coisa borbulhando. Eu ficava especialmente louco observando-a na cama sentindo prazer, as pálpebras pesadas, os lábios entreabertos soltando gemidinhos enquanto sugava o meu pau com a sua buceta quente. Pequena e suave, ela se abria, me apertava, me puxava. E eu chegava a lugares nunca antes alcançados.

— Porra, que delícia... — pensei alto, falando sozinho.

Respirei fundo, o corpo reagindo, o pau endurecendo dentro da bermuda. Apertei-o, sentindo uma vontade louca de estar com ela. Quando o celular começou a tocar, tive certeza de que era Angelina, sentindo de longe o meu tesão. Mas um balde de água fria caiu em mim ao ver o nome Beatriz.

Larguei o pau, me concentrei. E atendi.

— Oi, mãe.
— Querido... que bom ouvir a sua voz. Estava com saudades.
— Eu também.
— Tem quase duas semanas que você não aparece. Aconteceu alguma coisa?

Sim, aconteceu uma mulher linda, um anjo na minha vida. Mas não disse.

— Nada. Só o de sempre, resolvendo uns pepinos por aqui.
— Que bom! Vem nos ver no próximo fim de semana? Almoçar conosco?

Eu queria muito ir. Não costumava ficar tanto tempo sem abraçá-los. E levar Angelina, apresentá-la a ela e ao meu pai. Mas algo me travou.

Minha mãe vinha fazendo pressão para que eu me casasse, apresentando todas as filhas das suas amigas e conhecidas, escolhendo as que achava perfeitas. Ela criava um mundo ideal para mim na sua cabeça, cheia de expectativas a esse respeito e a netos. Talvez ficasse feliz sabendo que eu conhecera uma mulher que estava mexendo tanto comigo, que eu queria entre os meus amigos e a minha família. Mas... e se não ficasse?

Eu não sabia bem como dona Beatriz reagiria diante das muletas da Angelina, da sua doença. Conhecendo-a bem, sabia que a compararia a outras, a Zoé, que era a sua preferida. Que correria para pesquisar se Angelina poderia ter filhos ou não e, se não pudesse, se desesperaria. E tudo de que eu e ela não precisávamos nesse momento de entrega e descoberta era a minha mãe atrapalhando de alguma forma.

Beatriz me amava e, com certeza, gostaria da Angelina com o tempo, vendo-me feliz. Mas talvez, no começo, as coisas fossem um pouco difíceis. Não era o momento, e decidi esperar um pouco mais.

O Dia em que Você Chegou

— Esse fim de semana não dá, tenho compromisso, mãe. Mas vou amanhã, quando sair daqui. Podemos jantar juntos. Topa?

— Perfeito, filho. E no mais, tudo certo?

Ficamos conversando, ela falou da Esther, que estava querendo vir ao Brasil no fim do ano, no fato de meu pai estar trabalhando muito e nas pinturas que ela gostava de fazer no ateliê do seu apartamento.

Desligou em seguida, mas me senti um pouco culpado por não ter falado da Angelina. Várias vezes eu quis, mas me preocupei com ela. Minha mãe perturbaria para conhecê-la. Com certeza, isso iria acontecer, mas na hora certa.

Senti que precisava ouvir a voz dela, nem que fosse bem rapidinho. Vi que faltavam quinze minutos para começar a atender um dos meus alunos de personal, mas, ao menos, mataria uma pequena parte da saudade. Fiz uma chamada de vídeo. Só voz seria insuficiente para acalmar o meu coração e, principalmente, o meu...

Não demorou muito e a tela abriu, mostrando em cheio o seu sorriso. Os cabelos caíam sobre um dos ombros, o rosto parecia incrivelmente iluminado pela alegria.

— Oi! Que surpresa boa. — Estava sentada numa cadeira alta, o olhar fixo em mim.

— Eu que o diga. Tudo bem? O que está fazendo?

— Trabalhando. Numa tradução que está quase me fazendo arrancar os cabelos. — Riu, livrando-se da preocupação.

— Está tão difícil assim?

— Muitas gírias, figuras de linguagem... Tenho que parar pra confirmar antes de seguir adiante. Mas vai dar tudo certo.

— Tenho certeza disso.

— E você, o que está fazendo?

— Arrumando umas coisas aqui no computador, mas daqui a pouco vou dar uma aula. Quando você vem conhecer a academia?

— Pode ser essa semana ainda?

— Claro!

— A gente combina. Quando nos veremos, *meu* namorado? — Tão logo fez a pergunta, corou um pouco e se explicou: — Quero dizer, sei que está ocupado, eu também, mas... o fim de semana ainda parece tão longe!

— Longe mesmo. Serão dois dias intermináveis. — Ri, enquanto ela me acompanhava. Sugeri o que eu queria: — Hoje?

— Perfeito.

— Dou um pulo aí, ok?

Mordeu o lábio, fazendo sim com a cabeça, mas algo a perturbando.

— O que foi?

— Lembra da última vez, a Manuela rondando, voltando só de toalha? Se te encontrar aqui hoje é capaz de ficar nua. — Parecia enciumada.

— E por isso não vou mais encontrar você aí? Se quiser te busco pra gente sair ou levo você pra minha casa. Mas não acho legal a gente se privar de nada por causa dela.

— Eu sei. Você está certo. Então, te espero aqui.

— Sem calcinha? — baixei o tom de voz.

Angelina riu nervosa, novamente as bochechas vermelhas. Aproximou o rosto da tela e disse baixinho:

— De que vai adiantar eu ficar sem calcinha se só uso calça?

— Porra... é verdade. Vamos ter que dar um jeito nisso.

O meu pau, que tinha acalmado quando falara com a minha mãe, tornou a ficar ereto, pressionando a cueca e o short. Senti o tesão subir, só de imaginar a bucetinha aberta para mim, aqueles pelos finos e claros me esperando, chamando a minha boca. Mantive o celular seguro pela mão esquerda e agarrei o meu membro com a direita, acariciando a cabeça.

— Que jeito? — perguntou.

— Eu tiro a sua calça e a sua calcinha ao mesmo tempo quando eu chegar aí — falei com malícia na voz. — Ou...

— Ou o quê?

Angelina tinha aquele jeito todo de garotinha bem comportada, mas amava umas sacanagens. Estava já com a respiração alterada, aquele olhar meio febril, de quando sentia desejo, a antecipação se mostrando presente em cada detalhe.

Era incrível como, apesar da distância, tudo parecia crepitar entre nós, a energia pulsando, esquentando.

— Ou você já pode tirar pra mim.

— Tá — Angelina concordou.

— Agora — pedi.

Ela arregalou os olhos, ficando muda e boquiaberta por um momento. Meu pau encheu a minha mão, longo e duro. Doeu e baixei a bermuda, depois a cueca. Saiu livre e pesado.

Angelina não conseguia ver. Via somente o meu rosto. Mas só de olhar para ela, de ver o desejo dominando-a, fiquei louco. Movi a mão para frente e para trás, sentindo a ponta soltar um líquido, imaginando a sua boquinha lambendo tudo. Olhei compenetrado para os seus lábios, que se moveram.

— Se acalma aí, garoto!

— Não tem como. Tira a calcinha pra mim. Quero ver a sua buceta.

Arfou, piscando mais rápido, olhando nervosa para o lado.

— Nunca fiz isso. E a Lila está aqui, pode entrar a qualquer momento.
— Não vai entrar sem bater. Está de calça?

Balançou a cabeça que não e aquilo me excitou ainda mais. Na minha casa, tinha ficado só com a minha camiseta, à vontade. Apertei o pau com força, a voz saindo mais grossa:

— Está sem calcinha?
— Não. Eu estou trabalhando desde cedo e... não tirei a camisola.

Puta merda! A coisa pegava mais fogo.

— Arrasta a cadeira pra trás e me mostra como você está agora — ordenei.
— Valentim...
— A-go-ra!

Agitada, arfando, obedeceu. Puxou a cadeira para longe da mesa e me fitou com os olhos meio arregalados, os lábios entreabertos. Em expectativa, como eu a via quando ia receber o meu pau dentro dela.

— Porra... — deixei escapar, o tesão cada vez mais violento, enquanto eu me masturbava com lentidão e força.

Angelina começou a descer o celular, afastando o braço do corpo para se expor melhor. Vi o seu pescoço liso, os cabelos sobre um dos ombros, o outro nu. A pele branquinha, o osso da clavícula. Prendi o ar diante de uma alcinha branca e fina, do colo, do início dos seios apertados no tecido suave.

Os biquinhos estavam arrepiados e espetavam as pequenas flores vermelhas estampadas no branco. Dava para ver claramente, assim como o formato redondinho deles, que cabiam nas minhas mãos, que eu adorava lamber, beijar, chupar. Fiquei com água na boca, inchei tanto que quase explodi e tive que parar de me acariciar.

O celular desceu pela barriga reta, a cintura fininha, os quadris. Nas coxas, a barra da camisola acabava. Estavam muito juntas, como se Angelina as apertasse. Tive certeza de que a sua buceta latejava, da mesma maneira que fazia quando me engolia todo.

— Levanta a camisola. Quero ver a sua calcinha.

Ouvi o seu arfar. Vi a sua mão resvalar a coxa, meio trêmula. E subir o tecido. A pele leitosa surgiu diante dos meus olhos, até a calcinha branca de algodão aparecer. Deixou-me doido quando foi além, os dedos finos passando suavemente sobre ela, onde as coxas se uniam e formavam um V.

— Tira. Mostra a sua bucetinha pra mim.
— Valentim... eu... ai, meu Deus...

A voz era baixinha, nervosa, mas cheia de luxúria. Quis muito aquela voz no meu ouvido, aquela pele na minha, mas no momento não conseguia parar. Eu só podia olhar e sentir tudo dentro de mim fervendo, dominando-me todo.

Agarrou a lateral da calcinha. Empurrou para baixo. Depois o outro lado. O celular balançou, como se estivesse sem equilíbrio. Depois acertou. Moveu a bunda na cadeira, o suficiente para deixar o algodão deslizar pelos quadris, passando pelas coxas. Parou com a calcinha um pouco antes dos joelhos, exposta para mim.

Dei uma inspirada longa, voltei a me masturbar, duro demais, tenso demais. Meu pau babou todo, o que ajudou nos movimentos. Era uma agonia ver a camisola erguida, a calcinha baixada, a bucetinha nua. E ouvir a sua respiração agitada, saber que estava como eu.

— Abre mais as pernas. Está molhadinha?
— Sim.
— Quero ver.
— Ah...

Dava para ver que estremecia. Arreganhou as coxas o quanto conseguia e pela calcinha ali limitando os movimentos. Mas foi o suficiente para me mostrar os lábios rosados, úmidos, brilhantes. Ainda mais quando se tocou, os dedos passando por eles, fazendo-a gemer. Vi a lubrificação melando-os e perdi o discernimento de vez, obcecado, focado.

Aumentei a velocidade da punheta, gemi também. Vi os dedos indo e vindo, espalhando o seu mel, provando o que era meu. Queria o seu cheiro, gosto, textura, a carne se esfregando em mim. Apertei o meu membro, mas nada se comparava à suavidade dela mamando em mim, me aquecendo. Eu me lembrei disso, e o meu estado se alterou ainda mais.

— Valentim... — soltou um arquejo, metendo o dedo mais fundo.
— Seu rosto... quero ver o seu rosto...

O celular quase caiu da mão dela. Tremeluziu, e então lá estava o seu olhar lânguido, a sua expressão de enlevo, as faces coradas. Pingava tesão, mais linda do que já vira um dia. Olhou para mim, e foi a minha vez de arrastar a cadeira para trás e mostrar o meu corpo, até a bermuda descida e o pau na minha mão, enquanto eu me masturbava.

— Olha o que você faz comigo. O quanto me deixa louco.
— Eu também... oh... que lindo...

Senti que estava no ponto, fora de mim. Ergui novamente o celular, me deparei com a sua expressão lasciva, doce. Ardendo toda para mim.

— Quero ver tudo. Seus olhos, boca, seios, buceta. Mostra. Passa, sobe e desce devagar.

Angelina o fez. O dedo devorava a si mesma, fazendo barulhinhos que me endoideceram. Quando os gemidos aumentaram, ela surgiu, o rosto transtornado pelo prazer. Foi e voltou. E eu me apertei tanto que chegou a doer.

O Dia em que Você Chegou

— Vai gozar pra mim, minha anja? Vai...
— Vou... eu vou... ai... ai, Valentim...

Vi os seus tremores, os seus espasmos. O modo como o celular não parava. Ouvi os seus lamentos baixinhos. Fiquei a ponto de ejacular, mas me segurando, esperando por ela. Por fim, gozou, toda contraída, choramingando.

Explodi no ato. O esperma estourou, grosso e forte, todo o meu corpo entrou em convulsão. Algo rouco e meio animalesco como um rugido escapou dos meus lábios, foi tão intenso que, por um momento, o meu celular também vibrou e quase caiu. Eu o apertei com força e fui vendo, em jatos e gemidos, os olhos cravados no rosto dela, o que acontecia comigo.

Quando o meu coração já começava a se acalmar e pareceu desistir de sair pela boca, olhei para a tela e algo aconteceu. Bateram na porta do quarto dela, e a voz abafada da Lila foi ouvida:

— Lina? Vou entrar.
— Ai, meu Deus! — Angelina se desesperou.

Vi o seu olhar apavorado enquanto deixava o celular cair emborcado na mesa, mostrando-me apenas a madeira escura. Ouvi barulho, confusão, sua voz gritando nervosa:

— Não! Não entre! Lila, espere!
— O que aconteceu? Tá, espero aqui. Está bem?

Depois de certa confusão, ouvi Angelina mandando Lila entrar, elas falando, e ouvi tudo que disseram. Comecei a sorrir sozinho, controlando-me para não fazer nenhum som, enquanto olhava para o esperma que se espalhava pela minha mão, na bermuda, no chão. Que lambança!

A vontade de rir aumentava, junto a algo quente, gostoso, que me deixava feliz. Quando Angelina moveu o celular de novo, vi uma parte rápida do quarto, depois a estampa da sua camisola. Pressionava a tela em alguma parte do corpo, como se a escondesse da Lila. Por fim, a moça saiu e o rosto assustado da Angelina encheu a tela, olhando para mim.

Embora eu já estivesse cinco minutos atrasado para a aula, comecei a rir sem parar. O corpo flutuando.

Angelina

Meu coração estava disparado e os membros ainda moles do orgasmo recente, o medo me desesperando ao imaginar Lila entrando ali e me vendo com a calcinha arriada, quase nua. Deixei o celular na mesa com a tela virada para baixo, puxei a calcinha para cima às pressas, baixei a camisola. Toda a movimentação deu pontadas de dores nos meus quadris e precisei parar, respirar fundo, tudo acontecendo ao mesmo tempo.

Que loucura!

— Lina? Tá tudo bem mesmo?

— Sim. Eu... pode entrar. — Empurrei a cadeira para perto da mesa, tentei parecer menos culpada, normal.

Ela abriu a porta e se aproximou. Franziu o cenho ao olhar para mim.

— Está com febre?

— N... Não...

— Seu rosto está vermelho. — Parou, desconfiada.

Senti as faces arderem ainda mais e fiz de tudo para não me mexer, apenas balançando a cabeça. Quando veio para mais próximo de mim, tive medo de que sentisse o cheiro do meu prazer no ar. Parecia impregnado nos meus dedos, nas minhas narinas, enquanto eu estava toda melada por baixo.

— Esse trabalho está... me enlouquecendo. Só isso.

— Certo. — Ainda me observava. — Eu vou para o apartamento do Bruno, volto tarde, tá?

— Ok.

— Trouxe pão fresquinho, se quiser tomar café. Está na cozinha.

— Obrigada. Depois vejo alguma coisa.

— Certo. Quando vai encontrar o Valentim de novo?

— Hoje. Ele vem aqui.

— Ah! — Abriu um grande sorriso. — Agora entendi o motivo da sua agitação! Está apaixonadinha, não é?

Eu me dei conta de que tinha jogado o celular na mesa, sem desligar. Rezei para que Valentim tivesse desligado, que não ouvisse a nossa conversa. Levei a mão ao aparelho para desligar disfarçadamente. Mal o toquei, Lila emendou:

— Você merece esse príncipe, amiga. Aproveita muito! E transa bastante!

— Ai, Jesus... — Eu tremia ao segurar o celular, sem coragem de olhar a tela. — Tá, Lila. Vou trabalhar, depois a gente conversa. Aproveita também com o Bruninho.

— Sempre faço isso! — Riu e veio me dar um beijo no rosto. Rezei para que não sentisse o cheiro da minha vagina, apertando o celular contra o peito. Beijei-a de volta. — E se a Manuela estiver por aqui, se tranca no quarto com o Valentim. E vê se não deixa ela te perturbar. Se bem que deve ser isso mesmo que você está querendo, se trancar aqui com aquele gostoso!

Fiquei calada, cada vez mais sem graça. Sorriu, sacudiu a cabeça e saiu do quarto. Rapidamente olhei a tela, rezando para não ter a imagem dele. Mas me deparei com um grande sorriso, que virou uma risada alta.

— Meu Deus! — Levei a outra mão à boca, chocada com tudo. Só cheirava a gozo e a baixei novamente, querendo me esconder embaixo da mesa. — Nunca fiz uma coisa dessas! Ela quase pega a gente!

— Não tem nada demais.

— Nada demais? — bufei, pensando no estado em que eu tinha ficado, o meu coração ainda batendo rápido.

— Pelo menos, eu ouvi que sou um príncipe e gostoso. Além de saber que você planeja se trancar no quarto comigo, quando eu chegar aí.

— Ah, mas eu...

Ele nem me deixou continuar, enfiando a última estaca, o olhar profundo brilhando:

— A melhor parte foi o estar "apaixonadinha" por mim.

Prendi o ar, muda, presa dele. Quis abrir a boca e brincar, dizer que eram palavras da Lila, mas tudo em mim virava uma confusão só, sentimentos se atropelando e me invadindo sem dó. Mas não consegui, pois o que Valentim causava em mim entrava em ebulição, ia além do imaginável e me assustava.

Antes que eu pudesse dar alguma desculpa ou alguma resposta, ele confessou, os olhos nos meus:

— Também estou "apaixonadinho" por você.

Pensei que o coração fosse sair pela boca. Emoções me invadiram e eu só pude sorrir, muito feliz, apaixonada mesmo. E, contra todas as dúvidas e possibilidades, acreditei.

Angelina
21

Foi uma semana pra lá de maravilhosa, em que eu e Valentim nos aproximamos mais um do outro. Praticamente nos vimos todos os dias, rimos, fizemos amor. O meu mundo se adaptava à nova realidade de tê-lo na minha vida, e o meu corpo também. Não podia dizer que não sentia dor e desconforto, acontecia, mas tudo parecia mais leve, mais certo.

Na sexta, fui para a academia dele em Icaraí e fiquei encantada. Era muito maior e melhor do que imaginara, cheia de salas e gente, tudo com aparelhos novos, um clima ótimo. Ele se mostrou muito feliz em me ter ali, querendo me mostrar cada lugar, todo carinhoso. Ficou claro que eu era a sua namorada, e me apresentou a funcionários e conhecidos.

Fui alvo de muita atenção. Era difícil passar despercebida com as minhas muletas, ao lado de um homem como ele, musculoso, lindo de morrer, num lugar que exaltava o corpo e o físico. A curiosidade era o sentimento mais presente nos olhares, mas também estavam presentes a pena e até o despeito. Muitas mulheres lá, saradas, algumas até em exagero, ficaram me olhando como se não acreditassem.

Tentei não me importar, mas imaginei quantas ali não estavam a fim dele, talvez dessem em cima mesmo. Não conhecia o suficiente do Valentim para acreditar em fidelidade, mas o pouco que me mostrara e o fato de fazer questão de me

O Dia em que Você Chegou

levar na academia já diziam muito. Eu percebia que estávamos ambos ligados um no outro, não era só da minha parte.

Eu não queria ter tanto ciúme, mas era muito difícil.

Valentim me apresentou a Elton, o fisioterapeuta que montava exercícios para pessoas que apresentavam alguma lesão, problemas de coluna e os da terceira idade. Era um baixinho, com pernas meio arqueadas, troncudo, sorriso aberto. Cabeça parecendo pequena no pescoço largo. E muito simpático.

Conversou com a gente, quando nos sentamos num dos bancos espalhados no recinto. Falei da AR, da demora em ser diagnosticada e do avanço rápido. E das sequelas que tinham ficado. Contei também dos exercícios que eu fazia em casa e na clínica. Fiquei impressionada com o seu conhecimento sobre o assunto, com as perguntas específicas. E com Valentim, que parecia ter pesquisado ainda mais e opinou também.

Ambos achavam que eu poderia avançar nos exercícios, partir para os aparelhos, o que fortaleceria mais rapidamente os meus músculos. Claro que sem exageros e supervisionada. Fiquei toda feliz quando Valentim insistiu para que eu malhasse ali, que Elton cuidaria bem de mim e que ele estaria perto para ajudar, ser até o meu personal.

Depois que nos despedimos do Elton, foi a vez de subir a escada para o andar superior. Gente passava para lá e para cá. Valentim queria me mostrar as salas de luta no andar de cima e o seu escritório. Quando veio perto com um sorriso, avisei rapidamente:

— Eu consigo subir. Não pre... Valentim!

Nem me deixou terminar de falar, pegando-me no colo. Morri de vergonha, enquanto ele ria, esperando eu agarrar as muletas e me levar para cima. Algumas pessoas acharam graça, outras pararam para assistir. Escondi o rosto no peito dele, sorrindo. Só me pôs no chão quando chegamos lá em cima.

— Você é doido. Todo mundo ficou olhando.

— E qual o problema?

Encarei-o, não vendo mesmo problema algum.

Conheci as salas de lutas, reencontrei Jonathan, que parou a aula de muay thai, veio me dar um beijo e dizer que estava feliz com a minha presença ali, bem--humorado como sempre. Depois acompanhei Valentim até o escritório dele. Eu estava um pouco cansada, os quadris endurecidos. Ele me ajudou a me sentar num pequeno sofá encostado na parede, trazendo água para mim.

— Você abusa e nunca me fala quando está com dor.

— Ficaria chato eu dizer isso toda vez. O tempo todo surge algum incômodo. Já me acostumei.

Ele se sentou ao meu lado, observando-me com atenção. Eu adorava aquele jeito de querer cuidar de mim, pensar sempre no meu conforto e bem-estar. Sorri, elogiando:

— Amei a sua academia, o seu escritório, tudo. Parabéns!

— Gostou mesmo? Vai malhar aqui com a gente?

— Adorei. — Virei-me para olhar melhor para ele. Não resisti e subi a mão pelo seu braço, sentindo os pelos macios sobre os músculos, a pele morena quente. — Mas tenho que ver. Não é longe do meu apartamento, só que...

— Só que...? — Observava-me com atenção.

— Já saio às terças para a clínica. Seria um pouco cansativo. Também tem o meu trabalho, que às vezes enrola.

— Pode vir cedinho, uma ou duas vezes por semana. Claro que não vai pagar nada e ainda terá vários privilégios.

— Eu não aceitaria vir de graça!

— Quem disse que será de graça?

— Você.

— Não vai pagar mensalidade. O pagamento será em beijos. Vir ao meu escritório e ficar comigo, assim como agora, me acariciando.

Parei com a mão alcançando o seu ombro, os meus olhos indo na sua boca. Senti as emoções subindo no meu peito quando chegou mais perto, uma das mãos firmando a minha nuca.

— E os privilégios? — murmurei.

— As carícias que farei em você. Os beijos. Assim. — E beijou a minha boca daquele jeito delicioso.

Não tive como recusar uma proposta daquela e combinei de ver um horário bom, depois que conseguimos controlar um pouco a nossa libido e parar de nos beijarmos.

No fim de semana, saímos na sexta à noite. Lila me maquiou, ajeitou os meus cabelos e me emprestou uma bonita blusa com um decote mais ousado. Achei que ficaria maravilhosa com um jeans, mas não usava por pressionar as minhas pernas quando me sentava, por isso optava por calças mais largas e macias. Usei uma preta, o resultado ficou bom e me senti mais feminina.

Manuela, que se arrumava para sair, praticamente me fuzilou com os olhos quando me viu. Não disse nada e saiu de perto. Vinha evitando até me cumprimentar, um clima bem pesado, mas precisávamos esperar o contrato de aluguel encerrar no fim do ano para tomarmos uma posição. Talvez ver outro lugar para mim e a Lila. Ou se ela se ajeitasse com Bruninho, um quarto e sala só para mim.

O Dia em que Você Chegou

Valentim estava maravilhoso com uma camisa azul-marinho e jeans. Elogiou-me tanto que fiquei sem graça. E tivemos uma noite deliciosa num restaurante perto do Iate Clube Icaraí, com vista da praia à noite, uma mesa bem perto da murada. Falamos de muita coisa, e soube um pouco da sua família, que os pais moravam ali perto num apartamento e a irmã mais velha em Paris.

Parecia ter uma família amorosa, feliz, que me fez ficar sonhadora. Intimamente pensei se ele me apresentaria um dia a eles e o que achariam. Rezei para que gostassem de mim. Eu, mais do que ninguém, sabia bem a falta que a família me fazia. Nunca me sentiria tranquila se achassem algo ruim a meu respeito.

Acabei falando um pouco de mim também. Não quis estragar o clima contando as minhas tragédias, então me limitei a contar que perdi a minha mãe ainda criança e o meu pai na adolescência, que morei com Lila e dona Carmela. Também fui superficial ao falar do surgimento da artrite, embora Valentim parecesse querer saber mais. Então enveredamos por assuntos mais leves.

Teve um momento que ele olhou em volta e para um piano a um canto, onde um senhor tocava baixinho música clássica. Depois me encarou profundamente e perguntou:

— Lembra do restaurante onde nos conhecemos? Daquela noite?

— Não vou esquecer nunca. — Um calor gostoso me envolveu e sorri. — Você foi bem direto vindo até a minha mesa.

— Você valia a pena. Vi isso assim que o seu olhar encontrou o meu.

Entrelaçamos os dedos sobre a mesa, sem poder desviar os olhos. Naquela noite, ele me deixou encantada, mas eu nunca imaginaria que iríamos tão longe, nem que o que senti cresceria tanto.

— Está feliz? — perguntou.

— Muuuito feliz. E você?

— Eu também.

Era incrível pensar que, num restaurante tão cheio, os nossos olhares tivessem se grudado e gerado tanta coisa. Como se fosse algo predestinado. Ou apenas que reconhecemos no outro algo que procurávamos sem saber.

— Você me tirou pra dançar. Sem imaginar que eu usava muletas.

— E foi ali que você se retraiu e disse ter namorado.

Relembramos, sorrindo, os nossos dedos brincando.

Era estranho pensar que, se não fosse por Manuela, talvez nunca mais nos encontrássemos. Eu não telefonaria para ele, e Valentim não sabia nada de mim. De alguma forma, ela nos unira. Ou apenas dera continuidade ao que havia começado de modo tão íntimo e certo na primeira vez.

Naquele fim de semana, ficamos na casa dele, fizemos comida juntos, caminhamos no calçadão em frente ao mar, até eu me cansar e me sentar num banco. Depois nós voltamos e tivemos horas maravilhosas, nos tocando, nos amando e nos conhecendo cada vez mais.

A única coisa que atrapalhou foi no domingo. Acordei com as juntas inchadas e doloridas, demorei a conseguir vencer a rigidez matinal e sair da cama. Aos poucos, os movimentos foram voltando, a dor amainando, mas me senti supercansada. Valentim ficou preocupado, sentindo-se culpado, pois estava me fazendo sair mais, exagerar. Até em relação a sexo.

— Claro que não é nada disso — expliquei. — Você não tem culpa alguma. Tem dias em que estou bem, mas outros não. O desconforto vem, as articulações doem e incham, me sinto como um robô, toda presa. Às vezes, dura uma manhã, outras o dia todo e até o dia seguinte.

— E o que podemos fazer?

— Descansar e me medicar. — Eu me sentia extenuada. Meio lenta até para raciocinar. E um pouco irritada, principalmente por não poder aproveitar o dia com ele como eu gostaria. Estava esparramada no sofá, Valentim perto, atento, preocupado. — Vai passar. Acho melhor eu ir pra casa.

— Não trouxe os seus remédios?

— Trouxe, mas não quero ser um peso. Fico chata, estressada. Assim eu...

— Eu tenho vontade de te dar umas palmadas cada vez que você fala em ser um peso ou atrapalhar alguma coisa. Se não tivesse dores, eu faria você sentir.

Seu olhar era profundo, a voz meio rascante. Sorri.

— Não teria coragem de bater numa mulher. E ainda doente.

— Pessoas teimosas merecem palmadas. Desconfio até que você iria gostar. — Inclinou-se e beijou os meus cabelos. — Fica quietinha aqui — sussurrou. — Vou fazer o almoço, e mais tarde a gente pode ver um filme. Ou não. Mas vamos ficar juntos.

— Tá. — Fechei os olhos, cada vez mais ligada nele, encantada. Valentim derrubava todas as minhas barreiras. Destrancava os meus cadeados.

O domingo foi assim e acabei melhorando. Na segunda, eu estava bem, de volta aos meus afazeres.

Acabamos nos vendo no decorrer da semana em três noites. Ele foi ao meu apartamento duas vezes e, na terceira, saímos para tomar um sorvete. Felizmente ele só esbarrou com a Manuela uma vez, pois ela vivia na rua. Ela ainda tentou chamar atenção, puxar assuntos tolos e infantis, mas Valentim não deu brecha e saímos logo de perto, sob o seu olhar de raiva mal contida.

O Dia em que Você Chegou

Na sexta seguinte, eu estava agitada, pois Valentim havia conseguido uma consulta às cinco da tarde com o médico irmão do amigo dele, em Icaraí. E combinou de vir me buscar e me acompanhar até lá. Levei todos os meus exames, torcendo para que o médico fosse mesmo bom e desse sugestões novas para uma melhor qualidade de vida.

A clínica ficava no nono andar de um prédio elegante e lindo, o consultório grande, de bom gosto. Apesar de ser a última consulta do dia, ainda estava bem cheio. Eu reparei na quantidade de idosos, nas mãos quase que totalmente deformadas de uma senhora, na curvatura acentuada da coluna de um octogenário. Contudo, também havia uma mulher de uns quarenta anos e um rapaz de vinte e poucos. A única a usar muletas era eu.

Sentamo-nos lado a lado, após falarmos com a simpática recepcionista. E conversamos baixinho, de mãos dadas.

As pessoas foram sendo atendidas, e por isso demorou bastante. Tive que me levantar um pouco para esticar as pernas no corredor.

— Tudo bem? — Valentim estava ao meu lado, segurando a minha pasta cheia de exames, e acenei que sim. — Bem que o Júlio avisou que o irmão trabalha até tarde e é muito requisitado.

— Deve ser bom mesmo.

— Pois é.

Finalmente chegou a minha vez. Todos já haviam partido e só sobramos eu, Valentim e a recepcionista. Antes de entrar, olhei-o e ele me encarava atentamente.

— Quer vir comigo? — perguntei baixinho.

— Não tem problema? — Valentim quis saber.

— Nenhum. Mas se não quiser...

— Eu quero. — E me acompanhou.

Eu esperava um médico bem mais velho, como o que me tratava. Mas Inácio Barreto tinha por volta dos quarenta, quarenta e cinco no máximo. Olhou para mim de modo penetrante quando entrei, seguida por Valentim. Sorri para ele.

Era magro e bem apessoado, com lisos cabelos escuros penteados para trás e uma barba espessa. Fitou Valentim, depois a mim, levantando-se detrás da sua mesa ampla para estender a mão.

— Angelina, bem-vinda. Você deve ser o Valentim, amigo do Júlio.

— Prazer, Inácio. Sim, sou eu.

Os dois apertaram-se as mãos, depois foi a minha vez. Olhou com atenção as muletas e indicou as duas cadeiras confortáveis à sua frente.

— Sentem-se. Desculpem a demora. Hoje tive algumas emergências e acabei me atrasando.

— Sem problemas, doutor. Nós é que agradecemos por nos encaixar na sua agenda — disse Valentim, segurando as minhas muletas quando me acomodei. Então, sentou-se ao meu lado.

O médico acenou, olhando-me de novo com toda atenção.

— Você tem artrite reumatoide há bastante tempo. É ainda jovem demais para já depender das muletas. Começou na infância ou adolescência?

— Aos dezesseis anos. Mas demorou muito a ser diagnosticada. Perdi muito tempo tomando anti-inflamatórios, remédios para dor, sem saber exatamente o que eu tinha. Os exames radiológicos e laboratoriais não acusavam nada — expliquei.

— É um dos grandes problemas a falta de preparo dos profissionais de saúde sobre a AR e outras doenças autoimunes. Um diagnóstico rápido, seguido de um tratamento correto, evitaria muita coisa para você, inclusive a dependência das muletas — Inácio informou, sério, constatando um fato que chegava a revoltar, mas que não havia como ser revertido.

— Há algum tratamento atual que possa recuperar a firmeza e os movimentos das pernas? — indagou Valentim.

— Hoje temos vários avanços, mas fica difícil responder sem ter acesso aos exames e a todas as informações sobre as consequências até agora. Preciso fazer primeiro um exame clínico e depois devo solicitar mais outros. Cada pessoa é afetada de uma maneira, algumas têm uma diminuição avançada da massa óssea, que chamamos de osteopenia, além de erosões articulares. São vários indicativos a se levar em conta.

— Entendi. — Valentim acenou com a cabeça, prestando toda a atenção.

— Os meus joelhos foram muito afetados pelas erosões da cartilagem e das articulações — informei. — Agora são os quadris e os pés, principalmente o direito.

— A proliferação da membrana sinovial deve ter sido bem acelerada no seu caso. É uma fina camada de células que envolve a parte interna das articulações, produzindo líquido sinovial, responsável por lubrificar as articulações. A inflamação ou proliferação desta camada, ou seja, a sinovite, produz substâncias químicas que podem destruir aos poucos essas articulações. Trouxe os exames anteriores?

— Sim — respondi, e foi Valentim quem os entregou a ele.

Levou um tempo lendo, a testa franzida. E examinando os de imagem.

— Pelo que estou vendo, fez cirurgia nos joelhos. Aliada aos medicamentos, não permitiu a recuperação da firmeza e dos movimentos?

— Melhorou muito. Teve época que eu só conseguia ficar na cadeira de rodas. Mas não o suficiente pra deixar as muletas de lado.

— Os quadris estão bem afetados. Algum médico já falou na probabilidade de colocar prótese?

— Sim. Mas como não avançou mais, resolvemos esperar.
— Esperar piorar? — Seu olhar foi bem direto, e fiquei sem resposta. — Que remédios você está tomando? Já faz uso dos biológicos?
— Não.
— Por quê?
— As crises deram uma trégua de três anos, só fui ter outra recentemente. Como estava estável, continuei com o metotrexato e aliados.
— Bem tradicional. — Não sei se foi uma constatação ou uma crítica. Observou as minhas mãos e os cotovelos. — Pelos exames, os membros superiores estão preservados.
— Só são afetados durante as crises ou ocasionalmente de modo mais leve.
— Certo. Vou examiná-la antes de continuarmos. Vamos para a sala ao lado.

Valentim me acompanhou e me ajudou a tirar a calça e a me sentar na maca. Depois se afastou, enquanto Inácio realizava os procedimentos padrões, tocando os locais mais prejudicados, fazendo mais perguntas. Respondi a todas.

Eu estava a par dos vários tratamentos, pesquisava muito, tentava sempre estar atualizada. Mas não acreditava em milagres e falsas promessas.

Conversei com o meu médico e, como obtive um certo equilíbrio com ele, segui o que me indicou e não busquei novas técnicas ou medicamentos. Até porque vários me alertaram que não dava mais para reverter o estrago feito, e sim evitar os futuros.

No entanto, ali eu começava a achar que o dr. Inácio Barreto pensava de forma diferente. E talvez me achasse uma boba por não ter experimentado outros caminhos.

Valentim ficou perto o tempo todo, totalmente atento, ligado nas informações. Quando terminou, o médico voltou para a sua mesa e disse que eu poderia vestir a calça. Acomodamo-nos e ele perguntou:

— Tem ideia de quantos medicamentos tomou no decorrer desses anos? Aproximadamente.
— Entre dez e quinze.
— Certo. Na minha opinião, você pode ter uma melhora significativa, não apenas na qualidade de vida e remissão mais prolongada, como na recuperação. Conforme eu disse, a AR não é igual para todo mundo. Devido à diversidade genética de cada indivíduo, há também uma diversidade clínica. Nós só saberemos como será a resposta aos tratamentos quando começarmos e formos adequando às necessidades. O que quero dizer é que há chances de você, inclusive, reverter o problema no pé, como também nos quadris e nos joelhos. Talvez com novas cirurgias e próteses, talvez até sem precisar delas. Ou não responder bem ao tratamento e preferirmos manter esse mais tradicional.

— Recomenda que ela tente? — Valentim fez a pergunta e o médico acenou na hora.

— Com certeza. Manteríamos o metotrexato e combinaríamos com um biológico, que pode ser de três tipos diferentes. Eu precisaria de mais exames laboratoriais, para escolher o certo. Essa combinação já ajudaria bastante, pois a ação dos biológicos é bem mais específica, diretamente nas citocinas que desencadeiam a reação inflamatória. Na minha experiência profissional, assisti a uma melhora significativa em mais de 60% dos pacientes, como recuperação da cartilagem, retardo da progressão da doença, melhora da qualidade de vida e da capacidade funcional.

Valentim, que segurava a minha mão, apertou-a, demonstrando toda a sua animação com as palavras do médico, mas continuei ainda indecisa, pois sabia também dos contras.

— E os efeitos colaterais? — perguntei. — Uma vez, li a bula de um biológico e fiquei horrorizada. Falava de infecções graves, tuberculose, reações cutâneas e outros.

— Angelina, por isso teríamos que ver como você reage ao tratamento. A despeito dos possíveis efeitos colaterais, os benefícios são inquestionáveis. E vou além. — Inácio tinha olhos pequenos, que pareciam perfurar quem estava sob a mira deles. — Eu acredito na medicina integrativa, que alguns chamam de preventiva. Você teria que mudar alguns hábitos alimentares, praticar exercícios com moderação, ter um bem-estar geral, inclusive psicológico. Em alguns casos, indico psicoterapia. Comidas saudáveis, sem gordura, açúcar, glúten ajudam. Alguns chás também, não para curar, mas para complementar. Há várias recomendações que eu passaria para você.

Tudo aquilo acabou me animando bastante. Não quis acreditar demais, pois vários tratamentos anteriores se mostraram insuficientes, mas sabia como os biológicos realmente melhoravam muitas pessoas. E era interessante que o médico aliasse a coisas mais naturais, pois muitos diziam não adiantar quase nada.

Valentim me olhou e vi como gostou das opções e explicações, mas esperava a minha posição. Sorri para ele e depois para o doutor.

— Eu gostaria de tentar.

— Ótimo. Você não vai se arrepender. Vou passar alguns exames necessários e, quando estiverem prontos, traga para iniciarmos o protocolo.

Foi a minha vez de apertar a mão do Valentim, com uma pontada de receio, mas cheia de esperança. Havia um bom tempo que eu não me sentia assim, tão determinada a me arriscar mais. E boa parte da culpa era dele, que entrara na minha vida, trazendo felicidade e vontade férrea de lutar por mim mesma com mais fôlego.

Valentim
22

— Você faz um trabalho tão legal com as crianças da sua escolinha... — Angelina me olhou com admiração e aquela suavidade tão característica dela.

Tínhamos acabado de chegar da aula de surfe, naquele sábado, e entrávamos em casa. Sorri e comentei:

— Eu gosto muito. São especiais para mim.

— Eu sei. E você pra eles. Ficam tão felizes, não é? E alguns têm uma história de vida complicada. Conversei com a Jenifer, ela disse que o pai foi assassinado, era traficante. — Havia pesar na expressão. — O surfe pode fazer toda a diferença para eles.

— E faz mesmo. Mas não para todos. Alguns acabam desistindo. E tem aqueles que só se distraem.

— De alguma forma ajuda. Da outra vez, o Bob me disse que quer ser Fuzileiro Naval. Sem contar que até já ganharam competições. — Abriu um grande sorriso para mim, quando paramos na sala. — Obrigada por me levar e me deixar participar um pouco disso, Valentim.

Aproximei-me dela, observando-a com atenção, admirando-a também.

Angelina já era amiga das crianças, que comemoravam toda vez que ela chegava. Tratava-as bem, conversava, interessava-se por elas, ajudava no que podia. Naquele sábado, tinha levado bolo de chocolate, e elas adoraram.

Segurei o seu rosto entre as mãos, sentindo coisas que borbulhavam sempre que estava na companhia dela. Longe era saudade, vontade de ver logo. Perto era aquele jorro de emoções, aquela necessidade de toque, de carinho.

— Você é linda, sabia? Por dentro e por fora.

— Você também. — Seus olhos brilharam, ficaram mais doces, enquanto movia o corpo na minha direção.

Sabia o que queria e dei, pois era o que eu almejava também. Beijei a sua boca e ela me saboreou com gosto e paixão, quase se recostando toda em mim.

Estava seca e eu úmido, com a sunga de praia molhada por baixo da bermuda, a pele cheia de sal da água do mar. Mas não se importou. Parecia gostar.

Quando descolamos os lábios, olhamo-nos um tempo, calados. Era como se algo acontecesse ali, mais forte e intenso, como um latejar de sentidos, tão óbvio em mim quanto nela. Havia momentos em que eu me sentia maravilhado por viver aquilo, tão diferente de tudo. Em outros, soava um alarme, como se eu soubesse que não aguentaria ficar longe dela. E isso, de algum modo, era um pouco assustador. E bem novo para mim.

Angelina beijou suavemente a ponta do meu queixo, tentando se recuperar também. O melhor de tudo era perceber que o que eu sentia era recíproco.

— Trouxe o biquíni? — perguntei.

Ergueu os olhos para mim, um pouco desconcertada.

— Eu só tinha uns velhos em casa, horríveis por sinal. E acabei não conseguindo sair pra comprar. Mas prometo que trago no próximo fim de semana.

Eu não sabia se era verdade ou se estava me enrolando, protelando ter que ir à praia e se expor.

Sorri, balançando a cabeça. Tirei as mãos do seu rosto e dei um passo para trás.

— Promessa é dívida!

Observava-me, como a comprovar que eu acreditara na história. Não queria forçá-la a nada, mas tinha percebido como se travava diante de algumas coisas, como se de alguma forma não fossem para ela. Exatamente como havia demorado a se envolver comigo, a aceitar o que tínhamos, criava barreiras para se mostrar, para viver sem reservas.

— Já volto. Enquanto isso, pega alguma coisa na geladeira pra gente beber? Tô com uma sede...

Eu me afastei e ela me seguiu com o olhar, enquanto eu me dirigia para a escada e subia de dois em dois degraus. Foi só o tempo de entrar na suíte e voltar com uma sacola na mão.

Angelina continuava no mesmo lugar, meio desconfiada daquele papo de sede. Na mesma hora, o seu olhar bateu na bolsa, depois veio curioso para o meu.

— Pra você. Senta aqui pra poder abrir.
— O que é? — A voz estava baixinha.
— Olha.
— Valentim, está me deixando sem graça. Outro presente?
— É coisa boba. Mas espero que goste.

Ela se sentou no sofá, mordendo o lábio. Deixou as muletas de lado e pôs a sacola no colo. Fiquei de pé, só observando.

Tirou o primeiro presente, embalado num papel de seda branco. Deixou-o no sofá ao lado. Pôs sobre ele mais três iguais e depois depositou a bolsa vazia no chão. Ergueu o olhar para mim, cheio de emoções e um pouco ansiosa. Começou a abrir.

Vislumbrei o brilho do seu olhar, o modo como fitou o vestido e o esticou à frente.

— É lindo! — murmurou. — Meu Deus... nem sei o que dizer. — Encarou-me de novo, feliz. — É muito lindo. E curto!

Riu, e eu também. O tecido era macio, claro, estampado com flores suaves, as alças finas e cruzadas nas costas, a saia caindo num balançar harmonioso. Por fim, abriu os outros e se recostou no sofá, entre surpresa e alegre. Balançou a cabeça.

— Eu deveria ter imaginado que você faria isso.
— Vai usar?

Apertou o biquíni preto na mão e o outro branco com hibiscos num tom rosa escuro. No seu colo, estavam o vestido e a saída de praia rosa, como um camisão leve. Olhou para tudo, depois para mim. Colocou-os ao seu lado e estendeu os braços, os olhos reluzindo:

— Vem aqui.

Eu me aproximei e me ajoelhei perto. Na mesma hora, ela me abraçou com força, muita força. Envolvi-a com os braços, enquanto dizia, emocionada:

— Obrigada. Você não precisava fazer isso, mas eu... eu amei. De verdade. E vou usar.

— Agora? Vamos pra praia aqui em frente? — Peguei um punhado dos seus longos cabelos loiros, fitando-a, gostando muito de ver aquela mescla de vergonha e felicidade.

— Agora. — Riu quando comecei a subir a sua camiseta. — Mas o que...
— Vou te ajudar a colocar o biquíni.

Ergueu os braços e tirei a camiseta dela. Usava um sutiã branco, de renda, os biquinhos do peito já espetando o tecido, proeminentes de tesão. Passei suavemente os dedos sobre eles, antes de levar as mãos para as suas costas e abrir o sutiã. Não desviei o olhar do dela:

— Que isso! Já?

— Sempre que eu fico muito perto de você — confessou.

O desejo veio com tudo. Larguei a peça de lado, olhei os mamilos arrepiados e não resisti. Puxei um deles com os dentes, antes de abocanhá-lo e sugar devagarinho.

— Ah, que delícia, Valentim... — suspirou, as mãos agarrando firme os meus cabelos, a voz deixando claro o seu prazer.

Ela é muito gostosa. Quanto mais eu provava, mais eu queria. Como um vício, impregnada na minha pele, nos meus sentidos e nos meus pensamentos. Meu pau já enchia a sunga, doido para senti-la também.

Angelina se deitou, estremecendo, oferecendo os seios, arfando baixinho. Apertei um mamilo entre os dedos, girando-o, fazendo arder um pouco, enquanto a boca chupava o outro. Assim fiz, intercalando, enquanto a ereção chegava ao seu limite e latejava.

Desci a calça, depois a calcinha. Tive cuidado para que não se movesse muito e não sentisse dor. Mas Angelina parecia dopada de tesão, sem sentir mais nada. Tirei a bermuda e a cueca. E tive que largá-la para tirar a carteira do bolso e pegar o preservativo.

Não demorei, ansioso para estar dentro dela. Caiu em cima das peças novas, os cabelos esparramados, as mãos me masturbando enquanto eu me acomodava entre as suas pernas. Olhou-me, deliciada, excitada, e a penetrei.

Daquela vez, ela gozou rapidinho e eu também. Ficou lânguida enquanto eu saía e a olhava nua, totalmente satisfeito, o meu peito cheio. Peguei a calcinha preta do biquíni e comecei a vestir nela, enquanto observava a sua buceta meladinha de prazer.

Angelina me encarava sem desviar o olhar, ajudando. Amarrei as laterais finas. Então ela se sentou e a ajudei com a parte de cima, cobrindo os seios pequenos, amarrando no pescoço e costas. Senti tanto prazer em vesti-la quanto em despi-la. Tive vontade de tirar tudo de novo, mas me controlei. Com ela sempre era delicioso, perfeito, mas eu precisava me lembrar de não ser afoito demais.

Levantei-me e ela pegou as muletas, erguendo-se também, olhando para baixo, para o próprio corpo. Voltou a me encarar, ainda com aquela expressão meio bêbada de orgasmo, sorrindo:

— Vou iluminar a praia toda. Vão pensar que eu sou alguma gringa, branca desse jeito.

— Está linda. Divina!

— E essas cicatrizes... — Aquilo a perturbava de verdade, mas vi que lutava para enfrentar. Por fim, disse mais decidida: — Se você não se importa, eu não vou me importar também.

— Eu não me importo nada. Pelo contrário. — Admirei minha gata de cima a baixo, lindinha no biquíni, toda bem-feita e delicada. — Vamos?

— Vamos.

Angelina

Vesti a saída de praia sobre o biquíni, amarrada na cintura, enquanto atravessávamos o calçadão e seguíamos até uma descida ao lado de um quiosque cheio de gente.

Valentim ia ao meu lado, apenas de sunga e chinelos, levando uma toalha, a carteira, o celular e um protetor solar dentro de uma ecobag.

Olhei para a areia branca, o mar azul adiante, as pessoas. Evitei-as, achando que todo mundo repararia em mim ali de muletas, joelhos marcados. Mas logo parei de pensar besteira e me concentrei em andar. Sentia muita coisa: felicidade, ansiedade, expectativa, vergonha... Mas estava decidida a experimentar mais uma coisa que Valentim me apresentava.

Havia anos que eu não ia à praia. Voltava agora com ele.

— Segura as muletas — avisou, aproximando-se e inclinando-se para me pegar no colo e descer os degraus. Obedeci, e ele me levou assim até a areia, onde havia uma mesa de plástico vermelha com um guarda-sol colorido e quatro cadeiras. — Tudo bem?

— Sim.

Ajudou-me a sentar, depositou as muletas na areia e a ecobag na mesa. Observou-me, os olhos verdes, lindos e atentos.

— Animada?

— Assustada. Essas ondas vão me engolir.

— Só se eu deixar.

Ri um pouco nervosa. Não sabia como me equilibraria com as ondas batendo com força, sem as minhas muletas. Mas acreditei e confiei nele.

Tínhamos passado protetor antes de sair de casa, ele preocupado que eu me queimasse no sol a pino. Nada nos impedia de dar um mergulho, e vi a sua intenção quando tirou os chinelos.

Olhei em volta, a paisagem maravilhosa, as pessoas espalhadas sob guarda-sóis pessoais e dos quiosques. A praia estava bem movimentada, crianças rindo e brincando na beira d'água, casais entrando no mar de mãos dadas, famílias e gente sozinha curtindo a praia. Cada um seguindo a sua vida, ninguém ligando para mim.

Tirei a saída de praia e me levantei sem as muletas, apoiando a mão na mesa. Conseguia ficar assim um momento, não muito. Olhei para Valentim e ele entendeu que eu estava pronta.

— Se me levar no colo até a água, todo mundo vai olhar.

— E daí? Já não trouxe você no colo até aqui? Esquece os outros, por favor. Concentre-se em mim.

Como se fosse difícil fazer aquilo, tão lindo na minha frente. Acenei e, sem qualquer cerimônia, ele me pegou nos braços, os olhos nos meus, um sorriso encorajador.

— Confia em mim?

— Confio.

Levou-me para a água. Segurei-me no pescoço dele e observei a espuma nas suas pernas, a água límpida, linda. Valentim foi entrando, as ondas batendo perto, enquanto eu ficava nervosa e cheia de expectativa. Nem percebi que segurava a respiração.

Quando a água chegou na altura das minhas coxas, uma onda veio e ele se moveu, dando um pulo. Soltei um gritinho quando a água gelada lambeu a minha bunda e me arrepiou toda. Valentim riu. Entrou mais e, quando menos esperei, me arriou e me molhei até o pescoço.

Agarrei-o mais forte, vendo o seu bom humor, levando-me para depois da arrebentação, parando ali com os pés firmes no chão. Soltei o ar, sentindo toda aquela água salgada à minha volta, o ondular suave, o corpo dele me amparando. Fui invadida por uma sensação maravilhosa, uma alegria imensa. Foi como voltar no tempo, na época em que era bem mais nova e podia me mover com as minhas pernas, indo para a praia com os amigos e a Lila.

— Que delícia! — Estiquei-me, e a minha cabeça molhou também, enquanto eu sorria, só com o rosto de fora. — Consegui!

— Muito bom, não é?

— Demais!

O Dia em que Você Chegou

Valentim deixou as minhas pernas escorregarem para baixo, flutuando, enquanto me segurava pela cintura e eu em volta do seu pescoço, olhando-me com ternura. Ali eu podia bater os pés, nadar sem dor. Ondulávamos conforme a água ia e vinha, mas naquele lugar era seguro, pois as ondas quebravam mais para a beira. Era bom também para me esfregar nele, e foi o que fiz.

— Você gosta de provocar, não é, minha anja?

— É que eu só gosto de ficar assim, colada em você.

— E com o meu pau na sua bucetinha, você gosta?

O olhar ardia, totalmente concentrado em mim, sensual. Era impossível não reagir, não me abalar. Acariciei os seus cabelos na nuca, admitindo baixinho:

— Adoooro.

— Não fala assim que te levo pra casa agora. — Senti o volume do seu pau aumentar. — Comporte-se, garoto!

— Mas foi você quem começou. — Sorri abertamente, colando-me mais ainda, quase encostando os meus lábios nos dele. — Vamos nos beijar embaixo d'água?

Fez um aceno. Colamos as nossas bocas e prendemos a respiração. Ele desceu e me levou junto. Nunca tinha feito aquilo e me concentrei para não respirar, enquanto sentia a sua língua buscar a minha, com gosto de sal. Não desgrudamos, e foi uma sensação maravilhosa de liberdade, de estar flutuando. E de prazer.

Subimos e ri, tirando água dos olhos.

Aos poucos, Valentim me soltou e eu me senti segura para boiar, nadar. Ali os meus movimentos eram mais fluidos e quase indolores. De vez em quando, vinham pontadas nos quadris, mas bem fraquinhas. Eu até me esquecia delas diante da delícia de tudo aquilo.

Nadamos lado a lado, conversamos, nos abraçamos e nos beijamos. Depois ele mergulhou e mordeu a minha bunda, fazendo-me rir e quase afogar. Brincamos como duas crianças um bom tempo, esquecidos do resto do mundo. Outras pessoas se espalhavam por ali, mas parecia que éramos somente nós dois naquele paraíso só nosso.

Quando cansamos, nadei com ele até a parte em que as ondas batiam, e dali ele me segurou. Saiu assim comigo, até a cadeira. Percebi algumas pessoas olhando, principalmente um grupo de jovens que estava perto, mas desviei logo a minha atenção deles.

Foi tudo perfeito. Falamos sobre várias coisas, da minha consulta no dia anterior, dos exames que eu faria na semana seguinte, das músicas que eu não parava de ouvir no toca-discos. Contei que havia comprado mais vinis pela internet e, quando chegassem e ele fosse ao meu apartamento, ouviríamos juntos.

Ficamos à vontade e preguiçosos. Percebi o quanto ele gostava daquilo e o quanto eu estava reaprendendo a gostar também, encantada.

Quando sacou o celular e se aproximou de mim, falou para que eu sorrisse, e o fiz com vontade. Ficamos bem tão juntinhos na selfie, ambos com uma alegria genuína estampada no rosto. Era um contraste atraente: ele moreno, mais bronzeado, cabelos escuros; eu clara e de cabelos loiros. Amei a foto e ele disse que a enviaria para mim. Tiramos mais algumas.

Acabamos ficando com fome e pegamos as nossas coisas. Valentim me levou nos braços até o quiosque e nos sentamos a uma mesa com vista para o mar. Novamente chamamos atenção, as muletas como chamariz. Mas não me importei tanto.

Ele foi ao banheiro e o observei calada, o coração parecendo todo preenchido, extravasando admiração, paixão, carinho, felicidade... Olhei o seu corpo perfeito, a sua postura ereta, o modo de andar seguro. Não passou despercebido a mim como chamava atenção das mulheres e até de homens, muito mais bonito e atlético do que todo mundo ali.

Quando sumiu de vista, desviei o olhar para o mar, a ansiedade indo se juntar ao resto dentro de mim. Pensei em tudo que estávamos vivendo juntos, no modo como ele invadia a minha vida com força e me deixava completamente ligada nele. Ocupava todos os meus pensamentos e emoções. E era impossível não sentir uma pontada de medo.

Valentim era tão maravilhoso que eu não conseguia crer que fosse de verdade. Não era possível que ele não tivesse defeitos. Era lindo de morrer, morava numa casa espetacular, tinha uma ótima situação financeira, uma família estruturada e um caráter exemplar. E como se não bastasse tudo isso, um furacão delicioso na cama, levando-me a alturas nunca alcançadas. Só o fato de dar aulas de graça para as crianças carentes já dizia muito sobre ele.

Também insistira em ficar comigo, lutara por isso. Minhas limitações, minha doença, minhas cicatrizes, nada disso o impedira. Eu cheguei a temer que enjoasse logo, que me achasse muito sem graça diante das opções que devia ter. Mas parecia cada vez mais próximo. Eu via pela maneira como me olhava, tocava, cuidava de mim.

Algo devia estar errado. Eu começava a me apavorar diante dos sentimentos devoradores que me consumiam, da necessidade de estar na sua companhia o tempo todo. E se fosse passageiro para ele? E se fosse o tipo de pessoa que mergulhava de cabeça, mas sumia tão rápido quanto tinha entrado? O que eu faria com o que sobraria de mim?

Não entendi por que o medo veio com tanta força naquele momento, se eu me sentia tão feliz. Não havia nada que o desmerecesse, pelo contrário. Como Lila tinha dito, era um príncipe. Perfeito. Incrível.

— Pediu alguma coisa?

Sentou-se ao meu lado, aqueles olhos verdes em mim, tranquilos, alheio às besteiras que passavam pela minha cabeça.

— Não. Ainda não vieram aqui.

Virou-se e chamou um garçom. Não consegui desviar os olhos dele, um aperto no peito só de imaginar perdê-lo mais à frente, uma vontade de chorar vinda não sei de onde.

Eu o vi cumprimentando o rapaz, indagando algo. Mordi o lábio, mandei a mim mesma parar de besteira, viver um dia de cada vez. Mas como seria acordar sem aquela alegria, só de saber que ele estava na minha vida, que iríamos conversar por telefone ou nos encontrar em breve? Como retornar ao meu mundinho insípido e solitário longe dele e de tudo que me fazia sentir com tanta intensidade?

— ... Angelina? Angelina?

Saí do transe, percebendo que ele falava comigo. Pisquei, tentei respirar com normalidade.

— Hã?

Valentim sorriu.

— Quer uma água de coco?

— Quero.

— E pra comer?

— Pode escolher.

— Caranguejo? Aqui fazem um delicioso, com molho, na panela de barro.

— Tá.

Ele fez os pedidos ao garçom e, quando este se afastou, olhou-me com atenção. Inclinou-se para frente e segurou a minha mão sobre a mesa.

— O que houve?

— Nada.

— Você estava me olhando de uma maneira estranha.

— Estava só distraída.

— Com a minha beleza? — brincou.

— Você é bonito demais.

— Hum... — Veio para mais perto, com um sorriso sedutor. — Você também é linda. Adoro olhar pra você.

— Por quê?

Observei-o com atenção, o meu peito ainda com aquele aperto inexplicável.

— Por que eu adoro olhar pra você? — Fez que sim e me encarou, antes de dizer, bem baixinho: — Seus olhos. São cheios de luz, parecem doces, com emoções sobressaindo. Meio que um olhar de criança, sabe? Inocente e puro. Sua boca é uma tentação, cheia, rosada. O nariz é perfeitinho, o queixo também. A pele parece de porcelana. O cabelo é macio, cheiroso, enfeita o seu rosto. Adoro o seu sorriso. De verdade. Seu corpo cabe todo no meu, me recebe, me aquece, me faz arder e me acalma. Tudo em você tem esse poder, lindona.

Eu estava muda, sem conseguir desviar o meu olhar, tocada pelas palavras e principalmente pela verdade com que as dizia. O aperto em mim foi se soltando, se desfazendo, parecendo ridículo.

— Quer que eu fale mais? — Valentim chegou bem perto, murmurando, me queimando com o olhar. — De como eu gosto da maneira com que os seus peitinhos cabem dentro das minhas mãos? Como amo olhar a sua buceta molhada, pronta pra me engolir todo?

— Para — pedi, abalada, sentindo tudo com intensidade absurda. Puxei o ar, achando-me tola por pensar tantas besteiras sem motivo. Lembrei-me dele falando no celular que estava "apaixonadinho". E aquilo me acalmou de vez.

— Só falei a verdade, minha anja.

Era só usar o apelido, e eu caía derretida aos seus pés. Abracei-o forte e ele me manteve assim. Então, soltei-o, sorrindo como uma boba.

— Da próxima vez me faz essa pergunta em casa. Vou mostrar como gosto de cada parte de você.

O olhar era lascivo e provocador.

— Pode deixar. Não vou esquecer.

O garçom trouxe os nossos cocos, e estavam deliciosos. Consegui equilibrar as minhas emoções, aproveitar o dia com Valentim. Quando os caranguejos enfim chegaram com os acompanhamentos, comemos com gosto, quebrando-os numa pequena tábua, rindo da lambança.

Voltamos satisfeitos e calmos para a casa dele, Valentim caminhando devagar ao meu lado, a mão espalmada nas minhas costas. Parecia sempre atento, como se fosse me amparar nos braços ao menor tropeço. Eu me sentia querida, protegida.

Depois de um banho, fomos para cama e fizemos amor. Ele ficou atrás de mim, comigo de quatro, metendo na minha buceta que escorria, dizendo coisas quentes no meu ouvido, acariciando o meu clitóris. Quando acabou e fiquei nos seus braços, ouvindo a sua respiração e as batidas do seu coração se acalmando, pensei na minha insegurança toda e mais uma vez fiquei abalada por tantas incertezas.

Adriano veio na minha mente, fazendo de tudo por mim, apaixonado, me convidando para morar com ele. Fui como uma boba, achando que estava vivendo o meu conto de fadas. Um advogado jovem, bonito, amoroso, tão apaixonado quanto eu, sem ligar para as minhas muletas. Então... vieram os problemas. O cansaço de ter sempre que se adaptar, se conter, evitar sexo quando uma crise ou um ataque de fibromialgia me impedia. Até que o cansaço virou decepção. E passei a ser um fardo pesado, ou como um dia o peguei falando ao celular com um amigo, uma mala sem alça.

Fechei os olhos, angustiada com as lembranças. E entendi o que me perturbava e alertava. Era a possibilidade de tudo se repetir com a convivência.

Eu e Valentim estávamos no começo, a minha saúde tinha se restabelecido, a artrite se encontrava em remissão. Minhas muletas não o incomodavam, faziam parte de mim, de como me conhecera. Ele viu a minha crise quando ainda não nos relacionávamos. Mas como seria estar na minha companhia quando eu ficasse dias, talvez semanas, entrevada e com dores? Impedindo-o de viver? De transar? De fazer tudo que gostava e mostrava para mim?

Esse era o meu medo. Ver em Valentim a mesma decepção do Adriano. Não ali, mas no futuro.

Eu não aguentaria. Não com ele.

Angelina
23

Na semana seguinte, combinei de começar a malhar na academia, na quinta-feira. Eu estava superanimada, tanto por ver o meu namorado com mais frequência quanto por poder ter uma melhora ainda maior com os exercícios. Na terça, fui à clínica e, depois da fisioterapia, sentei-me e conversei com Ana Clara, uma das fisioterapeutas que me atendiam.

Contei as novidades que o médico me apresentou, a possibilidade de um novo tratamento, como também a visita à academia do Valentim e a conversa com Elton sobre musculação. Ela ouviu com atenção, fazendo perguntas pontuais. Por fim, indaguei o que ela pensava sobre tudo aquilo. A moça alta, com cabelos bem curtinhos, respondeu:

— Acho perfeito você buscar tratamentos mais eficazes e fazer exercícios para fortalecer a musculatura. Mas tem que ser de fato com um fisioterapeuta e supervisionada. Angelina, antigamente as pessoas achavam que quem tinha uma doença autoimune como a AR ou o lúpus deveria ficar deitado a maior parte do tempo. Hoje sabemos que não é assim. Claro que não pode fazer qualquer exercício, pegar muito peso ou forçar demais. Mas se conseguir ter uma resposta física boa, valerá muito à pena.

O Dia em que Você Chegou

— Pensei em continuar a fisioterapia para os quadris e os joelhos aqui às terças e fazer musculação lá às quintas.

— Melhor ainda. Presta atenção às respostas do seu corpo e conta sempre ao fisioterapeuta se algo te incomodar. Depois que se adaptar, vai gostar dos resultados. Sem falar que você já faz alongamentos em casa. — Sorriu para mim. — Você se cuida bem, é dedicada. Vai dar tudo certo.

— Estou animada! — Sorri também.

Na mesma hora, pensei na Madalena, que eu não via desde o último encontro com Valentim, semanas atrás. Preocupada, indaguei:

— E a Madalena, tem aparecido?

— Sumiu.

Minha preocupação aumentou. Depois que Ana Clara se despediu e saiu da sala, eu busquei o meu celular na bolsa, sentindo-me culpada. Tudo bem que Madalena tinha sido grosseira com Valentim e que me chateara, principalmente falando no Adriano, mas eu tinha ficado aquele tempo tão encantada com o que estava vivendo com o meu namorado, que pouco lembrara da minha amiga.

Eu a conhecia havia alguns anos, frequentara a sua casa e ela a minha. Fizemos tratamento juntas. Ela sabia de praticamente tudo da minha vida e eu da dela. Foi me ver no hospital durante a última crise. Mesmo com um gênio difícil, estava sempre perto e gostava da minha companhia.

Eu tinha certeza de que era orgulhosa e não me procuraria, pois na cabeça dela acreditava que eu preferira Valentim e a desprezara. Madá era uma pessoa bem difícil, cheia de cobranças e inseguranças, que usava a agressividade mais para se defender e fingir não precisar de ninguém. Mas, muitas vezes, eu via uma pessoa inconformada com a doença, perdida e infeliz.

Não tive orgulho bobo de ligar para ela. Na verdade, eu até me culpei por não ter feito isso antes, tão apaixonada e focada estava no Valentim.

O telefone tocou várias vezes, mas ninguém atendeu. Tentei de novo, e nada. Mandei mensagem pelo Whatsapp e apareceu que a última visualização dela tinha sido às três da manhã. Talvez ainda estivesse dormindo.

Arrumei as minhas coisas e, antes de sair da clínica, verifiquei se tinha mensagem dela. Nem olhara. Pensei em tentar mais tarde, porém algo me alertou que talvez alguma coisa mais séria tivesse acontecido. Liguei para a casa dela. Depois de alguns toques, dona Glória atendeu e ficou agradecida por ouvir a minha voz.

— Angelina! Ah, minha filha, que bom que você ligou! Faz tempo que não falo com você! As coisas aqui têm andado tão difíceis!

Meu desconforto aumentou e me preocupei mais.

— Aconteceu alguma coisa? A Madá piorou?

— Muito!

— A doença...

— Não é a artrite. É ela, Angelina. Desistiu de vez de se tratar. Nem os remédios quer tomar. Vive enfurnada no quarto, com raiva da gente e do mundo, praticamente sem sair da cama. A única coisa que faz é comer sem limites. Está engordando cada vez mais. Eu e o Fernando não sabemos o que fazer! Já tentamos de tudo.

— Eu não sabia que ela estava assim.

— Queríamos falar com você, pois é a única pessoa que a Madalena escuta. Mas não tínhamos o seu número e ela também não quis nos dar. Minha filha, estou acabada! E muito nervosa!

— Calma, dona Glória. Isso vai passar. Posso dar um pulo aí para vê-la?

— Você faria isso? Por favor?

— Claro que sim. Não sei se ela vai querer me receber, nos desentendemos um pouco da última vez, mas vou tentar. Posso ir agora?

— Estamos esperando você. Obrigada, querida. É sempre um anjo com a gente.

Despedimo-nos, e pensei na palavra que usou. Eu não era um anjo. E não tinha poder de nada, tampouco com a Madalena. Apenas tentaria conversar com ela em nome da nossa amizade e porque eu me preocupava de verdade, gostava dela.

Peguei um táxi e, em pouco tempo, cheguei ao prédio antigo e bem conservado onde ela morava, na Alameda. O porteiro me deixou subir, e a senhora que tinha por volta de sessenta e muitos abriu a porta para mim e me abraçou forte.

— Angelina, que bom ter você aqui. — Afastou-se para me olhar. — Como você está?

— Bem.

— Parece bem mesmo. Ainda mais linda! E com uma aura diferente, mais corada. Que bom ver você assim, meu bem. — Glória sorriu abertamente.

Ela era professora universitária aposentada, que morava ali com Fernando, também professor aposentado, e a filha única, Madalena. Ambos a tiveram em idade avançada, e hoje ela estava com apenas vinte e três anos. Certa vez, Glória se lamentara, dizendo que era culpada da rebeldia e gênio difícil da filha. Dissera que nunca a proibiram de nada, sempre a criaram deixando passar as suas manhas e malcriações, até ela crescer achando que podia tudo.

— Obrigada. — Sorri, um pouco envergonhada. Valentim estava me fazendo tão bem, me deixando tão feliz, que tudo isso devia estar refletindo até na minha imagem. — Madá está acordada?

— Não sei. O quarto fica trancado e ela não responde quando bato — suspirou, acompanhando-me até o centro da sala. — Fernando foi ao mercado, pois eu não quis sair. Tenho medo de que ela passe mal, sei lá.

Era clara a preocupação e o abatimento da dona Glória. Ela balançou a cabeça e me olhou.

— Juro que já tentei de tudo. Ela até grita comigo. Diz que não pode se levantar, quer que eu leve comida, refrigerante, tudo. Não arruma nem a cama. Na verdade, mal sai de lá, grudada no celular e vendo séries na televisão, uma atrás da outra. Nunca mais tomou o remédio que o médico receitou. Não sei como ainda não teve uma crise.

— Que situação... — Respirei fundo para conter a minha irritação. Odiava aquela infantilidade da Madalena e de como abusava dos pais.

No momento em que eles poderiam descansar, ela os enchia de problemas. Não era questão da doença, que Madalena nem tinha tão avançada assim. Eram a raiva, as exigências e cobranças, a falta de empatia e de carinho, preocupando-se apenas com si mesma e explorando-os sem dó.

— Você fala com ela? — dona Glória estava esperançosa.

— Vou tentar. Não sei se vai querer me receber.

— Está bem.

Movi as muletas até a porta do quarto dela e bati.

— Madalena, está acordada? — falei alto. — Sou eu, Angelina.

Só ouvi o ronronar suave do ar-condicionado ligado lá dentro. Esperei, e nada.

— Madá? Você pode abrir a porta pra mim?

Dona Glória me espiava de longe, cheia de expectativa e cansaço no semblante. Sorri apenas para acalmá-la e insisti mais alto:

— Não quer falar comigo? Vim ver você, Madalena. Liguei, mas você não atendeu. — Novamente silêncio. Suspirei, lamentei pela senhora, por tudo. — Certo. Se não quer conversar, vou respeitar. Se precisar de alguma coisa, me liga.

Eu já estava me virando. Dona Glória apertava as mãos, decepcionada e nervosa. Já iria consolá-la, quando a voz veio de dentro do quarto:

— Espera! Vou abrir.

Os olhos da dona Glória se encheram de lágrimas. Sorriu agradecida e saiu rápido de perto, como se estar ali bastasse para irritar a filha. Voltei para a porta, com um aperto no peito, irritada com tudo aquilo. Passou um tempo até Madalena abrir, olhando para mim com algo parecido com raiva, os lábios apertados numa linha fina.

Os cabelos antes sempre lindos, quase até a cintura, estavam soltos, embolados, sebosos. Parecia que não os lavava havia muitos dias, talvez semanas. O rosto amassado pelo sono, com uma fúria brilhando no olhar. Usava uma camisola bem larga de algodão e se apoiava numa bengala. Tinha engordado mais naquele tempo em que não nos víramos.

— O que você quer? — Ergueu o queixo, mal-humorada.

Dificilmente alguém me tirava do sério, mas Madalena conseguiu. Encarei-a zangada, cortando-a:

— Olha como você fala comigo. Se não quer me receber, saio agora.

Apertou mais os lábios, calada. Emoções intensas passaram pela sua expressão, e o que me segurou ali foi ver tristeza e medo entre elas. Mas não abrandei, esperei.

Abriu mais a porta.

— Quer entrar?

Movi-me e ela saiu da frente, mancando, apoiando-se na bengala. O quarto estava um gelo, e me arrepiei. Bateu a porta atrás de mim e voltou para a cama cheia de travesseiros e colchas emboladas. Havia um cheiro ruim de suor e de comida azeda.

Fui até as cortinas fechadas e as escancarei. Abri as janelas e ela reclamou:

— Que bosta, Angelina! Essa claridade vai me cegar! E o ar gelado vai sair todo!

Não dei atenção. Só então me virei, chocada com a bagunça no quarto. Havia roupas de dormir, calcinhas e sutiãs por todo lado. Na poltrona, no chão, caindo pela cômoda. Assim como caixas de bombons abertas, papéis espalhados, embalagens de doces e barras de chocolate. A quantidade que uma pessoa talvez nem comesse durante um ano estava ali, consumidos por ela sem qualquer controle.

Também tinha copos vazios com bebidas secas e grudadas, pratos sujos, embalagens de pizza. De alguma daquelas coisas vinha o cheiro de estragado.

Olhei para Madalena sem acreditar no que eu estava vendo, e ela se recostou no espaldar, encarando-me de volta em desafio. Balancei a cabeça, tirei as roupas da poltrona e me sentei, aliviada pela brisa que entrava e tirava um pouco do ar rançoso.

— Você não leva as coisas sujas pra cozinha? Está entrevada nessa cama? — Fui bem direta, mas ela não respondeu, silenciosamente furiosa. Continuei: — Nem deixa a sua mãe entrar pra limpar esse chiqueiro?

— Não é um chiqueiro! Não sou uma porca!

— Não? — Olhei de modo significativo para a sujeira, depois usei toda a minha franqueza: — Há quanto tempo não toma banho?

— O que quer dizer com isso? Que estou fedendo?

— Está.

— Olha, se veio aqui pra me ofender, pode sair! Nem liga pra mim e agora aparece cheia de marra!

Então era aquilo. Estava com raiva, com ciúmes, sentindo-se deixada de lado. Não aceitava e partia para a agressão. Contei até cinco, sem querer me estressar, de certo modo entendendo a cabeça dela. Madalena tinha se acostumado a ser o centro das atenções em casa e queria o mesmo comigo.

— Se estava com saudades, por que não me ligou? — retruquei.

— Depois do que fez? Me desprezando pra ficar com aquele lá? — bufou. — Não, obrigada.

— Madalena, para de se fazer de vítima. Sabe muito bem que não te desprezei.

— Desprezou sim! — quase gritou.

— Abaixa o tom — pedi com educação. Olhei bem firme para ela. — Você foi mal-educada com uma pessoa que nem conhecia e que não te destratou em momento algum. E foi cruel comigo, querendo mandar em mim, falando no Adriano, usando tom de ameaça.

Ela ficou parada. Ergueu o queixo, como se fosse me desmentir, mas algo na minha expressão não deixou que continuasse. Cruzou os braços feito uma criança mimada fazendo birra.

Suspirei, tentando ser paciente.

— O problema é que você não sabe conversar, resolver as coisas. Se não gostou de algo, se achou que agi mal, poderia me chamar, reclamar comigo ou pelo menos *tentar* entender...

— Ah, entendi, *eu* é que tenho que correr atrás de você! Mesmo depois de ser esculachada?

— Não esculachei você. E sabe bem disso.

— A gente tinha combinado! Odeio ir naquela clínica, mas fui só por sua causa, fiz aqueles exercícios que não servem pra nada, me forcei, esperando o momento que a gente ia pôr a conversa em dia, passar a tarde juntas. E o que você faz? Fica cega por um homem e esquece de mim! — Despejou tudo de uma vez, cheia de sentimentos conflitantes.

Olhei-a por um momento, vendo que acreditava no que dizia. Sempre distorcia tudo a seu favor ou só via o que lhe interessava.

— Não foi bem assim. O Valentim apareceu lá pra falar comigo e eu já estava resolvendo o que precisava com ele. Eu ia sair *contigo*. O problema é que você já chegou com pedras na mão, tratando ele mal, usando de ameaças comigo, me intimidando. Foi isso que me fez interromper o nosso encontro, não ele.

— E vai me dizer que não era isso que você queria? Que, desde o momento em que ele apareceu, quis um jeito de se livrar de mim e sair com ele?

— Claro que não foi isso! Tá maluca?

— Aposto que deu pra ele! — Olhou-me de cima a baixo, mágoa e irritação no olhar. — Tá namorando, não é? Dá pra ver na sua cara, no seu jeito.

De algum modo, aquele tom me envergonhou. Parecia que eu tinha feito alguma coisa errada e continuava fazendo. Madalena era craque em deixar os outros sem certeza de nada, tamanha a intensidade dos seus argumentos.

— É por isso que está tratando mal os seus pais? Vivendo aqui nesse chiqueiro, sem se cuidar, com raiva do mundo?

— Você não tem poder sobre mim, Angelina. Estou vivendo como *eu* quero!

Suspirei de novo, ficando cada vez mais cansada. Mas não desisti:

— Viver como quer, Madalena, é não precisar de ninguém. Entretanto, morar com os pais que já têm idade, exigir que sejam seus escravos, esbravejar e tratá-los mal, mas depender deles, é maldade e falta de educação, de amor. Não vê como se desdobram por você? Como se preocupam?

Deu uma risada de desprezo.

— Até parece! Agora é mole posarem de bons pais! Mas, e quando me largavam com estranhos pra trabalhar? Os dois enfiados em escolas e faculdades, manhã, tarde e noite? Desde que eu era bem pequena me deixaram de lado. Agora se fazem de vítimas!

— Queriam dar o melhor a você.

— Conversa-fiada! — A raiva borbulhava, deixando-a vermelha. — Nem me viam! Não sabiam o que acontecia comigo!

— E por acaso aconteceu algo com você? Alguém te machucou?

Ela ficou petrificada, e a reação me deu um motivo de desconfiança. Minha garganta travou. Na mesma hora, desmentiu:

— Não aconteceu nada demais! Só que ninguém me amava, eu era sozinha, entende? Sempre sozinha! E hoje eles têm medo de ficar velhos e ninguém cuidar deles. Fingem que me amam, mas querem que eu fique boa pra servir de babá! — Riu. — Piada! Sacanagem do destino! Eu sou doente, porra! Eu manco! Vou ficar aleijada! E eles vão cuidar de mim! Ponto final!

Era uma loucura a qual eu não sabia mensurar ou como resolver. Senti um peso em mim, uma certeza de que aquele ódio todo tinha algum fundamento lá atrás. Fiquei arrepiada só de imaginar algum daqueles estranhos abusando dela menina e Madalena guardando aquilo dentro de si, esses anos todos.

Pior que ela não falaria de modo algum. E eu estava perdida. Levantei-me, apoiando-me nas muletas. Fui até a cama de casal bagunçada e me sentei ao seu lado. Ficou dura, olhando para mim. Retesou-se toda quando segurei a sua mão gelada, rígida.

— Madalena, você pode não acreditar, mas sou sua amiga. Quero o seu bem e nunca tive interesse algum. Eu apenas gosto de você. Se te magoei de alguma maneira, saiba que não foi minha intenção. Nunca. Senti a sua falta.

— Duvido. — Os lábios tremeram.
— Você sabe que sim. — Sorri.
Algo no seu semblante desanuviou. Olhou um tempo para mim, para as nossas mãos. Apertou a minha, deixando toda mágoa aparecer:
— Pensei que você iria me desprezar e nunca mais ligar pra mim.
— Deixa de ser boba. Não tem que ter isso entre a gente. Quando estiver chateada, fale. Assim resolvemos tudo.
— Mas demorou. Tem semanas que não... — Respirou fundo, como a criar coragem. — Está mesmo com ele?
Acenei que sim. Ela tirou a mão e cruzou novamente os braços, apertando os lábios numa linha fina. Era difícil lidar com aquele gênio, aquele humor. Recostei-me no espaldar da cama, observando-a.
— Isso não tem nada a ver com a gente, Madalena. Não atrapalha a nossa amizade.
— Será que não? Se não estivesse com ele, teria falado comigo antes. Você simplesmente esqueceu que eu existia.
Morri de vergonha, pois de algum modo tinha sido isso mesmo. Não a esquecera, mas também não fizera nada para me aproximar.
— Tem o quê? Um mês? Mais? Nunca ficamos tanto tempo sem nos falar.
Eu até poderia repetir que ela deveria ter me procurado também, mas não insisti, pois de nada adiantaria. Às vezes, eu tinha mesmo vontade de tirar férias daquela amizade, deixar o tempo fazer o papel dele. Era difícil andar na corda bamba, com medo de chatear a pessoa, tendo que engolir respostas para não criar confusão.
No entanto, Madalena também tinha o seu lado bom. Gostava de verdade de mim, ouvia os meus conselhos, me dava apoio quando eu ficava em crise ou com problemas maiores. Lembro-me de que tentara me animar no hospital, lendo piadas no celular, contando histórias, procurando ser útil. Vira também o meu sofrimento depois do Adriano e ficara ao meu lado, paciente, companheira...
Era difícil, sim, mas de alguma maneira eu a entendia. A AR a revoltava, ela não a aceitava de jeito nenhum. E isso se juntava a todo o resto.
— Eu também estava chateada. Mas passou. Se eu não fosse sua amiga, não estaria aqui — afirmei com carinho, e olhou de novo para mim.
Madalena era muito bonita, com olhos escuros grandes e cílios longos, nariz empinado, lábios bem-feitos. O cabelo, maravilhoso, estava oleoso, maltratado, mas tinha brilho e volume de dar inveja.
Viu que eu a observava e se depreciou logo:
— Está reparando como eu engordei, não é? Criticando em pensamento.
— Não. Estava notando o quanto é bonita.

Desconcertada, desviou o olhar.

— Mas sempre diz que eu preciso emagrecer.

— Madalena, não falo isso por estética. É pela saúde, pelo fato de termos AR. Quanto mais peso, pior para as nossas articulações e cartilagens, você sabe disso. Poderia estar sem essa bengala, nunca precisar de cadeira de rodas, só com exercícios, alimentação balanceada e remédios certinhos.

— Esse papo de novo!

— Para de fazer manha! Precisa se cuidar! Quer ficar entrevada nessa cama? Ter uma crise?

— Vai acontecer mesmo! — Deu de ombros.

— Mas é muito cabeça-dura! — reclamei. — Está prejudicando a si mesma.

Não respondeu, mas eu sentia que pensava, relaxava mais, a raiva já menos intensa.

— Vai voltar a tomar os remédios?

— Já disse que não adiantam.

— Vão adiantar se quiser melhorar e se cuidar junto. Comece tomando um banho, limpando essa bagunça. Depois volte à clínica, procure um nutricionista e...

— Você sempre querendo mandar em mim, Angelina.

— Só quero que fique bem.

— Quer mesmo? — Olhou-me como uma criança querendo acreditar.

— Sabe que sim. Posso te falar só mais uma coisa? — Acenou, desconfiada. — Por que não procura fazer psicoterapia? Ajudaria muito, em tudo.

— Não quero. — Fechou-se de novo.

— Ok. — Não insisti naquele momento. — Mas vai fazer as outras coisas?

Pensou um pouco e disse sem me olhar:

— Vai esperar aqui? Depois que eu tomar banho, poderemos tomar café da manhã.

— Madalena, já é meio-dia.

— Então almoça aqui comigo?

Eu estava cheia de traduções para fazer em casa e Valentim tinha ficado de aparecer à noite. Mas concordei na hora. No dia seguinte, acordaria bem cedo para recuperar o tempo de trabalho.

— Almoço. E te ajudo nessa bagunça, no que eu puder.

Pela primeira vez ali, sorriu. E foi educada:

— Obrigada.

— Por nada. — Sorri também, aliviada e feliz.

Esperei que Madalena se levantasse, mas parecia querer dizer mais alguma coisa. Olhou-me com certa reserva.

O Dia em que Você Chegou

— Vocês estão namorando pra valer?
— Estamos.
— Há quanto tempo?
— Um mês e meio.

Pude ver a sua mente maquinando que era o mesmo tempo que estávamos longe uma da outra. Acenou, apertando de novo os lábios com certa raiva.

— Eu imaginei. Está muito bonita, mais bronzeada. Feliz — comentou, sem me olhar.

— Estou feliz, sim. Eu e o Valentim estamos nos dando bem. — Ficou calada, e aquilo me incomodou. — Quero que você o conheça melhor. Vai gostar dele.

— Não faço questão! — Parecia enciumada.

— Mas eu faço. Lila gosta muito dele. Tenho certeza de que você também vai gostar.

— Lila gosta de todo mundo, até daquela vaca da Manuela! — bufou, os olhos brilhando para mim. Parecia engasgada, sem conseguir se conter: — Você pode achar que tratei ele mal naquele dia por raiva, mas não foi! Foi medo mesmo!

— Medo?

— Que ele faça você sofrer.

A voz foi de certeza, quase como uma previsão. Senti uma pontada, mas tentei não ligar. Entretanto, era um medo meu também, do futuro, de tudo que poderia acontecer. Não falei nada.

— Angelina, desculpe. Você é a minha melhor amiga, a única pessoa no mundo que eu amo. Briga comigo às vezes, mas sei que é para o meu bem.

— Não diga isso. Eu te amo e seus pais também.

— Deixa eles pra lá! Estou falando de você. — Virou-se totalmente para mim. — Eu só não quero que sofra. Você não merece.

— Não vou sofrer. — Fez cara de quem não acreditava, e aquilo me balançou. Reforcei: — O Valentim não é o Adriano.

— Não. Me desculpa por ter falado no verme naquele dia. Mas... o Valentim é pior, Angelina.

— Madalena, não quero me aborrecer de novo com você!

— Mas você não disse que eu tenho que falar o que me incomoda? Ou preciso me calar?

— Se for pra me deixar preocupada à toa, melhor não dizer.

— Então...

— Vai, fala de uma vez! — pedi. — Por que está pensando isso?

Eu sentia ansiedade, irritação, mas não podia deixar de perguntar.

— Não o conheço. Ele pode ser gente boa, sim. Mas aquele homem... porra, Angelina, ele é lindo demais! O corpo, o rosto, os olhos... parece de outro mundo, entende? Um mundo que não é o nosso!

O aperto piorou dentro de mim. A perfeição física do Valentim veio com tudo na minha mente, aliada ao seu jeito especial, carinhoso, sedutor. Era como se Madalena dissesse que eu não era o bastante para ele e aquilo me magoou, ao mesmo tempo que me trouxe dúvidas antigas.

— Você é linda, maravilhosa, a melhor pessoa do mundo! — Agarrou as minhas mãos, como se tentasse se justificar. — Não estou dizendo que é inferior a ele não! Nunca! Eu só estou dizendo que ele está acostumado com outro ritmo, outras pessoas. Pode estar vendo a sorte grande que tirou ao encontrar você, mas... minha amiga, e se isso mudar? Se o Adriano, que nem chegava aos pés dele, fez aquela merda toda! Desculpe falar, mas morro de medo de ver você daquele jeito de novo, acabada, lutando para se reerguer. Não quero que passe por isso! E alguma coisa me diz que seria pior agora, que ele é mais importante!

Madalena jogava na minha cara todas as minhas incertezas e inseguranças, que a todo custo eu tentava abafar. E era duro admitir que aquilo era, sim, uma probabilidade.

Busquei algum equilíbrio, mas eu me sentia mal, como se houvesse uma pedra no meu peito, puxando-me para baixo.

— Angelina, me perdoe. Eu não devia ter falado nada. Vai que ele é diferente mesmo? Que não se importará se você piorar, tiver crises, até mesmo se deformar? Talvez não ligue de parar as coisas dele pra cuidar de você.

"Parar as coisas dele." A frase martelou, e aquilo foi o pior de tudo. Imaginar que, de alguma maneira, eu me tornasse algo ruim para Valentim, desnecessária, pesada, um empecilho. Que a vida boa que ele tinha fosse estragada por mim.

Olhei para Madalena, com certo ressentimento e desolação. Até engolir era difícil. Soltei as nossas mãos e afastei os cabelos do rosto, a franja para trás.

— O futuro... a Deus pertence, Madá. Eu nem sei se estarei viva amanhã. Não posso deixar de viver por medo do que possa acontecer. É uma probabilidade, mas não uma certeza. Em momento algum, o Valentim se mostrou mau-caráter ou egoísta, pelo contrário. Não vou ser infeliz desde já, sem tentar.

Ela relaxou e concordou.

— Está certa. Me perdoe. Pode esquecer as besteiras que eu falei? Se você está feliz, eu também estou. E, se me apresentar a ele, prometo que vou ser educada. Não quero que se sinta mal. Vai dar tudo certo. — Concordei e ela sorriu. — Vou tomar o banho prometido, e a gente almoça! Aí me conta todas as novidades!

O Dia em que Você Chegou

Depois que se levantou e foi ao banheiro, fiquei no mesmo lugar, angustiada. Eu precisava demais acreditar nas minhas próprias palavras, arriscar o futuro, lutar pela minha felicidade. Mas as suas palavras não me deixaram em paz.

Valentim
24

Só pra variar, pensei muito na Angelina durante a semana. Mesmo encontrando-a na terça no apartamento dela, falando por telefone e vendo-a na academia na quinta, ainda assim me fazia uma falta danada.

Quando chegou para malhar e Elton me avisou que ela estava lá embaixo, desci com uma alegria que não pude dimensionar. Sorriu para mim, e foi como se o dia ganhasse mais cor e vida, algo quente e gostoso se esparramando dentro de mim. Foi ali, naquele momento em que andava até ela e fitava os seus olhos, que eu soube, com certeza, que estava apaixonado. E que era a coisa mais forte que já sentira por uma mulher.

No instante em que a ficha caiu, tomei um susto, seguido por uma forma de euforia. Foi tão bom, tão diferente de tudo que eu já vivenciara, que me joguei sem parar para pensar, completamente envolvido.

Não me importei com alunos, professores, pessoas à volta. Segurei o seu rostinho lindo entre as mãos e a beijei com algo parecido com adoração. E ela reagiu da mesma maneira, entregando-se, convidando-me a mais.

Como eu não tinha que dar aula naquele momento, acompanhei a conversa dela com Elton e os exercícios que ele passou. Fiz questão de auxiliá-la nos aparelhos selecionados e brinquei:

— Vou ser o seu personal. Vou ter que ajudar com os movimentos, encostar em você. Não costumo fazer isso com alunos, mas você é especial e vai ganhar tratamento vip.

— Ainda bem que não faz assim com outros alunos. — Sorriu maliciosa, quando a ajudei a se sentar no banco e antes a pressionei contra o peito, cheirando a sua nuca, os cabelos presos num rabo de cavalo. — Eu morreria de ciúmes.

— Mesmo?

— Mesmo!

Foi uma delícia acompanhá-la, usar o meu conhecimento para que fizesse tudo da maneira correta, respeitando os seus limites. Quando terminou, estava suada e cansada. Orientei-a a fazer alguns alongamentos e ela agradeceu, dizendo que não conhecia aqueles.

Ficou um tempinho comigo no escritório, enquanto a gente se beijava e se abraçava, enquanto eu me apaixonava mais ainda por ela. Teve um momento em que me agarrou forte e não soltou, respirando contra o meu pescoço.

Senti algo errado, quis saber o que era. Ainda mais quando me afastei um pouco e vi os seus olhos cheios de apreensão. Negou qualquer problema, dizendo que era só ansiedade por conta dos novos exercícios e dos exames que tinha feito a pedido do médico. Acreditei e pedi que me explicasse como fora.

— Exames de sangue pra várias coisas, até Beta HCG, pra ter certeza de não estar grávida. Sei que não estou, você sempre usa preservativo, mas o médico pediu. Também HIV, outros pra hepatite, anemia etc. Fiz também uns raios X e um outro chamado teste de montox.

— O que é isso?

— Eles colocaram um medicamento embaixo da minha pele e fizeram um círculo. Vinte e quatro horas depois voltei pra ver se não espalhara. Acho que é para confirmar que não tenho tuberculose, sei lá.

— Entendi. Ficam prontos quando?

— Mais ou menos em duas semanas.

— Aí levaremos ao médico.

Ela me olhava, sentada no meu colo, no sofá do escritório.

— Não precisa ir comigo — disse baixinho.

— Eu quero.

Ali ela me agarrou de novo daquele jeito meio nervoso, mas continuei achando que era por conta do estresse com os exames e os resultados.

Naquela quinta à noite, passei no apartamento dos meus pais e jantei com eles. Enquanto conversávamos, pensei muito em falar da Angelina, marcar um almoço para apresentá-la. Ainda mais quando a minha mãe passou a contar, como sempre fazia, das qualidades de conhecidas dela.

— Você sabe que a de que eu mais gosto é a Zoé. Vocês se conhecem há anos, a mãe dela frequenta o mesmo salão que eu. Sabia que a Zoé reformou o consultório dela de odontologia? Nós ficamos de tomar um café qualquer tarde dessas, para comemorar.

Troquei um olhar com o meu pai, que se divertia com as tentativas frequentes de me empurrar para alguma mulher. Mas não sorri, pensando bem sobre tudo aquilo.

Estava louco pela Angelina, mas não confiava na reação da minha mãe e não queria magoar a minha namorada, ainda mais naquele período incerto de exames e tratamentos. Quase falei dela, preparei o ambiente, mas resolvi esperar somente mais um pouco. Vivia um momento tão bom na minha vida, que não desejava nada atrapalhando.

Naquela manhã, eu tinha sentido algo errado com ela. Mesmo acreditando ser tensão, parecia ter uma pontada de reserva. Não quis pensar muito no assunto, talvez fosse só besteira minha.

Na sexta, ao buscar Angelina no apartamento, eu acabei me deparando com Manuela chegando subitamente. Lila não estava e Angelina se arrumava no quarto. Eu a esperava sentado no sofá, mexendo no celular. Até a morena entrar e se aproximar com olhos fixos em mim.

Já tinha um tempo que eu não esbarrava com ela, pois não ia mais à academia. Achei que finalmente tivesse desistido, mas as suas palavras mostraram o contrário:

— Valentim! Perdido por aqui? Parece desanimado. Já está cansando?

Nem perguntei de quê, sabedor ao que se referia. Fui apenas educado:

— Boa noite, Manuela.

Sorriu e se sentou em frente, cruzando as pernas de modo a fazer a saia já curta subir. O olhar era malicioso, sedutor. Continuei frio.

— Acho que você está cansado, sim. Nem parece aquele homem cheio de vida que conheci! Já está entrando no ritmo paradão da Angelina? — Deu uma risada. Como não falei nada, foi além: — Eu jamais vou conseguir ser assim! Gosto de vida, de gente, de zoeira! Agora mesmo já vou sair pruma night fortíssima. Sou jovem demais pra ficar enfurnada em casa, nessa monotonia! Cê sabe, né? Detesto gente down.

— Estou pronta — disse Angelina, de pé ali perto. Estava bem séria, demonstrando que tinha ouvido tudo que a outra falara.

Olhei-a encantado, linda no vestido que eu tinha dado, usando um batom vermelho sangue.

Manuela ainda sorria provocadora. E mais uma vez espetou:

— Olhaaa! De vestidinho! Podia ser algo mais sexy, amiga. Pretinho básico, talvez. — Deu de ombros. — Embora eu saiba que não devem sair pra dançar ou qualquer coisa perto disso.

— Vamos. Deixa que eu carrego a sua bolsa. — Levantei-me e segurei a sacola que Angelina levava para passar o fim de semana comigo.

Olhou para mim de modo estranho, calada. Estava magoada.

— Have fun! — Manuela debochou, quando saímos sem olhar para ela.

Ao chegarmos no carro, perguntei:

— Ficou chateada comigo?

— Com você não, com ela. — Olhou pela janela, séria demais.

— A louca fica implicando contigo toda vez que se esbarram no apartamento, Angelina?

— Só algumas, mas ignoro.

— Não dá pra você e a Lila pedirem pra ela sair ou alugarem uma outra coisa? — perguntei, colocando o carro em movimento.

— Nós três assinamos o contrato de aluguel, e ele só termina no fim do ano. Precisamos esperar para resolver isso.

Eu não gostava de vê-la assim e acariciei suavemente o seu joelho nu, dizendo baixinho:

— Está deslumbrante!

Angelina me fitou na hora, os olhos ganhando vida, brilhando. Sorriu, meio tímida:

— Acha mesmo?

— Perfeita. — Peguei a sua mão e dei um beijo, antes de voltar a segurar o volante.

Ela ficou me olhando e se esticou para beijar o meu rosto, tocar os meus cabelos e dizer baixinho:

— Obrigada pelo vestido.

— Você já agradeceu.

— É que eu não esperava gostar tanto.

Fiquei feliz com isso.

Nós tínhamos combinado de ir ao cinema naquela noite. Lembrei-me da Manuela ironizando que não podíamos sair para dançar e só senti pena do despeito dela.

O filme foi ótimo. Entramos quando a sala ainda estava clara, para que ela não tivesse dificuldades com as muletas e enxergasse melhor os degraus largos. Também só saímos quando estava quase vazio e as luzes se acenderam de novo.

Precisamos esperar a rigidez melhorar, por ter ficado muito tempo na mesma posição. Eu a acompanhei bem de perto, atento.

Comemos por lá mesmo, falando de tudo um pouco. Depois fomos para a minha casa. Meu celular começou a tocar e vi que era Jonathan.

— Minha anja, coloca no viva-voz pra mim — pedi a Angelina.

— Tá.

Logo a voz animada do meu amigo se fez ouvir, com música barulhenta ao fundo:

— Onde você está, filho da puta? — aquela voz de quem já tomou várias.

Angelina deu um sorrisinho e respondi alto:

— Quem quer saber? Não dou satisfação a macho não, cara!

Ele riu. Acabei rindo também. Continuou:

— A galera toda tá reunida aqui, naquele restaurante que tem show de rock, em Icaraí. Vem encontrar a gente.

— Estou com a Angelina.

— Traz ela, porra!

Eu andava mesmo com saudades deles, mas tudo o que queria era ter o meu momento a sós com a minha gata, de preferência na cama. Estava cheio de tesão.

— Deixa pra próxima. Já estamos deitados — menti.

— Opa, aí sim! Semana que vem tem festa de novo. Não vai faltar!

— Pode deixar.

— Me dá isso aqui, Jonathan. — Uma voz de mulher entrou na linha e ficou mais aguda, meio enrolada. Demorei a entender que era da Raíssa, amiga nossa há um bom tempo. E que parecia bêbada também. — Caraca, Valentim! Tu sumiu, cara! Desde a festa da Maíra que a gente não vê a tua fuça, maluco!

Era cheia de gíria. E amava se divertir, como se o mundo fosse acabar no dia seguinte. Amiga inseparável da Zoé, que na certa estava com eles.

Lancei um olhar a Angelina, que ficou quieta, olhando para frente, como se não escutasse. Resolvi encerrar logo o assunto, antes que Raíssa falasse algo, digamos, inoportuno.

— Oi, Raíssa. Semana que vem vejo vocês, pode deixar.

— Não some, cara! A gente te ama! Você estava sempre nas rodas e agora... chato pra caralho isso! Vê se não some, gostoso! — repetiu.

— Não vou sumir. Tchau, Raíssa, estou dirigindo — menti de novo.

— Tchau, meu amigo. — Ele nem reparou, estava doidaraço, com certeza. — Ah, a Zoé tá te mandando um beijo! — Riu alto. — De língua!

Puta que pariu! Sacudi a cabeça e peguei o celular com uma das mãos, desligando. Deixei-o de lado e encarei Angelina. Olhava fixamente para mim.

— Beija suas amigas na boca? — A voz foi enganosamente fria.
— Claro que não. A Raíssa só fala merda quando está nesse estado.
— Então significa que, pelo menos na Zoé, você já deu beijo de língua.
— Nós ficamos algum tempo. Mas não tem mais nada a ver.
— Bom saber. — Olhou para fora, emburrada.
— Deixa de ser boba. Hoje é só uma amiga.
— Uma amiga que manda beijo de língua para o amigo. E que até já transou com ele.
— Já não temos mais nada há séculos. — Acabei sorrindo, pois não tinha nada a ver. — Com certeza, ela não mandou, Angelina. Isso foi coisa da maluca da Raíssa.
— Ela não falaria à toa.
— Estava bêbada.
— Mas, se disse isso, é porque tem coisa aí. Certamente a Zoé ainda gosta de você, e a amiga bem sabe.

Fiquei quieto, lançando um olhar para ela e outro para a rua. O clima descontraído e feliz estava pesado, chato.

— Minha anja, preste atenção. Eu e a Zoé nos conhecemos desde adolescente. Nem sei por que acabamos ficando, mas terminou antes de começar. Hoje, ela é só uma amiga minha. Não cisma com isso. E nem fica encucada com os meus amigos daqui pra frente por conta dessa besteira. Realmente não tem motivo.

— Tudo bem.

Mas não estava nada bem. Continuou fria, olhando pela janela. Eu me calei e dirigi, um pouco irritado. Com Raíssa e com Angelina, pelo seu ciúme bobo.

Quando estacionei o carro na garagem de casa, nem me esperou ajudar. Já foi abrindo a porta e descendo as muletas. Saí, dei a volta e, antes que agarrasse a sacola com as suas coisas, peguei-a no colo. Olhou-me zangada.

— Preciso pegar a minha bolsa.
— Depois.
— Valentim, me põe no chão!

Chutei a porta do carro e caminhei até a varanda com ela. Acabei me atrapalhando um pouco para abrir a porta com a chave, e ela se remexeu, tentando sair. Segurei bem firme, entrei apertando-a nos meus braços, batendo a porta atrás de mim.

— Eu quero descer.
— Vai descer na minha cama.
— Não é você quem decide isso!

Estava mesmo chateada, de um jeito que eu nunca tinha visto. A doçura sumiu e agora parecia uma leoa, os olhos me fuzilando. Subi as escadas e, ao entrar no quarto, provoquei:

— Isso tudo é ciúme?
— Não! É irritação! Me põe no...

Eu a depositei com cuidado na cama. Vi que iria escapar. Deixei as muletas escorregarem para o chão e fiquei por cima dela, prendendo-a com o meu corpo, segurando a sua cabeça. Foi obrigada a me olhar.

— Não tem nenhuma outra mulher pra mim — falei baixinho. — Só você. O passado ficou no passado.

Angelina ficou imóvel, várias emoções passando pelo seu rosto, a respiração acelerada. Deixei que visse como eu me sentia, percebesse como eu estava apaixonado. Ainda não sabia ao certo como dizer, era tudo muito novo. Mas eu mostrava de outras maneiras.

— Estou louco por você. Tivemos uma noite maravilhosa. Vai deixar que essa besteira estrague tudo?

— Não. Eu só...

Acomodei-me melhor no seu corpo, já sentindo a ereção aumentar, doido por mais. Mordisquei o seu lábio inferior polpudo e murmurei:

— Eu tenho planos pra essa noite. Mas, antes, quero que você fique bem.

Suas mãos subiram ao redor das minhas costas, o olhar voltou a ficar suave, como se um peso fosse arrancado dela.

— Fiquei com ciúmes — explicou. — Do jeito que ela falou pareceu que eu estou afastando você deles. Não quero isso. E depois... aquele lance do beijo...

— Você não está me afastando de ninguém, gata. Vamos nos encontrar com eles de novo. Temos uma vida inteira pela frente para sair com eles. Apenas estamos curtindo um ao outro, nos conhecendo melhor, querendo ficar sozinhos. E torno a repetir, a Raíssa tava bêbada. Se eu tivesse algo a esconder, não falaria com eles no viva-voz, concorda?

— Eu sei. Desculpe. Sou muito boba!

— É mesmo. — Sorri provocador. — Mas tenho uma queda por garotas bobas e ciumentas. E deliciosas. Não consigo me controlar.

— Você também é um bobo.

Mal terminou de falar, ela me agarrou como se o mundo fosse acabar e me beijou na boca. Nossas línguas se encontraram com paixão e desejo, e tudo em mim ardeu e reagiu.

Puxou a minha camisa para cima. Em questão de segundos, fiquei nu, o pau duro demais. Depois a despi, parando para dar beijos em lugares estratégicos, que eu já sabia que a arrepiava e excitava. Ia me puxar novamente quando lutei contra a vontade de me meter dentro dela e me levantei.

— Esqueceu que eu disse que tenho planos pra você?

Parecia um tanto dopada, com dificuldade para raciocinar.

— Que planos?

Angelina se apoiou no cotovelo, olhando-me andar nu pelo quarto. Peguei o celular e escolhi uma música. Quando começou, ela sorriu, entendendo tudo.

— Frank Sinatra. Havia me prometido fazer amor comigo ouvindo mister blue eyes. Agora vem.

— Mister blue eyes? — Não entendi nada, então logo emendei: — Menina apressada. Calma aí. — Ajoelhei-me na cama e senti a ereção inchar ainda mais, notando o desejo com que fitava o meu pau. — Ainda não. Vamos fazer outra coisa antes.

— O quê?

Sinatra cantava divinamente *"The just way you look tonight"* (*Como você está bonita esta noite*). A letra era linda, bem apropriada para como eu me sentia com ela. Segurei as suas mãos e a ajudei a se sentar.

— Vem aqui.

Angelina sorriu, já esperando alguma loucura. Riu ainda mais quando a coloquei de pé e se encostou no meu corpo, a pele quente, levemente corada. Na mesma hora, abraçou o meu pescoço e orientei:

— Pisa nos meus pés. Vamos dançar.

Seu olhar pareceu dois diamantes brilhando, cheios de emoção. Obedeceu, os pés pequenos levinhos sobre os meus de tamanho 43-44. Abracei-a forte pela cintura e escorreguei o olhar para os bicos intumescidos dos seios dela, acomodados contra o meu peito.

— Vai ser difícil me concentrar na dança assim.

Gargalhou quando eu a movi num ritmo tipo valsa, acompanhando a música, andando pelo quarto. Rodei e a vi se maravilhar, eufórica, soltando-se mais, o corpo todo moldado ao meu.

Ficamos assim, entre excitados e divertidos, enquanto eu me apaixonava mais.

A música acabou e, aos poucos, parei. Então, começou a tocar a mesma música, mas na voz de Rod Stewart. Era mais lenta, doce. Fui levando Angelina para a cama daquele jeito, olhos nos olhos, sentimentos à flor da pele, desejo latejando. O tempo todo dançando bem devagar.

Não reclamava de nada, não demonstrava qualquer dor ou incômodo. E isso me deixava mais seguro e solto.

Parei quando as suas pernas tocaram a cama e nos agarramos, peles grudadas, bocas se acariciando. Tudo em mim cresceu vertiginosamente, beirou a loucura, ganhou proporções inimagináveis. Senti o seu desespero, as suas mãos nas costas, o seu cheiro delicioso.

Parados no mesmo lugar, apenas roçamos os nossos corpos na melodia lenta, as línguas dançando também, os lábios ditando o ritmo gostoso. Em meio à paixão, quis muito estar dentro dela e observar cada uma das suas reações.

Descolei a boca, vendo o seu olhar pesado, segurando-a. Foi assim que a desci até sentar-se na beira do colchão e me ajoelhei entre as suas pernas, abrindo-as com lentidão até o limite para não sentir dor, observando sempre o seu semblante. Eu estava acostumado a fazer isso, assim sabendo se sentia prazer ou desconforto, já reconhecendo muitas das suas expressões.

Escorreguei as mãos pelas coxas, mantendo-as assim. Angelina tremia de antecipação, segurando a beira da cama, quase derretendo ao me ver mordiscar o seu ventre. Soltou um arfar, que se intensificou quando a minha cabeça desceu e a chupei devagarinho.

— Hummm... — Ondulou, tremores percorrendo o seu corpo, hipnotizada ao ver o que eu fazia. — É tão gostoso...

Brinquei no clitóris minúsculo, fazendo-o inchar. Rodeei com a língua macia e úmida, várias vezes, até gemidos escaparem um atrás do outro. Quando estava bem excitada, eu desci mais a boca e provei o seu gosto, meio doce, meio picante, meio salgado. Uma mistura de especiarias que não dava para explicar, mas tinha o poder de me transformar num macho ansioso, pronto para subir nela e fazê-la minha.

— Valentim... Valentim...

Foi caindo para trás, entorpecida, querendo se sacudir. Reconheci o arquejar bem diferente de dor, pelos movimentos involuntários. Levantei-me e, cuidadoso, arrastei-a para cima, até depositar a sua cabeça no travesseiro.

— Vem... — praticamente suplicou, enquanto eu pegava um preservativo. Não deixou, agarrando o meu membro, pedindo mais e mais. — Na minha boca, na minha boca primeiro.

Não dava para recusar, não no estado em que eu me encontrava, tão duro que doía. Segurei o meu pau pela base e me ajoelhei na cama, perto o suficiente para ela me agarrar por cima da minha mão e erguer um pouco o tronco, a boquinha macia deslizando em mim.

— Porra, minha anja...

Apoiei a mão livre no espaldar da cama, meio que me inclinando sobre ela enquanto me engolia e chupava gostoso. Quando olhou para mim, arrepios de puro tesão subiram pela minha coluna e se espalharam em cada nervo do meu corpo. Soltei o meu pau e amparei a sua cabeça pela nuca, os cabelos balançando enquanto ia e vinha como seda.

Tirou a boca, e o líquido grosso que eu soltava, de pura luxúria, ficou como um fio pendurado. Lambeu na hora, engolindo, lambendo também a cabeça do meu pau. Inchei tanto que achei que explodiria ali.

— Que chupada deliciosa... — minha voz era grossa, densa, pesada.

Meti devagar na sua boca, vendo metade de mim sumir dentro dela. E aqueles olhos caramelizados me observavam, quentes e brilhantes, cheios do mesmo prazer que me invadia sem dó. Comi a sua boca até sentir que faltava pouco para ejacular. Somente então me afastei e coloquei a camisinha.

Angelina abriu as coxas. Uma das pernas conseguia mais do que a outra. Eu já sabia cada detalhe, para nunca a forçar além do possível nem prejudicar as suas articulações. Era mais do que suficiente para mim.

Esperou que eu me deitasse entre elas, mas eu tinha outros planos, pingando volúpia, cheio de indecência na mente. Quando me deitei com a cabeça virada para os pés da cama, oposto a ela, ergueu-se um pouco sem entender. Aproximei o corpo, segurando com delicadeza a perna dela menos afetada e me encaixando entre as suas coxas, como se formássemos uma tesoura. Passei uma perna por cima dos meus quadris e segurei o pau em direção à buceta meladinha.

Arregalou os olhos, como se fosse a primeira vez que fizesse aquilo e não tivesse pensado naquela posição. Ficou meio virada para um lado e eu para o outro, meio sentado, apoiado em um braço. Penetrei-a devagar, até que me agasalhou todo no seu interior fervendo, latejando.

Gemeu, sem tirar os olhos de mim, os dela oblíquos, delirantes. A perna do lado que mais doía estava na cama esticada, sem ser afetada. Meti e tirei até quase sair, só para enfiar de novo. Olhando excitado o seu prazer, tendo o meu próprio para sentir.

Meu pau entrava e forçava as paredes, fazendo mais pressão naquele ângulo. Aos poucos, Angelina me acompanhou, lenta, buscando-me com fome. E eu fui ficando mais exigente, mais rápido, tão fundo que a cada arremetida era um gritinho estrangulado e luxurioso que ela soltava.

Caí numa lascívia que me sugava para o prazer e me endurecia de paixão. Minha coxa esfregava o seu clitóris, a dela roçava os meus testículos. E eu tinha o privilégio de vê-la toda, um olhar afrodisíaco para mim, a bucetinha engolindo gulosa o meu pau até o fim, os lábios em volta de mim.

— Ai, eu... Valentimmm...

Passou a se retesar, arfante, alucinada. Então estalou, choramingando e me deixando acompanhar cada gemido e ondulação. Parei de me conter e fui junto, estourando, ejaculando com força. Meus gemidos se misturaram aos da Angelina, e foi a coisa mais linda de ver.

Quando a tempestade passou, restou a languidez, os sentidos satisfeitos. Saí com cuidado, ajudei-a a se ajeitar na cama, um pouco dura. Só então me livrei do preservativo e me deitei ao seu lado. Pôs a cabeça no meu ombro e me olhou.
— Foi tão bom...
— Bom é pouco!
— Nessa posição, não senti incômodo algum — confessou.
— Então... faremos mais vezes.
Beijei lentamente a sua boca e ela se aconchegou em mim.

Angelina
25

Assim que os exames ficaram prontos, liguei para o consultório do dr. Inácio Barreto, tentando saber que dia ele teria um horário para a minha próxima consulta, apenas para eu mostrar os resultados. Fiquei surpresa quando a secretária falou com ele e me perguntou se eu poderia ir "hoje mesmo ou o quanto antes", pois um paciente havia cancelado a consulta das 17:30h.

Confirmei e pensei em ligar para Valentim, mas já passava das quatro da tarde daquela quarta-feira e, na certa, atrapalharia a sua aula. Achei desnecessário incomodá-lo, ainda mais por uma coisa simples. Depois explicaria tudo a ele.

Felizmente não demorou, e logo eu entrava no consultório e era recebida pelo médico com a mesma gentileza de sempre. Sentei-me e o observei lendo os resultados com atenção. Quando acabou, deixou-os sobre a mesa e me fitou com olhar forte e plácido ao mesmo tempo.

— Como você está, Angelina?

— Bem.

— Dores?

— Ocasionalmente, sim. Tenho sentido bastante rigidez pela manhã, demoro quase trinta minutos pra conseguir me levantar. Os quadris incomodam também. E a fadiga vem e vai. Depende do dia. Mas, em geral, estou bem. Como foram os exames?

— Felizmente não tem nenhuma infecção, mas a doença continua em atividade, pois deu um pequeno quadro de inflamação. Talvez isso justifique essa rigidez pela manhã e um pouco de fadiga.

— Mas é bem pouco. Estou em remissão.

— Eu sei. Mas o quadro inflamatório significa que isso pode mudar a qualquer momento. Basta o tempo esfriar, você se aborrecer gravemente com alguma coisa ou pegar uma gripe. O que eu quero dizer é que está mais do que apta para começar com os biológicos.

Eu ainda sentia um pouco de medo de arriscar. De alguma maneira, tinha me acostumado com as melhoras e pioras, controlando a dor, alternando remédios. Expus as minhas dúvidas:

— E se eu piorar?

— Não vai. — Mantinha o olhar no meu o tempo todo. — Pode sofrer os efeitos colaterais no início, alguns bem incômodos. Mas é uma fase de adaptação. Se tudo correr bem, vai melhorar a sua qualidade de vida, te dar mais independência, evitar por muito mais tempo as crises.

Acenei, um pouco nervosa. Tinha pesquisado sobre os biológicos e diversos tratamentos. Era um pouco ameaçador arriscar, ainda mais no momento da minha vida que eu estava vivendo com Valentim. Ao mesmo tempo que temia uma nova crise a qualquer instante, também temia ficar passando mal e proibida de várias coisas durante o tratamento novo.

— Angelina, o fato de a doença não ter sido tratada no tempo certo fez com que evoluísse de forma agressiva e até destrutiva. Como começou antes dos dezoito anos, chamamos de AIJ, Artrite Idiopática Juvenil. Isso também acelerou o processo erosivo. A minha sugestão é uma mudança no tratamento e, no decorrer dele, se as coisas realmente melhorarem e você ficar em remissão por um tempo mais longo, falaremos em novas cirurgias. Fazer uma troca articular nos joelhos e quadris, pôr próteses metálicas pode dispensar o uso das muletas. Mas esse é o último recurso a ser utilizado.

Só de imaginar aquilo, ter os meus movimentos de volta, não precisar mais me apoiar em muletas, parecia um sonho. Mas tentei me manter na realidade, numa coisa de cada vez.

— Tudo bem, doutor. Vamos tentar.

— Está preparada de verdade?

— Sim. — *Não!*, quase gritei, mas me calei.

— Ótimo. Então, você terá que assinar um termo. Para usar um biológico, que é até recente no Brasil e muito caro para o SUS e para o âmbito privado de saúde, o paciente precisa passar em alguns pré-requisitos.

— Quais?

— Não pode ter infecção crônica, como tuberculose ou hepatite, não pode estar grávida, precisa ter usado, pelo menos, dois imunossupressores e falhado. Você passa em todos. — Inácio mexeu nas suas gavetas e pegou uma espécie de contrato, estendendo-o para mim. — Precisa ler com atenção. Lembrando que os efeitos colaterais podem ou não acontecer e que estaremos atentos a tudo.

— Entendi.

Peguei o termo e li. Parei quando os meus olhos bateram na seguinte frase:

"Fui também informado(a) a respeito dos seguintes efeitos colaterais relatados:
Reação alérgica, febre, arrepios, astenia, dor de cabeça, dor abdominal, calafrios, trombocitopenia, hipertensão, urticária, septicemia, infiltração pulmonar, leucemia, síndrome da angústia respiratória em adulto, infarto do miocárdio, infecções virais graves, hepatites B e C, tontura, confusão, dificuldade em falar e andar..."

A lista era extensa e, paralisada, li tudo. Quando terminei, eu sentia um aperto terrível no peito, uma opressão que se espelhava junto a uma sensação instantânea de pânico. Percebi que a minha visão embaçou, e só então me dei conta de que eram lágrimas enchendo os meus olhos.

Não pisquei, com medo de chorar na frente dele. O medo era tanto que as minhas mãos tremeram, sacudindo o papel. Só me dei conta de que Inácio se levantara e estava ao meu lado, quando ele pôs a mão sobre o meu ombro e disse com calma:

— Sei que assusta, mas não significa que esses efeitos vão ocorrer, Angelina. Os mais frequentes são dores de cabeça e tontura, que podemos reverter. Não fique assim. Quer pensar um pouco mais sobre o assunto, pesar se vale a pena?

Engoli em seco e ergui o olhar para ele. Morri de vergonha quando as lágrimas desceram e rapidamente as sequei, tentando me recuperar, não demonstrar fraqueza. Seu olhar doce, preocupado, me confortou.

— Desculpe, dr. Inácio. É tanta coisa que me senti perdida. E muito em dúvida.

— Não deveria ter vindo sozinha. Por que não trouxe uma companhia? O seu namorado?

— Ele estava trabalhando e eu não quis atrapalhar. Também não imaginei que eu ficaria assim, me desculpe.

— Não precisa se desculpar. — Apertou de leve o meu ombro. — Está melhor? Quer um copo d'água?

— Não precisa. Estou bem.

Inácio assentiu e voltou para a sua cadeira. Respirei fundo, sentindo-me tola, tudo em mim parecendo desmoronar. Fui totalmente franca:

— Eu convivo com a AR há dez anos. Nesse período, intercalaram-se momentos de remissão e de crises. Eu vejo a minha vida daqui pra frente assim, na mesma frequência. O senhor me diz que, usando o biológico junto com o imunossupressor, talvez fazendo uma cirurgia, me adaptando, essas crises serão mais raras? Ou acabarão?

— Acabar não. A doença é para a vida toda. Mas poderá, sim, evitar crises por muito mais tempo, dar a você mais mobilidade e qualidade de vida, evitar a dor. Mas é claro que cada pessoa reage de um jeito. Como contei na última consulta, eu aliaria tudo isso ao uso de complementos, como fisioterapia, exercícios físicos, uma alimentação equilibrada e o uso oral de cálcio e ácido fólico sem interrupção.

A minha maior apreensão era o período de adaptação e os efeitos colaterais serem mais agressivos do que o esperado. Pensei novamente no Valentim, já sofrendo só de imaginar perder aqueles momentos felizes com ele, ficar de cama, parar tudo. Foi ali que me decidi:

— Eu quero tentar, doutor. Mas não agora. Prefiro pensar um pouco mais, esperar o momento oportuno.

— Tem certeza? E o início de inflamação que apareceu no exame? Prefere que eu passe algo para controlar, um paliativo?

— Sim. Estou bem, em remissão. Se eu sentir que posso piorar, procuro o senhor.

— Certo, Angelina. Mas lembre-se: não pode tomar o biológico se estiver com alguma infecção ou em crise. Teremos que cuidar disso e esperar passar.

Concordei, um pouco mais aliviada por não ter que entrar de cabeça naquele tratamento que poderia fazer maravilhas por mim, ou não. Eu tentaria viver da melhor maneira possível, observar o meu estado, adiar somente um pouco mais.

— Vou passar para você esse complemento. A maioria dos médicos acha que não influencia em nada, mas eu penso diferente. Vejo o corpo humano como uma máquina maravilhosa capaz de se reinventar. E, com ajuda, isso pode acontecer mais rápido. — Inácio pegou uma receita. — Procure seguir direito. E evite açúcar, farinhas brancas, gorduras. Abuse dos lactobacilos, de comidas saudáveis. Não pare de tomar os remédios.

Inácio fez uma relação do que usar e evitar. Complementou também com cálcio, ácido fólico e anti-inflamatórios. Agradeci, prometi voltar em breve e pensar com calma. Depois que me despedi, saí de lá um tanto abalada, mas certa das minhas decisões.

Senti culpa por não ter informado Valentim da minha consulta e fui direto para a academia dele. Havia uns dias eu andava um tanto cansada, até para malhar.

O Dia em que Você Chegou

Mas me forçava a não parar. Era normal passar um dia bem, somente com o incômodo da erosão nos quadris em determinadas posições, e outro pior, com fadiga, rigidez e dores mais consistentes. Felizmente esses eram poucos.

Quando cheguei lá, fui informada de que ele já tinha ido para casa. Indecisa, olhei o relógio e vi que já era noite. Fiquei na dúvida se ligava, mas, culpada por não ter informado que iria ao médico, resolvi falar pessoalmente. Chamei outro táxi e me dirigi a Camboinhas.

Estava tensa, agitada, precisando muito dele. Tudo o que eu queria era cair nos seus braços, desabafar as minhas dúvidas, compartilhar a minha decisão. Pensei em ligar, avisar que eu estava indo, mas, quando vi, já estava pertinho. Se ele não estivesse em casa, eu chamaria outro carro e voltaria para o meu apartamento.

Toquei a campainha e olhei para a câmera, de onde Valentim podia ver quem chamava. Não usou o interfone. Em pouco tempo, estava lá, abrindo a porta para mim, a expressão de surpresa pouco disfarçada pelo sorriso.

— Angelina. Que presente é esse, de repente? — Aproximou-se com aquele seu jeito de pegar, o olhar brilhando.

— Não quero atrapalhar. — Reparei que estava à vontade, de camisa e bermuda, descalço, cheiroso de um banho recém-tomado, os cabelos ainda úmidos.

— Claro que não atrapalha, jamais. — Notou algo em mim, talvez o nervosismo. — Aconteceu alguma coisa?

— Não. Só vim ver você, conversar.

Beijou os meus lábios suavemente, acariciou os meus cabelos. Só aquilo já me fez bem, como se finalmente eu voltasse a respirar sem a ansiedade sufocante.

— Entra.

Abriu mais o portão e passei. Quando o fechou, continuou parado, olhando para mim, meio desconcertado. Algo ali me alertou e eu não soube ao certo o quê. Parecia querer me dizer alguma coisa e indaguei:

— Aconteceu al…?

— Estou com visitas — ele logo me interrompeu.

Eu não esperava por aquilo e fui surpreendida.

Talvez fosse o estresse emocional ou a minha própria insegurança, pois na hora senti a barriga se contorcer e um arrepio descer pela minha coluna, só de imaginar que poderia ser uma mulher. Talvez uma das amigas dele, como Zoé.

Não consegui dizer nada. Por segundos, apenas nos olhamos e então pude achar a voz:

— Tudo bem. Volto em outra hora.

— Hei! — Valentim veio ainda mais perto e segurou o meu rosto, os olhos firmes nos meus. — Não falei que estou com visitas para que vá embora. Estou feliz que você esteja aqui, minha anja. Estava morrendo de saudades.

— Mas eu deveria ter avisado. Desculpe, não pensei...

— Para com isso, ouviu? Vem aqui.

Ele me abraçou forte, e daquela vez o beijo foi mais profundo, a língua na minha, as mãos me apertando no seu corpo. Vacilei por várias emoções, sentindo-me fragilizada, mas também amparada, querida. Puxei-o com a mesma ânsia e o beijei de volta.

— E agora? Está convencida? — Quando descolou os lábios dos meus, seus olhos ardiam. — É sempre bem-vinda aqui. Sempre.

Concordei com a cabeça, mas precisei perguntar:

— Quem está aí?

— Meus pais.

Outra onda de surpresa e de incertezas. Na mesma hora, o nervosismo voltou e me afastei um pouco, dizendo rapidamente:

— Tá, então é melhor eu voltar depois. Eu preciso mesmo ir e...

Ele olhava para mim de um jeito tão penetrante que me calei, sentindo-me cada vez mais idiota, sem fazer nada certo. Por que resolvi aparecer sem avisar, causando aquela saia justa?

Estávamos juntos havia quase dois meses e, em momento algum, ele fizera menção de me apresentar à família. Eu entendia, ainda estávamos na fase de nos conhecermos, curtirmos, mas pensara sobre aquilo algumas vezes. Parecia forçar muito a barra dar as caras justamente no dia em que os pais o visitavam.

— Por que você ficou desse jeito?

— Estou morrendo de vergonha de aparecer assim de repente, atrapalhar vocês, impor a minha presença.

— Lembra aquela vontade que senti uma vez de deitar você atravessada no meu colo e te dar umas palmadas? Estou sentindo agora de novo. Quer parar de ser boba?

Mordi os lábios, enquanto nos encarávamos. Não havia nada ruim vindo dele, somente a surpresa inicial. E, na certa, ele se zangava por eu não parar de me desculpar e querer ir embora.

A verdade era que eu não estava bem naquele dia. No anterior, ficara muito cansada, fatigada, com rigidez pela manhã. Naquele também. Ainda juntavam a consulta e as decisões difíceis que eu precisava tomar. E mais ainda o fato de ter os pais do Valentim ali.

O Dia em que Você Chegou

O que achariam de mim? Ele teria contado que estávamos juntos, falado da minha doença, que eu usava muletas? Como reagiriam? E se o fato de não ter me apresentado antes fora por saber que as coisas não dariam muito certo?

Engoli tantos questionamentos, lutando para me equilibrar emocionalmente, parar de agir de modo infantil e medroso.

— Tem certeza de que quer que eu entre? — perguntei. — Posso voltar outro dia.

— Claro que eu tenho certeza. Agora para de besteira e vem comigo.

Mesmo na sua segurança, pude notar que algo o incomodava. Já o conhecia tão bem, que pequenas nuances ficavam à vista. Mas sorriu, envolveu o braço nas minhas costas e entrou comigo pela porta aberta.

A sala estava iluminada, linda como sempre. Vazia.

— Estão lá atrás, tomando um drinque. Vem, vamos.

Continuei, sem perceber que prendia a respiração. Seguimos lado a lado e ouvi vozes, principalmente de uma mulher. Era meio rouca, com um timbre firme. Seguida de uma risada masculina.

— Pai, mãe, quero que conheçam a Angelina. A minha namorada.

Paramos na varanda. O senhor alto, de cabelos grisalhos e quase tão bonito quanto Valentim, estava de frente para a gente e nos viu de imediato. Olhou fixamente para mim. A mulher, de costas, não apenas virou o rosto. Levantou-se na hora, evidentemente surpresa.

Era alta, esguia, belíssima, por volta dos cinquenta e tantos anos. Cabelos loiros acinzentados curtos, cheia de classe. Seus olhos castanhos encontraram os meus e paralisaram.

Tentei sorrir. Mas, na hora que o seu olhar desceu para as minhas muletas, senti um alerta, uma sirene soar e me deixar também imóvel. Pois ficaram completamente chocados. Ali eu soube que Valentim ainda não tinha falado de mim nem da minha artrite.

Um silêncio opressor pareceu congelar até o ar. Eu me senti exposta e tive certeza de que nunca deveria ter aparecido ali sem um convite dele. Seus pais não estavam preparados para me ver e, com certeza, Valentim não estava também para me apresentar.

A mão dele firmou na minha cintura, mostrando que estava comigo. A voz foi segura:

— Angelina, esses são os meus pais, Murilo e Beatriz. Fico feliz por finalmente se conhecerem. Na verdade, mãe — continuou, pisando em ovos —, já era para eu...

— Finalmente? — Ela conseguiu repetir, interrompendo-o e aprumando a postura, o olhar indo ao filho numa pergunta muda. Era óbvio que pensava: "Nunca nem ouvimos falar nela!".

Aquilo me magoou mais do que tudo. Durante todo o tempo que ficamos juntos, parecemos importantes um para o outro. Mas, diante daquela situação, eu já não tinha mais certeza.

— Que prazer conhecer você, Angelina. — Murilo se levantou e abriu um sorriso, vindo na minha direção, genuinamente feliz. Estendeu a mão: — Você é muito bonita. Agora entendo por que o meu filho anda sumido.

— Obrigada. — A voz enfim saiu e apertei a sua mão, tentando sorrir. — É um prazer também.

Ele se voltou para a esposa, como se esperasse ela se adiantar. Beatriz o fez, mas com reserva, parando ao lado do marido.

— Prazer. Como Valentim disse, me chamo Beatriz.

Murmurei um cumprimento, ainda abalada.

— Vamos nos sentar? Quer beber alguma coisa, minha anja?

"Minha anja." Aquilo, de alguma maneira, me acalmou um pouco, diminuiu o aperto por dentro. Valentim me olhou com carinho enquanto eu me sentava na poltrona. Deixou as muletas encostadas.

— Não, obrigada. — Observei-os, enquanto se acomodavam também, ele na poltrona ao lado. Segurou a minha mão e não a soltei. Falei ao casal: — Desculpem... eu chegar assim... sem avisar.

— Foi bom. Assim nos conhecemos. — Murilo se mostrou muito educado, simpático. Mas notei que o seu olhar resvalou nas minhas muletas, na certa, curioso.

— Estão juntos há muito tempo? — Beatriz encarava o filho bem séria.

— Quase dois meses. — Valentim, se notava o clima pesado, disfarçava bem e agia com tranquilidade. Sua mãe espelhou surpresa, deixando ainda mais óbvio que nunca imaginara que o filho estivesse aquele tempo todo com alguém. — Eu estava esperando o momento certo para apresentar vocês.

Foi como justificar algo para mim, garantir que o faria. Ficamos com as mãos unidas, mas não o fitei.

— Antes tarde do que nunca. — Ela não sorriu um momento sequer. Parecia muito tensa, até no jeito de se sentar, com as pernas cruzadas e a coluna totalmente reta. A cada segundo eu me sentia mais exposta. Quando o seu olhar parou nas muletas, soube o que iria perguntar. E foi certo: — Você sofreu um acidente?

Era a hora. Antes que Valentim explicasse, eu o fiz, mais segura do que de fato me sentia:

— Não. Tenho artrite reumatoide.

Seu olhar se fixou todo no meu. Perdido. Como se as palavras demorassem a fazer efeito na mente. Então espiou as minhas pernas e agradeci por estar usando calça.

— Precisa usar muletas sempre, Angelina? — Murilo perguntou, sem alarde.

— Sim.

— Sempre?!? — A palavra escapou dos lábios da senhora, com um horror maldisfarçado que me acertou fundo.

Acenei com a cabeça. Ela fuzilou Valentim com os olhos e virei o rosto para vê-lo. Encarava a mãe de volta muito sério, parecendo chateado. Vi que percebeu tudo, mas não quis criar problema entre eles. A cada minuto, a situação ficava mais tensa.

— Tenho a doença há dez anos. No momento, está em remissão. Mas, como afetou as articulações dos joelhos, preciso das muletas.

Beatriz desviou o olhar para o marido, como se pedisse algum tipo de ajuda. Se ela tivesse me tratado mal explicitamente, gritado comigo, falado que me achava uma aleijada, não teria doído tanto quanto ver a decepção e o choque que não conseguia disfarçar.

Engoli em seco, lutando para não me deixar arrasar. Quis desesperadamente sair dali, fugir para o meu apartamento, fingir que nada daquilo tinha acontecido. Senti-me gelada, infinitamente sozinha. Mesmo com Valentim sem soltar a minha mão.

Surpreendi-me quando ele se inclinou e acariciou o meu rosto, para que o fitasse. Seus olhos eram cheios de sentimentos acolhedores. Disse com carinho:

— Tem certeza de que não quer nada? Uma água? Um suco?

Era como se as palavras fossem outras: "Tem certeza de que está bem?".

— Não, obrigada. Estou bem.

Seus dedos foram carinhosos, como se me garantisse que tudo daria certo. Mas eu estava me sentindo envergonhada, sem nem ao certo saber por quê. Forcei um sorriso, voltando a encarar o casal.

Eles nos observavam. Murilo era mais aberto, tranquilo, mesmo notando o ar estático, denso. Já Beatriz não relaxava nada.

— Essa sua doença, Angélica...

— Angelina.

— Ah, sim, perdão. Essa sua doença, Angelina, tem controle? Ou é irreversível? — Manteve-me na mira.

— Eu tento manter estável, mas nem sempre é possível. É autoimune. E não tem cura.

— Não vá me dizer que precisará usar muletas para sempre!

— Tudo leva a crer que sim.

Aquilo azedou o clima de vez. Eu mesma não saberia explicar ao certo o que ela sentiu, além do que o olhar mostrava. E eu podia jurar que era uma mistura de horror e repulsa, de decepção e surpresa. Ou, quem sabe, de pena e comiseração, pesar e empatia? Minha mente estava turva, confusa. Algo como uma acusação ou como se a culpa fosse minha?

— Mas hoje em dia tem tantos tratamentos, não é? — Murilo chamou a minha atenção. — Eu tenho um amigo que também tem artrite, mas nos punhos e mãos. Operou, melhorou bastante. O importante é ter qualidade de vida, Angelina.

— Verdade. — Sorri.

Percebi que Valentim estava muito calado. Tentei pensar em algo para dizer, mostrar que eu não era só uma garota de muletas, quando Beatriz se levantou e pegou a bolsa ao seu lado, ajeitando no ombro.

— Murilo, acho que chegou a nossa hora. Afinal, era uma visita rápida e já estávamos de saída.

— Também não queremos atrapalhar vocês — apaziguou, piscando para mim.

Valentim se levantou. Fiz menção de fazer o mesmo, pegar as muletas, mas a mãe dele me impediu com a voz fria:

— Não precisa. Foi um prazer. — Ela nem tocou em mim ou sorriu. Apenas acenou com a cabeça, dizendo alto só para o filho: — Nos acompanha até a porta, Valentim?

— Claro, dona Beatriz — respondeu, seco.

— Voltaremos a nos ver mais vezes, Angelina. Cuida desse meu garotão aqui! — Murilo me surpreendeu ao se inclinar e dar um beijo carinhoso na minha testa, antes de bater amigavelmente nas costas do filho.

— Já volto. — Valentim passou a mão pelos meus cabelos e os seguiu.

Fechei os olhos por um momento e respirei fundo. Tinha sido pior do que imaginara. Eu me sentia acabada, como se fosse totalmente inadequada. Chegava a tremer por dentro.

Ele demorou um pouco e imaginei que falava com os pais no portão. Imaginei que fosse de mim. Quis mais uma vez sumir, mas era impossível. Ao ouvir os seus passos, busquei me equilibrar, fingir que nada estava acontecendo.

Surpreendi-me quando se ajoelhou ao lado da poltrona e veio entre as minhas pernas, envolvendo a minha cintura, os olhos firmes nos meus.

— Desculpe, minha anja — pediu, sem vacilar.

Não precisava ser um gênio para saber que se referia a toda a situação, que tinha notado como a mãe reagira. Mas eu não queria piorar mais nada.

— Não precisa pedir desculpas. Eu que cheguei numa hora inconveniente.

— Já falei que é e sempre será bem-vinda, e não precisa de convite. Eu ia apresentar você aos meus pais. Só esperava o momento certo.

— Eu não estou cobrando nada.

— Mas *eu* estou. Já deveria ter conversado com eles antes. Angelina, a minha mãe é difícil. Não pense que é algo pessoal ela ter ficado meio distante, é o jeito dela.

— Ela se surpreendeu muito com a minha doença e as muletas. — Para não dizer que tinha detestado.

— Isso não importa. — Ergueu as mãos para o meu rosto, de modo que eu não tirasse os olhos dos dele. — Ela vai conhecer você e se apaixonar. Como eu.

Mal respirei, afetada demais por tudo, sentindo-me frágil, cansada emocionalmente. Mas aquelas últimas palavras dele me sacudiram.

— Estou muito apaixonado por você. Quero que fique na minha vida, que conviva mais com os meus pais e amigos, que todos saibam o quanto me faz feliz. O resto é perfumaria, vai entrando nos eixos aos poucos.

— Eu... eu também estou apaixonada por você — murmurei, emoções me dando vontade de chorar, tudo de ruim diminuindo frente ao que tínhamos.

— Eu sei. — Sorriu de modo quente e me beijou.

Agarramo-nos, cheios de sentimentos, ligados mais do que nunca. Quando enfiei o rosto no seu pescoço, murmurei:

— Não brigou com a sua mãe, não é?

— Não. Fique tranquila, está tudo bem.

Mesmo tão louca por ele, ainda estava muito atribulada por dentro, como se tivesse algum motivo para me sentir diminuída e envergonhada. Tinha sido o olhar da Beatriz, gritando para mim: você não é boa o suficiente para ele!

Apertei-o mais, sentindo o seu cheiro, tentando não ligar tanto. Talvez o tempo realmente resolvesse tudo.

Foi bem mais tarde naquela noite que eu contei sobre o médico e a consulta. Valentim ficou um pouco bravo por não ter falado com ele para me acompanhar, mas depois relaxou, entendeu e me perguntou se eu estava certa de querer esperar. Quando afirmei que sim, ele me apoiou na decisão.

Valentim
26

Foi pior do que eu imaginei. Bem pior.

Eu já desconfiava, claro, que a minha mãe estranharia o fato de eu estar namorando Angelina, assim que visse as muletas. Por isso eu vinha adiando o encontro. No entanto, não imaginei que reagiria tão mal, sem esconder o seu desgosto. Ficou explícito e me deixou superchateado.

Beatriz era uma mãe exemplar, uma esposa perfeita e companheira, uma amiga para se ter em todos os momentos. Mas os seus defeitos muitas vezes me irritavam. Não sei se por ter nascido numa família abastada, acostumada a tudo do bom e do melhor, ou por personalidade mesmo, usava de certa arrogância com aqueles que julgava fora do seu nível por algum motivo. Nunca era grosseira, mas também preferia manter distância.

Ser casada com um homem como o meu pai, de bem com a vida e com todo mundo, deixou-a mais branda e menos exigente, mas de vez em quando o gênio voltava e ela queria tudo do seu jeito, recusando algo ou alguém se a desagradasse.

Eu não conseguia entender como ela não se encantara com Angelina, não percebera o seu jeito doce ou o quanto estava me deixando feliz.

O Dia em que Você Chegou

Era nisso que eu pensava ao acompanhá-los até a saída na noite de quarta-feira, bastante contrariado. Não disfarcei quando se virou para mim, depois do portão aberto, e foi desagradável:

— Isso é uma espécie de brincadeira, Valentim?

— Beatriz! — Meu pai ainda a alertou, mas não parou de me encarar com os lábios apertados.

— Brincadeira? Como assim? Não vejo como pode ser brincadeira, mãe. É muito sério. — Não desviei o olhar, aborrecido.

— Melhor vocês conversarem em outra hora. — Murilo apaziguou e segurou o braço dela. — Vamos, querida.

— Só preciso fazer mais uma pergunta. Com tantas mulheres lindas, bem resolvidas, *saudáveis*, que você já namorou, como foi escolher logo uma... *doente*? Ela usa muletas, meu Deus do céu!

— A escolha é minha, não sua. — Fui bem cortante, e ela ficou furiosa.

— Olha o respeito, menino! Nunca falou assim comigo!

— Estou respondendo a sua pergunta. A senhora teve o direito de escolher quem quisesse e optou pelo meu pai. Agora a minha namorada quem escolhe sou eu, mãe. E ponto final!

— Mas, Murilo... está ouvindo isso? Esse atrevimento? — Fuzilou-me, parecendo nervosa. — Você não está raciocinando direito, Valentim. Essa... essa *moça* usa muletas e tem uma doença grave. Você é a pessoa mais ativa e livre que eu já conheci. Acha mesmo que isso tem chances de dar certo?

A cada palavra proferida, eu me decepcionava mais com ela. E me sentia no dever de defender Angelina, pois odiava o modo como a rebaixava.

— A senhora mal a conhece e já julga pela aparência. Não deu nem uma chance a ela. Só viu o que quis ver. Nem parece a mulher que me educou para respeitar todo mundo e ser gentil com o próximo. Foi totalmente descortês com a Angelina, pra dizer o mínimo.

Minha mãe respirou fundo, as emoções passando pelo seu rosto. Odiava se expor e era contida por natureza. Rapidamente se ajeitou, ainda perto do meu pai.

— Eu não a destratei em momento algum. Apenas fiquei chocada. Não posso?

— E fez questão de demonstrar, né? — Passei a mão pelos cabelos, cansado, preocupado com Angelina lá dentro. — Não quero mais falar sobre isso. Só quero que saiba que é a minha namorada e vai continuar sendo. Pelo menos até estarmos certos de que vamos nos casar um dia — falei, mais para alfinetá-la.

— Teimoso! Vamos embora daqui, Murilo. — Saiu marchando em direção ao carro. — Pra mim, chega! Já deu por hoje.

— Se acalme, rapaz. Sabe como a sua mãe é. Esse tempo todo criou expectativas de uma mulher para você e se assustou com o problema da Angelina. Mas vai se acostumar. — Ele me deu um abraço terno, pacificador. Sorriu. — É linda e doce. Gostei dela.

— Obrigado, pai.

Quando voltei para dentro de casa, tentei não transparecer nada, sentindo-me culpado por não ter preparado o terreno antes, conversado com os meus pais.

Bastou vê-la na poltrona, cabisbaixa, visivelmente abalada, mais parecendo um passarinho frágil, para que a vontade de cuidar dela, de demonstrar o quanto era importante para mim, me dominasse por inteiro. Por isso não tive vergonha de dizer o que sentia.

Não fizemos amor naquela noite. Não por não desejar, era só estar perto, beijar a sua boca, tocar a sua pele, para tudo se agigantar e aquecer dentro de mim, querendo sempre mais. Só que confessou estar cansada, com um pouco de fadiga, perturbada. Assim, levei-a para o sofá, fiz muitos carinhos nela, conversamos. E só de ter a sua companhia, fiquei feliz.

Respeitei a decisão de não começar a usar os biológicos naquele momento, quando me disse que se assustou com os efeitos colaterais e queria aproveitar um pouco mais a remissão. Mas eu achava que ela deveria avançar. Esperava que, com o tempo, mudasse de ideia.

Combinei de buscá-la na sexta e trazê-la aqui para casa. Já estava virando rotina termos os fins de semana para nos conhecermos e nos curtirmos mais, fazer coisas juntos. Avisei que no sábado, depois da aula de surfe, haveria uma festa num dos quiosques ali, organizada por alguns amigos meus. Não era nada especial, mas a galera se juntava, cada um contribuía com comida e bebida, e tudo virava uma farra.

Desde o aniversário da Maíra eu não saía com eles e estava sentindo falta. Não disse isso, mas Angelina sabia. Recostada no meu peito no sofá, ergueu a cabeça e me fitou, explicando:

— Eu tinha esquecido essa festa. Ia convidar você pra conhecer melhor uma amiga minha, talvez combinar algo com a Lila e o Bruno também.

— Que amiga?

Corou um pouco ao explicar:

— Madalena.

— Aquela da clínica? A ciumenta? — Ergui a sobrancelha e Angelina riu.

— Tá, ela é geniosa mesmo, às vezes sem noção. Mas sei que gosta de mim. Criou fantasias na cabeça de que você me raptaria.

— Como assim? — Dei uma risada também, bem mais relaxado.

O Dia em que Você Chegou

— Metaforicamente. Que eu só teria olhos pra você e nunca mais iria querer saber dela. Prometeu se comportar bem e avisei que falaria contigo pra gente marcar algo no sábado. Mas deixa. Vou ver outro dia.

— É simples. Chama a Madalena pra ir à festa conosco. Aproveita e convida a Lila e o Bruno também.

Angelina pareceu surpresa com a sugestão, mas eu gostei. Seria bom, tanto para aproximar os meus amigos e os amigos dela, como para que se sentisse mais à vontade com pessoas conhecidas à volta.

— Será que é uma boa ideia?

— Eu acho. A festa vai ser pra todo mundo, minha anja, pra quem quiser chegar.

— Então, vou falar com eles. — Ainda parecia indecisa.

No sábado, por volta da hora do almoço, saí com Angelina de carro para buscar Madalena no Centro. Sabia que ela também tinha AR e imaginei que fosse de cadeira de rodas, como naquele dia em que a vira, mas soube que usava mais por preguiça do que por necessidade.

— Essa sua amiga é bem esquisita, hein. — Ri. — Quem, em sã consciência, prefere usar cadeira de rodas podendo andar? Que loucura!

— Ela disse que está melhor e vai levar só uma bengala, apenas para não forçar muito o joelho. — Angelina parecia ansiosa.

Quando chegamos perto, ligou para Madalena e avisou que estávamos na esquina. Ela informou que já se encontrava na portaria nos aguardando.

Tinha longos cabelos negros, sobrancelhas bem marcadas, olhos grandes e escuros. Estava acima do peso, mas possuía uma estrutura homogênea e bem distribuída. Como professor, avaliei que, com exercícios certos e cortando besteiras do cardápio, rapidamente poderia perder alguns quilos. O sobrepeso piorava a artrite. Felizmente, o caso dela parecia mais leve que o da Angelina, pois não precisava de muletas.

Parei o carro em frente e saí. Angelina abriu a porta do lado dela, mas não desceu. Estendi a mão para a moça que me olhava com toda atenção.

— Tudo bom, Madá? Bom te ver de novo — disse, tentando quebrar o gelo.

— Oi.

Percebi que não falaria mais do que aquilo, o semblante fechado. Pelo jeito, repetiria o comportamento da vez anterior. Esperei que estivesse enganado e abri a porta de trás para ela.

— Quer ajuda?

— Não precisa.

Acomodou-se no banco sem muitas dificuldades. Ao voltar para o meu lugar, encontrei o olhar preocupado da Angelina e sorri. Ela sorriu de volta, antes de olhar para a amiga.

— Oi, Madá. Você está linda.

— Você também. — Por fim sorriu, mas logo se ajeitou, como se estivesse desconfortável ali. — Obrigada por virem me buscar.

— Foi o Valentim que insistiu.

Mal me olhou, e dirigi, percebendo que devia ser o jeito dela mesmo, meio ácido. Mal-educada, até. Comecei a pensar se Madalena se daria bem com os meus amigos daquele jeito e fiquei em dúvida.

As duas conversaram e participei em alguns momentos. Depois Angelina olhou o celular e avisou que Bruno e Lila já tinham chegado lá. Sorriu para mim:

— Parece que já se entrosaram com os seus amigos. Ela mandou mensagem dizendo que se apresentou e está conversando com alguns.

— Se bobear é o Djei. Ele é o primeiro a puxar assunto. Nem no supermercado ele consegue ficar quieto sem conversar com alguém.

Demos uma risada.

Chegamos, e o quiosque estava lotado. Daquela vez, não tinha roda de samba, tocava um rock anos oitenta num volume legal para conversar. Dei a volta para ajudar Angelina, e Madalena desceu logo, perscrutando ao redor com interesse.

Eu me distraí um pouco olhando para Angelina, enquanto ajeitava as muletas. Havia me surpreendido ao vestir uma saia preta e uma blusa coladinha, mostrando as pernas que já tinham ganhado um leve bronzeado. Contou que havia comprado algumas roupas.

Ergueu o olhar para mim e sorriu, pegando-me em flagrante ao admirá-la. Ficou corada, e murmurei:

— Está linda.

Por um momento, só nos paqueramos, até que Madalena fez um som com a garganta e perguntou:

— Vamos?

— Ah, sim. Vamos.

Entramos e logo fomos recebidos pelo pessoal animado. Como eu havia imaginado, Lila e Bruno já tomavam cerveja e riam em volta da mesa, num papo animado com Jonathan. O meu grupo mais íntimo se encontrava ali, e falaram comigo e com Angelina. Apresentei Madalena, que os cumprimentou um pouco quieta demais. Parecia inibida.

Enquanto Angelina ia abraçar Lila, obviamente feliz por ela estar ali, falei com algumas pessoas. Meu olhar encontrou o da Zoé e ela não sorria como os outros. Olhava para mim de um modo esquisito.

Fingi não perceber e acenei. Fez o mesmo, mas rapidamente me ignorou, o maxilar rígido. Lamentei que, de alguma maneira, eu a tivesse magoado, mas não disse nada. Fui cumprimentar Lila e Bruno.

Angelina

Os amigos do Valentim eram barulhentos, gostavam de beber, implicavam uns com os outros. Senti-me mais à vontade com eles, principalmente por estar entre os meus amigos também. As únicas pessoas que me incomodavam eram Zoé e a sua amiga Raíssa, que, de costume, não se esforçaram para serem simpáticas.

Fiz de tudo para não sentir ciúmes, até porque parecia que quem não estava conseguindo conter os ciúmes era Zoé. De vez em quando, eu a pegava observando Valentim e depois a mim.

Lila estava num bate-papo animado com uma das moças, bancária como ela. Bruno havia se levantado e conversava com dois rapazes e Valentim, também de pé ao meu lado. Do meu outro lado estava Madalena, bem quieta, observando tudo.

Virei-me para puxar assunto com ela e a vi olhando fixamente para um ponto. Segui o seu olhar e me deparei com Jonathan, relaxado na cadeira, todo molhado após um mergulho no mar e só de sunga. Era alto e musculoso, muito bonito, com cachos loiros e olhos azuis. Como sempre, ele ria.

Madalena estava tão concentrada nele que nem percebeu a minha atenção. Sorri comigo mesma. Mas logo a vi enrijecer e apertar a boca, ficando com as bochechas vermelhas. Jonathan tinha percebido o seu olhar e retribuía, com cara de safado.

Rapidamente ela se virou para mim, sem graça ao notar que eu acompanhara tudo.

— Eu sou a única gorda aqui — cochichou. — O que eles são, ratos de academia?

— Acho que gostam de praticar bastante esportes. Mas qual é o problema? Você é linda.

— Tá bom. — Revirou os olhos e falou mais baixo: — Qual é a desse cara, esparramado desse jeito na cadeira? Podia, ao menos, colocar uma bermuda.

— Estamos na praia, Madá.

— Mas não somos obrigadas a ficar olhando aquele... aquele *volume* sobressaindo. Uma falta de respeito.

Fiquei surpresa, pois não tinha visto nada de errado com Jonathan. Pelo jeito, ela estava reparando nele mais do que queria. Fiquei com pena de implicar e a deixar mais fechada, por isso não disse nada.

Ela mexeu a boca, impaciente, encarando-o de novo. Fiz o mesmo e vi que estava bem próximo da Zoé, dizendo algo de um modo meio sedutor, diferente do brincalhão de sempre. Ela ouvia, prestando atenção.

— Eles são namorados?

Não precisei perguntar a quem minha amiga se referia.

— Acho que não. — Enquanto Jonathan falava, Zoé ergueu os olhos e fitou diretamente Valentim, que continuava a rir com os amigos. Era como se nem prestasse atenção no rapaz loiro, obcecada em encarar o meu namorado quando achava que ele não estava vendo. Mas eu estava havia um tempo. Não aguentei o ciúme e disse a Madalena: — Ela já foi namorada do Valentim.

— Hum... — Notou o olhar da outra também e tomou as minhas dores. — Você é muito mais bonita que essa sardenta sem sal. Não sei por que umas aí agora querem ser todas musculosas. Parecem até machos!

Acabei rindo da sua cara feia e do comentário sem nexo, pois Zoé era linda, sarada, chamativa. O negócio da Madalena era ficar olhando para Jonathan.

— Tudo bem, minha anja? — Valentim se virou para mim e me fez um cafuné. — Quer alguma coisa?

— Não, está tudo ótimo. — Sorri para ele e sentou-se ao meu lado.

— Está gostando, Madalena? — perguntou. Reparei que já tinha entendido que era o jeito dela e que até estava achando engraçado.

— Mais ou menos. — Deu de ombros.

— Madalena. — Eu a cutuquei, pela falta de educação. Valentim tinha ido buscá-la de carro, convidara-a para a festa dos amigos e ela saía com aquela.

— Tá legalzinho. — Parecia uma criança forçada por um adulto a contar uma mentira. Olhou para mim pedindo desculpas e até sorriu para ele. — Eu é que não costumo vir à praia nem ficar no meio dessa zona toda.

— Sério? E o que você gosta de fazer?

A pergunta veio do Jonathan, que puxou a cadeira para o lado dela e a olhou com interesse, um sorriso nos lábios.

Na mesma hora, Madalena ficou rígida e alerta. Só virou os olhos para ele. Tive medo de que dissesse que não era da conta dele, mas não o fez:

— Gosto de ficar no meu quarto, deitadona na minha cama, maratonando minhas séries preferidas. E comendo muito, claro!

Pareceu desafiadora, como a ameaçá-lo caso a chamasse de gorda. Ele apertou um pouco os olhos e abriu um grande sorriso:

— A parte que eu mais gostei aí foi "deitadona na minha cama". Eu quero detalhes.

Valentim riu sozinho. Eu só vi Madalena ficar incrivelmente vermelha, sem resposta. Provocante, Jonathan esperou. Tinha espezinhado, e finalmente a resposta saiu:

— Isso não é da sua conta, seu tarado!

O rapaz deu uma enorme gargalhada, recostando-se na cadeira, encarando-a. Madalena ficou emburrada, encarando-o de volta.

Preocupada, virei-me para Valentim, que se divertia e fez um aceno para deixar os dois se resolverem. Ficamos como espectadores.

— Tarado, eu? — perguntou, fazendo cara de inocente, os olhos molhados.

— Nem me conhece e quer saber o que eu faço na cama. Me poupe! — Olhou para ele de cima a baixo e emendou: — Bem que saquei que era indecente.

Jonathan olhou para si mesmo de cima a baixo: descalço, de óculos escuros e com uma sunga vermelha. Então, ergueu os olhos para ela de modo malicioso e eu soube que viria besteira:

— Está reparando muito, né não, gata?

— Eu não! Tá louco? — Ficou toda nervosa, agarrando a bengala. Virou-se para mim. — Angelina, onde fica o banheiro aqui nessa coisa?

— Não sei. Deve ser atrás do bar.

— Eu sei. Deixa que te levo lá. — Solícito, Jonathan se levantou quando Madalena fez o mesmo, o olhar sacana para ela.

— Nem sonhando! Saia já da minha frente ou vai tomar uma bengalada! — Furiosa, passou ao lado dele com um olhar assassino, sumindo entre as pessoas.

Jonathan voltou a se sentar, acabando-se de rir.

— Angelina, gostei da sua amiga! A sinceridade em pessoa!

— Não provoque ou vai apanhar de bengala mesmo. — Valentim sorriu para ele. — E eu não vou te salvar.

Jonathan riu ainda mais. Acabei sorrindo também, pois tinha ficado tensa, embora achasse tudo engraçado.

Os dois conversaram. Lila e Bruno vieram para perto. Reparei que Zoé e Raíssa não estavam por ali e relaxei um pouco mais.

De repente, começou uma gritaria. Um grupo de pessoas correu para perto do bar, todo mundo alvoroçado. Além dos amigos do Valentim na festa, havia outros frequentadores do quiosque. Então, alguém gritou:

— Briga!

— E de mulher! — berrou outro.

— Será que é a sua amiga dando bengalada em alguém? — indagou Jonathan, antes de se levantar.

Valentim e Bruno já faziam o mesmo, quando ouvi uma mulher dizer bem alto, furiosa:

— Toma, sua vadia! Quero ver quem tem osso podre aqui!

Madalena! Eu também me levantei, quase me desequilibrando pelo susto, reconhecendo a voz dela. Meu coração disparou e agarrei as muletas. Alertado, Valentim segurou o meu braço, falou para que eu ficasse ali e se afastou rápido com Jonathan na direção da confusão.

— Meu Deus, o que a Madalena está fazendo? — Lila estava chocada.

Não fiquei. Fui rápido, dentro do possível, para lá, e ela correu ao meu lado. No meio de tanta gente aglomerada, vi Zoé descabelada, dizendo coisas que eu não entendia. E, no chão, Madalena em cima da Raíssa, puxando os cabelos da garota, furiosa.

— Solta ela! Sua maluca! — berrou Zoé, nervosa.

Valentim e Jonathan intervieram, tentando separar as duas. Raíssa gritava, debatendo-se, mas não conseguia escapar ao ataque, toda vermelha. Fiquei estarrecida, nervosa e me tremendo toda.

— Madalena, para com isso! — Valentim e Jonathan, com muito esforço, conseguiram soltar os cabelos da amiga das suas mãos e a levantaram.

Madalena estava fora de si, olhando a outra com fúria, doida para agarrá-la de novo. Nem parecia uma pessoa com problemas no joelho, a bengala caída no chão, uma fera.

— Nojenta! Desgraçada! Olha o que você fez! — Raíssa se levantou, com um tufo dos próprios cabelos nas mãos, lágrimas descendo do rosto. Aproveitou que a minha amiga estava presa e tentou um segundo ataque, mas Valentim se colocou no meio e impediu.

— Chega, Raíssa! Acabou!

— Essa gorda ridícula! Baleia! Doente! — berrou, histérica. Dois rapazes a seguraram e a arrastaram para longe, enquanto não parava de gritar e espernear.

— Eu vou te matar!!!

Abri caminho entre as pessoas, ansiosa demais, sem entender nada. Cheguei perto da Madalena, e ela estava mais calma, tirando os cabelos do rosto, puxando o braço que Jonathan segurava, brava:

— Me solta, caralho!

Ele soltou, olhando-a abismado. Naquele momento, Zoé se aproximou do Valentim, furiosa, apontando para Madalena:

— Essa mulher é uma louca! Completamente louca! Eu tava saindo do banheiro com a Raíssa e ela veio atrás gritando e armada com uma bengala. Atacou a gente! Bateu na perna da Raíssa e jogou ela no chão, depois me deu um tapa na cara e caiu em cima da Raíssa! Tentei tirar, mas não consegui! Filha da puta! — gritou.

Fora de si, fez menção de avançar na Madalena, mas Valentim a segurou.

— Zoé, acabou! Chega!

Fiquei paralisada observando-a se esfregar nele, chorar, odiando ver as mãos dele sobre ela, mesmo entendendo a situação. Olhei para Madalena, que parecia contida ali, observando a outra com desprezo. Quando Valentim conseguiu acalmar Zoé, Madalena disse bem alto:

— Vocês são umas falsas! Pensam que eu não ouvi o que disseram no banheiro? Você falando que não entendia o que o Valentim fazia com a Angelina, e a outra safada debochando! — Virou-se para mim, começando a se tremer de tanta raiva. Apontou para Zoé: — Sabe o que essa disse? Que você deveria ter vergonha de usar saia! Ficou lá, mexendo nos cabelos em frente ao espelho, rindo de você, Angelina! Ela falou que você não vai ficar com ele, pois tem os ossos podres, e o Valentim vai perceber e cair fora!

Lila chegou mais perto e tocou o meu braço, enquanto o silêncio se espalhava e eu sentia todos os olhares sobre mim. Meu rosto ardeu, fiquei completamente sem ação.

— Eu meti a porrada *mermo*! E mostrei que osso podre tem é o cu dela! — Madalena se abaixou e pegou a bengala.

Zoé ficou muda. Valentim a soltou bem sério, de cara amarrada. Ansiosa, tentou explicar:

— Eu não falei bem isso. A gente só estava brincando, não foi sério.

— E desde quando isso é brincadeira? — a voz dele saiu gelada. Deu as costas, como se não pudesse nem olhar mais na cara dela.

— Valentim, juro que não debochei, que não... Valentim...

Ele a ignorou. Veio direto para mim, os olhos se enchendo de preocupação. Sem uma palavra, abraçou-me forte. Só então respirei, ainda chocada demais para sentir qualquer outra coisa.

— Acabou! Voltem para o que estavam fazendo! — falou alto, olhando em volta, irritado. As pessoas começaram a se dispersar, murmurando. Virou-se para mim, baixinho: — Você está bem?

— Estou. Madalena...

Valentim se afastou um pouco e foi ele que perguntou a ela:

— Você se machucou?

— Essas patricinhas de merda não são páreo pra mim. — Ergueu o queixo e se justificou me fitando: — Eu não podia deixar as duas vagabundas falando aquilo de você. Bati e bato de novo!

— Madalena... — Eu não sabia nem o que dizer, pois ela havia brigado por minha causa, para me defender. Mas eu não queria que fizesse aquilo. — Amiga, não...

Nem me deixou terminar, emburrada:

— Bati foi é pouco!

Ficamos parados ali, eu, Valentim, Bruno, Lila, Madalena e Jonathan. Finalmente este falou, impressionado:

— Eu não disse que ela iria dar uma bengalada em alguém?

Angelina
27

Dormi na casa do Valentim e apaguei depois que fizemos um amorzinho gostoso. Mas, ao acordar, o corpo doía por inteiro, as juntas dos punhos, cotovelos, joelhos e tornozelos latejavam, parecendo em brasas. Só de me mexer, senti punhaladas e dificuldade nos movimentos. Tive que ficar imóvel, respirando devagar até aliviar um pouco.

Eu estava sozinha na cama e mantive os olhos abertos, fixos no teto. Então, lembrei-me do médico falando que os exames haviam mostrado uma pequena inflamação, e rezei para que fosse só um dia ruim e não o prenúncio de uma crise.

Comecei a achar que não deveria ter adiado o uso dos novos medicamentos. Estava bem indecisa, a mente um pouco perturbada pela fadiga. Um cansaço enorme se abateu sobre mim.

Lentamente tentei mexer as mãos, começar a diminuir a rigidez. Enquanto isso, avaliei bem a situação.

Não queria sentir aquele medo, aquela sensação de incerteza e insegurança. Valentim não podia ser um namorado melhor, atento, cuidadoso, carinhoso. E quanto mais ele fazia, mais eu via o quanto era um homem especial. E o amava com uma loucura que nunca sentira na vida, nem pelo Adriano nem por ninguém. Desesperadamente.

Não desabafava as minhas questões pessoais nem com a Lila, pois qualquer pessoa acharia que eu era louca, que deveria estar feliz e aproveitando. No entanto, não conseguia parar de pensar no olhar da mãe dele para mim, nas palavras duras da Raíssa no dia anterior, no modo como a maioria me olhava quando me via de muletas ao lado dele, e me julgava. E temia demais ser um atraso para ele, alguém que o fizesse andar para trás, e não seguir em frente.

Cheguei a fazer terapia certa vez, logo depois do Adriano, por conta de uma depressão. E participei de um grupo de apoio a artríticos, onde vi inúmeros casos, muitos parecidos com o meu: o companheiro que não aguentava a pressão e partia em determinado momento. Uma senhora desabafou que cuidava do marido havia muitos anos e já estava no limite. Ela participava do grupo como acompanhante, para revigorar as forças e convicções, pois se sentia arrasada, mais como cuidadora do que como esposa.

Ainda hoje me lembro da sua expressão de culpa, por não querer se sentir assim. E de algumas palavras dela: "Eu deixei de fazer muita coisa, pois o caso dele se degradou rapidamente. Vivi em função do meu marido. E esqueci de mim."

Eu nunca me esqueci daquilo e fiquei horrorizada, imaginando que jamais desejaria ser um estorvo para outra pessoa, ver o amor desmoronar bem diante dos olhos frente às dificuldades e imposições da doença.

Uma crise talvez já estivesse se aproximando e, para piorar tudo, vinha próxima da anterior. A cada uma delas eu poderia me deformar, necessitar de mais cuidados e regredir na melhora. Deixar de ser namorada para ser paciente. E era isso que mais me fazia mal. Pois eu amava tanto Valentim, que odiaria vê-lo um dia como aquela senhora, olhando para trás e se lamentando pelas escolhas feitas.

Era loucura minha, no fundo eu sabia. Não dava para criar tantos problemas antes de vivê-los, nem barrar a minha felicidade por conta de olhares críticos ou palavras preconceituosas de quem estava de fora. Eu e Valentim estávamos juntos, apaixonados, e ele era bem mais do que um dia eu imaginara ter. Era nisso que eu deveria me fixar, tirando aquelas besteiras da cabeça.

Naquele momento, a porta se abriu e ele entrou, sorrindo ao me ver acordada. Usava só um short, estava meio despenteado. Sempre me surpreendia pelo quanto era bonito, másculo, naturalmente sensual.

— Até que enfim, dorminhoca! Fiz café da manhã pra gente.

Pulou na cama e foi me agarrando. O ar me faltou só com o toque e gemi de dor. Na mesma hora, ele parou e me olhou, sobressaltando-se um pouco.

— Está pálida. É dor?

— Sim. Não consigo me mexer.

— Estava sentindo algo ontem?

— Não, só um pouco de cansaço. Tive uma boa noite de sono e acordei assim. Mas já estou acostumada, às vezes acontece.

Parecia extremamente preocupado, sério.

— Lamento muito que tenha que passar por isso, minha anja. Acha que é uma crise que se aproxima?

— Pode ser... ou talvez seja só um dia ruim. Valentim, eu não sei se realmente entrei em remissão desde a última crise ou se foi uma trégua. É que, quando fui ao dr. Inácio, ele disse que os exames acusaram uma inflamação.

— A doença está em atividade ou voltando a crise — concluiu.

— É.

— O que eu posso fazer por você?

— Nada. — Tentei sorrir, para aliviar as coisas. — Vou me movimentando aos poucos, até a rigidez e a dor passarem. Aí consigo me levantar devagar. Às vezes, fico boa em meia-hora.

Deitou-se ao meu lado, sem tirar os olhos de mim, ternura genuína neles.

— Fico aqui com você. Conversar dói?

— Não. — Meu sorriso foi tão apaixonado, que lutei para erguer a mão. Não me concentrei na dor. Valeu a pena poder passar os dedos pela sua barba. — Ficar te olhando cura tudo — murmurei.

Sorriu também, virando o rosto e beijando a minha mão. Depois ficou sério:

— Angelina, sei que a decisão é sua. Mas se está tendo uma crise perto da outra, ou recaídas, se os exames acusaram inflamação, não é melhor mudar o tratamento? Tentar o que o médico recomendou?

Eu já vinha pensando a respeito.

— Sim. Vou voltar nele. Assim que eu melhorar, vou iniciar o biológico. Acho que os efeitos colaterais não devem ser tão piores dos que eu já vivo.

— Dessa vez me avisa, vou com você.

— Aviso, claro.

Ele ficou ao meu lado por quase quarenta minutos na cama, conversando, me distraindo. Aos poucos, fui mexendo mãos, braços, pés, pernas. Sentou-se e me ajudou, rodando devagar cada um, soltando a rigidez, até que consegui me sentar, tonta e amuada. A fadiga afetava muito tudo em mim, desde o corpo até o estado emocional. E com ela vinha uma espécie de raiva, que eu sempre tentava varrer para baixo do tapete, sabendo que era só uma reação diante de tamanho desconforto.

Valentim me ajudou a me levantar e andar um pouco pelo quarto, de muletas. Pude escovar os dentes, pentear os cabelos e tomar um banho quente com a ajuda dele. Lavou os meus cabelos com cuidado, ensaboou o meu corpo, eu sentada num banco. Sorri quando vi o seu pau totalmente ereto, ele nu.

— Tira o olho, safadinha. Hoje você não vai poder.

— Nem daqui a pouco? — Era prazeroso saber que se excitava tanto comigo. Não tirei os olhos do seu pau, admirando-o, mas sem condições de ir além disso. O cansaço era terrível, quase me aniquilava.

Implicou comigo e depois me enxugou. Vestiu em mim uma camisa dele, cheirosa, e perguntou se eu queria ficar na cama. A vontade era essa, mas achei um desperdício continuar ali, longe dele. Ainda nem tínhamos tomado café.

Foi um dia dificílimo. Lutei o tempo todo para não me encher de remédios para dor e apagar. Tomei os meus, consegui me alimentar um pouco, fiz de tudo para não me encolher e chorar.

Valentim fez um milagre por mim. Conversou comigo, me fez dar risada, me agradou, me acarinhou. Preparou a nossa comida, pôs música para tocar e ficou na cama ao meu lado, vendo filme enquanto eu cochilava e acordava. Depois me convenceu a dormir ali, pois eu não tinha condições de voltar para casa e também porque ficaria preocupado.

Beijei-o, mantive a minha mão tocando-o, olhei-o até dormir. E soube que precisava fazer o tratamento, melhorar, lutar por mim. E assim ser feliz e o fazer feliz.

Lembrei-me da repulsa da mãe dele, da confusão do dia anterior e como me senti humilhada com as palavras da Raíssa, mas nada daquilo realmente importou enquanto Valentim estava ao meu lado.

Foi uma semana bem problemática, mas consegui melhorar aos poucos e até trabalhar. Também fui à fisioterapia na terça e à academia na quinta. Neste dia, eu estava mais recuperada, com exceção do cansaço e algum desconforto. Havia dias em que as articulações ficavam inchadas, outros em que pareciam normais.

Valentim me ajudou com os exercícios, feliz por me ver melhor. Em todos aqueles dias ficou comigo, foi ao meu apartamento, telefonou para mim. Marquei consulta para a semana seguinte, pois o dr. Inácio me passara alguns remédios para aliviar os sintomas até lá e diminuir a inflamação.

Eu me sentia melhor, e Valentim veio com um convite inesperado naquela quinta: seus pais nos convidavam para almoçar com eles no domingo. Será que eu teria condições de ir? Queria ir? Olhei-o, só pensando na mãe dele. Mas não pude recusar. Talvez fosse a oportunidade para tudo finalmente se acertar.

Arrumei-me com algumas roupas novas que havia comprado, sem exagero, mas para ficar bonita e me sentir mais confiante. Usei uma longa e leve saia estampada até os tornozelos, uma blusinha preta justa, sandálias delicadas de pedrinhas coloridas. Deixei os cabelos soltos e fiz uma maquiagem suave. Complementei com brincos bonitos. Valentim me elogiou e aquilo me acalmou bastante.

O apartamento ficava numa cobertura em Icaraí, com vista para a praia. Era enorme, muito elegante e de bom gosto, acho que a residência mais cheia de classe e riqueza que já vira. Tentei não me inibir e, quando Murilo nos recebeu cheio de simpatia, relaxei um pouco.

Não demorou e Beatriz apareceu. Dava para ver que se cuidava muito bem, a pele lisa quase sem rugas, aquele ar que gente rica possui e que não dá para explicar exatamente como consegue. Sorriu para mim, e daquela vez se aproximou o suficiente para me dar um beijo no rosto, a voz contida:

— Seja bem-vinda, Angelina.

— Obrigada pelo convite. — Mantive a timidez o mais afastada possível. Queria muito que mudasse a impressão que tivera de mim e estava disposta a tentar me aproximar.

— Oi, meu filho. Que bom que você veio.

Seu olhar se aqueceu e ganhou vida ao abraçar Valentim. Ele a apertou e beijou a lateral da sua cabeça, abrindo um sorriso.

— Estava com saudades.

— Eu também.

— Vamos nos sentar e conversar, enquanto esperamos o almoço? — Murilo pôs a mão nas minhas costas e me indicou uma bela sala de visitas, com vista para o terraço lindo do lado de fora.

Eu havia melhorado bem das dores, mas ainda sentia incômodos, acordava com as juntas inchadas e tinha dificuldade para alguns movimentos. Felizmente sentei-me no sofá sem qualquer problema e Valentim se acomodou ao meu lado, dando-me um olhar feliz e segurando a minha mão. Sorri para ele.

— Você mora aqui em Niterói mesmo, Angelina? — Foi Murilo quem indagou, acomodando-se numa poltrona linda. Beatriz sentou-se em outra.

— Sim, no Centro.

— Trabalha com quê? — A mulher me observou; era difícil adivinhar as suas emoções.

— Sou tradutora. Traduzo com exclusividade, só romances, para uma grande editora e presto serviços de revisão para outras.

— Interessante.

Aos poucos fui relaxando, participei da conversa, ri com as brincadeiras do Valentim...

O almoço foi perfeito, tudo muito pomposo na mesa enorme cheia de louças e talheres de prata, o clima ameno. Vez ou outra eu encontrava o olhar escrutinador e silencioso da Beatriz em mim. Percebia que ainda não gostava muito do que via, o que me descontrolava um pouco, mas ao menos disfarçava.

Voltamos à sala e tomamos café. O assunto era variado. Comecei a sentir um pouco de desconforto na posição em que estava, mas não quis chamar atenção sobre mim e fiquei quieta, embora um tanto incomodada. Não sei se refleti isso de alguma maneira, pois, em determinado momento, Valentim perguntou:

— Está tudo bem? — Seus dedos continuavam entrelaçados aos meus.

Senti todos os olhares sobre mim e tive vergonha de dizer que precisava me levantar, pois mostraria os meus defeitos para a mãe dele, que já não era tão animada com a minha doença. Sorri e garanti estar tudo bem. A conversa continuou e, em determinado momento, Beatriz falou da filha mais velha.

— Valentim, eu contei que a Esther está pensando em vir passar as festas de fim de ano no Brasil?

— Contou, tomara que venha mesmo. Falo com ela, às vezes, por telefone, mas tem quase um ano que não a vejo — falou só para mim.

— Esther é a minha primogênita — Beatriz explicou, a voz cheia de orgulho. — Ela é empresária, montou uma agência de turismo e se especializou na Europa. Acabou se dando tão bem por lá, que se mudou de vez. Conheceu um francês e se casou. Sempre amou viajar, conheceu praticamente o mundo todo. E ainda viaja, agora com Thierry. Fazem tudo juntos.

— Que interessante! Deve ser muito bom conhecer lugares tão diferentes — comentei.

— Nunca saiu do país? — Ela ergueu uma das sobrancelhas.

— Não saí nem do Rio — confessei, um pouco sem graça.

— Jura, Angelina? — Valentim estava surpreso. Piscou para mim. — Eu não sabia disso. Temos que resolver esse problema.

Sorri, mas, quando me virei, deparei-me com o olhar da Beatriz, e toda a polidez com que vinha me tratando parecia ter sumido dele. A sensação que tive foi de crítica, de insatisfação. E não fez questão de velar. Complementou:

— É verdade. Valentim também sempre amou viajar e se aventurar por aí. Quase não parava em casa, saindo com os amigos para todos os cantos. Não é, meu filho? Sempre inquieto e hiperativo! Trilhas, esportes, aventuras radicais ou simplesmente conhecer uma cultura diferente.

— Precisamos fazer uma viagem todos juntos. — Murilo tomou a palavra e Valentim concordou, falando sobre o assunto.

Encarei Beatriz, que não tirava os olhos de mim. Foi tão fria, tão cheia de repulsa e decepção, que prendi o ar, sentida demais. Parecia que eu era um bicho do mato que poderia ser enxotado para longe, indigna de estar ali. Não precisou falar nada, tamanha a vibração negativa que lançava para mim.

Não se conteve e disse basicamente para que eu ouvisse:

— Pena que você terá que dar uma parada grande nessas viagens, né, Valentim. — E o seu olhar dizia: "A culpa é sua".

Foi tão intenso que acho que ele percebeu algo errado, pois apertou mais a minha mão. E, quando respondeu, foi também um pouco frio:

— Não sei de onde tirou essa ideia, mãe.

— Ora, ora. Então não está mais aqui quem falou, meu amor. — Sorriu um sorriso amarelo para ele.

Dali para frente, ela não conseguiu disfarçar tão bem e ficou mais fria, calada. Quando Murilo a citava na conversa, respondia só com monossílabos. Eu percebi Valentim um pouco irritado, até que ele tomou a decisão e virou-se para mim:

— Acho que já está na hora de irmos, não é?

— Sim.

— Ainda está cedo — o pai até tentou, mas ele se levantou, dando um olhar seco e cortante para a mãe. Não disse nada.

Os pais se levantaram também e, em momento algum, Beatriz se esforçou para que ficássemos um pouco mais. Estava bem silenciosa, quase como se desejasse que eu saísse logo dali. O aperto no meu peito piorou e tentei me levantar. Foi quando a dor veio e a rigidez dos membros me imobilizou. Não podia ser. Não ali, na frente dela.

Olhei em pânico para Valentim, que percebeu na hora:

— O que foi?

Tentei de novo, mas parecia entrevada, como se nada em mim respondesse da cintura para baixo. E, quando fiz mais um esforço, a dor foi insuportável, como agulhadas nos nervos. Prendi o ar, senti o sangue sair do meu rosto.

— Está com dor? — Ele se inclinou, preocupado, passando a mão na minha face.

— Eu... acho que fiquei muito tempo nessa posição. — Busquei as palavras, fazendo de tudo para não me envergonhar, até mesmo forçando um sorriso diante da situação. — Vai passar. É só... só esperar um pouco.

Ele imediatamente voltou a se sentar ao meu lado.

— Precisa de algo? — Murilo também se aproximou, sem entender direito, mas atencioso.

— Não, eu... — nem sabia o que dizer, tão sem graça e abalada me sentia. Daria tudo para não ficar assim ali, para não dar mais motivos para a mãe dele me desaprovar. — Daqui a pouco fico bem.

Mexi as pernas, que pareciam flácidas, com formigamento. Os joelhos doíam demais nas juntas, os quadris latejavam.

— Está pálida. Não se mexa, espere mais um pouquinho. — Valentim tornou a me acariciar, passando o braço ao meu redor, sem nem ao menos piscar. Sentia a sua tensão e preocupação.

Sorri para ele, enfrentando aquilo com a maior dignidade que consegui juntar. Então olhei para Murilo e ele acenou, incentivando. Atrás dele estava Beatriz, punhos cerrados, olhar afiado para mim. Era uma mistura de pena e raiva, e principalmente de desgosto profundo.

Eu só me dei conta do quanto fiquei o tempo todo daquele almoço tentando ganhar a simpatia dela, quando o meu ar faltou diante da sua expressiva desaprovação. Foi como se eu não tivesse valor algum perante os seus olhos, e me senti tão mal, deslocada, desprezada...

Quis ter raiva, não ligar, mas foi impossível. Desviei o olhar e tentei aos poucos recuperar os movimentos, livrar-me da rigidez e da dor. Lutei com todas as minhas forças, doida para sair dali. Se pudesse, eu o faria correndo.

— Está melhor, minha anja? — Valentim não escondia a inquietação, o desejo de fazer algo, sem poder.

— Acho que um pouco.

— Quer tentar se levantar?

Acenei e ele se ergueu, me ajudando. Tudo doeu terrivelmente, mas me apoiei nele, determinada.

— As muletas — sussurrei.

— Aqui. — Foi Murilo que as estendeu para mim, indagando: — Você não quer se deitar um pouquinho até se sentir completamente bem?

— Obrigada. Só preciso andar um pouco. — Meu sorriso foi como um esgar de lábios, pois não conseguia pensar em outra coisa a não ser sumir.

— Tem o quarto de hóspedes — Beatriz ofereceu, mas eu sabia que só por obrigação ou para não deixar a sua insatisfação tão evidente para o filho.

— Não precisa, obrigada — murmurei sem olhá-la e me firmei nas muletas, quase suplicando a Valentim: — Vamos?

— Sim.

Nem sei como nos despedimos. Só sei que não a toquei nem olhei para ela, e, quando me vi do lado de fora da porta, consegui respirar normalmente. Descíamos o elevador e Valentim me olhava. Tive coragem de corresponder, e ele foi bem direto:

— Foi ela, não é?

— O quê?

— A minha mãe.

— Não. Você sabe que esta semana não estou bem. Não queria ter entrevado, mas... nada está funcionando direito, merda!

— Angelina, calma... — Quando ele teve toda a minha atenção, disse sério: — Você não tem culpa de nada. Se a minha mãe não vê além do que ela quer... lamento por ela. Mas não há o que fazer.

— Ela não fez nada. Foi muito educada — insisti, mas ele não acreditou, nem retrucou.

Acompanhou os meus passos lentos até o carro, perturbado.

Eu nunca falaria alguma coisa de ruim da Beatriz para ele. Ela poderia ter todos os defeitos, ser preconceituosa ou me humilhar sem precisar dizer muito, mas vi como o amava, como olhava para o filho como se fosse o seu maior tesouro. Era mãe dele. Justo que quisesse sempre o melhor. E para ela eu estava bem longe disso.

Ele me ajudou a entrar no carro e o fiz, com angústia no peito.

Pensei na falta que a minha mãe fez durante toda a minha vida. E que eu gostaria de tê-la ali, com os seus erros e acertos. Valentim não precisava ter certeza de como a mãe dele me fazia sentir.

Valentim
28

As coisas se precipitaram ao ponto de aumentar muito a minha preocupação. Eu estava de fato assustado.

Naquela semana, Angelina piorou bastante, entrando numa crise violenta. E eu me senti impotente, dando todo o meu apoio, mas querendo fazer qualquer coisa para tirar a sua dor, livrá-la daquela coisa horrível que a consumia.

Levei-a ao médico, e Lila nos acompanhou. Dr. Inácio a examinou, medicou e pediu exames. Segundo ele, não havia necessidade de internação, a não ser que a crise se prolongasse além do normal. O esperado era que ela se recuperasse seguindo todo o protocolo prescrito por ele e que outros danos não complicassem a situação.

Era horrível vê-la pálida, abatida, cheia de dor no corpo, fatigada, arrasada. Eu tentava esconder o desespero que me consumia, rezando para que recebesse algum alívio, que os medicamentos fizessem efeito o quanto antes.

Quando saímos de lá, Lila disse que cuidaria dela em casa, mas eu sabia que ela havia tirado uma licença para nos acompanhar à consulta e não poderia faltar sempre. Foi o que falei, olhando pelo espelho retrovisor para elas, Angelina deitada com a cabeça no colo da amiga:

— Ela fica comigo, Lila. Pode deixar. É só me explicar o que devo fazer em caso de emergência e...

— Não — uma voz fraca me interrompeu, cheia de angústia.
— Vai dar tudo certo, minha anja.
— Mas o seu... trabalho...
— Sou o dono da academia, eu tenho pessoas que podem cuidar de tudo pra mim, professores para me substituírem essa semana. Está tudo bem.
— Eu não quero... atrapalhar e...
— Calma, não se esforce. — Encontrei o olhar da Lila pelo retrovisor e garanti: — Eu cuido dela.

Acenou, pois estava tão preocupada quanto eu. Angelina ficou quietinha.

Aquele dia foi especialmente ruim. Lila me deu orientações, ficou lá ajudando, explicando cada coisa, deixando números de emergências, cartão do plano de saúde, até chegar a noite e precisar ir embora. Beijou muito Angelina, garantiu que ela ficaria bem e vi o quanto as duas se amavam.

Da outra vez, eu tinha assistido à crise quando a levara ao hospital, mas não convivia com Angelina nem a amava tanto como naquele momento. Estar realmente perto, ver a sua palidez e gemidos a qualquer movimento, lutando contra a febre e as inflamações generalizadas foi a pior coisa que passei na vida. Um aperto por dentro, uma sensação de pânico e impotência, que lutei muito para controlar.

Comeu pouco e se encheu de remédios. Dormiu e acordou, suou e a febre cedeu, mas bastaram poucas horas para tudo voltar. Eu dei água, medicamentos, sopa. Sequei o seu suor com uma toalha úmida, tocando nela o mínimo possível. E a olhei tanto que gravei cada milímetro do seu corpo, desejando ardentemente que aquilo passasse logo e a visse sorrir de novo.

Ali eu entendi o seu tormento, a sua força e a sua luta. Ali eu a admirei ainda mais, por manter a doçura e a determinação em seguir a vida sem lamentações. Estudou, trabalhou e se sustentou, mesmo com limitações, crises e tanta coisa que eu nem tinha noção. Eu podia tentar imaginar tudo por que passara, a perda precoce dos pais, quantas dores tivera, como fora ver o corpo se deteriorando, perdendo os movimentos, precisando de muletas. Tão jovem.

Na penumbra do quarto, sentado na cama ao seu lado, peguei uma mecha dos seus cabelos macios e a esfreguei entre os dedos, com muita vontade de abraçá-la, passar para mim os seus sofrimentos, garantir que tudo ficaria bem. Mas fitei os seus olhos fechados, o rosto suado e corado da febre, e o meu peito foi invadido por muita coisa. Sem que eu pudesse evitar, os meus olhos se encheram de lágrimas. E foi difícil lutar contra elas.

Angelina era o amor da minha vida. Como assistir àquele tormento sem sofrer? Impossível!

Quase não dormi à noite, preocupado, acordando toda hora para ver se tinha febre ou precisava de algo. Os remédios a deixavam meio grogue. O que era bom, para não sentir tantas dores.

No dia seguinte, teve uma pequena melhora. Conseguiu conversar um pouco e, como se notasse o meu estado, tentou garantir que tudo ficaria bem. Sentia-se pegajosa, precisando de um banho. Foi mais um sofrimento até carregá-la para o banheiro. Ajudei-a como se fosse uma criança. Troquei os lençóis, encharcados, e, ao acomodá-la, ela disse baixinho:

— Obrigada, meu anjo.

Ajoelhei-me no chão, apoiando os braços na beira da cama, ficando com o rosto na direção do dela. Fitei os seus olhos febris e vermelhos, meio desfocados, indagando:

— Eu sou o seu anjo?
— É. — Esboçou um sorriso.
— E você é o amor da minha vida. — Sorriu mais ainda e caiu em sono profundo.

Conversei com Jonathan, que se encarregou de manter tudo funcionando na academia e me substituir sábado de manhã nas aulas de surfe.

Nos dias seguintes, ela foi melhorando porque a febre baixou, conseguiu dar alguns passos, mover os membros. Almoçou comigo, garantiu que a dor cedia. E me agradeceu, os olhos doces nos meus, a mão fazendo carinho em mim.

— Não precisa agradecer, minha anja.
— Claro que preciso. Estou preocupada, você não foi à academia esses dias, é o seu trabalho...
— Não fique. Está tudo sob controle. Só melhora logo, não gosto de te ver assim.
— Vou melhorar. — Abraçou-me com carinho, mais magra e abatida, os braços trêmulos.

Aos poucos, fui conseguindo relaxar e dormir.

Lila, Bruno e Madalena vieram visitá-la, ofereceram ajuda, mas felizmente Angelina estava se recuperando.

Na sexta ainda estava debilitada, mas quase recuperada, e aquilo me animou.

— Quando a crise passar, vou voltar ao dr. Inácio — garantiu — e iniciar o tratamento novo. Não vejo a hora de fazer isso logo.
— Semana que vem tem consulta. Vamos ver se ele te libera para começar.
— Tomara!

Foi quase uma semana sem fazer amor, e eu sentia falta dela, do seu corpo grudado ao meu, dos seus gemidos. Eu a queria muito, tinha ereções quando menos esperava, acordava sempre com o pau duro e doendo, mas sabia que depois tudo valeria a pena. Angelina valia qualquer espera.

No domingo, ela dormia placidamente quando acordei e de novo a ereção estava no limite. Pulei logo da cama, para não cair na tentação de tocá-la.

Enfiei-me debaixo do chuveiro e nem a água fria deu jeito. Agarrei o meu membro esticado com força e movi para frente e para trás, deixando a água cair sobre a minha cabeça, fechando os olhos. A imagem que encheu a minha mente foi a dela, dançando nua comigo, pisando nos meus pés, como fizéramos certa noite. Os mamilos espetando o meu peito e logo depois a gente na cama. Beijos, abraços, mãos deslizando nas peles, gemidos, o seu gosto na minha língua, eu entrando naquela carne gostosa e macia.

Lembrei-me das vezes sem fim em que a chupei até gozar, ou até ficar prontinha, pedindo mais. E como eu gostava de dormir com o gostinho salgado da sua bucetinha na boca me fazendo companhia no sono.

Tudo isso fez com que eu inchasse mais e mais, acelerando os movimentos, ela tão presente, que era como se estivesse realmente ali, fazendo amor comigo.

Angelina

Foi muito parecido com as crises anteriores, mas beeem diferente num ponto fundamental: daquela vez, eu tinha Valentim comigo.

Não pude agradecer como deveria tudo que ele fez por mim, não apenas nos cuidados, mas também no carinho. Deixou de trabalhar para me manter bem e segura na sua casa. E, em momento algum, ele se irritou ou se mostrou impaciente. Pelo contrário.

Quando acordei naquele domingo, já estava em fase de recuperação, ainda cansada, fraca, mas podendo me mover sem parecer que um caminhão me atropelara. As juntas desincharam e o meu corpo respondia melhor ao tratamento. O alívio me envolveu.

Levei uns minutos para poder me sentar, apertada para fazer xixi. Tonteei um pouco, firmei os pés, esperei tudo se ajeitar antes de me levantar. E fiquei mais consciente dos últimos dias.

Junto ao meu agradecimento, eu também sentia uma pontada de culpa. Valentim tinha parado a vida dele para cuidar de mim, e novamente pensei na mulher da clínica dizendo que havia perdido muita coisa na vida por conta da doença do marido. Não dava para comparar, mas aquilo não saía da minha cabeça.

Eu achava que a crise se precipitara por minha causa mesmo, o emocional abalado. Sim, a inflamação estava lá, mas eu passara meses bem, curtindo a vida com ele. Foi só me aborrecer, ficar nervosa com a briga da Madá e as palavras que ela relatou ter ouvido, ficar magoada diante do desprezo da mãe dele e de outras coisas, para que tudo avançasse até aquele ponto. Não sabia quando aprenderia a lidar com as minhas neuras e medos, a parar de me importar tanto com os outros.

Levantei-me e peguei as muletas. Só queria deixar tudo para trás, me concentrar no novo tratamento, lutar para ficar bem e não dar mais trabalho para Valentim. Era difícil ser autossuficiente com as incertezas sempre pairando sobre mim.

Fui até o banheiro, que estava com a porta entreaberta. Ouvi o barulho do chuveiro e parei, quando o vi no box, a mão espalmada na parede, de perfil para mim. Batia punheta com violência, o pau indo e vindo na mão em concha, os olhos fechados, uma expressão dura no rosto.

Paralisada, olhei, primeiro sentindo admiração e aquele desejo que não cedia, mesmo diante das limitações pelas quais eu ainda passava. Foi como me imaginar ali com ele, debaixo da água, as minhas mãos no seu pau. Mas então lembrei-me de que tinha uma semana que não transávamos e talvez demorasse ainda mais, pois eu só estava me recuperando. Com certeza, ele transbordava de tesão.

E, naquele momento, o que senti foi vergonha. Por não ser uma mulher saudável, por deixá-lo sem sexo, por saber que talvez pudesse ter muito mais liberdade sem mim. Mais tarde, pensando sobre aquilo, eu vi o quanto fora boba em não entrar e apreciar o espetáculo completo da masturbação, deixar que me visse, provocá-lo com palavras.

Virei-me silenciosamente e voltei para o quarto, abalada, sem saber de mais nada. Beatriz martelava na minha mente, condenando-me, parecendo dizer o quanto eu era um atraso de vida para o filho dela, indigna dele. Madalena se juntou, revoltada, gritando as coisas que Zoé e Raíssa tinham dito.

Sentei-me na beira da cama, tremendo. Exaurida até para pensar.

Deixei as muletas de lado e me deitei, abafando um gemido de dor, fechando os olhos. Eu era uma tola! Uma idiota mal-agradecida! Mas não pude me controlar.

Fiz novos exames, bem mais recuperada ao voltar ao médico. Valentim me acompanhava. Dr. Inácio explicou:

— A crise passou e não há infecção no exame, nem qualquer coisa que te impeça de começar a nova medicação. Tem certeza de que é isso que deseja?

— Absoluta — falei com convicção.

Eu não queria saber dos efeitos, só de ficar boa logo. O melhor possível. Ansiosa por aquilo.

Quando ele me entregou o termo, assinei sem ler mais nada. Depois apertei a mão do Valentim, que me incentivou com o olhar.

— Vou explicar com detalhes como é a ação do biológico, mas você precisa saber que pode ter o remédio pelo SUS. O custo dele mensal é de oito mil reais e o tratamento particular é inviável para você, certo? Com a receita e os documentos necessários, não terá problemas. Vamos começar com uma dose semanal, via subcutânea. Como a administração é realizada por uma caneta aplicadora anatômica, a aplicação pode ser feita em casa pelos próprios pacientes, melhorando a comodidade de administração da medicação — ele era bem didático. — Aqui um exemplo.

O doutor pegou a injeção vazia, abriu e mostrou a agulha fina, como a que diabéticos usam para aplicar insulina. Fez toda a demonstração e depois continuou:

— Estaremos atentos aos sintomas e às reações adversas. Qualquer mudança, dor de cabeça forte, irritação, confusão mental, tontura ou coisa parecida, precisa me avisar. Nós tentaremos resolver, aliviar, até tudo se adequar a você, Angelina. Teremos um tempo de teste, para observar se tudo está sendo eficaz. Caso você não se adapte bem, tentaremos outro caminho, que será a aplicação no hospital, diretamente na veia. Alguma pergunta?

Eu tinha várias, mas todas pareciam ter sumido da mente. Só fiz que não.

— Ela pode ficar sozinha? — Foi Valentim quem falou.

— Pode. Tem o meu telefone; se por acaso algum desconforto maior surgir, não hesite em ligar. De três em três meses, faremos exames para ver se tem risco de infecção ou hepatite medicamentosa. Agora vamos aos detalhes.

Foi tanta coisa, que acabou me deixando tonta. Mas não recuei. Cobri-me de esperanças e segui em frente.

Angelina
29

— Amigas para de besteira! Já tomou o antialérgico e daqui a pouco melhora — Lila me confortou, enquanto eu olhava para o meu rosto no espelho do quarto, horrorizada.

Eu estava inchada e as urticárias se espalhavam pelo meu couro cabeludo, sobrancelhas e rosto, tudo vermelho. Nunca tinha me visto tão feia, tão esquisita. Meus olhos se encheram de lágrimas e senti uma raiva absurda da imagem a me encarar de volta.

Agarrei as muletas e me levantei, agitada, o sangue latejando dentro de mim. Havia duas semanas, desde que começara o novo tratamento, que eu andava meio deprê. Vários sintomas estranhos me atacaram e eu não aguentava mais, estava no limite. Tudo me irritava e me dava vontade de chorar. Nem me reconhecia em determinadas situações.

— Não vou sair assim! Estou horrível! E tam... — Espirrei. Depois de novo. Respirei fundo, tentando me acalmar.

Nunca tive problemas respiratórios, mas a rinite parecia ter grudado em mim e não largava mais. Foi uma sucessão de coisas ao mesmo tempo: tonturas nos primeiros dias e confusão mental. Eu não conseguia nem trabalhar direito, embaralhando tudo que deveria digitar. Liguei para o dr. Inácio e ele mandou eu tomar um medicamento, pois essa condição era esperada no começo do tratamento.

O Dia em que Você Chegou

Realmente a tontura melhorou, mas em alguns momentos eu me perdia, sem saber ao certo o que deveria fazer, ficava meio esquecida. Depois foi a febre, e precisei fazer novos exames para descartar infecção. Não era, e em dois dias a febre cedeu. Então veio a enxaqueca. Todo santo dia eu tinha dor de cabeça e precisava tomar analgésico. Ficava pesada, o que piorava o meu estresse. Mas aquela irritação, aquela raiva e angústia que vinham de repente eram piores que tudo.

Nunca fui uma pessoa agressiva, pelo contrário. Pecava por guardar emoções para mim. No entanto, ultimamente, qualquer coisa me tirava do sério. Claro que eu tentava — e até então estava conseguindo — me controlar ao máximo para não explodir, chorar, até mesmo dizer algo que magoasse alguém. Contudo, naquele dia, vieram as urticárias e o inchaço do rosto.

— Angelina, dá pra você se acalmar? Olha pra mim. — Lila me segurou, enquanto eu ficava agitada no quarto, sem saber ao certo o que fazer. Encarei-a e se mostrou paciente, como vinha sendo todos aqueles dias: — Já ligou para o médico e foi medicada. Essa alergia vai sumir.

— Valentim vai chegar e me ver assim. — No final minha voz falhou, mas consegui me manter firme. A ansiedade parecia agitar o meu coração, o meu peito. — Não quero. Vou inventar uma desculpa, dizer que amanhã a gente se vê.

— Amiga, ele não vai ligar pra isso. Ele sabe que é efeito colateral e que vai passar logo. Combinou de fazer um jantar pra você, já deve até ter deixado tudo pronto e estar chegando aqui. Você está de TPM?

— Não. — Neguei na hora. É que eu não aguentava mais tantos remédios; em breve teria um problema grave no fígado ou nos rins. Se ligasse para o dr. Inácio, ele passaria mais um. Preferi tentar me controlar.

Lila me observou, sabendo que eu estava diferente, muito mais estressada. Eu fazia de tudo para engolir aquela agonia, me continha, mas ela estava lá e era uma batalha não deixar explodir. Até que...

O meu trabalho tinha sido afetado. Minha mente parecia desconectada, sem poder se concentrar, as traduções se acumulando mais e mais. Temia não cumprir os prazos, perder a qualidade, afetar a minha reputação com a editora. Aquilo me deprimia e preocupava, criava certa sensação de pânico.

Talvez fosse de tudo um pouco. Até a presença da Manuela ali no apartamento me tirava do sério. Se antes eu ignorava as suas espetadas e gracinhas na tentativa de me diminuir, nos últimos tempos passei a ter vontade de esganá-la. Principalmente depois de um comentário que fez, quando Valentim me visitou e eu estava especialmente ruim, sem ânimo para nada. Quando saiu, ela debochou:

— Que fofo ele ser tão prestativo com você, querida! Parece até que o garanhão foi castrado! Mas faz parte, né?

Ah, não prestou. Quando deu uma risada, deixando claro que o nosso relacionamento parecia frio e sem paixão, eu dei um grito, mandei ela calar a boca e quase a puxei pelos cabelos. Minha vontade era arrancar aquele riso da fuça dela. Mas me segurei, engoli a raiva e pensei naquilo um pouco alarmada, no fato de termos apenas conversado e ele me acarinhado no sofá. De como isso se tornava mais frequente.

Claro que Valentim estava sendo afetado pela minha situação! Por mais que não demonstrasse, com certeza o perturbava e estressava também.

Na última semana, tinha ficado um clima chato entre nós, que ainda me sufocava e causava pânico. A verdade era que eu não aguentava mais dar trabalho, vê-lo deixar de ir à academia para me levar ao médico ou sair mais cedo para me ver. A culpa cada vez mais virava minha companheira, pois tudo que temera estava acontecendo: o meu namorado estava virando uma espécie de cuidador.

Lágrimas encheram os meus olhos quando me lembrei de que discutimos sobre isso. Num daqueles momentos de descontrole emocional, tive que voltar ao dr. Inácio e não falei nada para ele. Mas Lila, que estava preocupada no trabalho, temendo que eu fosse sozinha, ligou e avisou. O resultado foi que ele apareceu para me buscar, usando roupas de academia e suado, como se tivesse largado tudo às pressas.

Entrei no carro com uma raiva absurda de mim mesma e até dele, por ser tão perfeito, por abdicar de tanta coisa por mim. A vontade de chorar era imensa. Como fiquei calada, emburrada, Valentim insistiu em saber o que eu tinha. Perdi o controle, olhei para ele e despejei parte dos meus medos e neuras:

— Você não deveria ter vindo.

— E por que não? — Olhou-me de um jeito esquisito.

Ao mesmo tempo que eu não queria dar trabalho nem me sentir mais um atraso do que uma namorada, eu temia que ele acabasse perdendo a paciência diante do meu desequilíbrio. Não sabia como ainda não havia acontecido. Numa sucessão de pequenas atitudes, de faltas e excessos, de abdicações... E eu sabia que ele estava deixando muita coisa de lado.

Não me contive e falei com angústia:

— Porque não precisa largar tudo pra cuidar de mim. Você é namorado e não enfermeiro.

Emburrou a cara, rebatendo na hora:

— Já tem uns dias que você vem com essa conversa, Angelina. Sei que os medicamentos estão fazendo mal, te deixando nervosa. Mas pare de ficar achando que faço algo por obrigação. Eu me preocupo, minha anja.

— Eu sei! — Minha voz saiu mais esganiçada do que eu pretendia, tudo se agigantando e me tirando do eixo. Lutei para não chorar. — Mas é disso que estou falando! Você me cerca de tantos cuidados, se antecipa, que mal liga para si mesmo e os seus compromissos. Sim, em momentos de crise preciso de cuidados, mas estou sem dor, posso ir sozinha. Eu já existia antes de namorar você!

Ficou calado e, quando o olhei, vi que estava puto. Só o fato de se conter para não falar o que o enraivecia, para não me perturbar durante aquela loucura toda que eu vivia, me espezinhou também.

— Vai, fala que eu sou chata, reclamona! — insisti. — Que nos últimos tempos só dou trabalho! Que estou magra demais, que não tenho ânimo pra transar e a droga do remédio me deu aquela inflamação na vagina e... fala!

— Porra, Angelina! — Finalmente Valentim se estressou. — Nada disso me deixa irritado! Só o que me emputece é você falar essas merdas todas, é me olhar como se eu fosse alguma espécie de Madre Tereza de Calcutá e você, uma pobre coitada! Para de se rebaixar, de cultivar demônios nessa sua cabeça dura! Se estou aqui é porque quero estar, não por obrigação. Não é a primeira vez que insinua isso.

— Não disse que é obrigação, mas... — Senti a garganta embargar, as mãos trêmulas.

— Mas é o que então?

Quis muito chorar. Os momentos maravilhosos que tivéramos nos últimos meses, indo à praia, saindo, gozando, curtindo, tinham sido substituídos por aqueles de crise, de idas ao médico, efeitos colaterais, dificuldades para transar por causa da porcaria da candidíase que desenvolvi por estar com a imunidade baixa e também pelas alterações que tanto medicamento provocava. Eu me sentia cansada, feia, pouco feminina. E me desesperava que Valentim visse aquilo. O tempo todo eu andava na corda bamba, apavorada.

— Não estou sendo mulher. Estou sendo doente. E você, meu cuidador.

Ele respirou fundo. Quando parou o carro num sinal, virou-se para mim e me encarou, bem sério. Não tive coragem de olhar para ele. A cada dia, eu via a mim mesma de um modo pior, que não merecia tudo que fazia por mim.

— Olha pra mim, minha anja.

Quando me chamava daquele jeito zen, tudo desmoronava. Consegui obedecer, sacudida, fragilizada, esgotada. Tirou a mão do volante e acariciou o meu rosto, dizendo com firmeza:

— Não estou com você por sexo ou pra que tudo seja perfeito. Eu sei bem o que você enfrenta e que isso é passageiro. Logo esses efeitos ruins desaparecem e você vai ter mais tranquilidade, as coisas voltarão a ser como antes.

— E se não voltarem?

— Vão voltar. Está se tratando para isso. E, se não acontecer, a gente dá um jeito. O importante é estarmos juntos e o que sentimos um pelo outro. Não percebe que você é mais importante do que tudo pra mim?

Fechei os olhos para não chorar, um misto de amor louco e culpa me envolvendo. Eu não o merecia. Não mesmo. Mas não conseguia viver sem ele. Talvez eu fosse muito egoísta, pois o queria com desespero.

Quando eu o olhei novamente, me joguei nos seus braços e o apertei forte, murmurando:

— Me desculpe. Estou tão confusa, tão perdida. E não gosto de atrapalhar a sua vida, de...

— Nunca mais diga isso. Fico aborrecido. Estamos juntos nessa, minha anja.

Eu o beijei, agradeci intimamente pelo apoio, mas aquela sensação de ser incompleta, de o prejudicar não me abandonou. Pelo contrário, só ganhou força conforme novas coisas ruins aconteciam comigo e Valentim não saía do meu lado.

Naquela sexta-feira, toda empolada e desequilibrada, eu recordava tudo e novamente me enchia de culpa, me achava cada vez mais desmerecedora. Nada dava certo... nada vezes nada!

— Às vezes me irrito um pouco, mas é esse biológico, tenho certeza. O que acontece, Lila, é que, quando penso que algo vai melhorar, aparece outra coisa.

— É bom desabafar. Mas escuta, vai melhorar, sim. Precisa ter paciência. Agora coloca uma roupa bonita e espera o Valentim. Aproveita essa sexta e o fim de semana. Foi muita coisa acontecendo ao mesmo tempo, a crise, depois os exames, a troca de tratamento, os efeitos colaterais. É normal se sentir sobrecarregada emocionalmente. Mas, se relaxar um pouco, curtir o seu amor, tudo vai parecer melhor. Vocês dois merecem.

Assenti, agradecida por me alertar e trazer de volta à razão. Eu sabia que para Valentim também estava sendo difícil. Aquela montanha russa de sentimentos e medos, de dias bons e outros horríveis, de às vezes não ter ânimo nem para fazer amor e querer ficar encolhida num canto. Tudo pesava e eu tentava compensar, atraindo ainda mais sentimento de incapacidade.

— Mas eu acho que ele... vai me achar feia. — Senti os lábios tremerem, e Lila sorriu, carinhosa.

— Continua linda. Do jeito que ele está apaixonado, capaz de nem perceber a urticária.

— Até parece! — Já ia reclamar de mim mesma, mas me calei. Eu não queria parecer uma chata. — Está bem, vou me arrumar.

— Boa. Vou fazer um chá quentinho pra gente, enquanto isso. Vai te fazer bem.

Depois que Lila saiu, eu me vesti e pensei em tentar esconder a alergia avermelhada com maquiagem, mas temi piorar e causar erupções. Separei as minhas coisas e saí do quarto. Estava deixando a minha bolsa sobre o sofá, antes de ir para a cozinha, quando Manuela chegou, cheia de sacolas de loja e chacoalhando as suas chaves. Parou ao me ver e começou a rir. Essa não prestava mesmo.

— O que é isso? Meu Deus, Angelina, me desculpe, mas você...
— Vai se foder, Manuela.

Ela se calou na hora, boquiaberta. Minha vontade foi dar um soco na cara dela, mas me arrependi na hora do que falei. Agitei as minhas muletas e fui tomar o meu chá com Lila, que estava espantada.

— Você sabe falar palavrão? Mandou mesmo ela se foder?
— Estou cansada dessas implicâncias chatas dela. Dessas maldades. Não vejo a hora de uma de nós duas sair daqui. — Sentei-me, as mãos trêmulas.
— No fim do ano, a gente aluga outra coisa, ou ela.

Percebi que Lila me olhava estranhando o meu jeito. Mais uma vez, lamentei o meu estresse fora de hora e expliquei:

— Já tinha acontecido outro dia. Eu gritei com ela e mandei calar a boca. O xingamento saiu sem querer. Não sei o que me deu.
— Bem, se fosse eu já teria mandado ela se foder e até tomar naquele lugar há muito tempo! Bebe o seu chá.

Assim o fiz. Toda hora aquela alergia dava vontade de coçar, e era uma luta resistir.

Estava quase terminando quando a campainha tocou e toda a angústia voltou. Eu estava morrendo de vergonha que Valentim me visse daquele jeito. Meu coração disparou, a ansiedade me disse para me esconder no quarto, mas busquei me equilibrar.

— Deixa que eu atendo.

Lila saiu na frente. Eu apostava que ela iria alertá-lo de alguma forma, só para que não reagisse mal diante do que iria ver. Levantei-me e fui atrás.

Ouvi vozes baixas e corei, esperando por ele. Quando apareceu, olhou diretamente para o meu rosto e se aproximou, sem parecer muito alterado.

— Oi, minha anja. Como você está?

Seus olhos verdes passaram pela minha pele e sobrancelhas, estava preocupado, mas sem repulsa. O alívio foi como se algo pesado saísse de mim, e isso me balançou. Ainda mais quando segurou o meu rosto e me deu um selinho. Então, comecei a soluçar.

— Angelina? — Valentim se assustou.
— Estou feia, vermelha e inchada... eu... estou horrível! — Chorei, enfiando a cabeça no ombro dele, tentando me esconder.
— Hei, para com isso... não está nada. Nem reparei.

— Não disse? — Lila opinou, ali perto.
— Mentiroso... ela falou pra você na porta!
— Não chora... — Enxugou o meu rosto com os dedos, sem saber ao certo o que fazer. — Está linda como sempre. É reação à medicação? Já ligou pro médico?

Sacudi a cabeça, tão arrasada que nem tinha condições de responder. Foi Lila quem o fez:

— Sim, e já tomou o remédio que ele passou.
— Pois então, vai melhorar. Está ardendo? Coçando?
— Está.
— Tadinha. — Abraçou-me forte e fechei os olhos, totalmente descontrolada.

Eu me sentia muito cansada. Muito mesmo. Chata, feia, cheia de problemas. Como ele não se aborrecia comigo? Por quanto tempo mais aturaria isso tudo sem reclamar e se enfezar?

Eu não quis enveredar por aquele caminho, que acabava sempre nas mesmas dúvidas, na sensação de que Valentim me dava tudo e eu só problemas.

Aguardou o meu tempo para me acalmar. Só então ergueu o meu rosto para ele, sem dizer nada. Compenetrado, como se pensasse muita coisa. Vacilei de novo, ansiosa.

— Desculpe. Mas é que, toda vez que você chega aqui, eu estou...
— Chhh... Vai passar. Está me vendo reclamar?
— Não. — E aquilo era o mais assustador. Outro homem no seu lugar já teria fugido correndo de mim.
— Então, vamos pra minha casa. A gente se deita no futon, conversa, namora. E amanhã tenho certeza de que vai acordar melhor.

Eu não tinha certeza de nada, mas concordei.

No sábado, realmente a alergia estava um pouco melhor. Ainda feia, mas não coçava tanto. A tensão também deu uma trégua e foi substituída por um pouco de fadiga, de vontade de não sair da cama. Quando consegui, percebi que estava quase na hora da aula de surfe e Valentim falava ao telefone com Jonathan.

— O que foi?

Ele desligou e se virou para mim.

— Esqueci de pedir ao Djei pra assumir as crianças hoje. Fui ligar, e ele não está no Rio.
— Mas eu estou bem. Pode ir pra aula, as crianças estarão lá, esperando você.
— Está bem mesmo? — Veio para perto de mim, olhando-me atentamente, preocupado.
— Bem melhor do que ontem. Eu espero você lá embaixo.
— Cuidado, hein. Não vou demorar.
— Vai tranquilo.

O Dia em que Você Chegou

Seu olhar encontrou o meu e abrandou. Fui para os seus braços, novamente sem entender a vontade de chorar. Meu emocional estava mesmo uma merda. Toda vez que se limitava a algo por mim, acontecia aquilo.

Depois que saiu, fiquei na sala e liguei a televisão. A cabeça tinha começado a latejar, as sobrancelhas voltaram a coçar novamente, a posição incomodava. Eu me sentia impaciente, pensando em mil coisas ao mesmo tempo, temendo que aqueles sintomas não passassem e eu tivesse que interromper o tratamento. A doença não estava causando dores fortes nem crises, mas os efeitos colaterais atrapalhavam qualquer equilíbrio.

Sentei-me e desliguei a televisão. Ia preparar algo pra gente almoçar. Foi só me levantar que a campainha tocou.

Valentim não era, ele tinha chave. Fui até o interfone e perguntei:

— Quem é?

Houve um momento de silêncio. Depois veio a voz:

— Beatriz.

Fiquei imóvel, sem reação. Desde o nosso encontro no almoço, não nos víramos mais. E ela aparecia ali justamente num dia em que Valentim não estava e que eu me encontrava abalada emocionalmente e cheia de urticárias. Senti um enorme arrependimento por ter atendido, deixado saber que eu estava ali.

Não havia escapatória. Com a mão trêmula, destravei o portão e esperei.

Pouco tempo depois, a porta da sala se abriu e ela apareceu, esticada em saltos, os cabelos impecáveis, aquele olhar frio que me desestabilizava por completo. Parou, e nos encaramos.

Voltou a se aproximar e apertou os olhos.

— O que é isso no seu rosto?

— Urticária.

Foi claro o ar de aversão. Engoli em seco e falei rapidamente:

— Já tomei um remédio. É do tratamento que estou fazendo, efeito colateral. Quero dizer...

Calei-me, pois quanto mais eu abria a boca, mais ela parecia incomodada. Tentando ao máximo ser cordial, apontei para o sofá:

— Senta um pouquinho.

— Valentim está?

— Não, foi para a aula de surfe.

— Ah! Esqueci! — Sacudiu a cabeça.

Torci avidamente para que fosse embora e voltasse outra hora. Minhas pernas estavam fracas, uma sensação amarga dentro de mim. Imaginei se aquela mulher seria simpática comigo se eu não tivesse artrite. Mas nunca saberia.

Contrariando a minha vontade, ela foi até o sofá e se sentou, em silêncio. Tive que fazer o mesmo, em frente, sem saber o que dizer.

Nós nos miramos um tempo, o clima pesando demais. Eu estava tensa como uma mola, e um cansaço enorme começou a me dominar. Eu não tinha estrutura para um confronto daquele num momento tão difícil. No entanto, não dava para sair dali de repente.

Pensei em algum assunto, mas a minha cabeça parecia oca.

Ela entortou um pouco a boca, desagradada. Não apenas pela alergia no meu rosto ou pelos meus cabelos despenteados, mas por eu existir e estar ali. Não aguentei e falei baixo, mas com emoção:

— Eu amo o seu filho.

— Como não amar? — rebateu na hora, a voz comedida. — Valentim é especial. Ele puxou o melhor de mim e o melhor do pai. E é isso que ele merece: o melhor.

Mais clara não dava para ser. Talvez em outro momento eu me calasse, mas, afetada, fui bem clara:

— E eu não sou o melhor. Por isso me olha assim? — Não pude conter a irritação na voz.

Beatriz ficou quieta. Mas para que falar, se os seus olhos de nojo diziam tudo? Se desde o começo eu não passei de um entrave no caminho do filho dela, de um inseto?

O descontrole emocional começou a me fazer suar frio e hiperventilar. Busquei ar e algum equilíbrio, mas era difícil manter um pensamento plácido diante daquilo. Eu me sentia mais e mais abalada, querendo respostas diretas. Precisava ouvir e me defender, fazê-la ver que eu queria fazer o filho dela feliz.

— Pode me responder, Beatriz? O que você acha que eu sou para o Valentim? — insisti.

— Prefiro não responder.

— Mas estou pedindo que seja honesta. Eu não sou o melhor para o seu filho, não é? — Comecei a ficar com muita raiva.

— Não mesmo.

Claro que eu esperava aquilo, até provocara. Mas ainda assim foi como tomar um tapa na cara. Mal me movi e ela finalmente despejou:

— Lamento sinceramente que seja doente. Você é muito bonita, dá para ver que é também inteligente, tranquila. Mas a sua vida é difícil. Vi naquele dia na minha casa, como quase não saiu do sofá, as suas limitações. E vejo agora a sua aparência, abatida, magra, com o rosto todo empolado. Entenda, uma mãe que ama o filho como eu amo e sempre sonhou com uma mulher maravilhosa para ele, pode achar isso bom? Não dá para ficar feliz. Desculpe.

O Dia em que Você Chegou

As palavras pesavam, machucavam. Mas o olhar... ah, esse era de matar. Repulsa, inconformismo, até mesmo uma pontada de horror. Tive vontade de gritar que eu era muito mais do que aquilo, mas me senti tão violada, tão invadida e desprezada, que o que mais veio forte foi aquela sensação de inferioridade. E isso acabou comigo.

Engoli em seco, lembrando-me da minha aparência no espelho, a dificuldade para recuperar o peso perdido, o rosto inchado e empelotado, a falta de vaidade, pois havia tanta coisa para me preocupar que nem ânimo eu tinha para me arrumar, para me sentir bem e bonita. Ou mesmo agradar a Valentim.

Aquelas emoções todas que eu vinha guardando havia meses, as dúvidas, o medo de atrapalhar a vida dele, as inseguranças, tudo borbulhou e formou um caldeirão fervendo no meu estômago, espalhando-se como soda cáustica. Eu me vi não como Valentim fazia com que eu me enxergasse, mas como eu era e estava, na realidade. Uma pessoa doente, abatida, confusa. E iludida. Pois, em todo aquele tempo, o que nos unira fora a ilusão. A realidade era a dor, o sofrimento, as crises, a urticária, a falta de libido, o descontrole emocional. E tantas coisas que talvez ainda se juntassem a isso.

Ao mesmo tempo, senti um ódio mortal daquela mulher, que entrava ali e se sentia no direito de me humilhar, de me dizer com todas as letras que eu era quase um lixo, a pior coisa que Valentim poderia ter escolhido.

Balancei entre emoções extremas, querendo explodir e tirar a sua arrogância, querendo chorar por me sentir mesmo um nada, nem mesmo uma mulher. Só um ser humano abatido, com medo, envergonhado, ferido.

— Não estou dizendo isso para machucá-la, Angelina. Mas você me perguntou. E no fundo você sabe, não é? — Inclinou-se um pouco para frente, como se quisesse que eu ouvisse tudo. — Sabe que ele está se limitando por sua causa, que deixou de fazer muita coisa. Os amigos sentem falta do antigo Valentim, e eu também. Aquele rapaz cheio de vida que amava viajar, rir, sair. Agora ele vive para cuidar de você, para ficar preso dependendo de quando precisa ir ao médico ou quando tem que tomar um remédio. Sim, ele me contou que você está começando um novo tratamento. É só nisso que pensa. E isso só prova como o meu filho é muito mais especial do que pensei. Mas eu me pergunto se você não vê, se não entende o mal que causará a longo prazo. Para os dois. Pois quanto tempo acha que ele aguentará isso? E você vai ficar como, quando esse dia chegar?

Senti os olhos arderem, a garganta travar. Quis me defender, dizer que o amava mais que tudo, que éramos felizes juntos. Mas como, se Beatriz expunha cruelmente as minhas dúvidas e medos? Eu me sentia egoísta, mesquinha, aproveitadora.

— Essa doença... a artrite. Pode até controlar hoje, mas e depois? E filhos? Como vai ter se precisa tomar esses remédios fortíssimos? Até nisso você vai limitar o Valentim também? — Sacudiu a cabeça, inconformada. — Eu me recuso a acreditar que nunca pensou nisso, que está acreditando em conto de fadas! Mas às custas dele, não! Quero o meu filho bem de verdade, realizado, feliz! Como sempre foi. Não atado a uma pessoa assim. Não triste, como um dia vai ficar.

Olhou-me com raiva, erguendo o queixo, como se quisesse falar ainda mais.

Eu tremia. Por dentro era pior, arrasador. Não tive ação, voz, não pude me defender. Pois, ao final, eu concordava com ela. Sabia que tinha razão. Eu soube desde o começo, mas me enganei, forcei, fingi que um milagre aconteceria e eu seria tudo que ele desejava. No entanto, olhando para mim, eu sentia vergonha do que me tornara.

Não conseguia ser boa profissional, ser namorada, amiga, parar de dar trabalho para Valentim e Lila. Eles estavam sobrecarregados por um peso que era só meu. Tudo vinha ao mesmo tempo e com uma magnitude absurda, criando um caos no meu sistema. Eu não era mulher suficiente para ele, não era fêmea. Não tinha cura. Estava feia. Amarga, medrosa, cada vez mais diferente da pessoa que Valentim conhecera. E, com certeza, no fundo, ele já notara isso.

Beatriz se levantou, agitada, tentando recuperar a frieza inicial.

— No fim das contas, eu não devia ter falado nada. Nem ter vindo aqui. Estou de fora, talvez por isso veja melhor do que vocês. Só não vou fingir que sou cega.

Pisou firme, abriu a porta e saiu. Não me mexi por um bom tempo. Então, as lágrimas correram, grossas, sem controle. Levei as mãos ao rosto e solucei, dilacerada.

Um pesadelo. Era como se uma onda gigantesca tivesse me arrastado para muito longe e me jogado com violência de volta na areia.

Nunca imaginei que me veria como me vi naquele momento. E isso mudou tudo.

Valentim
30

Os alunos entenderam quando encurtei a aula naquele sábado, com pressa para chegar em casa e confirmar que Angelina estava bem. Desejaram melhoras, disseram que sentiam a falta dela, mandaram recados... Mas quando eu já me preparava para partir, Bob falou algo de modo inocente, mas que chamou a minha atenção:

— Tomara que ela fique bem logo, Valentim. Assim você volta a dar aulas pra gente. Jonathan é legal, engraçado, mas... a gente se amarra muito em você.

O garoto parecia sem graça por expor os sentimentos. Desde que comecei o projeto por causa dele, havia mudado bastante, tornando-se mais responsável e, de alguma maneira, vendo-me como alguém em quem se espelhar. Saber que sentia saudades de mim e da amizade que criamos ali mexeu comigo.

— Em breve tudo vai voltar ao normal. — Pus a mão no ombro dele e apertei com carinho, sentindo falta deles também. As crianças sorriram, concordando.

Depois que entrei no carro e dirigi para casa, pensei o quanto vinha sendo relapso nas aulas, Jonathan praticamente dando todas havia mais de um mês. Nem lanche eu tinha levado naquele dia, saindo às pressas. Paguei biscoitos e refrigerantes para eles no quiosque, mas não era a mesma coisa que sentar-me, conversar, levar alimentos saudáveis que eu mesmo preparava, e ter aqueles momentos para cada um falar um pouco de si e saber mais de mim.

Eu sempre levei a sério os meus compromissos, e o fato de as aulas de surfe serem de graça e abertas não diminuía em nada o amor e a devoção que eu dedicava a eles, muito pelo contrário. Eu gostava demais do que criáramos ali, me orgulhava de cada um, sentia falta deles.

Apertei o volante, a mente cheia, o estresse me deixando tenso. Na academia também me acostumei a relegar funções quando precisava sair, a deixar alguns alunos insatisfeitos que pagavam para que eu fosse o personal deles, e não um substituto, que não os acompanhava. Dois tinham, inclusive, saído.

Eu não faria nada diferente, pois não era negligência nem falta de profissionalismo, mas o fazia por motivos importantes. Quando Angelina teve a crise forte, eu fiquei uma semana direto com ela. Depois foram as consultas e todas as voltas ao médico e as recaídas. Nunca pedia nada a mim, mas eu não conseguia ficar longe. Precisava confirmar que estava bem, sendo tratada, acompanhar tudo. A sensação era de agonia se ficasse distante, ainda mais estando tão fragilizada.

Nunca imaginei que fosse tão difícil para ela, e entendia as suas angústias, mesmo que não ficasse se lamentando. Para mim também era, pois ver a pessoa que eu amava passando tanta coisa, sofrendo, me dava uma sensação ruim de impotência, me fazia querer me desdobrar para diminuir os seus incômodos.

Claro que tudo se acumulava e eu também estava sobrecarregado de emoções e de trabalho, sendo cobrado na academia, pelos amigos e até pelas crianças. Via também a preocupação dos meus pais, o meu afastamento deles. Precisavam entender que seria passageiro, embora fosse uma situação complicada.

Irritei-me algumas vezes quando Angelina ficou querendo que eu me mantivesse longe, quando se diminuía ou me olhava com uma espécie de vergonha. Em pequenas coisas, notei que me preferia um pouco afastado, só para que eu não visse o que julgava ser as suas incapacidades ou deficiências. Angelina não conseguia entender que, perto, acompanhando tudo, podendo diminuir de alguma forma o seu sofrimento ou só a acalentar, eu já me sentia mais tranquilo e seguro.

Para piorar, os meus amigos também colocaram mais lenha na fogueira. Numa noite daquelas, quando ela dormiu logo e saí mais cedo da sua casa, Jonathan ligou e me lembrou que era aniversário do Júlio e eles estavam num barzinho em São Francisco. Era caminho, eu estava tenso e precisava relaxar, tomar uma gelada, só parar de me preocupar por alguns instantes. Além de tudo, Júlio tinha sido tão legal indicando o irmão, Inácio, que não tive como negar.

Cheguei lá, e a galera estava fazendo a maior bagunça, como sempre. Mesa cheia, falatório, implicâncias, risadas, chopinho rolando. Ali eu percebi o quanto senti falta daquilo, o quanto a minha vida tinha ficado diferente nos últimos tempos, cheia de tensão, medo, aflição. Esses meses ao lado de Angelina me fizeram amadurecer, ver que a vida não era só festas, amigos, risadas, viagens, azaração... Mas, consegui abrandar, parar de pensar tanto. Sentei-me e voltei a ser como antes, mais solto e leve.

Muitos perguntaram pela Angelina, desejaram melhoras. Raíssa ficou calada. Tinha se desculpado comigo depois da confusão no quiosque, mas o clima nunca mais fora o mesmo entre a gente. Com Zoé também. Tinha tempo que não a via ou falava com ela. E ali ela me olhava com intensidade e algo parecido com mágoa. Em determinado momento, sentou-se ao meu lado e perguntou:

— Como andam as coisas?

— Tudo bem.

— Espero que a Angelina esteja melhor. De coração.

Acenei com a cabeça, mas cheio de reservas. Ela mordeu o lábio e foi ainda mais direta:

— Sinto a sua falta. Todos nós sentimos.

— Eu estou aqui.

— Não sempre. E não é mais a mesma coisa.

Encarei-a sem querer me estender ao que se referia. Mas outras pessoas tinham ouvido e Caíque se meteu:

— Verdade, cara. Estamos preocupados contigo.

— Não precisam se preocupar. — Não gostei de todos aqueles olhares sobre mim. — É só uma fase, logo tudo voltará ao normal.

— Será, Valentim? — Renatinha tinha um ar meio triste. — Você anda tão afastado. Ainda se lembra de que somos amigos há anos? Viajamos, passeamos, saímos pra dançar, fizemos rapel, e nenhuma dessas vezes você pôde ir.

— Como eu iria, Renatinha? — Irritei-me um pouco, pois para mim parecia óbvio.

— Entendemos, cara — Jonathan apaziguou. — O pessoal só tá sentindo a tua falta nas bagunças. Mas sabemos que logo a Angelina estará melhor, tudo vai se resolver.

Não me acalmei, pois as expressões não confirmavam aquilo. Elas pareciam duvidar de que as coisas entre nós voltassem a ser como antes, dadas as condições físicas dela, as limitações e as ocasionais crises.

O estresse que eu vinha vivendo só piorou. Junto com uma pontada de culpa. Pois, por mais que eu estivesse feliz com Angelina, querendo participar de cada parte da vida dela, preocupado e apaixonado demais, eu também sentia um pouco de falta da minha vida anterior. De só ser livre, sem coisas demais na cabeça, sem aquele medo de que ela piorasse a qualquer momento.

Sentia falta de sair para pular de parapente ou escalar uma cachoeira, de acampar com eles, até mesmo só sentar um fim de semana e beber. Era um fato, e eu era honesto o bastante comigo mesmo para admitir, mas não mudaria nada na minha vida. Eu a amava mais do que tudo e só conseguia pensar na sua recuperação e independência, na melhora da sua qualidade de vida. Angelina ocupava quase todos os meus pensamentos.

Eu sabia que a doença não tinha cura e que provavelmente eu abriria mão de certas coisas por ela. Que ocasionalmente teria que deixar a família, os amigos ou o trabalho de lado por um tempo, para acompanhá-la e garantir que estava bem, mas isso não significava me anular ou me afastar de todo mundo para sempre.

Angelina havia me acompanhado quando estava bem, tanto nas festinhas quanto à praia, indo além do que estava acostumada, para também se esforçar por mim. Era uma troca, um acordo mudo, uma coisa natural para ambos. Só precisávamos enfrentar aquele momento difícil e aproveitar quando as coisas se estabilizassem.

Entretanto, eu me senti um pouco pressionado e incomodado ali, com os olhares, com aquela conversa. Ela havia tido um dia difícil e estava no apartamento, eu não achava legal me divertir, até porque nem conseguia. Cansado, demorei só mais um pouco e me despedi deles, parabenizando Júlio mais uma vez.

Já estava quase no carro quando Jonathan me chamou. Parou à minha frente e indagou:

— Você está bem, irmão?

— Estou.

— Não se sinta pressionado, não foi essa a intenção deles.

— Eu sei. — Observei o meu amigo de infância, relaxando um pouco mais. — Djei, nem tenho como agradecer a força que você tem me dado, assumindo a academia quando eu preciso sair, tomando conta dos alunos aos sábados...

— Para de palhaçada, porra. E tem isso entre a gente? Só se cuida, ok? Tá meio abatido, meio tenso.

— Pode deixar.

— Ela te pegou de jeito mesmo, não é? — Sorriu para mim. — Sei que está preocupado. Mas o tratamento novo vai ajudar. Daqui a pouco vocês estarão aqui com a gente. Talvez Angelina até fique liberada para tomar umas!

Acabei sorrindo.

— Isso eu acho difícil, mas espero que o resto seja como você falou.

— Vai ser. Se adianta lá e vê se cuida dessa tua carcaça feiosa!

O estresse não diminuiu. E no dia em que Lila me avisou que Angelina não estava bem e iria ao médico sozinha, fui buscá-la, e aquilo virou motivo de confusão. Terminamos nos entendendo, mas notei como ela às vezes se fechava, evitava me contar as coisas, parecia se sentir culpada. Intercalávamos momentos bons com outros de tensão, e nessa hora o afastamento dela me irritava, pois em momento algum eu pensara nela como um peso para mim, mas ela parecia enfiar isso na cabeça.

A falta de sexo também me deixava mais nervoso. Nunca me masturbei tanto na vida. Claro que entendia, esperava, mas a necessidade estava lá, perturbando. Transamos algumas vezes naquele período, mas foram bem poucas. Entre dores, efeitos colaterais e uma inflamação, que surgiu por causa da queda da imunidade, ficamos mais nos abraços e carinhos do que em algo realmente quente.

A verdade era que tudo se mostrava novo demais para mim, sem comparação com qualquer coisa que eu já tivesse vivido. A vida dura da Angelina era um contraste absurdo com a minha, que sempre fora boa demais, sem grandes problemas. E eu ainda estava aprendendo, me adaptando, tentando dar o meu melhor.

O que me deixava mais desestabilizado em tudo eram as cobranças, mesmo sem querer, dos amigos e dos meus pais, com os seus olhares, parecendo que eu era um pobre condenado indo para o abate, e não um homem apaixonado lutando pela felicidade da mulher que amava. Como também aquelas inseguranças da Angelina, que eu até compreendia, mas não aceitava.

Respirei fundo dentro do carro, tentando aliviar a tensão e esquecer tudo aquilo por um momento. Eu queria chegar logo em casa, tê-la nos meus braços e confortá-la. Sentia falta de quando se entregava totalmente, doce, sem medo... Confiando em mim. Esperava, resignado, aquele momento difícil passar logo.

Estacionei o carro na garagem, entrei e a encontrei sentada no sofá, as muletas ao lado. Aproximei-me pronto para perguntar como estava, quando ela olhou para mim. De um jeito que nunca tinha feito.

Parei em frente e franzi o cenho. Continuava abatida, até mais. Além do rosto vermelho e inchado, os olhos também estavam.

— Você piorou? — Notei a bolsa ao seu lado. — Precisa ir ao médico?

— Não. Estou bem.

— Minha...

— Sente-se aqui, por favor. Precisamos conversar.

— Claro. — A cada momento eu estranhava mais o seu jeito. Faltava algo fundamental nela e busquei o que era. Sentei-me, sem tirar os olhos da sua expressão. — O que houve?

— Eu tomei uma decisão. Não foi agora, já venho pensando a respeito. Mas entendi de vez que é a melhor.

— Do que está falando? Por que não me explica o que está acontecendo?

— Eu quero terminar com você.

Não reagi. Era tão absurdo que só podia ser brincadeira.

Fitei-a com mais atenção ainda. Faltava o seu brilho, o modo quente e apaixonado que olhava para mim. Tive a sensação de que não era a minha anja ali, e foi isso, mais do que o que disse, que me deu o primeiro alerta.

— Que conversa é essa?!?
— Eu quero terminar com você — repetiu. — Estou indo embora.

Eu achei que era algum efeito do remédio. Notei que andava descontrolada, mas tentando disfarçar, alterada, irritada, confusa. Segurei o rosto dela e a fiz me olhar bem nos olhos.

— Nunca ouvi uma loucura tão grande. Você sabe que eu te amo. Que *a gente* se ama mais que tudo.

Aquilo mexeu com ela. Estremeceu, o olhar vacilou. Mas logo afastou as minhas mãos e desviou os olhos, sem me encarar. Algo purgava nela, extravasava, parecia consumi-la por inteiro. E me deixava cada vez mais nervoso.

— Eu nunca disse isso pra você.
— Isso o quê?
— Que eu te amo mais que tudo.
— Disse, sim. Naquele dia em que estava com dor, em crise e ficou aqui. Depois do banho, na cama. Sei que se lembra. E eu falei também.

Não negou, pois era impossível. Sabíamos bem o que tínhamos, aquela conexão, aquela saudade absurda quando estávamos longe e aquela felicidade genuína quando estávamos perto, mesmo diante de tantas adversidades.

Tentei controlar a raiva que começava a me dominar, mesmo sem querer. Parecia o ápice de uma semana monstruosa, cheia de esgotamento emocional e ansiedade.

— A não ser que tenha enlouquecido de repente, algo aconteceu. O que foi?
— Eu só pensei muito. Estou cansada, Valentim. Muito cansada.

Isso ficou evidente no seu modo de falar, na palidez e no abatimento. Eu me aproximei dela, dizendo baixinho:

— Eu sei disso. Tem sido muito estressante para você, mas vai passar. Para de besteira, minha anja.

— Não me chame assim! Nunca mais! — Surpreendeu-me, agarrando as muletas e se levantando. Passou a mão na bolsa, a respiração agitada, fora de si, sem poder me encarar. — Depois a gente conversa.

— Aonde você vai?

Segui-a, quando foi toda cambaleando em direção à porta, como se quisesse fugir. Perdi a paciência, coloquei-me na frente dela e a segurei pelos braços. Teve que me olhar.

— Porra, Angelina, para e fala comigo! Que merda é essa?

— Me solta! Eu quero ir embora.

— Assim? Você não disse nada, só um monte de absurdos sem nexo. O que aconteceu aqui? Alguém ligou e falou com você?

Cheguei a cogitar a ideia de Zoé ter se metido de alguma maneira, mas não parecia algo que ela faria. Talvez Manuela tenha dito alguma merda que a desestabilizou. Mas como, se estava ali desde a noite anterior?

— Eu não quero mais. Chega! Acabou!!! — gritou de repente, totalmente descontrolada. — Estou cansada! Cansada de tentar, de me sentir mal, de querer o que não dá! Eu quero paz, quero ficar no meu canto! Me solta! Me deixa ir embora, Valentim!

— Que loucura... — Abracei-a, sentindo os seus tremores, abismado.

— Já falei para me largar! Por favor!

Lutou comigo e tive medo de que se machucasse, de que caísse. Tive certeza de que algo a perturbara demais, e aquilo, aliado ao estresse que vinha vivendo, a deixara histérica. Mas também fiquei furioso, pois para mim não estava sendo fácil e eu me sentia cansado de provar os meus sentimentos, de ficar ao lado dela e sentir que não acreditava na gente tanto quanto eu acreditava.

— A-ca-bou!

— Porra! Você não vai sair daqui! Vai falar que merda é essa agora!

Assustada, respirando com dificuldade, olhou para mim. Não a soltei, sem machucar, mas também querendo uma explicação, voltar ao meu normal. Eu me sentia no meu limite, sem paciência, tudo vindo junto naquele momento. De algum modo, ela percebeu e aquilo só piorou tudo.

— Só não há mais nada entre nós — a voz vacilou.

— Só? Assim, sem mais nem menos? Você deve estar doida, não é possível! Claro que não acabou nada. Me conta — supliquei. — O que está acontecendo.

— Me solta, Valentim.

— Não! — A raiva vinha em ondas, junto com um medo desconhecido, que eu nunca havia experimentado.

Angelina tremeu. Então, deixou o ar sair como um arquejo, buscou algum controle e finalmente soltou:

— Eu preciso de paz e equilíbrio. Preciso de um tempo pra mim.

Não consegui parar de apertar o maxilar, meus dentes doendo. Outras coisas doendo também, cada vez mais. Foi revoltante ouvir aquilo. Não entendi nem iria aceitar.

— E por acaso eu desequilibro você? Tiro a sua paz? É isso que está dizendo?

— Exatamente.

— Porra, eu nunca fiz isso!

Enraivecido, soltei-a. De repente, eu me sentia traído. Como se eu tivesse vivido aquela história sozinho, pois Angelina falava de algo que não fazia parte da gente, que não acontecera.

— Afinal de contas, do que você está falando?

— A culpa não é sua, você não fez nada. Sou eu. Estou cansada de me sentir culpada, de tentar acompanhar você e não conseguir, de me sentir incapaz. Você tem uma vida e eu, outra. Eu não... não acho que...

Corri os dedos entre os cabelos, nervoso. Explodi de uma vez, sem conseguir me conter:

— Essa história de novo? Sabe o que parece, Angelina? Um monte de desculpas! Estamos nessa juntos, porra! Não pressionei você em momento algum, não cobrei...

— Exatamente isso! — Ela se alterou, mostrando um lado que eu nunca tinha visto e que me descontrolava. — Você faz tudo! Larga tudo! E eu não aguento mais ver isso! Não quero ficar achando que tiro você dos seus compromissos e obrigações, pois isso me faz mal!

— Quer o quê? Que eu deixe você se virar sozinha e vá curtir com os meus amigos? É isso? Só pode ser brincadeira!

— Chega! Não quero falar nada agora, você não vai entender. Só quero sair daqui!

— Mas *eu* quero resolver! Deixa de ser infantil e criar problemas onde não existe. Até agora resolvemos tudo, nos entendemos. Somos adultos.

— Só me deixa ir — pediu novamente.

Passou por mim, e tudo era tão irreal que a segui, enchendo-me de parcelas iguais de raiva e preocupação. Talvez fosse melhor esperar ela se acalmar.

— Certo. Entra no carro.

— Não. Eu...

— Entra no carro. Não vai sair daqui sozinha desse jeito. — Eu me adiantei e abri a porta.

Ela se tremia toda. Não me olhou e entrou, calada.

Fiz o mesmo, abrindo o portão automático e saindo. Ficamos em silêncio e tentei juntar as peças, compreender todo aquele absurdo. Tinha certeza de que Angelina me amava. Era outra coisa que não queria me contar ou algum surto ocasionado pela mistura de tantos medicamentos.

Sabia que andava com a autoestima baixa, com pensamentos bobos, diminuindo-se, mas nunca imaginei que chegaria àquele ponto. Ou que me visse de um modo negativo, como se eu a sobrecarregasse com o meu amor.

— Isso é ridículo demais! — bufei, apertando o volante, uma ferocidade estranha me roendo por dentro.

Respirei fundo e lancei um olhar a ela. Olhava para fora, tensa, encolhida. Meu coração doeu, mas não me acalmei. Eu queria respostas de verdade:

— Sei que esse novo tratamento está mexendo com você, que não quer me incomodar ou me prejudicar. Mas não está fazendo isso, Angelina. Vai passar. Conta pra mim o que aconteceu. Tudo que fez você falar essas besteiras todas.

Ficou calada. Esperei, cada vez mais tenso. Insisti:

— Não mereço nem isso de você?

Vi que estremeceu, puxou o ar. Não se virou. A voz saiu baixa:

— Foi bom enquanto durou. Agradeço muito a sua paciência, o seu apoio, o que fez por mim. Mas estou cansada. Quero ficar sozinha.

— Amor não acaba assim de repente, Angelina. É absurdo. Se pensa que acredito nisso ou aceito, está redondamente enganada.

Ela se manteve muda. Dirigi com os pensamentos a mil, os sentimentos embaralhados. Obriguei-me a ter calma, embora fosse muito difícil.

Quando parei o carro em frente ao prédio que morava, tentou escapar com pressa, mas desci mais rápido. Recusou ajuda, o tempo todo evitando me olhar. Entrou e eu a acompanhei. Subimos no elevador em silêncio, Angelina num canto, amuada, eu olhando-a fixamente.

Entramos no apartamento e seguiu em direção ao quarto. Fui junto. Parou ao ver que era seguida, finalmente me encarando. Havia tanta dor nos seus olhos, que fiquei chocado. Dei um passo na sua direção, mas ela implorou:

— Me deixa em paz, por favor!

— Para com isso. Vem aqui.

— Não toca em mim! Nunca mais! — alterou a voz, os olhos vermelhos.

Estaquei e perdi completamente a paciência. Tudo em mim ardia, se precipitava, ganhava dimensões inimagináveis. Pela primeira vez, senti raiva dela, da covardia, do que me fazia sentir.

— É isso que você quer? Tem certeza?

— Tenho.

— Então fica com essas suas ideias malucas e infundadas. Se o que vivemos pode ser descartado assim tão facilmente, se nunca acreditou de verdade no que tivemos, eu vou embora, sim. E não volto mais! Nunca mais!!!

— Vai! — gritou, totalmente fora de si.

Lila entrou na sala, surpresa pelos berros e pelo que dizíamos um ao outro.

— O que houve?

Fiquei encarando Angelina fixamente, algo esmagando o meu peito. Ela olhou para mim como se fosse vacilar, mas ergueu o queixo, virou as costas e marchou para o quarto. Muito puto, fui para a sala, doido para sumir dali.

— Meu Deus, mas o que... — Lila não entendia nada. Veio atrás de mim.
— Valentim, espera! Valentim!

Foi um custo me virar, não explodir de vez. Manuela apareceu no corredor, só observando. Lila veio rápido até mim, vendo o quanto eu estava nervoso.

— Valentim, calma. Não sei o que aconteceu, mas fala comigo.

— Ela enlouqueceu! Estava bem quando saí pra dar aula. Quando voltei, veio com esse papo ridículo de que acabou. Só diz isso, não explica nada! Mas eu sei bem o que é.

— Escuta, tudo isso é absurdo! Ela é louca por você, e você sabe disso. Talvez tenha acontecido alguma coisa, mas pode ser também um efeito colateral. Ela anda nervosa, fora de si como eu nunca vi. Hoje mandou a Manuela se foder. Não era a Angelina ali.

Passei a mão pelos cabelos, tenso por saber que não era só aquilo. Podia ter precipitado as coisas, mas era algo que ela já estava sentindo e pensando, para ser tão radical.

— Sabe qual é o problema e eu demorei a ver, Lila? Angelina se diminui. Ela não acredita que eu possa amá-la e nem me ama de verdade também, ou não agiria com tanta facilidade pra me descartar, sem nem querer conversar. Perde tempo demais pensando no futuro, no que pode ou não acontecer, que deixou de viver o presente. E quer saber, cansei disso!

— Não é assim. Você tem que entender que...

— No momento não quero entender nada. Preciso sair daqui.

Caminhei firme até a porta e Lila veio atrás, tentando aliviar as coisas:

— Tudo vai se resolver, Valentim. Não fica com raiva dela. Dê tempo para a Angelina se acalmar e se acalme também. Amanhã você volta e aí conversam. Enquanto isso, vou falar com ela, tentar descobrir o que aconteceu de verdade.

Foi um custo me virar antes de sair, só por consideração a ela. E, mesmo em meio ao desapontamento e à fúria que se grudavam em mim, eu também me preocupei com Angelina.

— Não vou voltar amanhã. Mas se ela precisar de algo, se piorar, você me avisa?

Seu olhar abrandou e entristeceu. Sacudiu a cabeça, arrasada, sem saber mais o que dizer. Eu também não sabia.

Olhei para o corredor, como se fosse a última vez que eu veria a porta do quarto dela. Deparei-me com Manuela ali, ouvindo tudo calada. Havia um enojante ar de satisfação no seu rosto.

Virei-me, determinado a recuperar o meu controle e cuidar só de mim. Mas doeu demais sair e deixar a minha anja ali.

Angelina
31

Não abri a porta nem para Lila, que acabou desistindo de bater. Chorei tanto que a dor de cabeça ficou insuportável, a ponto de eu não conseguir nem abrir os olhos. Tudo doía, o corpo, a alma, o coração. Cada pequena parte minha parecia esmagada, latejante, dilacerada.

Entupida, espirrei várias vezes seguidas, a rinite piorando, o choro descontrolado. Até que fiquei exausta, sem conseguir fazer mais nada a não ser me encolher e tentar parar de pensar, mas isso era impossível.

Meu coração batia tão forte que achei que explodiria a qualquer momento. Seria até bom, pois assim aquele sofrimento horrível me daria trégua, me traria paz.

Valentim ocupava todos os meus pensamentos. Eu via o olhar dele de confusão e decepção, sentia a sua raiva, e só de pensar que causava tanta coisa ruim nele, a dor chegava a um patamar nunca sentido, assim como a culpa.

Apertei o travesseiro molhado de lágrimas contra o rosto, tentando encontrar algum alívio para aquela opressão, aquele desespero, mas só piorava. As cenas se repetiam na minha mente, repassadas mil vezes, as palavras ditas e gritadas, tudo como um redemoinho louco de emoções.

Beatriz estava lá, no centro, as suas palavras, duras, rondando e perfurando, causando um turbilhão dentro de mim. O olhar dela, o desprezo, o puxão na venda que eu tentava a todo custo manter sobre os olhos e que já não existia mais. Ela me fez ver com clareza o que senti desde o início e fui covarde demais para admitir: eu não era suficiente para Valentim. E nunca seria.

Talvez um dia ele até me agradecesse, quando aquilo que achava que sentia se esvaísse e ele recuperasse a vida tranquila, sem médicos, dores, aborrecimentos e contratempos. Sem uma mulher que o fazia atrasar os passos, que o limitava. Eu sabia que jamais o esqueceria, mas esperava que *ele* me esquecesse. E que voltasse a sorrir e se divertir como sempre fizera.

Não era altruísmo ou algo parecido. Era apenas cansaço de lutar contra algo que me sufocava de medo e de culpa, e que a mãe dele me fizera aceitar. Nunca nem deveria ter começado, mas eu agradecia por ter ao menos as lembranças, por ter vivido os melhores dias da minha vida, por ter experimentado um prazer inimaginável e uma felicidade somente sonhada, por amar e me sentir tão amada.

Nada daquilo me confortava naquele momento. O desespero era tão grande que tudo se confundia e me jogava no limbo, mostrando um futuro terrível de solidão e de vazio. Daquela dor que parecia sem fundo e que vinha cada vez mais violenta.

Não sei como, mas, em determinado momento, fiquei tão exausta que apaguei. Acordei com o quarto na penumbra e fiquei perdida, sem entender como tinha ido parar ali. Então tudo voltou e novas lágrimas surgiram, enquanto eu soluçava, com o rosto abafado no travesseiro, Valentim me olhando com raiva, saindo da minha vida. Pois eu causara aquilo.

Tinha acabado.

Um bom tempo depois, consegui me sentar, todo o corpo dolorido. Uma ira diferente de tudo que sentira um dia me fez ter vontade de gritar sem parar, mas só respirei, buscando acalmar o coração acelerado, o tremor que não cedia. Agarrei as muletas e me levantei, tonta, a mente confusa.

A mulher que me olhou no espelho do banheiro parecia um monstro. A urticária deixava tudo vermelho e se juntava a olhos inchadíssimos e parecendo sangue. Os cabelos eram uma massa disforme. Ela era amarga, dura, feia. Exatamente como eu me sentia.

Ignorei e consegui tomar um banho bem quente. Vesti qualquer coisa, tomei remédio para dor, voltei para a cama. Desabei lá, sem ligar para o desconforto nos quadris, tanta coisa pior doendo, que aquilo nem era nada.

— Angelina, por favor, abre a porta. Estou muito preocupada com você.

A voz da Lila soou abafada do lado de fora. Eu não queria ver ninguém, falar nada. Mas sabia que devia alguma satisfação a ela e a minha voz saiu muito rouca:

— Estou bem.
— Abre. Vamos conversar.
— Agora não.
— Estou aqui. Vou ficar em casa. Se precisar você me chama?
— Chamo.

Puxei as cobertas para cima. Tentei dormir de novo, mergulhar no conforto do esquecimento, mas não consegui. Na verdade, só fiz chorar.

Somente na manhã seguinte abri a porta do quarto. Tinha sido uma noite terrível e eu estava queimando em febre, com calafrios e uma enxaqueca de enlouquecer. Saí cambaleando para pegar água na cozinha e tomar os medicamentos. Lila e Manuela tomavam café da manhã e ficaram surpresas com o meu estado.

— Meu Deus, Angelina... — Lila se levantou rapidamente, vindo até mim toda preocupada.
— Eu estou bem.
— Não está, não. — Tocou em mim e tomou um susto. — Está pelando.
— Vou tomar o remédio... só vim buscar água.
— Pego pra você. Tem que tomar um banho frio também. Quer que eu ligue para o médico?

Fiz que não, enquanto ela ia pegar uma garrafa e um copo. Meus olhos estavam tão inchados que eu mal os abria, mas percebi Manuela olhando para mim, enquanto voltava a comer a torrada.

Havia um ar de satisfação que foi como uma apunhalada. Eu não deveria me surpreender com mais nada vindo dela, mas não consegui evitar. Indaguei entre os dentes, com tanta raiva que nem me reconheci:

— Está feliz agora?
— Eu?!? Claro que não! Até porque eu sempre soube que seria assim. Era só uma questão de tempo. De qualquer forma, lamento, querida.
— Manuela, você não vale nada! — Lila gritou e foi me levando dali. — Vamos para o quarto.
— Só me dê o copo, eu...
— Vamos logo, Angelina.

O mal-estar era terrível, e obedeci. Lá tomei os remédios e Lila praticamente me meteu embaixo do chuveiro gelado. Tremi até bater os dentes, morrendo de frio. Enfiei-me sob as cobertas, mas nada fazia os arrepios passarem.

— Quer um café? Um leite quente? Um suco? — Fiz que não, e ela insistiu: — Está tomando um monte de remédio pesado, precisa se alimentar. Desde ontem não come nada.

— Depois.

— Angelina... — Ela passou a mão pela minha testa e cabelo, triste. — Por que fez isso? Sei que está confusa, esse tratamento te deixou nervosa e descontrolada, mas...

— Não quero falar — murmurei, arrasada demais. Lágrimas inundaram os meus olhos e escorreram. — Quero parar de chorar, mas não consigo.

— Não precisa chorar nem ficar assim. É só ligar para o Valentim, conversar com ele, explicar que foi uma crise. Ele vai...

— Acabou, Lila.

— Claro que não! Que besteira! Vocês se amam.

— Acabou.

— Que teimosia! O que aconteceu pra tomar uma decisão tão brusca? Ele fez alguma coisa?

Sacudi de leve a cabeça, mas foi o bastante para doer mais. Respirei, tentando recuperar algum equilíbrio, mas o meu corpo e a minha alma estavam massacrados.

— Então, o que aconteceu?

— Eu vi.

— Viu o quê?

— Que não daria certo.

Ela bufou, irritada.

— Pelo amor de Deus, Angelina! Você estava feliz como nunca vi. Vocês não desgrudavam um do outro, e de repente isso! Agora entendo por que ele estava tão puto ontem! Até eu estou!

Fechei os olhos, como se assim tudo pudesse sumir. Mas a imagem dele foi dolorida demais e os abri, fitando Lila, dizendo baixinho:

— Não foi de repente. Eu já sabia, mas... fui covarde.

— Covarde? Como assim?

— Eu estava me enganando. E prejudicando o Valentim.

— Ah! Essa conversa de novo, não! — Lila se impacientou. — Está sendo covarde agora!

— Você não entende...

— Não mesmo!

Os tremores foram passando aos poucos, mas eu ainda estava muito mal, sem condições de levar o assunto adiante.

— Agora não, Lila — pedi.

— Mas, Angelina, eu só quero colocar juízo na sua cabeça! Você está fazendo uma merda muito grande! Eu não posso ver isso e ficar calada. Ainda dá tempo de enxergar a verdade, de conversar com o Valentim antes que o estrago seja maior.

Fiquei quieta, encolhida. Ela suspirou, sem tirar os olhos dos meus.

O Dia em que Você Chegou 🐚 303

— Você tem que se aceitar, se amar, ver as suas qualidades — insistiu. — Parar de achar que o Valentim lá na frente vai enjoar ou que não é boa o bastante para ele. Isso é besteira! Cadê o seu amor-próprio? A sua autoestima?
— Lila...
— Vamos ligar para o médico, falar dessa confusão mental, do nervosismo. E quando você se acalmar... Vai ver que as coisas não precisam ser tão complicadas, que está...
— Acabou, amiga. O Valentim não precisa de alguém como eu na vida dele, fazendo-o deixar trabalho, amigos e família de lado, indo toda hora pra médico, aturando as minhas dores, complicações e exames. Eu estava sufocando em culpa!
— Mas porque está vendo só um lado! Você sabe bem que isso é temporário, e, de mais a mais, eu nunca vi o Valentim reclamar!
— Por favor, agora não. Minha cabeça está explodindo. Preciso descansar, Lila. Por favor.
— Ah, Angelina... — Ela se calou. Por fim, deu um beijo no meu rosto, ajeitou as cobertas e se levantou. — Tenta dormir. Volto daqui a pouco para ver se a febre cedeu e trago algo para você comer.
— Obrigada. Não sei o que seria da minha vida sem você.
Ela saiu e eu fechei os olhos. Não chorei por fora. Só por dentro.

Valentim

Saí da água só depois de nadar muito e me sentir exausto. A praia estava cheia, mas não vi ninguém pela frente enquanto corria e voltava para casa. Tomei uma chuveirada fria. Mas nada conseguia me acalmar.

Eu estava furioso. Fora de mim. E apavorado.

Tinha evitado me encontrar com as pessoas naquele fim de semana. Queria ficar sozinho, entender realmente o que havia acontecido. No entanto, Angelina ficou comigo o tempo todo, em cada pensamento. Eu revia toda aquela loucura e não me conformava. Era surreal demais para ser verdade!

Pior que eu tinha me acostumado tanto com ela que cada canto da casa trazia uma lembrança diferente. Poderia estar ali comigo naquele momento, nos meus braços, deixando-me sentir o seu cheiro, sorrindo para mim. Se não tivesse terminado tudo de modo tão brusco e sem sentido.

Eu tinha plena consciência de que a amara sem reservas, me dera de corpo e alma, vivera tudo com intensidade. Nada a desculpava, nem os efeitos colaterais do tratamento nem a sua preocupação em me poupar. Eram motivos bobos para quem ama de verdade.

Tentei ver um filme, deitado na cama. Mas, a cada minuto, o aperto no meu peito aumentava junto com a revolta e a preocupação. Como ela estaria? Teria melhorado da urticária? E da rinite? Conseguiria dormir bem e não rolar de um lado para outro como eu? Irritava-me pensar tanto, mas não pude impedir.

Peguei o celular, vi algumas fotos dela, sempre feliz para mim. A gente na praia, ali, fazendo coisas juntos. Então a saudade doeu fundo e liguei para Lila. Meu orgulho não me permitia entrar em contato com Angelina, não depois das merdas que ela falara e do modo como me escorraçara da sua vida. Mas só precisava ter certeza de que estava tudo bem com a minha...

— Valentim, oi. Que bom que você ligou. — Havia um tom de cansaço na sua voz. — Não sei mais o que eu faço.

— Como assim?!? A Angelina piorou? — Sem que eu pudesse conter, o meu coração deu uma parada.

— Ela está um trapo. Teve febre, não sai da cama.

Aquilo me abalou ainda mais e eu quase esmaguei o celular, nervoso, cheio de preocupação. Indaguei baixo:

— É uma crise?

— Acho que não. É por você.

— Por mim, não, Lila. É uma escolha dela. — Mal pude conter a mágoa que se misturava com a raiva e virava uma confusão só. — Ainda não consigo entender essa maluquice toda!

— Eu sei. Ela está se machucando e machucando você à toa, com uma ideia boba de que foi para o seu bem.

— Para o meu bem? — Quase soltei um palavrão. — Eu nunca dei motivos pra Angelina desconfiar de mim ou dos meus sentimentos. Nem reclamei de nada. Ela tomou as atitudes por si mesma.

— Sim, sei muito bem disso. Acontece que juntou tudo, foi uma coisa atrás da outra. Está abalada emocionalmente, debilitada, achando que prejudicava você. Tentei falar, conversar, mas bate toda hora na mesma tecla. Valentim, você jura que não houve nada? Não é possível!

Fechei os olhos por um momento, cansado, atormentado. Não queria vê-la daquele jeito, nem me sentir tão zangado, mas achava tudo tão louco e sem sentido que chegava a me desorientar.

Minha vontade era de estar com ela, fazê-la enxergar que havia exagerado e se precipitado sem motivos, convencê-la. No entanto, ela havia me derrubado com a surpresa, tirado o meu chão.

— Sabe o que mais me perturba, Lila? É que ontem tomou essa atitude drástica, que até agora não entendo. Eu quero convencê-la do contrário, mas por que fez isso? Qualquer crise maior ou um novo problema, ela vai voltar a achar as mesmas coisas? Vai me colocar correndo pra fora da vida dela?

— Mas Valentim...

— Gosto de gente de verdade, Lila. Nunca me preocupei com as limitações físicas dela. Mas a Angelina também tem que querer isso. Eu não sei mais o que pensar e muito menos o que esperar.

— Eu entendo. Mas ela não fez por mal. Está sofrendo muito. Disse pra mim que assim você vai recuperar a sua vida, as coisas das quais vem abdicando para ficar com ela.

— Não abdiquei de nada. — Suspirei, cansado com aquela conversa. Fechei os olhos por um momento e a imagem dela me invadiu, dolorida, arrasada. — Nada desculpa essa criancice. Pensei nos remédios, no momento difícil, nessa besteira de fazer o melhor para mim... mas é tudo tão sem nexo!

— Concordo.

Ficamos um tempo em silêncio. Olhei para o nada, corri os dedos entre os cabelos, parte da minha revolta cedendo diante da preocupação com o estado dela.

— Ela está acordada? — perguntei baixinho.

— Está no quarto. Acho que sim.

— E a urticária?

— Aliviou.

— A febre melhorou?

— Agora sim. Anda com muitas crises de enxaqueca também.

— É, eu sei.

— Não sei se esse biológico vai funcionar, Valentim. Está fazendo mais mal do que bem!

— O médico avisou dos efeitos no início. E, se a Angelina não se adaptar, ele vai mudar para outro. Reparei que a dor nos quadris e nos joelhos melhorou.

— Verdade. Mas não dá pra viver com confusão mental, dor de cabeça, urticária, rinite e tudo mais atacando desse jeito.

— Eu sei. Ela vai ao médico essa semana?

— Vai. Acho que na quarta-feira.
— Certo. Você me diz como foi?
— Digo. — Suspirou, ainda inconformada. — Não consigo aceitar isso. Você a ama, está na cara. E ela ama você. Muito! Queria tanto poder colocar juízo na cabeça dela, mostrar como está estragando tudo!

Meu coração estava apertado, a angústia me corroía por dentro. As palavras da Lila calaram fundo, pois era o que eu mais queria e ao que eu me agarrava ainda. Andei pelo quarto, nervoso, aturdido.

— Obrigada por ligar, Valentim. Por se preocupar. Sei que não deveria pedir isso, insistir, mas, por favor, não se feche para a minha amiga. Ela vai cair em si, vai ver a merda que fez e procurar você.

— Não estou fechando nada, Lila.

Eu não queria desligar, aceitar passivamente aquela sandice. E soube que realmente eu me sentiria mal se não lutasse, se não ouvisse dela algo que me fizesse acreditar que não dava mais mesmo. E, naquela luta inglória de sentimentos tão exaltados, perguntei baixinho:

— Você abre a porta do apartamento pra mim?

— Ah, Valentim... — a voz dela vacilou, impregnada de alívio. — Você vem mesmo?

— Agora!

Desliguei com o coração acelerado, a esperança subitamente crescendo no meu peito. Nunca fora tão testado como naquele momento, dividido; de um lado, cheio de mágoa e orgulho ferido, de outro, com saudade e preocupação. Catei as chaves do carro, enfiei uma camisa e saí.

Se Angelina queria mesmo distância, teria que me convencer disso. Mas nada me tirava da cabeça que ela me escondia algo. Não fazia sentido terminar assim. Eu não conseguia acreditar nas palavras dela, não totalmente.

Angelina
32

Eu tinha suado muito e precisei tomar outro banho, trocar o pijama... Voltei para a cama e me deitei de novo, um pouco dopada pelos remédios. Apaguei, tendo sonhos pesados e confusos, sem saber ao certo o que era pesadelo e o que era realidade.

Em determinado momento, ouvi a voz do Valentim, parecendo bem perto do meu ouvido, deixando-me abalada. Ele dizia "minha anja" naquele tom rouco e cheio de sentimentos. Tive vontade de chorar, pois em alguma parte da minha mente eu estava ciente da nossa separação.

Gemi, querendo me agarrar àquilo e ao toque suave nos meus cabelos, como fizera tantas vezes. Cheguei a sentir o seu cheiro, que eu já sabia de cor, decorado pelos meus sentidos. Tudo foi absurdamente real e nem quis acordar, pendulando dentro e fora da realidade.

— Minha anja...

Foi mais alto daquela vez, mais vívido. Choraminguei, tateando, até sentir os seus cabelos muito perto de mim. Então fiquei petrificada, os fios entre os meus dedos, um alerta soando. Abri os olhos e encontrei os dele, verdes, acesos. Completamente profundos e cheios de emoção.

Perdi o ar. Pisquei, como se aquilo fosse fazer o delírio passar. Contudo, finalmente me dei conta de que ele estava mesmo ali, inclinado sobre mim.

O que eu mais quis foi deslizar nos seus braços e me encolher. Esquecer tudo que havia acontecido, deixar que voltasse a ser o meu porto seguro, a minha paz naquela tormenta. Era uma loucura amar tanto e ter que me afastar! Uma tortura, um martírio que eu ainda não sabia se estava pronta para enfrentar.

Quase fui, perdida, cansada. Seu olhar me chamava, o seu perfume me inebriava, eu era dele de todas as formas. E acho que sentiu, pois se abrandou, mostrou também aquele desejo imenso, a mão circundando a minha cabeça, chegando ao pescoço e depois parando na minha face.

— Eu não posso ficar longe de ti — disse baixinho, e senti um soluço subir, ganhar força, pronto para explodir.

Algo muito ínfimo me segurou. No meio do transtorno emocional, da confusão e da saudade, uma voz foi crescendo, até gritar na minha lembrança:

"Sabe que ele está se limitando por sua causa, que deixou de fazer muita coisa... Mas eu me pergunto se você não vê, se não entende o mal que causará a longo prazo. Para os dois. Pois quanto tempo acha que ele aguentará isso? E você vai ficar como, quando esse dia chegar?"

O olhar da Beatriz era como uma estaca encravada bem fundo, fazendo sangrar. E eu me via como algoz, como covarde e tola. Insistindo numa relação fadada ao fracasso e talvez ao ódio, quando Valentim entendesse que eu não o fizera crescer, mas recuar. Foi aquilo que me fez resvalar na cama para longe dele, fugindo do seu toque e da sua voz sedutora.

— Angelina...
— O que você está fazendo aqui?
— Eu tinha que vir.

Sentou-se na cama, passando a mão pelos cabelos, nervoso. Não me olhava com a raiva do dia anterior, mas com uma espécie de revolta, de confusão.

Tentei me sentar também, tonta. Minha cabeça estava com um zunido estranho, depois da febre eu me sentia gelada e com frio. Puxei a colcha para o peito, senti incômodo nos quadris, mas não me aproximei.

Evitei olhar para ele, até me sentir um pouco mais forte e segura.

— Você melhorou? Lila disse que teve febre alta.

Criei coragem e o encarei. Percebi que passava o olhar preocupado pelo meu rosto. Imaginei o quanto eu estaria feia, inchada, marcada, descabelada.

— Já baixou.
— E a dor?
— Passou.

— A alergia quase sumiu — observou. Desceu o olhar, pouco vendo o que a coberta escondia. — Os seus quadris...

— Estou bem.

— Não está. Nem eu.

Eu me senti traída pela Lila, por ter deixado Valentim entrar, por não ter me preparado para aquilo. Eu precisava me recuperar, agir de modo mais calmo. Ou tudo seria em vão.

— Angelina...

— Valentim...

Falamos o nome um do outro juntos e nos calamos, ambos mexidos, pisando em ovos. Fui eu que tomei a palavra:

— Não mudo nada do que eu disse antes.

— E eu não acredito.

— Mas... precisa acreditar. E respeitar a minha vontade.

— Eu vejo nos seus olhos que não é a sua vontade.

Respirei fundo, concentrada no que iria dizer e mostrar. No entanto, ele não estava disposto a facilitar as coisas:

— Não tome nenhuma decisão até voltar ao médico, até se acalmar. Eu vou esperar.

— Valentim, escuta o que eu estou dizendo e não o que você quer ouvir. Não é um efeito colateral que está me fazendo tomar essa decisão nem uma loucura passageira. Está de pé tudo que eu disse ontem.

Ele ficou muito sério, o maxilar cerrado, a expressão carregada. Percebi que nunca o vira assim, sem a leveza e a alegria de sempre, e que era eu que causava aquela reação. Fiquei abalada por ser culpada de algo que o magoava. Mas imaginei aquela expressão nele bem mais à frente, no futuro. Não por eu me afastar, mas por ter ficado e o atado a um ser limitado. Seria tarde demais para mim, tarde demais para me refazer.

"E filhos? Como vai ter se precisa tomar esses remédios fortíssimos? Até nisso você vai limitar o Valentim também?".

Novamente as frases cortantes apunhalando fundo. Eu não sabia de nada, se poderia ter filhos, se seria possível tomando medicamentos tão fortes e tendo crises. Mesmo sabendo de casos em que gestantes haviam passado bem, tudo era uma incógnita e variava de pessoa para pessoa.

Valentim seria um pai maravilhoso, eu via o jeito dele, percebia a sua relação com as crianças do surfe. E se eu não pudesse? Do jeito que eu estava e me sentia, os limites seriam intransponíveis. E eu não aceitava me ver dessa maneira, muito menos vê-lo dessa maneira.

— Você que precisa ouvir, Angelina. Parar de se enganar e tentar enganar a mim. Até pode não ser um efeito colateral, mas ele piorou tudo. No fundo, você acha que está me salvando, e isso é tão sem sentido que nem deveria passar pela sua cabeça. Sou adulto, dono das minhas próprias escolhas. E escolhi você para a minha vida. Na verdade, escolhemos um ao outro, naquele primeiro dia em que nos vimos. O tempo só se encarregou de comprovar.

Engoli em seco, desviando o olhar, perdendo terreno com ele. Como retrucar o que eu sentia no âmago? Como fazer o que eu havia decidido ser mais coerente do que aquilo?

Ele se aproximou um pouco e me assustei. Olhei-o rapidamente, deslizando para trás, parando quando os ossos da bacia roçaram um contra o outro e uma dor aguda me invadiu. Até perdi o ar e ele se afligiu:

— Desculpe. Mas não vou sair daqui.

Respirei, até o alívio voltar. Estava, sim, desequilibrada, doida para chorar, para me acovardar e ir para os braços dele. Queria ser cuidada, mimada, amparada. Mas eu tinha chegado a um raciocínio que já não me permitia fingir o que me amedrontava e alertava. Eu nunca me perdoaria, ainda mais se depois eu realmente o prejudicasse.

Fitei os seus olhos. Reparei nos cabelos escuros, na barba maior, nas olheiras denunciando cansaço, perda de sono e de segurança. Imaginei que eu devia estar em igual estado ou até pior.

E ali, tendo tudo para renunciar à dor e capitular, fiquei ainda mais decidida a seguir outro caminho. Precisava.

— Talvez você nunca me perdoe e até tenha raiva de mim, mas não estou descontrolada nem gritando. Não estou tomando uma postura precipitada. Estou dizendo a você que é a minha decisão e que desejo parar aqui e agora de ver você, Valentim.

A cor sumiu do rosto dele. Manteve-se imobilizado, observando-me, quase como se eu fosse uma estranha.

— Isso é por mim? Acha mesmo que é para o meu bem?

— Não. É para o meu.

— Até a semana passada o seu bem era eu, Angelina. Deixou de me amar de uma hora pra outra?

— Não. E não foi de repente. Eu vinha pensando nos problemas havia um tempo.

— Problemas? — a voz saiu dura, como ficava o seu olhar.

— Sim.
— Quais?
— Eu tentei me enquadrar, me adaptar, fazer você feliz. Eu estou muito cansada, precisando me ajudar. Sozinha. Fazer as minhas escolhas. Aprender a me amar e me aceitar. E não posso fazer isso com você.
— Não vejo o que uma coisa atrapalha a outra.
— Eu vou parar de me cobrar. E de ter recaídas enquanto não conseguir.

Valentim bufou, como se achasse tudo ridículo demais. Passou a mão pelos cabelos de novo, denotando impaciência, angústia. Quando me encarou, havia irritação junto a tudo mais.

— Pensei que eu fizesse bem a você. Que poderíamos aprender um com o outro juntos. E que o que temos é maior que tudo.

Não falei nada. Não dava para mentir.

Senti a cabeça latejar, tudo arder em mim, machucar. O pior era ver o que eu fazia com ele, mesmo sendo o que eu menos desejava no mundo. Usei o silêncio. E talvez aquilo tenha funcionado mais do que palavras e argumentos.

Seu olhar escureceu, ganhou algo de árido, seco. Vi a sua vontade em insistir duelando. Doeu demais, pois não deixava de ser uma tortura.

Novamente pensei na mãe dele, nas palavras contundentes. Nos amigos. Nas pessoas sempre reparando quando eu saía com ele. E tudo aquilo piorando, mais e mais e...

"Quero o meu filho bem de verdade, realizado, feliz! Como sempre foi. Não atado a uma pessoa assim. Não triste, como um dia vai ficar."

Meu peito doeu. Eu me recusei a fingir, a acreditar numa saída. Não comigo naquela cama, enfrentando uma doença sem cura e um tratamento cada vez mais difícil. Talvez, se eu estivesse bem, recuperada, com esperanças, visse as coisas sob um prisma diferente. Mas, naquele momento, tudo era sombrio e sem saída.

— Por favor, Valentim. Vai embora.
— Você tem certeza?
— Tenho.

Ele se levantou, rígido. Parecia sondar, especular, sentir. Via algo que o abalava. Falou baixo, secamente:

— Eu vou... esperar, Angelina.
— Não...
— Vou dar o espaço que você quer. Mas espero que mude de ideia.
— Não vou mudar.

— Se isso acontecer, liga pra mim. Se precisar de alguma coisa...

— Segue a sua vida, Valentim. É só isso que eu quero.

Pude ver o modo como me olhou, algo parecendo se partir. Tive medo de que me odiasse, ainda mais quando continuei firme, o tanto quanto aguentei.

Ele não disse mais nada. Olhou-me uma última vez e saiu do quarto.

Quando a porta se fechou, eu desabei na cama e agradeci a dor nos quadris. Eu queria que ela desviasse o foco daquela que me rasgava por dentro, mas não teve essa capacidade.

Mordi o travesseiro e solucei contra ele.

Valentim

Lila me esperava na sala, ansiosa. Levantou-se assim que me viu entrar e a sua expressão piorou:

— Ah, não! Não me diz que...

— Eu preciso ir, Lila.

— Teimosa! Ela é muito teimosa! Valentim... nem sei o que dizer. Eu quis tanto que tudo se resolvesse que nem imaginei que a Angelina continuaria tão decidida nessa besteira!

Eu queria entender. No dia anterior, nós dois nos exaltamos, perdemos o brio, mas ali foi diferente. Ela não gritou, não foi levada pelas emoções nem se confundiu. E, de tudo, foi o que mais me perturbou. A precisão da lâmina fria. Como a me excluir definitivamente e sem chances.

Percebi a agonia da Lila, mas eu não tinha como confortá-la, sentindo-me cada vez mais furioso, sem controle das minhas emoções. Preferia só a raiva e a confusão de antes, não aquela decepção, aquela sensação de que vivera um sonho sozinho.

— Valentim, você me perdoa? Talvez tivesse sido melhor esperar esse momento passar. Ela te ama e, em algum momento, vai...

— Não quero mais falar nisso. Preciso me reestruturar, seguir o meu caminho. Não dá pra ficar dando murro em ponta da faca, impondo a minha presença.

— Mas... você nunca fez isso.

— Acho que fiz, sem perceber. De alguma forma, ela se sentiu pressionada, sufocada. Chega.

Lila suspirou, triste.

— Eu lamento muito. Muito mesmo, Valentim.

— Eu também.

— Se cuida, por favor.

— Pode deixar. E cuida dela.

— Tá.

Ela me acompanhou até a porta. Eu queria sumir dali, cada vez mais a opressão aumentando, deixando um gosto ruim.

— Valentim...

— O quê?

— Talvez não acredite agora, mas a Angelina nunca amou ninguém como ama você. Ela já teve muitas perdas, sofreu demais. Está com medo de perder você também.

— Que jeito estranho de demonstrar isso, me expulsando da vida dela com meia dúzia de palavras vazias. — Fui para o corredor e a encarei. — Não vou voltar, Lila. Mas se ela precisar, se tiver alguma emergência, não deixe de me falar.

— Eu falo. Obrigada.

Acenei com a cabeça e fui para o elevador.

Muita coisa acontecia na minha mente, revoada de sentimentos perturbadores e desconexos. Doía ter visto Angelina tão abatida, com febre, um passarinho frágil e machucado naquela cama. Como doía tudo o que dissera para mim.

Mas eu soube que era hora de me afastar de uma vez por todas.

Angelina
33

Aquela semana foi caótica.

Senti recuperar a saúde, mas o emocional abalado me fazia ter recaídas e surgiam novos problemas. Intercalei febre com dor, enxaqueca, espirros e um resfriado que me deixou muito mal. Tive que voltar ao dr. Inácio, e o biológico precisou ser suspenso por um tempo. Foi um alívio, pois não suportava mais tantos efeitos colaterais.

Ele me examinou, conversou comigo, fez diversas perguntas. Depois achou melhor dar um tempo para que eu me recuperasse e então tentar outro tipo de biológico, que eu tomaria num hospital uma vez por mês. Sobre os quadris e joelhos, havia percebido melhora e isso o animou.

Por fim, olhou-me com toda atenção e foi bem direto:

— Você está muito abatida. Algo aconteceu, além de físico, para deixá-la assim?

Eu tinha passado dias em silêncio, evitando as conversas da Lila, fechando-me no quarto. Trabalhei o quanto pude e, no resto do tempo, chorei até me sentir seca. E, mesmo assim, as lágrimas voltavam a brotar, conforme a falta que eu sentia do Valentim aumentava e me dilacerava.

Sabia que era necessário, que com o tempo a maior parte dos acontecimentos viraria saudade e lembrança. Eu só precisava ser forte e firme, excluí-lo de

O Dia em que Você Chegou

vez, antes que me arrependesse. Eu focava o tempo todo no meu tratamento e que aquilo seria melhor para ele, mas precisava repetir inúmeras vezes para mim mesma.

Não queria mais reencontrá-lo de jeito algum. Parei de ir à academia e até a fisioterapia, temendo que aparecesse lá. No apartamento, eu teria como me confinar no quarto. E, para que tudo funcionasse, fui ainda mais radical: eu me neguei a falar dele com Lila e excluí o seu contato do meu celular. Tinha doído demais e nem me deixara dormir.

Mas eu vivenciava todos os sentimentos purgando em mim, deixando-me sufocada e desesperada, perdida nas minhas próprias decisões. Por isso, quando o meu médico fez a pergunta, fiquei ansiosa para desabafar tudo, só para me livrar um pouco daquela carga. Ele era basicamente um estranho, não me cobraria tanto quanto Lila.

— Eu também estou com problemas pessoais. Por isso acho que juntou tudo e a imunidade baixou — expliquei.

— Que tipo de problemas? De origem psicológica?

— Eu me separei do meu namorado.

— Entendo. — Ele se recostou, atento a mim. — Foi uma opção sua?

— Sim.

— Então, deveria estar feliz com ela.

— Eu sei. É o certo, mas... está muito difícil para mim.

— Ele fez algo indesculpável?

Balancei a cabeça que não, a voz embargada, presa.

— Se você está confusa e arrependida, não deveria ter tomado uma decisão tão brusca. Ainda mais num período de tratamento novo e sofrendo reações adversas. Sabe que ficou com alteração de humor, nervosismo, irritação. E que os problemas podem parecer infinitamente maiores sob tanta tensão. Realmente foi precipitado agir sobre algo importante estando tão afetada.

— Não. — Balancei a cabeça, e isso foi o suficiente para me deixar tonta. Precisei me reequilibrar, parar um momento. Depois voltei: — Sei disso, mas não mudaria a minha decisão. Foi melhor assim.

— Se é o que diz. O que percebo é que está muito abalada, até mesmo deprimida. Qualquer tratamento fica difícil funcionar assim. Por que não tira esse tempo para recuperar a saúde e o emocional? Acho que seria indicado começar uma psicoterapia, falar das coisas que a preocupam.

— Não quero, obrigada. Eu só preciso mesmo de um tempo. Pode deixar, está tudo sob controle.

Dr. Inácio parecia discordar, pelo modo como me avaliava, e, experiente, notava até mais. Eu sabia que estava com a aparência horrível, bem mais magra e pálida, sem vitalidade, apática. A urticária tinha sumido, mas isso não melhorara muito como eu me sentia e me mostrava.

— Se precisar, fale comigo. Indicarei uma pessoa supercompetente.

— Obrigada — agradeci novamente.

— Vou marcar o seu retorno e pedir novos exames para daqui a alguns dias. Assim que estiver recuperada, começaremos o novo tratamento. Procure se alimentar bem, descansar, dormir.

Concordei. E voltei para casa com o mesmo desânimo que cheguei ali.

Aos poucos, a minha saúde foi se recuperando, sem tantas reações negativas. O resfriado foi curado, as dores de cabeça passaram, assim como a rinite. Comi forçado, tomando sucos fortes, pois eu queria logo resgatar ao menos a minha vida antiga e acreditar que o novo biológico me faria bem.

No entanto, enquanto trabalhava muito e me isolava, nada do que eu sentia pelo Valentim diminuía. Eu me via parando o tempo todo para imaginar como ele estaria, se ainda pensava em mim. Ou se um dia me perdoaria. Ao mesmo tempo que rezava por isso, sentia-me machucada por não ter mais ouvido falar dele. Claro que era um absurdo, ainda mais depois daquela tentativa no meu quarto.

Cheguei a imaginar que apareceria ali, insistiria, como fizera no começo. Que se aliaria a Lila para me fazer voltar. Mas ele sumiu. E nem sei se notou que eu o excluí dos meus contatos. Talvez estivesse furioso e me riscado de vez da sua vida. E não era o que eu desejava? Eu deveria estar feliz, mas a tristeza não cedia. E nem a culpa.

Sonhei muito com ele também. Em geral, eram sonhos bons, quentes, onde estávamos muito felizes. Mas, quando eu acordava e caía na realidade, era pavoroso. Então, pegava o celular e via as nossas fotos, admirando-o, lágrimas enchendo os meus olhos e muitas vezes escorrendo. Recordava os nossos momentos e me odiava pelo que fizera. Contudo, logo eu me convencia de que fora melhor assim.

Não tive coragem de ouvir vinil na vitrola que ele me deu. Ela ficava desligada sobre um móvel onde eu guardava os discos, espiando-me como uma prova do que tivera, sentira e experimentara com toda intensidade. Era doloroso olhar para ela, visitar o passado, lutar no presente e ter esperanças para o futuro, mas eu tentava.

Era exatamente um dia de cada vez.

E todos eles preenchidos por perda, saudade e tristeza... arrasadoras.

O Dia em que Você Chegou

Valentim

Não acreditei quando vi que Angelina havia me excluído e me bloqueado. Fiquei um tempo olhando para a falta da foto dela, para a decisão mais do que definitiva que aquilo significava. Diversos sentimentos me visitaram, porém mágoa e raiva foram os mais fortes. Decidi que seria exatamente como ela queria.

Foram dias longos e difíceis para mim. Trabalhei, recuperei o tempo perdido com os meus alunos, dei aulas a mais para compensar. Preferi me manter um pouco afastado das pessoas naquele período, incluindo amigos e família. Os primeiros a saberem que eu e Angelina não estávamos mais juntos foram os alunos do surfe.

No primeiro sábado, perguntaram-me como Angelina estava e não comentei sobre o fato. Na certa, pensavam que ela não aparecia por estar ainda em tratamento. Foi no segundo sábado que eu disse a verdade. Foram várias exclamações inconformadas e tristes, as crianças abaladas, como se não pudessem acreditar. Eu entendia perfeitamente aquilo. Lamentava por eles também, que gostavam dela e haviam se apegado, assim como lamentava por mim. No entanto, se eu ainda me enganava, não podia fazer o mesmo com eles.

Quando a aula já estava no fim e o lanche terminava, Bob se aproximou e, observador, comentou:

— Sei que não era isso que você queria. Mas aposto que vão voltar logo, prof.

— Como sabe? — Eu o olhei, sério.

— Pô, tava na cara que vocês se curtem de montão! Só cego não via!

— Não cria esperanças, Bob. Tem coisas que só acontecem, não dá pra evitar.

— Mas você não queria. Nem sorri mais direito.

— Está tudo bem — menti.

Somente depois disso, pessoas mais íntimas souberam. Na academia, contei para Jonathan, que sacou na hora como eu me sentia e foi meu amigo como sempre, pronto para me ouvir se eu quisesse desabafar ou apenas me dar apoio. No domingo seguinte, eu fui almoçar com os meus pais e percebi que já notavam algo estranho, que se concretizou quando apareci sozinho.

— Cadê a Angelina? — Foi o meu pai que perguntou, assim que entrei.

— Nós não estamos mais juntos.

Ele pareceu surpreso. Minha mãe ficou calada, observando-me, sem demonstrar nada. Mas calculei que estivesse satisfeita, pois nunca disfarçou que não aprovava o nosso relacionamento. Até senti raiva por isso, mas soube que aconteceria com ou sem a aprovação dela.

— Você está bem, filho? — Ele passou o braço em volta do meu ombro, notando que não.

— Estou.

— E a Angelina? Digo, a saúde...

— Não sei — fui logo interrompendo. — Deve estar melhorando.

Ele entendeu e acenou, sem querer ser insistente.

Umas duas vezes cheguei a ligar para Lila, que me informou que o médico havia interrompido o biológico e Angelina estava recuperando a saúde, para começar a usar outro. Fui bem básico e sucinto.

Minha mãe não tocou no nome dela em momento algum, como se ela nunca tivesse existido na minha vida. E, se percebeu que eu estava magoado, só pensando naquilo e com raiva, fingiu também não ver.

O tempo se arrastou e um mês pareceu uma eternidade.

Durante a semana seguinte, Jonathan me ligou e convidou para encontrar o pessoal na sexta, na casa do Zé Carlos, que fazia aniversário. Iria rolar churrasco e uma chopada. Apareci, e foi bem estranho voltar ao meio deles sozinho. Estava difícil me acostumar a fazer as coisas mais comuns sem ela, a me sentir inteiro novamente. Era um vazio que perturbava, massacrava e me deixava o tempo todo com um incômodo no peito.

Nenhum deles perguntou por Angelina, como se já soubessem que não namorávamos mais e isso se confirmasse com a minha presença ali. Ao mesmo tempo, eles me abraçaram de volta, riram, conversaram, implicaram comigo e me deram cerveja. Bebi bem mais do que o habitual, fazendo de tudo para relaxar, curtir, esquecer...

Jonathan animou a noite com as suas brincadeiras e, por um momento, quase fui eu mesmo. Quase. De vez em quando, eu olhava em volta, sentindo falta dela, do seu sorriso doce, da sua mão na minha.

— Oi, Valentim — Zoé sorriu, chegando perto.

Tinha me cumprimentado mais cedo e me espiado de longe. As coisas entre nós estavam frias, desde que me decepcionara com a sua postura.

— Oi.

— Tudo bem?

— Tranquilo.

Estávamos sentados perto da piscina. À nossa volta, os nossos amigos riam, falavam alto. Tomei o resto do chopp e ela foi bem direta:

— Soube que você se separou da Angelina.

— Mais ou menos isso. Ela é que se separou de mim.

— Ah... — Parecia surpresa, como se tivesse certeza do contrário. Mexeu nos cabelos e disse, macio: — Sinto muito.

— Sente? — Olhei-a com certa frieza, e ela ficou muito sem graça.

— Me desculpe por tudo, eu... não queria que ficasse com raiva de mim. Você está bem?

— Estou — menti.

— Legal. Vai acampar com a gente?

Olhei-a sem entender.

— Estamos marcando de ir pra Ilha Grande acampar, fazer trilha e mergulho. A maior galera.

— Quando?

— Daqui a umas duas semanas, logo no início de janeiro. Jonathan ficou de falar com você. O que acha?

Eu mal tinha me dado conta de que estava perto do Natal. Senti um aperto grande, pois passaríamos aquela data separados. Mais uma revolta para a conta.

— Sei lá. Talvez seja uma boa.

— Claro! — Zoé se animou, mesmo tentando se conter. — Vai ser como nos velhos tempos. Uma aventura daquelas! Estou querendo fazer rapel na cachoeira. Lembra como foi no ano passado, em Minas?

— Lembro.

Eu não estava muito animado e não queria ser um chato com eles. Ao mesmo tempo, deixava claro a Zoé que as coisas não seriam mais como antes. Se de alguma forma ela achava que eu apagaria totalmente Angelina da minha vida, estava enganada. Até me irritava pensar que Zoé a via como um entrave no seu caminho, e que finalmente fora tirado.

— Tomara que vá com a gente, Valentim.

Não me comprometi, e Jonathan sentou-se perto, olhando para Zoé, curioso:

— Do que estão falando?

— De Ilha Grande.

— Porra! Ia te falar hoje. Vamos com a gente? Vai ser pedreira, daquelas com trilhas pesadas e desafios. Tua cara, meu amigo.

— Talvez. — Dei de ombros. — Eu dou a resposta mais pra frente.

— Você terá tempo para entrar em forma, não se preocupe — disse e riu.

Zoé riu também, mas sem dizer mais nada. Jonathan se animou, contando como seriam os planos, as pessoas que participariam e todos os detalhes.

Ouvi, parte de mim distraída, pensando na Angelina. Se eu estivesse com ela, na certa recusaria o convite. Ou talvez, se estivesse muito bem, fôssemos por companhia, e ficaríamos em alguma pousada. Trilha seria impossível.

Pesei, naquele momento, encontros e passeios anteriores que dispensei para ficar com ela. Quis chegar à conclusão de que me fez perder tempo e que o melhor era que tivesse terminado mesmo, mas em momento algum lamentei. Nem o que evitei nem o que tive com ela. Mesmo com raiva, chateado e até inconformado, não mudaria nada que tivemos, nenhuma das escolhas que eu fiz enquanto estivemos juntos.

Talvez fosse aquilo o que mais doesse. Não tive escolha. Angelina decidiu por mim. E decidiu errado.

Angelina
34

— Você errou feio! — Madalena falou sem rodeios, enquanto esperávamos a minha vez para ser atendida, no hospital universitário de Niterói.

Olhei-a surpresa. Tinha evitado todo mundo por um tempo e nem conversara com ela. Até que, de tanto insistir, eu contei que iria ali fazer uso do biológico e ela me acompanhou. Também tinha passado maus bocados com dores, mas estava melhor, porém mais reclamona do que nunca.

— Pensei que você fosse falar: "Eu avisei!".

— Eu achei que *ele* faria merda. Não você.

— Madá!

— E foi uma M das grandes! — Apertou a boca, olhando-me enviesada. — Lina, eu vi lá naquela festa. O cara estava louco por você, pronto pra te defender com unhas e dentes diante das amiguinhas metidas dele. Ali eu saquei que você tinha feito o certo em ficar com ele, que seriam felizes. E agora me diz que mandou o coitado pastar?

— Não fala assim. — Eu me senti mal. — Já expliquei que eu estava atrasando a vida do Valentim, que…

— Besteira! Só besteira! Não dá pra acreditar que dispensou o cara só por isso!

Balançou a cabeça, pegando uma revista ao lado e folheando. Eu a encarei um tempo, depois olhei para as outras pessoas em volta, a maioria abatida, doente. Senti-me mais deprimida.

Ficamos caladas um tempo, depois ela me cutucou e perguntou:

— É isso mesmo que você quer? Está feliz?

Voltei a encontrar os seus olhos. Claro que eu não estava feliz! Mas afirmei com a cabeça.

— Dá pra ver! — ironizou e então suspirou. — Lina, o Adriano foi o maior babaca. Mas o Valentim, não. Acho que você se precipitou. Tem mais alguma coisa nessa história que não me contou?

Eu nunca disse a ninguém sobre a minha conversa com Beatriz. Tinha medo de que Lila ou até Madalena acabasse contando para Valentim e isso prejudicasse a relação dele com a mãe. Não podia culpá-la, afinal, ela só terminara de me mostrar o que eu já vinha vendo.

— Foi só isso.

— Então, liga pra ele. Diz que mudou de ideia.

— Não.

— Certo. Se você tem certeza, tudo bem. — Deu de ombros. — Eu estou do seu lado. De qualquer forma, se me convidasse pra estar com o pessoal dele, eu nunca mais iria! Não depois daquela confusão toda com as duas piranhas!

— Fala baixo, Madalena.

— E também não tenho vontade mais de olhar pra cara daquele debochado. O amigo do Valentim. Até esqueci o nome.

Eu acabei sorrindo, diante da mentira. Era só falar no Jonathan para ela ficar toda empertigada, nervosa, armada.

— Esqueceu mesmo?

— Moleque indecente! Nem gosto de lembrar! Todo se achando com aquele... é... volume na sunga. Aff!

Ficou corada. Folheou a revista com raiva e não disse mais nada.

Fiquei quieta também, pensando naquele dia e no Valentim. Nunca mais Lila tinha falado nele nem tive notícias. A minha decisão deu mais certo do que eu esperava.

A saudade continuava intensa, perturbadora. Mas eu tentava me estabilizar e vinha conseguindo recuperar, ao menos, a saúde. Sempre uma coisa de cada vez.

Quando chamaram o meu nome, Madalena se levantou e me acompanhou. Várias pessoas nos olharam curiosas, eu de muletas, ela de bengala, na certa se perguntando qual de nós duas seria consultada.

Sorri para a minha amiga, agradecida. Ela sorriu de volta, parecendo um doce.

O Dia em que Você Chegou

Passei pelo médico, que fez uma série de perguntas e anotações. Parecia jovem, talvez um residente. Depois uma médica mais velha leu tudo, fez mais perguntas, quis saber se eu estava ciente do tratamento e respondi que sim. Só então me levou para uma sala maior, pedindo a Madalena que aguardasse do lado de fora.

— Vou pra lanchonete e volto. Se terminar antes, me liga.

— Pode deixar.

O salão era enorme, com várias poltronas recostáveis, onde pessoas se espalhavam e recebiam medicamentos intravenosos. Em geral, tinham câncer e faziam quimioterapia.

Foi um tanto doloroso ver o quanto algumas estavam magras, com a pele fina, sem cabelos ou usando lenços. Jovens, adultos, idosos. Alguns bem debilitados, outros parecendo nem estar doentes.

Enquanto o enfermeiro me acompanhava até o meu lugar, eu sentia a ansiedade aumentar e percebia que nunca deveria ter pena de mim mesma ou do meu infortúnio ao desenvolver a AR. Sim, tinha dores, lesões, usava muletas. Mas sempre haveria alguém pior do que eu, e ali estavam as provas.

Sentei-me na poltrona que me foi indicada, enquanto o rapaz preparava tudo. Meus olhos sondavam. Uma senhora ali perto, com rosto ossudo, sorriu para mim e piscou o olho, como um incentivo.

Sorri para ela de volta, com o peito apertado.

— Está pronta? Meu nome é Venâncio e vou te acompanhar aqui, Angelina.

— Oi, Venâncio. Obrigada. Estou pronta, sim.

— Vamos pegar a sua veia.

Preparou o meu braço e, com cuidado, colocou o escalpe, prendendo com esparadrapo para não sair do lugar. Ajeitou um frasco de líquido que estava pendurado, informando:

— Você ficará aqui, tomando seis ampolas de Tocilizumabe de 80 mg diluído. Se tiver qualquer problema ou indisposição, se precisar se levantar, é só chamar. Olha aqui a campainha. — Deixou ao meu lado.

Acenei e, depois de tudo pronto, comecei a receber aquele biológico na veia.

Enquanto preparavam, tornei a olhar em volta. No canto esquerdo, uma moça de uns vinte e poucos anos, bem magrinha, com lenço na cabeça, sorria para o rapaz ao seu lado, de mãos dadas com ela. Ele parecia contar algo engraçado, os dois bem pertinho. A outra mão dela estava parada, recebendo a quimioterapia.

Dava para ver claramente que era câncer. E que parecia muito debilitada, sem sobrancelhas, a pele cinzenta e opaca. Mas o brilho nos seus olhos demonstrava que o rapaz a fazia feliz, ali com ela.

— É a Juliana. — A voz do Venâncio interrompeu os meus pensamentos e o fitei. Sorriu para mim. — Deve estar se perguntando por que ela é a única acompanhada aqui.

Nem tinha me tocado naquilo, mas o enfermeiro explicou:

— Ela já está há um bom tempo com a gente. Os dois são noivos. Já tentamos várias vezes alertar que ele precisa esperar lá fora, mas é só virarmos as costas que entra escondido e fica com ela. Acabamos deixando. No final das contas, a Juliana responde melhor ao tratamento quando o Pedro está perto.

Foi tão doce, bonito e triste ao mesmo tempo, que eu precisei lutar para não chorar como uma boba.

Venâncio se afastou e fiquei lá, quieta, sentindo o líquido entrar na minha veia, enquanto olhava o casal com admiração e esperança. Rezei intimamente para que Juliana se recuperasse, que os cabelos dela crescessem e pudesse ser feliz com o seu amor.

Novamente tive a sensação de que a minha situação não era tão ruim assim. E que não dava para comparar dores e sofrimentos. Cada um sabia do seu, cada um reagia de maneira diferente diante das suas lutas. Talvez muitos ali se curassem, com força, garra e um tratamento competente. Outros, não. Por ser a hora deles, por não quererem mais seguir, por diversos fatores que eu não compreendia.

A vida era aquela loucura. A minha doença não tinha cura, podia também parar ou avançar. Tudo era incerto e, de certa forma, passageiro.

Ainda assim, torci bravamente pelo casal, admirando-os de longe. Foi impossível não pensar em Valentim.

Se estivéssemos juntos, com certeza ele seria como aquele noivo. Daria um jeito de me trazer e de se esgueirar para ficar comigo. Eu estaria ali sorrindo e com olhos brilhantes como Juliana, com os dedos entrelaçados aos dele.

Senti uma saudade que machucou bem fundo, quase a ponto de me rasgar. Então, pensei que, naquele momento, ele poderia estar na academia ou fazendo algo que o deixava feliz, sorrindo para outras pessoas, vivendo. E não ali, entre dores e sofrimentos, vendo o que eu passava e sentia.

Já era a primeira semana de janeiro e tinha sido duro sobreviver ao Natal e ao Ano-Novo, datas em que geralmente queremos estar perto daqueles que tanto amamos. Pensei que poderia ter sido o nosso primeiro Natal juntos, e aquilo me machucou. Desejei que tivesse sido maravilhoso para Valentim.

O meu foi em casa, com Lila e Bruno. Dormi cedo, não querendo atrapalhar, já que ainda iriam encontrar a família dele. Insistiram para que eu fosse junto, mas inventei estar com sono e me retirei logo. Passei boa parte da noite pensando, sentindo, lembrando. Foi impossível não chorar.

Entre a tristeza e a falta que ele me fazia, entre o desejo imenso de vê-lo e tê-lo pelo menos só mais um pouco, senti um conforto lá no fundo. Por dois motivos. Primeiro, por Valentim nunca ter me desprezado pela minha doença. Segundo, por ele poder ter oportunidades melhores.

Não sei quanto tempo se passou naquele hospital. Acordei, encarei a minha realidade, sorri de novo ao ver que Juliana e o noivo trocavam beijinhos. Reparei nas outras pessoas, no rosto cansado de alguns e cheio de esperança de outros. Não soube em qual eu me enquadrava, mas me senti um pouco mais forte do que nos últimos tempos. E isso foi bom.

Nos dias seguintes, esperei, temerosa, efeitos colaterais como os da primeira vez com biológico. Veio um pouco de cansaço e dor de cabeça, mas nada forte demais nem insuportável. Em compensação, o meu corpo passou a reagir melhor, quase sem dor ou inchaço nas articulações.

Quando voltei ao dr. Inácio, ele ficou feliz com os resultados e os progressos. Continuei observando, seguindo, lutando. E, mais do que em muito tempo, acreditei que tinha realmente chances de melhorar.

Pensei logo em contar a Valentim aquilo, mas ficou apenas no pensamento.

Valentim

— Nem acredito que essa sou eu! — Alexia sorriu, feliz da vida, observando-se no espelho da aula de GAP.

— Você fez isso, Valentim!

— Eu não. Fiz o acompanhamento físico, passei os exercícios, fiquei no seu pé até cumprir todos com eficácia. Mas o mérito é todo seu.

— Não seja modesto! — Seu olhar encontrou o meu pelo espelho, cheio de vitalidade. Virou-se meio de lado, a voz abaixando: — Nunca tive uma bunda dessa! Estou me sentindo linda! E melhor, toda durinha!

— Graças principalmente à *sua* determinação. *Você* se dedicou ao treinamento, fez alimentação correta, conquistou um corpo muito mais saudável. Parabéns, Alexia.

— Obrigada. — Deus uns passos na minha direção, mexendo no rabo de cavalo sobre o ombro. — Acho que preciso comemorar!

Sorri e brinquei:

— Com cerveja, pizza e sorvete?

— Nem pensar! Agora passo longe disso! Vou de gim, que tem poucas calorias. E aí? Quer comemorar comigo?

Não era de hoje que Alexia vinha jogando indiretas para mim, cheia de charme e sedução. Várias vezes fingi não reparar e me concentrei no que eu era: o seu personal trainer na academia. No entanto, daquela vez resolveu ser bem mais clara.

Encontrei o seu olhar de um castanho esverdeado, que combinava com os cabelos clareados com mechas ruivas. Tinha quase a minha idade, era linda, inteligente, advogada. E eu não transava havia muito tempo. Desde a separação com Angelina. Havia mais de um mês e meio.

O que aliviava um pouco a tensão eram as punhetas constantes, mas que, ao final, me deixavam com a sensação de solidão, de vazio. Eu me segurava ainda para retomar de vez a minha vida amorosa.

Pensar nela mexeu comigo, pois fez com que todo tesão acumulado parecesse errado. Era uma sensação estranha de traição, mesmo sabendo que nós não estávamos mais juntos.

Eu me sentia um idiota por respeitar um sentimento, não uma pessoa. Ainda mais quando essa pessoa estava fora da minha vida.

— A primeira rodada é minha. O que acha? — Parou perto, o olhar quente cheio de promessas.

— Não curto gim — falei antes mesmo de pensar sobre o assunto. Meu corpo reagia, mas de um modo meio amargo e distante.

— Pode tomar outra coisa. Ou nada, se quiser pular etapas. Comemorar de um modo... *diferente*.

"Na minha cama" era o que parecia sugerir, obviamente excitada com a ideia. Pensei seriamente durante alguns segundos. Não era a primeira mulher que aparecia e demonstrava interesse. Nem a primeira que eu deixava passar. A necessidade de alívio sexual era real para mim, mas algo muito maior me travava e me deixava puto.

— Vamos deixar pra próxima, Alexia. Mas comemore, sim. Você merece. A gente se vê na semana que vem.

Dei as costas e saí da sala, revoltado comigo, por ser tão idiota. Angelina não estava ali para cobrar a minha fidelidade. E eu nunca seguiria em frente se continuasse tão obcecado.

Marchei em direção ao meu escritório, perdido em pensamentos nada agradáveis, quando chamaram o meu nome. Parei, e a irritação só aumentou quando vi a morena se aproximar de mim.

— Oi, Valentim. Pensei que não ia te ver por aqui. Como estão as coisas?

Olhei para Manuela, que usava roupa de ginástica. Sorria de modo intenso.

— Voltou pra academia?

— Há alguns dias. Mas a gente não se esbarrou. Pena, né?

Acenei, sem ter muito o que dizer. Na verdade, só me incomodou. Por mim não a veria nunca mais, principalmente depois de conhecer o seu caráter duvidoso e a sua frieza com Angelina.

Algo nela reluzia, como se estivesse feliz, empoderada. Lambeu os lábios e então comentou:

— Estou amarradona por voltar. Senti falta de *tudo* aqui.

— Fique à vontade. — Fui polido, pois não impediria alguém de malhar ali por motivos pessoais.

Fiz menção de me virar, mas ela disse rapidamente:

— E estou querendo um personal. Estava agora me informando na recepção. Como sei que você é o the best, pensei...

— Estou sem horário disponível.

O sorriso dela vacilou diante da minha frieza e falta de incentivo. Mas não desistiu:

— Ah, vai... pode dar um jeitinho, me encaixar... sou maleável.

— Infelizmente não vai dar. Mas tem outros profissionais igualmente competentes pra escolher.

— Nossa! Sua animação é tanta que... — Calou-se, antes de levar a reclamação adiante. Forçou mais o sorriso. — Tudo bem. Vou continuar por aqui. Quem sabe você não muda de ideia. Adoraria queimar umas calorias na sua companhia, suar *de verdade...*

Manuela era muito insistente e cansativa. Não fiz questão alguma de demonstrar o meu desagrado, bem sério. Faltava a ela discernimento.

A única coisa que me fez pensar foi na Angelina, ainda com mais intensidade, por ser colega de apartamento. Sem poder me controlar, perguntei:

— Ainda mora no mesmo lugar?

Seu sorriso esfriou.

— Não. Eu me mudei no final de dezembro.

Fiquei com raiva de mim mesmo por querer saber, por me expor daquele jeito a ela. Mas as palavras já tinham saído e, por mais que eu quisesse me segurar, ansiava para saber qualquer migalha sobre Angelina. Eu não tinha mais falado com Lila.

— Quer perguntar algo mais específico, mas está sem coragem?
— Como o quê? — Cerrei os dentes.
— Sei lá.
— Não.

Manuela sorriu de novo, como se só esgarçasse os lábios, sem vontade.

Virei as costas e já me dirigia à escada, quando chamou:

— Valentim... — Parei, sem paciência. Nem me virei, quando ela resolveu dizer: — Angelina está feliz com a vida dela. Nem liga mais pra você.

Era como se afirmasse: "Você é um bobo por querer saber dela!". Na certa, irritada por nem assim ter a minha atenção.

— Que ótima notícia. Fico feliz com isso.

Falei sobre o ombro e subi, sem olhar para trás.

Entrei no escritório e bati a porta, passando os dedos entre os cabelos, uma coisa ruim me oprimindo, me fazendo mal.

Eu tinha que recuperar a minha vida. E parar de pensar na Angelina. De esperar tolamente que ela aparecesse a qualquer momento.

Sentei-me, nervoso, perdido. Só sabia que a minha vida estava uma merda longe dela. E eu não queria ser dispensado de novo e me sentir no fundo do poço, mas a esperança martelava, mandando jogar tudo para o alto, ao menos tentar.

— Porra...

Esfreguei o rosto. E, sem aguentar mais, peguei o meu celular e liguei para Lila.

— Valentim! Que surpresa boa! Como você está?
— Bem. E você?
— Legal.

Ela se calou, meio sem saber o que dizer. Eu me senti ansioso e fui direto ao ponto:

— E a Angelina?
— Olha, não sei se falei que começou a usar o novo biológico esta semana. Por enquanto está reagindo bem, quase sem efeitos colaterais.

Aquilo me aliviou. Quis muito ter acompanhado, assistido à sua recuperação. Tentei não me concentrar tanto naquilo, odiando ficar feliz por ela e triste por mim.

— O médico até falou numa cirurgia nova para os joelhos e os quadris, se continuar bem e a doença entrar em remissão por um tempo. Não agora, claro, mas estou muito animada!

— É pra ficar mesmo. Bom, preciso ir. Só liguei pra ter certeza de que tudo está certo.

— Estou muito feliz por ter feito isso. Muito mesmo, Valentim.

— Se cuida, Lila.
— Você também. Olha...
Começou a dizer algo, mas se calou.
— O que é?
— Nada. Deixa pra lá. A gente se fala.
— Ok.

Desliguei e me recostei na cadeira, sentindo-me exausto e sozinho. Mais do que nunca.

Vinha sendo um período difícil, e janeiro começava sem grandes mudanças. Pensei no Natal e no Ano-Novo na casa dos meus pais, na minha falta de animação, nos pensamentos sempre na Angelina. Tanta coisa perdida. Até eu mesmo.

Valentim
35

Nossas barracas estavam lado a lado no camping. O pessoal se arrumava para sair, dar uma volta na ilha, curtir a noite que já se anunciava. Alguns tiravam um cochilo, exaustos pelo dia puxado.

Eu também me senti cansado enquanto me afastava um pouco e caminhava até uma parte mais alta, onde uma pedra se erguia e era possível sentar no topo, olhando para o mar. Gostava de ir para lá e ficar quieto por um tempo.

Depois de me acomodar, apoiei os braços nos joelhos e observei como o fim de tarde tingia a água de tons laranja. Ali era bem calmo, quase uma lagoa, sem ondas. Uma brisa leve soprava, balançava as folhas das árvores próximas, deixava tudo numa tranquilidade gostosa.

— Eu sabia que ia te encontrar aqui. Que vista! — Jonathan sentou-se ao meu lado na pedra, reclamando: — Porra, as minhas pernas estão bambas! Acho que exageramos hoje.

— E olha que estamos acostumados.

— Aquele guia é pedreira! Ele nem suou!

— Mora por aqui, deve fazer esse caminho sempre.

— Com certeza. — Jonathan suspirou, relaxando um pouco ao olhar para o mar. — Por que a gente nunca se cansa dele?

Eu sabia a que se referia e pousei o olhar no horizonte, opinando:

— Talvez por termos crescido perto de praia. Ou por guardar tantos mistérios. Não sei.

— Nem eu. Só sei que ficaria louco se tivesse que morar num lugar frio. Preciso dar um mergulho por dia. — Sorriu e virou o rosto para mim. — Como ficou a aula das crianças hoje de manhã?

— Pedi a um amigo pra me substituir, para não ter que adiar.

— Boa.

Calou-se e eu também. Ficamos assim um tempo, prestando atenção na natureza, cada um com os seus pensamentos. Até que ele comentou de modo natural:

— Você está muito diferente, Valentim. Estranho. Quase não sorri mais. Nem parece o mesmo.

— Mas sou o mesmo.

— Não é porra nenhuma. — Encarou-me, meio preocupado. — Você está aqui e não está, cara. O tempo todo sério, nunca mais brincou ou implicou comigo ou com a galera. Nem sei como veio com a gente, não tem saído... Todo mundo notou.

Eu me sentia diferente. Algumas coisas não eram mais tão importantes como antes, outras faziam uma falta absurda. Como estar com Angelina.

Eu não era de desabafar ou me lamentar, pelo contrário. Seguia e fazia o que era necessário. Mas a cada dia tudo parecia pior, mais sem nexo, sem sentido. E eu não me conformava com aquele término brusco, com aquela realidade para a qual eu não havia me preparado.

— É ela, não é? — Jonathan foi direto. E eu também:

— Parece que tiraram um pedaço de mim. Um bem valioso.

— Caralho... — Sacudiu a cabeça, chateado. — Não sei o que é isso, mulher alguma mexeu assim comigo. Mas vi como você estava feliz com ela. E como tá agora. Sabia que essas coisas podem virar depressão?

— Só estou na minha.

— Mas já passou bastante tempo, amigo. Tá comendo quem?

— Não é da sua conta.

— Valentim, eu te conheço desde que a gente começou a catar as gatinhas pela escola. Nunca te vi ficar sem mulher. As minas caem matando, mais pra cima de mim do que de você, lamento informar, mas não pode reclamar. Ontem mesmo tinha umas na praia dando mole pra gente, e você nem ligou. Acho que nem viu! Ou virou gay ou tá na fossa, cacete! Não tenho preconceito, pode assumir!

— Cala a boca, porra.

Jonathan riu e se calou por um momento.

Pensei no que ele disse, assumi a minha reclusão cada vez maior, aquele inconformismo que tanto me incomodava. Mas eu não queria forçar nada, nem a mim mesmo. Seguia o meu ritmo.

Angelina ocupou a minha mente e a imaginei aqui, comigo. Se estivesse em momento bom, poderia estar. Não nos esportes radicais, mas na companhia, na praia, no mergulho. Se ela não soubesse mergulhar, eu poderia ensinar.

Nunca havia me ligado tanto numa pessoa, amado com aquela intensidade. E era do mesmo jeito que eu sofria, longe, preocupado, cheio de perguntas e um tanto de revolta. As pessoas percebiam, os meus pais viviam reclamando da minha ausência, os amigos sentiam. Só que eu não fingiria nada.

Sem que pudesse evitar, desabafei:

— Um dia desses, a Lila me disse que a Angelina está se recuperando bem com o novo tratamento. Sabe o que eu penso?

— Não. O quê?

— Que eu poderia estar com ela, acompanhando tudo, comemorando cada nova conquista, cada nova vitória.

— Cara, mas se ela preferiu assim, você tem que aceitar e tentar esquecer.

— Não acha que é o que eu estou tentando fazer? Por isso vim pra cá.

— Mas não está aqui de verdade. Olha, se ainda não aceitou, por que não procura a gata? É sério! Da outra vez ela estava mal, estressada, cheia de efeitos colaterais. Tudo parecia bem pior. Agora, mais calma, recuperada, pode agir de modo diferente.

Sacudi a cabeça, o olhar voltando para o mar, enquanto a voz saía seca:

— Não. Seria forçar muito a barra e, se quer saber, também tenho o meu orgulho. Angelina foi bem clara, até fria, da última vez. Ainda me sinto puto só de lembrar! E, mesmo que desse certo, que a gente se acertasse, quem garante que as inseguranças não voltariam ao menor sinal de um novo problema? Ela tem que ter certeza do que quer.

— E você, tem essa certeza?

— Sempre tive.

— Você trocaria tudo isso aqui por ela? A oportunidade de viajar pra onde quiser, as trilhas e cachoeiras, a liberdade?

Não titubeei:

— Claro que trocaria.

— Tá ferrado mesmo...

— E não é uma questão de troca, Djei. É de adaptação. Em remissão, com o devido cuidado, ela poderia fazer muita coisa.

— Mas não uma trilha ou um rapel.

— Não, mas outras. Estar aqui ou em qualquer lugar.
— Estar com você — concluiu.

Não falei nada, sentindo-me esquisito por me mostrar tanto, por parecer que eu me lamentava e estava na fossa.

Odiava ficar naquela espécie de expectativa, como se eu dependesse da Angelina ou de decisões dela para viver a minha vida. Sim, eu me preocupava, sentia absurdamente a sua falta, estava perdido e infeliz, mas ficava furioso por ainda não ter conseguido me libertar.

— Cara, nem sei o que dizer. Vai atrás dela de uma vez, apesar de tudo. Ou enterra esse assunto e transa por aí como louco até esquecer. Só queria te ver de novo numa boa. Normal. O bom e velho Valentim.

— Vou ficar — garanti, aquela raiva me fazendo reagir. — Vamos sair e tomar todas! Foda-se!

— Agora você falou a minha língua!

Jonathan riu e pulou da pedra.

Angelina

— Você está bem melhor, Angelina. Fico feliz ao ver o seu progresso e como se adaptou, apesar de tudo, ao novo tratamento.

Sorri para o dr. Inácio, recostado na sua cadeira no consultório, após todos os exames. Eu me sentia saudável, mais forte, cheia de esperanças.

A doença estava em remissão havia um bom tempo. Na verdade, desde que começara a tomar o novo biológico, havia um mês. Acordava de manhã quase sem rigidez e livre dos inchaços. Os movimentos eram mais fluidos, firmes. As dores davam uma trégua. Os únicos incômodos eram das áreas já lesionadas, como quadris e joelhos.

— Nunca mais tive crise ou fibromialgia — contei. — E os efeitos colaterais do biológico estão leves.

— Como vão as dores de cabeça e os ataques de rinite?

— Controláveis. Não tão frequentes quanto no início. Não tenho do que reclamar, doutor.

— Excelente.

Sorriu também para mim, o olhar suave, comemorando a minha vitória. Por um momento não disse nada, depois a voz saiu mais baixa:

— Você está ótima fisicamente, mais corada, com peso recuperado.

— Sim. Sei que a AR não tem cura, que provavelmente ainda terei crises, mas, se forem espaçadas, mais difíceis de acontecer, eu já fico feliz.

— E serão.

Havia um tempo eu vinha reparando que o dr. Inácio estava mais próximo, mais interessado em cada coisa sobre mim. E que os seus olhares eram profundos, até mesmo com pontas de admiração. Não sabia se era só impressão ou se o médico passava a me olhar com algo mais do que sua paciente.

Eu fingia não reparar e agia de modo natural. Mas, em alguns momentos, temia que fosse verdade e que ele buscasse algum indício de reciprocidade em mim. Não encontraria. Apesar de estarmos mais próximos, de ser atraente e entender a minha situação melhor do que qualquer outra pessoa, os meus sentimentos todos já tinham dono.

Pensei o quanto eu gostaria que Valentim estivesse aqui comigo, segurando a minha mão, sorrindo com aquela vitória. Rapidamente tentei me controlar, pois acontecia o tempo todo pensar nele, desejar ardentemente a sua presença.

— Isso me faz conjecturar mais sobre a sua cirurgia, Angelina. Se continuar assim, poderemos marcar para um futuro bem próximo. O que me diz?

— O senhor fala em trocar as articulações dos joelhos por placas metálicas?

— Senhor?!? Como assim? — Abrindo um largo sorriso, ele continuou. — Prefiro que me chame de você.

— Ah, claro. — Devo ter ficado vermelha de tão sem graça.

— Dos joelhos e dos quadris. Uma cirurgia de troca articular pode ser definitiva e curativa para você, pois é a única maneira de tentar ter mais independência nos movimentos que já foram afetados.

— Acha que eu sentiria uma melhora boa? — Meu coração se agitava só de imaginar aquilo. — Até sonhar em dispensar as muletas?

— Claro que sim. Não seria fácil, rápido nem garantido, mas com o devido empenho e reabilitação correta, além de uma resposta positiva do seu corpo, talvez deixasse as muletas por uma bengala, e depois nem isso. A cirurgia é o último recurso que utilizamos, Angelina, mas se tem chances de fazer você voltar a andar sem apoio, é o mais indicado.

— Eu nem consigo acreditar nessa possibilidade.

— Acredite! — exclamou, os olhos escuros brilhando. — Sabe que os remédios são para a vida toda. É como pressão alta, se parar, tudo piora, a doença ataca forte. Sempre precisará de cuidado e terá algumas limitações, mas poderá levar uma vida boa, com mais liberdade de movimentos, mais ganho social.

— Quero tentar.

— Perfeito. Vamos acompanhando e planejando. As cirurgias avançaram demais nos últimos anos. Ficará satisfeita com os resultados. Estamos no início de fevereiro, acredito que, em abril, poderemos começar a agir para que a cirurgia aconteça antes do meio do ano.

Saí de lá animada a me recuperar mais e mais, até poder dar aquele novo passo. Quis muito contar a alguém e pensei logo no Valentim, mas procurei me controlar.

Era sexta-feira, e já escurecia quando entrei. Manuela não morava mais ali havia quase dois meses, e eu e Lila dividíamos o aluguel sozinhas, um pouco mais apertadas de grana, mas em paz.

Quando Lila veio apressada para sair e encontrar Bruninho, pois iriam a um noivado, perguntou como havia sido a minha consulta e informei. Ela comemorou, abraçou-me longamente e me encheu de beijos.

Fui para o quarto, deixei a bolsa pendurada na cadeira e decidi ler um livro. Meu olhar bateu no toca-discos ali perto e, ansiosa, eu o liguei.

Já tinha um tempo que voltara a ouvir os vinis. Era um modo de me sentir mais próxima do Valentim, lembrando sem parar aquele dia que saíramos para o Centro do Rio e ele rira demais, mostrando-me capas engraçadas, nós dois felizes entre discos antigos.

Sorri sozinha, colocando uma música para tocar, melancolia e nostalgia brigando feio com a saudade. Fui devagar para a cama, deixei as muletas de lado e me sentei, olhando para as pernas cobertas pela calça larga, sentindo falta das saias e vestidos que já não usava mais. Muita coisa eu retomava aos poucos, como criar coragem, pois lembravam demais Valentim.

No início, lutei com unhas e dentes para deixá-lo o mais distante possível e me conformar, até conseguir entender que seria impossível. Passei a admitir que precisava reaprender a viver com ele sempre comigo, nem que fosse nas lembranças. E, de alguma forma, lutei por mim e também por nós. Pois boa parte daquela caminhada ele fizera comigo.

Pensei que, naquela sexta, estaria vindo me buscar para passarmos um fim de semana idílico na casa dele, fazendo amor, beijando na boca, aproveitando sorrisos, toques, descobertas. E que talvez ele estivesse lá com outra pessoa, fazendo tudo aquilo, seguindo em frente sem mim.

Lágrimas vieram, pois havia um bom tempo tudo parecia diferente. Aquele pessimismo em que vira o futuro e que Beatriz me fizera enxergar de um modo tão ruim se afastava cada vez mais. Eu crescia, mais forte, com esperanças de melhora, dominando o medo e a culpa. E as palavras da mãe dele já não pesavam mais tanto. Eram como a arma de uma mulher muito preocupada com o filho, mas sem empatia nenhuma por mim ou pela minha situação. Ela me fizera sentir egoísta, mas eu achava o contrário. O egoísmo cabia a ela.

Fui me deitando, sem fechar os olhos, os últimos tempos me deixando mais calma e consciente de tudo. Talvez fossem os auxílios que passei a buscar. Além de voltar para a fisioterapia, entrei também no pilates e comecei a treinar meditação. Madalena entrou comigo, mas achou um saco e, já na primeira aula, abandonou. Eu continuei e me fez bem demais.

Li muitos livros motivacionais sobre aceitação, autoestima, mente e corpo sãos. Até a alimentação ficou equilibrada, os chás tornando-se frequentes antes de dormir, uma preocupação e um carinho maior por mim mesma.

Nada fazia milagre, nem eu esperava isso. Mas só de poder ver as coisas com mais clareza e me aceitar totalmente, lutando por mim, eu já saía ganhando. Cada dia era uma força maior que eu alcançava. Já não olhava para trás com tanta dor, nem para frente com tanto medo. Tudo seria da melhor maneira que eu conseguisse.

Fitei o teto e lembrei-me de como sempre senti falta dos meus pais, do quanto quis que a minha mãe nunca tivesse se matado e o meu pai se afastado. Antes, eu sempre questionava como seria se as coisas fossem diferentes. Ali eu entendia que não era possível saber. A única coisa que dava para ter certo controle era do presente. E neste eu escolhera algumas coisas que já não me pareciam tão certas.

Havia uma sensação ruim de infantilidade emocional, até desculpável, tendo em vista como me sentira e como Beatriz precipitara tudo, mas, ao final, as escolhas tinham sido minhas. Se naquela noite eu estava ali, sozinha, ouvindo música e morrendo de saudades do Valentim, como acontecia sempre, era por ter decidido tirá-lo da minha vida.

A última música do lado A acabou e virei o disco. Era igualmente lenta e até um pouco triste. Fechei os olhos para me deliciar com a imagem dele me preenchendo toda, e senti uma vontade enorme de vê-lo, pelo menos só mais uma vez. Talvez conferir que estivesse bem.

Lembrei-me de um detalhe, desde que estávamos separados havia mais de dois meses e meio: naquele mês, Valentim faria aniversário: 14 de fevereiro. Foi como voltar ao nosso primeiro encontro e vê-lo me contar que dali viera o seu nome, em homenagem a São Valentim. Era o Dia dos Namorados nos Estados Unidos e em vários outros países.

O Dia em que Você Chegou

Tive a mesma sensação de vazio que senti ao passar o Natal e o Ano-Novo longe dele. Perderia também o aniversário. E, dali para frente, muito, muito mais. Aquilo foi tão dolorido que me fez ter mais saudade ainda, quase em desespero.

No dia seguinte, ele estaria na praia de Piratininga, com a turma de crianças. Eu também morria de saudades delas. Se houvesse apenas uma maneira de olhar para eles, eu a agarraria. E foi aí que tive uma ideia.

Angelina

36

Eu sabia o horário em que Valentim chegava à praia para a aula. O tempo mais ou menos que gastava com aquecimento. E levei tudo isso em consideração quando peguei o ônibus e me sentei perto da janela. Poderia pegar um Uber, mas havia uma moita que rodeava a praia, e do carro talvez eu não pudesse vê-los. Teria que sair e me expor demais. Assim, preferi o ônibus.

Foi muito complicado subir os degraus, e morri de vergonha chamando atenção das pessoas. Mas felizmente um rapaz me ajudou e, com um pouco de dor e incômodo, passei pela roleta e me acomodei. Seria um novo transtorno descer, mas eu já me preparava para isso.

Acompanhei a paisagem do Centro até Piratininga. Quando avistei o início, meu coração já começou a disparar. O ônibus não circulava por toda a orla, mas passava pela parte onde Valentim ficava, pouco antes de dobrar a avenida. Seria rápido, mas eu tinha esperanças de vê-lo dali.

Colei o rosto no vidro da janela, os olhos acompanhando tudo, o corpo todo vibrando e sendo atacado por sensações violentas. A respiração era rápida, o sangue pulsava nos meus ouvidos, a ansiedade me sacudia. E, então, o trecho foi ficando visível.

— Ah... — murmurei baixinho, quando avistei as crianças correndo na areia, mais à frente. Fui invadida pela saudade, querendo muito descer, ir até lá para abraçar cada uma.

Busquei freneticamente Valentim com os olhos, mas ele não estava por ali. Comecei a me desesperar, com medo de não o ver, de o ônibus dobrar antes do tempo. Rezei baixinho, abalada, nervosa, erguendo-me um pouco no banco, os olhos sondando tudo.

E foi então que eu o vi. Não estava na areia, mas na calçada, perto do quiosque, conversando com o amigo que guardava as pranchas. A dele estava debaixo do braço.

Bebi avidamente da visão, sendo atacada pela saudade enorme, pela falta que ele me fazia. Emoções me golpearam e lutei para não chorar, algo quente se derramando dentro de mim e me deixando bamba.

Estava lindo. Cabelos despenteados pelo vento, barba cerrada, uma ruga na testa, como se prestasse atenção ao que era dito. Descalço, de bermuda e sem camisa. Os músculos reluziam sob o sol, suados, bronzeados.

Espalmei as mãos no vidro, já sofrendo, pois o ônibus embicava na curva. Só mais uns segundos e eu o perderia. O desespero foi tanto que senti o choro vir, prestes a explodir, sem qualquer conforto. E foi naquele milésimo de segundo que Valentim ergueu o olhar e o fixou diretamente no meu, como se algo o avisasse que eu estava ali.

O tempo parou. Tudo deixou de se mover e de existir. Esqueci de respirar ou pensar, só senti. Foi como uma onda batendo forte e me arrastando sem trégua, jogando-me no redemoinho da saudade e do breve reencontro de olhares depois de tanto tempo.

A expressão dele se transformou. Deu um passo à frente, surpreso, como que tentando comprovar que era real. Não deu tempo de descobrir, de saber mais nada. O ônibus partiu e o arrancou de mim, seguindo rápido, deixando o meu amor para trás.

Fiquei imóvel, gelada, tremendo. Pensei em me erguer e tocar a campainha, voltar toda a distância a pé, o mais rápido que as muletas permitissem, mas não saí do lugar. Lágrimas invadiram os meus olhos, e eu soube que era impossível não me arrepender por estarmos longe um do outro havia quase três meses. E por imaginar que seria assim para sempre.

Baixei a cabeça, arrasada. Fitei as minhas pernas dentro da calça, imaginando-as novamente brancas, sem o leve bronzeado que conquistara quando ia à praia com ele. As cicatrizes sob o tecido talvez ficassem ainda mais feias depois das novas cirurgias. Não soube o que pensar sobre aquilo, mas não senti a vergonha de antes. Eram minhas, parte da minha vida e da minha história. O que me deu vergonha foi o que fiz, afastando de mim o homem que eu amava. Mesmo tendo motivos.

Consegui olhar para fora, secando as lágrimas silenciosas com as pontas dos dedos, situando os meus sentimentos.

Eu estava mais forte, mais centrada, mais esperançosa. O pessimismo e o medo poderiam até voltar, mas não tão intensos enquanto eu estivesse assim.

Mesmo longe de Valentim, eu me ergui, aprendi que sozinha poderia cuidar das minhas dores, lutar pela minha saúde e me amar. Talvez continuasse assim, persistindo, conquistando, crescendo. Mas vê-lo foi como confirmar o que eu já sabia: ele nunca havia impedido aquele crescimento, muito pelo contrário.

Segui em frente naquele ônibus, imersa em pensamentos, revendo mil vezes a nossa troca de olhares, a imagem dele. Será que havia uma chance de que ainda pensasse em mim? Que o amor que um dia disse sentir tivesse resistido ao término do nosso namoro?

Não consegui pensar em outra coisa.

Valentim

Num momento, eu estava conversando com o meu amigo, um pouco antes de voltar para a areia e continuar o aquecimento das crianças. No segundo seguinte, senti um arrepio na nuca, uma sensação quente se espalhando, alertando-me de algo. Foi como um sussurro no ouvido: "Olhe". E olhei.

Podia esperar qualquer coisa, menos ver Angelina naquele ônibus, com olhos arregalados para mim, mãos espalmadas no vidro. Foi tudo tão chocante e inesperado, que cheguei a imaginar que estava criando uma visão. Mas, ao mesmo tempo, o que senti foi real demais e soube que era ela.

Dei um passo à frente, sem sentir. O mundo despencou quando ela foi mais uma vez arrancada de mim, o ônibus dobrando a esquina e acelerando para longe. Parei na rua, perdido, sem saber o que pensar. Tendo somente uma certeza: era a minha anja.

— Valentim? — meu amigo chamou. — Tudo bem?

Virei-me para ele, com o coração acelerado. Voltei-me, sem condições de falar. Acenei e segui até a cerca de madeira perto da escada, encostando a prancha ali, correndo os dedos entre os cabelos. Aos poucos, a razão foi voltando e invadindo as emoções fortes.

Era Angelina. Num caminho totalmente diferente do dela, num dia e horário que sabia bem que eu estaria ali. Olhando, buscando. E me achando.

— Não...

Depois de meses naquela agonia, vê-la era como um bálsamo e uma agonia, ao mesmo tempo. Mágoa, decepção e saudade ganharam uma companheira mais forte naquele momento: a esperança.

Respirei fundo, irritado por tudo que ela me fazia sentir, por me deixar daquele jeito. Jonathan, os meus amigos, os meus pais, todo mundo tinha razão em me achar esquisito e fazer cobranças. Eu estava literalmente na merda, sem conseguir deixar o passado para trás, sem seguir em frente. Esperando. Isso era o pior: esperando.

Não quis me agarrar a uma expectativa que teria todo poder de me fazer sentir pior, se não se confirmasse. Tinha sido maldade dela fazer aquilo, aparecer diante de mim como um fantasma a me atormentar e mostrar que me fazia sofrer.

Quando pude me controlar um pouco, indaguei a mim mesmo se, em vez de maldade, Angelina só estivesse com tanta saudade quanto eu. Talvez tivesse feito aquilo mais vezes, passado ali e me visto na praia com as crianças, sem que sequer eu percebesse. Coincidentemente, daquela vez fora no exato momento que eu estava perto da rua.

— Valentim, acabamos aqui! — Ricardo gritou da areia, acenando para mim. — Vamos pra água?

— Estou indo.

Ele se afastou correndo, eu levei o meu tempo para me reequilibrar. Quando fui para perto dos alunos, Angelina ainda me acompanhava e me deixava na corda bamba.

Senti uma vontade enorme de ir atrás dela.

Quando cheguei em casa, já escurecia, mas dei um mergulho mesmo assim, no mar em frente. Depois dei uma corrida na areia, até o corpo ficar no limite. Tomei um banho e comi um lanche rápido. Era bom ficar exausto. O problema era que os sentimentos continuavam a martelar em mim.

Caí no sofá e liguei a televisão, zapeando sem parar. Deveria estar na rua, saindo, me divertindo, não ali. A irritação só aumentou. Naquele momento, tocaram a campainha.

Sentei-me, sem poder impedir o coração de disparar. Era ela.

O alarme soou dentro de mim e me levantei com um pulo. Nem olhei a câmera ou atendi o interfone. Tudo pulsava, deixando-me nervoso, enquanto ia até o portão e o escancarava.

— Valentim.

Minha mãe me olhava, séria, atenta.

A decepção me envolveu e nem tive como disfarçar. Ela franziu o cenho:

— Você está bem, filho?

— Estou. Entre.

— Saudades. — Beijou a minha bochecha e passou ao meu lado. — Sumiu...

— Estou trabalhando muito.

— Até aos sábados?

— É.

— Não pode ver os seus pais nem no domingo?

Paramos na sala e indiquei o sofá. Acomodou-se com aquela classe característica, olhos fixos em mim. Respondi com outra pergunta:

— Papai não veio?

— Ele disse que era para deixar você em paz, dar o seu tempo, mas não consegui. Estou preocupada.

— Mãe, eu estou bem.

— Jura? — Sacudiu a cabeça, apertando os lábios numa linha fina. Então, continuou: — Não vejo com bons olhos um homem como você enfurnado em casa em pleno sábado à noite. Nunca foi assim.

— Mas agora sou. — Esparramado no sofá, fitei-a com seriedade.

— Agora? Depois dela?

O desgosto se espalhou nas suas feições.

— Valentim, eu conversei com a Zoé um dia desses. Ela estava arrasada, disse que quase não vê mais você, que você não encontra os amigos, está frio. Estou preocupada!

— Não precisa. Já disse que está tudo tranquilo.

— Você anda muito diferente. Demais até.

Ela se levantou e veio se sentar mais perto. Com carinho, fez um afago no meu braço e disse, com certa agonia:

— Quero o meu filho de volta. Cheio de vida, feliz, explorando o mundo. O que eu posso fazer para as coisas voltarem ao normal, Valentim?

— Nada.

— Brigou com alguém?

— Não.

— Então o que é? — Puxou o ar, a irritação surgindo no seu rosto. — Estava mesmo apaixonado por ela? É isso? Não consegue esquecê-la?

— Mãe, eu só quero ficar sozinho.

— Não dá para entender! Você sempre pôde escolher as melhores mulheres do mundo, e o fazia. Saía, curtia a vida. Foi só conhecer essa... essa menina, para tudo desandar! Ficou louco? Abriu mão de tudo para se adaptar ao mundo dela, e agora isso!

Apertei os olhos, encarando-a.

— Deve estar falando de outra pessoa, não de mim. Em momento algum abri mão de alguma coisa pela Angelina. E esperava que ela não abrisse por mim.

— Mas você estava com uma pessoa aleijada, Valentim! Cheia de limitações!

— Ela não é aleijada. Tem algumas limitações, sim, mas isso nunca nos atrapalhou. O período da minha vida que fui mais feliz foi com ela, mãe. Será que não viu isso até agora?

Calou-se, olhando fixamente para mim, um pouco pálida. Não parecia compreender, achando tudo um absurdo. Perdi um pouco da paciência que eu já não tinha:

— A senhora só viu o que queria ver: uma moça de muletas. Uma coisa que sempre me incomoda é o seu olhar superficial quando acha que algo ou alguém não merece a sua atenção. Enxerga só o que deseja.

— Não é verdade.

— É verdade, sim! Alguma vez quis saber mais da Angelina? Conversar com ela? Não apenas jogar palavras polidas para fora, mas falar, ouvir, querer entender. — Bufei, sacudindo a cabeça. — Nunca. Ela tinha muletas e uma doença autoimune. Condenada. Acabou.

— Você está me ofendendo.

— Desculpe, mãe. Não é a minha intenção. Mas sabe que é verdade.

— Posso até não ter me aproximado dessa moça, mas não por preconceito. Eu só vi que não daria certo. Como não deu.

— Daria sim, se ela não tivesse se afastado de mim com a desculpa de que queria me deixar livre. Isso não é o mais irônico? Uma pessoa te deixar por te amar?

Ri sem vontade e me levantei. Corri os dedos entre os cabelos.

— Não tô bom pra conversa hoje. Me dá um tempo, mãe.

— Mas, filho... quanto tempo mais? — Ela se ergueu, preocupada.

— Não sei.

Ficou sem saber o que dizer. Por um momento, pareceu prestes a dizer algo, até abriu a boca. Então se calou e veio me abraçar.

Eu a apertei forte e ficamos abraçados por um bom tempo. Até que ela murmurou:
— Eu não gosto de ver você desse jeito. Nunca imaginei que ela fosse tão importante assim. Não vai me dizer que ela foi o seu grande...
— É. — Nem deixei que Beatriz terminasse a frase.

Valentim
37

A semana passada foi a mais estranha da minha vida. Eu me vi o tempo todo dividido, mexido, cheio de dúvidas. O olhar da Angelina naquele ônibus havia tirado o meu chão. Depois daquele tempo de afastamento e de saudade, ter olhado para ela foi algo que me arrasou e animou, ao mesmo tempo.

Várias vezes ao dia eu pensava em ligar para ela. Fingir que éramos apenas amigos, que eu poderia querer saber como ela estava. Mas tinha consciência de que, no fundo, eu receava ela não ter mudado de ideia.

— E aí? Tá de saída? — Jonathan indagou, quando me viu na porta da academia.

— Vou pra casa.

— Eu também. Meu carro está ali. — Ele andou ao meu lado pelo estacionamento. — Como estão as coisas?

— Eu vi a Angelina.

— Até que enfim! — Ele se animou, mas logo freou, quando notou que eu não ria. — Ih, deu merda! Brigaram de novo?

— Não *falei* com ela. Só vi passar.

Paramos ao lado do carro do Jonathan. O meu estava mais à frente.

Ele cruzou os braços e se encostou na porta, olhando-me com curiosidade. Expliquei o que tinha acontecido.

— Saquei! Foi lá te espiar! Cara, ainda tá na sua. Cai pra dentro!
De forma clara e leve, ele dizia exatamente o que eu queria fazer.
— Estamos separados há quase três meses.
— E?
— Ter ido me ver não significa que mudou de ideia. E não é orgulho. Ela optou por isso. Já falei que...
— Certo, entendi. Você acha que se forçar a barra, depois tudo pode se repetir. Na verdade, está com cagaço de ter esperanças e passar por tudo isso novamente.
— Você é tão sutil, Djei.
Ele riu da minha ironia.
— Cara, eu sou péssimo conselheiro amoroso. Na certa, se fosse comigo, eu estaria comendo todas as gostosas que aparecessem no meu caminho enquanto a minha amada não se decide. Se ela voltasse, já teria aproveitado como deveria. Se não voltasse, eu ainda estaria no lucro. Viu como é fácil? — Balancei a cabeça e ele deu de ombros, completando: — Mas nunca me apaixonei. Então, não veja como uma crítica por você estar quase virgem novamente.
— Deixa pra lá. Vou pra casa.
— Bater uma bronha, né?
— Cala a boca!
Ele deu outra risada, enquanto eu seguia em direção ao carro. Falou mais alto:
— Sabe do que eu me lembrei? Semana que vem é o seu aniversário. Vai fazer festa pra gente?
— Não.
— Vai passar com os seus pais?
— Ainda não sei. — Virei-me, não ligando muito para aquilo.
— A gente pode sair e tomar um goró. Aí você afoga as mágoas de vez!
— Para de falar comigo como se eu estivesse no fundo do poço, Jonathan.
— Se não está comendo ninguém, pra mim você está! E então? Vamos dar um rolé e encher a cara?
— Vamos. A gente combina melhor quando estiver mais perto.
— Valeu! Se cuida!
— Você também.
Acenei e peguei o meu carro.
Em casa, depois de tomar banho e bater um pratão, eu me deitei na cama nu e liguei a televisão num filme. Pouco prestei atenção porque o olhar da Angelina encheu a minha mente. De novo.
Ela estava linda, os cabelos claros soltos, o rosto mais cheio e corado. Nada parecia com a moça magra, pálida, cheia de urticária e com as feições marcadas

pela dor. Fiquei feliz por ter se recuperado, mas não fazia diferença para mim. Era a Angelina, e isso bastava.

Fechei os olhos e a vi de diversas formas possíveis. Algo em mim se abrandou, lembrando-me das coisas que me dissera da sua vida, sem choro ou lamentações. A perda dos pais muito cedo, o passado conturbado, a doença, as muletas, tudo que precisou enfrentar. E o nosso último período juntos, quando saiu de uma crise e logo depois passou a ter os efeitos colaterais do tratamento, atacando-a de todos os lados.

Pensei se eu teria aguentado tanto sem surtar em algum momento, sem tomar uma atitude drástica. Mesmo achando que não precisava ter me expulsado da sua vida, ali eu a entendi quase que completamente. E a revolta que eu vinha alimentando começou a sumir.

Não fui desprezado ou acusado de nada. Na verdade, Angelina não soube lidar com tanta coisa ao mesmo tempo e sentiu culpa, achando que me arrastava para aquele sofrimento com ela. Enfrentou o dilema sozinha, conseguiu se refazer, melhorou até! E eu tinha que admitir que me orgulhava dela. Que, com aquele jeitinho doce, era muito mais forte do que eu havia imaginado.

Enquanto eu me lembrava da sua imagem, uma das recordações grudou na minha mente: ela nua, deitada na minha cama, os mamilos pequenos e bicudos de tão arrepiados, gemendo sem parar enquanto eu chupava a sua bucetinha rosa. Aquele gosto que eu quase podia sentir na língua fez o meu pau enrijecer, o corpo reagir de tesão, saudade e necessidade.

Outras lembranças foram se juntando. Sua boca no meu corpo, mamando, tomando tudo. Os cabelos entre os meus dedos. Eu louco de desejo, caindo naquele carrossel de emoções, crescendo, buscando o prazer que, naquele momento, parecia inalcançável.

Então, parti com tudo para o meu membro, apertando, subindo e descendo. Gemi, esticando o corpo. Tudo era tão real que fui ficando mais feroz, a punheta mais rápida, os sentidos entrando em ebulição.

Eu sentava ela no meu colo e estocava até o fundo, os gemidinhos no meu ouvido, o gozo se precipitando como o meu. O coração disparava, a respiração agitava e eu ficava no ponto, tão duro que doía.

Acelerei. Virei pele, sangue, carne, lascívia. Abri os lábios, como se os da Angelina estivessem ali, grudados nos meus. E, quando mais um movimento veio, explodi, esporrando forte, tendo um orgasmo frenético, intenso. Rodei um tempo no espaço e aterrissei na cama, sozinho, a mão cheia de gozo.

Soltei o ar, parte de mim aliviada, outra ainda necessitada. Pois nunca era o bastante e só me fazia lembrar de que ela não estava ali de verdade.

Demorou até eu me acalmar. E, quando me levantei para limpar aquela lambança, lembrei-me da pergunta debochada do Jonathan, naquela tarde: *Vai pra casa bater uma bronha, né?*

— Filho da puta... — murmurei. E, em meio ao caos, acabei sorrindo.

Angelina

Saí da fisioterapia na quinta bem cansada pelo esforço ligeiramente suada. Ia para casa continuar uma tradução que combinei de entregar ainda naquela semana. Tiraria apenas uns dias para descansar e já começaria outra. Era sempre bom deixar tudo adiantado, caso acontecesse algum imprevisto.

Estava chegando à calçada, pronta para pegar o celular e chamar o Uber, quando vi um homem encostado num carro, ali pertinho. Meu coração deu um solavanco e estaquei, olhando-o, surpreendendo-me.

Vê-lo era lembrar-me do Valentim com mais força ainda, como eu vinha fazendo naqueles dias, quase obcecada.

— Jonathan... — murmurei, pega desprevenida.

— Oi, Angelina — ele acenou e veio na minha direção.

— Como você... o que está fazendo aqui?

Sorrindo, beijou a minha bochecha.

— Está ainda mais linda. Vim conversar com você.

Meu coração disparou, pois pensei logo no Valentim. Ele apontou para um banco no jardim da clínica.

— Podemos nos sentar ali?

— Sim, mas... aconteceu alguma coisa com o Valentim?

— Sem contar o mau-humor e a fossa? Ele está bem. Bem na merda. — Seu sorriso se abriu.

Eu não falei nada, enquanto caminhávamos até o banco e nos sentávamos. Olhei-o e, por fim, quis saber:

— Como me encontrou aqui?

— Liguei pro Bruno. Naquela festa, lembra, ficamos amigos, trocamos contato. Ele me deu o telefone da Lila, que me disse que você estaria hoje na fisioterapia.

— Certo. E por que queria vir me ver?

Jonathan me observou um momento, parecendo meio sem graça.

— Olha, eu sei que sou um anjo — explicou. — Até falei isso uma vez pro Valentim, quando ele chamou você de anja. Acho que ficou com ciúmes depois que eu disse que você era uma anjinha. Mas é a primeira vez que realmente me aproprio do papel.

Eu não estava entendendo nada e franzi as sobrancelhas.

— Aqui, está vendo os meus cachos loiros? Meus olhos azuis?

— Ah, tá... você é um anjo da guarda. — Sorri. — E isso significa?

— Da guarda, não. Cupido. Sacou?

Fiquei um tanto ansiosa ao entender.

— Meu amigo é louco por você. Mas quando digo louco, é louco mesmo, maluco, doido, com um parafuso a menos, ensandecido. O cara tá mal, Angelina. Ele vai me matar se souber que te contei, mas tenho certeza de que você não vai dar com a língua nos dentes. De qualquer forma, ele não conseguiu esquecer você. E acho que você também não esqueceu ele.

Sempre gostei do Jonathan, mas nunca tinha tido uma conversa daquelas com ele. Eu sentia o meu rosto pegar fogo, muita coisa para pensar ao mesmo tempo.

— Vou direto ao ponto. Vim te fazer um convite.

— Convite?

— Amanhã é aniversário do Valentim.

Eu sabia. A cada dia aquilo me afetava mais, a vontade louca de estar com ele, de me aproximar. E o medo ainda presente, principalmente do modo como reagiria.

— E você está convidada.

— Para o aniversário dele? Valentim sabe que está me convidando?

— Isso é um mero detalhe. — Fez um gesto engraçado.

— Não é, não, Jonathan.

— É que não posso dizer que convidei você se ele nem sabe que vai ter festa.

— Surpresa?

— Isso. Combinamos de sair pra tomar umas, ele não quer comemoração. Mas juntei a galera, vou levar ele para um bar onde vai estar todo mundo esperando.

Sorri, sem esconder o nervosismo, sentindo o coração disparar.

— Muito legal. Ele merece.

— Com certeza! E já pensou se ele dá de cara com você lá?

Olhei para as minhas mãos no meu colo, sentindo que tremiam. Eu nunca teria coragem, seria loucura demais. Poderia estragar a noite dele, o aniversário, causar transtorno. Não termináramos bem, não nos falávamos havia três meses.

— Eu não posso aparecer assim, como se nada tivesse acontecido.
— Poder, pode. Basta querer.

E eu queria com todas as minhas forças. Pensei tanto em procurar por ele, inúmeras vezes! Nem que fosse só para dizer como eu me sentia, que na época eu me via como um atraso, mas isso havia mudado. Não olhava mais para mim mesma com tanto medo, embora não significasse que estava totalmente segura. Não, eu tinha inseguranças, claro, mas também saudade, amor, vontade de estar perto, de arriscar, daquela vez mais centrada.

— Jonathan, eu realmente acho que não é boa ideia. Não assim, na frente de todo mundo e... de repente.

— Tem certeza? Está com medo de que o Valentim reaja mal ou você não quer ir?

— Não sei o que eu quero — menti.

Ele sondou a minha expressão, então concordou. Mexeu no bolso, pegou um papel dobrado e me entregou.

— É o endereço. Estaremos lá por volta das nove, nove e meia. Se mudar de ideia...

— Obrigada. — Guardei na bolsa.

— Não vou te atrasar mais. Foi bom te ver, Angelina. E só pra reforçar: Valentim ama você. De verdade. Se cuida. — Beijou a minha testa e se levantou.

Fiquei sem fala, agarrada nas suas palavras. Consegui acenar.

Quando quase chegava no portão, virou-se e abriu um sorriso largo:

— Manda um beijo pra sua amiga, a selvagem da bengala. Diz que o tarado está com saudades.

— Tá. — Sorri também, só de imaginar a cara da Madalena ouvindo aquilo.

Jonathan se foi, mas não consegui sair do lugar.

Fechei os olhos, dividida, nervosa, sabendo que eu ainda não tinha certeza de nada, mas a cada dia era vencida um pouco mais pela saudade e pela esperança.

Valentim
38

— *Trinta e um anos! E ainda ontem era um moleque correndo pelo apartamento e se pendurando em tudo!* — Meu pai riu, erguendo a taça de champanhe. — Saúde, meu filho!

— Obrigado. — Sorri também e ergui a minha taça. Minha mãe juntou a dela e brindamos mais uma vez, antes de provar um gole do Veuve Clicquot rosé.

— Nem me lembre disso, Murilo. Havia telas reforçadas por todo lado, pois esse menino não parava quieto. — Ela sorriu, levantando uma sobrancelha. — Nem lembro quantas vezes caiu e se machucou todo.

Achei graça das recordações deles. Almoçávamos juntos naquela sexta, dia 14 de fevereiro. Queriam fazer uma reunião à noite, mas preferi algo mais íntimo, só com eles. Mais tarde sairia com Jonathan.

Estávamos num dos restaurantes mais caros e elegantes de Niterói, o preferido da minha mãe. A comida era francesa, a bebida idem, o ambiente luxuoso.

— Quais os planos para esse novo ano da sua vida? — Papai já estava bem animado.

— Me dar um netinho. — Beatriz piscou, antes de acrescentar: — Não custa nada tentar.

— Estava demorando... — Sorri, embora aquilo nem passasse pela minha cabeça.

Fui logo trocando de assunto. Já estávamos na sobremesa, quando o meu celular tocou. Vários amigos e conhecidos tinham ligado e mandado mensagens no decorrer do dia. Aquele era da minha irmã Esther.

Conversamos mais, ela explicou por que não havia sido possível passar as festas de fim de ano com a gente, mas estava combinando com Henri de vir em breve. Cobrou quando voltaríamos a Paris, e deixei em aberto. Depois que desligamos, fiquei muito feliz por ter falado com ela. Terminei o almoço com os meus pais e nos despedimos.

Cheguei à academia, que estava bem cheia naquele fim de tarde. Vários funcionários e frequentadores vieram me cumprimentar, e sorri, agradecendo a todos. Só não esperava entrar no salão principal e ver um monte de balões numa das paredes, com uma mesa em frente com bolo, salgadinhos e sucos. Começaram a cantar "parabéns pra você", e ri, sendo pego de surpresa.

— Não acredito!

Os semblantes dos funcionários, desde professores a recepcionistas, pessoal da limpeza, alunos, brilhavam de alegria. E eu me senti ali muito querido.

— Obrigado. Vocês me pegaram!

Foram se aproximando e cumprimentando. Sorri para todos, agradecido de verdade. Estava bem cheio, todo mundo em volta, na maior algazarra.

— Dane-se a série! Viva a coxinha! — alguém exclamou.

— Ai! Hoje a minha dieta já era! — Uma das alunas sacudiu a cabeça, quando deram a ela uma fatia generosa de bolo.

Eu estava satisfeito do almoço, mas também comi e bebi com eles, conversando, tirando aquele momento para confraternizar com cada um. Meu aniversário estava sendo muito melhor do que eu havia imaginado.

Quando tudo acabou, voltaram para os seus afazeres e treinos. E eu fui trabalhar. Apesar de, no fundo, estar com uma sensação estranha de vazio, fiquei feliz.

Saí de lá à noite e fui para casa. Respondi a mensagens, tomei banho, enfiei um jeans e uma camisa lisa vinho. Na verdade, não estava muito animado para sair, mas sabia que seria melhor do que ficar ali sozinho, remoendo um monte de coisas. Jonathan, com certeza, seria uma ótima companhia, como sempre.

Enquanto eu fechava a porta dos fundos e olhava o quintal, a piscina com o colchão inflável azul boiando, o futon, várias lembranças com Angelina vieram sem que eu nem me desse conta, e tive certeza de que, se estivesse comigo, estaríamos comemorando ali. Haveria uma festança, eu convidaria a minha família e os amigos Lila, Bruno, Madalena, e outros mais. E, depois que todos saíssem, haveria uma comemoração só nossa.

O Dia em que Você Chegou

Percebi que, até o último minuto, imaginei que Angelina faria algum contato comigo naquele dia. Nem que fosse para me desejar feliz aniversário. Ela se lembraria da data? Tínhamos falado sobre aquilo logo ao nos conhecermos, quando contara a história do meu nome.

Parecia muito distante, um sonho perdido no tempo, quebrado. Exatamente como eu me sentia.

O restaurante era bem legal e enorme, descontraído, cheio de gente jovem. Já tinha ido algumas vezes ali, fazia as melhores caipirinhas de Niterói. Na frente havia um casarão de madeira, com colunas altas. Nos fundos, uma espécie de quintal, com árvores, telhado colonial, chão batido e móveis rústicos espalhados. Dois telões estavam em lugares estratégicos, passando clipes de músicas. Numa área um pouco mais afastada, havia duas mesas de sinuca e uma de totó.

Uma moça simpática me recebeu e me acompanhou até lá dentro. Já passava um pouco das nove da noite e ainda não estava tão cheio. Geralmente, às sextas, o pessoal sai mais tarde para a noitada. Por isso, foi fácil ver uma área reservada, cheia de balões coloridos, bolo e os meus amigos em frente, espalhados numa mesa enorme, todos com chapéu de aniversário e línguas de sogra na boca. Fizeram a maior farra ao me ver, gritando e assoprando as línguas, que também apitavam.

Parei, pego totalmente de surpresa, sem esperar aquilo. Então sorri, uma alegria genuína tomando conta de mim. E fui até eles.

— Que filho da mãe. Me enganou direitinho — falei para Jonathan, que riu e me abraçou.

— Qual seria a graça sem uma surpresa? Parabéns, feioso! Que este ano Deus tenha piedade de você e coloque um cirurgião plástico no seu caminho!

— Cala a boca! — Eu ri também e o abracei. — Valeu, cara. Nem sei o que dizer.

— Sem choradeira, por favor! — Logo os amigos vieram me cumprimentar, a farra e a barulheira continuando. As pessoas me olhavam, animadas.

Foram tantos abraços, sorrisos e carinho, que eu me senti ainda mais querido, como se voltasse de vez para o meio deles. A maioria era de amigos de uma vida toda. Nos momentos bons ou ruins estavam comigo, pacientes, sem cobranças, dando o tempo que eu precisava. Fiquei muito emocionado, agradecido e embevecido.

— Valentim... — Zoé parecia sem graça, mas me abraçou, disse perto do meu ouvido num tom baixo: — Só quero que você seja feliz.

Ela se afastou, fitando-me com amor. Lamentei, mas não pude fazer nada mais do que agradecer.

O que passou, passou. Melhor assim.

Logo eu estava com uma caneca congelada de chopp na mão, sentado, conversando e rindo com eles. Pediram petisco, mas Jonathan não esperou e atacou o bolo, tomando cerveja junto. Encarnaram nele, claro, mas outros seguiram o exemplo, enquanto não chegava mais comida.

Relaxei, apreciei a bebida, a companhia, e me diverti ouvindo as histórias engraçadas. Em determinado momento, olhei em volta e senti um aperto no peito, pois só faltava uma pessoa ali para que aquela tristeza silenciosa que se recusava a sair desse uma trégua. Mas lutei para aproveitar a minha noite.

Parecia uma piada de mau gosto, ou o destino pregando uma peça. Os clipes que passavam no telão eram de músicas que fizeram sucesso nos anos oitenta e noventa. Havia acabado uma música do Queen e, de repente, entrou outra mais antiga ainda, do início dos anos setenta. Eu me lembrei da Angelina falando do cantor Dave Maclean, um dos que o seu pai gostava. Até daquela música ela havia comentado.

Fiquei quieto, olhando o telão, sentimentos variados me envolvendo e me levando a momentos inesquecíveis com ela. Qual era a chance de tocar uma música como aquela num telão, nos dias atuais? Não entendi se foi um presente dos céus para mim ou alguém se divertia às minhas custas. Coincidência enorme.

— Cara, que som brega! — Renatinha riu ali perto, perguntando ao garçom. — De onde vocês tiram isso?

— Playlist do patrão. O pessoal que frequenta gosta — explicou.

— Podia pôr um samba aí! — pediu Hugo.

— Que samba! Isso aqui não é pra dançar não, cara! — Júlio o cortou.

Uma parte minha ouvia os comentários, outra não tirava os olhos do telão, a música mexendo demais comigo.

— Valentim... — Jonathan chamou ao meu lado.

— Oi.

Não queria me distrair. Estava concentrado, Angelina tão forte no meu ser, que era como se eu a pudesse sentir ali.

— Valentim.

— O quê?

— Acho que o seu presente chegou.

Lancei um olhar inquisitivo a ele, achando que era alguma zoação. Olhava-me com um sorriso reluzente. Percebi que os meus amigos tinham ficado subitamente quietos. Olhavam para mim e para um ponto atrás.

Não sei se foi um alerta ou uma esperança teimosa, mas o meu coração deu uma parada e acelerou de repente. Virei-me na mesma hora. E o choque me percorreu como uma corrente de alta voltagem.

O Dia em que Você Chegou

Angelina estava parada na entrada, segurando as muletas, olhando para mim. Usava um vestido vermelho escuro de alças, saia pelo meio das coxas, os cabelos loiros presos com fios escapando. Era ela. Toda ali. Linda, perfeita. A minha anja.

Angelina
39

A primeira coisa que eu pensei ao acordar naquela sexta-feira foi: aniversário do Valentim. E esse pensamento me acompanhou o dia todo, causando rebuliço por dentro, deixando-me com um bolo na garganta que nada fazia descer.

Trabalhei, me alimentei, sorri e falei com Lila, ouvi música enquanto traduzia, tentei agir como se fosse um dia normal. Mas não era. Nada foi feito com concentração, e tive que voltar, repetir, parar toda hora para respirar.

Imaginei como estaria sendo o dia dele, a vontade de estar perto e participar de tudo só aumentando. Conforme o tempo passava e a noite chegava, eu ficava ainda mais nervosa, as mãos tremendo, o coração a mil. Tudo passava pela minha cabeça, os nossos melhores momentos, a nossa separação, aquele período de autoconhecimento e recuperação física e mental, uma saudade cada vez maior. E aquela sensação de que eu estava pronta. Não perfeita, mas pronta.

Só que o medo me espezinhava sem parar. Seria loucura aparecer de surpresa, tudo poderia acontecer, do pior ao melhor. Talvez ele ainda estivesse com raiva, talvez não aceitasse, depois que eu me afastara tanto e até o excluíra dos contatos. Disse a mim mesma que precisava ficar mais forte e que então o procuraria, sem alarde, sem correr o risco de atrapalhar a noite dele ou passar vergonha na frente dos seus amigos.

O Dia em que Você Chegou

Convenci a mim mesma naquela espera. A hora da festa se aproximava e eu não conseguia fazer mais nada, sequer ter um pensamento coerente. Fui para a cozinha, fiz um lanche que mal consegui comer, voltei para a sala, deixei um livro de lado, segui para o quarto. Não tinha condições de trabalhar, ver um filme, fazer outra coisa além de me agoniar em dúvidas, desejos e saudades.

Tomei um banho demorado, abri o guarda-roupa, fiquei em dúvida se usava um vestido e saía, ou se colocava o pijama e me enrolava no edredom. Percebi que já passava da hora e, se eu queria chegar e encontrar Valentim lá, precisaria me apressar.

Foi um dos momentos mais importantes da minha vida.

Ali eu me vi exatamente no meio do que eu fora antes do Valentim e do que me tornara depois dele. Sim, eu ainda tinha receios e incertezas. Sim, eu estava mais centrada e mais forte, acreditando em mim mesma. Mas até que ponto? E se a rejeição viesse, eu saberia lidar e conviver com ela? Ou melhor, eu teria estrutura para aceitá-la?

Jonathan deixou mais do que claro que Valentim não havia me esquecido. E, sendo bem honesta, o que tivéramos fora especial demais para acabar em três meses. Podia ter balançado, causado raiva e mágoa, mas não acabar. E fora eu que precipitara aquilo. Não poderia agora me sentar e esperar que ele viesse atrás de mim de novo. Se eu queria, precisava demonstrar. Precisava agir!

Peguei um dos vestidos novos que comprei e ainda não usara. Era lindo, de um vermelho bem fechado, com alças, deixando as pernas e os braços de fora. Quando o vesti, o medo tinha dado uma trégua e havia sido substituído pela esperança e pela ansiedade. Eu não via a hora de olhar para ele, nem que fosse só mais uma vez. E aquela decisão abria totalmente as portas para o meu futuro. Para o *nosso* futuro. Pela primeira vez na vida, eu soube exatamente quem eu era e o que queria.

Fui até lá e, quando cheguei, mesmo sabendo que nada me impediria, senti o nervosismo alcançar patamares absurdos. Dei um passo depois do outro, agradecendo o apoio das minhas muletas, respeitando as batidas loucas do meu coração. Só parei quando vi o espaço cheio de balões, os amigos dele fazendo algazarra, e ele. Ali, sentado de costas para mim, o rosto meio de perfil, sério, olhando para o telão.

Ouvi a música. Tão minha, tão do meu passado, tão nossa! E uma voz brincando: "*Coloque suas velharias*", implicando comigo por causa delas.

Fiquei com os olhos fixos no Valentim, abalada, muito mais até do que eu imaginara. Não consegui mais dar nenhum passo, pois as minhas pernas pareciam gelatina, a respiração entrecortada, tudo virando uma loucura de sentidos exaltados, de emoções à flor da pele.

Senti olhares sobre mim, vi Jonathan dizer algo perto dele. E, então, se virou. De uma vez. Como se soubesse que eu estava ali, exatamente naquele ponto.

Desmoronei. Rodopiei. Vivi mais intensamente a cada segundo que vi Valentim se levantar, que os seus olhos se cravaram nos meus, cheios de intensidade, que veio para mim. Cada vez mais perto, tornando-se realidade, ampliando o meu mundo, lançando-me novamente para o paraíso.

Perdi a noção de todo o resto. Travei com voz presa e coração solto, até que parou diante de mim, exatamente como eu me lembrava, os olhos verdes ardendo, o seu cheiro me inebriando e aplacando uma saudade que havia me arrasado por meses.

Ficamos assim, olhos nos olhos, ambos afetados demais, incrédulos demais. E, quando falou baixo, abalou de vez os meus sentimentos:

— Minha anja... você voltou pra mim?

A surpresa me atacou. Não foi polido, não disfarçou com palavras educadas, não agiu como se eu estivesse ali para dar parabéns e ser uma espécie de amiga. Não esperou nada se desenvolver, pois, para ele e para mim, não tinha o que conversar naquele momento, muito menos usar de subterfúgios. Éramos eu e ele. De novo. Nós dois.

— Voltei — murmurei, com toda a certeza do mundo. Sem medo, sem recuo.

Meus olhos se encheram de lágrimas e soltei um gemido abafado quando ele me agarrou, como se não pudesse evitar nem mais um segundo. Sua boca colou na minha, apaixonada, faminta, tudo me invadindo ao mesmo tempo. E eu o abracei e beijei com o mesmo desespero, riso e lágrimas se misturando.

Foi como cair num mar bravio, mas sem medo de me afogar. Mergulhei, senti, aproveitei. Seu gosto se espalhou na minha língua, seu cheiro se grudou nas minhas entranhas, seus cabelos ficaram nos meus dedos. Foi pele, foi sentido, foi emoção. E tudo mais naquela loucura que sempre causou em mim, que me fez amar mais do que tudo.

Acariciei o seu rosto, a sua barba, a sua orelha. Queria tudo ao mesmo tempo, garantir que estava ali de verdade, agarrá-lo para nunca mais soltar. Arfou rouco, apertou-me, esfregou a boca pela minha face, meteu os dedos nos meus cabelos. E, quando não aguentávamos mais a mínima distância, ele me segurou firme pela nuca e me fez encará-lo. Os olhos dele ardiam, queimavam, com labaredas vivas.

— Nunca mais se afaste de mim.

— Nunca mais — garanti, afogueada, apaixonada.

— Promete?

— Prometo.

— Quase morri sem você — disse baixinho, perto da minha boca.

O Dia em que Você Chegou

— Eu também — choraminguei.

Nossos lábios se colaram, se buscaram. E o beijo foi a coisa mais deliciosa que eu senti na vida, além de qualquer espera, de qualquer distância. Havia acabado. Finalmente estávamos juntos de novo.

Quando conseguimos nos desgrudar um pouco e nos fitar com olhar pesado, era como se o tempo estivesse aos poucos voltando ao normal. Nossa separação tinha sido um vácuo, agora afastado.

— Valentim! — soltei uma exclamação de surpresa quando ele me pegou no colo ali, de repente, no meio de todo mundo.

Ele riu, enquanto eu agarrava as muletas com uma das mãos, a outra em volta do seu pescoço.

— Você não tem ideia de como senti falta de uma desculpa pra ter você assim nos meus braços — sussurrou.

Começou a sair comigo e ainda raciocinei:

— Os seus amigos... os...

— Depois.

Foi tudo o que disse.

Sorri e o apertei forte, sem conseguir tirar os olhos dele. Meu coração tinha voltado a bater.

Caímos na cama, o quarto na penumbra, as bocas se devorando.

Meu vestido foi parar no chão, a camiseta dele também. Esfregamos as nossas peles, passamos dedos ansiosos por toda parte. Os meus puxaram a sua calça e a sua cueca para baixo, os dele se livraram da calcinha e do sutiã. O silêncio foi rompido apenas pelas nossas respirações exaltadas e os nossos gemidos baixinhos.

A saudade e a necessidade latejavam, purgavam, incendiavam. Não havia tempo, não dava para esperar mais. E, quando os nossos corpos se tocaram nus, sem qualquer barreira ou obstáculo, vibramos pelo contato, pela troca, pelas pequenas coisas entre nós.

Valentim entrou em mim com suavidade, porém até o fundo, arfando e me beijando, a minha cabeça nas suas mãos. Eu me abri e o engoli, desesperada, soltando arquejos que mais pareciam choros contidos. Não liguei para a pontada de dor nos meus quadris, nem do tamanho dele tomando conta de tudo. Quis mais e o busquei, encontrei-o no meio do caminho, recebi as suas estocadas com prazer e luxúria.

Foi tão intenso e maravilhoso, tão explosivo, que, em questão de minutos, gozei, gritos escapando, o orgasmo me atingindo em cheio. Não parou de me beijar, engolindo tudo, saboreando cada gemido e se movendo, forte, fundo, dentro, fora, o pau grudado na minha carne escorregadia, os sentidos alterados.

Passou a gemer também, a ponto de se descontrolar. Mas, quando desabei, Valentim parou, buscando o ar, descolando os lábios. Olhou-me com amor, com paixão, sem disfarçar nada. Quando começou a se levantar, eu o agarrei.

— Não...

— A camisinha. Quase gozei sem ela. Esqueci, está tão gostoso que...

Calou-se, apressado. Saiu de cima de mim o tempo suficiente para pegar um preservativo e voltar, olhando-me nua, lânguida, sem poder tirar os olhos dele. Apaixonadíssima.

Ele veio para o meio das minhas pernas. Gemi quando me penetrou, a boca sugando o meu mamilo com volúpia, o seu calor envolvendo o meu corpo. A carne grossa me encheu e passou a ir e voltar, como uma dança sensual, acendendo de novo tudo em mim.

— Valentim... oh...

— É gostoso, não é?

Enfiou os braços sob as minhas costas e me manteve ali, mãos na minha nuca, enquanto metia na minha vagina, profundamente. Tesão pingava das suas feições, incendiava as nossas peles, devorava tudo.

— Senti tanto a sua falta, minha anja.

— E eu a sua. Muito. Demais!

— Eu te amo — falou, os olhos brilhando na penumbra, cravados nos meus.

— Eu também, Valentim. Te amo. Muito, meu amor...

Quase chorei, e o puxei para mim, tomando a sua boca, rodopiando no prazer e nas emoções, agarrada a ele. Beijamo-nos com mais fome e entrega, conectados em todos os sentidos.

Ele gemeu alto, grosso, gozando. Disse o meu nome, me apertou e eu o segurei, até os espasmos virarem langor.

— Machuquei você?

Parecia preocupado ao rolar para o lado e esperar eu me acomodar no seu peito.

— Não. Foi perfeito. Como sempre foi entre nós.

— Eu sei.

Ficamos um tempo em silêncio, apenas sentindo, apreciando o momento de intimidade e amor. Eu ouvia o seu coração pulsando forte, passando a mão pelos músculos do peito, sem poder acreditar que estava ali novamente.

— Parece um sonho — murmurei.
— Felizmente não é. — Segurou os meus cabelos, fez com que eu o olhasse. Estava sério, compenetrado. — Foi um pesadelo estar longe de você, Angelina.
— Pra mim também. Ficou com raiva de mim?
— Não, minha anja. Eu tive, mas passou.
— Talvez ainda não entenda... — Fui o mais firme e sincera que consegui, embora a voz estivesse um pouco embargada. — Mas precisei entender muito coisa, aceitar outras. Não fiz por mal. Em momento algum, você me deu motivos pra...
— Eu sei. *Agora* eu sei. Só não queria que você tivesse se afastado. Achou que, em algum momento, eu me cansaria? — Havia ainda uma pontada de decepção ou mesmo de mágoa na voz.
— Cansar, não. Mas deixar de olhar assim pra mim.
— Isso nunca vai acontecer. Nunca... — Acariciou a minha face, a voz cheia de certeza. — Não se esqueça jamais de que sou seu. Para os bons ou maus momentos.
— Nunca mais esquecerei — prometi, emocionada. — Eu cresci, Valentim. Eu não me cobro tanto agora.
— Passou. Acabou.
— Sim.

Claro que ainda falaríamos mais sobre aquilo, em ocasiões diferentes. Foram três meses de distanciamento, de coisas que vivemos separados e gostaríamos de compartilhar. Mas tudo na hora certa. O importante era nos entendermos, deixar as mágoas para trás.

Passei a mão pelo seu queixo, beijei-o suavemente ali. Sem que eu pudesse impedir, pensei se ele teria se envolvido com alguma mulher naquele período. Talvez com várias, até. Alguma teria arranhado o que sentia por mim?

Tentei esquecer, mas precisava saber. Mesmo sem ter o direito de cobrar nada, eu só quis aplacar os pensamentos e dúvidas, lidar com a verdade. Fitei os seus olhos.
— Você conheceu alguém nesse tempo? Quero dizer, não é cobrança nem nada disso, estávamos separados. Só pensei que...
— Não. — A voz foi firme, assim como o olhar. Algo abrandou ao confessar: — Nunca pensei que ficaria tanto tempo sem sexo. Isso sem levar em consideração as inúmeras punhetas que bati imaginando nós dois.
— Apenas nós dois?
— Eu só tinha você comigo, Angelina. Mulher alguma chegava perto disso.
— Nem a Zoé?
— Claro que não.

Eu mal podia acreditar, mais feliz do que imaginava, percebendo o quanto nos amávamos acima de tudo. E que Valentim havia me esperado.

— E você? — perguntou, atento.
— Não. Se também não levar em conta a minha mão...
Seu sorriso se abriu, os olhos acenderam.
— Hum... se masturbou muito?
— Algumas vezes.
— Pensando em mim?
— Sempre.
— Todas as minhas punhetas também foram só pra você.
— Eu me sinto homenageada! — Meu rosto pegou fogo e ele riu, puxando-se para mais perto, saqueando a minha boca.
— Esqueci que é metade diabinha...
E me beijou de novo.
Por fim nos abraçamos forte e ficamos calados, somente sentindo e matando a saudade, apreciando um ao outro.
Fechei os olhos. E sorri sozinha.

Valentim
40

— Mas vai fazer a cirurgia mesmo? Está certa disso? — perguntei, enquanto dirigia em direção à praia de Piratininga, sábado de manhã.

Havíamos conversado muito sobre diversas coisas, mas eu estava interessado na sua saúde. Notava o quanto estava mais saudável e bem, quase sem dores, melhor do que já vira um dia. Ficava feliz pelo biológico trazer aquela qualidade de vida a ela. Muito feliz.

— Sim. O dr. Inácio acha que vai melhorar muito a minha vida e que talvez eu até consiga dispensar as muletas. Não é certo.

— Vai conseguir — afirmei, e Angelina sorriu.

Eu nem podia acreditar que ela estava ali mesmo, os cabelos loiros soltos, olhando para mim com amor e devoção. Pela primeira vez, eu a via usando um short, as pernas de fora, sem a vergonha de antes. E a admirava cada vez mais.

Tínhamos passado bem cedo no seu apartamento e pegado uma sacola com roupas e coisas pessoais para ela ficar comigo no fim de semana. Trocou o belo vestido vermelho pelo shortinho jeans e uma camiseta.

Falamos mais sobre o assunto e parei em frente a uma padaria. Além dos sanduíches e sucos tradicionais, eu também levaria um bolo para comemorar o meu aniversário com as crianças. Estava ansioso para que reencontrassem Angelina.

Ela me acompanhou, insistindo em pagar o bolo, os salgadinhos e os doces.

— Claro que não! — Fui andando em direção ao caixa, mas ela segurou o meu braço, justificando:

— Valentim, eu ainda não comprei o seu presente de aniversário. Mas gostaria de dar o bolo e as outras coisas também.

— Deixa para gastar só comigo.

— Por favor. Eu ficaria muito feliz com isso. — Sorriu, como se já soubesse que poderia conseguir qualquer coisa de mim assim. — Eu pago. Hoje é com a sua anja.

Acariciei-lhe a face, tendo algumas ideias. Cheguei mais perto e murmurei no seu ouvido:

— Com duas condições.

— Duas? — Seu sorriso se ampliou. — Quais?

— Não compra outro presente.

— E?

— Me dá outra coisa em troca.

Olhou-me devagar, vendo a minha expressão excitada.

— O quê? — murmurou.

— Uma coisa na cama. Que nunca tenha feito comigo.

Seu rosto ficou corado. Pensou e falou ainda mais baixo:

— Qualquer coisa? Eu escolho? Ou você?

— Podemos sugerir, chegar a um acordo. Mas, lembre-se, o aniversariante sou eu.

— Espertinho. Combinado!

— Está dando a sua palavra? — provoquei.

— Estou.

Parecia nervosa, mas agitada, na certa tentando adivinhar o que poderia estar passando pela minha cabeça. Deixei-a na expectativa e fomos ao caixa. Ela pagou e ficou feliz com isso.

Voltamos ao carro, conversando mais e mais. Parecia haver um mundo de coisas para contarmos um ao outro, daquele tempo em que ficamos longe. Eu nem gostava de lembrar, mas colocava de vez uma pedra no assunto. E seguia em frente com ela.

— Manuela chegou a aparecer na academia no início de janeiro — informei, depois da Angelina contar que só ela e Lila dividiam o apartamento desde o começo deste ano.

— Não acredito! Ela ainda está malhando lá? — Parecia revoltada.

— Não. Fui bem frio e não voltou mais.

O Dia em que Você Chegou

— Acho que enfim ela se mancou! — Estava visivelmente enciumada, mas relaxou. — Pelo menos, agora não nos perturba mais.

Chegamos ao local onde eu dava aulas de surfe e estacionei o carro. Antes que Angelina abrisse a porta, segurei o seu pulso e fiz com que me encarasse.

— Aquele dia no ônibus... veio me ver?

— Estava morrendo de saudade. E sem coragem de me aproximar. — Veio mais perto, o olhar apaixonado. — Tive a maior sorte por você estar na calçada. Na praia, eu só o veria de longe.

— Nem acreditei.

— Eu quase desci do ônibus e voltei pra cá.

— E eu quase corri atrás dele, com prancha debaixo do braço e tudo.

Sorrimos e nos beijamos, algo bom e lindo nos unindo.

Ajudei-a a descer do carro e ela se ajeitou com as muletas. De repente, um grito:

— Angelina! Gente, a Angelina voltou! — Jenifer começou a berrar para os outros, já na areia. Seu rostinho se iluminou e veio correndo até nós, abraçando-a forte pela cintura.

— Jenifer... Que saudade! — Carinhosa, Angelina apertou a menina contra si.

Sorri, vendo a emoção das duas. Logo a criançada subiu correndo e comemorando, todos superanimados, vindo também abraçá-la.

— Eu sabia! — Bob bateu no peito, cheio de razão. — Falei pro Valentim que vocês iam se entender! Eu falei!

Fizeram a maior festa, dando e recebendo beijos, os olhos dela cheios de lágrimas. Fitou-me com algo parecido a um agradecimento, mas eu não tinha nada a ver com aquilo. Ela que havia conquistado cada um deles ali. A começar por mim.

— Obrigada. Estou muito feliz por voltar, por ver vocês. Eu quase morri de saudades.

— Não some mais, por favor? — pediu Sarinha.

— Nunca mais — garantiu e então apontou para mim. — Valentim também merece um abraço. Ontem foi aniversário dele.

— U-huuuuu! — gritaram em uníssono.

Ri quando o grupo veio todo para cima de mim, querendo me cumprimentar primeiro, com abraços e palavras de carinho. Foi uma nova onda de festa por todos os lados.

— Vai ter bolo e parabéns mais tarde.

— Vou querer três fatias! — Rafael, o comilão do grupo, comemorou.

A aula daquele dia foi ainda mais especial. Tudo correu às mil maravilhas, cada um dando o seu melhor. Depois foi a hora da farra, e acabei me emocionando quando cantaram parabéns. Meus olhos encontraram os da Angelina, brilhantes.

— Este é o melhor aniversário da minha vida — confessei, com toda certeza.

Ela sorriu, doce, falando-me do seu amor sem palavras.

Quando voltamos para casa, a primeira coisa que me perguntou ao beijá-la foi:

— O que você vai pedir?

— Está ansiosa, só pensando nisso, né? — Fui malicioso, e ela ficou sem graça, se entregando. — Depois. Agora vamos sair, dar um mergulho, comer caranguejo no quiosque. Senti falta de tudo isso com você.

— Eu também. Até sonhava com isso.

— Trouxe o biquíni?

— Claro!

Saímos e repeti o que adorava fazer quando estava ali: pegá-la no colo, atravessar a areia, ficar na beira e entrar na água assim.

— Que delícia! — exclamou, maravilhada, ao tirar a cabeça da água salgada, afastando os cabelos do rosto. — Nem acredito!

Foi para os meus braços e me beijou, ambos flutuando além das ondas, leves, livres, ligados.

Nadamos, mergulhamos, brincamos. Depois ficamos em volta de uma mesa, sob o guarda-sol, curtindo o sol, o dia, a companhia.

Mais tarde, almoçamos caranguejo e voltamos, preguiçosos, para a minha casa. Após o banho, ficamos no quarto. Deitados na cama. Nus.

Angelina

Eu olhava para Valentim, ambos naquela cama enorme.

Meu coração batia rápido, todos os meus sentidos alterados, latejando de antecipação. O dedo indicador dele fez o contorno do meu nariz, passou pela ponta, então esfregou suavemente o meu lábio superior, fitando-me compenetrado, a voz saindo baixinha:

— Gosto quando você sorri e o seu lábio se estica. O de cima fica quase tão grosso quanto o de baixo. É sexy.

Ele notava detalhes que eu nem sabia que tinha. Dava uma sensação boa de ser observada, admirada em pequenos detalhes que para outras pessoas poderiam ser insignificantes. Para mim era como ser amada um pouco mais.

Abri a boca e beijei suavemente a ponta do seu dedo, dando então uma chupadinha de leve. Seu olhar escureceu mais. Quase nem piscava e, quando enfiei até quase a metade e voltei devagarinho, sussurrou:

— Meu pau já está duro. Parece que você tá chupando.
— Quer?
— Quero.
— E o que mais você quer? — A curiosidade nas alturas.

Mesmo tendo uma ponta de timidez, eu gostava de ignorá-la e provocá-lo um pouco. Era lindo ver a reação dele, poder dar prazer e receber em troca.

Acomodei a cabeça no travesseiro, virada para ele. Abri os lábios, olhando excitada para o membro duro e cheio de veias, tão delicioso, mas tão delicioso... Ficou pertinho do meu rosto.

Passei a mão na sua coxa, segurei os testículos pesados. O meu olhar foi do pau para o ventre, marcado por músculos, o peito forte, o olhar queimando em mim. Inclinou-se mais para frente e roçou os meus lábios. Lambi docemente as suas bolas, sentindo o saco se contrair, ficar mais rígido. Agarrei o pau e o masturbei devagarinho, sem desviar o olhar do dele.

— É delicioso... que boquinha...

A voz parecia vir bem do fundo da garganta, rascante. Enfiou os dedos nos meus cabelos, tão ereto e largo que a minha vontade era sentir até o fundo de mim. Subi a língua, seguindo o contorno e a longitude, chegando até a ponta, as minhas mãos na base, deixando-o na direção que eu desejava. Ergui um pouco a cabeça e o chupei, sentindo na ponta da língua a lubrificação sedosa que ele soltava.

Valentim gemeu, todo meu, observando o que eu fazia, como o engolia. Era tão sexy, que me contraí por baixo, me melando também. Pulsando bem gostoso.

Deixei-o no ponto, num vaivém que deslizava a cada canto e chegava até o meu limite, a boca cheia de saliva. Engolia, junto com o seu gosto, apreciando tudo, sugando mais. Em determinado momento, ele saiu.

— Assim eu gozo rapidinho. Vou chupar a sua bucetinha agora.

Eu estava arrepiada, cheia de desejo. Soltei um gritinho abafado quando os seus lábios e língua me acharam e fizeram magia entre as minhas coxas. Eu continuava de lado, uma perna estirada, onde o quadril incomodava mais. A outra meio flexionada, segura por ele. Olhei a sua cabeça ali, o modo como me saboreava devagar, enquanto tremores descontrolados me percorriam.

Saiu do clitóris, já inchado. E passou a lamber e me sugar por dentro e por fora, dando leves chupões nos lábios, causando uma avalanche de prazer que só aumentava. Mas nada havia me preparado para o que fez a seguir, descendo ainda mais, a língua passando firme e macia no meu ânus.

— Ai... — Tomei um susto, uma quentura deliciosa me invadindo, um torpor diferente se espalhando. — Valentim... seu louco!

Lambeu várias vezes, sem pressa, até passar a forçar a ponta ali e eu latejar, quase sem poder respirar. Comecei a arfar, fora de mim. Nunca ninguém tinha feito aquilo comigo, e eu não imaginava que pudesse ser tão delicioso.

Voltou ao clitóris, que estava muito sensível e causou uma descarga elétrica no meu corpo. Quando a boca se fechou ao redor dele, passei a ficar descontrolada, buscando-o com desespero. Mas ele não tinha intenção de me aliviar. Queria, sim, me torturar, indo para os lábios, passando a língua entre eles, depois dando atenção total ao meu ânus.

Eu o queria em toda parte, tomando tudo, invadindo, me enlouquecendo. Passei a dizer coisas desconexas, à beira de um orgasmo avassalador, que Valentim interrompeu ao se afastar, notando como tinha me deixado. Lambeu os lábios e disse baixinho:

— É muito gostosa. Todinha!

— Era isso? — Tive forças para perguntar, enquanto vinha por trás de mim, afastando os cabelos e beijando a minha nuca.

— O quê?

— O seu presente?

— Não.

— O que é, então? — Eu precisava saber, arrepios me percorrendo com a sua boca mordiscando e os seus dedos beliscando o meu mamilo.

Sentia-me tão molhada que escorria para a virilha, palpitava até por dentro.

— Quero o seu cuzinho de presente, minha anja.

Fiquei paralisada, até um pouco chocada. Ao mesmo tempo que imaginava o quanto doeria ter algo tão grande entrando num lugar tão pequeno, senti algo perverso e fervendo me invadir com tudo, a ponto de me deixar empoderada.

Valentim sentiu o meu estado e beijou a minha orelha, carinhoso:

— Não precisa ser agora. Quando quiser. E se quiser.

— Eu... nunca fiz.

— Imaginei. Tão apertadinho... Me deixou duro demais lamber você toda.

Era difícil pensar com o corpo em ebulição. Como se soubesse que era o assunto principal, o meu ânus se contraiu e pulsou, junto com a minha vagina.

— Desculpe, é que... — Valentim parou o que fazia e segurou o meu queixo, virando-se para ele. — É melhor deixar isso para o futuro.

— Mas se você falou agora é porque quer *agora*.

— Sim, mas... — Seu olhar me incendiava. Tudo estava sensível, no ponto.

— Mas talvez não seja cômodo para você.

Eu sabia que se referia aos meus quadris e talvez à dor. Sem saber ao certo por que aquilo tinha me deixado tão afetada e ardente, esfreguei a bunda contra o seu pau, murmurando:

— Eu quero tentar.

— Oba!

— Mas... se doer muito você para?

— É claro, minha anja. A hora que quiser.

Beijou a minha boca, a mão no meu seio, a outra agarrada nos meus cabelos. Então deslizou a boca para as minhas costas, e novos arrepios me percorreram, gemidos e arquejos escapando. Fechei os olhos, toda nas mãos dele, perplexa com a intensidade absurda de cada beijo, cada toque.

Desceu pela minha coluna, língua, lábios e dentes, aquecendo tudo. Abriu a minha bunda e segurou assim, a língua de novo no meu ânus, fazendo-me esquecer até o meu nome. Sacudi naquele prazer pecaminoso, arrebatada.

Foi tudo lento, torturante. Um dos polegares massageava o meu clitóris, o polegar da outra mão ia no meu buraquinho, intercalando com a língua. Palpitava tanto, me deixava tão cheia de saliva, que não foi difícil engolir o dedo todo e me esticar numa paixão atormentadora.

Quando achava que iria gozar, Valentim parava e só me lambia devagar. Depois foi a vez do dedo do meio, mais longo, penetrando, escorregando. Não doía, só era diferente. Deliciosamente diferente.

Eu sentia tudo loucamente, como se caísse, rodasse e só ele me segurasse, lambendo, enfiando, abrindo. Não acreditei quando o indicador se uniu ao outro dedo, apertado, fundo, cheio de saliva. Comecei a me sacudir, agonia e êxtase em igual proporção no meu corpo.

Valentim subiu, atrás de mim. Mordiscou do meu ombro até a nuca, os dedos indo e voltando, até que eu os sugava, precisando desesperadamente de mais.

— É gostoso? Ter os meus dedos assim na sua bundinha?

— Ah... — Eu mal conseguia falar, cada vez mais atacada, suspensa naquela luxúria dolorida.

— Quer o meu pau aqui? Quer, minha anja?

— Eu... oh... sim... sim... quero.

Rodou os dedos, abriu-me mais. Quando saíram, me senti vazia, abandonada. E então ele enchia o pau de saliva e o meu ânus também. Quando a cabeça robusta se acomodou ali na entrada, senti uma espécie de pânico, misturado com ansiedade e lascívia. Quase que eu mesma me forcei contra ele. Só não o fiz porque os quadris incomodavam.

Fiquei paradinha, apenas tremendo, gemendo.

— Assim... quietinha... relaxa...

— Ai... ai...

Choraminguei quando o pau me esticou demais, muito mais do que os seus dedos. Ardeu, e eu me contraía, tensa, com medo.

Valentim parou naquela posição, o braço entre as minhas pernas, o indicador esfregando o meu clitóris suavemente. Segurava os meus cabelos num rabo de cavalo e lambia a minha nuca.

— Abre pra mim. Não se contrai.

— Mas eu... eu...

Perdi o ar quando a carne grossa passou do anel e entrou, sem força, mas firme. Fui atacada de todos os lados, dor e prazer virando uma coisa só, tudo tão exaltado que eu não sabia mais o que esperar. Então penetrou e gritei, o clitóris crescendo, latejando. Parou todo enterrado dentro de mim, respiração irregular, abalado.

— É tão apertado... tão quente...

— Eu...

Não consegui fazer nada mais do que balbuciar. Estremecia em ondas, sentindo-me cheia até a alma, sem espaço para mais nada.

Voltou a mordiscar a minha nuca, deixando-me mole. Masturbou-me com perícia. E foi impossível não cair naquele redemoinho de pecado e prazer descomunais, soltando arquejos conforme deslizava lento, indo e vindo, me acostumando. Chegou a um ponto que eu não sabia mais onde era eu e onde era ele, tudo muito ligado, colado.

— Quer que eu pare, minha anja? Quer que eu tire o meu pau do seu cuzinho gostoso?

Falar era pior. Ele me jogava para as alturas, me arrebatava. Fiquei suspensa, sem acreditar em tantas sensações diferentes, até que dançava numa penetração firme e devagar, o clitóris latejando mais e mais, a vagina escorrendo, os mamilos tão duros que doíam.

Comecei a me contrair, à beira do precipício. Os quadris incomodaram, mas mal reparei, respirando em haustos, sem perceber que gritava abafado. E Valentim me tomou, gemendo, lambendo, mordendo. Quando deu uma estocada mais funda, despenquei. E o orgasmo veio avassalador, arrasando tudo.

— Ai que delícia... porraaaaa!!!

Eu apertava tanto o pau dele, que se descontrolou também. Mal comecei a gozar, senti o esperma quente deixar tudo mais úmido e delicioso, ambos agarrados, suados, arquejando. Foi espetacular, a coisa mais intensa e perturbadora que vivi com ele, que tive na vida.

Desabei, sem nem conseguir puxar o ar com força suficiente. Um langor exausto me percorreu, e fiquei lá, de olhos fechados, enquanto ainda me mantinha abraçada a ele. Não saiu, não me deixou.

Permanecemos calados enquanto os nossos corpos se restabeleciam. Seu membro foi relaxando, até a ereção diminuir e eu me sentir ligeiramente ardida, dolorida.

— Foi demais pra você? — perguntou perto da minha orelha.

— Foi.

— Tá doendo? Não queria que mais uma dor se juntasse a tudo que já sentiu.

— É diferente. É uma dor gostosa. Inexplicável. — Ainda estava aturdida.

Valentim riu baixinho.

— Vai querer mais?

— Todo dia — falei, cheia de malícia na voz.

Virou-me devagar de barriga para cima, o que aliviou os meus quadris. Inclinou-se sobre mim, olhar brilhando.

— Vou devorar você, de todas as formas.

— E eu vou pedir mais, me aguarde.

Valentim sorriu, beijando suavemente os meus lábios.

— Está bem mesmo?

— Ainda não sei como me sinto. Surpresa, chocada, ardida. E ainda assim...

— O quê?

— Maravilhada. Foi delicioso. Nunca imaginei isso, mas...

— Estou corrompendo a minha anjinha.

Sorri e o beijei mais profundamente. Então me abandonei na cama, completamente saciada.

Angelina
41

Foram dias maravilhosos, em que me senti dona do meu lugar no mundo. Havia paz, felicidade, amor e esperança. Eu via o meu futuro com bons olhos, como se cada coisa estivesse exatamente no seu devido lugar e a tendência fosse só melhorar.

A vida era aquilo, e cada vez mais eu entendia que não importava a tristeza ou o momento difícil, tudo passa. E, de certa forma, a gente se tornava mais forte depois da luta, mais consciente e autossuficiente. Tinha sido assim comigo.

O próximo fim de semana já se aproximava quando Valentim me ligou e perguntou se eu topava almoçar no sábado com os pais dele em Icaraí. Eles souberam que tínhamos voltado e nos convidaram. Achei estranho, mas...

Fiquei calada, sem saber o que responder. Beatriz era um ponto fundamental das minhas dores e incertezas do passado e, como mãe do Valentim, não podia ser ignorada. Mas eu não sabia se aquela força na qual eu me apoiava estava pronta para um novo confronto. Minha vontade era adiar, restabelecer-me totalmente, mas não havia desculpa plausível para isso. E, no fundo, eu acreditava que tudo seria resolvido da melhor forma. Otimismo passaria a ser o meu mantra daqui para frente.

— Angelina? Algum problema? — indagou, diante do meu silêncio na linha.

O Dia em que Você Chegou

— Não. Claro que não.
— Vou confirmar com eles, tá?
— Tá, pode confirmar.

E lá fomos nós, depois da aula de surfe e de um banho gostoso, para o apartamento dos pais dele. Eu estava nervosa, claro. No entanto, eu sabia que, cedo ou tarde, precisaria enfrentar a situação. Talvez Beatriz sempre agisse assim comigo, mas eu teria que aprender a agir com ela de um modo que não me afetasse tanto.
— Está calada — Valentim comentou, enquanto dirigia.
— Só distraída.
— Acho que não queria ir a esse almoço, né? Pra falar a verdade, eu também não. Preferia ficar em casa fazendo amor com você.
— Seu safado. — Sorri, e ele sorriu de volta, dando-me uma olhada quente, de cima a baixo. — Só pensa nisso!
— É que...
— Eu também! — fui logo interrompendo.
Talvez fosse loucura minha, ainda mais diante da pontinha de insegurança que insistia em me incomodar. Porém, quis ir naquele almoço sem disfarces ou medos, sem me deixar abater ou influenciar. O que eu tinha com Valentim era especial demais para ser abalado pelo olhar preconceituoso de alguém, mesmo que essa pessoa fosse a mãe dele.
Assim, eu usava um vestido. Para me dar mais segurança, era o primeiro que Valentim me dera, diáfano e macio, com estampa suave e neutra. Minhas pernas ficavam de fora, os joelhos expostos. Eu tremia só de imaginar a avaliação fria, mas me mantinha de cabeça erguida. Completei com brincos, sandálias delicadas e batom, os cabelos caindo com a franja de lado.
Estava decidida a me manter altiva, nem que para isso eu tivesse que passar um aperto primeiro. Fugir era só adiar o inevitável, e eu já havia tido a minha cota de sofrimento longe do Valentim, reaprendendo a me aceitar e me amar. Não seria Beatriz a derrubar aquilo. Não mesmo!
Subimos até o apartamento e senti o nervosismo querer tomar conta. Meu coração parecia um tambor no peito, as pernas bambas. Mas eu tentava aparentar tranquilidade.
Uma senhora atendeu. Era a empregada, bem antiga na casa, e o meu namorado tinha o maior carinho por ela. Chamava-se Anita, e Valentim a beijou. Recebeu-nos com toda simpatia.

Lá dentro, Murilo veio na nossa direção, sorrindo. Era quase tão bonito quanto o filho, e deu para ter uma ideia de como Valentim ficaria mais velho.

— Angelina! Que alegria ter você de novo aqui! — exclamou, dando-me um abraço caloroso, que retribuí, sorrindo. Depois passou o braço em volta do ombro do filho e entregou: — Esse rapaz aqui ficou um trapo quando vocês se afastaram.

— Pai... — Valentim ficou meio sem graça.

— Não foi só ele — falei suavemente.

— Mas felizmente passou e agora está tudo bem. Você está ainda mais linda!

— Obrigada.

— Venham, vamos nos sentar.

— E a mamãe?

— Terminando de se arrumar. — Murilo revirou os olhos, como se fosse comum aquela espera.

Já íamos nos acomodar quando ouvimos passos de saltos finos no chão. Beatriz entrou na sala, elegantérrima, como se fosse a um jantar de gala. Usava até joias. Como a intimidar alguma concorrente. Ou colocar os reles mortais nos seus devidos lugares.

Seu rosto era inexpressivo. E o olhar foi direto no meu, gelado, tenso.

Felizmente eu não havia me sentado ainda, ou ela se colocaria ainda mais acima de mim.

Meu autocontrole deu uma vacilada, quase desviei o olhar e me deixei abater. Quase. Ignorei o coração acelerado, o incômodo revirando o estômago.

— Olá. Bom receber vocês aqui. — Ela parecia falar com estranhos, polida demais, enquanto se aproximava. Beijou Valentim e deu a face para ser beijada.

— Oi, mãe.

— Como vai, Angelina?

Pensei que se manteria no seu Olimpo próprio, exclusivo, mas me surpreendeu ao me dar um beijo, mesmo que superficial. Entendi como uma maneira de não provocar suspeitas no Valentim e no marido. Um beijo de Judas, foi o que passou pela minha cabeça, e bambeei.

— Estou ótima. Obrigada pelo convite.

Por um breve segundo os nossos olhares ficaram fixos e eu pude ver todo o seu descontentamento ali, quase como se pensasse: "Esse inseto de novo nas nossas vidas!".

— Sentem-se. Quer algo para beber, Angelina? — Murilo era totalmente diferente, caloroso, como se estivesse feliz comigo ali e na companhia do filho.

— Não, obrigada.

— Valentim?

O Dia em que Você Chegou

— Vou de cerveja mesmo, paizão.
— Certo.

Sentei-me no sofá e deixei as muletas de lado. Valentim sentou-se perto e entrelaçou os dedos nos meus. Em seu sorriso estava escrito em letras garrafais "Eu estou no comando", então, agarrei-me a ele, tentando não me desconcertar nem me sentir mal.

Beatriz, esnobe como sempre, se acomodou numa poltrona, cruzando as pernas com classe, deixando à mostra uma sandália linda, de sola vermelha, com saltos altíssimos. Algo que eu nunca poderia usar. Pensei se tinha feito de propósito, um algo a mais para demonstrar o quanto eu era inapropriada para o seu círculo íntimo. Fiquei com essa impressão.

Ergui o olhar e encontrei o dela. Sorriu para mim, mas continuou fria e polida.

— Valentim disse que voltaram a namorar. Ficaram um bom tempo afastados, não é mesmo?

— Três meses. — Foi ele quem respondeu, sério. — Nem gosto de falar sobre isso. Para ser sincero, detesto.

— Mas se agora estão juntos, qual o problema... — falava com ele, mas me encarava. — Está feliz, querida?

— Claro. Feliz até demais da conta. — Eu poderia parar por ali, mas fui além, mantendo a suavidade: — Eu amo o seu filho, mais que tudo nessa vida.

Mal piscou. Valentim apertou a minha mão e veio para perto, dando um beijo gostoso no meu rosto.

— Isso nunca mais vai acontecer, mãe. Passou, e por mim está enterrado — disse Valentim, assertivo. Beatriz até podia não saber do que tinha acontecido entre nós, mas o filho tinha consciência de que a mãe não me aceitava ainda. Então, precisou ser mais firme: — Você ganhou uma nora. Para sempre!

Ela estava paralisada, como se tentasse compreender aquele horror.

— Aqui, toma. Vou de cerveja também. — Murilo deu um copo para Valentim e eles brindaram. Depois se acomodou em outra poltrona. — Quer dizer que você foi o presente de aniversário do meu filho, Angelina? Contem essa história direito.

— Coisa do doido do Jonathan. — Valentim voltou a relaxar, tranquilo agora. — Acredita que ele deu uma de Cupido?

Valentim já o encontrara e agradecera. Disse para mim que era o seu melhor amigo e que nunca poderia dimensionar o que aquele gesto dele significara. Jonathan havia reagido com brincadeira e ficado satisfeito com o final feliz. Comentou que os amigos ficaram de queixo caído quando o viram me levar no colo para longe. Depois comemoraram, riram e zoaram, lógico.

Murilo achou uma graça danada quando o filho descreveu o ocorrido. Ergueu uma sobrancelha, comentando:

— Parece coisa de novela mexicana! Saiu mesmo com ela no colo?
— Saí.
— Essa eu queria ter visto!

Murilo e ele falaram mais sobre o assunto, às gargalhadas.

Olhei para Beatriz e ela não parecia feliz com nada daquilo. Pelo contrário.

Apesar de se manter quieta e comedida, novamente o seu olhar para mim tinha o intuito de me diminuir, envergonhar. No meio do incômodo difícil de não sentir, também fiquei irritada. E foi isso que me fez continuar a encará-la.

De modo significativo, baixou os olhos e os fixou diretamente nos meus joelhos, nas cicatrizes. Apertou os lábios com amargor, repulsa. Quando voltou a me fitar, não tinha disfarces.

Comecei a entender que tudo era de caso pensado. Aquela mulher nunca me aceitaria e faria de tudo para que eu soubesse e me afetasse. Ela tinha consciência de que uma vez conseguira me afastar do filho e usaria as mesmas armas para tentar novamente.

Aquela consciência não me derrubou, mas me deu mais força. Da outra vez, tudo era diferente, eu vinha de um período conturbado, afetada por olhares preconceituosos e comentários vis, passando por efeitos colaterais, com medo, perdida, a autoimagem e a autoconfiança no chão. Precisei aprender, crescer, me aceitar e voltar a me amar. Nem sempre era fácil, diante de tudo. Havia ainda um longo caminho pela frente. Mas, ao menos, entendi e mudei um pouco a minha postura.

Ali eu era outra pessoa, muito mais parecida com a Angelina que fora forte ao enfrentar a perda dos pais e a doença, que se fizera com esforço e empenho, que nunca se lamentara para os outros como vítima de nada. Eu recuperara o meu melhor e me fortalecera.

Deixei que demonstrasse o seu desprezo, que me dissesse sem palavras o quanto eu era inconveniente para ela, com as minhas muletas e cicatrizes. Mas não aceitei nem fiz como da outra vez, encolhendo-me de vergonha e insegurança. Apenas não permiti que aquilo me fragilizasse tanto.

Quando o assunto a envolveu, ela disfarçou e até sorriu. Conversou, desde que fosse com o marido e o filho. Claro que eles deviam perceber que não era tão receptiva comigo, mas não sabiam até que ponto ela havia chegado.

Almoçamos, e tudo estava delicioso. Consegui saborear e participar das conversas. Em algum momento, Murilo se interessou pelo meu tratamento e ficou feliz quando falei que estava me adaptando bem ao uso do biológico.

— Acredito que não possa mais reverter as lesões que já se instalaram, não é? — Ele lançou um olhar para as minhas muletas, ali perto. — Mas se o tratamento faz com que a doença não avance e alivia dores e crises, já é uma notícia espetacular!

— Reverter de fato, não. Mas pode dar mais independência — explicou Valentim. — Usam como último recurso a cirurgia, para substituir articulações afetadas por outras, metálicas.

— Então, poderá dispensar as muletas no futuro, Angelina?

— Talvez. Nada é garantido, mas é uma possibilidade — respondi com tranquilidade.

— Temos que brindar a isso! — Ele ficou todo feliz.

Beatriz só me olhava, como se nada daquilo fosse importante.

Terminamos um delicioso tiramisu de sobremesa e partimos para o café. Depois nos sentamos no terraço e admirei o paisagismo perfeito.

A conversa foi leve, geralmente conduzida pelo Murilo ou pelo Valentim. Eu participava dela, mas Beatriz muito pouco. Imaginei se seria sempre a mesma coisa cada vez que precisássemos ficar no mesmo ambiente.

— Terminei o Tirpitz!

— Não acredito! Você conseguiu, pai?

— Quer ver? Está pronto.

Murilo estava todo feliz, pois, havia séculos, montava uma miniatura de um navio alemão da Segunda Guerra Mundial. Era colecionador, e este virara um desafio. Levantou-se, animado:

— Venham ver! Está na outra sala.

Valentim se levantou também e, antes que eu o imitasse, Beatriz disse com uma falsa simpatia:

— Ele só fala disso agora! Vão! Vou ficar aqui conversando com a Angelina.

Eu tive que ficar, sem poder ser rude. Senti um aperto, o prenúncio de que usaria aquele tempo para me pressionar.

Valentim também pareceu estranhar e me olhou desconfiado. Sorri, como a garantir estar tudo bem. Então se afastou com o pai. Quando os seus passos não podiam mais ser ouvidos, ela me olhou sem qualquer disfarce, bem rígida.

— Fiquei surpresa quando soube que você mudou de ideia e reatou com o meu filho.

— Não deveria ficar. Nós nos amamos. Foi natural.

Meu coração estava agitado. Um frio concentrado bem na boca do estômago. Mas eu lutava para soar calma, sem baixar a guarda para ela.

— Acha que foi uma boa ideia? — Desceu novamente o olhar para os meus joelhos.

— A melhor do mundo — garanti.

— E eu que cheguei a pensar que fosse mais altruísta quando se afastou. Seria a prova de que ama o meu filho *de verdade*. É raro, viu, mas me enganei — disse, desgostosa.

Não me dei ao trabalho de me defender ou retrucar. Continuei serena, pelo menos por fora.

Beatriz parecia ainda mais incomodada por não estar conseguindo quebrar os meus alicerces, não me ver toda envergonhada e mutilada como da última vez.

— Por que não contou a ele? — perguntou, de repente.

Eu sabia a que se referia, mas precisava ouvir mais. Voltei a encará-la e fui suave:

— O quê?

— Não se faça de boba. Detesto isso — Beatriz de fato era uma águia.

— Sobre a sua visita?

— E sobre o que falei. Seria uma arma perfeita para se fazer de vítima e o colocar contra mim.

Apesar da sua gelidez, pude notar a pontada de receio. No fundo, tinha medo de que eu o fizesse. Sabia que ele ficaria furioso.

— Acha que é isso o que eu quero, Beatriz? — Fitei-a com firmeza. — Afastar o Valentim da própria mãe?

— Você sabe que eu não a aprovo.

— Mas quem tem que me aprovar é ele, não você. — Enrijeceu ainda mais diante das minhas palavras e do meu tom. Fui além: — Claro que seria ótimo não ter esse clima ruim e pesado entre nós, mas isso não diz respeito a mim. E mais, Beatriz, como dizem por aí, cada um com os seus problemas.

— Você é bem abusada.

— Eu? Acho até que sou bem-educada, se for comparar com o modo que *você* encara a maneira certa de se portar com as pessoas. — Eu começava a sentir raiva e tive que me segurar. Terminei: — Eu não vou contar. Jamais faria algo para criar atrito entre vocês, nem o afastar. Você é a mãe dele.

Pareceu surpresa, como se não soubesse se deveria ou não acreditar. Observava-me assim quando eles voltaram, Valentim olhando desconfiado dela para mim. Sorri com placidez e ele relaxou.

Ficamos mais um pouco. O tempo todo Beatriz me teve na mira, mas algo havia mudado sutilmente devido à carta na manga que agora eu tinha. Parte da sua tensão se esvaíra. Parecia até curiosa.

Valentim
42

Meados de abril

Eu estava muito nervoso, mais do que jamais fiquei alguma vez na vida.

Apertava a mão da Angelina, deitada naquela cama do hospital, esperando ser chamada para a cirurgia. Nossos amigos aguardavam lá fora, mas os enfermeiros me permitiram ficar com ela. Ninguém me seguraria longe.

— Não fique nervosa — pedi pela milésima vez, sentado numa cadeira, os braços apoiados na cama ao seu lado.

— Não estou. — Sorriu para mim, os cabelos presos numa touca, usando um avental do hospital. Eu havia colocado um lençol nas suas pernas, pois fazia frio. — Estou bem, meu amor. Você é que precisa se acalmar.

Era vergonhoso ficar daquele jeito, quando precisava me mostrar forte, dar apoio. Neguei na hora:

— Mas eu estou calmo — menti. — Sei que a cirurgia será um sucesso. E estarei aqui esperando, assim que você sair. Não vai me ver longe, minha anja. Vou participar de toda a sua recuperação.

— Eu sei.

Ergueu a mão e acariciou o meu rosto.

Eu havia insistido demais para que ficasse na minha casa logo após a cirurgia. Tiraria uma folga da academia para cuidar dela. Mas ela deixou bem claro que não aceitaria e foi firme. Não queria que eu me afastasse do trabalho nem achava a minha casa o melhor lugar, pelas escadas principalmente. Angelina tinha o seu quarto, as suas coisas.

Por fim, chegamos a um acordo.

Lila também se ofereceu para ajudar e disse ter férias atrasadas, podendo tirar uns quinze dias. Angelina foi irredutível comigo e com ela. Contrataria uma enfermeira, e ponto final. Só que, de tanta insistência nossa... Na primeira semana, eu ficaria com ela no apartamento durante o dia e até a noite. Na segunda, seria a vez da Lila ficar. Depois ela estaria melhor, veríamos o que fazer, como revezar, se seria mesmo preciso a ajuda de uma profissional.

— Vocês parecem babás. — Chegou a reclamar na época, mas depois nos abraçou e beijou, agradecida.

Agora ali estava eu com o coração na mão, ansioso, sem poder desgrudar dela.

— Já fiz uma cirurgia parecida, a dos joelhos. É demorada, mas os médicos sabem o que fazem. Deu tudo certo e vai dar de novo, Valentim.

— Sei que vai. Preparada pra me aturar vinte e quatro horas por dia, por uma semana?

— Ansiando por isso!

Rimos, e acariciou os meus cabelos.

— Quero passar todo esse tempo com você, Angelina — falei baixinho. — Dormir, acordar, passear, ficar de preguiça, fazer amor, viajar, sair para trabalhar e voltar correndo só pra te beijar.

— Só *esse tempo*?

Seu olhar se encheu de amor e de emoção.

— Casa comigo?

Ela ficou imóvel, surpresa. Eu soube que era o que eu mais queria, que não precisava de mais nada para ter certeza.

— Está... falando sério?

— Sim ou não?

— E se por acaso a cirurgia não for o sucesso que estamos esperando? Se eu não puder andar sem muletas ou algo se complicar? E se as crises voltarem? E...

— Nada disso importa. Vamos enfrentar juntos. Eu cuidarei de você se não estiver bem, pegarei no colo se as pernas não permitirem e comemorarei se estiver ótima. — Havia muito amor em mim, muita certeza. — Só o que importa é que estaremos juntos.

— Jura? — sussurrou.

— Sim ou não? — insisti.
— Sim.
— Não ouvi.
— Sim!!! — Riu com lágrimas nos olhos e a abracei, beijando a sua boca. Agarrou-me, murmurando:
— Não acredito que isso está acontecendo, em tanta felicidade...
— Eu acredito. E vai ser melhor, cada vez melhor. Estaremos juntos pra sempre. Eu te amo.
— Também te amo.

Ficamos apertados, nos acariciando, ambos cheios de emoção. Quando conseguiu se recuperar um pouco, afastou o rosto, fitou os meus olhos:
— Não sei se posso ter filhos. Quero dizer, não há nada errado na parte ginecológica, mas com o tratamento e tudo mais...
— A gente vê isso depois.
— Mas, e se eu não puder?
— Seremos só nós dois. — Acarinhei a sua face, esfreguei o meu nariz no dela, sem qualquer incerteza. — Ou poderemos adotar.
— Eu amo tanto você, Valentim... tanto!
— Será que o tanto que eu?

Beijei-a de novo, com todos os meus sentimentos ali.

Quando um enfermeiro e um maqueiro entraram, dizendo que estava na hora, eu a agarrei forte, garanti que tudo ficaria bem e Angelina também garantiu o mesmo para mim. Fiquei com um peso por dentro, cheio de ansiedade, enquanto empurravam a maca dela para longe e sorria para mim.

Na sala de espera, estavam Lila, Bruno, Jonathan e Madalena. Juntei-me a eles, indo antes pegar um café.
— Já deu certo, cara. — Jonathan deu um tapa amistoso no meu ombro.
— Eu sei. Obrigado por vir, Djei.
— Para de palhaçada! — Fingiu não ter importância. Depois veio mais perto e cochichou: — De quebra, estou aqui me divertindo com a selvagem da bengala.

Percebi que espiava Madalena. Ela estava emburrada, rodando a bengala na mão, sentada quase de frente. Mirando-o com cara de poucos amigos.
— Tá implicando com ela, né?
— Tô aqui na minha, irmão. Ela que parece a ponto de avançar em mim com aquele pau na mão. — Sorriu abertamente para a moça, que virou a cara para o outro lado.
— Não provoca...
— É mais forte que eu!

Sacudi a cabeça. Lila estava no outro sofá, de mãos dadas com Bruno. Sorriu otimista para mim. Mas nada aliviava a minha preocupação.

Quando Angelina se decidiu pela cirurgia, o médico pediu imediatamente diversos exames e explicou detalhes. Teve que parar o biológico antes de operar e só voltaria a tomá-lo trinta dias após cirurgia.

Tivemos medo de que tivesse uma recaída ou alguma crise, mas felizmente não aconteceu e tudo caminhou com relativa tranquilidade até aquele dia. Eu sabia que o período de recuperação e reabilitação seria difícil, mas estava preparado para ajudar em tudo, conversando com médicos e fisioterapeutas, lendo sobre o assunto.

Contei os minutos ali. Levantei-me, andei, sentei-me, acabei me enchendo de café, conversei com todos. Eram cirurgias longas, pois, de uma vez só, faria a troca articular nos joelhos e quadris, quatro procedimentos. E era isso que me preocupava, como ficaria depois com tantas próteses ao mesmo tempo.

Após horas arrastadas e nervosas, um médico veio nos informar que tudo havia corrido bem e que, assim que passasse a anestesia, Angelina voltaria para o quarto. Nós o cercamos e eu insisti:

— Mas correu bem mesmo? Joelhos, quadris, ela...
— Sim, tudo até melhor do que o esperado.

Ele disse mais algumas coisas e se afastou. Jonathan me cumprimentou, Lila me abraçou. E, finalmente, respirei aliviado.

Muito mais tarde, pudemos vê-la. Fui o primeiro, e ela estava ainda grogue, sonolenta. Depois os outros entraram, falaram com ela e se despediram, pedindo que eu os mantivesse informados. Eu passaria a noite, como acompanhante.

Fiquei na poltrona, sentado, olhando para ela. Parecia relaxada, tranquila. Mas não sosseguei até ela abrir os olhos mais tarde e sorrir ao dar comigo de pé, já ao seu lado.

— Oi. — Acariciei os seus cabelos, afastando a franja da testa.
— Oi — a voz saiu baixa.
— Está se sentindo bem, minha anja? — Cheguei mais perto.
— Sim.
— Com dor?
— Um pouquinho.

Não quis cansá-la, ainda mais quando as pálpebras tremeram e foram se fechando. Mas, de repente, ela as abriu e murmurou:

— Não esqueça...
— O quê?
— Você me pediu... em casamento. Não vai escapar de mim.

O Dia em que Você Chegou

Abriu um belo sorriso e eu dei uma risada, beijando suavemente os seus lábios, garantindo:

— Não foi da boca pra fora.
— Eu sei, meu amor, eu estava brincando.
— Vamos nos casar na praia em Camboinhas? Em frente à minha casa?
— Vamos.
— Combinado, então?
— Mas só depois... — Calou-se um pouco, a voz cansada.
— Dorme, minha anja.
— Que eu estiver sem muletas. Quero ir andando até você. Na areia.

Fiquei emocionado só de imaginar aquilo. Segurei a sua mão fria e a levei aos lábios, garantindo:

— Eu espero.
— Mas se eu não conseguir...
— Agora é você que quer escapar de mim? Vai casar com ou sem muletas, espertinha.

Riu. Então me abaixei e a beijei de novo, fazendo carinho. Foi assim que fechou os olhos e dormiu.

Angelina

Abril foi tudo, menos fácil. As dores, mesmo controladas por medicamentos ministrados em horários corretos, foram sentidas, junto com desconforto e incômodos. Eu estava com pontos nos quadris e nos joelhos, com drenos, inchada. Fiquei dois dias internada, e lá mesmo foi iniciada a fisioterapia, que ajudaria demais a minha recuperação.

A coluna reclamava, por ficar na mesma posição. Aliviou quando o médico permitiu que eu me virasse um pouco, com a ajuda de travesseiros, só para não ficar tão dura.

Compressas de gelo sobre joelhos e quadris, por cerca de 20 minutos, também ajudaram. Praticamente repetia o procedimento seis vezes ao dia. O tempo que fiquei lá não pude colocar os pés no chão, e usei cadeiras de rodas e higiênica.

O fisioterapeuta me orientava com exercícios de mobilidade dos tornozelos e isométricos para as coxas. Quando eu voltasse para casa, poderia usar o andador ou muletas com moderação. Continuaria com a fisioterapia e as compressas, essas, pelo menos, por sete dias.

Valentim esteve perto o tempo todo, atento a qualquer desconforto ou dor, alegrando-me no período difícil, tornando tudo melhor. Conversamos muito, nos beijamos, maratonamos séries, nos aproximamos ainda mais. Eu estava decidida a melhorar logo, e tê-lo junto a mim foi um apoio, um alento e um alívio.

Voltar para casa me deixou muito feliz. Ele e Lila me cercaram de cuidados, tanto no tratamento, quanto na alimentação e nos momentos de lazer. Preocupavam-se com comidas leves e saudáveis, sucos que ajudavam a cicatrização.

A fase inicial, mesmo difícil, não foi tão pesada quanto imaginei. Respeitei o que foi prescrito, fiz fisioterapia e me dediquei ao máximo. Tudo sem excesso. Fui bem cuidada e me cuidei, lavando as áreas de cirurgia com água e sabão diariamente, até que oito dias depois os pontos foram tirados. Felizmente não tive febre, secreções nem complicações.

Até isso acontecer, Valentim ficou no apartamento comigo, Lila ajudando à noite. Ambos eram ótimas companhias, e eu também não era dada a mau humor, então foi bom demais me recuperar com eles.

Eu e Valentim ficamos ainda mais íntimos. Ele dormia comigo, me beijava e mimava, estava ao meu lado nos primeiros passos ou quando a dor chateava. Ouvimos todos os discos, sério, e praticamente falamos tudo um sobre o outro. Contei da minha família, as minhas decepções, as minhas vitórias. Até sobre Gustavo e Adriano, o que o deixou bravo e com ciúmes dos dois.

Ele me contou da infância, das conquistas, do amor pela natureza e pelo esporte. As primeiras namoradinhas, a família, a irmã, como sempre se deram bem, e que ele sabia que Esther e eu também nos daríamos.

Na semana seguinte, Lila tirou folga, mas todas as noites Valentim vinha ficar comigo, assim que saía da academia. Recebi muitas visitas, até o pai dele apareceu, com a desculpa de que Beatriz precisara viajar para Paris. Eu até achei que ela escolhera aquele momento para exatamente ficar longe.

Madalena também ajudou, vinha sempre. Eu acabava rindo com ela, pois reclamava mais do que outra coisa. Se eu não a conhecesse, ficaria irritada e cheia de medo da recuperação, dado o seu pessimismo. Mas se esforçou para estar presente e me encheu de mimos, sempre comida: bolo, doce, biscoito caseiro. De dez palavras que soltava, uma era sobre Jonathan, sempre chamando-o de implicante, obsceno e tarado, mas doida para saber mais dele.

Teve uma vez que o encontrou ali e ficou toda nervosa. Vi como ficavam se provocando, como ela reagia irritada por qualquer brincadeira. E ele parecia adorar.

— Esses dois ainda vão acabar se pegando — Valentim comentou certa vez e eu concordei. Com um sorriso, emendou: — Se pegando na cama.

— Será? — Eu não imaginava o que poderia sair dali. Mas me divertia só de pensar.

O meu emocional ficou tão bem que a saúde acompanhou e fui me fortalecendo dia a dia. Dr. Inácio ficou muito satisfeito. Ele deixou bem claro que as cirurgias foram feitas para garantir uma vida melhor e mais independente, com mais mobilidade e menos dor, mas que eu não deveria imaginar que recuperaria toda a capacidade que eu tinha antes de ter as articulações afetadas pela AR. Assim, era para aproveitar a vida dali em diante, me reabilitar, mas sempre sem muito esforço e com certas limitações.

Fiquei animada também por conhecer outra paciente dele na sala de espera, antes da consulta. Passamos a conversar, ela viu que eu estava em reabilitação no pós-cirúrgico e me encheu de otimismo:

— Eu já fiz essa cirurgia no quadril. Há um bom tempo dispensei o uso das muletas. Elas ficam lá, no canto do quarto, para qualquer emergência. — Sorriu para mim. — Não pretendo usá-las mais, no entanto servem para que eu veja como melhorei e agora sou mais independente sem elas.

— Espero fazer o mesmo com as minhas. — Sorri de volta e me apresentei, estendendo a mão: — Angelina.

— Sinara. — Apertou a minha e de imediato gostei dela, vendo no seu olhar as doses exatas de força e suavidade.

— É um prazer, Sinara. Este é o meu noivo, Valentim.

— Como vai?

Cumprimentaram-se com simpatia. Conversamos mais e me animei com a sua história, pelo casamento que tinha, pelo filho. Fiquei cheia de esperança de um dia ter um filho também.

No dia seguinte, quando Valentim chegou ao meu apartamento, trazia um presente para mim, numa pequena caixa. Quando abri, os meus olhos se encheram de lágrimas e fiquei muda. Ele explicou baixinho:

— Ontem conversamos com a moça na clínica e você me apresentou como noivo. Na correria, vi que não tinha comprado o seu anel de noivado.

— Agora é oficial? — Eu o abracei forte, emocionada.

— Sim, minha anja. Agora é oficial.

Comemoramos com um beijo apaixonado, e não parei de admirar o anel de ouro com uma pedra de diamante faiscando a qualquer movimento. Olhava o tempo todo para ele, apaixonada.

Quando completou um mês, senti a diferença em tudo. Não doía nem me dava desconforto mover os joelhos e os quadris, as dores praticamente desapareceram. Dediquei-me de corpo e alma à fisioterapia. Usava ainda muletas, mas com muito mais firmeza, dando passos seguros sem elas.

Depois de mais dez dias, voltei a usar o biológico. Quando entrei no hospital para tomar o medicamento na veia, Valentim me acompanhou. Não podia ficar lá, mas ele sempre dava um jeito de entrar toda hora para me dar um beijo escondido e confirmar que estava tudo bem.

Lembrei-me da vez em que vi o casal ali, Juliana e o noivo. De como pensei que, se estivesse com Valentim, ele também burlaria as regras de não poder ter acompanhante. E saber que era exatamente assim que me fazia sorrir sem parar.

Já estava na metade do medicamento, quando veio, ficou um tempo e teve que sair ao ver o enfermeiro se aproximar, reclamando. Piscou para mim, como a dizer: "Volto logo". Eu ria feito uma boba, quando uma moça linda ao meu lado comentou:

— Seu namorado é esperto.

— Noivo. — Virei-me para ela. — Ele não sossega.

— Parece até eu! — Riu, os cabelos loiros bem arrumados, ela toda bem vestida e maquiada, de salto alto com estampa de onça.

Fiquei na dúvida de qual doença teria, pois não parecia doente e sim muito saudável, chamativa, corpo bem malhado em academia. Percebendo a minha curiosidade, explicou:

— Tenho artrite e, pelo que notei aqui, tomo os mesmos medicamentos que você.

Fiquei surpresa, pois não via nenhuma deformidade nela, nenhuma muleta perto ou algo que denunciasse a doença. Sorriu amplamente:

— Acho que sou muito forte, me cuido muito, estudo tudo que posso sobre a doença. Ela vem, me dá umas sacudidas, mas sempre saio vitoriosa e sem sequelas. Não dispenso o tratamento que o médico passa, mas faço outros complementares, cuido da alimentação e do emocional, não deixo a academia de jeito nenhum. As pessoas nem acreditam quando me veem de salto!

Eu estava impressionada, e passamos a conversar muito sobre o que me dizia. Em determinado momento, eu me apresentei e ela fez o mesmo:

— Gisele. Vamos trocar contato e dar dicas uma para a outra?

Assim o fizemos. Eu havia ganhado duas amigas com o mesmo problema que eu, em curto espaço de tempo, ambas fortes e guerreiras, que me deixaram mais forte também. E me deram ainda mais esperanças.

Quando o meu aniversário se aproximou, eu tinha todos os motivos para comemorar. E o fiz com uma alegria que eu nem mesmo sabia como controlar.

Angelina
43

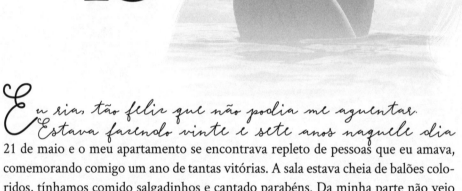

Eu ria, tão feliz que não podia me aguentar. Estava fazendo vinte e sete anos naquele dia 21 de maio e o meu apartamento se encontrava repleto de pessoas que eu amava, comemorando comigo um ano de tantas vitórias. A sala estava cheia de balões coloridos, tínhamos comido salgadinhos e cantado parabéns. Da minha parte não veio tanta gente, senão Lila, Bruno, Madalena, o meu fisioterapeuta com a namorada, as duas amigas que eu fizera no consultório e no hospital, mais algumas da fisioterapia. Da parte do Valentim vieram Jonathan, o pai dele e alguns dos amigos dos quais fiquei mais próxima. A mãe só voltaria de Paris na semana seguinte.

    Nunca tive um aniversário tão lotado e animado. E ainda por cima noiva, sem crises e me recuperando bem da cirurgia. Eu já dava vários passos sem as muletas e queria fazer uma surpresa para Valentim, então me dedicava ao máximo e guardava um pouco de segredo. Eu tinha planos e esperava que dessem certo.

    Eu o via na sala, andando, conversando e rindo com as pessoas, enquanto me apaixonava um pouquinho mais a cada minuto. Era assim entre a gente, como se o amor crescesse, crescesse e tomasse sempre mais um espaço no nosso coração.

    Todos estavam satisfeitos de comida e bebida, tinham passado uma noite linda comigo, mas ainda vinha a surpresa final que preparamos. Quando ele chegou perto e me estendeu a mão, eu soube o que era e me preparei.

Levantei com muito mais facilidade. Podia até dispensar um pouco o uso das muletas, mas não o fiz.

Valentim passou o braço em volta da minha cintura, me deu um beijo e falou alto:

— Queríamos a atenção de vocês por um momento.

Aos poucos, todos silenciaram e nos olharam. Senti que fiquei nervosa e que não conseguia parar de tremer.

— Eu e Angelina gostaríamos que fossem os primeiros a saber e desde já se sentissem convidados. No dia 13 de agosto nos casaremos na praia de Camboinhas, em frente à minha casa.

— Ah, meu Deus!!! — Lila começou a chorar e veio correndo me abraçar.

Não aguentei e a apertei forte, chorando também.

Jonathan riu e cumprimentou Valentim, assim como o pai dele. E logo virou uma farra de abraços, beijos e desejos de felicidade.

Virou uma comemoração dupla e brindaram com a gente. Eu e Valentim nos agarramos e beijamos, enquanto aplaudiam e diziam gracinhas. Era, sem dúvida, o melhor aniversário da minha vida.

Naquela noite, ele dormiu de conchinha comigo no meu quarto. Na cama, despimos as nossas roupas e ficamos um longo tempo nos beijando e acariciando, trocando promessas de amor, buscando mais um do outro.

Valentim me penetrou bem devagar, curtindo cada estocada, enquanto eu me abria e me dava, e também me erguia mais. Até naquilo a cirurgia ajudara. Eu não podia abusar, mas os meus movimentos eram mais fluidos e quase sem dores. E eu sabia que a tendência nos próximos dias era só melhorar.

Fiquei nos braços dele.

— Meu futuro marido.

— Minha futura esposa.

Sorrimos bobamente, pensando numa coisa:

— As crianças do surfe vão ao nosso casamento, não é?

— Claro. Vamos convidar.

Fiquei ainda mais feliz. Era muita coisa a se pensar, contratar bufê e tudo mais, afinal já tínhamos marcado a data no cartório. Tudo seria perfeito.

— Minha mãe volta daqui a alguns dias — Valentim disse, de repente.

Ergui o olhar para ele, vendo-o sério.

— Ela já sabe?

— Não contei. Mas, com certeza, o meu pai o fará em breve.

— Ela não vai gostar nem um pouco.

— Eu sei. Lamento, mas vai ter que se acostumar.

— Não se esqueça de que é sua mãe. Não brigue nunca com ela por minha causa.

— Ser minha mãe não dá a ela o direito de ser desagradável ou fria com você. Se eu perceber que não melhora, vou brigar, sim. Vamos ser casados, morar juntos. Precisa se acostumar.

Não falei nada. Eu duvidava bastante que o fizesse, mas não cabia a mim dizer aquilo e o irritar e magoar ainda mais.

— Acho que ela não vai querer perder seu casamento, mesmo sendo comigo. — Sorri e beijei a ponta do seu queixo. — Relaxa. Tudo na hora certa.

— Queria ser um anjinho como você. — Roubou um selinho, provocando. Mudou de assunto: — Vou começar uma obra lá em casa.

Fiquei surpresa e o fitei com mais atenção. Explicou:

— Já vi tudo. Vou mandar instalar um pequeno elevador que leva do andar de baixo ao de cima.

— Ah, Valentim! Não é necessário! Eu consigo subir e...

— E eu posso te levar no colo quando não conseguir, eu sei. — Piscou malicioso. — Mas, se um dia estiver indisposta, ou se precisar, estará lá. Também não é bom forçar muito subindo e descendo várias vezes ao dia, mesmo se mais tarde não usar muletas.

— O que eu faço com você? — murmurei apaixonada, dando-lhe diversos beijinhos. Sempre se preocupava comigo e se antecipava para fazer o melhor.

— Cuida de mim. — Fingiu carência, agarrando-me também.

Ri e o apertei, agradecendo a Deus por tanta felicidade.

Valentim

Vários dias depois fui jantar com os meus pais, assim que a minha mãe chegou de viagem. Ainda não tinha falado com ela do meu casamento e, se foi informada pelo meu pai, não se manifestou. Beatriz não dava ponto sem nó.

Eu havia ligado para Esther no dia anterior e contado a ela. Ficou felicíssima por mim e garantiu que não perderia por nada, que ela e Henri viriam para o Brasil, especialmente para o evento.

Naquela noite em que entrei no apartamento, a minha mãe estava séria e mal me deu um beijo. Foi logo perguntando:

— Quando iria me falar? Se é que estou na lista.

— Quando voltasse de Paris. Meu pai não te contou?

— Sim, contou.

— Poderia ter ligado para me parabenizar, não acha?

Estávamos de pé, no meio da sala. Meu pai não estava por ali.

Ela me observou e apertou os lábios, como sempre fazia quando estava desagradada. Queria falar algo ruim, eu senti. Não interrompi, deixei, só para ver até onde iria.

— Meu filho, esse sempre foi o meu sonho. Ver você casado e feliz. E depois sendo pai. Mas nunca esperei que seria assim.

— Assim como?

— Com essa moça, você passando tanta coisa. Doença, hospital, cirurgia... Meu Deus! Não consigo entender!

— Acredito que não consiga mesmo. — Eu me sentia mal, estava muito zangado. Mas não me alterei. — Afinal, preferiu não estar aqui pra ajudar ou ver como tudo aconteceu.

— Eu não podia ficar, ver o seu sacrifício e...

— Que sacrifício, mãe?

— Todos esses! E os que ainda virão pela frente! — Começou a perder a pose, a se irritar. — Quantas cirurgias virão depois dessas? Quantas recaídas? Quantos meses e anos da sua vida desperdiçados com uma pessoa doente?

— Você não sabe do que está falando. Está cega.

— Não estou! Eu achei que ela pensaria em você, mas é uma egoistazinha de marca maior! Como dispensaria um homem lindo, rico, bom caráter e ainda por cima apaixonado? Só se fosse idiota! Tirou a sorte grande e...

Eu lutava para não brigar com ela, mas paciência tem limite.

— Vou embora. Vim aqui pensando que estaria feliz por me ver bem, por saber das minhas decisões. Esqueci que gosta de estar certa em tudo, que só busca perfeição na sua vida. Por isso está sempre vestida assim, por isso se cuida com tanta obsessão! Mas não se esqueça, mãe: doença não dá em poste. A gente pode ficar doente a qualquer momento, principalmente depois de envelhecer.

Saí em direção à porta e ela me seguiu, já fora de controle:

— Está querendo dizer que vou ficar velha e doente? Quem diria, o meu próprio filho desejando isso!

— O que eu desejo, mãe, de coração, é que seja menos preconceituosa e mais gentil com as pessoas.

— Com a sua noiva, quer dizer! Nunca achei que ela iria tão longe! É mais esperta do que pensei! Aquele teatrinho quando se afastou foi só para te deixar mais louco por ela, mais culpado! Se eu soubesse, teria falado muito mais verdades e enterrado de vez esse maldito relacionamento!

Parei com a mão na maçaneta, as suas palavras de fel me alertando. Quando me virei, encontrei o seu olhar furioso e vi pela primeira vez como estava alterada.

— Quando disse *verdades* para a Angelina?

Ela empalideceu, como se só naquele momento se desse conta do que deixara escapar. Ergueu o queixo, sem responder. Comecei a montar o quebra-cabeça.

— Naquele dia, ela estava enfrentando vários efeitos colaterais, mas não tinha se afastado de mim. Até eu voltar da aula e a encontrar transtornada. Cheguei a pensar que alguém havia ligado para ela e dito asneiras. Foi a senhora, não é?

Continuou quieta. Passou a mão pelos cabelos, ajeitando-os. Não deixou de me encarar.

— Claro que foi. Como pôde fazer isso? Quanta covardia... — Eu me senti traído. — Nunca imaginei que pudesse ir tão longe!

— Não me acuse do que não sabe.

— Então me diga.

— Eu apenas conversei com ela. Mostrei o meu lado.

Sua frieza só aumentava a minha raiva. Sacudi a cabeça, furioso, inconformado e, acima de tudo, magoado.

— O seu lado podre, cheio de uma visão distorcida e vil. Fez de propósito, num dos piores momentos da vida da Angelina! Poderíamos estar separados até hoje!

— Ela é uma manipuladora, a mim não engana.

Engoli a raiva, que estava me deixando cego. Junto com ela havia muita decepção. Eu não queria mais ficar ali.

— Não preciso da sua opinião, muito menos de você se metendo na minha vida. Chega. Se tivesse um mínimo de dignidade, pediria desculpas a Angelina!

— Eu? Desculpas por ser sincera? Por lutar pela felicidade do meu filho? Nunca.

— Então, fique longe de nós com as suas certezas. E não ouse aparecer no meu casamento!

Abri a porta, e ela disse alto, antes que eu saísse:

O Dia em que Você Chegou

— É um favor que você me faz.

Nem sei como consegui dirigir até o apartamento da Angelina. Quando lá cheguei, ela me recebeu com um abraço, mas logo viu que algo estava errado.

— Por que não me contou?!? — exigi saber, puto da vida.

— O quê? O que aconteceu? — Veio para mais perto, preocupada.

— Que naquele dia em que você se separou de mim, a minha mãe te ligou e falou um monte de merda.

Vi como ficou pálida, sem saber o que dizer. Por fim, respirou fundo e explicou:

— Ela apareceu do nada na sua casa e...

— Como é que é?!?

— Valentim... — Angelina segurou o meu rosto. — Sua mãe só precipitou tudo. Eu já estava abalada, com a autoestima no chão, cheia de...

— Isso não tem desculpa!

— Eu sei, mas...

— Porra, Angelina! Por que não me falou? — Eu odiava não ter percebido nada.

— Ela é sua mãe. Acha que eu gostaria de ver você assim, de saber que brigou com ela?

— Você tinha que ter me falado.

— Se acalma.

— Ela não vai ao nosso casamento.

Angelina se sobressaltou.

— Meu amor, estamos juntos, passou. E é a sua mãe.

— Ela acabou de me dizer que não quer ir. E eu também não quero que ela vá.

Puxou-me para os seus braços, e só aquilo me deu um pouco de paz. Viu que eu estava nervoso e não tentou me convencer de nada. Só me abraçou. E ali eu a amei ainda mais.

Valentim
44

Eram 12 de junho. Dia dos Namorados. Dia em que eu e Angelina nos conhecemos, exatamente há um ano.

Claro que iríamos comemorar, e eu estava cheio de planos, mas não tinha imaginado o que ela sugeriu: irmos ao restaurante em que nos víramos pela primeira vez. Adorei a sugestão e reservamos a mesa.

Ela me surpreendeu mais uma vez quando pediu que nos encontrássemos lá, às nove da noite. Insisti para levá-la de carro, mas não quis. Garantiu chegar bem e sozinha. Fiquei curioso, sabendo que preparava alguma coisa.

Cheguei lá ansioso para vê-la. E lá estava ela. Linda demais, toda maquiada sentada na mesma mesa em que a vira pela primeira vez.

Usava um blazer branco, parecendo não ter nada por baixo, pois o decote era tentador. Tinha um colar de ouro comprido caindo no colo e brincos de argolas grandes combinando. Os lábios brilhavam e os olhos também.

Eu me aproximei, lembrando-me de tudo, recordando o momento exato em que os meus olhos bateram nela. O quanto senti algo diferente, conectando-nos, dando-me algum aviso. Mas não imaginei tudo o que viveríamos juntos, a nossa trajetória até ali.

Sorria para mim. Não notei as muletas, achei que fez de propósito, para ficar parecido com a vez anterior. Ou algum garçom as guardara para ela.

O Dia em que Você Chegou

— Oi. — Recordei-me de como fui cara de pau indo até a mesa dela, dizendo o meu nome. — Hoje eu não preciso me apresentar.

— Não mesmo.

Demos um suave beijo na boca e eu me sentei à sua frente, apreciando-a, enquanto fazia o mesmo comigo.

— Está linda.

— Está lindo.

Sorrimos e peguei a sua mão sobre a mesa.

— Estou muito feliz por estarmos aqui. Não havia lugar melhor pra comemorarmos esse dia, Angelina.

— Quando pensei, soube que só poderia ser neste restaurante. — O rosto se iluminou ainda mais. — Lembro-me de como fiquei nervosa quando você veio até a minha mesa!

— Eu estava encantado, doido pra conquistar você. Usei todo o meu charme.

— Todo mesmo.

— Até eu tirar você pra dançar e estragar tudo.

— Não estragou nada.

Ficamos nos olhando apaixonados, cheios de recordações. Um garçom se aproximou e pedimos uma garrafa de vinho.

O pianista estava lá, tocando uma música clássica e linda de fundo. Eu a reconheci, meu pai adorava bossa nova. Estava sendo cantada por João Gilberto, *Coisa mais linda*. Olhei para o pianista, que fazia só a melodia de uma maneira perfeita.

— Valentim... — Angelina chamou e eu a olhei. — Dança comigo?

Sorri, achando que era uma brincadeira, para relembrar o que falara um ano atrás. Mas então ela me pegou desprevenido, levantando-se com suavidade. De imediato, eu já iria me levantar, para ajudar e pegar as muletas. Mas fiquei paralisado quando afastou a cadeira e andou lentamente até mim. Estendeu a mão, sorrindo.

— Angelina... mas...

— Dança comigo? — repetiu.

Levantei-me, sem tirar os olhos dos dela, mudo. Peguei a sua mão, e ela foi me levando para a pista, um passo de cada vez, sem as muletas.

Minha visão nublou e percebi que eram lágrimas. Tive que lutar muito para que não descessem, enquanto emoções estonteantes me atacavam e Angelina parava diante de mim. Envolveu o meu pescoço com os braços, os olhos dela também com lágrimas, nós dois sabendo o quanto de luta e dor foram necessárias para chegar até ali.

— Quando? — consegui sussurrar, embargado.
— Há poucos dias. Eu queria... queria dar de presente pra você hoje.
— Minha anja...
Envolvi a sua cintura, sentindo o seu cheiro, o seu corpo tão perto do meu. Encostei a testa na dela, sem desviar o olhar, lutando para me recuperar diante de tanta emoção.
— Melhor presente da minha vida — murmurei.
Angelina também estava à beira do pranto. Ainda assim sorriu e disse:
— Esperei tanto por isso...
Eu não tinha condições de responder. Movi-me ao som suave e a levei junto, bem devagarinho, nossos olhos grudados. Cada passo dela era um derramar de alegria e êxtase na minha alma.
Tudo passou como um filme pela minha cabeça. O primeiro olhar, o primeiro beijo, a primeira transa... Angelina comigo dando um mergulho, depois de tanto tempo sem ir à praia... nós dois rindo atrás de discos antigos. As palavras duras, a dor da separação, a volta... tudo. Cada sofrimento e cada felicidade. Um ano em que nos descobrimos e amamos, que aprendemos que juntos éramos muito mais fortes do que qualquer obstáculo.
Não aguentei. Comecei a cantar baixinho a letra para ela, enquanto eu não resistia mais e as lágrimas desciam quentes pelo meu rosto:

"Coisa mais bonita é você
Assim, justinho você
Eu juro, eu não sei por que você..."

— Valentim... — Angelina desatou a chorar também.
Não paramos. Eu não queria soltá-la nunca mais.
Era a coisa mais linda da minha vida, a mulher que me ensinara a amar sem medidas e que nada era impossível diante de algo tão grandioso.
Angelina parou, abraçando-me forte, ambos muito abalados, conectados, apaixonados. Disse, perto da minha boca:
— Eu te amo.
— Eu te amo mais.
Fitou os meus olhos e, com carinho, passou os dedos pelo meu rosto, enxugando as lágrimas.
Este ano era nosso. Como era aquela noite. Como seria o resto da vida.

Angelina
45

— *Você está tão linda! Tão maravilhosa!* — Lila não continha a emoção, e nem eu.

Estávamos na casa do Valentim, ou melhor, na nossa casa, como ele exigia que eu falasse. Eu terminando de me preparar para o casamento. Ele já estava na praia com os convidados.

Meus olhos estavam marejados e ela brigou comigo:

— Não pode chorar! Vai borrar a maquiagem!

— Então para de chorar também!

Rimos, nervosas. Segurei as suas mãos e fitei os seus olhos, dizendo, enternecida:

— Você sempre foi mais do que uma amiga, Lila. É uma irmã que a vida me deu. Obrigada por tudo. Por nunca me deixar, nunca desistir de mim e puxar a minha orelha quando mereci. Amo você.

— Para, Angelina!

Ela chorou e nos abraçamos forte, sem poder nos controlar.

— Você e a dona Carmela foram a minha família, foram tudo. Eu só queria que ela estivesse aqui.

— Minha mãe está vendo do céu e sorrindo. Tenho certeza.

— Eu também.

— Te amo, sua boba. — Beijou o meu rosto, soltando-me para respirar fundo e secar as lágrimas com as pontas dos dedos. — Vamos chegar à cerimônia como duas monstrengas! Vem cá, vamos ajeitar isso.

Sorri e usei um algodão para reparar os danos. Lila me ajudou com retoques e me encarei no espelho, pronta.

Meus cabelos estavam cheios de ondas suaves, compridos e soltos. Eu usava um vestido branco de um ombro só, rendado nas pontas do babado que o contornava. Ajustava na cintura, depois caía solto. A parte da frente era mais curta, expondo as minhas pernas. Nos pés, chinelos, que eu tiraria para casar descalça.

Apesar da simplicidade do vestido, eu nunca me achei tão linda e reluzente.

— Vamos? — Lila pegou o buquê com copos-de-leite, caules compridos e presos com uma fita de cetim branca. Deu para mim.

— Vamos.

Ela acenou, os longos cabelos cacheados soltos, um vestido colorido combinando com colar e brincos. Era a minha madrinha, junto com Bruno.

O padrinho do Valentim era Jonathan, claro. Ele ficou na dúvida sobre a madrinha, mas, quando fez o convite a Madalena, ela ficou chocada. Acho que nunca a vira sem fala. Aceitou, e imaginei o quanto deveria estar nervosa ao ter que entrar de braço dado com o tarado.

Dei uma risada só de imaginar, e Lila riu junto, na certa imaginando que era o nervosismo. Ligou para Valentim e avisou que já nos encontrávamos a caminho.

Eu estava mesmo nervosíssima. Saí com ela, atravessando o calçadão, vendo a tenda de bambus na areia, com tecidos brancos esvoaçantes e flores. Um pequeno altar foi montado, assim como cadeiras espalhadas dos dois lados para os convidados, no meio uma passadiça firme para atravessar.

Comecei a tremer, pois nem nos meus sonhos mais loucos eu imaginara viver aquilo um dia. E amar tanto quanto eu amava Valentim.

— Pronta? Valentim já entrou com os padrinhos. O pai dele está esperando você.

Acenei, tentando respirar. Murilo me levaria até o altar. Imaginei se Beatriz teria enfrentado o seu orgulho e comparecido. Mãe e filho quase não se falavam, as coisas estavam péssimas entre eles. E eu lamentava, claro, pois sabia o quanto ele sofria. Acreditava que ela também, tanto por ter o filho afastado quanto por perder o casamento tão sonhado dele.

Eu tinha conhecido Esther e Henri, e gostado muito dos dois. Estavam na cerimônia.

— Tudo ok? — Lila perguntou, quando chegamos aos degraus depois da calçada.

O Dia em que Você Chegou

— Sim.

Com a fisioterapia e os exercícios, eu andava bem sem as muletas. No começo, eu me cansei fácil, tive que reaprender e me adaptar, passar a confiar nas minhas pernas. Mas já era quase natural para mim, sempre com moderação e sem exageros. Até musculação voltei a fazer na academia do Valentim.

Maravilhada, vi tudo ali. Os amigos, os convidados, a faixa azul-marinho que levava ao altar, Murilo sorrindo e me esperando no início dela, usando uma camisa azul e uma calça branca. Descalço.

Sorri, nervosa, dei um beijo na Lila e fui até ele. Bruno e Lila deram os braços e entraram sorrindo, em direção ao altar. Foi então que vi Valentim lá na frente, o olhar fixo em mim. Meu coração deu um salto absurdo e disparou. Novamente os meus olhos marejaram.

Ele estava absurdamente lindo de camisa e bermuda brancas. E, ao lado dele, Beatriz, elegante num vestido azul. Minhas lágrimas rolaram e agradeci por aquilo.

A música começou a tocar. Tínhamos escolhido Frank Sinatra, *Always*. Era linda, falava de um amor para sempre, em todos os momentos, bons ou ruins.

O som do violoncelo começou maravilhoso. Valentim tinha pedido a um amigo que tocasse. Era um músico famoso. Eles não se viam havia um bom tempo, mas bastou se reencontrarem para a amizade retornar. O nome dele era Ramon Martínez.

Emocionada, eu o vi criar a melodia perfeita, sentado na sua cadeira de rodas. Havia alguns anos ficara paraplégico.

— Vamos? — Murilo chamou.

— Sim. — Eu tinha medo de não ver direito onde pisar, tamanha a quantidade de lágrimas embaçando a minha visão.

Demos os braços e começamos a caminhar em direção a Valentim, enquanto a música nos embalava e tornava tudo ainda mais mágico.

Foi um sonho. A coisa mais maravilhosa que tive o prazer de escolher para a minha vida. Ser dele. E ele ser meu. Ali começava a nossa vida juntos, de casados.

Eu teria dias ruins, recaídas, recomeços. O tratamento nunca acabaria. Talvez alguma tristeza da vida mexesse com o meu emocional e a minha imunidade caísse. Ou uma crise ruim acontecesse. Tudo era possível. Mas eu estaria forte, lutando para voltar a ficar bem e me recuperar. E eu sabia que Valentim estaria comigo.

Sorri quando ele se aproximou, olhando-me com tanto amor, que transbordava. Com certeza, da mesma maneira que eu olhava para ele.

— Sejam felizes.

Murilo beijou o meu rosto e o do filho, indo para o lado da esposa no altar.

Valentim segurou a minha mão e murmurou:

— A mais linda, como sempre.

Fitei os seus maravilhosos olhos verdes e sussurrei:

— Você também.

Sorrimos. Ele me deu o braço e um beijo suave nos lábios. Fomos para o altar cheio de flores, diante do padre.

Vi Jonathan e Madalena de braços dados, ambos com lágrimas nos olhos. Ambos finalmente mudos. Meu sorriso aumentou.

Encarei, então, Beatriz e encontrei olhos inchados, vermelhos, cheios de emoção. Lutava para continuar classuda, mas estava à beira de desmoronar. Moveu a cabeça para mim, como se me incentivasse a seguir em frente. E, pela primeira vez, não havia coisas ruins na minha direção.

Fiquei feliz demais. Por mim, por ela, mas, principalmente, pelo Valentim.

Sorri para Lila e Bruno do outro lado, radiantes.

Fitei o padre. E vivi momentos incríveis e inesquecíveis casando-me com Valentim.

Foi lindo demais, pura emoção. Trocamos votos, alianças e nos beijamos. Enfim, éramos casados. Então, eu chorei de vez, enquanto ele me beijava com amor e me apertava forte.

Todos gritaram, bateram palmas. Descemos do altar sob a melodia linda tocada por Ramon, enquanto jogavam arroz e pétalas de rosas na gente.

— Minha esposa... — Valentim murmurou no meu ouvido, com orgulho.

— Meu marido... — Sorri para ele, da mesma maneira.

A festa foi no quiosque e maravilhosa. Os amigos dele fizeram a algazarra de sempre. As crianças do surfe estavam lá, uma mesa grande só para eles, fazendo farra, comendo e bebendo. Elas nos agarraram e beijaram, tiraram várias fotos com a gente. Nós circulamos, cumprimentando, aproveitando. Às vezes, eu me sentava, descansava, mas queria curtir cada momento.

Zoé estava lá. De repente, ela se aproximou de mim e me pegou de surpresa:

— Angelina... — Virei-me e nos encaramos. Ela sorriu um pouco envergonhada. — Felicidades. De verdade, quero que sejam muitos felizes.

— Obrigada, Zoé.

— E me desculpe por algumas coisas que eu disse, pelo que...

— Já passou. — Sorri para ela, que acenou com a cabeça, sorrindo também e se afastando.

Segui para perto do Valentim, e ele conversava com Ramon e a sua esposa, Marcella Galvão. Fiquei um pouco sem graça, pois era uma atriz muito famosa e eu nem acreditei que estava ali.

— Angelina, vem cá. Meus amigos. Estou dizendo ao Ramon como a música ficou maravilhosa no violoncelo.

Cumprimentei o lindo casal e reforcei as palavras do Valentim, ambos sendo muito simpáticos e nos dando os parabéns.

Foi um dia perfeito em todos os aspectos. E, quando eu passava para ir até Lila, vi Beatriz vir na minha direção. Parou, chegou perto, deu um beijo no meu rosto e disse baixinho:

— Só lhe peço uma coisa: faça o meu filho feliz.

Quando se aprumou, fiz que sim com a cabeça. Ela seguiu em frente. E eu fui para os braços do meu marido.

O meu amor.

O anjo da minha vida.

Epílogo

Angelina

Oito anos depois

— Mamãe! Mamãe! Mamãe! A vovó vem pegar a Angel hoje? — Angel veio para o meu colo, deixando o seu baldinho e os brinquedos na areia.

Sempre se referia a si mesma pelo nome, como se fosse uma terceira pessoa.

Estava toda molhada, o biquíni azul de bolinhas deixando-a ainda mais linda. Era muito parecida comigo aos cinco anos, os cabelos loiros compridos, só os olhos eram do pai, verdes.

— Mais tarde, minha linda.

Ela se animou toda. Junto com o irmão Miguel, de quase sete anos, era o xodó dos avós, que os estragavam com mimos. Eu e Valentim tínhamos que dar duro para não ficarem manhosos.

Deu um beijo no meu rosto e pulou de novo na areia, correndo até a beira d'água, gritando:

— Também quero surfar, papai! Agora é a minha vez!

— Já te pego, anjinha!

Sorri, observando-os, enquanto separava o lanche sobre a mesa, embaixo do guarda-sol. Eu estava de biquíni e com uma saída de praia por cima.

Valentim estava na água, com os alunos de surfe. Ensinava aos mais novos, inclusive ao nosso filho Miguel, sentado na prancha dele. Angel ficava cheia de ciúmes, querendo ir também.

Um pouco mais adiante, Bob cuidava dos mais velhos, que tentavam pegar onda. Com vinte e poucos anos, ele era Fuzileiro Naval e, quando não estava viajando, fazia questão de ajudar Valentim nas aulas que anos atrás tivera.

Ele ganhara diversas medalhas e troféus em campeonatos, junto com outras crianças da sua turma e algumas que vieram depois.

— Papai! — Angel berrou mais uma vez, cruzando os braços, irritada e fazendo bico.

Valentim acenou para ela, continuando a aula. Ficou emburrada, esperando.

Por fim, ele veio com Miguel no colo e o deixou na areia. Quando a pegou, ela gritou de felicidade, sacudindo-se toda, e depois se agarrou no pescoço dele.

— Que fome! — Miguel veio até mim, com os lábios roxos de frio.

Enrolei-o numa toalha e lhe dei um dos sanduíches.

— Obrigado, mamãe. — Sorriu, agradecido, encostando-se na minha perna.

— De nada, meu amor. — Beijei os seus cabelos castanhos, que pingavam, apaixonada. Os olhos eram da mesma cor. Lindo demais, muito carinhoso e doce.

Comeu olhando para o mar, onde o pai estava com a irmã e com as outras crianças.

Eu o admirei um pouco, depois segui o seu olhar. Todos riam quando ele segurou Angel e surfou com ela na onda fraca, fazendo-a gritar, toda feliz.

— Ela é muito escandalosa — observou Miguel, com certa impaciência.

Sorri, pois era verdade. No que ele era calmo, a minha filha queria as coisas para ontem e do jeito dela. Acho que puxou à avó Beatriz.

Logo a aula acabou e vieram todos molhados, enrolando-se em toalhas e pegando os lanches que distribuí para eles, de pé. Valentim se aproximou com Angel no colo, que ainda comemorava a aventura.

Sorriu para mim e foi logo tascando um beijo na minha bochecha, catando um sanduíche e desembrulhando-o para ela.

Nossos sábados seguiam aquela rotina, quase sempre. Ocasionalmente, Bob substituía Valentim, quando viajávamos ou tínhamos algum compromisso inadiável.

— Hoje estou morto de fome! — Bob exclamou, catando um e devorando-o.

Não tinha mais os cabelos oxigenados, eram bem baixinhos, passados à máquina. Valentim sorriu e comentou:

— Está parecendo o Rafael, ficava doido esperando sobrar lanche pra traçar tudo!

O Dia em que Você Chegou

— E não mudou! — Bob riu. — Pior que ele come como um condenado e não engorda!

Eram uma delícia aqueles momentos, ver tantas crianças crescendo, algumas ganhando campeonatos, outras apenas participando, mas sempre se divertindo. Cada um tomando um rumo na vida.

Eu adorava estar junto. Preparava os lanches com todo carinho e trazia os nossos filhos para fazerem parte daquela segunda família. Às vezes, eu também trazia o Nathan, filho da Lila e do Bruno, com seis anos. Eles estavam pensando em ter mais um, mas ainda criavam coragem. Nathan e Angel se juntavam e colocavam fogo em tudo.

Quando a aula terminou, voltamos para casa. No banco de trás, Angel não parava de falar, toda hora me perguntando alguma coisa: "Mamãe, você me viu surfar?", "Mamãe, a vovó vem me buscar a que horas?", "Mamãe, posso levar o Magrelo e o Gorducho pra casa do vovô comigo?"

Eram os dois cachorros que tínhamos. Expliquei pela milésima vez que não podia e ficou um tempo emburrada, finalmente se calando.

— Até que enfim... — Valentim murmurou, dando um sorriso aliviado para mim. Fiz o mesmo.

Mal chegamos e ela esqueceu a birra, correndo para brincar com os cachorros. Miguel foi tomar banho e confirmar se não faltava nada na mochilinha que levaria para passar o fim de semana com Murilo e Beatriz.

Foi tudo corrido. Quando chegaram, os dois se despediram correndo e foram logo entrando no carro.

— Oi, Angelina. — Beatriz me beijou, com um grande sorriso. — Pode deixar que cuido bem deles.

— Eu sei. — Beijei-a de volta.

Falaram com Valentim e partiram. Ficamos no portão olhando, abraçados.

O tempo tinha sido bom conosco. Tínhamos uma vida calma e alegre, a minha sogra agora parecia sempre agradecida pelos netos que eu lhe dera e pelo filho ser feliz. Não havia mais nada ruim entre nós, nem mágoas, tudo parecia ter ficado para trás.

Quando decidi engravidar, tive medo. Ainda mais por ter que parar de tomar os remédios três meses antes. Felizmente correu tudo bem, com uma gravidez tranquila, sem dores ou crises. Logo depois engravidei da Angel, e foi a mesma coisa.

Valentim curtiu cada momento comigo e assistiu aos dois partos. Fomos duplamente abençoados.

E então, quando foi permitido, voltei aos meus tratamentos.

Naqueles anos de casada, tive duas crises. A primeira, quando Miguel ficou doente e teve uma pneumonia seríssima, precisando de muitos cuidados. Meu emocional se abalou e as dores retornaram. Não tão fortes quanto antes, mas difíceis. Meu filho se recuperou e eu também. A segunda foi com Angel, que caiu da escada e teve que tomar pontos na testa e na boca. Novamente me desequilibrei emocionalmente, e aconteceu. Havia dois anos que eu estava bem.

— Vamos ter o fim de semana todo só pra nós dois, pra fazermos muito sexo sem sermos interrompidos. Muito, tô logo avisando! — Valentim me puxou para dentro de casa, e ri, enquanto ele me agarrava.

— Promessas... quero ação...

— Ah, quer? Safadinha. Vai ter.

Ele me pegou no colo e me levou para o quarto, enquanto eu ria e beijava o seu pescoço. A vida era mesmo muito boa.

Tínhamos mais dois anjinhos em casa.

E toda a felicidade do mundo!

Papel: Pólen soft 70g
Tipo: Crimson

www.editoravalentina.com.br